suncolor

凡妮莎

Vanessa

凱特·羅素 Kate Elizabeth Russell 著

Valeria Lee 譯

MY DARK VANESSA

suncolor 三采文化

我在緬因州長大，也在此接受教育——先是在一所私立日校上九、十年級，後來因為個人因素輟學，接著上大學。某些讀者可能對我的成長背景不甚瞭解，因此將《凡妮莎》認定為真實事件，而我是這起祕密事件的揭發者。我並不是。這本小說純屬虛構，所有角色跟設定都是想像出來的。

啟發我寫下這本小說的契機，過去幾年有留意相關新聞的人可能都知道；我在腦海中重新塑造那些故事。同時，我也做了一些功課，像是重大創傷理論、流行文化、後女性主義等，並深入探索我自己對《蘿莉塔》的複雜情感。這些都是文學寫作的必經歷程，書中的一切並沒有影射任何真實事件。這不是我的個人故事，也與我的老師或其他認識的人毫無關聯。

致世界上所有朵拉芮絲・海茲和凡妮莎・懷，
願你們的故事能被聽見、被相信、被理解。

2017

那則貼文放到臉書上已經過了八小時。我正準備出門上班，一邊上髮捲，一邊刷新臉書頁面。截至目前為止，已經有兩百二十四人分享、八百七十五人按讚。我穿上我的黑色羊毛套裝，按下刷新頁面的按鍵，接著從沙發下面找出那雙黑色平底鞋，又按了一次，在外套翻領上別了金色名牌之後，我又再刷新一次頁面。每刷新一次就會看到按讚和分享數字直線攀升，底下的留言也大幅增加。

妳真的好堅強。

妳真的很勇敢。

對一個孩子做出這種事真是禽獸不如，究竟是怎樣的人才會這麼狠心？

我拿起手機看四小時前我傳給史特蘭的訊息：你還好嗎？……他還沒回覆，甚至還沒讀。我輸入另一則訊息：如果你想聊聊，我隨時有空。但想了想，決定把這句話刪掉，改成一連串問號然後發送給他。等了幾分鐘之後，我試著打電話給他，但一聽到是語音信箱，我就把電話塞進口袋，接著走出公寓，用力把門關上。我根本沒必要為他擔憂，這是他闖的禍，是他自己的問題，跟我無關。

我在一家飯店的禮賓接待櫃檯工作，辦公位置位於大廳一角，工作內容主要是推薦客人值得造訪的景點和餐廳。這個時節已接近旅遊旺季的尾聲，只剩下稀稀落落的遊客；他們都想趕在冬天各商店歇業前，來看看緬因州的秋日楓情。我一如既往地掛著硬擠出來的笑容，幫一對到此慶祝結婚一週年的夫妻預訂晚餐的餐廳，還幫他們在房間裡準備了一瓶香檳，如此貼心周到的安排絕對會為我賺得豐厚小費。我還幫剛辦完退房手續的一家人叫車到機場。有一位每隔兩週的星期一都會來出差的男性商務客遞給我三件要洗的襯衫，問我今天送乾洗，明天有沒有辦法拿到。

「交給我處理。」我對他說。

他咧著嘴對我笑，然後眨了眨眼。「妳真是幫了大忙，凡妮莎。」

午餐休息空檔，我在後勤辦公室一個空著的隔間坐了下來，一面盯著手機螢幕看，一面吃著前一天飯店辦活動剩下的三明治。我現在常常會這樣不由自主地上網看臉書，手指忍不住一直上下滑動頁面，眼睛無法控制地來回掃視螢幕上的文字。我看到那則貼文的按讚和分享次數不斷飆高，很多人在下面留言，像是：**妳有一顆無畏、勇敢的心。請繼續將真相說出來，我相信妳。**在看留言當下的短時間內，螢幕上又跳出了三個紅點，代表此刻有人正在留言。接著，有如魔法一般，另一則新的留言出現了，內容同樣在讚賞發文者的勇氣，並且表達對她的支持。我把手機滑到桌子另一邊，將走味的三明治丟進垃圾桶裡。

正當我準備要走回大廳時，我的手機開始震動，我看到螢幕上顯示：雅各．史特蘭來電。我笑著接起電話，想到他還活得好好的，而且可以打電話來，我終於鬆了一口氣。「你還好嗎？」

電話另一端靜默無聲，我全身僵硬，雙眼朝著面向紀念廣場的窗戶看出去，廣場上擺著秋季的農夫市集和食物餐車。現在是十月初，秋意正濃，此時的波特蘭看起來就像L.L.Bean❶的商品目錄，隨處可見南瓜、葫蘆，還有一壺壺的蘋果汁。一個身穿格紋法蘭絨襯衫和獵鴨靴的女人走路穿越廣場，她正低頭對著用背帶繫在胸前的嬰兒微笑。

「你還在嗎？」

他嘆了一口長氣。「我猜妳已經看到那篇文章了吧。」

「沒錯，我看到了。」

我並沒有主動問他，但他逕自開始跟我解釋目前的情況。他說學校已經開始調查，他也做了最壞的打算。他猜學校會逼他遞出辭呈，他甚至懷疑自己也許沒辦法上完這個學年，可能聖誕假期前就得走人了。聽見他的聲音實在太令我震驚，我得非常專心才能跟上他講的內容。我們上次講話已經是幾個月前的事了。當時爸爸心臟病發驟世的消息讓我頓時驚慌失措，我告訴史特蘭我不能再繼續跟他這樣下去。過去幾年，每當我把事情搞砸，像是丟了工作、分手，還有情緒崩潰的時候，我的道德良知就會突然作祟，彷彿謹守規矩就能幫我挽回所有曾犯下的錯。

「但之前她還是你學生的時候，學校不就已經調查過了嗎？」我說。

「他們要重啟調查，再次詢問當時所有相關人士。」

「如果學校當時調查的結果顯示你沒有犯下任何錯誤，為什麼現在又要改變態度呢？」

「妳有注意到最近轟動社會的新聞嗎？」史特蘭問我。「現在的社會風氣已經跟以往大不相同了。」

我想告訴他不需要為此杞人憂天，只要他是無辜的，就會平安度過這一切，但我知道他說的沒錯。過去這一個月以來，全世界對於性騷擾議題的關注度越來越高，不斷有女性跳出來揭露過去曾被男性騷擾或性侵的慘痛經驗。被指控的男性大多是知名人物，包含音樂家、政治人物和電影明星，但也有名氣沒那麼響亮的人被點名。無論他們的背景為何，這些人遭到指控時的回應都如出一轍：首先，他們會全盤否認。接著，當他們明白這些指控不會輕易消散時，便會蒙羞辭職，然後發布言辭含糊的道歉聲明，卻不願在裡面直接承認他們的罪刑。最後，在沉寂一段時間之後，他們便會銷聲匿跡。看著這樣的事件一而再、再而三地上演，真的很不可思議。很難想像這些赫赫有名的男人會在一夜之間身敗名裂。

「不會有事的。」我對他說。「她寫的內容簡直是謊話連篇。」

電話另一端的史特蘭用力地吸進一口氣，我聽見空氣穿越他的牙齒時發出嗖嗖的聲音。「我不知道她那樣講算不算說謊，至少嚴格來說不是。」

「她在文章裡說你侵犯了她，可是你根本沒碰過她啊。」

「侵犯。」他嗤之以鼻地說。「很多種情況都可以被說成是侵犯，就像抓住一個人的手腕或是

❶ L.L.Bean，美國著名的戶外用品品牌，創立於 1912 年，公司總部位於緬因州。

推別人的肩膀，都可以被說成是毆打重傷，這些只不過是空泛的法律用語而已。」

我凝視著窗外的農夫市集，那邊聚集了熙來攘往的人潮和群聚的海鷗，一個賣食物的女人將金屬製的桶子打開，一股蒸氣裊裊而升，她從桶子裡面拿出兩個墨西哥玉米粉蒸肉餅❷。

「你知道嗎？她上週傳了訊息給我。」

他沉默了半晌。「是嗎？」

「她想知道我願不願意像其他人一樣站出來，也許她覺得只要成功說服我出面，她的可信度就會大幅增加。」

史特蘭不發一語。

「當然，我並沒有回覆她。」

「是啊，我想也是。」他說。

「我覺得她只是在虛張聲勢，我不認為她有勇氣這麼做。」我將頭往前傾靠在窗戶上。「不會有事的，你知道我站在你這邊。」

他一聽到我這麼說便鬆了一口氣，我可以想像他臉上浮現如釋重負的笑容，眼角因為微笑而露出細紋。「聽到妳這麼說，我就放心了。」

我走回禮賓接待櫃檯，再度將臉書打開，接著在搜尋欄位輸入「泰勒・柏契」這個名字，她的個人頁面跳出來占據了整個螢幕。我將滑鼠上下滑動，看著她那些零星的公開貼文。過去這幾年，我多次仔細看過她的照片和日常生活分享，現在她個人頁面最上方的是關於史特蘭的那則貼文。按讚和分享次數還在持續增加。目前已經累積四百三十八人分享、一千八百人按讚，新的留言不斷湧入，大多與之前的內容大同小異。

妳這麼做真的很激勵人心。

我非常佩服妳的勇氣。

請繼續把妳遭遇的真相說出來，泰勒。

史特蘭和我相遇之初，我年僅十五歲，他則是四十二歲，我們相差近三十歲，而我覺得這樣的年齡差距十分完美——當時的我就是用「完美」來形容我們兩人之間的差異。他的年紀近乎是我的三倍，我很喜歡這樣的計算方式，如此一來我便可以輕易地想像史特蘭的身體裡藏著三個我：一個

❷ Tamale，又名塔瑪利，是中美洲的傳統食品。因塔馬利與中國的粽子非常相似，所以在漢字文化圈常譯作墨西哥粽。塔馬利裡面可以放入肉、起司、水果、蔬菜等餡料。

蜷縮在他的大腦裡；另一個緊緊地貼近他的心臟；第三個我化成血液在他全身的血管裡流動著。

他說師生戀在布羅維克校內並不算罕見，時不時就有類似的情況發生，但他說他從沒有跟學生發展過戀情；因為在遇見我之前，他從未有過這樣的渴望。我是第一個讓他產生這般想法的學生。我與生俱來的特殊魅力吸引了他，讓他願意為此賭上一切。

對他來說，我幾歲並不重要。他覺得最難能可貴的是我的早慧。他曾說過我有卓越的情商，而且在寫作方面天賦異稟，因此他可以和我對話交流、向我傾訴心事。他也說過，我內心深處潛藏著一種黑暗的浪漫性格，他可以在我身上看見自己的影子。打從我在他生命中出現的那一刻起，終於有人能夠理解他那隱藏已久的黑暗面。

他對我說：「我真的很幸運，當我遇見生命中的靈魂伴侶時，她年僅十五歲。」

我反駁他：「如果要論運氣的話，那試著站在我的角度想想，一個十五歲少女的靈魂伴侶居然是個老男人。」

我講完這句話之後，史特蘭便盯著我的臉看，想確認我是不是在開玩笑。我當然不是認真的。我對同齡的男生一點興趣都沒有，他們不但有頭皮屑和青春痘，也常常對女生很沒禮貌，總是對她們的身材和五官品頭論足。我一點都不適合跟同年紀的男生交往。史特蘭才是深深吸引我的人。他有中年男子獨特的謹慎作風，追求女生時不會操之過急。他將我的髮色比喻成楓葉，帶領我進入詩人的世界，向我介紹艾蜜莉[3]、埃德娜[4]還有席薇亞[5]等詩人的作品。他讓我透過他的雙眼看見自己，同時也賦予我力量，讓我披著紅髮升起，像呼吸空氣般吞噬著他[6]。他對我用情至深，在我離開教室後，他甚至會在我的位置坐下，把頭靠在長桌上，試著吸進我留下的每一絲氣味。這一切都發生在我們第一次接吻前。在我身邊，他總是十分拘謹，努力不踰越道德的分際。

我可以精準地指出我們這段關係的起始之初。當時，我走進他那陽光灑落的教室裡，清楚感受到他用炙熱的眼神全神貫注地盯著我；然而我卻無法明確講出我們的關係何時劃下句點，連我自己也不能確定我們是否真的結束了。我記得那是在我二十二歲那年，他跟我說，他必須打起精神、重新站起來，若我依然和他保持聯絡，他就無法好好過日子。但在過去十年間，我們有時會在半夜打電話給對方重溫舊夢，卻同時擔憂著，那過去一直沒有癒合的傷口會再次被撕裂。

我想，在未來的十年、十五年裡，每當他感到寂寞難耐或是痛苦不堪時，我都會是他尋求慰藉的對象。這似乎將成為我們戀情的結局：我放棄擁有的一切，承擔所有的痛苦和後果，像條狗一樣對他無私奉獻，任由他不斷地對我予取予求。

---

❸艾蜜莉．伊莉莎白．狄金生（Emily Elizabeth Dickinson），1830—1886，美國詩人。詩風凝煉，比喻尖新，常置格律以及語法於不顧。她生前只發表過十首詩，沒沒無聞，死後近七十年開始得到文學界的關注，被現代派詩人追認為先驅。

❹埃德娜．聖文森特．米萊（Edna St. Vincent Millay），1892—1950，美國抒情詩詩人及劇作家，曾獲得普利茲詩歌獎。詩作深受十九世紀浪漫主義影響，主題圍繞各種深奧的題材，如愛情、悲傷、死亡和生活中的變化。

❺席薇亞．普拉絲（Sylvia Plath），1932—1963，美國詩人及小說家，生於美國波士頓，三十一歲時自殺身亡。以半自傳性質的長篇小說《瓶中美人》、詩集《精靈》及《巨神像》享譽文學界，並於1982年榮獲普立茲獎。

❻改寫自席薇亞．普拉絲的詩作《拉撒若夫人》（*Lady Lazarus*）。

晚上十一點下班後，我獨自走在空蕩無人的市中心街道上，內心多麼渴望將手機拿出來刷新泰勒的臉書頁面。若能在每走過一個街區時成功克制那股衝動，我便會在內心歡呼自己的勝利。回到公寓後，我依然沒有把手機拿出來看。我把上班穿的套裝用衣架掛起來，將臉上的妝卸乾淨，接著躺在床上抽了幾口大麻，然後就關燈睡覺了。我告訴自己，這是自律的展現。

但當夜深人靜時，被單輕拂過我腿間，我的內心便會泛起漣漪。我突然需要聽到他向我承諾，直截了當地告訴我，他沒有犯下那個女生指控的恐怖行徑。我需要聽見他說那女生是個騙子，十年前她就開始編織謊言，現在依然本性難移，彷彿著魔般地深陷於受害者的幻想之中，不能自拔。

在電話鈴響第一聲尚未結束時，史特蘭就接起了電話，似乎早就在等著我打給他。「凡妮莎。」

「抱歉，我知道很晚了。」我突然感到畏縮，不知道該怎麼表明我內心的慾望；距離我們上次這麼做已經好一段時間了。我看著漆黑的房間，仔細端詳著敞開的衣櫃門輪廓，還有照映在天花板上的街燈剪影。廚房裡的冰箱嗡嗡作響，從水龍頭滴落的水發出滴答滴答的聲音。這麼多年來，我始終沒有揭發他的惡行，對他忠心耿耿，這是他虧欠我的。

「我會很快，幾分鐘就好。」我對他說。

電話另一端傳來毯子沙沙作響的聲音，他坐起身把電話移到另一邊。有那麼一會兒我以為他會拒絕我的要求，但接著他開始對我輕柔低語，我的身體瞬間酥麻。他向我形容我過去的模樣：凡妮莎，當時的妳是多麼年輕美麗。妳渾身散發出性感撩人的魅力，充滿青春的能量，這讓我感到恐懼不已。

我翻過身面朝下，將一個枕頭夾在雙腿之間。我要他描述一個過去的回憶片段，好讓我有情境可以想像，接著他開始在腦海裡回想過去的場景。

沉默半晌後，他開口：「在教室後面的辦公室裡，妳躺在沙發上，那時正值嚴冬，妳冷到全身都起了雞皮疙瘩。」

我閉上雙眼，他辦公室的畫面便在我腦海裡浮現：潔白的牆面，木頭地板明亮潔淨，他的桌上放著一疊尚未批改的學生作業。辦公室裡的那張沙發材質讓人坐起來很不舒服，暖氣發出嘶嘶聲響，唯一的一扇窗戶是八角形的海棠玻璃。當年他在辦公室裡愛撫我的時候，我都會緊盯著那扇窗戶，感覺自己像是沉在水裡，全身無力地隨著海水起伏，不在意自己是否能再浮出水面。

「我那時正在親吻妳，在妳體內游移，讓妳慾火沸騰，興奮難耐。」他淡淡地笑著說。「妳以前總會這麼形容，說我能讓妳『慾火沸騰』。我很訝異妳竟然可以說出這麼放蕩的話。我記得以前妳是多麼靦腆羞怯，不喜歡提到我們之間的親密關係，只想要享受過程中的亢奮歡愉。妳記得嗎？」

我其實並不記得；我對於那些事情的回憶大多都十分模糊、殘缺，需要透過他的敘述才能填補記憶中的空白處，但有時他所形容的那個女生對我來說卻像個陌生人。

「妳當時常常忍不住呻吟。」他說。「總是得緊咬住嘴唇才能壓抑那股衝動。我記得有一次妳咬住下唇的力道過於強烈，甚至都流血了。儘管如此，妳還是不想要我停下來。」

我將臉貼在床墊上，深深地陷進去，使勁用下體摩擦夾在雙腿間的枕頭。他的一字一句慢慢湧入我的腦海裡，將我帶回過去。那時的我才十五歲，赤裸著下半身，攤開四肢躺在他辦公室的沙發上。他跪在我的雙腿間，雙眼凝視著我的臉龐。我不停顫抖；那快感使我全身發燙。

我的天啊，凡妮莎。他驚呼道。妳的嘴唇流血了。

我搖搖頭，雙手用力緊握沙發上的靠枕，手指深深地陷進去。沒關係，不要停下來，趕快結束就好了。

「當時妳那緊緻飽滿的身軀總是慾求不滿。」史特蘭說。

達到高潮的那一刻我用鼻子大力喘息。他問我是否記得當時高潮帶來的快感。我記得，沒錯，我記得很清楚。我一直不曾忘記那般愉悅的感受——他占據了我的身體，讓我興奮難耐，忍不住扭動全身，渴望他給我更多。

自從爸過世後，我就開始找露比做心理諮商，至今已經八個月了。一開始只是單純地悲傷輔導，後來我漸漸開始和她分享別的事情：我媽、前男友、我對工作的倦怠，還有對於生活感到停滯不前的窒息感。為了找一個願意傾聽我心聲的人，我一週得付五十美金，即便露比是用浮動費率來計價，這對我來說依然是十分高昂的費用。

露比的診所離我工作的飯店只相隔幾個街區，室內燈光柔和，裡面放著兩把扶手椅、一個沙發，還有幾個小茶几，上面擺放了好幾盒衛生紙。她的辦公室窗戶面向卡斯科灣[7]，窗外可以看見成群的海鷗在漁人碼頭上盤旋，緩慢移動的油輪進出海灣，還有兩棲的觀光鴨子船導覽行程，巴士車身緩緩下水變成一艘船時，會發出呱呱叫的聲音。露比的年紀比我大一些，對我來說就像個大姊姊。她有一頭金棕色的頭髮，身上總是穿著休閒大地色系的上衣。我喜歡她腳上常穿的那雙木頭厚底鞋，每當她走進辦公室時，那雙鞋總會發出啪噠啪噠的聲音。

「凡妮莎！」

我也很喜歡聽到她打開門見到我時呼喊我的名字，彷彿看到站在診間裡的是我不是別人，讓她鬆了一口氣。

那星期我們聊到接下來的假期我是否要回家過節。這是爸過世後我和媽單獨過的第一個節日，我擔心她是否依然鬱鬱寡歡，不知道該如何問她比較好。露比和我一起想出了一個辦法。當我向媽暗示或許她需要幫助時，她可能會有各種不同的反應，所以我們演練了所有可能發生的情況。

露比說：「只要妳向她提起這件事時，不要忘記展現同理心，我想不會有事的。妳們母女關係那麼親近，即便討論這樣嚴肅的話題也一定沒問題的。」

我們有很親近嗎？我沒有反駁露比的話，但我也不全然同意。我常對於自己能夠如此不費吹灰之力地蒙騙眾人感到十分訝異。

與露比談話的過程中，我壓抑住看臉書的衝動。一直等到結束後，當露比拿出她的手機、在行

❼ Casco Bay，位於緬因州南部海岸，為緬因州海灣（Gulf of Maine）的入口。

事曆輸入下次的看診時間時，我才打開臉書。露比抬起頭時剛好瞥見我帶著憤怒的神情看著手機，她問我是不是看到了什麼最新消息。

「我猜猜，新聞又爆出另一個性侵加害者？」她說。

我抬頭看她，感覺四肢僵硬，全身動彈不得。

「這件事真的沒完沒了，妳不覺得嗎？」她露出一抹憂傷的微笑。「就算不想聽到新聞都沒辦法。」

她開始講到一個最近剛被揭發、震驚社會的案例：一個專職拍攝女性受虐電影而功成名就的導演，居然也是性侵加害者之一。顯然他私底下也很享受把自己的身體暴露在女性面前，哄騙女演員用嘴服務他。

「誰能料到他居然也會對女性做出這種惡劣的行為？」露比語帶諷刺地說。「所有他拍過的電影都是血淋淋的證據，這些虐待女性的男人就隱身在眾人之間，卻沒人發現。」

「那是因為我們縱容他們的行為，大家都視而不見。」我說。

露比點點頭。「妳真是說對了。」

能像這樣談論這件事真的讓我興奮不已，就像走在鋼索上一樣驚險刺激。

「我真不知道那些不斷跟他合作的女性在想什麼，她們難道沒有自尊嗎？」我說。

「嗯，妳也不能責怪那些女生。」露比對我說。我把支票遞給了她，沒有繼續爭論。

回到家後，我抽了大麻，神智恍惚地躺在沙發上睡著了，連一盞燈都沒開。一大早七點時，我聽到手機在硬木地板上震動的聲音，是一則簡訊。我跌跌撞撞地走到房間另一邊，拿起手機來看。是媽傳來的：嗨親愛的，我很想念妳。

我盯著螢幕看，猜想她是不是知道了什麼。泰勒的那則貼文已經張貼在臉書上三天了，雖然媽沒有跟任何住在布羅維克的人聯絡，但那則貼文已經被廣為分享。再說，她最近一天到晚都在用臉書，不斷在上面按讚和分享文章，不然就是跟保守派酸民在網上掀起口水戰，她很有可能已經看到泰勒那篇貼文了。

我把媽傳來的簡訊視窗關掉，接著打開臉書：那則貼文截至目前為止已經累積了兩千三百人次分享、七千九百人按讚。昨晚泰勒在她的塗鴉牆上張貼了一則新的貼文：

相信女性

2000

車子轉進開往諾倫比加的雙向高速公路，媽開口對我說：「我真的很希望今年妳可以多走出去跟人群接觸。」

我今年剛升上高二，今天是搬進宿舍的日子。這趟路程是媽要我向她承諾的最後機會了，她擔心一旦開學後我就會很難聯絡上，唯一能跟我聯繫的方式只剩下手機，要不然就只能等到學校放長假的時候了。去年她擔心我去念寄宿學校可能會變得太過狂野、難以掌控，所以她要我保證不會喝酒，也不會跟別人發生性關係；但今年，她卻要我承諾自己會多交些新朋友，這樣的轉變和要求讓我覺得備受恥辱，甚至覺得她很殘忍。我跟珍妮吵架已經是五個月前的事了，但我的心情依然難以平復。聽到媽說「新朋友」這三個字，我覺得胃彷彿被緊扭成一團，光是有這個想法就讓我覺得自己好像背叛了珍妮。

「我只是不希望妳整天都孤零零地一個人待在房間裡，出去認識新朋友不好嗎？」媽對我說。

「我在家不也是一天到晚都待在房間裡。」

「但妳是去學校上學，又不是在家裡，這才是重點不是嗎？我記得妳之前試著說服我和妳爸讓妳來念這間學校時，還特別提到這裡可以幫助妳培養『人脈』」。

我將身體用力往後靠在椅背上，默默希望自己可以完全陷進去，這樣我就不需要聽到她用我當初的藉口來反駁我現在說的話了。一年半前，一位布羅維克的招生代表來到我就讀的國中宣傳。我當時在念九年級，他播放了布羅維克的學校介紹影片，影片中可以看到悉心打理的學校環境優美整潔，沐浴在金黃色陽光下的校園顯得美麗動人。看完招生影片後，我便開始說服爸媽讓我申請這所學校。我還寫了一張表，標題叫做「布羅維克比公立學校優秀的原因」，裡面列出了二十項優點，其中一點就是就讀布羅維克可以幫助我建立良好的「人脈」，另外還有這所學校優異的畢業生大學錄取率，以及豐富的先修課程等等，這些都是我在招生簡章上看到的資訊。但最後我發現，光是我列出的兩點就足以成功說服爸媽讓我申請：第一點是因為我有拿到獎學金，所以他們完全不用花半毛錢；第二點是那陣子剛好發生了科倫拜校園槍擊事件❽。我們連續好幾天都在看CNN的相關報導，新聞上不斷播放學生奔跑逃命的畫面。我對他們說：「布羅維克絕不可能會上演像科倫拜這樣的屠殺事件。」那時我看到他們交換了一個眼神，宛如我說中了他們內心的擔憂。

「整個暑假妳都悶悶不樂。」媽對我說。「現在該重振精神，好好開始過日子了。」

❽ Columbine High School massacre，為1999年4月20日於美國科羅拉多州傑佛遜郡科倫拜高中發生的校園槍擊事件。兩名青少年學生——艾瑞克．哈里斯和迪倫．克萊伯德配備槍械和爆裂物進入校園，槍殺了十二名學生和一名教師，造成其他二十四人受傷，兩人隨即自殺身亡。這起事件被視為美國歷史上最血腥的校園槍擊事件。

我咕噥了一聲說：「我才沒有。」但她說的沒錯，整個暑假我要不是在電視機前發呆，要不就是慵懶地躺在吊床上，戴著耳機聽那些保證會讓我傷心掉淚的歌曲。媽說我不該一直沉溺在這樣的情緒中，她說人的一生會不斷遭遇讓人難過的事，而擁有快樂人生的祕訣就是不要讓自己被負面情緒拉垮。但她不瞭解沉溺於悲傷之中讓我感到多麼滿足。我整天躺在吊床上，聽著費歐娜．艾波❾的音樂旋律搖擺，一躺就是好幾個小時，開心已不足以形容這樣的滿足感。

我閉上雙眼。「如果爸有一起來的話，妳就不會這樣對我說話了。」

「他也會對妳講一模一樣的話。」

「是啊，但他的口氣不會那麼傷人。」

即便閉上雙眼，窗外的景物在我腦海中依然清晰可見。這只不過是我在布羅維克的第二年，但這條路我們已經開過不下數十次了。一路上可以看到酪農場以及連綿的山丘，這些都是緬因州西部常見的景色。另外還有打著促銷冷啤酒和活餌廣告的雜貨店、屋頂歪斜的農舍，以及雜草和黃花叢生的汽車回收報廢場，裡面堆放著大批的生鏽汽車。但當車子駛入諾倫比加之後，窗外的景緻瞬間變得美麗動人。完美的市中心樣貌令人滿心嚮往——烘焙坊、書店、義式餐廳、理髮店、公立圖書館，還有矗立在山丘上的布羅維克校園，建築物的白色斜面牆板和磚頭閃閃發亮。

媽把車子駛進學校正門。正門旁立了一個牌子寫著布羅維克，立牌兩側已為了新生宿舍入住日裝飾上紫紅和白色相間的氣球；校園裡狹窄的道路被車子塞得水洩不通，載著滿滿物品的休旅車危險地暫停在道路兩側；家長和新生在校園裡四處漫步閒逛，一邊走路，一邊抬起頭注視學校的大樓。媽將身體往前傾，她弓著身子，雙手緊握著方向盤。我們的車子因為塞車一下向前晃動，一下又突然剎車停住，接著再度往前，就這樣不斷開開停停。我們兩人尷尬地坐在車內，周遭的空氣彷彿凝結成冰。

「妳是一個聰明又風趣的人。」媽對我說。「妳應該要結識一群好朋友，不要把所有的時間和心力全都放在一個人身上。」

我明白她這番話的本意也許沒有要如此傷人，但我還是忍不住對她大發雷霆。「珍妮才不是隨便的一個人，她是我室友。」我刻意強調「室友」這兩個字，以為她明白我和珍妮之間的友情對我來說有多重要——我們兩人情同手足，有著緊密的連結和深厚的情誼，光是擁有彼此就已經讓我們心滿意足，外面的世界一點都不重要——但媽不會瞭解的。她從來沒住過宿舍，也沒上過大學，更不用說離家去寄宿學校念書了。

「無論珍妮是不是妳的室友，妳都應該多認識一些其他朋友。把生活重心全都放在一個人身上對妳一點幫助都沒有，我要說的就只有這樣。」

當我們接近校園綠地時，本來前面的一排車子分成兩路。媽打了左轉的方向燈，接著又打了右轉的方向燈。「我到底要往哪邊走？」

我嘆了一口氣，用手指向左邊。

❾ 費歐娜・艾波（Fiona Apple McAfee Maggart），1977—，美國創作歌手、鋼琴家。

我住的那棟宿舍很小，其實就只是一棟房子而已，裡面有八個房間和一個給舍監住的套房。去年抽籤的時候我抽到很前面的號碼，所以我才可以選到單人房，通常高二學生很難有機會可以住到單人房。我和媽來回搬了四趟才把所有東西搬完。我總共帶了兩個裝滿衣服的行李箱、一箱書、額外的枕頭和換洗床單、一床媽用我已經穿不下的衣服做成的棉被，另外還有一臺立扇，我們架好後將它放在房間中央，讓它左右來回擺動吹風。

我們在房間裡整理東西時，不斷有人從敞開的門口經過——家長、學生，還有不知道是哪個學生的弟弟一直在走廊上跑來跑去，我聽見他跌倒的聲音，接著他開始嚎啕大哭。行李整理到一半的時候，媽說要去洗手間，我聽到她用那裝出來的聲音禮貌地跟人打招呼，另一位媽媽也跟她打招呼。我本來正在把書放到位於書桌上方的架子，但我停下手邊的動作，瞇起雙眼，試著辨識跟媽說話的人是誰——那是墨菲太太，珍妮的媽媽。

媽回到房間後把門關上。「外面變得有點吵。」

我一邊把書放到書架上，一邊問她：「剛剛那是珍妮的媽媽嗎？」

「嗯。」

「妳有看到珍妮嗎？」

她點點頭，但沒有多說什麼。接著我們兩人便不發一語地繼續整理東西，我們把尺寸剛好的床單套在直條紋床墊上然後拉緊，這時我開口：「老實說，我覺得她很可悲。」

我喜歡把這句話說出口的感覺，但當然我不是真心這麼想。昨天晚上我才花了整整一小時站在房間的鏡子前檢視我的臉，試著以珍妮的雙眼來看我自己。我好奇她會不會發現我用染髮劑將髮色染淺了，還有我耳朵上戴的那副新圓形耳環。

媽一言不發地把棉被從塑膠收納袋裡拿出來。我知道她擔心我改變態度、對珍妮心軟，最後可能又落得像之前一樣心碎受傷。

「就算她現在想跟我和好，我也不願意再把時間浪費在她身上了。」我對媽說。

媽露出淺淺的微笑，接著把被子鋪平。「她還在跟之前那個男生交往嗎？」她講的那個男生是珍妮的男友，叫做湯姆．哈德森，也是導致我們最終失和的原因。我裝作一副不知情的樣子聳肩，但其實我知道。我怎麼會不知道？整個暑假我都不斷查看珍妮的ＡＯＬ[10]個人頁面，她的感情狀態一直都是「穩定交往中」，沒有改變，代表她還跟湯姆在一起。

媽離開宿舍前給了我四張二十元鈔票，要我答應每個禮拜天都會打電話回家。「不准忘記喔！」她提醒我。「還有，妳爸生日的時候妳得回家一趟。」她使盡全力將我擁進懷中，我的骨頭隱隱作痛。

「我沒辦法呼吸了。」

「抱歉，抱歉。」她戴上太陽眼鏡，遮住泫然欲泣的雙眼。走出房門前，她用一隻手指頭指向我。「對自己好一點，出去認識人，多交些朋友。」

---

[10] AOL Inc.，前身為 America Online，又稱美國線上，創立於 1985 年，為美國最大的網際網路服務提供商之一。

我揮手要她快點離開。「好啦，好啦，我知道。」我站在房門口看著她走向走廊盡頭，她在樓梯間轉了個彎，接著便消失了。這時我聽到兩個人的講話聲慢慢靠近，聽起來像是一對母女，她們的笑聲如銀鈴般輕脆悅耳，我趕緊在被看到之前躲回房間。那兩個人是珍妮和她媽媽，我只有短暫地瞥見她們一眼，但我發現珍妮將頭髮剪短了；她身上穿著一件洋裝，我記得這件洋裝去年一直掛在她的衣櫥裡，但從來沒見過她拿起來穿。

我躺在床上，眼睛漫無目的地看著房間發呆，聽著走廊上學生家長和孩子的聲音。他們吸著鼻子，流淚不捨地向彼此道別。我回想起一年前剛入學搬進宿舍的那一天，我和珍妮聊了一整晚都沒睡，她用大型手提式播音機播放史密斯樂團⑪和比基尼殺戮⑫的歌曲，我從來沒聽過這些樂團，但我怕被大家認為很俗氣，所以假裝聽過這些歌。我擔心如果被發現我其實是個土包子，珍妮可能就不會喜歡我了。在布羅維克的頭幾天，我在日記裡寫了這些話：我最喜歡這個地方的原因，就是可以認識像珍妮這樣的朋友。她真的超級酷！光是在她身邊就可以讓我學到如何讓自己也成為一個很酷的人。後來我把那篇日記撕下來丟了，一看到那些話，我的臉便會羞愧得發燙。

我住的那棟宿舍舍監是湯普森小姐，她是新來的西班牙語老師，才剛剛從大學畢業。第一晚大家在交誼廳集合，湯普森小姐帶了各種不同顏色的麥克筆和紙板給我們，要我們寫自己的名牌貼在門上。宿舍裡的其他女孩都是高年級生，只有我和珍妮念高二。我們分別坐在桌子的兩側，彼此中間隔著一些距離才不會過於擁擠。珍妮弓著背低頭寫她的名牌，她留著一頭咖啡色鮑伯短髮，髮絲落在她的臉頰上。當她抬起頭要換另一個顏色的麥克筆時，她的眼神快速掃過我坐的方向，彷彿我根本不存在一樣。

「在妳們回房之前，每個人都來前面拿一個這個。」湯普森小姐對大家說。她打開一個塑膠袋，起先我以為袋子裡是糖果，但後來發現裡面裝的是一堆銀色口哨。

「這些東西可能永遠不會派上用場，但隨身攜帶一個比較保險。」

「為什麼我們會需要口哨？」珍妮發問。

「噢，妳們知道的，這只是校園安全措施而已。」湯普森小姐臉上掛著一個大大的微笑，明顯可以看出她十分不自在。

「但去年沒有人給我們口哨。」

「這是用來預防的，如果遇到有人試圖要強暴妳，妳就可以用力吹哨子來嚇跑對方。」迪雅娜．帕金斯說完後便把哨子放到嘴邊使勁一吹，哨音在走廊上迴盪著，那響亮的聲音讓大家覺得有種滿足感，所以每個人都拿起哨子興奮地狂吹。

⓫ 史密斯樂團（The Smiths），1982年成立於英國曼徹斯特的搖滾樂團，被譽為1980年代英國獨立音樂浪潮以來，最重要的另類搖滾樂團，並對後輩音樂家具有極大影響力。

⓬ 比基尼殺戮（Bikini Kill），1990年成立於美國的華盛頓州，是一支提倡暴女運動的龐克搖滾樂隊，此樂隊以其激進的女權主義歌詞和充滿激情的演出而聞名。

湯普森小姐得要提高音量才能壓過哨子發出的噪音。「好了，好了。」她笑著說。「確保哨子沒壞也是一件不錯的事。」

「如果有人試圖強暴我們，這真的有辦法阻止他們嗎？」珍妮問。

「沒有任何事情能阻止得了強暴犯。」露西・薩摩斯回答。

「並不是如此。」湯普森小姐說。「這些口哨不是『防狼』哨，只是一般的安全防護工具。如果妳在校園裡遇到任何讓妳感到不舒服的情況，妳就大聲吹這個哨子。」

「那男生也有拿到哨子嗎？」我接著問。

露西和迪雅娜翻了個白眼。「男生為什麼會需要用到哨子？」迪雅娜問我。「用用大腦好不好。」珍妮聽到之後大聲笑了出來，慶幸她自己不是唯一一個被露西和迪雅娜鄙視的對象。

今天是開學第一天，校園裡熙熙攘攘，到處都是學生。放眼望去，教學大樓的每個教室窗戶都敞開著，教職員停車場上停了滿滿的車子。吃早餐的時候我坐在一張木頭長桌的尾端，我很緊張，胃不斷地翻攪，吃不下任何東西，所以只喝了一杯紅茶。我的眼睛不停掃視出現在餐廳裡的每個人，看看有沒有不認識的陌生面孔，也藉此觀察認識的人在新學期是否有了不一樣的變化。沒有人可以逃過我的眼睛：瑪歌・艾哲頓為了要遮住她那常常懶散睜不開的右眼，所以把瀏海改往左邊分；傑瑞米・萊斯每天早上都會從餐廳偷一根香蕉；連那位完全不引人注意的湯姆・哈德森開始跟珍妮約會之前，我就已經觀察到他總是用一樣的順序交替穿著在襯衫底下的樂團T恤。我對細節的觀察力敏銳到令人不寒而慄，但這不是我能控制的，我總是可以觀察到周遭每個人的微小細節，然而我卻很肯定沒人會注意到有關我的任何事。

這學期的期初朝會在早餐和第一節課的中間空檔舉行，朝會的目的基本上就是為了要激勵學生，期許大家在未來這一學年能有卓越的表現。我們排列成隊走進會場，大禮堂裡面鋪著暖色系的木頭地板，側邊掛著紅色絲絨帷幕，從窗外灑落的陽光將排成弧線的椅子照耀得閃閃發亮。在朝會的頭幾分鐘，校長蓋爾斯太太跟我們解說學校的規範和政策，她將花白的短髮整齊地塞在耳後，用大家習以為常的柔和顫音跟我們講話。她的聲音在講堂裡迴盪著，台下的學生個個看起來都朝氣蓬勃，但等到校長講完話走下台時，整個禮堂已經變得悶熱難耐，成珠的汗水開始從每個人的額頭滑落。我聽到後面幾排座位傳來抱怨的咕噥聲：「到底還要多久才會結束？」安東諾瓦太太回頭狠狠瞪了他們一眼。坐在我旁邊的安娜·賽皮諾熱到開始用手搧風。這時一陣徐徐微風從敞開的窗戶輕拂進來，將拉到講台兩側的天鵝絨帷幕下擺緩緩吹起。

接下來邁開步伐走到講台中央的是英文系系主任史特蘭先生，我從來沒修過他的課，也沒跟他講過話，但我認得他。他留著一頭黑色鬈髮和黑色鬍子，臉上戴的眼鏡鏡片有著嚴重反光，因此坐在台下的學生看不太到他的眼睛。我就像所有人一樣，最先注意到的是他高大的身形；他並不胖，不過非常魁梧，個子奇高無比，因為身高太高，所以他會弓著肩膀，好似因為占據了太多空間而感到愧疚。

他站到講台上時，必須把麥克風往上調到最高的角度。接著他開始對台下的學生說話，他臉上的眼鏡反射著刺眼的陽光。我將手伸進背包裡拿出課表，從上面可以看到我今天的最後一節課就是史特蘭先生的課：進階美國文學。

「今天早上我看到許多即將成就大業的年輕學子。」擴音器傳出他宏亮的嗓音，他的發音字正腔圓，每一個音節都清晰到近乎讓人不舒服的地步。我聽著這節奏緩緩地進入夢鄉，卻又猛然驚醒。他講的內容都是我們聽過的一些老調重彈——排除萬難摘得繁星，即便會跌倒失敗又如何，也許有一天成功登上月球的人就是你——但他精湛的演講技巧讓這番話顯得更為深奧。

「在這個新的學年，我期許大家能下定決心，努力成就更好的自己。」史特蘭先生說。「勇敢挑戰自我，用你的傑出貢獻讓布羅維克成為一所更頂尖的學校。」他把手伸進褲子後方的口袋，拿出一條紅色印花手帕擦拭額頭上的汗珠，他舉起手時露出腋下一片深色的汗漬。

「我已經在布羅維克任教長達十三年，在這十三年之間，我親眼看到無數學生展現過人的勇氣。」

我在椅子上焦躁地扭動身體，膝蓋後側和手肘臂窩已經被汗水沾濕，我試著想像史特蘭先生所謂過人的勇氣指的是什麼。

這個秋季學期我修的課程有進階法文、進階生物、世界歷史先修課程、幾何學（不是給數學天才修的那種進階課程，就連安東諾瓦太太都稱這門課為「專給數學白癡上的幾何學」）。我還有一門美國政治與媒體選修課，在這門課我們會看CNN，並討論即將到來的總統大選；另外我還有一堂進階美國文學課。今天是第一個上課日，我忙碌地穿梭在校園裡，趕著去不同的教室上課。包包裡的書越積越多，我的身體也越發沉重；我已經可以明顯感受到高一升上高二增加的課業量。第一天的每堂課程中，所有老師都提醒我們未來要面臨的挑戰：功課和考試將會變得越來越多，老師們上課的速度快到讓人無法招架。他們告訴我們：因為布羅維克不是一所普通的學校，這代表我們也不是平凡的學生。身為傑出優異學子的我們應該要勇於接受挑戰，並且在困境中茁壯成長。聽著這些告誡與期許，我感到一股疲倦感排山倒海襲來，到了中午的時候，我幾乎已經沒辦法抬起頭、打起精神了。所以我沒吃午餐，而是偷偷溜回宿舍，躺在床上開始放聲痛哭。我在內心問自己，如果一切會這麼痛苦不堪，我何必要那麼努力呢？我明白這樣的負面態度很糟糕，尤其今天才是開學的第一天而已。我不禁開始懷疑，當初為何要大費周章申請這間學校？為什麼布羅維克要提供獎學金給我？為什麼他們覺得我有足夠的聰明才智來這裡念書？這一切的自我懷疑我之前都經歷過，而每一次我的結論都是一樣的：也許我這個人真的有什麼問題；生性懶散以及畏懼困難這樣與生俱來的性格缺陷讓我裹足不前。就讀布羅維克的其他學生似乎沒有任何人跟我一樣那麼痛苦掙扎，他們每一節上課都做足了準備，總是可以輕而易舉地回答老師的問題。在他們身上似乎看不到課業壓力帶來的困擾。

當天的最後一節課是美國文學。我抵達教室的時候，首先注意到的是史特蘭先生換了衣服，他身上穿了一件跟早上期初朝會不一樣的襯衫。他站在教室前方，身體靠在黑板上，雙手交叉放在胸前，看起來比在禮堂的講台上更為魁梧。修這堂課的學生共有十位，珍妮和湯姆兩人也在這個班上。史特蘭先生看著我們走進教室，雙眼好似在打量我們一樣。珍妮進教室之前，我已經在離湯姆隔了幾個位置的地方坐了下來。他一見到珍妮頓時眼睛發亮，揮手要她坐在我們中間的空位——顯然他完全不記得我們之前大吵了一架，要珍妮坐在那個位置根本不可能。她緊緊握著肩膀上的背包背帶，臉上硬是擠出一個僵硬的笑容。

「我們坐這一邊好了。」珍妮對湯姆說。她指的是對面可以遠離我的那一側。「這邊的位置比較好。」

她的眼神掠過我的方向，不過她就像第一晚的宿舍集合那樣當作沒看到我。以前我們曾經那麼要好，現在她卻費盡心思裝作過去的友情完全不存在，這樣真的很愚蠢。

上課鐘聲響起時，史特蘭先生一動也不動地站在教室前方，等到我們全都安靜下來後才開始說話。「我想你們應該都已經認識彼此了，但我還不認識你們。」他慢慢走到長桌的前端，開始隨機抽人問我們的名字還有我們來自哪個地方。有時他也會問不一樣的問題，像是我們有沒有兄弟姊妹、最遠曾經去過哪個地方旅遊、如果可以幫自己取名的話，我們會選擇什麼名字？點到珍妮的時候，史特蘭先生問她初戀在幾歲，珍妮瞬間臉紅，坐在旁邊的湯姆也跟著漲紅了臉。

接下來輪到我自我介紹。「我叫做凡妮莎．懷，來自一個無名小鎮。」

史特蘭先生將身體微微向後傾。「來自一個無名小鎮的凡妮莎・懷。」

我緊張地笑了出來，聽到別人複誦一次我剛剛講的話，我才發現這聽起來有多麼愚蠢。「我的意思是我住的地方稱不上一個城鎮，它沒有名字，大家都叫它二十九號鎮。」

「那是在緬因州嗎？是不是在東側高速公路下方？」他問。「我知道那個地方，那附近有一座名字很優美的湖，叫鯨魚什麼的。」

我訝異地眨眼。「鯨背湖，我就住在那座湖上，我們家是唯一一個常年住在那裡的家庭。」當我講出這些話的時候，我突然感到一股難以形容的痛楚。住在布羅維克的這段期間我很少會想家，但這也許是因為根本沒有人知道我住在哪裡。

「真的嗎？別開玩笑了。」史特蘭先生沉思了一下，接著問：「住在那邊會讓妳覺得寂寞嗎？」

那一剎那我啞口無言，這個問題就像一道不會讓人感到痛楚的傷痕，整齊銳利地劃過我的皮膚。我以前從未想到用「寂寞」這兩個字來形容我們家獨自住在深山裡的感覺，但聽到史特蘭先生這樣說出口，我不禁認為他可能講對了。也許一直以來我都有這樣的感受，而我內心的孤寂毫不掩飾地呈現在我的臉上，明顯到任何一個老師只要看我一眼，就知道我是個非常寂寞的人。想到如此我突然感到很困窘。我掙扎地回答他：「也許有時候我會這樣覺得。」但史特蘭先生已經開始問下一個人問題，他問葛瑞格・艾克斯從芝加哥搬到緬因州西部的山腳下是什麼感覺。

自我介紹結束後，史特蘭先生告訴我們這門課將會是這學期最困難的課程。「多數學生都認為我是布羅維克最嚴格的老師，我甚至還聽一些學生說過我設立的標準比他們大學教授的還要高。」

他用手指敲打著桌面，刻意沉默了一陣子，讓這些話在我們心裡扎根。接下來他走到黑板前面，拿起一支粉筆開始寫字。他回頭看著我們說：「你們早該開始做筆記了。」

我們匆忙翻出筆記本，史特蘭先生緊接著開始講述亨利．沃茲沃斯．朗費羅[13]以及他的史詩作品《海華沙之歌》[14]。我從來沒聽過這首詩，也不可能是唯一一個沒聽過的人，但當他問全班同學是否都熟悉這首詩的時候，每個人都點頭。沒有人想被當作笨蛋。

我趁著史特蘭先生講課時，偷偷快速地用眼睛掃過教室一圈。這間教室的結構與室內陳設和其他人文大樓裡的教室一樣——硬木地板，一面牆有著崁入式書櫃、綠色的黑板，還有一張長形研討桌——但史特蘭先生的教室似乎更有一種溫暖、像家的感覺，讓人感到特別舒服。他的教室裡鋪著一張地毯，地毯中間已經因長期使用而磨損；一個大型的橡木桌，上面有一盞黃銅檯燈；檔案櫃上擺著一臺咖啡機和一個印著哈佛大學校徽的馬克杯。新修剪的草坪氣味和汽車引擎發動的聲音透過敞開的窗戶飄進來。史特蘭先生在黑板上寫了一句朗費羅的詩句，他寫字的力道很大，連手裡的粉筆都碎裂了。寫到一半時他突然停了下來，接著轉過頭對我們說：「如果這堂課結束後能夠有一件事深深烙印在你們的心底，那麼請記住，這世界是由各式各樣不同的故事交織而成的，每一個故事都是合理、有根據且真實的。」我努力將他講的每句話一字不漏地記下來。

離下課還剩五分鐘的時候，原本正在進行的課程戛然而止。史特蘭先生將手垂放到身體兩側，肩膀頹然垮下。他從黑板走回長桌邊坐了下來，用手揉一揉臉然後嘆了一口氣。「開學的第一天總是特別漫長。」他疲倦地說道。

我們靜靜地坐在位置上等待著，不知道該如何回應，手裡的筆停留在筆記本上方。

他將原來放在臉上的手放了下來，接著說：「老實告訴你們，我真是他媽的累壞了。」

坐在對面的珍妮驚訝地笑了出來。有時老師會在上課時開一點玩笑，但我從來沒聽過任何一位老師用「他媽的」這個字眼，我壓根沒想過有老師會這樣講話。

「你們會介意我講髒話嗎？」史特蘭問我們。「我想我剛剛應該先徵求你們的同意才對。」他將雙手十指交扣，十分諷刺地裝出一副很真誠的樣子。「若我使用骯髒污穢的言語會冒犯到在座任何一位的話，麻煩現在提出異議，否則請永遠保持緘默。」

在場當然沒有任何一個人表示反對。

⓭ 亨利・沃茲沃斯・朗費羅（Henry Wadsworth Longfellow），1807—1882，美國詩人、翻譯家，十九世紀美國最偉大的浪漫主義詩人之一。

⓮ *Song of Hiawatha*，為亨利・沃茲沃斯・朗費羅於 1855 年創作的史詩，此詩以美國原住民為特色，格律為四音步抑揚格（trochaic tetrameter）。

學期開始的頭幾週過得很快，我每天的行程都固定不變——從早到晚不間斷的課程，早上喝一杯紅茶，午餐是花生醬三明治，接著在圖書館自習好幾個小時，晚上就回到宿舍交誼廳看華納兄弟電視台[15]的節目。我因為沒出席之前的宿舍集合，所以被罰留校察看。原本我得跟湯普森小姐在宿舍裡自習一小時，但我們兩人都不喜歡這個方式，所以我說服湯普森小姐讓我用幫她遛狗的方式來代替懲罰。我幾乎每天早上到上課前的最後一刻都還在趕作業，不論我多麼努力，卻總是弄得一團糟，永遠都在落後的邊緣。老師們都堅持說我的問題是可以透過更加用功來解決的；他們認為我很聰明，但缺乏專注力和一顆積極進取的心。這根本只是委婉地說我很懶散而已。

才搬進宿舍短短幾天，我的房間就已經變得凌亂不堪，成堆的衣服、紙張和飲料喝剩一半的馬克杯四散在房間角落。我弄丟了用來記錄每天行程的記事本——我本來就很容易搞丟東西，所以記事本不見也沒有讓我感到太意外。有時打開房門會發現我的鑰匙被插在門把上，這情形一週至少會發生一次，一定是有人在廁所、教室或是餐廳裡發現我遺落的鑰匙，然後好心幫我拿回來。我總是無法記住任何事情——我常常找不到課本，結果發現是掉進床與牆之間的縫隙；作業也老是被壓在包包底下皺成一團，每當老師看到我被壓皺的作業都怒不可遏地提醒我，如此隨便的態度會讓我被扣分。

「妳得要有一套組織系統才行！」我的先修歷史課老師對我大喊。他看到我瘋狂地翻課本想找出前幾天做的筆記，但卻徒勞無功的樣子，終於再也無法忍受了。「現在才開學第二週而已，妳怎麼已經這麼雜亂無章？」最後我總算找到之前寫的筆記，但已無法挽回他對我的看法：我就是個草率馬虎的人，這是一個軟弱的表現，代表我有嚴重的人格缺陷。

布羅維克的老師和他們所指導的學生每個月會共進一次晚餐，通常都是在指導老師的家中舉行，但我的指導老師安東諾瓦太太從不會邀請我們到她家吃晚餐。她對我們說：「我必須要劃清界線，不是每一位老師都認同我的做法，沒關係。他們讓學生成為生活的一部分，這樣也行，但我不想那麼做。我們可以約在外面一起吃飯、聊聊，結束後我們就各自回家，這就是所謂的劃清界線。」

今天是我們這學期第一次聚會，安東諾瓦太太帶我們去一家位在市中心的義大利餐館。當我正專心用叉子捲起義大利麵時，她告訴我系上老師認為我最需要改善的一點，就是缺乏組織能力的問題。我試著不要用過於輕蔑的口氣回答說我會努力改善。接著她開始輪流跟每個學生說他們得到的評語，沒有人跟我一樣被指出有缺乏組織能力的問題，但我的情況還不是最糟的；凱爾．金恩已經有兩堂課缺交作業了，這非常嚴重。當安東諾瓦太太唸出系上教授對他的評語時，其他人都盯著盤子上的義大利麵，暗自慶幸我們沒有像他一樣慘。晚餐接近尾聲，服務生將我們的餐盤收拾乾淨，接著安東諾瓦太太拿出一個錫罐，裡面裝了她自己做的櫻桃內餡甜甜圈。

---

⑮ WB 電視網為美國的電視台，於 1995 年開始播出，由華納兄弟公司經營。2006 年 WB 電視網停播，2008 年華納兄弟開通了網路電視網站 The WB，播出此台之前播出的節目。

「這道甜點叫做 pampushky⑯，是烏克蘭的傳統點心，我媽媽就是來自烏克蘭。」

我們離開餐廳後往山坡上學校的方向走，安東諾瓦太太慢慢走到我旁邊，對我說：「凡妮莎，我忘了跟妳講，妳這學期應該嘗試參加至少一個課外活動，兩個以上更好。妳得開始規劃申請大學的事了，妳目前參與的活動非常少，這樣備審資料會太過薄弱。」她開始給我一些建議，我跟著點頭。我知道我應該要參加更多課外活動，我真的有嘗試過——上週我去參加了法文社的聚會，但當我發現所有社員在每場聚會都戴著黑色小圓扁帽時，我就立刻閃人了。

「那麼創意寫作社如何呢？」她問。「妳那麼喜歡寫詩，我覺得這個社團會很適合妳。」

我也曾經考慮過參加創意寫作社，他們會固定出版文學期刊，去年我看完一整本他們出版的期刊，還把我自己寫的詩跟裡面出版的作品比較一番，試著保持客觀立場決定何者比較優秀。「是嗎？我會考慮看看。」我說。

她輕輕拍了我的肩膀。「好好想想吧。史特蘭先生是今年的社團指導教授，他對指導創意寫作很在行。」

安東諾瓦太太回頭往後看，她拍了拍手，然後用俄文對走在隊伍最後面的學生講了一些話。不知道出於什麼原因，用俄文催促大家走快一點似乎比用英文來得有效。

創意寫作社只有一名社員，叫做傑西·賴，今年就讀高三，他大概是布羅維克整個校園裡穿著打扮最接近哥德風格[17]的學生了，有人謠傳說他是同性戀。我走進教室的時候看到他坐在長桌邊，後面的桌子上堆了一疊紙。他把穿著軍靴的腳抬起來放在一張椅子上，耳朵後面夾著一支筆。他瞥了我一眼，但沒說話，我猜他根本不知道我叫什麼名字。

不過史特蘭先生一看到我便立刻從位置上跳了起來，接著邁開步伐向我走來。「妳是來參加社團的嗎？」

我張開嘴巴，不知道該怎麼回答。如果事先知道這個社團只有一名成員的話，我可能就不會來了。我當下其實很想馬上轉身離開，但史特蘭先生看到我出現非常雀躍，還握著我的手說：「妳的加入一定會讓社團增色不少。」看來我已經來不及改變心意退出了。

他帶我走向長桌，然後在我旁邊坐下，跟我解釋桌上那厚厚一疊紙其實是投稿文學期刊的作品。「這些都是學生的作品，盡量不要去看名字，仔細詳讀每一篇投稿作品，從頭到尾完整看過後再做決定。」他說我應該要把評語寫在頁緣空白處，然後給每一位投稿者一到五分的分數；一分是極差，五分代表最優異。

傑西依舊低著頭，他對我說：「我都是用打勾的方式，我們去年也是這麼做。」他指著已經

---

[16] 此烏克蘭點心為小型鹹味或甜味酵母發酵麵包，形狀多為圓形，也有做成甜甜圈的形狀。

[17] Gothic，最早是文藝復興時期用來區分中世紀時期的藝術風格，主要特徵為高聳、陰森、詭異、神祕、恐怖等，多採用黑暗的色調來表達。哥德風的妝容、服裝、色調極為陰森詭異，代表元素包括蝙蝠、玫瑰、孤堡、烏鴉、十字架、鮮血、黑貓等等。

改完的那疊投稿作品；每個作品的右上角都有一個打勾符號，分別有打勾、打勾加號，以及打勾減號。史特蘭先生挑起眉毛，顯然對於傑西的做法不大高興，但他的目光緊盯著正在閱讀的那首詩，所以沒注意到史特蘭先生的不滿。

「你們倆決定用什麼方式都可以。」史特蘭先生說。他對我露出微笑，還眨了眨眼。他站起身的時候輕輕拍了我的肩膀。

接著他走回位於教室另一端的辦公桌，我從那一疊投稿作品中抽出一份，這是一個短篇故事，標題叫做《她生命中最糟的一天》，投稿人是柔依．格林。柔依去年跟我修同一門幾何學，她坐在我後面。每當賽斯．麥克李取笑我、叫我「大隻紅髮女」的時候，柔依總會放聲大笑，好似這是她所聽過最好笑的事情。我搖搖頭，試著把對她的偏見甩出腦外，這時我才明白為什麼史特蘭先生說評分前不要先看作者的名字。

她的故事圍繞著一個在醫院候診室的女生，這女生的祖母過世了，我還沒看完第一段就已經覺得索然無味，傑西注意到我往後翻確認到底還剩幾頁，這時他壓低音量對我說：「如果作品的品質真的很差的話，真的沒有必要從頭看到尾。去年社團指導老師是布魯姆太太，我當時也是文學期刊的編輯，她根本不在意。」

我快速偷瞄了史特蘭先生一眼，他坐在辦公桌後，拱著肩膀批改著他自己負責的那一疊作品。我聳聳肩對傑西說：「沒關係，我可以繼續把它看完。」

傑西看到我手中的作品便瞇起眼睛。「柔依．格林？她不就是去年辯論比賽的時候情緒失控的那個女生嗎？」他講的人正是柔依沒錯。她那時被指派的任務是要為支持死刑的那一方辯護，當對手傑克森・凱利在最後一輪攻擊她，並且說她的立場不但帶有種族歧視色彩又道德敗壞時，柔依瞬間崩潰痛哭。如果傑克森本身不是非裔的話，這樣的言論也許就不會令她如此驚慌失措了，最終還導致她在比賽中慘敗。學校宣布傑克森贏得冠軍後，柔依辯稱說她覺得傑克森的辯駁是針對她的人身攻擊，這顯然違反了比賽規則，所以後來他們兩人並列第一名，不過其實每個人都覺得這樣的結果十分不合理。

傑西俯身過來把柔依的作品從我手中抽走，在右上角標記了一個打鉤減號，接著把它丟到「絕不考慮」的那一疊作品中。「瞧，這樣不就好了。」他說。

接下來的那一小時，我和傑西繼續審閱投稿作品，史特蘭先生則是坐在教室後方的辦公桌批改作品，有時會起身去印東西或是加水進咖啡機裡。中間他一度剝了橘子來吃，整間教室瀰漫著柑橘的香氣。下課後，當我起身準備離開教室時，史特蘭先生問我下次還會不會繼續來參加。

「不確定。」我回答。「我還在嘗試不同的社團。」

他露出微笑，一直等到傑西離開教室後才開口對我說：「我想參加這個社團沒辦法給妳太多的社交機會。」

「喔，我不在意。」我說。「反正我本來就不是一個非常熱衷於社交活動的人。」

「為什麼？」

「我也不知道，我想我就是碰巧沒有一大群朋友。」

他若有所思地點頭。「我懂妳說的，我也喜歡獨處。」

我當下本來想說我不是那個意思，我一點都不喜歡獨處，但也許他說的沒錯。也許我會這樣孤僻是自願的，比起跟其他人在一起，我比較喜歡自己一個人。

「嗯，我之前跟珍妮·墨菲兩人總是形影不離。」我告訴他。「就是那個也有修美國文學課的女生。」這些話突然從我嘴裡冒出來，讓我措手不及。我從來不曾跟任何一位老師分享過這件事，更別說是一位男老師了，但更讓我訝異的是他看我的神情——他的眼神無限溫柔，他將手托在下巴上專注地聽我說話——這讓我更想要向他傾吐心事，讓他對我有更深入的瞭解。

「啊，那位尼羅河小皇后。」他看見我皺起眉頭，一臉疑惑的樣子，馬上解釋道他會那麼叫珍妮是因為她留著一頭齊耳短髮，跟埃及豔后很相似。當我聽到史特蘭先生這樣形容珍妮，我的腹部像是被針扎了一下，那刺痛的感覺彷彿是一種比嫉妒更加令人不悅的感受。

「我不覺得她的髮型有那麼好看。」我說。

史特蘭先生的臉上露出得意的笑容。「原來妳們以前是朋友，後來發生了什麼事？」

「她開始跟湯姆·哈德森約會。」

他想了想之後問：「那個留著鬢角的男生嗎？」

我點點頭，心想老師們肯定都是用這種外貌或是個性上的特徵來歸類並辨識每位學生。我很好奇如果有人提到凡妮莎·懷，他又會聯想到什麼。是「那個紅髮的女生」，或者是「那個總是很孤僻的女生」？

「所以妳覺得被她背叛了。」他說。

我之前從來沒有認為這是背叛，但聽到他這麼形容，我的內心瞬間被一道暖流注滿。沒錯，我才是受苦的那一方。她會和我漸行漸遠並不是因為我付出太多情感或是變得太黏人。不，我才是被誤解、深受委屈的那個人。

史特蘭先生起身走向黑板，接著拿起板擦開始擦掉上節課的筆記。「妳為什麼會想嘗試參加不同的社團？因為擔心申請大學的備審資料過於薄弱嗎？」

我點頭承認，覺得似乎可以對他據實以告。「安東諾瓦太太說我應該要多方嘗試，但我是真的對寫作很有興趣。」

「妳都寫哪一類型的作品？」

「主要是詩，但寫得並不好。」

史特蘭先生轉過頭看著我並露出一個微笑，他的表情看起來既充滿同情心但又顯得高高在上。「有機會的話我想看看妳的作品。」

我注意到他用了「妳的作品」這幾個字，我很喜歡他這樣說，有種我寫的東西值得被認真看待的感覺。「當然。」我說。「如果你是真的想看的話。」

「我是真的想看。」他說。「否則我就不會開口問妳了。」

聽到他這麼說，我的臉瞬間漲得通紅。我媽曾經說過我最糟糕的習慣，就是當別人稱讚我的時候，我常常會用自嘲的方式來轉移話題。我得要好好學習接受他人的讚美，媽說我會這樣其實說到底就是因為缺乏自信。

史特蘭先生把板擦放回溝槽內，站在教室的另一端若有所思地看著我。他將雙手放到口袋裡，眼睛上下打量我。

「妳身上這件洋裝很好看，我喜歡妳的打扮風格。」

我咕噥地說了一聲謝謝，從小被灌輸的禮節觀念讓我聽到稱讚會本能地說出這兩個字。我低頭看身上穿的洋裝，這是一件墨綠色的運動洋裝，有點上窄下寬，但版型很寬鬆，幾乎沒有腰身，長度落在膝蓋上方。這件洋裝一點都不時髦有型，我會穿它只是因為墨綠色恰巧可以襯托我的紅髮。像他這樣一位中年男子會去注意年輕女孩身上穿的衣服似乎有點奇怪，我爸根本分不清洋裝和裙子有什麼差別。

史特蘭先生再次轉身擦黑板，但黑板早已擦乾淨了。他似乎有點不好意思。我想再次跟他道謝，而且這次要用很真誠的方式對他說。*真的很謝謝你，我可以這麼說。以前從來沒有人這樣稱讚我。*我打算等他轉過身的時候這麼對他說，但他不斷用板擦來回擦拭早已乾淨的黑板，綠色的板面留下一道道混濁的痕跡。

當我緩緩走向門口準備要離開教室時，他突然開口說：「希望星期四還可以再見到妳。」

「喔，當然。」我說。「你會的。」

所以我星期四又去參加了創意寫作社，隔一週的星期二和星期四也都沒有缺席。我已經成為社團的正式社員。傑西和我兩人花了比預期更久的時間決定哪些投稿作品可以被刊登在文學期刊上，主要是因為我一直猶豫不決，選好作品之後又多次改變心意；傑西跟我完全相反，他在審閱投稿作品時既快速又無情，筆尖迅速銳利地在作品上方劃上記號。我問他怎麼可以這麼快就下定決心，他回答說一個作品的優劣與否，從第一句就應該可以明顯地判斷出來。

一次週四的社團課時，史特蘭先生走進位於教室後方的辦公室裡，然後消失了一陣子。出來的時候他手裡拿著一疊過去社團發行的文學期刊，要我們瞭解出版後的成品大概會長什麼樣子。但其實傑西去年就是編輯，所以他當然早就知道了。我翻閱其中一本期刊，看到傑西的名字出現在目錄頁「小說」類別的下方。

「嘿！是你耶！」我說。

傑西看到他的名字後馬上發出了痛苦的呻吟。「拜託別在我面前看。」

「為什麼不？」我快速看了第一頁。

「我就是不想。」

我匆匆把那本期刊放進背包裡，直到吃完晚餐後才想起來。當時我正為了艱深困難的幾何學作業痛苦掙扎，被壓得喘不過氣，渴望有東西可以分散我的注意力。我從背包裡拿出期刊，翻到傑西寫的那篇作品然後開始看。我看了兩次，他寫得很好，真的很好，比起我所有作品都還要優秀，連任何一個我們審閱的投稿作品都沒有那麼出色。我在隔天社團課的時候稱讚傑西，卻被他硬生生打斷。「我已經沒那麼喜歡寫作了。」他這樣對我說。

另一天下午社團課的時候，史特蘭先生教我們如何使用新的出版軟體來編輯期刊。我和傑西並肩坐在電腦前，史特蘭先生站在我們身後看我們操作，同時也幫忙糾正錯誤。當我不小心用錯一個地方的時候，他彎下身帶著我用滑鼠修正錯誤，他的手掌十分巨大，可以將我的手完全覆蓋住。這樣的肢體接觸讓我全身發燙。接下來我又不小心犯了一個錯，他再次做了一樣的舉動，但這次他輕輕捏了我的手，彷彿在鼓勵我，跟我說我會慢慢抓到訣竅的。然而他並沒有對傑西做一樣的事。他不小心忘了在關閉程式前先把資料儲存下來，所以史特蘭先生得從頭到尾再跟他解釋一次操作步驟，但他始終沒有與傑西靠得這麼近。

九月底的天氣十分宜人，溫暖的陽光和涼爽的溫度持續了一週。每天早上樹葉的顏色都變得更加鮮豔明亮，也讓諾倫比加周圍綿延的山丘綻放著繽紛的色彩。此時的校園看起來正像之前我在學校簡介手冊上看到的畫面，就是這幅美麗的景致讓我魂牽夢縈，因此我才會想申請就讀布羅維克——校園隨處可見穿著針織衫的學生，碧草如茵，白色建築物在金黃的夕陽下閃閃發光。我應該要好好欣賞眼前的美景，但這天氣卻讓我焦慮不安。下課後我總是沒辦法好好地在一個地方坐下來休息，我會從圖書館換地方到宿舍交誼廳，接著回到我的房間，然後又再度走回圖書館。每到一個地方我都坐立難安、心煩意亂，只想換到另一個地方。

一天下午我在校園裡整整徘徊了三趟，任何地方都沒辦法讓我滿意——圖書館的光線太暗，凌亂的宿舍房間讓我感到沮喪壓抑，而校園裡到處都是成群念書的學生，更加突顯形單影隻的我孤零零的身影。最後我強迫自己在人文學院大樓後面的綠色坡地停下腳步。冷靜下來，深呼吸。

我靠著一棵遺世獨立的楓樹休息，英文課時我向窗外看到的就是這棵樹。我用手背摸了摸發燙的臉頰，我太焦慮了，現在外面溫度才十度而已，我卻全身都在冒汗。

沒關係，我心想。就在這邊看書，冷靜下來。

我背靠著樹坐了下來，手伸進背包裡準備把要看的書拿出來。我的手輕輕掠過幾何學課本，接著決定拿出我用來寫詩的螺旋筆記本，心想先從寫詩開始比較能讓自己冷靜下來。我打開最近寫的那首詩，內容是關於一個被困在孤島上呼喚水手上岸的女孩。我目前只寫了短短幾行，但當我反覆閱讀這幾行詩句時，發現我寫得真是糟透了，用字粗劣，詞不達意。我之前居然還覺得自己寫得不錯，我怎麼會有這種想法呢？這完全就是一篇極為拙劣的作品，也許我所有作品都是這麼差勁。我將身體蜷縮成一團，用手掌一直搓揉雙眼的眼皮，接著我聽到有人走近的腳步聲，落葉和樹枝被踩得嘎吱作響。我抬起頭，看見一個高聳的身影擋住了陽光。

「嗨，妳好啊。」那個人說。

我舉起手遮擋刺眼的陽光——是史特蘭先生。他看著我的臉，當他注意到我紅著眼眶時，表情瞬間變了。「妳看起來很難過。」他說。

我凝視著他，點點頭。對他說謊好像也沒什麼用。

「妳想一個人靜一靜嗎？」他問。

我猶豫了一下，然後搖搖頭。

他在我旁邊的草地上坐了下來，和我中間隔了約莫十五公分的距離。他將修長的雙腿往前伸，隔著一層褲子的膝蓋輪廓清晰可見。他的目光緊盯著我，看著我擦拭臉上的淚水。

「我不是有意要打擾妳，我在那邊樓上的窗戶看到妳，想說過來打個招呼。」他指向我們後面的人文學院大樓。「我可以問妳是為了什麼感到難過嗎？」

我深吸一口氣，努力想該如何用文字表達出我的感受。過了一會兒，我搖搖頭對他說：「這太難解釋了。」我會這麼心煩意亂不僅僅是因為我寫的詩很拙劣，或是為了找一個可以靜下心念書的地方已經讓我筋疲力竭；那是更為傷心絕望的感受，我擔憂自己是否有什麼毛病，也許我永遠沒辦法變得跟正常人一樣。

我以為史特蘭先生聽到我這麼說之後就不會再要求我多做解釋，但他卻跟之前在英文課上問我艱深的問題一樣，等待著我給予回應。*要解釋清楚當然很難，凡妮莎，艱難的問題本來就會讓人有如此的感受。*

我用力深吸了一口氣，接著開口說：「每年到了這個季節我都會焦慮得近乎抓狂，我覺得時間好像快用完了一樣，彷彿我在虛擲光陰、浪費生命。」

史特蘭先生眨了眨眼。我可以看出他本來沒有預期到我會這麼說。「浪費生命。」他嘴裡呢喃著我剛剛說的話。

「我知道這聽起來很不合理。」

「不，一點都不會，我完全懂妳的意思。」他將身體往後仰，頭枕在手上。「妳知道嗎？如果妳在我這個年紀，我會說妳聽起來像是正在經歷中年危機。」

他露出微笑，我的臉也不自覺地回應了他的微笑，我們就這樣對彼此綻放笑容。

「妳剛剛看起來好像在寫東西，有寫出什麼不錯的作品嗎？」他問我。

我聳著肩膀，不確定我寫的東西是否能稱得上是不錯。從我的嘴巴說出口好像在自吹自擂。

「願意給我看看妳目前寫的東西嗎？」

「絕對不行。」我將筆記本緊緊握在胸前。我看到他的眼裡閃過一絲驚恐，好似被我這突如其來的舉動嚇到了。於是我穩定情緒後向他解釋：「我還沒寫完。」

「寫作這件事有完成的一天嗎？」

這問題似乎帶有陷阱，於是我想了一會兒之後說：「有些作品可以被修飾得更加完善精煉。」

他笑了笑，似乎很滿意這個答覆。「那妳有完成度比較高的作品可以讓我看嗎？」

我鬆開了原本緊握筆記本的手，將第一頁翻開。裡面的詩幾乎都只是半成品而已，隨處可見被我劃掉又重新塗改的文字。我匆匆翻到最後幾頁，找到我最近幾週都在寫的那首詩。雖然還沒寫完，但應該不算太糟。我把筆記本遞給他，暗自希望他不會注意到我在頁緣隨手畫的藤蔓荊棘。

他用雙手小心翼翼地捧著我的筆記本，光是這個畫面就讓我的內心起了一股漣漪。從來沒有任何人碰過我的筆記本，更不用說一窺我在裡面寫的內容了。史特蘭先生看完之後只說了一聲：「嗯。」我等著他給我更清楚的回應，至少讓我知道他覺得這首詩算是不錯還是很差，但他卻只說：「我要再看一次。」

等他終於看完第二次之後，他抬起頭對我說：「凡妮莎，妳寫得很不錯。」我大力吐出一口氣，忍不住笑了出來。「妳花了多久時間寫這首詩？」他問。

我想讓他覺得我天資聰穎，這樣他才會對我留下深刻的印象，所以我聳聳肩說了一個謊：「沒有很久。」

「妳之前說妳很常寫作。」他將筆記本還給我。

「通常每天都會寫。」

「看得出來。妳的文筆很好。我是以讀者身分說的，不是老師。」

聽到他這麼稱讚我實在很令人雀躍，我忍不住又綻放笑容。史特蘭先生對我露出他那高傲但又溫柔的微笑。「這很好笑嗎？」他問我。

「不是，只是從來沒有人給過我的作品那麼高的評價。」

「妳在開玩笑吧，這樣的稱讚根本不算什麼，我可以講出更好的讚美。」

「我以前從沒有讓任何人看過我寫的……」我本來要說東西，但後來決定用他講過的話。「我寫的作品。」

接著我們陷入一陣靜默，他將雙手枕在頭後，把身子往後傾，仔細欣賞眼前的這片景色：如詩如畫的市中心，遠方蜿蜒流淌的小溪，綿延起伏的山巒。我低頭看著手中的筆記本，雖然我的眼睛盯著它看，但卻一直無法聚精會神。我無法不去注意距離我那麼近的史特蘭先生，他傾斜著身軀，隔著襯衫的小腹微微凸起，一雙腿十分修長；他將腳踝交叉坐在草地上，一隻褲管向上隆起，露出登山靴上方一小吋的肌膚。我擔心他隨時會起身離開，所以努力想找話題將他留下，但在我想到要說什麼之前，他已經從草地上撿起一片紅楓落葉。他拿著楓葉的葉柄旋轉，靜靜地端詳了一會兒，接著將它舉起放到我的臉頰旁。

「看看這片楓葉。」他說。「跟妳的髮色多麼相稱。」

我全身僵住，動彈不得，感覺到我的嘴巴微微張開。他手裡握著楓葉在我臉頰旁邊停留了一會兒，楓葉的尖端輕輕拂過我的髮絲。接著他搖搖頭，將手鬆開，楓葉飄落到地面上。他站起身，再度遮住刺眼的陽光，接著將雙手在大腿上擦了一下，沒向我道別就走回了人文大樓。

他消失的那一瞬間，我感到一股衝動向我席捲而來，讓我急著想逃離這個地方。我迅速地闔上筆記本，抓起了背包，準備往宿舍的方向跑回去，但突然間我停下腳步，轉身開始在地上找尋他剛剛撿起來並舉到我臉頰旁的那片楓葉。我成功找到那片葉子，小心翼翼地把它夾在筆記本內頁，確認它已經安全地躺在我的包包裡之後，才邁開步伐穿越校園，感覺自己宛如風一樣騰空飛翔。回到房間後我才想起來，他剛剛說他是透過窗戶看見我在樹下，我焦慮地緊閉雙眼，盡可能不去想他可能已經看到我尋找那片楓葉的焦急模樣。

隔一週是爸的生日，我回家幫他慶生。媽送爸的禮物是一隻從動物庇護所領養的黃色迷你拉不拉多，庇護所列出他被主人遺棄的原因是「毛色太淡」。爸把牠取名叫貝比，就跟《我不笨，所以我有話說》那部電影[18]裡的主角一樣，因為牠那圓滾滾的肚子和粉嫩的鼻子看起來真的就像一隻可愛的小豬。我們家養的上一隻狗在暑假時過世了，牠是一隻高齡十二歲的牧羊犬，爸看到牠在鎮上四處流浪，所以把牠帶回家養。貝比是我們家養的第一隻小型犬，我瘋狂地愛上牠，整個週末都把牠當作小嬰兒一樣緊緊抱在懷裡。我喜歡摸牠那柔軟的肉球，還有聞牠身上散發出來的甜甜香氣。

晚上等到爸媽都就寢後，我站在臥房的鏡子前，試著想像我在史特蘭先生眼裡的樣子：一個髮色猶如楓葉一般的女孩，身上穿著一件美麗的洋裝，非常擅長打扮自己。但我怎麼看都覺得我只是一個臉色蒼白、滿臉雀斑的小孩。

慶生週末結束後，爸和貝比待在家，媽開車送我回學校。我和她兩人獨處在車上的密閉空間裡，內心好想跟她分享我和史特蘭先生的事，那股渴望強烈到讓我的胸口發燙。但我又有什麼好分享的呢？他不過就是碰了我的手幾次、說了一些話稱讚我的頭髮而已。

我們正準備過橋開往市中心的方向，這時我刻意用十分輕鬆自然的口氣問她：「妳之前有注意到我的髮色跟楓葉很像嗎？」

媽訝異地轉頭看著我。「嗯，楓葉有分成很多不同種類。」她說。「它們在秋天的時候也都會轉變成不同的顏色。有糖楓、條紋楓，還有常見的紅楓，而且緯度越高顏色也不一樣，有矮楓還有……」

「算了，當我沒提。」

「妳什麼時候開始對楓樹那麼感興趣？」

「我是在說我的髮色，不是楓樹。」

她問我是誰說我的髮色有如楓葉一般，不過她似乎沒有起疑心。她的聲音很溫柔，彷彿覺得有人這麼跟我說是一件很甜蜜的事。

「沒人這樣說。」我回答她。

「一定有人這樣跟妳講過。」

「不能是我自己注意到的嗎？」

我們在紅燈的路口停下，車內的廣播轉播著每小時的即時新聞。

「如果我老實跟妳說，妳得答應我不會反應過度。」我說。

「絕對不會。」

我懷疑地盯著她看：「妳得向我保證。」

「好啦。」她說。「我保證。」

我深吸了一口氣，接著告訴她：「是一位老師這樣告訴我的，他說我的頭髮有著宛如楓葉一般的顏色。」說出口之後如釋重負的感覺讓我的身體飄飄然，我甚至差點笑了出來。

媽瞇起了雙眼。「老師？」

「媽，小心看路。」

---

⑱ *Babe*，一部 1995 年上映的電影，講述一頭夢想成為牧羊犬的小豬的故事。

「是男老師嗎？」

「有差別嗎？」

「老師不應該對妳說這種話，是哪位老師？」

「媽。」

「我想要知道。」

「妳剛剛才答應我不會反應過度的。」

她緊閉雙唇，試著保持鎮定。「我只是覺得跟一個十五歲的女孩說這種話很奇怪而已。」

我們開著車子穿越城鎮，沿路可以看到許多年久失修的維多利亞式宅邸，其中不少已經被分割改建成公寓。市中心冷冷清清，雜亂無章蓋成的醫院向四方延展。我們經過了總是帶著笑容的保羅・班陽⑲雕像，留著黑色頭髮和鬍子的他看起來跟史特蘭先生頗為神似。

「是一個男老師說的，妳覺得他這樣講很奇怪嗎？」

「是的。」媽回答。「我真的覺得他這樣很不妥。妳希望我跟學校反應嗎？我可以去學校大鬧一場。」

我腦海中浮現她氣呼呼地衝進行政大樓裡，大聲嚷嚷要找校長談話的畫面。我用力搖頭，一點都不希望她這麼做。「他只是隨口說說的。」我說。「不用放在心上。」

媽聽到我這麼說鬆了一口氣。「到底是哪位老師？」她又再問了一次。「我不會做出什麼事情，只是單純想知道而已。」

「是我的政治學老師。」我毫不猶豫地對她撒謊。「薛爾登先生。」

「薛爾登先生。」她嘴裡唸出這幾個字的時候，彷彿這是她這輩子聽過最愚蠢的名字。「妳根本不該跟老師一起消磨時間，妳現在的首要任務是多認識些朋友。」

我望著窗外的道路呼嘯而過。我們本來可以開州際公路到布羅維克，但媽拒絕了這個提議，她說州際公路就像賽車道一樣，上面到處都是帶著滿腔怒火在開車的人，所以她後來決定開一條只有兩線道的高速公路，這代表我們得花兩倍的時間才能到達學校。

「我並沒有什麼毛病，妳知道的對吧？」

媽轉頭看了我一眼，她的眉頭深鎖。

「我喜歡一個人獨處，這很正常，妳不應該一直為了這件事刁難我。」

「我沒有刁難妳。」媽對我說，但我們心裡都明白這不是事實。過了一會兒她又開口說：「很抱歉，我只是很擔心妳而已。」

接下來的一路上我們幾乎沒有再交談，我只是靜靜地凝視窗外發呆，內心不禁暗自竊喜自己贏得了勝利。

⑲ 保羅．班陽（Paul Bunyan），美國神話人物，傳說中的巨人樵夫，力大無窮，伐木快如割草。因其體型巨大，傳說其只須邁一小步，就能跨越三條街。

我在圖書館裡的單人小隔間念書，幾何學的作業攤在桌上。我試著集中精神，但我的大腦彷彿是在水面上跳躍的小石子一樣。不，應該說像是在錫罐裡碰撞得嘎嘎作響的石頭。我將課本拿出來劃重點，但不斷想到我正在寫的、有關被困在小島上的女孩那首詩。等到我再次抬頭看時間，發現已經過了一小時，而我的幾何學作業依然沒有任何進度。

我揉一揉臉頰，拿起鉛筆準備開始寫作業，但才不過短短的幾秒鐘，我已經開始望著窗外發呆。此刻正值太陽西下，落日餘暉照映在樹木上，散發出耀眼的光芒。幾個身穿足球衣、肩膀上掛著釘鞋的男學生從足球場上走下來。兩個女學生手裡提著小提琴盒，看起來就像是在拿書包一樣。她們都將頭髮紮起來，馬尾隨著她們的步伐在背後輕輕擺動著。

這時我看見湯普森小姐和史特蘭先生兩人一起走向人文大樓。他們走得很慢，似乎不趕時間。史特蘭先生兩手緊扣放在身後，湯普森小姐則是摸著臉，臉上掛著笑容。我試著回想之前是否看過他們兩人走在一起，在內心判斷湯普森小姐的樣貌算不算好看。她有一雙藍色眼珠，留著一頭深色頭髮，我媽總是認為這樣的搭配特別有魅力；但她的身形圓潤，而且臀部就像個書架一樣向外凸起。我特別叮囑自己將來千萬要小心，不要變成像她那樣的身材。

我瞇起雙眼，試著在遠方看清楚更多細節。他們靠得很近，但並沒有觸碰到彼此；湯普森小姐有一度將頭往後仰笑了出來。史特蘭先生很幽默嗎？他從來沒有逗過我笑。我將臉緊緊貼在窗戶上，試著不要讓他們離開我的視線範圍，但他們轉了一個彎，接著就消失在葉子已經轉變為橘黃色的橡樹後了。

我們考了學術能力評估測試預考[20]，我考得還可以，但比起其他十年級生，我的成績並不突出，有些人已經收到常春藤名校寄來的招生簡章了。我買了一本新的記事本來安排讀書進度，有些老師注意到了，他們將這個消息轉告安東諾瓦太太，她給了我一盒用錫罐裝的榛果糖當作獎勵。

我們在英文課閱讀華特・惠特曼[21]的作品，史特蘭先生向我們講述每個人都內含許多不同的面向與矛盾之處。我開始注意到他身上似乎有些相互牴觸的地方：他畢業於哈佛大學，卻說自己出身清寒；他常常在談吐如流中迸出些不堪入耳的下流言語；他會穿著合身剪裁的西裝外套和熨燙整齊的襯衫，腳上卻搭配一雙已經磨損的登山靴。他的教學方式似乎也不太一致，學生在課堂上發言總是一件很冒險的行為。如果他喜歡你講的內容，他會為你拍手並走到黑板前方，針對你所講的絕妙見解多加闡述；但如果他不喜歡你發表的意見，他根本不會讓你講完——他會直接打斷你的話，跟你說「好了，這樣就夠了。」讓你覺得無地自容。我很害怕在他的課堂上發表意見，儘管有時當他問班上開放式問題時會盯著我看，好似特別想聽聽我有什麼想法。

---

[20] Preliminary SAT，簡稱 PSAT，為美國大學入學測驗（SAT）預考。對準備申請大學、認真備考、迎接挑戰的十一年級學生來說，PSAT 是 SAT 前的熱身賽。

[21] 華特・惠特曼（Walt Whitman），1819—1892，美國詩人、散文家、新聞工作者及人文主義者。惠特曼是美國文壇最偉大的詩人之一，有自由詩之父的美譽。

我會在課堂筆記的頁緣處記錄史特蘭先生不經意透露、有關自己的細節：他在蒙大拿州㉒一個叫做比尤特（Butte）的地方出生，這地方的發音就像 cute；他在十八歲去念哈佛大學之前從來沒看過海；他現在住在諾倫比加的市中心，就在公立圖書館對面；他小時候曾經被狗攻擊過，所以他現在對狗並沒有好感。一次週三的創意寫作社下課後，傑西離開教室往走廊的方向走，這時史特蘭先生跟我說他有東西要給我，接著從桌子最底層的抽屜拿出了一本書。

「這是課堂上要看的嗎？」我問。

「不。」他說。「這是要給妳的。」他繞過辦公桌向我走來，然後把那本書放到我手中。「這是席薇亞．普拉絲的詩作《精靈》㉓，妳有看過她的作品嗎？」

我搖搖頭，接著把書翻到背面。這本書看起來很老舊，外層套著一個藍色書封，書本內頁夾著一張用來當作臨時書籤的小紙片。

「她的寫作洋溢著極端的情感力道。」史特蘭先生說。「但很多年輕女性都十分崇拜她。」

我不確定他所謂「極端的情感力道」指的是什麼，但我沒有多問。我迅速地翻閱這本書，一首首詩篇在我眼前閃過，接著我停在夾著書籤的那首詩，上面的標題用粗體寫著《拉撒路夫人》這幾個字。「為什麼要特別標記這首詩？」我問他。

「我來解釋給妳聽。」

史特蘭先生走到我旁邊、將書本翻開。跟他靠得那麼近讓我有股彷彿要被吞沒的感覺。他是如此高大，我的頭頂還沒有高過他的肩膀。

「這裡。」他指著這幾行字。

在灰燼裡
我披著紅髮升起
像呼吸空氣般地吞噬男人

「這首詩讓我想到妳。」他對我說。接著將手放到我的身後，輕輕拉了我的馬尾一下。

我的雙眼緊盯著書，假裝在仔細研究那首詩，但上面的詩句在泛黃的紙上變成一團模糊的黑影。我不知道該如何回應他的那句話，我似乎該笑出聲來才對。我納悶他是不是在跟我調情，但這是不可能的。調情應該是一件輕鬆有趣的事才對，但我現在的心情卻覺得很沉重，坐立難安。

史特蘭先生低聲問我：「妳會介意我這樣說嗎？」

我舔了嘴唇，接著聳肩說：「當然不會。」

---

[22] State of Montana 是美國西北部的一州，州名來自於西班牙語的「montaña」（山）。此州的面積在美國名列第四大，然而相對之下，人口相當稀少，人口密度也相當低。經濟上以農牧為主，作物主要有燕麥、大麥和甜菜，亦有重要的採礦和伐木業。

[23] *Ariel*，為詩人席薇亞．普拉絲第二本被出版的詩集。普拉絲於 1963 年自殺，兩年後由其夫泰德．休斯編輯，並於 1965 年出版。

「我會這樣問，是因為我不想對妳踰矩。」

踰矩。我不確定那是什麼意思，但他低頭凝視我的樣子讓我無法問出任何問題。忽然之間，他看起來似乎很困窘但同時又滿懷希望。如果聽到我說會介意的話，他可能會哭出來。

於是我露出微笑，搖頭對他說：「你沒有對我踰矩。」

他鬆了一口氣。「那就好。」接著他轉身走回他的位置。「看看這本書，讀完之後跟我分享妳的想法，也許這本書會讓妳文思泉湧，成功幫助妳創作出一、兩首詩。」

離開教室後我直接走回宿舍，一到房間我就躺到床上把《精靈》從頭到尾看完。我喜歡裡面的詩，但更讓我好奇的是為什麼這些詩會讓史特蘭先生想到我，還有他是從什麼時候開始這麼認為的。也許是他舉起楓葉放到我臉頰旁邊的那個下午？那天他說我的髮色宛如楓葉一般。我想知道他把這本詩集放在抽屜裡多久了，他是否先等了一陣子才下定決心拿給我。也許他得要鼓起勇氣才敢這麼做。

我拿起他本來夾在書裡當書籤的紙片，在上面用整齊的草書寫下我披著紅髮升起這句話，然後用大頭針把它釘在書桌上方的軟木墊上。一直以來只有大人會稱讚我的髮色很美，但他給我這本書代表他不僅是一個善良的人而已。這代表他時常惦記著我，頻繁到甚至有些事情會讓他想起我，這絕對是有特殊意義的。

我等了些時日才將普拉絲的《精靈》還給他，我刻意在下課後放慢動作，拖拖拉拉，等到其他學生都走光之後才將書放到他的桌上。

「怎麼樣？」他將手肘撐在桌上，身體往前傾，渴望聽到我的想法。

我遲疑了一會兒，接著揉了揉鼻子。「她有點自我中心。」

他聽我這麼說笑了出來──發自內心的開懷大笑。「妳說的沒錯，我欣賞妳的誠實。」

「但我很喜歡這本詩集。」我說。「尤其是你做記號的那首詩。」

「我也覺得妳會喜歡。」他走向書櫃，仔細看著書架上擺放的書。「給妳。」他遞給我另一本書，作者是艾蜜莉．狄金生。「看妳看完之後有什麼想法。」

這次我並沒有刻意等了幾天才把書還給他。隔天下課後我馬上把書放在他的桌上，然後跟他說：「我一點都不喜歡。」

「妳在開玩笑吧。」

「我覺得這本書有點無趣。」

「無趣！」他將一隻手放在胸膛上。「凡妮莎，妳這麼說真的讓我好受傷。」

「你之前不是說你喜歡我說實話？」我笑著對他說。

「是呀。」他說。「但如果妳的想法跟我一致的話，我會更加欣賞妳的誠實。」

史特蘭先生下一本介紹給我的書是由埃德娜．聖文森特．米萊所作的。他說埃德娜的詩饒富韻味，一點也不乏味沉悶。「她也是一個來自緬因州的紅髮女孩。」他說。「就跟妳一樣。」

自從拿到這本書，我去哪裡都帶著它，一有空就把它拿出來看。不論是短短幾分鐘的下課空檔或是吃飯時間，我都抓緊時間不停地看。我慢慢開始明白，他介紹這些書給我的用意並不是要我愛上它們，而是希望我能透過這些詩人的作品，用不同視角來看待自己。這些詩彷彿線索一樣，幫助我理解他為什麼會對我產生興趣，以及他在我身上究竟看見了怎麼樣的特質。

他對我展現了充分的關注，因此當他問我是否願意多給他看一些我寫的作品，我才願意鼓起勇氣把草稿交給他。他看完後會給我一些很有建設性的評論，不是只有單純的讚美而已，而是能實質上幫助我改善寫作技巧的建議。他將那些我原本就感到猶豫不已的字眼圈起來，並在旁邊寫下沒有更好的選擇嗎？他也會將我的其他用字直接劃掉，並寫下妳可以做得更好。我給他看的其中一首詩是在夜深人靜時創作的，當時我做了一個夢，夢裡的場景猶如是他的教室和我家臥房的綜合體。他看完之後在旁邊寫下：凡妮莎，這首詩讓我有點恐懼。

我開始會在辦公時間待在他的教室裡，他會在辦公桌上工作，而我則在長桌邊念書。十月的秋光透過窗戶灑落在我們身上。有時會有其他學生走進教室詢問他課業上的問題，但大多數時間都只有我們兩人而已。他問了很多關於我的問題，像是在鯨背湖長大是什麼感覺、我覺得布羅維克這所學校如何，或是未來我長大後會想從事怎麼樣的工作。他說我的未來無可限量，我擁有的才華能力與眾不同，這樣的才能是沒辦法透過成績標準衡量出來的。

「有時我會為了像妳這樣的學生感到憂心忡忡。」他說。「這些學生來自鄉下小鎮，學校的資源匱乏且校舍破舊，到了像這樣的大城市後，很容易因為無法適應環境而感到不知所措。但妳目前都還習慣對吧？」

我點點頭，但內心納悶他腦海中所想像的「破舊」校舍長得是什麼樣子，我之前就讀的中學環境並沒有他說的那麼糟糕。

他接著對我說：「記住，妳是獨一無二的。妳所具備的特質，是那些隨處可見的成功人士夢寐以求的。」當他講到「隨處可見的成功人士」這幾個字時，他指向長桌邊的空位，我不禁想到珍妮。她一直以來都對成績十分執著，有一次我走進宿舍房間時，看到她躺在床上啜泣，腳上還穿著靴子，床單上沾滿了鹽漬。她的微積分先修課程的期中考考卷在地上皺成一團，上面分數是八十八分。珍妮，這樣妳至少也還有B。我對她這麼說。但這一點都沒有安慰到她，她只是轉身面向牆壁，雙手摀著臉繼續哭泣。

一天下午，我們待在他的辦公室裡，他正在用電腦打課程講義，突然間他說：「我很好奇他們看到妳這麼常待在我的辦公室、跟我獨處會有什麼想法。」我不知道他說的「他們」指的是誰——其他學生或老師嗎？又或者他講的是所有人，將整個世界簡化成一個集體的他者。

「我一點都不擔心。」我說。

「為什麼呢？」

「因為從來不會有人注意到我做的任何事情。」

「這才不是真的。」他說。「我就常常注意到妳。」

聽到他這麼說，我抬起頭來。他原本在打字的手也停止動作，手指放在鍵盤上靜止不動。他目不轉睛地凝視著我，臉上寫著無盡的溫柔，在我體內流轉的血液彷彿都因此而凝結。

至此之後，每當我做任何事，都會想像他在注視著我。不論我是在睡眼惺忪地吃著早餐，或是走到市中心的路上，還是當我獨自一人在房間裡，摘下綁在馬尾上的髮圈，然後鑽進被窩開始閱讀他最新替我挑選的書。在我的腦海裡，他專注地看著我翻閱每一頁，我的一舉一動都讓他怔住不動，神魂顛倒。

隨著親師週到來，布羅維克將在這為期三天的週末裡，全力以赴展現學校最優異的一面。週五有一場雞尾酒會，只有家長能夠參加，緊接著是在餐廳舉行的全校正式晚宴，晚宴的菜餚有烤牛肉、手指馬鈴薯、溫藍莓派，這些食物從未在學生餐廳出現過。親師座談在隔天的週六午餐前舉行，下午是我們學校主場的運動賽事。有些會待到週日的家長一早就先去市中心做禮拜或是去吃早午餐。去年我爸媽參加了整整三天的親師週行程，連週日的望彌撒都沒錯過，但今年媽對我說：「凡妮莎，如果今年我們又得從頭到尾參加的話，妳爸和我會喪失活下去的意志。」所以今年他們只有來參加週六的親師座談。我並不介意，跟布羅維克息息相關的人是我，學校對他們來說並沒有那麼重要。他們或許寧可把票投給共和黨，也不願意把寫著像是我家小孩念布羅維克這樣的標語貼在車子的保險桿上。

親師座談結束後，他們來宿舍看看我的房間。爸戴著一頂紅襪隊的棒球帽，身上穿著一件紅黑格紋的法藍絨襯衫，媽則是一副要與爸相抗衡似的穿了成套的針織衫。爸在我的房間裡四處瀏覽，仔細看我在書架上擺了什麼東西；媽則是跟我一樣躺在床上，試著握住我的手。

「不要這樣。」我一邊說一邊掙脫她的手。

「那讓我聞聞妳的脖子。」她說。「我好想念妳身上的味道。」我將肩膀弓起，試著阻止她。

「這樣很奇怪耶，媽。」我說。「這樣一點都不正常。」去年寒假她問我可不可以給她一件我最喜愛的圍巾，她想要把它存放在箱子裡，這樣每當她想我的時候就可以把圍巾拿出來，聞聞我身上的氣味。我只要一想到她這樣就會滿懷愧疚、無法呼吸，只能試著把這個想法拋諸腦後。

媽接著開始跟我講起今天的親師座談會。唯一令我感興趣的只有史特蘭先生究竟說了什麼，但我不想表現出太好奇的樣子，以免引起他們的懷疑，所以我很有耐心地等著她按照教師名單一個一個講。

最後她終於說：「妳的英文老師似乎是一位很有趣的人。」

「是留著鬍子、很高大的那位嗎？」爸問。

「沒錯，就是念哈佛的那個。」媽在空氣中比出哈—佛—兩個字。我想知道他們是如何得知這件事的，是他不經意在對話中提起，還是爸媽自己注意到掛在他辦公室牆上的那張哈佛畢業證書。

「他真的很風趣幽默。」媽又說了一次。

「什麼意思？他說了什麼？」我問道。

「他說妳上週的作業寫得很好。」

「就只有這樣？」

「他應該要跟我們分享其他事情嗎？」

我緊咬著腮幫子上的肉，一想到他把我形容得跟其他學生沒兩樣，我頓時感到困窘不已。他說妳上週的作業寫得很好。也許對他來說我就僅止於此而已。

媽說：「妳知道我對誰的印象很差嗎？那個政治學老師，薛爾登先生。」她用一個銳利的眼神看著我，接著說：「他看起來就是個不折不扣的混蛋。」

「珍，別這樣。」爸不喜歡媽在我面前罵髒話。

我從床上爬起來打開衣櫃，假裝在裡面東翻西找，這樣我才不用看著他們為了究竟要留在學校吃晚餐還是在天黑前開車回家而起爭執。

「妳會很介意我們不留在學校吃晚餐嗎？」他們問我。我盯著衣櫃裡的衣服，嘴裡咕噥著說我都沒差。我一如既往地跟他們匆匆道別，媽又再度熱淚盈眶，我努力告訴自己不要為此感到惱怒。

在惠特曼報告截止前的那個週五課堂上，史特蘭先生按照每個人在長桌的座位抽點學生分享個人報告中的主旨句。他聽完後會給我們即時的回饋，像是「不錯，但還需要修改」或是「刪掉重寫」。每個人都緊張得坐立難安。湯姆・哈德森得到的評語是「刪掉重寫」，有那麼一秒鐘我以為他要哭出來了；當史特蘭先生對珍妮說「不錯，但還需要修改」時，她真的眨了眨眼，硬把眼淚吞回去。那時的我有股衝動想跑過去張開雙臂擁抱她，我想對史特蘭先生說不要再刁難珍妮了。當輪到我分享我寫的主旨句時，他說我寫得很完美。

等到每個人都分享完畢並得到評語後，距離下課還有十五分鐘，史特蘭先生要我們用剩下的時間修改主旨句。我坐在位置上不知道該做什麼，畢竟他都說我寫得很完美了。接著史特蘭先生在他的位置上叫了我的名字，並將上課前我拿給他看的那首詩舉起來，示意要我去前面找他。「我們來討論一下這首詩。」我站起身，椅子摩擦地板發出刺耳的聲音。這時珍妮的手似乎寫到有點抽筋，她將手中的筆放下，接著甩了甩手。我們的眼神短暫交會了幾秒鐘，我可以感覺到當我走向史特蘭先生的辦公桌時，她的目光緊盯著我不放。

我在史特蘭先生旁邊的位置坐了下來，發現他還沒有在我的詩上面做任何註記。「坐過來一點，這樣我們小聲講話才聽得到。」他對我說。但在我要移動椅子之前，他已經將手放在我的椅背上，接著把我的椅子朝他的方向拉過去。我們兩人中間現在只隔了不到三十公分的距離。

似乎沒有人在意我們正在做什麼，即便有人感到好奇，也沒有人展現出來。每個人都坐在自己的位置上低頭沉思、眉頭深鎖，他們彷彿身處同一個世界，而史特蘭先生和我則置身於另一個世界裡。我寫詩的那張紙對折處有些摺痕，他用手掌心將摺痕壓平，接著開始閱讀我的詩。我們兩人靠得好近，我可以聞到他身上散發出來的氣息，那是咖啡夾雜著粉筆灰的味道。我趁他在閱讀時仔細觀察他的手，他的指甲因長期啃咬而變得不平整，手腕關節可以看到深色的毛髮。我納悶如果他根本還沒看過這首詩，為什麼會主動提出說要和我討論；我也想知道當他在親師座談會那天看到我爸穿著法蘭絨襯衫，媽將皮包緊握在胸前的樣子，內心有什麼想法。他會不會覺得他們這樣看起來很像鄉巴佬？噢，原來你念哈佛大學呀。他們當時見到史特蘭先生時一定十分敬畏地這麼對他說。

史特蘭先生用筆指著幾行字，接著低聲說：「妮莎，我得問妳，在寫這段的時候，妳是故意語帶性感、挑逗嗎？」我的目光落在他所指的那幾行上：

睡夢中的她是如此恬靜溫柔，肚子透著粉嫩的淺紫色，
她微微顫動了一下，用她那上了色但已逐漸斑駁的腳趾踢了踢毛毯，
並打了一個大大的呵欠，赤裸地接受他凝視的目光。

他問的問題讓我頓時驚慌失措，我彷彿被一分為二；雖然我的身體依舊坐在他旁邊的位置上，但理智其實已經羞澀地退回其他學生也在的長桌邊。之前從來沒有人說過我性感，而且會那麼親密地叫我妮莎的人也只有我爸媽而已，我在想會不會是因為他們在親師座談會的時候那樣叫我，史特蘭先生注意到了這件事，然後默默地記在心裡。

我在寫這段話的時候有故意語帶性感、挑逗嗎？「我不知道。」

他的身子稍稍地遠離我，雖然動作很細微，但我感受到了。他對我說：「我不是故意要讓妳感到尷尬。」

這時我才明白他剛剛其實是在測試我，他想知道我聽到他說我很性感時會有什麼反應，而我那困窘驚慌的樣子代表我沒有順利通過這個考驗。我趕緊搖搖頭對他說：「我並沒有感到尷尬。」

他繼續閱讀這首詩，並在另一段文字旁邊打了一個驚嘆號。「噢，這裡寫得真美。」他彷彿是

在喃喃自語，而不是在說給我聽。

教室外的走廊傳來用力關門的聲音。葛瑞格．埃克斯緊張地扳著手指，關節發出喀喀的聲響；珍妮使勁地用橡皮擦來回擦拭她寫的主旨句，似乎覺得怎樣寫都不滿意。我的眼神飄向窗外，看見一個紅紅的東西在外頭，我瞇起雙眼仔細看才發現原來那是一顆氣球。它的繩子卡在楓樹的殘枝上，因而在空中隨風搖擺，不斷地拍打葉子和樹幹。我好奇這顆氣球會是從哪裡來的？有好長一段時間我全神貫注地凝視這顆紅色氣球，眼睛眨都沒眨。

接著史特蘭先生用膝蓋輕輕碰了我裙子下緣露出的那截大腿。他的雙眼依然專注地看著我寫的詩，筆尖跟著我的詩句緩緩移動，而他的膝蓋卻緊貼著我的腿。我全身僵住，假裝一動也不動。班上的另外九位同學坐在長桌邊全神貫注、低頭沉思，而窗外的那顆紅色氣球軟弱無力地垂掛在枝椏上，隨風飄蕩。

一開始我以為他沒有發現他的腳碰到的是我的大腿，也許他誤以為那是桌子或是椅子的邊角，所以我不動聲色，等他驚覺碰到的是我的大腿時，他會低聲對我說「抱歉」，然後迅速地將腳移開。但他的膝蓋依舊緊緊地貼著我。當我想保持禮貌並將腿緩緩移開時，他卻緊跟著我移動。

「妮莎，我覺得我們非常相似。」他低聲對我說。「我可以從妳的寫作風格中看出來，妳跟我一樣，是帶有黑暗色彩的浪漫主義者。妳也喜歡黑暗陰沉的事物。」

在桌子的掩護下，史特蘭先生溫柔地拍了拍我的膝蓋，他非常謹慎，像是小心翼翼地輕拍一隻狗，想確定牠不會突然變得兇猛然後反過來咬人一樣。我並沒有這麼做，我靜靜地坐在位置上動也不動，甚至不敢大口呼吸。他的一隻手繼續在我的詩旁邊寫下註記，同時用另一隻手不斷地輕撫我的膝蓋。我感覺靈魂猶如被吸出了身體一般飄浮在空中，我可以從天花板上方看見我自己的樣子——拱著肩披著紅髮的我，兩眼無神、目光呆滯。

下課鐘聲響起，他將身體移開，剛剛他的手輕碰著我膝蓋的那塊地方已經沒有了原來的溫熱。教室裡頭頓時變得很喧鬧，用力闔上書本還有拉上拉鍊的聲音此起彼落，每個人談笑風生，沒有人注意到剛剛在他們眼前究竟發生了什麼事。

「期待下次見面。」史特蘭先生一派輕鬆地將寫滿評語的詩遞給我，彷彿什麼事都沒發生。

教室裡的其他九個學生收好東西後便離開了，他們正準備去參加球隊練習、話劇排演，還有社團聚會，繼續過著他們多采多姿的生活。我也離開了教室，但卻跟他們不同：現在的他們跟來上這堂課之前並無兩樣，而我已經徹底改變，我的靈魂得到了釋放，再也沒有任何人事物可以將我束縛。其他人踏著步伐穿梭在校園裡，過著平凡無奇的日子，我卻能在天空翱翔，身後拖曳著楓紅色的彗星尾翼。我再也不是原來的自己了；我已脫離原來的身分，宛如那顆被樹枝纏住的紅色氣球。我覺得自己變得好渺小，微不足道。

2017

收到伊拉傳來的訊息時，我剛好在工作。我的雙眼凝視著飯店大廳，手機螢幕上的訊息通知越積越多，我全身動彈不得，不知該如何是好。上次我們分手後，我把他在我手機上顯示的名字改成別理他。

妳最近好嗎？

我常常想到妳。

想見面喝點東西嗎？

我不想讓他知道我已經看到訊息了，所以我還沒有點開來看。即便如此，當我忙著推薦客人餐廳、打電話幫忙訂位，還有告訴客人為他們服務是我莫大的榮幸時，我可以感覺到一股迫切的渴望已在心中燃起。距離伊拉說我們得徹底結束這段關係已經過了三個月，這段期間我一直很安分，沒有為了製造巧遇的機會特意經過他的公寓，也沒有主動打電話或是傳訊息，甚至連喝醉的時候我都克制住這股欲望。我這麼安分地不打擾他，終於等到他主動傳訊息聯絡我了。

我等了兩小時才回他訊息。我很好。可以一起喝點東西。他馬上就回覆我：妳正在上班嗎？我現在跟朋友在外面吃晚餐，可以等妳下班後去找妳。我用顫抖的雙手回了他一個豎起大拇指的符號，好似我連「聽起來不錯」這幾個字都懶得打出來。

我十一點半下班離開飯店的時候，他已經在外面等我了，他將身體靠在泊車服務生的檯桌上，拱著肩膀低頭看手機。我馬上就注意到他外表的變化：他將頭髮剪短了，打扮也變得時髦不少。他穿了一條黑色緊身褲，上半身是一件手肘刷破的單寧外套。他看到我朝他走過去的時候嚇了一跳，匆匆把手機塞到褲子後側的口袋裡。

「抱歉那麼晚才下班，今晚事情很多。」我用雙手拿著包包站在他面前，不確定該用什麼方式跟他打招呼。

「沒關係，我才剛到沒多久。妳看起來很美。」

「我跟以前一樣沒變。」我說。

「嗯，妳看起來總是很美。」他伸出一隻手臂示意想擁抱我，但我搖了搖頭。他表現得太友善了，如果他有想和我復合的意思，應該會像我一樣有所防備而且焦慮不安才對。

「你看起來很……」我在腦海中尋找正確的字眼。「潮。」我其實是想鬧他，但他只是對我笑了一下並謝謝我，語調十分真誠。

我們去了一間新開的酒吧，裡面擺放了帶有明顯木紋、刻意仿舊的木桌和金屬座椅，光是啤酒的酒單就長達五頁，清楚地用風格、產地還有酒精濃度來分類。一走進酒吧我就快速掃視店內所有留著金色長髮的女生，想確認泰勒・柏契是否也在這裡，不過即便她走到我眼前，我也無法保證一眼就能認出她來。過去這幾週我走在街上的時候，常常會以為看到了她，但仔細再看一眼才發現其實都是陌生人，跟她長得一點也不像。

「凡妮莎？」伊拉輕輕地碰了我的肩膀，嚇了我一跳，我差點忘了他就站在我旁邊。「妳還好嗎？」

我點點頭，回了他一抹淡淡的微笑，接著拉了一張空的椅子坐下來。

酒吧的服務生走過來，開始連珠砲般向我們推薦各式各樣的酒。我直接打斷他。「你這樣講太複雜了，隨便給我什麼酒都可以。」我本來是想開個輕鬆的玩笑，但沒想到講出口時語氣好像過於強烈，伊拉看了服務生一眼，似乎是在對他說我替她向你道歉。

「如果妳不喜歡這裡的話，我們可以去別家店。」伊拉對我說。

「這裡就可以了。」

「妳似乎很厭惡這個地方。」

「我厭惡所有地方。」

那名服務生端了我們點的酒過來：伊拉的是一個用高腳杯裝並帶有紅酒香氣的深色啤酒，而我的只是一瓶罐裝美樂啤酒[24]。

---

[24] Miller Lite，一款由美國伊利諾斯州芝加哥市的 Molson Coors 飲料公司販售的輕型皮爾森啤酒。

「妳需要玻璃杯嗎？」服務生問我。「或者妳用罐子喝就可以了？」

「喔，我可以直接喝。」我用手指著啤酒罐[25]對他露出微笑，試著表現出風趣迷人的樣子，但他卻直接掉頭走向隔壁桌。

伊拉仔細地看著我。「妳真的還好嗎？老實跟我說。」

我聳聳肩，喝了一口啤酒。「我沒事。」

「我看到了臉書上的那篇文章。」

我用手指輕輕撥弄著啤酒罐上面的拉環，發出喀哩喀哩的聲響。「什麼臉書文章？」

他皺起眉頭。「就是有關史特蘭的那篇文章啊，妳真的沒看到？上次我看的時候，那篇文章已經被轉發兩千次了。」

「喔，你說的是那個啊。」其實那篇文章被分享的次數已經快達到三千了，不過最近已經漸漸趨緩。我又接著喝了一大口啤酒，手指隨意翻閱著酒單。

伊拉用很輕柔的聲音對我說：「我一直很擔心妳。」

「你不用擔心我，我很好。」

「那篇文章出來之後妳有跟他聯絡嗎？」

我將酒單啪地一聲用力闔上。「沒有。」

伊拉仔細地看著我。「真的嗎？」

「真的。」

他問我是否認為史特蘭會因此被開除，我聳聳肩，狂灌啤酒。我怎麼會知道？他問我有沒有想過要主動跟泰勒聯繫，我沒有回答，只是一直撥弄著罐子上的拉環。原來的喀哩喀哩聲現在已經變成啵因啵因的聲響，迴盪在半滿的酒瓶間。

「我知道這對妳來說一定很煎熬。」伊拉對我說。「但這也是一個轉機，對吧？妳可以放下過去，展開新的人生。」

我強迫自己去思考他說的話。「放下過去，展開新的人生」聽起來彷彿是從懸崖上往下跳，像是將死之人才會做的事。

「我們可以聊別的嗎？」我對他說。

「當然囉，沒問題。」

他開始關心我的工作近況，問我是不是依然想換一份新的工作。他說他在蒙喬伊丘附近找到了一間套房，聽到他這麼說的時候我滿心雀躍，幻想著他會邀我搬進去跟他同住。他說那間套房真的很棒，空間十分寬敞，廚房可以放下一整張餐桌，從臥房望出去還可以看到海景。我等著他開口問我，或至少邀我去坐坐也好，但他只是舉起酒杯喝酒，什麼都沒說。

「如果這公寓真的那麼棒的話，一定要價不斐。你怎麼有辦法負擔得起？」我問他。

伊拉抿著嘴，將口中的啤酒吞下肚。「我運氣好。」

㉕英文的「可以」與「罐子」兩字拼字與發音剛好相同，皆為 can。

我本來以為我們今晚會喝很多酒——過去我們一直都是這個模式，一杯接著一杯喝不停，直到一方有點醉意後鼓起勇氣問另一個人：「你要跟我回家嗎？」——但在我還沒來得及點下一杯啤酒之前，伊拉已經拿出信用卡給服務生，暗示今晚就此劃下句點。我感覺像是被硬生生甩了一巴掌。

我們走出酒吧，夜晚的涼風輕拂在我們的臉上。他問我還有沒有繼續去露比那邊做心理治療，這時的我對他充滿了感激，至少我不需要在這個問題上說謊，才能說出一個令他滿意的答案。

「聽到妳這麼說我就放心了。這麼做對妳來說是最好的。」伊拉說。

我試著回給他一個微笑，但我不喜歡聽見他說「這麼做對妳來說是最好的」。我會想起太多痛苦的回憶：他過去曾說我合理化性侵這件事情令人不安，而我始終沒有跟曾經性侵我的人斷了聯繫更讓他感到惶恐。從我們交往初期開始，伊拉就勸我要向外尋求協助。我們在一起六個月之後，他給了我一份心理治療師的名單，這些人都是他自己做研究、查資料找到的，他苦苦哀求我去試試看，但我拒絕了他的請求。他說如果我是真心愛他的話，就會願意去嘗試，而我告訴他如果他是真心愛我的話，就不會一直這樣要求我。交往滿一年時，伊拉對我下了最後通牒，他說倘若我繼續拒絕去做心理治療，那我們就只好分手。即便他說出了這般重話，我依然無動於衷，最後妥協的那一方還是他。因此，當我後來開始去露比那邊進行心理諮商的時候，即便那是因為爸過世而不是為了他，他依然表現出一副大獲全勝的樣子。只要妳願意去做心理治療，怎樣都好，凡妮莎。他這麼對我說。

「所以露比對於這整件事有什麼看法？」他問我。

「什麼意思？」

「就是臉書上的那篇文章啊，他對那個女生做的事……」

「喔，我們沒有真的聊到那件事。」我注視著在街燈照映下人行道上的地磚圖案。從遠方飄來的霧夾帶著水氣，讓街道蒙上一層薄薄的霧氣。

我們靜靜地走了兩個街區，一路上伊拉都不發一語。最後我們走到了議會街，我住的地方要往左邊走，而他要往右。我好想問他願不願意跟我回家，這股強烈欲望讓我的胸口隱隱作痛。我很清醒，根本沒醉，儘管才跟他相處了半小時，我已經十分憎惡自己，但我依然渴望被撫摸的感覺。

「妳根本沒告訴她那件事。」伊拉說。

「我有跟她說過。」

他歪著頭瞇起眼睛看我。「是嗎？妳有跟妳的心理諮商師說過，曾經在妳還小的時候傷害妳的人，現在被其他人公開指控做了一樣的事，而妳們居然沒有好好談過這件事？誰會相信。」

我聳聳肩。「這件事對我來說沒那麼重要。」

「最好是。」

「況且他並沒有傷害我。」

伊拉的鼻孔瞬間因為憤怒而張大，他看著我的眼神銳利而冷酷，目光中那一閃而逝的沮喪是那麼熟悉。他轉過身，似乎準備要離開，大概心想寧願掉頭走人，也不值得為此對我大發脾氣。但接著他回過頭。「露比到底知不知道史特蘭對妳做的事？」

「我會去做心理治療是因為我爸過世，好嗎？不是為了這件事。」

此時正是午夜時分，遠方傳來教堂的鐘聲，路上的交通號誌從原來的紅黃綠變成一閃一閃的黃燈。伊拉絕望地搖頭，他一定對我十分反感。我知道他心裡在想什麼，就跟所有人一樣——認為我是在為史特蘭辯解，是我自己促成那樣的結果。但我不僅僅只是在護著史特蘭，我也是在為自己辯護。即便有時我會用「傷害」這個字眼來形容一些他對我做的事，但一旦由別人說出口，這兩個字就變得異常暴力與絕對，沒有任何解釋餘地。這個詞將一切都吞噬淹沒，否決了在這件事當中我所扮演的角色以及我內心的渴望。這就如同依照法律規定，我在滿十八歲之前跟史特蘭發生的所有性行為都會被專斷地定義為強暴。難道我們真的應該相信十八歲生日那天有如此的魔力嗎？用年齡來決定何時可以合法發生性行為簡直毫無根據，難道不能有些女生比較早熟、比其他人還要早做好準備嗎？

「妳知道嗎？」伊拉說。「過去幾個禮拜電視新聞一直在播報這件事，而我腦海裡想的都是妳，我一直很擔心妳。」

一輛車緩緩駛近，車頭閃爍的大燈越來越亮，接著它從我們旁邊疾馳而過，轉個彎便消失了。

「我以為妳看到那個女生文章裡寫的內容後會變得一蹶不振，但顯然妳根本不在意。」

「我為什麼要在意？」

「因為他曾經對妳做了一樣的事啊！」伊拉對我大吼，他的聲音在周遭的建築物間迴盪著。他深吸了一口氣，眼睛緊盯著地板，似乎因為剛剛發火而對我感到不好意思。他以前總是跟我說，從來沒有人能夠像我一樣，讓他感到如此氣餒。

「你不必那麼在意這件事，伊拉。」我說。

他不以為意地笑出聲來。「相信我，我知道。」

「我不需要你來幫我處理這件事。你不懂我的感受，你始終都不能體會。」

他將頭向後仰。「好吧，這是我最後一次嘗試，以後我再也不會這麼做了。」

他轉身準備離開，我對他喊道：「那個女生在說謊。」

他停下腳步，轉過身看著我。

「寫那篇文章的那個女生，她根本滿嘴謊言。」

我等著伊拉開口說話，但他卻什麼都沒說。又一輛車的車燈逼近，在我們身旁飛馳而過。

「你相信我嗎？」我問他。

他搖頭。他並沒有為此感到憤怒，而是覺得我很可悲。這比起為我擔心還嚴重，比起任何事都還糟糕。

「到底要怎麼樣妳才願意看清楚事實？」他問我。

他從議會街緩緩地往山丘上走，接著轉身對我大喊：「對了，我剛才說的那間套房，我之所以可以負擔得起是因為我現在有交往的對象了，我們是一起搬進去住的。」

他向後倒著走，觀察我臉上的表情，但我沒有顯露任何情緒。我將嘴裡的口水吞了下去，感覺喉嚨像是燃燒一般熱辣辣的。我的眼睛不停地眨，他的身影逐漸變成一團朦朧的黑影，與周遭的薄霧融為一體。

我聽到手機響了，那是我特別為史特蘭的號碼設定的鈴聲。現在正是午休時間，那鈴聲有如悅耳的珠寶盒旋律悄悄進入我的夢鄉，緩慢且輕柔地將我從睡夢中喚醒。接起電話時，我彷彿還流連在夢境裡。

「他們今天打算召開會議討論對我的懲處。」電話另一端的史特蘭劈頭對我說。

我使勁地眨眼讓自己清醒過來，腦袋依然昏昏沉沉的，我不確定他所謂的「他們」指的是誰。

「你是說學校嗎？」

「我知道結果會怎麼樣。」他說。「我已經在那所學校任教三十年，現在他們打算要把我當成垃圾一樣扔了，和我徹底切割。我只希望他們趕快了結這件事。」

「他們這麼做真的很殘忍。」我說。

「我不會怪罪學校，他們的立場也很為難。」他說。「這整件事最讓人害怕的，就是那個不知道叫什麼名字的女生編造出來的故事。她對我的指控含糊其辭，所有人都覺得我好像犯了什麼驚世駭俗的滔天大罪。這一切簡直像是一部該死的恐怖電影。」

「我倒覺得更像卡夫卡的小說。」我說。

我聽到他笑了出來。「妳說的沒錯。」

「你今天不用上課嗎？」

「不是，學校說，在他們決定對我的懲處之前，我都不能進入校園。我覺得自己好像被當成犯人。」他嘆了長長的一口氣。「嘿，聽著，我現在人在波特蘭，可以跟妳見個面嗎？」

「你在波特蘭？」我匆匆爬下床，迅速走到位在走廊底端的浴室裡。當我看見鏡子裡的自己，我的胃忍不住翻騰攪動。滿三十歲以後，我的嘴唇周圍和眼睛下方便開始冒出不少細紋。

「妳現在還住在原來的那間公寓嗎？」

「沒有，我五年前就搬家了。」

他沉默了一會兒。「可以告訴我地址嗎？」

我想到廚房水槽裡還堆了許多未洗的髒碗盤，上面殘留的食物已經結成塊狀，垃圾桶的垃圾也滿溢出來，房間裡到處都是陳年污漬。我想像他走進我的公寓，看見多年不見的我，房間依舊凌亂不堪，成堆待洗的髒衣物，已經喝光的空酒瓶排放在床旁邊。

凡妮莎，妳必須要好好改掉這個壞習慣，妳現在已經三十二歲了。

「改約在咖啡廳見面好嗎？」我問他。

史特蘭坐在一個位於角落的位置，一開始我沒有認出他來，只有看到一個體格健壯且上了年紀的男人雙手捧著馬克杯坐在那，但當我穿越在櫃檯前排隊點餐的隊伍，繞過桌椅，朝他坐著的位置前進時，他看見了我，便馬上站起身，那瞬間我確定他就是史特蘭沒錯。一百九十三公分的他高大如山，結實、穩健，又給人十足的安全感。他的身體對我而言是如此熟悉，我忍不住張開雙臂擁抱他，雙手抓著他背上的大衣，用力將我的身體緊緊貼在他的胸膛上。依偎在他懷裡，讓我想到當初才十五歲的我——那時的他身上散發著跟現在一樣、粉筆夾雜咖啡的氣味，我的頭頂還沒有高過他的肩膀。

他鬆開緊抱著我的雙手，我看到他的眼眶泛淚。他感到很困窘，趕緊將眼鏡推到額頭上，擦拭流下臉頰的淚水。

「真抱歉。」他說。「我知道妳一點都不想看到一個上了年紀的男人嚎啕大哭，只是一看到妳我就忍不住……」他仔細端詳我的臉龐，說話的聲音越來越小。

「沒關係，一切會沒事的。」我也開始熱淚盈眶。

我們倆像是平凡人一樣面對面坐著，彷彿是曾經熟悉但分別了很久的友人見面敘舊。我對他蒼老的樣子感到震驚不已，他不只頭髮變得灰白，肌膚和眼神也變得黯淡無光。他將過去留的鬍子刮掉（這是我第一次看到他沒留鬍子的樣子），原本蓄鬍的地方長出了肥肉，就像水母一樣垂掛在他臉上，將他的下巴硬生生地向下拉長。我看著看著忍不住感到反胃，他的變化真的太令人震驚了。我上次見到他是五年前，這段時間已經足以讓歲月在一個人的臉上無情地留下痕跡。但我想主要是因為泰勒的事件爆發，才讓他在短時間內變得那麼蒼老，就像神話故事中因悲痛欲絕而一夜白髮的人一樣。我的心頓時涼了半截——我意識到這場風波可能會徹底毀了他，將他帶向死亡。

我搖搖頭，試著甩掉這個不安的想法，喃喃自語地說：「也許結果不會那麼糟。」

「也許吧，但不太可能。」史特蘭說。

「即使學校逼你辭職，這也沒那麼糟吧？不就像是提早退休一樣。你可以把房子賣了，然後離開諾倫比加。搬回蒙大拿州怎麼樣？」

「我一點都不想那樣，我的整個人生都在這裡。」他說。

「要不然你也可以去旅行呀，讓自己好好放假。」

「放假。」他對此嗤之一鼻。「算了吧。不論結果如何，我都已經身敗名裂了。」

「這場風波終將會平息的。」

「不可能。」我本來想告訴他我能夠瞭解他的感受，畢竟我曾經跟他一樣被學校趕出來，但他的雙眼散發出憤怒冷酷的光芒，我只好忍住這個衝動。

「凡妮莎……」史特蘭俯身靠近我。「妳說這個女生之前試圖跟妳聯絡，妳確定當時妳沒有做出任何回應嗎？」

我意味深長地看著他。「沒錯，我很確定。」

「我不知道妳現在還有沒有繼續去找那個心理醫生看診。」他咬了咬下唇，沒把這句話講完。我原本打算糾正他——露比是心理諮商師，不是心理醫生——但我明白他一點都不在意這件事。

「她完全不知道我們的事，我沒有跟她提過你。」

「那就好。」他說。「這樣很好。還有妳之前寫的那個部落格，我試著在網路上搜尋……」

「那個部落格現在已經不在了，我幾年就關閉了。你為什麼要這樣拷問我？」

「除了那個女生之外，還有其他人試圖跟妳聯繫嗎？」

「誰會跟我聯繫？學校嗎？」

「我不知道。」他說。「我只是想確認……」

「你認為他們會想調查我以前的那件事嗎？」

「我不確定，學校不願意對我透露任何事。」

「但你覺得他們會……」

「凡妮莎。」我趕緊閉起嘴巴。他看起來一臉羞愧，他深吸一口氣，接著緩緩說道：「我不知道他們打算怎麼做，我只是想確保所有事情都處理好了，而且我也想確定妳能夠……」他試著找尋正確的用字。「保持冷靜。」

「保持冷靜。」我重述了一次他說的話。

他點點頭，眼神專注地看著我，好似在問我那始終無法問出口的問題：我是否能夠冷靜沉著地面對接下來可能發生的事。

「你可以相信我。」我對他說。

他露出微笑，對我的感激之情讓他原本嚴肅的臉部線條變得柔和。我可以看出他聽到我這麼說感到如釋重負，原先僵硬的肩膀也跟著放鬆，他的目光開始在咖啡廳裡四下掃視。「那妳最近過得怎麼樣？」他問我。「妳的母親還好嗎？」

我聳聳肩。每當跟史特蘭談到我媽時，我總覺得好像背叛了她。

「妳還有繼續跟那個男生交往嗎？」他指的是伊拉。我搖頭，史特蘭似乎一點也不意外地點點頭，接著輕輕拍了我的手。「他並不適合妳。」

我們靜靜地坐著，聽著咖啡廳裡的碗盤碰撞發出的噹啷噹啷聲，還有濃縮咖啡機磨豆和沖煮發出的嘶嘶嗡嗡聲響，我的心也跟著撲通撲通狂跳。這麼多年來，我曾經想像過這樣的場景——我出現在他眼前，與他的距離近到可以直接碰著他——而現在我就坐在他的對面，卻覺得好像失了魂一般，彷彿自己是坐在咖啡廳角落觀察我們的另一個人。我怎麼想都覺得不對勁，我們居然能夠像常人一般跟彼此交談，他甚至可以用雙眼直視著我，絲毫不會感到愧疚。

「妳餓了嗎？我們可以簡單吃點東西。」他問我。

我遲疑了一下，拿起手機確認時間。他注意到我身上穿的黑色套裝還有衣服上別的金色名牌。

「啊，現在是妳的上班時間。」他說。「妳還在原來那間飯店工作對吧？」

「我可以打電話通知飯店我會晚點回去。」

「不，別那麼做。」他將身體往後靠在椅背上，心情似乎瞬間變得很陰沉。我知道我是哪邊做錯了：我剛剛應該馬上答應他的邀約，猶豫不決是個錯誤決定。跟他在一起，哪怕只是一丁點小錯誤便足以毀掉一切。

「我可以試著早點下班。」我說。「這樣我們就可以一起吃晚餐了。」

他揮揮手對我說：「沒關係。」

「你可以來我家過夜。」他一聽到我這麼說便停止動作，意味深長地觀察我的臉，思量要不要答應這個提議。我想知道他腦海裡浮現的畫面是過去我十五歲的模樣，還是五年前我們在他家那次。那時我們躺在他鋪著法蘭絨床單的床上，試著重現我們最初發生關係的場景。我身上穿著單薄的睡衣，房間的燈光還刻意調暗。我們進行得很不順利，他一直沒辦法硬起來；對他來說，我已經不是當初那個年輕的小女孩了。結束之後我在浴室裡痛哭，我把水龍頭打開，水嘩啦嘩啦地流出來，我用手緊緊摀著嘴巴，努力不要讓他聽到我的哭聲。從浴室走出來後，我發現他已經穿好衣服坐在客廳裡了，自此之後，我們兩人都沒有再提及這件事，跟彼此的聯絡也都只侷限於手機。

「不，我該回家了。」他輕聲對我說。

「好吧。」我用力將椅子推開並站起身，椅子摩擦地面發出嘎吱嘎吱的聲響，猶如指甲刮在黑板上——就像我的指甲劃過史特蘭教室裡的黑板。

他看著我穿上大衣接著揹起包包。「妳做這個工作多久了？」

我聳聳肩，腦海中突然浮現他將手指放在我嘴裡的畫面。我的舌頭沾滿了他手上的粉筆灰。

「不知道，有一陣子了吧。」我用微弱的聲音說。

「已經太久了。」他說。「妳應該要做妳熱愛的事，不要委曲求全。」

「這就只是個工作而已，沒那麼糟糕。」

「可是妳的能力絕不僅止於此。妳那麼才華洋溢、絕頂聰明，我以為妳會在二十歲就出版小說，用妳的才能席捲全球。妳最近有嘗試繼續寫作嗎？」

我搖搖頭。

「天啊，真是浪費才能。我多希望妳繼續嘗試。」

我緊閉著雙唇。「抱歉，我讓你失望了。」

「拜託，別這樣。」他站起身，用雙手捧著我的臉，試著安撫我。他輕聲對我說：「我很快就會來找妳了，我保證。」

我們用緊閉的雙唇向彼此吻別，櫃檯的咖啡師繼續數著小費罐裡的硬幣，坐在窗邊那位上了年紀的男人依然在玩填字遊戲。倘若是以前在學校的時候，別人看到他親吻我鐵定會開始散播八卦，流言蜚語便會像野火一樣在校內蔓延開來；然而現在就連我們觸碰彼此身體時，整個世界似乎都沒人在意。我明白我應該要感激這樣的自由，但我的內心卻只有一種悵然若失的感受。

下班回家後我躺在床上用手機看著泰勒．柏契之前傳給我的訊息，她是在貼出那篇指控史特蘭的文章之前傳的：嗨凡妮莎，我不確定妳是否知道我是誰，但我們兩人都經歷過相同的事。這件事讓我十分痛苦，至今難以平復，我想妳也有一樣的感受。我關掉視窗，打開她在臉書的個人頁面，沒有任何新的貼文，所以我往下滑看她以前上傳的東西：一系列在舊金山旅遊的照片，她品嚐著使命區[26]著名的墨西哥捲餅還有以舊金山大橋為背景的自拍；她在公寓裡的照片，她家有一套天鵝絨沙發，潔淨明亮的硬木地板，家裡還種著枝葉茂盛的盆栽植物。我接著再往下滑看更久以前的貼文，畫面出現她參加二〇一七年女性大遊行，頭上戴著粉色貓耳帽[27]的照片。照片中的她正大啖跟臉一樣大的甜甜圈，她和幾個朋友在市中心的酒吧拍下這張照片，照片下方的文字敘述寫著布羅維克同學會！

我接著去看我的個人頁面，試著透過她的視角來看自己。我知道她會看我的臉書，去年她不小心對我上傳的一張照片按讚，雖然她馬上收回，但我已經看到畫面跳出來的通知。我用手機截圖那個通知的畫面然後傳給史特蘭，訊息裡面還寫了我想她始終放不下，但他沒有回我。他對社群媒體上的微妙氛圍一點都不感興趣，他不瞭解當我看到一個一直在暗中觀察我的人不小心露出馬腳時，我所得到的勝利感；也有可能他根本不知道我傳的那張照片代表什麼意思。有時我真的會忘記他年紀多大，以前我總覺得我們之間的年齡差距會隨著我長大而逐漸縮小，但實際上我們還是跟以前一樣差了那麼多歲。

我花了好幾個小時找出手機裡的舊照，登入以前用來儲存照片的帳號然後往前滑，從二〇一七年看到二〇一〇年，接著再看二〇〇七年，最後來到了二〇〇二年。那年我十七歲，我在當時買了第一臺數位相機。當我終於看到一直在尋找的那些照片時不禁哽咽了一下：照片中的我綁著麻花辮，身上穿著一件無袖連身洋裝和一雙長襪，站在樺木林前拍照；在其中一張照片裡，我將連身洋裝的裙襬拉起來，露出白皙的大腿；在另一張照片裡，我背對相機，轉過頭朝著鏡頭的方向看。雖然照片的畫質不太好，但我還是很喜歡這些照片，樺木林的單一色調作為背景，正好可以襯托我身上那件粉藍相間的連身洋裝還有我那紅棕色的頭髮。

我將上一次和史特蘭傳訊息的畫面點開，並將這些照片複製貼上。不確定我有沒有給你看過這些照片，我當時大概十七歲。

我知道他大概幾小時前就已經睡了，但我還是按下「送出」鍵，看著訊息傳送出去。我一直等到天亮都沒睡，不停地翻閱我年輕時的照片，看著我那青春的臉龐和身體。每隔一會兒我就會檢查剛剛傳給史特蘭的那則訊息狀態是否已經從「送出」變成「已讀」。他有可能會在半夜醒來，半夢半醒間拿起手機來看，正好看到我少女時期的模樣，好似數位世界裡的鬼魂在提醒他別忘了我。

有時我覺得自己主動聯繫他的目的似乎都是如此：我要他想起我，渴望他能夠將我帶到過去，並且告訴我之前到底發生了什麼事。我希望他能讓我明白這一切，因為我始終無法擺脫過去的陰影，無力展開新的人生篇章。

㉖ Mission District，又名教會區，以1776年建造的都勒教會（Mission Dolores Basilica）命名，為舊金山一個充滿活力的發展中社區。此區主要是拉丁移民的聚居地，相較於市中心與金融區，這裡相對破舊、雜亂，但卻吸引了許多街頭藝術家來此作畫獻藝。

㉗ 2017 Women's March，是自2017年1月21—22日在世界各地進行的一系列女權遊行示威活動，旨在捍衛女權，同時為移民改革、科學精神、健保改革、環境保護、LGBT權益、種族公義、世俗化運動、墮胎權益發聲。此遊行舉行的1月21日也是川普宣誓就職總統的第二天，競選期間，川普曾多次發表不尊重女性的言論，於是，在他就任第二天，一場女性大遊行應運而生。女性展開了一場「貓貓抓回去」（pussy grabs back）的反擊活動，為了契合遊行主題，參與遊行的人頭戴粉色貓耳帽（Pussy Hat），現場成了一片粉色的海洋。

2000

學校每個月會在餐廳舉辦一次舞會，時間固定是週五晚上。當餐廳內原本擺放整齊的桌子被移到兩側並將燈光調暗後，這裡似乎化身為在任何高中校園都可以看到的舞會會場。舞會中有ＤＪ現場表演，成群的學生在舞池內盡情跳舞，而較為害羞靦腆的學生則聚集在舞池邊，男生女生各成一群聊天。校內老師也會以監護人的身分來參加舞會，但他們總會跟學生保持一段距離，在舞池邊漫無目的地走來走去，多數時間都在跟其他老師們聊天寒暄。

今天是萬聖節舞會，每個人都應景地特別打扮出席，雙扇門兩側擺放著兩個裝滿糖果的大桶子。多數人身上的造型很簡單：身穿白色Ｔ恤和牛仔褲的男生聲稱自己打扮成詹姆斯．狄恩[28]；有些女生綁著辮子，下半身穿著迷你百褶裙，她們說自己是小甜甜布蘭妮[29]。但也有少數人精心打扮，他們身上的衣服和道具還是特別去市中心採買的：有一個裝扮成恐龍的女生在舞池間穿梭，道具服兩側的翅膀上布滿了刺，她的背上還有一排帶有藍綠色光澤的鱗片；跟在那女生身後、打扮成騎士的人是她的男朋友，他的盔甲是用紙板做成的，上面散發出很濃烈的噴漆臭味；另一個穿西裝的男生臉上戴著塑膠製的比爾．柯林頓[30]面具，他一邊笑一邊拿著手裡那支假的雪茄在女生面前揮舞。我則是隨性地將自己打扮成一隻貓，身上穿了一件黑色洋裝和黑色貼身絲襪，臉上畫了幾條鬍鬚，用紙板做了一對貓耳朵，整身裝扮只花十分鐘就草草完成。我今天來參加舞會的唯一目的只是見到史特蘭先生，他是今晚舞會的監護人。

通常我絕不會參加學校的舞會，因為舞會的一切都讓我很不自在——音樂極度難聽，留著山羊鬍、嘴唇上擦著閃亮唇膏的ＤＪ讓人感到很窘迫，身為學生的我們還得假裝沒看到情侶彼此靠得很近、摸來摸去的樣子。為了見到史特蘭先生，我強迫自己忍受這一切。距離上次他把手放在我的腿上已經過一個禮拜了，那時他跟我說他可以感覺到我們兩人是多麼地相似，都一樣喜歡黑暗神祕的事物。但自從那次之後，他再也沒跟我有任何互動。當我在課堂上發言時，他會將眼神迅速地移到桌子上，好似不能忍受看到我一樣。創意寫作社團課的時候，他會把東西都收拾好，接著就離開教

㉘ 詹姆斯．拜倫．狄恩（James Byron Dean），1931—1955，著名美國電影演員。雖英年早逝，且一生僅主演過三部電影，但在1999年，他被美國電影學會選為百年來最偉大的男演員第十八名。詹姆斯．狄恩為1950年代美國文化的叛逆放子代表，他在1955年上映的電影《養子不教誰之過》（*Rebel Without a Cause*）片中的招牌造型便是一身大紅夾克、白T恤、緊身牛仔褲，從此他叛逆青年的形象更深植人心。

㉙ 布蘭妮．珍．斯皮爾斯（Britney Jean Spears），1981—，美國女歌手、詞曲作家、舞者與演員。出道單曲《愛的初告白》（*Baby One More Time*）音樂錄影帶中她綁著辮子，身穿白襯衫及百褶裙。此首歌與造型讓許多少女為之瘋狂，也成為日後許多萬聖節派對中女生喜歡的裝扮。

㉚ 比爾．柯林頓（Bill Clinton），1946—，美國律師及政治人物，民主黨籍，曾任阿肯色州州長和第四十二任美國總統。

室，只留下我和傑西。（「系上要開會」，他向我們解釋。但如果只是系上開會而已，他為什麼要把大衣和公事包都帶過去呢？）那天稍晚我趁辦公時間去他辦公室找他，門是上鎖的，隔著一層霧面玻璃，我可以看到裡面沒有透出燈光。

我開始變得焦慮不安，逐漸失去耐性。我渴望能夠和他有進一步發展，而最有可能找到機會的場合就是這場萬聖節舞會。學生和老師共同擠在一個燈光昏暗的空間裡，所有道德界線似乎都會暫時變得模糊不清。我並不在意他用什麼樣的方式和我更進一步，另一個肢體接觸或是稱讚我的話都好，我只希望那能夠讓我知道他內心渴望的是什麼；我們之間到底是什麼關係，還是一切都只是我在自作多情而已。

我打開一包迷你糖果包，一邊小口小口地吃，一邊看著舞池上的情侶隨著輕柔和緩的旋律起舞，他們跳舞的樣子好似在水池中載浮載沉的水瓶。這時我突然看到珍妮踏著步伐穿越舞池，她身上穿著一件看起來像是日本和服的雪紡洋裝，馬尾上插著一雙筷子。有一度我以為她是往我的方向走來，我頓時全身僵住，嘴裡的巧克力在舌尖上緩緩融化，但後來我才看清楚緊跟在她身後的人是湯姆，他身上穿著平常的打扮——T恤和牛仔褲——完全沒有為萬聖節特別裝扮。他碰了一下珍妮的肩膀，但珍妮隨即將他的手甩開。舞會現場的音樂太大聲，我聽不到他們倆在講什麼，但可以很明顯地看出來他們正在吵架，而且吵得還挺嚴重的。珍妮緊閉雙眼，下巴肌肉不停抽動；當湯姆伸手想碰她的手臂時，珍妮將手掌放在他的胸膛上，用力將他向後推，湯姆踉蹌了一下，差點跌倒。這是我第一次看見他們兩人吵架。

我將所有注意力都放在珍妮和湯姆身上，差點沒看到史特蘭先生從雙扇門溜了出去。我差點讓他逃走了。

我跟著他走到會場外，外面一片漆黑，沒有月光，空氣十分冰冷。我身後的門喀嚓一聲關上了，原本震耳欲聾的音樂變成了低沉的心跳聲，歌手的聲音變得好遙遠。我朝四周望去，試著尋找他的身影，寒冷的空氣讓我的手臂起了雞皮疙瘩，但所見之處只有樹木的黑影和空無一人的草坪。正當我要放棄、準備走回會場時，我看到一個黑影從雲杉樹下走出來；那是史特蘭先生。他穿著一件羽絨背心和法蘭絨襯衫，下半身是一條牛仔褲，手裡拿著一根尚未點燃的菸。

我站在那一動也不動，不確定該怎麼做。我可以感覺得出來，被我看到他手裡拿著菸讓他覺得很困窘，這時我忍不住開始胡思亂想：我想像他私下偷偷抽菸，就像我爸每天晚上也會跑去湖邊抽菸一樣；也許他一直想要把菸戒掉，但始終無法下定決心，他也將此視為人格上的弱點，這讓他感到羞愧無比。

但如果他覺得抽菸是一件很令人羞愧的事，我心想，他大可以繼續躲在樹影下，等到我離開之後再走出來。

他轉動大拇指和食指之間的菸。「被妳抓到了。」

「我以為你要離開了。」我說。「我想出來和你說聲再見。」

他從褲子口袋裡拿出打火機，在手上把玩了一會兒，不過他的目光始終停留在我身上，突然間我可以清楚感覺到：等一下有事會發生。當我對此感到越加肯定，原本加速的心跳漸趨緩和，緊繃的肩膀也慢慢放鬆垂下。

他點燃香菸，作了一個手勢要我跟他走回樹下。這棵雲杉木十分高大挺拔，校園裡最高聳的樹大概就是它了，連樹上最低的枝枒都遠遠高過我們的頭。一開始我的眼睛還沒適應這片黑暗，唯一能看到的只有他將菸拿到嘴邊時，前方的紅色餘燼發出的微光，但過了一會兒後，一切慢慢變得清晰可見——他的身影、在我們頭上的粗大樹枝，還有散落在我們腳下、宛如一片地毯的橘色針葉。

「千萬別抽菸。」史特蘭先生說。「這習慣很糟。」他吐出一口菸，那味道充滿了我的腦海。我們之間隔著約莫一百五十公分的距離，我覺得這樣好危險，但想到之前我們曾經多次更近距離地站在一起，我現在居然有這樣的感覺，真奇怪。

「但抽菸的感覺一定很不錯。」我說。「不然你怎麼會抽菸？」

他笑了出來，繼續抽了一口菸。「我想妳說的沒錯。」他仔細將我上下打量了一番，這才注意到我今天一身的裝扮。「看看妳，妳變成了一隻性感小野貓。」

我知道他這樣講沒有任何性暗示，但聽到他講出這幾個字還是讓我忍不住笑了出來。不過他並沒有跟著我一起笑，只是專注地凝視我，手中的菸持續冒出煙來。

「妳知道我現在想做什麼嗎？」他問我，這幾個字聽在我耳裡如流水潺潺一般。接著他擺動身體，用菸指著我說：「我想為妳找一張寬敞的床，替妳蓋被子哄妳入睡，然後親吻妳跟妳道晚安。」

聽到他這麼說的瞬間，我的大腦就好像電線短路一般停止運作，全身動彈不得。我們靜默了好一陣子，兩人一動也不動，就好像受靜電干擾的螢幕一樣，變成了一道充滿雜音的牆。我被自己發出的一道像是噎住的刺耳聲猛然拉回現實——那聲音既不像笑聲又不像哭聲。

有人打開舞會會場的門，裡面播放的音樂透過敞開的門流瀉而出，這時一個女生的聲音喊道：「傑克？」

我們之間的曖昧氛圍瞬間消失殆盡。史特蘭先生將手上的菸丟到地上，還沒踩熄就轉過身匆匆朝那個聲音的方向跑過去。我看著餘燼冒出來的煙從地上的落葉裊裊升起，他邁開步伐朝站在雙扇門邊的湯普森小姐走過去。

「我只是出來透透氣。」史特蘭先生對她說。接著他們兩人便一起走回會場。我因為被樹影遮住，所以湯普森小姐沒注意到我，就如同一開始我走出來時也沒看見史特蘭先生站在樹下一樣。

我低頭看著腳下還在冒煙的那支菸，暗自思量是否要把它撿起來抽，但後來還是決定用腳跟把它踩熄。我走回舞會現場，看到迪雅娜·帕金斯和露西·薩摩斯兩人一邊大口暢飲著一個塑膠瓶裡裝的東西，一邊大聲評論每個人的服裝打扮。史特蘭先生站在湯普森小姐身旁，中間僅隔著短短的距離，他目不轉睛地看著她。珍妮和湯姆兩人站在舞池的邊緣，他們靠得很近，顯然已經和好了，珍妮將手放在湯姆的肩上，臉頰緊貼著他的脖子；他們這個姿勢實在過於親密，我本能地將頭別向另一邊。

我不確定迪雅娜和露西兩人在喝什麼，但當她們輪流拿著瓶子大口暢飲時，我可以聽到裡面的東西發出嘩啦嘩啦的翻滾聲。迪雅娜接著又喝了一口，她注意到我一直盯著她們看便說：「幹嘛？」

「讓我也喝一口。」我對她們說。

露西伸手要把瓶子從迪雅娜手上接過去。「抱歉，不夠給妳喝。」

「如果妳們不讓我喝的話，我就舉報妳們。」

「閉嘴。」

迪雅娜揮了揮手。「讓她喝一口好了。」

露西嘆了一口氣，接著把瓶子遞給我。「妳只能夠喝一小口。」

喝下的那瞬間，我感覺到酒精在喉嚨裡的灼燒感，比我預期的還要強烈，我開始猛烈咳嗽。這樣的反應簡直太老套，迪雅娜和露西毫不掩飾地大聲笑出來。我把瓶子塞回她們手中，接著快步走出舞會現場，默默希望史特蘭先生會注意到我離開了。我想要他瞭解我為什麼生氣，希望他能明白潛藏在我內心的渴望。我在會場外面等著，看他會不會跟在我後面出來找我——當然他並沒有。

我走回宿舍，整棟房子空無一人，安靜無聲，每間房的房門都緊閉著，所有人都在舞會現場還沒回來。

我盯著湯普森小姐位在走廊底端的套房，心想如果剛剛她沒有走出來叫史特蘭先生的話，那麼我和他之間肯定會有些進展。他那時跟我說他想親我，也許他真的打算這麼做。我還沒有換掉今天的萬聖節服裝便朝著湯普森小姐的房間走過去。史特蘭先生也許當下正說著有趣的事，把她逗得開懷大笑。也許他們會在今天舞會結束後一起回他家做愛；也許他會把我的事告訴湯普森小姐，說我尾隨他走出舞會會場，並跟她說他會對我說那些話只是單純好意，沒別的意思。她一定暗戀你，湯普森小姐聽完之後會開玩笑地這麼對他說。

她的門上掛了一個小白板，上週寫的訊息還在上面沒有擦掉：宿舍聚會的日期與時間，還有她邀請宿舍學生去她房間共進義大利麵的晚餐邀約。我用單手劃過白板，把上面的字都塗掉，接著用粗黑的大字寫下賤女人，這三個字占據了整個版面。

舞會的隔天晚上降下了今年冬天的第一場雪，十公分厚的積雪讓整個校園變成白茫茫一片。週六一早，湯普森小姐就要宿舍的所有人到交誼廳集合，她急著想找出到底是誰在她門上的白板寫下「賤女人」這三個字。「我並沒有生氣。」她再三向我們保證。「只是很困惑而已。」

我可以聽到我的心臟撲通撲通地跳，我將雙手十指緊扣放在大腿上，試著讓自己的臉頰不要漲得通紅。

幾分鐘過去了，沒有人願意出面承認，她終於放棄。「我可以不要追究這件事。」她說。「但就僅只一次而已，好嗎？」

她對我們點點頭，示意要我們回應說我們明白了。當我上樓準備走回房間時，我轉過身回頭看，只見到湯普森小姐一個人站在空蕩蕩的交誼廳裡，雙手不斷地來回搓揉臉頰。

週日下午我走到她的房門外，眼睛盯著門上的白板看，雖然「賤女人」幾個字已經被擦掉了，但依然可以看到殘留下來的痕跡。我對自己所做的事感到很愧疚，但我沒有勇氣向她承認是我做的，只是覺得我應該幫忙她做點什麼事當作補償。湯普森小姐打開房門時身上穿著一件學校的連帽長袖運動衫和一條寬鬆運動長褲，她將頭髮向後盤起，臉上沒有任何妝容，我可以看到她的臉頰上有些青春痘。我好奇史特蘭先生有沒有看過她這個樣子。

「怎麼了？」她問我。

「我可以帶瑪雅去散步嗎？」

「噢，天啊，牠一定會很喜歡的。」她轉過頭，準備呼喊她養的哈士奇，但瑪雅早已朝我奔馳而來。牠的耳朵因為興奮豎得直挺挺的，藍色的眼珠子睜得好大；牠只要一聽到散步這兩個字就會變得像現在這樣雀躍無比。

我把項圈套到瑪雅頭上，接著將繩索扣上，湯普森小姐提醒我太陽很快就要下山了。「我們不會走遠。」我對她說。

「也不要把項圈解開，讓牠自己亂跑。」

「我知道，我知道。」上次我帶瑪雅去散步的時候，我把牠的項圈扣環解開任牠自由跑跳，結果牠直接衝向位於藝術大樓後面的花圃，然後在肥料堆裡滾來滾去。

那一夜降雪過後，隔天溫度馬上回到攝氏十度，原本的積雪都融化了，地上變得溼軟泥濘。我帶著瑪雅走那條環繞著運動場的小徑。我把狗鍊放到最長，好讓牠可以四處聞聞、到處嬉耍，牠興奮地跳來跳去。我很喜歡瑪雅，牠是我所見過最美麗的狗，牠身上的毛十分濃密，當我幫牠抓背時，我的手指第二關節以下可以完全埋入牠的毛裡。但我最喜歡牠的原因是：牠很難相處，有時牠會變得很專橫跋扈。如果遇到牠不想做的事，牠會用嚎叫的方式向你抱怨。湯普森小姐說我對狗真的很有一套，瑪雅只喜歡我，其他人牠都不喜歡。對我來說，跟狗打成一片比起跟人相處容易多了，要贏得牠們的心，你只需要在口袋裡放點零食，或是抓抓牠們的耳後和尾巴根部。當牠們不想被打擾的時候，牠們不會拐彎抹角，難以捉摸；牠們會直接將情緒表達出來讓你知道。

我們沿著小徑走到足球場，小徑在這裡分成了三條岔路：一條可以回到學校，一條通往森林裡，最後一條是往市中心的方向。雖然我對湯普森小姐承諾不會跑遠，但我還是選擇了那條通往市中心的岔路。

市中心的商店充滿了過節的氣息，玻璃櫥窗都應景地用仿真楓葉和豐裕之角[31]來裝飾，連烘焙坊都已經提早掛上了聖誕節的燈飾。我讓瑪雅拉著我前進，每當經過玻璃櫥窗時，我都會看一下鏡中的自己，雖然只有短短兩秒，但我可以瞥見我的髮絲被風吹起的樣子，心想這樣的我應該還算漂亮；但也有可能其實我一點都不好看。走到公立圖書館時我停下了腳步，瑪雅等我等得不耐煩，牠回過頭，眼睛一眨一眨地盯著我看，而我只是專注地凝視對街的那棟房子——那一定就是史特蘭先生的家。他的房子比我想像中的還要小，屋瓦是灰色的雪松木，大門漆成深藍色。瑪雅悄悄走到我旁邊，用頭頂著我的腳。走吧。

這當然是我的最終目的。我會問湯普森小姐可不可以帶瑪雅出來散步，然後大老遠從學校特地

[31] Cornucopia，豐裕之角為食物和豐饒的象徵，常常用在感恩節的裝飾。源自於希臘神話，宙斯為感謝養育他的仙女，將山羊角製成的豐裕之角贈送給她們，從中可以獲得取之不盡的瓜果和穀物。

走到市中心，這一切就是為了看一眼他住的地方。我曾在腦海裡幻想從他家外面經過然後巧遇他的場景：他看到我的時候會把我叫過去，問我怎麼會帶著湯普森小姐的狗散步，我們會站在他家的草坪前聊天，接著他會邀請我進他家坐一會兒。但到這裡我的幻想就逐漸瓦解了，因為接下來會發生什麼事完全取決於他內心的渴望，而我根本不明瞭他內心想要的是什麼。

不過我沒有在外面看到他，而且看起來他似乎也不在家裡。窗戶沒有透出燈光，車道上也沒有車，他一定是外出了。一想到他的生活有著我所不認識的一面，就讓我感到惱怒。

我帶著瑪雅爬到圖書館最頂端的階梯坐了下來，在這裡我們不會被別人發現，但還是可以清楚看到下方的街道。我拿著從餐廳沙拉吧偷帶出來的培根碎片餵瑪雅吃，我們一直在那裡待到太陽準備西沉，夕陽散發出金黃色的餘暉。也許因為我帶著一隻狗，他根本不會想邀我進他家裡，我忘記他曾經說過他不喜歡狗；但倘若他跟湯普森小姐關係曖昧的話，他至少也得裝出喜歡瑪雅的樣子，否則湯普森小姐怎麼能夠不感到內疚呢？跟一個憎惡自己寵物的人交往，感覺就像是背叛牠一樣。

天色快暗的時候，我看到一輛方正的藍色休旅車開進車道，引擎熄火後車門接著打開，走下車的人正是史特蘭先生。他穿著一條牛仔褲，上半身的法藍絨襯衫跟週五萬聖節舞會那天是同一件。我屏住氣息，看著他把後車廂的購物袋拿出來，走上階梯站在門前找鑰匙。瑪雅在我旁邊不耐煩地發出一陣憤怒的低吼，牠急著想跟我要更多培根碎片；我用手抓起了一把餵牠，瑪雅立即狼吞虎嚥吃個精光，吃完之後還一直用舌頭舔我的手掌。我聚精凝神地看著史特蘭先生穿梭在他的斜頂房屋裡，一扇扇窗戶也隨之透出燈光。

星期一下課後我故意拖延時間，不想那麼快離開教室。等到其他學生都走光之後，我才揹起背包，裝作若無其事地說：「你就住在公立圖書館對面，對吧？」

坐在辦公桌的史特蘭先生聽到後露出訝異的神情。「妳怎麼會知道？」他問我。

「你之前有提過。」

他仔細地盯著我看，我感覺自己快無法繼續裝下去了，於是我緊閉雙唇，繼續對他皺著眉頭。

「我不記得我有提過。」他說。

「是嗎，但你真的有講過。不然我怎麼可能會知道？」我的口氣顯得強硬且不滿，他似乎對我的反應感到吃驚，但好像又覺得我這般氣餒的樣子很可愛，讓他覺得很有趣。「我也許真的去了那邊一趟。」我繼續說。「你知道的，去確認你說的是不是實話。」

「我瞭解了。」

「你生氣了嗎？」

「一點也不會，我反倒深感榮幸。」

「我有看到你把購物袋從後車廂卸下來。」

「是嗎？什麼時候？」

「昨天。」

「你在偷偷觀察我。」

我點點頭。

「妳應該走過來跟我打招呼的。」

我瞇起雙眼，沒預料到他會這麼對我說。「如果被別人看見怎麼辦？」

他露出微笑，把頭歪向一邊。「別人看見妳跟我打招呼會怎麼樣嗎？」

我緊咬下唇，緊張地用鼻子大力呼吸，他似乎是在假裝不懂我的意思，故意裝傻來鬧我。

他將身體向後仰，臉上依然保持微笑。他的這副模樣——身體向後仰，手臂交叉，眼神上下打量我，一副我很逗趣的樣子——讓我的內心升起一股熊熊怒火。這股怒氣來得既迅速又猛烈，我得要緊握雙拳才能讓自己忍住衝動，不要放聲尖叫、朝他衝過去，抓住他桌上的哈佛馬克杯然後往他臉上砸。

我憤而起身離開教室，氣沖沖地走向走廊底端。回宿舍的路上我都怒氣難消，但一回到房間裡，我的怨憤便消失地無影無蹤，留下的只有那已持續好幾週、想釐清頭緒的感覺在我的胸口隱隱作痛。他親口對我說過想親吻我，他還碰了我的身體。自此之後，我們之間的交流互動便潛伏著毀滅的氣息，他不該假裝對此毫無所覺。

安東諾瓦太太在每月一次的導生聚會中，宣布我的幾何學期中考分數拿到了D+[32]，在座的每個人聽到我的成績之後都轉過來看著我。一開始我還沒發現她正在跟我講話，我那時正在恍神，用手將麵包撕成一小塊，再整齊地捲成一個小麵糰。

「凡妮莎。」安東諾瓦太太用手指關節敲著桌面並叫了我的名字。「妳得到的成績是D+。」

這時我才將頭抬起來，注意到大家都在盯著我看。安東諾瓦太太手裡拿著一張紙，那是她自己寫的評語。「這代表我還有很多進步空間。」我對她說。

安東諾瓦太太透過眼鏡上緣的縫隙看著我。「情況可能更糟，妳有可能會被當掉。」

「我不會被當。」

「妳需要擬定一個學習計畫，還要找一位老師來輔導妳，系上會幫妳安排。」

她說完後便接下去對另一位學生講評。我氣憤地低頭盯著桌子，輔導課程的時間跟教職人員辦公時間是重疊的，這代表我見到史特蘭先生的時間會縮減；一想到這我的胃就緊縮在一起。凱爾·奎恩得知他的西班牙文成績跟我的幾何學一樣慘，向我投以一個同情的眼神。我癱軟無力地坐在椅子上，頭垂得很低，下巴幾乎都快要碰到桌子了。

回到宿舍的時候交誼廳已經擠滿了人，電視上正在轉播總統大選的結果[33]，我找了一張沙發擠

---

[32] 及格成績六十分為C-，D+代表不及格。

[33] 2000年總統選舉是美國歷史上選舉結果最接近的幾次之一，兩個主要的參選人是德克薩斯州州長、共和黨候選人喬治·布希，以及當時的美國副總統、民主黨候選人艾爾·高爾。

上去跟其他人一起坐著。隨著各個投票點紛紛結束開票，電視螢幕上的各州也被分為兩個不同的類別；新聞主播陸續宣布開票結果：「高爾拿下佛蒙特州。」、「小布希在肯塔基州勝出。」當拉爾夫．納德[34]出現在螢幕上時，迪亞娜和露西開始拍手鼓掌，但當畫面切換成小布希時，現場的人開始噓聲四起。一切看來是高爾勝券在握，但在十點的時候卻出現了意想不到的轉折——電視新聞宣布佛羅里達州的票數差距太小，還無法判定誰輸誰贏。看到這個消息，我已經對這場選舉感到忍無可忍了，便站起身準備回房睡覺。

一開始大家都還在開玩笑說這個選舉真是沒完沒了，但當佛羅里達州的重新計票[35]如火如荼展開時，全國人民才注意到這件事的嚴重性。薛爾登先生以前上課時常常會把腳翹在桌子上講課，但他現在好像整個人活過來似的，開始會在黑板上畫出許多向四面八方延伸的圖表，來解釋民主最終可能會讓人民失望的種種情形。他甚至還在其中一堂課向我們介紹各種打孔式選票的類別——有懸孔票、凸起票、打孔不全的票等等——當他在講述時，台下的學生一直忍不住偷瞄查德．甘農，努力憋住不要笑出聲來[36]。

在美國文學課堂上，史特蘭先生指定要我們閱讀的作品是《大河戀》[37]，他也跟我們分享他在蒙大拿州長大的童年生活，那裡有遼闊的牧場和活生生的牛仔，當地的灰熊是真的會把狗生吞下肚，巍然屹立的山脈可以擋住刺眼的陽光。我試著在腦海裡想像他過去還是小男孩的模樣，但實在無法設想他沒有鬍子的樣子。在讀完《大河戀》這本小說之後，我們接著閱讀羅伯特．弗羅斯特[38]的詩作。史特蘭先生直接憑記憶背誦出弗羅斯特的著名詩作《未擇之路》[39]，他說我們不應該覺得這首詩很勵志且鼓舞人心，常人總是錯誤解讀這首詩要傳達的意涵。他指出《未擇之路》並不是在頌揚能夠有不隨波逐流的勇氣，而是在諷刺做出人生抉擇終究是徒勞無功的。史特蘭先生說這首詩要強調的是人活在世上，其實每一天都在朝死亡邁進，我們體內的時鐘一分一秒地在朝最後一刻倒數；而堅信人生中有各種不同的選擇，其實只是人們用來拒絕面對這殘忍現實的藉口而已。

他說：「我們誕生到這世上，享受活著的樂趣，接著死去。而在人生不同階段我們會做出決定，並且會為了許多枝微末節的小事感到焦慮痛苦，但這些事在我們死去後都不再具有任何的意義。」

---

34 拉爾夫．納德（Ralph Nader），1934—，美國律師、作家，演說家、政治人物。納德以綠黨參選人身分參加 1996 年和 2000 年美國總統選舉。

35 小布希與高爾得票數極為接近，初步開票結果，高爾贏得兩百六十七張總統選舉人票，小布希贏得兩百四十六張總統選舉人票，兩人都沒有達到兩百七十張選舉人票的當選門檻。於是，佛羅里達州的二十五張總統選舉人票究竟屬誰，就成為關鍵。

36 打孔式選票的英文叫做 chad，發音和拼字皆與男生英文名字 Chad（查德）相同。

37 *A River Runs Through It*，為美國作家諾曼．麥克林（Norman Maclean）於 1976 年出版的半自傳小說，故事背景為蒙大拿州。

38 羅伯特．弗羅斯特（Robert Lee Frost），1874—1963，美國詩人，他因對農村生活的寫實描述受到高度評價，曾四度獲得普立茲獎。他的詩歌語言質樸、清新、近乎口語化，但同時也折射出真理的光輝。

39 *The Road Not Taken*，美國詩人羅伯特．弗羅斯特的敘事詩，為其知名的詩歌之一，最初發表於 1915 年 8 月的《大西洋月刊》。

全班沒有任何人反對他說的話，就連相信人在世上做的每個決定都會有其影響的虔誠天主教徒漢娜．列為斯克都沒有說話；她只是盯著史特蘭先生看，嘴巴微微張開，一臉訝異的表情。

接著史特蘭先生發給我們弗羅斯特另一首詩的講義，詩的名稱是《播種》。他要我們先在心中默念一次，念完之後他要我們再做一次。「但這次當你們在心中默念的時候，」他說，「我要你們腦中想著性愛。」

過了幾秒鐘，所有人才明白他講的話。原本大家因為困惑而皺緊眉頭，後來臉頰漸漸開始漲紅，而史特蘭先生卻只是掛著一抹微笑，檢視每個人臉上顯露出的害羞與困窘。

全場唯一沒有感到尷尬的人是我。性愛這兩個字彷彿喚醒了我心中沉寂已久的渴望，我全身發燙，也許這是在暗示他下一步想對我做的事。

「你是說這首詩探討的是性愛嗎？」珍妮開口問。

「我要說的是，這首詩值得你們用開闊的心胸細細品味。」史特蘭先生回答。「而且老實說，你們每個人早已花了很多時間在腦海裡幻想那件事了。不多說，趕快開始吧。」他拍手示意我們開始默念。

我在心中第二次默念這首詩，並且想著它跟性愛之間的關聯。我的確看到了一些之前沒注意到的細節，詩裡面呈現出許多跟性有關的意象：柔軟的白色花瓣、光滑的豆莢、皺縮的豆子，還有最後寫到彎成拱形的身體意象；就連詩的名稱「播種」都充滿了性暗示。

「現在大家有什麼想法？」史特蘭先生站起身，背對黑板兩腳交叉站著，台下的每個人都不發一語，但我們的沉默只證明了他說的並沒有錯，這首詩要傳達的主旨的確跟性愛脫不了關係。

史特蘭先生等待我們發表意見，他的雙眼環視著教室內的所有人，似乎唯獨避開我的方向。湯姆深吸了一口氣，準備要開口講話，但這時下課鐘聲響起，史特蘭先生對我們搖搖頭，似乎感到失望透頂。

「你們跟清教徒[40]沒兩樣。」他對我們說，接著揮揮手表示我們可以下課了。

大家開始起身離開教室、往走廊的方向走，這時我聽到湯姆對珍妮說：「他剛剛到底在搞什麼？」接著珍妮用一副十分權威的尖酸口吻說：「他根本就有厭女情節，我姊姊之前就警告過我了。」她這個口氣真的讓我很惱火。

那天稍晚的創意寫作社團課傑西並沒有出現，只有我和史特蘭先生的教室似乎顯得特別空曠。我坐在長桌邊，而史特蘭先生坐在他的位置上，我們兩人就這樣隔著遙遠的距離望著彼此。

「我今天沒有什麼任務可以指派給妳。」他對我說。「文學期刊都審閱得差不多了，等到傑西回來後就可以開始進行文字編輯。」

「那我該走了嗎？」

「除非妳想留下來。」

---

[40] Puritans，指要求清除英國國教會內保有羅馬公教會儀式的改革派新教徒。北美大陸早期的移民主體便是清教徒，強調保守、勤奮、節儉。

我當然想留下來。我從背包裡拿出我的筆記本，翻到我在前一晚寫的那首詩。

「妳喜歡今天美國文學的課程內容嗎？」他問我。窗外的太陽即將西沉，夕陽的餘暉穿越只剩光枯枝椏的楓樹照進教室，將坐在辦公桌後的史特蘭先生變成一道黑影。

我還沒回答，他又接著說：「我會這麼問是因為我看到妳當時的表情，妳看起來就像一隻受到驚嚇的幼鹿。我原本就有預期班上的人會對我講的內容感到震驚反感，但我以為妳不會。」

所以他今天上課時的確有注意到我。震驚反感。這讓我想到珍妮說史特蘭先生有厭女情節，她這樣講真的顯示出她是多麼平凡且心胸狹隘；我跟她絲毫不同，我一點都不想變成像她那樣的人。

「我並不會覺得反感，我很喜歡今天的課程。」我用手擋住刺眼的陽光，試著看清楚他臉上的表情。我已經有好幾個禮拜沒看到他那既溫柔又高傲的笑容了。

「聽到妳這樣講我就放心了，我差點以為自己也許錯看妳了。」他說。

我現在只要一不小心便可能下錯棋，倘若我的反應不是他所預期的，這一切可能就毀了。想到這我的呼吸就變得急促，整個人焦慮不安。

他彎下腰打開桌子最底層的抽屜，從裡面拿出一本書。我像狗一樣豎起耳朵，這個反應就叫做巴夫洛夫的古典制約——我是在上學期的選修心理學課程學到的。

「那是要給我的嗎？」我問。

他做了一個表情，似乎自己也不確定是否要把書給我。「如果我把這本書借給妳，妳得要向我保證，絕對不能讓任何人知道是我給妳的。」

我伸長脖子想看看到底是哪本書。「這本書是非法的還是怎樣？」

他笑了出來，就像他上次聽到我說席薇亞．普拉絲很自以為是一樣笑得開懷。「凡妮莎，妳怎麼總是有辦法對自己也不懂的事做出完美回應？」

我露出不悅的表情，我不喜歡聽到他認為我有不懂的事。「到底是哪本書？」

他走過來要把書拿給我，封面被他擋住，所以我還看不到上面寫了什麼。等到他把書放到我前面的桌上時，我馬上抓住那本書，把它翻過來看。封面上可以看到一雙穿著踝襪和馬鞍鞋的纖細長腿，百褶裙下露出兩個骨節突出的膝蓋；那雙腳的正上方印著幾個白色的大字：蘿莉塔[41]。我之前曾經在別的地方看過這個名字，我記得是一篇關於費歐娜．艾波的文章，裡面用「如蘿莉塔一般」這個詞來形容她既性感又清純可人的模樣。現在我明白剛剛問他這是不是一本非法出版品時，他為什麼會大笑了。

「雖然這不是一本詩集，但它的文體極具詩意。姑且不論別的，作者的文筆很值得欣賞。」

我把書翻到背面，快速瀏覽上面寫的劇情描述。我感覺到他的目光凝視著我，這顯然是他給我的另一個測驗。

---

[41] *Lolita*，俄羅斯裔美國作家弗拉基米爾．納博可夫（Vladimir Nabokov）用英語書寫的成名小說，於 1955 年出版。內容講述一名三十七歲的中年男子韓伯特瘋狂地愛上了一名十二歲的女孩朵拉芮絲，並在成為她的繼父後與其發生性關係。「蘿莉塔」一詞是韓伯特對朵拉芮絲的暱稱。《蘿莉塔》出版後即成經典，被視為二十世紀最知名也最具爭議性的作品。

「看起來挺有趣的。」我把書放進背包裡，繼續看我的筆記本。「謝了。」

「看完後跟我分享妳的想法。」

「我會的。」

「如果有人看到妳在看這本書，別說是我給妳的。」

我忍不住翻了白眼，接著對他說：「我知道如何保守祕密。」但這其實不是真的——在遇到他之前，我從來沒有任何祕密需要隱藏——但我知道他需要聽到我親口承諾，就像他說的，我的回應總是完美無瑕。

感恩節連假到了。一連五天的假期當中我一直沖熱水澡，把我們家的熱水都用完了；我常常站在房間裡的全身鏡前檢視自己，時不時拿起鑷子開始拔眉毛，媽已經受不了我這樣，乾脆直接把鑷子藏起來；我也努力讓家裡養的那隻小狗像喜歡爸那樣喜歡上我。我每天都會去健走，穿著一件亮橘色背心，沿著俯瞰湖泊的花岡岩峭壁往上爬。石壁上布滿許多洞穴，所以表面看起來坑坑巴巴，峭壁上的裂縫很寬，老鷹會在裡面築巢，其他動物也會把這裡作為藏身之所。

最大的洞穴裡面有一張軍用折疊床，打從我第一次來的時候它就已經在裡面了，應該是許久以前某個攀岩者遺留下來的。我看著這張床的金屬支架和那早已腐蝕的帆布床面，想到史特蘭先生在第一堂課時跟我說他知道鯨背湖這個地方，還有他造訪過此地。我幻想著他在這裊無人煙的深山裡找到我，在這裡他可以毫無顧慮地對我做任何他渴望的事，不用擔心會被別人發現。

每天晚上我會一邊躺在床上看《蘿莉塔》，一邊心不在焉地吃著蘇打餅乾。我特地將枕頭立起來，把書放在上面，這樣如果爸媽無預警地走進房間裡，他們才不會看到我在看哪本書。外面的風吹得窗戶嘎嘎作響，我全神貫注地沉浸在這本書當中，感覺到體內有一股慾望在翻攪著，好似燃燒的煤炭一般閃爍著深紅色的餘燼。這本書的內容在描述一個外表看似平凡，實則帶有致命魅力的十二歲少女，以及和她相差將近三十歲的男人之間的禁忌愛戀。我在看這本書時感到全身發燙，不僅僅是因為小說裡的劇情，更重要的是因為將這本書給我的人正是史特蘭先生。這讓我們之間的關係有了全然不一樣的解讀空間，看了這本書之後我似乎能夠明白他對我的渴望。這一切再明顯不過了，不是嗎？他就是《蘿莉塔》裡的韓伯特，而我正是那位小女孩朵拉芮絲。

感恩節當天我跟爸媽去拜訪住在密利諾克的爺爺奶奶。他們家的擺設彷彿靜止在一九七五年，裡面依然可以見到復古的長絨地毯及光芒掛鐘，空氣中飄散著香菸與咖啡白蘭地的味道——那濃厚的氣味甚至蓋過了烤箱裡的烤雞。爺爺給了我一卷八色糖和一張五元紙鈔，奶奶問我是不是變胖了。晚餐我們吃了根莖類蔬菜和麵包店買的小麵包，甜點則是檸檬蛋白霜派；爸趁沒人注意的時候偷偷把上面那層烤至褐色的蛋白霜挖掉。

吃完晚餐後我們開車回家，一路上每當經過隆起的雪堆和凹凸不平的地面時，車子就會不斷地前後晃動，兩側窗戶外的森林就像一道黑暗的牆朝著四面八方延伸，收音機上播放著七〇和八〇年代的復古歌曲。當爸聽到〈我的夏洛納〉[42]這首歌時，他放在方向盤上的手不禁隨著節奏拍打，坐在副駕駛座的媽將頭靠在窗戶上睡得很沉。「**我知道我很骯髒下流／看到年輕妹妹我就會忍不住立正站好。**」隨著副歌再次響起，爸的手指又開始跟著旋律一起打拍子。他真的有聽懂這首歌的內容嗎？他知道他跟著哼的歌詞在指涉什麼嗎？「**看到年輕妹妹我就會忍不住立正站好。**」這句歌詞的性暗示意味那麼濃厚，居然沒有人察覺到，想到這我就忍不住要被逼瘋了。

感恩節假期結束後返校的第一晚，我在餐廳裡找了一個空位吃晚餐，露西和迪雅娜坐在附近跟別人討論八卦。據說有一個受歡迎的十二年級女生嗑了藥之後去參加萬聖節舞會，奧柏麗・唐娜聽到後好奇地問那個女生用的是哪種毒品。

迪雅娜猶豫了一下之後回答：「Coke。」

奧柏麗直搖頭說：「這種地方不會有人能弄得到Coke。」

迪雅娜沒有反駁她；奧柏麗是從紐約來的，相較之下她的話比較有份量。

我過了一陣子才恍然大悟他們剛剛說的Coke不是在指可樂，而是一種叫做古柯鹼（cocaine）的毒品。通常發生這樣的情況都會讓我覺得自己很像鄉巴佬，但現在她們聊天的內容反而讓我覺得她們很可悲；誰會在意有沒有人吸毒吸茫了去參加舞會？她們難道沒有別的更有意義的事可以討論嗎？我低頭看著手中的花生醬三明治，試著抽離她們在講的八卦，然後在腦海裡重溫我已經反覆看了許多次的《蘿莉塔》故事結尾：最後一幕時，韓伯特神情恍惚，他為了蘿莉塔犯下殺人罪，即便他和蘿莉塔兩人都狠狠地傷害了彼此，韓伯特依然深愛著她；他對蘿莉塔無盡的愛已近乎痴狂，當全世界都因為他們的禁忌之戀而譴責他時，他們兩人的愛火怎可能那麼輕易就被澆熄呢？假使韓伯特可以選擇的話，他會努力放下蘿莉塔；倘若他可以抑制對蘿莉塔的愛，那麼他也不會活得如此艱難痛苦。

我只吃了一點點吐司邊，完全沒胃口。我試著用史特蘭先生的角度來看這一切，他說不定很害怕——不，他肯定嚇壞了。一直以來我都沉溺在自己的沮喪和焦慮中，忽略了他要面臨的壓力，他得要鼓起多大勇氣才敢摸我的腿，並告訴我他想親我，這勢必已經讓他冒了很大的風險。當時他也無法預料到我會有什麼樣的反應，如果我對他所做的行為感到被冒犯，進而舉報他呢？也許一直以來他才是有勇氣的那個人，而我只是一個自私的膽小鬼。

說真的，我需要承擔什麼風險嗎？如果我對他主動示好然後被他拒絕，充其量我只不過會有點難堪而已，沒什麼大不了的，我的生活不會因此受到影響。但對他來說，他現在已經承受夠多風險了，我不該要求他將內心的渴望表現得更加明顯。我至少應該要願意退讓一步和他妥協，我可以更

㊷ *My Sharona*，為窡門樂團（The Knack）於 1979 年發行的歌曲。

主動一點，讓他知道我內心的渴求，還有告訴他我願意和他一起被全世界譴責。

回到房間後我躺在床上翻著《蘿莉塔》，終於在第十七頁看到我一直在尋找的那段話。韓伯特描述那些隱身在平凡女生當中、充滿性魅力的早熟少女：「周遭的人都沒有發現她潛藏的魅力，連她自己都沒有察覺到她所具備的神奇力量。」

我有這股力量，我可以讓內心的渴望成真，讓他被我的魅力懾服。我到現在才恍然大悟，真的是太傻了。

上美國文學課之前，我先去了一趟洗手間檢查臉上的妝。今天早上我特地化了妝，把手邊有的化妝品都塗抹到臉上，還把原本中分的頭髮撥成旁分。這樣的改變讓我自己都差點認不出鏡子裡的人是誰——我看起來宛如雜誌上或是音樂錄影帶裡才會出現的女生。我想到小甜甜布蘭妮在〈愛的初告白〉音樂錄影帶裡用腳敲打著桌角，不耐煩地等著下課鐘響。我越是看著自己的臉，越是覺得我的五官似乎開始扭曲變形：本來在滿是雀斑的鼻子上方那一雙綠色眼睛開始向旁邊飄移；塗滿粉色黏膩唇蜜的嘴唇分離，接著游向相反的方向。但只要一眨眼，所有五官又回到原本的位置。

我不小心在廁所裡待了太久，當我到教室的時候已經遲到了，我以前從來不曾在這堂課遲到。我急急忙忙走進教室找位置坐下，有一雙眼睛似乎一直盯著我看，本來我以為是史特蘭先生，但當我透過濃密的眼睫毛仔細看時，才發現原來那個人是珍妮。她看到我臉上的妝容和新的髮型大為吃驚，握著筆的手像是凍結般停在筆記本上靜止不動。

這堂課我們看的是埃德加．愛倫．坡[43]的作品，用他的生平來對照我和史特蘭先生之間的關係實在是再適合不過了，我內心激動地想仰頭放聲大笑。

「愛倫．坡不是娶了他的表妹嗎？」湯姆問。

「嚴格來說沒錯。」史特蘭先生回答。

漢娜．列為斯克聽到之後皺了一下鼻子。「好噁。」

史特蘭先生跟我一樣，都知道一件會讓現場所有人更反感的事：愛倫．坡不僅娶了他的表妹維吉尼亞．克萊姆，他們結婚的時候維吉尼亞才十三歲，但史特蘭先生並沒有告訴大家這件事。他要我們每個人輪流唸出《安娜貝爾．李》裡面的詩節。輪到我的時候，我用顫抖的聲音唸著：「那時我少不經事，而她也稚氣未脫。」我腦海中充滿了《蘿莉塔》的故事畫面，同時似乎可以感受到史特蘭先生一邊撫摸著我的膝蓋，一邊對我耳語「妳和我是多麼相似」。

快下課的時候，史特蘭先生將頭向後仰，閉上雙眼，接著開始朗讀愛倫．坡的詩《孤獨》——「尋常的春天無法激盪出我心中的熱情。」他那低沉的嗓音以及和緩的語調，讓詩句聽起來猶如樂曲般動人，光是聽著他吟誦我就忍不住想落淚。此時此刻我終於明白他一直以來的心境，渴望著世

[43] 埃德加．愛倫．坡（Edgar Allan Poe），1809—1849，美國作家、詩人、編輯與文學評論家，被尊崇是美國浪漫主義運動要角之一，他的懸疑及驚悚小說最負盛名。

道不容的事對他來說是多麼孤單痛苦；一旦被人發現他內心的渴望，他肯定會被汙名化，就此失去容身之地。

下課後，我等到所有人都離開教室才開口問他我是否可以把門闔上，但在他回答之前我就先把門關了起來，這似乎是我這輩子做過最勇敢的一件事。他手裡拿著板擦站在黑板旁邊，身上的襯衫袖子拉到手肘上方。他的眼睛上下打量著我。

「妳今天看起來不太一樣。」他對我說。

我沒有回答，只是難為情地拉著毛衣袖子，轉動著腳踝。

「假期結束後妳好像瞬間長大了五歲。」他將手中的板擦放下，拍了拍手上的粉塵，指著我手中握著的那張紙。「那是要給我看的嗎？」

我點點頭。「是一首詩。」

我把詩遞給他，他接過去之後馬上開始看。他專注地低頭閱讀，甚至連走回辦公桌坐下都沒有抬起頭。我沒有開口問就跟著走過去，在他旁邊坐了下來。這首詩是我昨晚寫出來的，但今天一整天我都在修改裡面的文字，我想讓它變得更像《蘿莉塔》那般充滿暗示的意象。

她向海上的船隻輕輕揮舞著手
一個接著一個，水手們駛著船緩緩地滑上沙岸
他們無情地占有她的身體

發出的重擊聲響迴盪在她瘦骨嶙峋的體內
她扭動著身軀，不停地顫慄發抖
任這些水手蹂躪她的身體
結束之後她泣不成聲
那些水手們抓起一把把帶有鹹味的海草餵著她吃
並說他們深感抱歉
對她做了這件事令他們後悔莫及

他看完之後把手中的詩放下，將身體往後仰，彷彿想要遠離它似的。「妳從來沒有幫妳寫的詩取名。」他的聲音聽起來好遙遠。「妳應該要幫它們下標題的。」接下來的一分鐘他坐在位置上沉默不語，只是靜靜注視著那首詩。

我不發一語地坐在他旁邊，這一刻我像是被打醒了一樣，我突然驚覺他會不會其實很厭惡我，根本希望我不要來煩他。這難堪的感覺讓我忍不住緊閉雙眼——我怎麼會寫出那麼明目張膽、充滿性暗示的一首詩，甚至以為可以用這個計謀讓他喜歡上我？他只不過是借給我一本書，然後對我說了些讚美的話而已，是我自作多情以為他對我有感覺。我開始像小孩子一般吸鼻子啜泣，低聲跟他說對不起。

「嘿，妳為什麼要向我道歉？」他的聲音突然變得好溫柔。

「因為，」我抽了一口氣，「因為我像個傻瓜一樣。」

「為什麼要那麼說？」他的雙手環抱著我的肩膀，將我拉向他。「妳一點都不像傻瓜。」

我曾在九歲時爬樹意外失足跌落，自此之後我再也沒有爬過任何一棵樹。被他擁入懷中讓我回想到當時從樹上跌落的感覺——我並沒有覺得自己的身體向下墜落，而是地面往上移動將我接住——墜落後的那短短幾秒鐘，我的身體宛如被大地吞噬一般。史特蘭先生和我站得如此靠近，若我將頭微微傾斜幾度，我的臉頰便可以緊貼在他肩上。我的嘴唇距離他的頸部只有短短幾公分而已，我可以聞到他身上那件羊毛針織衫的氣味，還有他肌膚散發出的咖啡和粉筆灰的味道。

他的雙手環繞著我，而我的頭依偎在他肩上，我們兩人就維持這樣的姿勢靜靜地待著。學生的嬉笑聲從走廊上傳來，位於市中心的教堂敲響半刻的鐘聲。我將膝蓋緊貼著他的大腿，手背輕輕放在他隔了一層褲子的腿上。我對著他的脖子吐氣，既緩慢又輕柔，渴望他能給我一些暗示。

突然之間，我感覺到他用拇指輕輕撫摸我的肩膀。

我抬起頭，嘴巴差點碰到他的脖子，我感覺到他吞了吞口水，一次、兩次；他吞口水的模樣好似在努力壓抑內心的衝動，這讓我鼓起勇氣將嘴唇貼在他的肌膚上。雖然只是短短的幾秒鐘，但這個動作讓他全身顫抖了一下，我內心忍不住激起興奮的漣漪。

接著，他輕輕吻了我的額頭，我又再次親了他的脖子，我們兩人的動作都十分溫柔，不敢過於忘情。現在還有機會回頭，改變心意不算太遲。輕輕的一吻可以很輕易遺忘，但全心投入的擁吻就不是如此了。他輕輕捏了我的肩膀，接著越來越用力，我感覺體內有一股慾望瞬間湧現。我努力想壓抑這股強烈的感受，我擔心如果無法克制住自己，我可能會衝向前緊緊抓著他的脖子。若我這麼做的話，一切就毀了。

但他突然毫無預警地鬆開手，將身體轉向另一側，刻意和我隔開距離。他戴著眼鏡的雙眼好似在適應新的光線一般眨個不停。「我們應該好好地談這件事。」他說。

「好啊。」

「這件事非同小可。」

「我知道。」

「我們違反了很多規定。」

「我知道！」他居然會覺得我不明白這件事有多嚴重，這讓我很惱火，我無時無刻都在思考這是一件多麼嚴重的事。

他帶著既迷惑又難受的表情仔細地看著我。「這一切都太不真實了。」他低聲咕噥道。教室牆上的時鐘滴答滴答地走，現在依然是教職員辦公時間，雖然他辦公室的門是關著的，但隨時都可能會有人進來。

「所以妳想要什麼？」他問我。

這個問題實在太難回答了，我想要做什麼取決於他內心對我的渴望。「我不知道。」

他轉身面向窗戶，雙手交叉放在胸前。我不知道這個回答太糟了，一副就是小孩才會說出口的話，代表我還沒有能力自己做決定。

「我喜歡跟你相處的感覺。」我說。他等著我透露更多感受，我一邊環顧教室，一邊在腦中掙扎該怎麼表達出來。「我也很喜歡我們做的事。」

「『我們做的事』指的是什麼？」他希望我直接說出口，但我不知道該如何形容才好。

我用手指來回指著我們兩人的身體中間。「這樣。」

他露出淡淡的微笑。「我也很喜歡。那這樣呢？」他俯身往前，用指尖輕輕撫摸我的膝蓋。

「妳喜歡這種感覺嗎？」

他看著我的臉，指尖同時順著我的腿緩緩向上游移，當他輕觸到我穿著的緊身褲襪的褲檔時，我反射性地將腿緊緊夾在一起，困住了他的雙手。

「我太過分了。」他說。

我搖搖頭，接著將腿鬆開。「沒關係。」

「怎麼可能沒關係。」他將手從我的裙子底下抽出來，如流水般從椅子滑落到地上。他在我身前跪下，並將頭枕在我的膝上，對我說：「我擔心我會毀了妳。」到目前為止，這是我們兩人之間發生過最令人難以置信的事，甚至連之前他說想吻我，或是當他愛撫我的腿時，我都未曾感到如此脫離現實。「我擔心我會毀了妳。」他說這話時顯然備受折磨，透露出他之前為此苦苦思索，掙扎良久的心境。他想循規蹈矩，也無意傷害我，但他內心清楚明白這是不可能的。

我的雙手懸浮在他身上，這角度讓我可以仔細地看他：他有一頭烏黑的頭髮，但太陽穴附近的髮絲已經開始灰白；他將下巴的鬍子刮得很乾淨，脖子上有一道淺淺的傷痕，似乎有點發炎。我想像他某天早上在浴室裡拿著刮鬍刀的樣子，如同我今天早上赤腳站在宿舍房間裡，拿著化妝品在臉上塗抹。

「我想要成為妳生命中一股正面的能量。」他對我說。「未來當妳回想起我的時候，妳的內心會充滿無盡的溫柔和甜蜜，妳會記得我是一位上了年紀但十分風趣幽默的老師，我無可救藥地愛上妳，但卻從來沒有對妳做出踰矩的行為，自始至終都很安分守己。」

他的頭依然枕在我膝上，我的腳開始不由自主地顫抖起來，腋下和膝蓋內側都冒出汗水。當我聽到他說他無可救藥地愛上我的那瞬間，我彷彿從一個微不足道的凡人蛻變成一個擁有愛情的人；愛上我的人並不是那些跟我同年齡的幼稚男生，而是一個成年男子。已經見過世面且有豐富人生閱歷的他，居然會覺得我值得他的愛。我好似抽離了原本的世界，被推進另一個時空。在這個時空裡，會有成年男子不可自拔地愛上我，並且跪在我的腳邊，臣服於我的魅力。

「有時妳離開教室後，我會坐在妳的位置上。我將頭靠在桌子上用力深呼吸，彷彿想將妳殘留下來的氣味吸入我的體內。」他將原本枕在我膝蓋上的頭抬起來，用手搓揉他的臉龐，然後又坐回地上。「我到底有什麼毛病？怎麼可以跟妳說這些事。妳聽到之後一定會做惡夢的。」

他用手撐著地板然後坐回椅子上。這時我明白，我得說些什麼來說服他我並不害怕，我得要讓他知道他不是在自作多情，我也跟他有一樣的感覺。「我常常會想到你。」我對他說。

突然間他的臉上露出欣喜的神情，他一時語塞，接著嘲弄地對我說：「最好是。」

「我真的一直在想你，像是失了魂似的。」

「我才不相信，像妳這樣漂亮的女生怎麼可能會喜歡色瞇瞇的老男人。」

「你才沒有色瞇瞇。」

「那是因為妳還感覺不出來，如果我對妳更進一步，妳就會覺得我很好色了。」

看來這還不夠，他需要我給他更多暗示，所以我向他坦承，我會寫那些愚蠢的詩都只是為了要拿給他看（「妳寫的詩一點都不愚蠢。」他說。「拜託不要那麼說。」）。我跟他說整個感恩節假期我都一直在讀《蘿莉塔》，看完之後覺得我的人生從此再也不同；我還告訴他我今天之所以會特別打扮都是為了他，還有我會把教室的門闔上也是想要有跟他獨處的機會。

「我以為我們可能會……」我的聲音越變越小。

「我們可能會怎麼樣？」

我翻了個白眼，緊張地癡笑。「你知道我在說什麼。」

「我並不知道。」

我緊張地在椅子上扭動身體，接著說：「我以為我們可能會，我不知道，接吻之類的。」

「妳想要我親妳嗎？」

我拱起肩膀，把頭垂得低低的，髮絲落在我的臉頰兩側。我太害羞，不好意思直接說出口。

「這樣是代表同意嗎？」

我隔著頭髮低聲地咕噥了一聲。

「妳有跟別人接吻過嗎？」他將我的頭髮向後撥，仔細地看著我的臉。我太緊張了，沒辦法對他說謊，只好搖頭說沒有。

他起身將教室的門鎖上，然後把燈都熄掉，這樣外面的人就沒辦法透過窗戶看到裡面。他用雙手捧起我的臉，我閉上雙眼讓他親吻我。他的嘴唇很乾澀，有如長時間曝曬在陽光下而變硬的衣物；他的鬍子比我想像的還要柔滑，但他臉上的眼鏡一直扎進我的臉頰。

他一開始親我的時候沒有將嘴唇打開，接著他又親了我一下。他發出了一個嗯的聲音，我們便開始張開雙唇親吻彼此。我變得六神無主、魂不守舍，感覺自己很遙遠，似乎在另一個人的身體裡。整個接吻的過程中，我一直對他這樣使用舌頭感到訝異。

結束後我的牙齒不停地打顫。我想要表現出無所畏懼的樣子，露出得意的微笑，然後對他說出既挑逗又羞澀的話，但我卻只能用袖子擦拭鼻子然後低聲說：「剛剛那感覺好奇怪。」

他親了我的額頭、太陽穴，還有我的下巴。「希望那是好的感覺。」

我知道我應該要給他肯定的回答才能讓他放心，讓他不要懷疑我內心的渴望，但我卻只能愣愣地直視著前方，直到他又再次俯身向前親吻了我。

我坐在跟平常一樣的位置，兩隻手掌朝下平放在桌面上，努力克制自己不要用手去摸嘴角那塊紅腫的地方。其他學生陸陸續續走進教室裡，他們解開大衣拉鍊，從背包裡拿出《伊坦．弗洛美》㊹。沒有人知道我經歷了什麼事，他們永遠也不會知道，但那股渴望將祕密吶喊出來的衝動在我心裡蠢蠢欲動；若我不能尖叫出來，那麼我只能使盡全力將手掌壓在桌子上，直到木板裂開，四散掉落的碎片不經意地將我那不為人知的祕密拼湊出來。

湯姆坐在長桌另一側，他將身體後仰，手肘舉到頭後側伸展手臂，露出腹部一小吋的肌膚。珍妮平常坐的位置還是空的，湯姆走進來之前，我聽到漢娜·列為斯克說他們兩個人好像分手了。若我是在兩個月前聽到這個消息肯定會大吃一驚，但現在我卻一點感覺都沒有，這兩個月發生太多變化了。

史特蘭先生在課堂中講授《伊坦·弗洛美》這部作品。我可以感覺到他的手在微微顫抖，而且他似乎不太願意往我的方向看——不對，現在還稱呼他為史特蘭「先生」太可笑了，但直接稱呼他的名字好像也不太對。課程進行到一半的時候他突然將手放到額頭上，若有所思地出了神，我從未看過他這個樣子。

「嗯。」他含糊地說。「我剛剛講到哪裡了？」

門上的掛鐘發出滴答滴答的聲響，秒針不斷向前走。漢娜·列為斯克發表她對這本書的想法，她講的都是再明顯不過的論點，不過史特蘭並沒有像往常一樣無視她，反而說：「對，妳講的沒錯。」接著他轉身面向黑板，在上面寫了幾個大大的字「這應該要歸咎於誰？」頓時間我感覺到洶湧澎湃的海水在我耳內翻騰攪動著。

雖然這本書的指定閱讀範圍只有前五十頁，但他依然跟我們講述了整本書的劇情結構。他除了提到年輕貌美的馬蒂渾身散發成熟的魅力，還講到她如何讓年長已婚的伊坦在遇到她之後陷入道德兩難的困境。伊坦愛上馬蒂難道錯了嗎？他的生活是多麼陰鬱孤寂，唯一和他作伴的就只有他長年臥病在床的妻子澤娜。「為了獲得些許美麗的事物，人們會甘願鋌而走險。」史特蘭用十分真誠的語氣對我們說，台下的學生忍不住發出陣陣笑聲。

我現在早該習慣他這麼做了，但依然覺得這一切很不真實——他怎麼總有辦法在講述文學作品的同時又在描述我，而教室內的每個人都對此毫無所知？這就像之前我們兩人肩並肩坐在他的辦公桌後，他輕輕觸碰我的腿，但卻沒半個人發現，所有人都聚精會神地在修改報告。事情就在他們的眼前發生，也許是因為他們像凡人一樣平庸，無法注意到我和史特蘭之間驚心動魄的愛戀。

這應該要歸咎於誰？他在這個問題下方劃了一條底線，然後看著我們，等待我們做出回應。我現在終於明白他內心的掙扎了；他正因私慾和道德產生衝突而天人交戰，他會感到焦慮並不是因為我在他旁邊，而是因為他不知道這樣做是否違反了道德倫理。如果我能鼓起勇氣的話，我就會藉由發表對書中主角伊坦的想法，來讓他明白我內心的堅持。我會說「他並沒有做錯任何事」，或是「難道馬蒂不該承擔一些責任嗎？」但我卻只是像隻膽戰心驚的小老鼠一樣，靜靜地坐在位置上不敢說話。

下課鐘聲響起，「這應該要歸咎於誰？」幾個字依然占據整個黑板。其他學生陸續走出教室、

[44] *Ethan Frome*，為普立茲獎得主、美國作家伊迪絲・華頓（Edith Wharton）於 1911 年出版的小說。

朝走廊和中庭的方向移動，但我故意拖時間慢慢來。我把背包拉鍊拉上，彎下腰假裝在綁鞋帶，動作慢得跟樹懶一樣。他一直等到走廊的人都散去，確定沒有人會看到我們之後才開口對我說話。

「妳還好嗎？」他問我。

我拉了一下背包的背帶，對他露出燦爛的微笑。「我很好。」我知道我絕對不能表現出任何痛苦焦慮的神情，否則他可能會覺得我太害怕所以不敢再親吻我。

「我之前還有點擔心妳會不會感到不知所措。」他說。

「我不會。」

「那就好。」他吐了一口氣。「看來妳似乎適應得比我還好。」

我們說好等到辦公時間結束、人文大樓已經沒人的時候我再來找他。當我正準備走出教室時，他對我說：「妳今天看起來很美。」

聽到他這麼說，我忍不住綻放笑容。我今天的確很漂亮——我穿了一件深綠色毛衣、一條合身的燈芯絨褲，還上了髮捲，髮絲如波浪般垂落在我的肩上——這一切都是為了他特地做的打扮。

當我回到他的教室時，夕陽已經西沉，他的教室窗戶沒有遮簾，所以我們將燈都熄掉。接著我們便坐在他的辦公桌後，在一片黑暗中親吻彼此。

湯普森小姐在宿舍舉辦了祕密聖誕老人㊺的活動，而我好巧不巧抽到珍妮的名字。照理說我應該要為此傷感，但我卻只覺得有點煩人。活動規定花在禮物上的金額為十美金，我拿這筆錢去雜貨店買了一磅的雜牌研磨咖啡粉，然後把剩下來的錢拿去幫自己買零食。我甚至沒有把禮物包裝起來，交換禮物的時候我直接把咖啡粉放在雜貨店的塑膠袋裡拿給珍妮。

「這是什麼？」珍妮問我。她上一次跟我說話是上個學期的最後一天、我們要搬離宿舍的時候，那時她轉身隨意對我拋下一句──那就有機會再見囉。

「妳的禮物。」

「妳沒有包裝起來嗎？」她用指尖把袋子打開，似乎很害怕裡面會不會是什麼恐怖的東西。

「是咖啡。」我說。「我看妳常常喝咖啡那類的東西。」

她低頭朝袋子裡面看，眼睛驚訝地眨個不停。她的反應讓我很震驚，有一瞬間我以為她要哭出來了。「給妳的。」她接著把一個信封袋塞給我。「我剛好也抽到妳的名字。」

我打開信封袋，裡頭是一張卡片，卡片裡夾著一張位在市中心的那家書店、價值二十美金的禮券。我一隻手拿著珍妮寫的卡片，另一隻手握著那張禮券，不可置信地來回盯著它們看。珍妮在卡片裡面寫道：聖誕節快樂，凡妮莎。我知道我們有一段時間沒有聯絡了，但希望我們可以試著修補

㊺ Secret Santa，為西方聖誕節的傳統。在此傳統中，小組或社區的成員會被隨機分配給一個人，那個人要向分配到的成員贈送禮物。禮品贈送者的身分應保密，不得洩露。

我們之間的友誼。

「妳為什麼要這麼做？」我問珍妮。「我們只能花十美金買禮物而已。」

湯普森小姐輪流走到各組看看交換禮物活動進行得如何，同時也給大家準備的禮物一些評語。當她走到我和珍妮這組的時候，她看到珍妮的雙頰漲紅，掉落在地上的真空包裝廉價咖啡，還有我一臉愧疚的表情。

「嗯，多麼棒的禮物！」她熱情洋溢地對我們說，我以為她指的是珍妮給我的書店禮券，但她講的其實是我給珍妮的研磨咖啡粉。「對我來說，咖啡是永遠喝不夠的。凡妮莎，那妳拿到了什麼禮物呢？」

我將手中的書店禮券舉起來給她看，湯普森小姐露出了淡淡的笑容。「這禮物也很不錯。」

「我還有功課要寫。」珍妮用兩隻手指撿起掉在地上的咖啡——好像那東西很噁心似的，讓她一點也不想碰——接著便轉身走出了交誼廳。我還有更多話想對她說，我想在她身後大喊她現在之所以會想修補和我的友情，是因為湯姆跟她分手了；但這一切已經太遲，因為我已經放下過去，展開新的人生，而我現在所經歷的事是珍妮絕對想不到的。

湯普森小姐轉身面對我。「我覺得妳很用心地為珍妮準備禮物，重點不在於妳花了多少錢。」

我現在終於明白她剛剛為什麼對我那麼友善，她一定是覺得我的生活過得很窮困，所以只買得起一袋三美金的咖啡當禮物。她這樣的假想實在是可笑又侮辱人，但我沒有開口糾正她。

「湯普森小姐，妳的聖誕假期有什麼安排嗎？」迪雅娜問她。

「我會回紐澤西州的老家待一陣子，接下來可能會跟朋友去佛蒙特州玩個幾天。」她回答。

「那妳的男朋友怎麼辦？」露西接著問。

「我沒有男朋友。」湯普森小姐說完後便繼續走去別組巡視交換禮物的情形，我看到她將雙手交叉放在身後，裝作沒聽到迪雅娜低聲對露西說：「我以為史特蘭先生是她男友。」

一天午後，史特蘭跟我說我的名字「凡妮莎」源於愛爾蘭作家強納森．史威夫特[46]，他告訴我史威夫特的情人名叫艾絲特．凡霍姆賴希，小名叫做艾莎。「他把她的名字拆解後再重組，取了她的姓氏凡霍姆賴希中的第一個字『凡』，再加上她的小名『艾莎』，兩者結合在一起唸起來就變成了『凡妮莎』，成為了妳的名字。」

雖然我沒有告訴他，但我覺得他形容的正是他在對我做的事——他將我拆解開來，再將我拼湊回去，成為一個煥然一新的人。

他告訴我這位凡妮莎的原始雛型深深愛著史威夫特。史威夫特是她的私人家教，年紀比她大了二十二歲。史特蘭走向辦公桌後方的書架，在上面找到了一首史威夫特寫的詩，標題為〈凱德納斯與凡妮莎〉。這是一篇長詩，共有六十頁，內容講述的是一個女孩愛上了她的老師。我快速地瀏覽

[46] 強納森．史威夫特（Jonathan Swift），1667—1745，愛爾蘭作家、諷刺文學大師，以《格列佛遊記》聞名於世。

這首詩，感覺自己的心跳急遽加速，但我察覺他在盯著我看，所以我故作鎮定，只是聳聳肩然後裝作不以為意地說：「這似乎有點好笑。」

史特蘭聽到我這麼說皺起了眉頭。「我不覺得好笑，我倒覺得這本書令人毛骨悚然。」他把書放回書架上，低聲咕噥：「它讓我感到惶恐不安，我不禁開始思考也許很多事情早已命中註定。」

他走回辦公桌坐了下來，接著打開成績登記本。他似乎很困窘，雙耳的耳尖漲得通紅。難道我有能力可以讓他困窘嗎？我忘記有時他也會跟我一樣脆弱、害怕受傷。

「我能懂你的意思。」我對他說。

他抬起頭看我，眼鏡反射出光芒。

「我也覺得這一切就好像是命運的安排。」

「這一切。」他重複我說的話。「妳指的是我們之間發生的事嗎？」

我點點頭。「我覺得自己似乎生來就註定要與你相遇。」

他一聽到我這麼說，嘴唇開始不自覺地微微顫抖，好似在壓抑自己不要露出微笑。「把門關上。」他說。「燈也熄掉。」

聖誕假期的前一個星期天，我用宿舍交誼廳裡的公共電話打回家，媽告訴我她週三沒空，所以只能提早一天在週二來接我回去。這表示我可以提早一天放假回家，但同時也代表我少了一天可以見到史特蘭的日子。光是要一個週末見不到他對我來說已經夠痛苦了，我不知道要如何忍受整整三週的假期都見不到他，所以當我聽到媽說要提早一天來接我的時候，我眼前的世界好像天崩地裂了一樣。

「妳根本沒有先問過我！妳不能這樣不先問我的意見就決定提早一天來接我回家！」我越講越激動，努力壓抑自己不要哭出來。「我是有職責的。」我說。「還有很多事情得要我去完成。」

「什麼事？」媽問我。「天啊，妳有必要那麼生氣嗎？發生什麼事了？」

我將頭頂著牆壁，深吸了一口氣，然後緩緩地吐出來。「星期二有創意寫作社團課，我不能不去。」

「喔。」媽聽到之後鬆了一口氣，她似乎以為我要講的是更嚴重的事。「這樣啊，我最快也要六點才會到學校，這樣妳應該有足夠的時間可以去上社團課。」

她咬了一口食物，那東西在她嘴裡發出嘎吱嘎吱的聲響。我很討厭她一邊跟我說話一邊吃東西，或是一邊打掃家裡，要不然就是同時跟爸對話；有時她會把電話帶進去廁所裡面講，直到我聽到沖馬桶的聲音才知道她剛剛在上廁所。

「我不知道原來妳那麼喜歡這個社團。」她說。

我用沾滿污漬的長袖運動衫袖口擦了擦鼻子。「重點不是我喜不喜歡，重要的是我得要嚴肅看待我的職責。」

「嗯。」她又咬下一口，那東西在她嘴裡發出喀嚓喀嚓的聲音。

星期一的時候，史特蘭和我坐在沒有開燈的教室裡，我不讓他親吻我，刻意將身子轉向另一邊，讓他碰不著。

「怎麼了？」他問。

我搖搖頭，不知道該怎麼跟他解釋。他似乎一點都不擔憂接下來的聖誕假期我們會見不到彼此，甚至完全沒提起這件事。

「如果妳不希望我碰妳也沒關係，跟我說一聲我就會停止。」他對我說。

他俯身凝視著我，試著在黑暗中看清楚我臉上的表情。他沒戴眼鏡，所以我可以看到他眼睛閃爍著光芒——自從上次我跟他說他的眼鏡會戳到我的臉頰之後，每次我們要接吻前，他都會先摘下眼鏡。

「不論我多努力嘗試，我還是猜不出來妳是為了什麼事情感到心煩。」他說。

他將指尖輕輕滑過我的膝蓋，觀察我會不會把腳抽開，當他看到我沒有反抗的時候，他便將手指往上游移，滑過我的臀部，放到我的腰際上，接著將我拉向他，椅子的小齒輪發出嘎吱嘎吱的聲響。我輕輕地嘆了一口氣，任由他將我擁入懷中，他寬闊的身軀好似一座雄偉的山將我緊緊包覆。

「我會不開心，是因為接下來有好長一段時間我們不能像現在這樣獨處。」我說。「我們要分開整整三週。」

我感覺到他鬆了一口氣。「妳會悶悶不樂就是因為這個嗎？」

他似乎覺得這個原因很荒謬，甚至還笑了出來。我看到他這樣笑忍不住哭了，但他以為我是因為太思念他所以才會這麼傷心。

「我哪兒都不會去。」他邊說邊親吻我的額頭。他說我太敏感了。「妳就像一個……」他講到一半突然停了下來，然後輕輕笑了一聲。「我本來要說妳就像一個小女孩，我有時都忘了妳根本就還只是個小女孩。」

我將臉緊緊貼在他的胸膛上，喃喃對他說道我無法克制自己，我希望他告訴我他也有同樣的感覺，但他卻沉默不語，只是輕輕撫摸我的頭髮。也許他根本不需要直接說出口。我想起我們第一次接吻的那天，他將頭倚在我的腿上對我說我擔心我會毀了妳。他肯定跟我一樣都無法克制內心的慾望，只能橫衝直撞地向前行。

他鬆開他的手，親了我的嘴角。「我有一個主意。」

窗外的積雪將陽光反射照進教室，我可以看到他臉上浮現的微笑還有眼睛周圍的紋路。近看我才發現他的五官很巨大，而且彼此分得很開，鼻梁兩側有著因長期戴眼鏡所產生的壓痕。

「但妳得先答應我，要確定妳自己真的很想要才可以同意，好嗎？」

我吸了吸鼻子，擦乾眼淚。「好。」

「如果說聖誕假期結束後我們找一天……要不就返校後的第一個週五好了……」他吸了一口氣。「妳來我家怎麼樣？」

我訝異地眨眨眼。我知道他遲早會問我這件事，但現在好像太快了，不過也許也不會，畢竟我們已經接吻兩週了。

我沉默不語，史特蘭繼續說：「我想我們如果能在教室以外的地方見面應該會很不錯。我們可以一起吃晚餐、在燈光下看著彼此，感覺會很開心，對吧？」

霎時間我對這件事感到恐懼。我多麼希望自己沒有產生這種感覺，我使勁咬著臉頰內側，試圖合理化我內心的惶恐不安。令我感到畏懼的不是他這個人，而是他的身體——那龐大的身軀，以及他期望我對他的身體做的事情。假使我們只在教室裡見面，那唯一能做的事就只有接吻而已；但倘若去到他家，什麼事都有可能會發生。我們勢必會發生性行為。

「我要怎麼去你家？」我問他。「宿舍的晚點名怎麼辦？」

「妳可以在晚點名結束後偷偷溜出來，我會把車停在停車場等妳，然後載妳到我家，早上我再開車送妳回宿舍。不會有人發現的。」

當他看到我依舊遲疑不決的樣子，他的身體突然間變得僵直。他將椅子向後推，轉向另一側，一股冷空氣輕拂過我的雙腿。「如果妳還沒準備好，我是不會勉強妳的。」他對我說。

「我已經準備好了。」

「妳看起來不像已經準備好了。」

「我真的可以。」我堅決地對他說。「我願意去你家。」

「但這是妳想要的嗎？」

「是的。」

「妳確定嗎？」

「我確定。」

他仔細盯著我瞧，眼睛閃爍著光芒。我使勁咬著臉頰內側，心想若我弄痛自己然後流出眼淚的話，他就不會對我發脾氣了。

「聽著，我不會要求妳做什麼事情，就算我們只是靜靜坐在沙發上一起看部電影，我也就心滿意足了。如果妳不想的話，我們甚至也可以不要牽著手。這樣好嗎？妳千萬不要覺得自己有被強迫的感覺，這件事很重要，唯有如此我才不會心生愧疚。」

「我沒有覺得自己被強迫。」

「真的嗎？妳沒有這樣覺得嗎？」

我搖搖頭。

「很好，這樣就好。」他伸出手來握住我的手。「握有主導權的人是妳，凡妮莎。由妳來決定我們要做什麼。」

我好奇他是否真的這麼相信。一開始是他先摸了我，跟我說他想親我，並且說他愛我。每件事都是他先開始的。我沒有覺得自己被強迫，也明白我有能力可以向他說不，但這並不等同於我掌握主導權。不過也許他得要這麼相信才可以；也許他得要說服自己相信很多事情，才不會感到愧疚。

聖誕節禮物我收到了一張五十元鈔票、兩件毛衣——一件是薰衣草紫的麻花扭結毛衣，另一件是白色的馬海毛衣——一張費歐娜．艾波的唱片（我原本的那張已經刮壞了）、一雙在L.L.Bean暢貨中心買的靴子（但仔細看就會看出上面的縫線做工很粗糙）、一個可以放在宿舍用的電熱水壺、一盒楓糖口味的糖果、一些襪子和內衣褲，還有一盒橘子巧克力。

跟爸媽待在家的時候，我盡量讓自己不要滿腦子都在想史特蘭。我抑制那股想要整天躺在床上發呆，然後寫著我們兩人故事的衝動，決定去做一些我過去常做的事，讓我回想起自己過去的模樣：坐在火爐邊看書、跟媽一起在廚房切無花果和核桃，還有陪爸去買聖誕樹，然後在雪地裡跋涉將聖誕樹拖回家。我們養的那隻小狗貝比忍不住心中的雀躍，一路上都在我們旁邊跳來跳去，活像一隻毛茸茸的黃色海豚。多數晚上爸都會比我們早睡，貝比也會跟著他上樓，我和媽則會一起躺在客廳沙發上看電視。我們喜歡看的節目很類似：歷史劇、《艾莉的異想世界》、《每日秀》等等。當我們收看喬恩．史都華[47]的節目時常常一起被逗得呵呵笑，而看到小布希出現在電視上時，我們也都會感到無言——總統大選重新計票早已結束，小布希獲勝成為新一任美國總統[48]。

「我還是不敢相信他居然用這種方式贏得了選舉。」我說。

「每個總統候選人都做過類似的事。」媽對我說。「只是當民主黨的候選人這麼做的時候，大眾比較不會那麼反感。」

我們一邊看電視一邊吃著媽藏在儲藏室最上層的檸檬薑糖餅乾。她緩緩地將腳移向我這一側，試圖埋在我的屁股下方取暖；我很討厭她這麼做，所以我發出了一陣咕噥抱怨聲，她叫我不要那麼容易生氣。「妳以前可是在我的子宮內長大的，知道嗎？」

我把珍妮在祕密聖誕老人活動給我的卡片和禮物告訴媽，還跟她說珍妮主動提出想和我恢復友誼。媽聽到後只是洋洋得意地笑，用手指戳著我說：「妳看吧，我就跟妳說她會主動想跟妳和好，希望妳不要那麼容易就心軟上當了。」

電視上改播資訊型廣告[49]後沒多久，媽就在沙發上睡著了，她那頭棕金色的頭髮散落在臉上。整個房子陷入一片寂靜，而我是唯一還醒著的人，這時史特蘭開始在我腦海裡湧現。我目光呆滯地盯著電視，感覺到他就在我身邊擁抱著我，一隻手緩緩伸進我的睡褲裡。躺在沙發另一端的媽突然開始打呼，那鼾聲讓我從幻想中驚醒，將我硬生生拉回現實，我快速奔上樓。我的房間是整個家裡唯一一個可以讓我放心想著史特蘭的地方，我可以把門關上，一個人躺在床上，接著開始想像去到他家裡會是什麼感覺，和他發生關係會是如何，他將身上的衣服脫掉後看起來又會是什麼樣子。

我翻出以前買的幾本《17》少女雜誌，想看看裡面有沒有寫到關於第一次性行為要注意的事項，我想在初體驗之前做好該做的準備。但每篇文章講的其實都是千篇一律的內容——「性行為是

[47] 喬恩・史都華（Jon Stewart），1962—，美國電視主持人、媒體評論員及政治諷刺者。他自 1999 年起主持新聞諷刺節目《每日秀》（*The Daily Show*），節目中他用搞笑的形式諷刺時政新聞和人物，在年輕人中廣受歡迎，並獲得十八次艾美獎。

[48] 聯邦最高法院以五比四作出終局判決，小布希贏得佛羅里達州二十五張選舉人票，並贏得 2000 年總統大選。

[49] 資訊型廣告是一種播出時間與普通電視節目一樣長的電視廣告，通常長達三十分鐘至一小時。其特點是會提供消費者直接聯絡廣告主購買產品的方式，好像專門透過電視進行購物一樣，因此常被誤稱為電視購物。

一件很重大的事，千萬不要強迫自己，妳多的是時間，大可以慢慢來！」——這些內容真的是既愚蠢又空洞，所以我決定上網找資料。我看到一個關於第一次性行為的討論串，標題是「破處的建議」，裡面給女生的唯一建議就是「不要只是躺著而已。」但這句話到底是什麼意思？我應該要在他上面嗎？我試著想像自己躺在史特蘭身上、跟他做愛的樣子，但這真的太令人難堪了，一想到這個畫面就讓我全身不自在。我把網頁關掉，整整檢查了三次，確認所有瀏覽紀錄都已經被刪除，我才放心。

假期結束準備返校前的那一個晚上，我趁著爸媽在客廳看湯姆．布羅考[50]的節目時，偷偷溜進他們的臥室，打開衣櫃最上層的抽屜——那是媽用來放內衣褲的地方。我在裡頭到處翻找，終於找到一件黑色絲綢連身睡衣，上面的黃色吊牌還沒拆。回到房間後，我將身上的衣服和內衣褲全都脫掉然後開始試穿；它的長度有點太長，下擺落在我的膝蓋下方，但穿起來很合身，讓我的身體曲線顯得成熟又性感。我盯著鏡中的自己，接著將頭髮向上盤起，再鬆開手讓髮絲自然垂落在我的臉上。我緊咬下唇，一直到嘴唇都已經腫脹發紅才放開。睡衣一邊的肩帶往下滑落到我的上臂，我想像史特蘭帶著他那溫柔又高傲的微笑幫我把肩帶拉回到肩膀上。一早要準備出發回學校前，我把那件睡衣塞到行李袋最下層，一路上我忍不住一直露出微笑，想到沒有任何人察覺我和史特蘭之間的曖昧關係，就讓我感到心滿意足。

校園裡的積雪堆得越來越高，原本掛著的聖誕節應景裝飾已經被拆了下來，整個宿舍瀰漫著用來清潔硬木地板的醋酸味道。星期一一大早我就跑去人文大樓的辦公室找史特蘭，他一看到我出現便滿臉喜悅，立即對我敞開笑臉，雙唇間似乎透露出對我的渴望。他迅速將辦公室的門鎖上，接著將我壓在檔案櫃上用力親吻我。我們的牙齒相互碰撞著，我覺得自己像是在被他啃咬似的。他用大腿將我的兩隻腳打開，接著開始摩擦我的私密部位——我覺得很舒服，但這一切發生得太快了，我忍不住倒抽一口氣，他聽到之後立即從我身上彈開，向後踉蹌了幾步，他問是不是弄痛我了。

「在妳身邊我實在無法克制自己的衝動。」他說。「我就像被愛沖昏頭的青少年一樣。」

他問我這星期五是否要按照原訂計畫去他家。他說過去這幾個禮拜他滿腦子想的都是我，他會對我如此朝思暮想連他自己都很訝異。聽他這麼說我瞇起雙眼。為什麼這會讓他感到訝異？

「因為說真的，我們並沒有很瞭解彼此。」他向我解釋。「但天啊，妳真的讓我無法忘懷。」

我接著問他聖誕節都做了什麼，他回答說：「一直在想妳。」

那週接下來的日子我都在倒數、等著那一天到來，彷彿是在一條看不到盡頭的走廊上緩慢前進。好不容易終於到了星期五，我把從家裡偷偷帶來的那件黑色連身睡衣塞進背包裡。住在走廊對

㊿ 湯姆．布羅考（Thomas John Brokaw），1940—，美國電視記者和作家。他因在 1992 年至 2004 年長達二十二年間擔任《NBC 晚間新聞》的主播和總編輯而聞名。

面的瑪莉．愛美特敞開房門高聲唱著《吉屋出租》[51]的主題曲〈愛的季節〉；珍妮穿著浴衣闊步往浴室的方向走。對她們來說，今天不過是一個尋常的週五夜晚，她們的平凡世界和我的時空平行交錯，這一切感覺是那麼不真實。

九點半一到，我先去敲湯普森小姐的房門，跟她說我身體不舒服所以要先就寢，接著等到走廊空無一人時，我趁機從後巷那個警鈴壞掉的樓梯井溜了出去。我快步穿越校園，當我走到位於人文大樓後方的停車場時，我看到史特蘭在那等我。他將車子的車頭燈熄掉，我打開車門坐進去，他馬上將我擁入懷中，發出一個我從未聽過的笑聲——那聲音既興奮又像在喘息，彷彿無法相信這一切是真的。

他住的地方一塵不染，跟我家完全不一樣。他的廚房水槽乾淨得閃閃發亮，裡面沒有堆放任何用過的髒碗盤；水龍頭的長柄上掛著一條正在晾乾的洗碗布。幾天前他問我喜歡吃什麼東西，他說他想先把我最喜愛的食物都買齊。他給我看他放在冷凍庫裡的三品脫昂貴冰淇淋，還有冰箱裡的六罐裝櫻桃味可口可樂，水槽上放著兩大袋洋芋片，旁邊還有一瓶威士忌和一個玻璃杯，裡面的冰塊已經差不多融化了。

他家的客廳茶几非常整潔乾淨，上面沒有堆放任何雜物，只有一疊杯墊和兩個遙控器；書架上的書擺放得十分整齊，沒有任何一本書斜擺著或是上下顛倒。他繼續帶著我參觀他家，我啜飲了一小口手中的汽水，試著表現出很驚豔的樣子，但又在心裡警惕自己不要表現得太誇張。老實說，我內心非常忐忑不安，緊張得全身發抖。

他最後帶我參觀的地方是他的臥室。我們站在房門口，手中汽水罐裡的氣泡乒乓作響，兩人都不知道下一步該怎麼做；六小時後我才要回宿舍，但距離我到他家才過了十分鐘而已。在我們眼前的是他寬敞的床，上面有一床卡其色的羽絨被和花呢格紋樣式的枕頭。這一切似乎進展得太快了。

「妳累了嗎？」他問我。

我搖搖頭。「還不會。」

「這樣妳好像不該再繼續喝這東西了，裡面都是咖啡因。」他將我手中的汽水罐拿走。

我提議說我們可以一起看電視，暗自希望他沒有忘記之前說過我們可以坐在沙發上牽手看電視的承諾。

「如果看電視的話我肯定會睡著。」他說。「我們何不直接準備就寢了。」

他轉身走向衣櫃，打開最上層的抽屜，從裡面拿出一套白色棉質睡衣，共有一件短褲和一件坦克背心，上面點綴著紅色草莓的圖案。它們被整齊摺疊放在櫃子裡，上面的吊牌還沒有拆下來，這顯然是他特地為了我買的全新睡衣。

「我想說妳可能會忘了帶睡衣來換。」他接著把睡衣放到我的手裡。我沒有告訴他其實我的背包裡放了一件黑色連身睡衣。

我走進浴室裡換衣服，將衣服一件一件褪去，接著把那套新睡衣上的吊牌拆掉，小心翼翼地盡

---

[51] *Rent*，首演於 1996 年的搖滾音樂劇，獲得東尼獎及普立茲獎的肯定。

可能不發出任何聲音。在穿上他為我準備的睡衣之前，我凝視鏡中的自己，並偷看了一下他在淋浴間放的洗髮精和肥皂，仔細檢視他在洗臉臺上放的物品（電動牙刷、電動刮鬍刀），另外還有一臺電子秤。我站上去彎起腳趾測量自己的體重，螢幕上閃爍著不同的數字，最後顯示是六十六，比起聖誕假期時的體重還少了一公斤。

我將他為我挑選的那套睡衣舉到眼前，內心納悶他為什麼會選擇買這套給我。也許是因為他喜歡上面的圖樣配色——他之前曾經對我說過，我的紅色頭髮和雪白肌膚讓他聯想到草莓和奶油。我想像他在少女服飾區挑選衣服的樣子，他那寬闊的手掌輕輕觸摸各式各樣的睡衣，這個畫面讓我的內心洋溢著溫暖的感覺。我想到多年前曾經看到一張照片，照片裡那隻知名的黑猩猩溫柔地將一隻小貓咪抱在懷裡；牠的身型是如此龐大，但卻十分小心翼翼地將一個脆弱的小生命緊緊擁在懷中。

我打開浴室的門走進臥室裡，將一隻手橫放在胸前遮住我的胸部。床頭櫃上的桌燈散發出柔和的微光，他拱起肩膀坐在床緣，雙手緊緊交扣。

「睡衣還合身嗎？」

我感到全身一陣顫抖，接著向他輕輕點了頭。窗外有一輛車子疾駛而過，在房間裡可以聽到車子駛近和逐漸遠離的引擎聲，接著又恢復一片寂靜。

他問：「我可以看看妳嗎？」我朝他的方向走過去，他握住我放在胸前的手，慢慢地向下拉。他仔細凝視我的身軀，嘆了一口氣說：「噢，不。」彷彿他已經在為我們即將要做的事感到懊悔。

他站起身將被子翻開，我聽到他對自己低聲咕噥道：「好，沒事，沒事。」他告訴我他暫時先不會脫掉身上的衣服，我知道他這樣說是為了要安撫我，或許也是要舒緩他自己緊張的心情。他的腋下跟開學第一天朝會時一樣，已經濕透了，透過半透明的襯衫可以看到他黑色的腋毛。

我爬上床在他旁邊躺下，彼此之間保持距離，兩人都沉默不語。他房間的天花板鋪著奶油白和金色的磁磚，上面有著漩渦的圖樣，我的眼珠跟著上面的圖樣轉個不停。我們身上蓋著一層羽絨棉被，放在底下的手和腳漸漸變得溫暖起來，但露在被子外面的鼻頭依然很冰冷。

「我在家裡的房間跟這裡很像，冬天總是很冷。」我開口說。

「是嗎？」他轉過頭看我，似乎很感激我先開口緩解了這尷尬的氣氛。他要我描述我的房間給他聽，他想知道我房間長什麼樣子，裡面是如何陳列的，所以我在空氣中畫了一張圖給他看。

「這是面向湖的那扇窗戶。」我說。「這扇窗戶則是朝著山，這是我的衣櫥，這裡是我的床。」我向他介紹我貼在房間裡的海報還有床單的顏色，並且跟他說在夏日的夜晚裡，有時我會在半夜被湖上潛鳥的叫聲嚇醒；另外還說到我們家的房子因為隔熱板做得不完善，所以冬天牆上常常會結霜。

「希望有朝一日我能親眼看看妳的房間。」他說。

想到他走進我房間的畫面，我就忍不住笑了出來。他的身軀在我的房間裡肯定顯得特別巨大，頭頂幾乎已經要頂到天花板。「我想不太可能有這個機會。」

「先別說得那麼肯定。」他說。「機會隨時可能會降臨。」

他跟我形容他童年時期在蒙大拿州居住的房間。他說那邊的冬天也跟這裡一樣寒冷，他當時住在一個叫做比尤特的採礦城鎮，那裡曾經是最繁榮興盛的區域，現在卻已經變成一個四面環山、凋零頹敗的棕色盆地；廢棄不用的採礦井架散落在房子之間，城鎮的市中心位於山丘的一側，而山丘頂部則是一個用來堆放採礦廢料的礦井。

「聽起來真糟。」我說。

「妳說的沒錯，但妳得要親眼看過才能體會那種感覺。它有一種奇異的美。」

「廢料礦井散發出的美嗎？」

他露出微笑。「未來有一天我們會一起去那裡，到時妳就會懂了。」

他將放在棉被下的手伸過來和我十指交扣，繼續跟我分享他的事情：他有一個妹妹，父親是一名採礦工，外表看起來有點令人生畏，但其實內心很善良，他的母親則是一位老師。

「她是怎麼樣的人？」我問。

「愛生氣。」他說。「無時無刻都很憤怒。」

我緊咬著嘴唇，不知道該怎麼回應他。

「她從來都不關心我。」他接著說。「我到現在還是摸不透原因。」

「她還在世嗎？」

「我爸媽都過世了。」

我試著表達自己替他感到遺憾，但他卻打斷了我，輕輕地捏了我的手。「沒關係，都是過去的事了。」

有好一會兒我們兩人都靜靜地躺在床上，被子下的我們雙手緊扣。我平緩地呼吸，閉上雙眼，努力想辨別瀰漫在他房間裡的氣味；那是一股淡淡的香味，但卻充滿了陽剛氣息，法蘭絨床單上夾帶著肥皂和止汗劑的味道，衣櫃散發出雪松的香氣。很難想像這裡就是他平時居住的地方，他也跟一般人一樣每天會睡覺、吃飯，做著像是洗碗、打掃浴室、洗衣服這樣的日常瑣事。他平時會自己洗衣服嗎？我試著在腦海裡描繪他把洗乾淨的衣服從洗衣機拖出來，然後放到烘乾機裡的樣子，不過我完全無法想像這個畫面。

「你為什麼一直不結婚？」我問他。

他朝我看了一眼，這時我感覺到他原本緊握著我的手逐漸鬆開，彷彿是刻意讓我知道我問了不該問的問題。

「不是每個人都適合步入婚姻，妳將來長大就會明白了。」他回答。

「不，我懂的。」我說。「我跟你一樣沒有結婚的打算。」我不確定我是否真心這樣覺得，但我想告訴他我可以理解他的感受。我看得出來我們之間的關係令他擔憂，任何一點動靜便會讓他膽戰心驚。對他來說，我猶如一隻不可預測的動物，隨時可能會跳起來反咬他一口。

他聽到我這麼說之後便露出微笑，原本緊繃的身體也隨之放鬆。看來我講了他想聽的答案。

「當然囉，妳夠瞭解自己，知道結婚並不適合妳。」他對我說。

我想問他覺得我適合什麼，但不想讓他覺得我對自己不夠瞭解，加上他現在又再度牽起我的手，往我這邊貼近，彷彿要吻我的樣子，所以我不想再冒險。從我進他家到現在，他都還沒有親吻過我。

他又問了一次我會不會累，我搖搖頭說不會。「如果妳覺得睏了想睡的話，」他說，「跟我說一聲，我會去客廳。」

去客廳？聽到他這麼說我皺起了眉頭，試著想弄清楚他這是什麼意思。「你是說你要睡在沙發上嗎？」

他鬆開我的手，正準備要講話但又停了下來，接著他說：「我一直對於剛開學那時我第一次碰妳的方式感到很愧疚。我不是那樣的人。」

「但我很喜歡那種感覺。」

「我知道妳喜歡，但這難道不會令妳困惑嗎？」他轉過來面對著我。「突然有老師碰妳的身體，這勢必讓妳很迷惘、不知所措。我們都還沒有將事情講明，我不喜歡那樣。我們應該要先把所有事情講清楚，唯有這麼做，我們才能安心地發展這段關係。」

他雖然沒有明講，但我瞭解他在對我暗示什麼——他希望我能有勇氣主動將我的感受和渴望講出來。我將身子轉向他，慢慢地朝他移動，將我的臉深深埋進他的脖子。「我不想要你去客廳睡。」我可以感覺到他露出了微笑。

「好，那妳還有想要什麼嗎？」

我緊緊挨著他，將我的腳緩緩地向他靠攏。我無法將我的渴望說出口。他問我是否希望他吻我，我輕輕點頭，接著他舉起一縷我的髮絲，將我的頭向後仰。

「天啊。」他說。「看看妳有多美。」

他說我很完美，完美到近乎不真實。他開始親我，在我還來不及反應之前就開始對我做一些我們從未做過的事——他將我的坦克背心往上拉，開始搓揉我的胸部，接著將手伸進我的睡褲裡，愛撫我的私密處。

在他對我做任何一件事之前他都會先問我是否同意。「可以嗎？」他會先這麼說，然後再將我的睡衣褪去；「這樣行嗎？」再將手迅速鑽進我的內衣解開扣環。這一切都發生得太快，我震驚地說不出話來，身體僵硬得動彈不得。過了一會兒後，他依然會徵求我的同意，但在他開口問我之前，他早已經做了那件事。例如他會說「可以嗎？」問我可不可以將我的睡褲脫掉，但我的睡褲早已被褪去；接著他問「這樣行嗎？」問我可不可以跪在我的雙腿之間，但他早已在那裡就定位。我聽到他發出一陣呻吟聲。「我就知道妳的下面也會是那麼紅潤。」

直到他開始動作之後我才明白他到底在做什麼。他在親吻我的私密處。我並不傻；我知道這是男女之間會做的事，但令我始料未及的是他也會想這麼做。他用雙手環抱著我的大腿，將我朝他拉近，那股興奮的快感使我的腳後跟忍不住深深陷進床墊裡；我用力抓著他的頭髮，他一定被我弄痛了，但他並沒有停下對我的愛撫還有輕舔——他怎麼會知道如何讓我有如此愉悅的快感？他怎麼會對我的身體這般瞭若指掌？我用力緊咬下唇，努力忍住想要叫出來的衝動。接著他發出一陣咕嚕聲，好似在用吸管吸飲罐中最後幾口汽水的那種聲音，要不是因為此時我已經興奮難耐，不然聽到這聲音我一定會覺得很困窘。我舉起一隻手，用手臂蓋住雙眼，那股極度愉悅興奮的感覺讓我陷入七彩的漩渦中，如山一般高的巨浪向我襲來。我感到自己是如此渺小，高潮的那一刻比我自慰還要更深刻強烈，我彷佛已經眼冒金星。

「好了，停下來。」我說。「停，停下來。」

他像是被我踢開似的向後退——他跪在地上，身上還穿著原來的T恤和牛仔褲，他的頭髮凌亂不整，臉龐閃閃發亮。「妳剛剛高潮了嗎？」他問我。「真的嗎，那麼快？」

我將雙腳併攏，閉起雙眼。我說不出話來，腦袋一片空白。那樣算很快嗎？他剛剛花了多久時間？一分鐘、十分鐘、還是二十分鐘？我毫無頭緒。

「妳剛剛真的高潮了，我沒說錯吧？妳知道這是一件多特別、多麼珍貴的事嗎？」

我睜開雙眼，看到他用手背抹了抹嘴唇。接著他停了下來，把手背放到鼻子前用力地吸了一口氣，然後闔上雙眼盡情享受那個味道。

他說他希望每天晚上都可以對我這麼做。他將棉被往上拉然後躺到我旁邊。「每天晚上在妳入睡前我都想對妳這麼做。」

他將我擁入懷中的感覺幾乎跟剛剛一樣舒服。他的下巴倚在我的頭上，龐大的身軀蜷縮在我身旁；他身上散發出的味道跟我很相似。「我們先暫時這樣就好。」他說。聽到他這麼說，我以為所謂的性愛就僅止於此而已，原有的興奮感頓時減去一半。

他伸手將夜燈關掉，但我遲遲無法入睡。我可以感覺到他摟著我的那隻手臂越來越沉重，我在腦海裡反覆回想剛剛發生的那些片段。一開始他看到我穿睡衣的模樣時，忍不住喊了「噢，不。」

他在輕舔著我的私處時用雙手環抱著我的大腿，將我朝他拉近；中間有一度他還伸出手臂緊緊握住我的手。

我渴望他再次對我做同樣的事，但我不敢把他叫醒。也許他會在早上載我回宿舍之前再做一次，或者也許我們可以在放學後找時間在他的辦公室裡偷偷做，也許他可以把車開到遠離校園的地方，然後在他的車子裡舔我。我的大腦停不下來。雖然我已經昏昏欲睡，但我還是不斷地在腦海裡盤算何時可以跟他再次親密接觸。

幾個小時過後我醒了，窗外的天色已經暗了下來，走廊的燈光透過門縫流瀉進來。躺在我旁邊的史特蘭已經醒了，他用炙熱的雙唇親吻著我的脖子。我帶著笑容轉過身躺著，原本以為他會再次往下移動到我的雙腿間，但當我轉身時，我看到他全身赤裸，一絲不掛，他那蒼白的肌膚布滿濃密的深色毛髮，從胸膛一路延伸到大腿。他的雙腿間，聳立著充血、硬挺的慾望。

「噢！」我說。「好！哇，好。」說出這幾個字，我自己都覺得愚蠢。他抓起我的手腕，引領著我的手撫摸他的下體，這時我又再次說出：「噢！好！」他將我的手指握住他的巨大，我知道這時我應該要做出那種上下移動的動作，我就像一個克盡職守的機器人一樣開始來回移動我的手，但卻覺得自己很抽離。外側那層粗糙的包皮在一條巨大的棒狀物上來回移動。我的動作很生疏，那斷斷續續、上下抽動的樣子就像一隻狗使勁地將積在胃裡多天的垃圾用力吐出來一樣。

「慢一點，寶貝。」他說。「再慢一點。」他示範給我看要怎麼做，儘管我的手已經開始痠痛抽筋，我仍努力照他的話去做，維持他想要的速度。我想跟他說我好累，我想轉過身然後再也不要看到他的下體；但倘若我這樣做就太自私了。他說我赤裸的身軀是他見過最美麗的事物，如果我告訴他，見到他的下體讓我噁心想吐的話，我就太殘忍了。即便光是觸碰他的身體就會讓我恐懼得汗毛直豎，那也不要緊。沒關係的，我無所謂。他舔了妳，現在輪到妳幫他服務了。才幾分鐘而已，妳可以做到的。

他將我的手移開，我原本很擔心他接下來會叫我用嘴巴舔，我一點都不想，我真的做不到，但他問我：「妳想要我上妳嗎？」雖然這是個問句，但他並不是真的在問我的意見。

我無法理解他的轉變，甚至不確定他剛剛是不是真的有對我說「我們先暫時這樣就好」，難道「暫時」這兩個字的意思跟我的認知有所不同嗎？我想要他上我嗎？「上我」這兩個字聽起來實在太不堪入耳，我忍不住將臉埋進枕頭裡。他的聲音變得粗糙沙啞，跟之前完全不一樣。我睜開雙眼，發現他已經跪坐在我的雙腿中間，他的眉頭深鎖，表情專注。

我試著找藉口拖延，跟他說我不想懷孕。

「妳不會懷孕的。」他說。「絕對不可能。」

我將臀部移向另一側。「這是什麼意思？」

「我動過輸精管切除術。」他告訴我。接著他用一隻手穩住自己的身體，用另一隻手將我牢牢定住。「妳不會懷孕的，放鬆就好。」他試著往我的體內推進，我感覺他的拇指深深陷進我的骨盆，但他沒辦法放進去。

「妳得冷靜下來，親愛的，深吸一口氣。」

我的眼睛開始湧出淚水，但他卻沒有停止，只是不斷對我說我做得很好，一心只想趕快放進去。他要我穩定地吸氣吐氣，當我吐氣時，他使勁地往裡面推進，撕裂般的痛楚讓我忍不住哭了出來，但他依然沒有停下動作。

「妳做得很好。」他說。「再深吸一口氣，好嗎？會痛是正常的，不會每次都那麼痛。再深吸一口氣就好，就是這樣。很好，妳做得很好。」

結束之後他下床站起身，我看到他的肚子和臀部閃過眼前，接著便緊閉雙眼。他穿上內褲，褲頭的彈力腰帶發出啪的聲響，有如揮著鞭子霹啪一聲將東西碎成兩半。他走向浴室，我聽到他用力咳嗽，將嘴裡的痰吐到水槽裡。我赤裸著身軀躺在毯子底下，身體油亮光滑，大腿上沾滿了黏稠的液體。我此刻的心情如同晴朗天氣下的湖水，晶瑩剔透、平靜祥和。我是如此渺小、微不足道，不知自己身在何處。

史特蘭從浴室走出來，身上穿了一件T恤和寬鬆運動褲，臉上戴著眼鏡。此時的他又回到我熟悉的那個模樣。他爬進被窩，蜷曲著身體將我擁入懷中。他對我耳語：「我們剛剛做愛了，對吧？」我內心不禁暗忖「做愛」跟「上」這兩種用語代表的意涵有何不同。

沒過多久我們又做愛一次。這次的步調比較緩慢，比上次的情況好一點。雖然我沒有達到高潮，但至少也沒有痛到哭出來。我開始喜歡他的身體壓在我身上的感覺，那沉甸甸的重量似乎讓我的心跳慢了下來。他高潮的那一刻發出一陣呻吟聲，他的身體不自覺地抽動顫抖，我全身的肌肉也跟著緊縮，忍不住將他再往我的體內推進。這一刻我終於明白兩人的身體透過性愛而交融在一起是什麼樣的感覺了。

結束之後他跟我道歉，說他太生疏，不小心就太快射出來了，他說他已經有好一陣子沒有跟別人發生親密關係。我暗中思量「親密關係」這幾個字，好奇他之前的對象是否就是湯普森小姐。

跟他第二次做愛結束後我走進浴室裡梳洗，我偷偷打開他的藥櫃，想看看裡面放了什麼東西。之所以會想到要這麼做，是因為我看電影裡在陌生男子家過夜的女生都會這麼做。他的藥櫃裡大多都是常見的東西：ＯＫ蹦、萬用藥膏、幫助消化的成藥，另外還有兩個橘色罐裝的處方藥，上面的標籤寫著我在廣告上看過的名字：威而鋼和威博雋[52]。

凌晨時他開車送我回學校宿舍，路上一片漆黑，街燈閃爍著黃光。他問我感覺如何。「我希望這一切不會讓妳手足無措。」他對我說。

我知道他希望我向他坦承內心的感受，我知道我應該老實跟他說我不喜歡半夜被叫醒，然後被他強行進入，還有我其實還沒準備好發生性行為，我有一種被強迫的感覺，但我無法鼓起勇氣把這些事情跟他說——就連當我想到他抓著我的手，要我撫摸他的下體我都會很想吐，但我不敢跟他說。而且我也不明白為什麼當他看到我痛到哭出來的時候依然無動於衷，不願意停止他正在對我做的事。我也想告訴他，當他第一次嘗試進到我身體裡的時候，我的腦海中不斷浮現我好想回家這樣的念頭，但這些話我都無法對他說出口。

「我沒事。」我說。

他仔細檢查我臉上的表情，似乎想確定我說的是不是實話。

「很好。」他對我說。「這樣就沒問題了。」

52 威而鋼（Viagra）為治療男性勃起功能障礙的藥物，在臺灣俗稱「藍色小藥丸」；威博雋（Wellbutrin）為常用的抗抑鬱藥。

2017

媽傳了訊息給我：嘿！聽聽我剛發生什麼事。我半夜翻來覆去一直睡不著，突然間聽到外面有聲音，所以我就走下樓把玄關的燈打開，結果居然看到有一隻熊在翻家裡的垃圾桶！！！嚇死我了，我大叫一聲衝上樓然後躲在被窩裡哈哈。我現在正在看之前說的那個英國烹飪節目，試著平復情緒。老天爺，這裡還是老樣子，沒什麼新鮮事。住在湖畔另一側那個叫做瑪喬麗的女人得了肺癌，就是有養羊的那個，總之她大概快不行了，真令人難過。我的車因為上次那個車門的問題被原廠召回，得要等八到十二週才能修理好，它們給我一臺破爛的租用車代步。哎呀，真是壞事一籮筐。沒什麼事，只是想確認妳過得好不好。有空別忘了跟妳媽通個電話。

現在是早上十點，我還賴在床上睡眼惺忪地看著媽傳的訊息。我完全不知道她說的那個叫做瑪喬麗的女人是誰，連她的車門有問題還有她說的那個英國烹飪節目是什麼我都不清楚。自從爸去世後，我常常會在早上起床時看到媽傳來類似的簡訊。至少今天早上這則訊息她有用標點符號；之前的訊息常常可以見到她語無倫次的樣子，她會用一大串省略符號，而內容前後完全不連貫，她這樣真的很令人擔心。

我關掉訊息的畫面將臉書打開，看看泰勒的個人頁面有沒有最新貼文。我已經太常在搜尋欄位輸入泰勒的名字，現在只要打第一個字，她的名字就會馬上跳出來。我也很常搜尋傑西．賴和珍妮．墨菲這兩個人。傑西現在定居在波士頓，從事行銷相關行業；珍妮則是在費城當外科醫師，照片裡的她已經透露出中年大嬸味，眼周有明顯的魚尾紋，棕色的髮絲漸漸灰白。她們的臉書個人頁面都沒有放上任何有關史特蘭的貼文，但仔細想想，有必要嗎？她們的人生是那麼功成名就，根本不可能會記得當年發生的事，更不會記得我這個無名小卒。

我跳出臉書頁面，在網頁上搜尋「亨利．普勞．亞特蘭大學院」，第一個跳出來的搜尋結果就是他的教職員簡介，上面的照片依舊是那張十多年前在他辦公室裡拍的舊照；他身後的書架上擺著幾瓶未開封的啤酒，後來我們兩人一起把那些啤酒喝掉了。當年他才三十四歲，只有比現在的我年長了幾歲而已。第二則搜尋結果是一篇二〇一五年五月刊登在亞特蘭大學生報的文章，標題是「文學教授亨利．普勞獲頒傑出教學貢獻獎」。這個獎項每四年才頒發一次，由學生投票選出獲獎者。就讀英文系的大三學生艾瑪．希伯杜表示所有學生都對這個結果感到興奮無比。她說：「亨利是一位非常出色的教授，他的話總是激勵人心，學生都很願意跟他分享一切。他真的是一位很棒的人，他的課程徹底改變了我的人生。」

我將文章往下滑，螢幕上的游標停在下方的空白留言處一閃一閃。「想要留言嗎？」我開始打字「回覆：『他真的是一位很棒的人』——相信我，他並不是。」但這已經是兩年前的文章了，何況亨利當時並沒有真的做出什麼很糟糕的事，我這樣留言有什麼用？我把電話扔到床的另一邊，繼續回去睡覺。

走路去上班的途中我接到史特蘭的電話，我的大腦還因為剛剛出門前抽了大麻而感到輕飄飄的。當我手中的電話開始震動時，我拿起手機，看到他的名字在螢幕上閃爍著。我在人行道上停下腳步，像一名遊客般對周遭的人毫不在意。我拿起電話準備要接聽，但這時我的肩膀突然間被撞了一下，撞到我的是一個穿著丹寧外套的女生——不，仔細看之後發現是兩個穿著同款丹寧外套的女生，一個黑髮，一個金髮；她們挽著手走在人行道上，後背包隨著她們的步伐在身後擺動著。她們一定是附近那所高中的學生，趁著中午休息時間偷跑來市中心閒逛，那個撞到我的黑髮女生轉過頭對我說：「抱歉。」她的語氣聽起來很輕率，一點也不真誠。

史特蘭在電話另一頭說：「妳有聽到我講的話嗎？我說我終於洗刷冤屈了。」

「你的意思是說你沒事了嗎？」

「我明天就可以回到學校上課了。」他笑得很開心，彷彿不敢相信這一切是真的。「我原本以為我真的完了。」

我站在人行道上，眼神凝視著前方那兩個女高中生，看著她們繼續在議會街上往前走，頭髮在身後左右擺動。他可以繼續回到校園教書，再一次毫髮無傷，全身而退。我對這樣的結果感到心灰意冷，似乎希望可以看到他就此一蹶不振。我對於自己心裡產生這樣狠心的念頭感到很意外。也許是因為大麻讓我神智恍惚，陷入令人困惑的處境。我不能再像今天這樣在上班前抽大麻了，我得要變得成熟一點，放下過去的一切，展開新的人生。

「我以為妳會為我開心。」史特蘭說。

那兩個女生轉進一個小巷後便消失了，這時我才吐出一口氣，我根本沒發現我剛剛一直在憋氣。「我當然為你開心呀，這真的是好消息。」我繼續往前走，但我的腿卻不自覺地顫抖著。「你肯定鬆了一口氣。」

「何止是鬆了一口氣而已。」他說。「我之前甚至已經慢慢開始接受，我下半輩子可能得在牢裡度過的殘酷事實。」

聽到他講得那麼誇張，我忍不住想翻白眼，但我克制住這個衝動，彷彿擔心他會看到我這麼做似的。他真的覺得像他這樣一個畢業於哈佛大學，而且善於辭令的白人男性會面臨牢獄之災嗎？他的恐懼根本毫無由來，有點像是在演戲，但或許這樣批判他太殘忍了。之前的那場風波讓他深陷危機，他因此變得驚慌失措，也許他有資格表現得這麼戲劇化。我無法體會面臨身敗名裂的危境會讓人多麼難熬，史特蘭要承擔的風險絕對比我更加龐大。*拜託妳就當一次好人，凡妮莎。為什麼妳總是那麼壞心？*

「我們可以為此慶祝一番。」我說。「這週六我可以休假，我知道有一家令眾人為之瘋狂的北歐餐廳。」

史特蘭吸了一口氣。「我不確定這樣好不好。」我正準備提議別的選項——別家餐廳、另一個日子，或者他不用來找我，我開車去諾倫比加找他也行——但他卻只說道：「我現在得要更加謹慎才行。」

更加謹慎。聽他這樣說我忍不住瞇起雙眼，試著釐清這句話是什麼意思。「你又不會因為被看到和我在一起就陷入麻煩，我都已經三十二歲了。」

「凡妮莎。」

「沒人會記得我們過去的事。」

「當然會有人記得。」他尖銳的語調透露出不耐煩。他覺得我應該要明白，即便我已經三十二歲，我們之前的關係依舊是法理不容的。對他來說我依然很危險，這並不會改變；我的存在就是他黑暗性格的血淋淋證明。絕對有人記得，他當初差點陷入萬劫不復的深淵，就是因為我們的過去沒有那麼容易被大家遺忘。

「我們最好先保持距離。」他說。「至少先等這場風波平息之後再看情況。」

我過了馬路朝飯店的方向走去，試著讓自己的呼吸平穩下來，我跟站在停車場門口的泊車服務生揮手打招呼，幾個飯店的清潔人員在巷弄裡大口抽菸。

「好吧，如果你想這麼做，那就算了。」

他停頓了幾秒鐘。「不是我想要這樣，是迫於現況，我也只能如此。」

我打開門走進飯店大廳，一股濃厚的茉莉和柑橘香味撲鼻而來。這家飯店透過通風口把香氣輸送到大廳裡，這麼做的目的是希望能夠激活客人的感官知覺，讓他們覺得神清氣爽；只有像這樣的奢華飯店才會對這般小細節如此重視。

「這樣比較妥當。」他說。「對我們兩人都是如此。」

「我要準備上班，先不說了。」我沒跟他說再見就把電話掛了。有那麼一刻我覺得自己似乎占了上風，但當我在位置上坐下的那一瞬間，我的身體感到無比沉重，恥辱、羞愧的感覺向我排山倒海襲來——當他發現我沒有利用價值後，又再次將我棄若敝屣地踢開。過去當我十六歲和二十二歲時，他都曾經這麼對我。遭受這樣的對待實在讓我無地自容，任憑我再怎麼美化，這件事都讓人難以接受。他會再次跟我聯絡，其實從頭到尾都只是為了要確保我不會揭露他的祕密；他又再次利用了我。這已經是妳第幾次受騙上當了？到底要怎樣妳才會看清事實呢，凡妮莎？

我用辦公桌上的電腦打開泰勒的臉書個人頁面。她的塗鴉牆最上方是一則不到一小時前才更新的貼文：曾經承諾要好好栽培並且保護我的學校，如今選擇支持侵犯我的人。我對此感到失望透頂，但也不意外會是這樣的結果。我點開貼文下方一連串回覆，最先跑出來的是一則有數十人按讚的留言：這個結果真的令人深感遺憾。妳還有其他的管道可以求助嗎？還是妳會讓這件事就此落幕了？泰勒的回覆讓我震驚地說不出話來。

我是絕不可能善罷甘休的。

中午休息時間我走到飯店後面的小巷子裡，從包包底層掏出一盒已經被壓扁的香菸，靠在逃生梯上一邊抽菸一邊滑手機。這時我聽到鞋子的摩擦聲，一陣噓聲還有憋笑的聲音。我抬起頭看，發現是今早遇到的那兩個女高中生；她們站在巷子的底端，金髮女生緊握著黑髮女生的手臂。

「妳去問她。」金髮女生說。「去啊。」

接著黑髮女生朝我走過來，在我面前停下了腳步，雙手交叉在胸前。「嘿，我們可以，嗯……」她回過頭望向身後的金髮女生，她將手握成一個拳頭緊靠在嘴巴前，隔著她的丹寧外套袖口，我看到她正咧著嘴笑。

「妳還有多的香菸嗎？」那女生問。

她們一看到我拿出兩根菸便立刻向我跑了過來。「有點霉味。」我說。她們一點也不介意。金髮女生把肩上的後背包滑到肩膀一側，拉開前側袋子的拉鍊，從裡面掏出一支打火機幫彼此點菸，接著她們用力吸了一大口。我跟她們站得很近，可以清楚看到她們眼尾向上勾的粗黑眼線還有髮際線附近的小粉刺。每當我站在像她們這樣令史特蘭為之瘋狂的青少女身邊時，我覺得自己彷彿變成了史特蘭。我渴望跟她們聊天、問她們問題，只為了讓她們再多逗留一點時間——妳們叫什麼名字？今年幾歲？還想再來根菸嗎？還是想要喝啤酒？要抽大麻嗎？我得要努力克制自己，才不會衝動將這些問題脫口而出。我似乎可以想像史特蘭當年所面臨的掙扎，他對我的渴望是多麼地強烈，為了將我留在身邊，他願意鋌而走險。

那兩個女生走回小巷裡，並且回頭跟我道謝。原本的她們看起來是輕浮嬉鬧的女高中生，但現在手裡叼著菸的她們卻披上了一層徐緩從容的態度。她們邁開步伐轉了個彎，回頭看了我一眼後便消失在轉角處。

我呆望著她們消失的地方，旁邊的大型垃圾桶滲出一灘水，一輛貨車暫時停放在路邊，落日餘暉將擋風玻璃和地上的水照映得閃閃發光。我好奇那兩個女生看著我的時候，是否有察覺到我跟她們其實很相似，儘管我早已不是高中生了，但她們會鼓起勇氣跟我要香菸，是否是因為她們看得出來我依然還有高中少女潛藏的那種既羞澀又叛逆的因子呢？

我吐出一口菸，拿出手機滑開泰勒的臉書頁面，她沒有張貼任何文章或更新動態。我滿腦子想的都是剛剛那兩個女高中生，我好奇史特蘭若是看到她們手裡拿著要來的香菸和一副目中無人的樣子會有什麼看法。他可能會覺得這樣的女生很粗俗而且過度自信，不好駕馭。妳好聽話，當我任他擺布我的身體時，他會這麼對我說。他是在讚美我，對他來說，我的被動消極是多麼珍貴稀有。

她又會怎麼做呢？這問題不斷地在我腦海裡縈繞。每當看到這個年紀的年輕女孩時，我總是會再一次問自己這個問題，接著又再度像是在迷宮裡一樣迷失了自我。若她的老師試圖要冒犯她，她是否會做出任何一個女孩都會有的反應——把他的手推開然後逃離現場？或者她會嚇得不知所措，全身動彈不得，任自己的身體被蹂躪，直到對方心滿意足為止？有時我會試著想像有其他女孩做出跟我一樣的反應——盡情享受這種愉悅的快感，無時無刻都渴望著他，甚至將自己人生的意義建築在這段關係之上——但我想不出有誰會跟我一樣。我陷入絕望的深淵，彷彿被黑暗吞噬，那痛苦及恐懼的感受是難以想像且無可言喻的。

若妳當初沒有表現出願意的樣子，我是不可能對妳做這件事的。史特蘭曾經對我這麼說。聽起來根本是他自己的錯覺，怎麼可能會有任何女生渴望他對我做的事。但不論別人相信與否，他說的是事實：我被他深深吸引，渴望跟他發展禁忌之戀。我就是大家眼中那種根本不應該存在這世上的女生，迫切地想將自己投入戀童癖者的懷抱。這完全是羊入虎口的行為。

不對，用這樣的字眼來形容我跟他之間的關係完全大錯特錯，這根本只是一個迴避的方式而已。我們兩人之間的關係絕不能只用戀童癖者和受害者來概括描述。

走回飯店大廳時我選了另一條比較遠的路線，要先穿過停車場的底層進到地下室，再經過噪音非常大的洗衣房，裡面擺滿各種工業用大小的洗衣機和烘乾機。走到樓梯井的時候我聽到總務主管在叫我，她問我是否願意幫忙多拿一套浴巾去 342 號房給哥茲先生，就是那位每隔兩週的星期一會來住房的商務客。

「妳確定妳真的不介意嗎？」她將浴巾遞給我。「他對我部門裡的女清潔員態度都很惡劣，但他挺喜歡妳的。」

我敲了敲 342 號房的門，接著聽到腳步聲，開門的是哥茲先生——他赤裸著上身，手中抓著一條浴巾遮住下半身，頭髮濕漉漉的，肩膀上還有殘餘的小水珠，深色的毛髮一路從他的胸膛上延伸到他的腹部。

他一看到我臉上便綻放笑容。「凡妮莎！我沒想到會是妳。」他把門推得更開，點頭示意要我進去。「妳可以幫忙把浴巾放到我床上嗎？」

我站在門口猶豫是否該走進去他的房間，內心計算著從門口到床的距離，還有床到矮櫃有多遠。哥茲先生正站在矮櫃旁邊一手打開錢包拿錢，一手抓著遮住下半身的浴巾。我不想要跟他單獨待在房裡，所以我快速衝到床旁邊把浴巾放下，然後趕在門闔起來之前跑回門口。

「等一下。」哥茲先生拿了一張二十元的鈔票給我當小費。我向他搖頭——對於像送浴巾這樣簡單的例行公事，二十元的小費真的太多了，不禁令我起了疑心，讓我想立即轉身逃走。他拿著手裡的小費在我眼前揮舞、要我收下，這動作好似試著讓一隻警覺性很高的流浪動物接受食物一般。我跨過門檻走進房間裡，接受了他給的小費。當我接過鈔票的那瞬間，他順勢滑過我的手，然後對我眨眼。「謝謝妳，親愛的。」他說。

回到大廳後我走回櫃檯的辦公桌，這才覺得安心了一點，接著迅速將那二十元小費塞進錢包裡，我對自己說要把這錢拿來買防狼噴霧或是瑞士小刀這類可以隨身攜帶的物品，即便用不上也沒關係，至少知道包包裡備有這樣的東西，我就會比較安心一些。

這時我的手機震動了一下：一封新郵件。

收件人：凡妮莎・懷
發信人：簡寧・貝莉
主旨：布羅維克學校的故事

嗨，凡妮莎：

我的名字叫簡寧・貝莉，我是 *Femzine* 的記者，最近正在寫一篇報導，關於一間位在緬因州諾倫比加的布羅維克校園事件。有學生指控學校教師對她們性侵。據我瞭解，妳曾在一九九九年到二〇〇一年就讀這所學校。

我之前有和畢業於布羅維克的學生泰勒．柏契進行訪談，她聲稱她曾經在二〇〇六年被一位叫做雅各．史特蘭的英文老師性侵。訪談時，她提到妳可能也是其中一位受害者。在我蒐集資料的過程當中，我也收到另一則匿名密報指出布羅維克曾發生性侵事件，而當事人便是妳和史特蘭先生。

凡妮莎，我想跟妳聊聊，我保證會非常謹慎地處理這則報導。我的首要任務是呈現倖存者的故事，但同時我也承諾會讓雅各．史特蘭和布羅維克負起應承擔的後果。現在性騷擾事件在全國各地都備受矚目，若我能將妳的經歷和泰勒遭遇的情況做成一篇主題報導，我相信這會引起很大的迴響。對於報導裡如何刻劃妳的經歷，妳絕對可以全權作主，就把這當作是一個難得的機會，妳可以用自身的角度講述妳所遭遇的事。

妳可以透過這個信箱回覆我或是打電話和我聯絡，我的電話是(385)843-0999。隨時都可以打電話或者用訊息聯繫我。

真心希望可以得到妳的回覆。

簡寧

2001

今年冬天持續的低溫讓每個人感到倦怠無力，到了晚上溫度常會降到零下五度甚至更低；氣溫低於零下十七度時便會開始降雪，一下雪就持續好幾天。每場暴風雪過後學校的積雪就越堆越高，在灰暗天空的籠罩下，整個校園彷彿成了一座圍著高牆的迷宮。聖誕假期時才新添購的衣服很快就因空氣中的鹽分開始起毛球，而大家也只能漸漸接受這樣的酷寒還得持續四個月的事實。老師們對於學生的表現已經到達忍耐極限，常常對我們疾言厲色，在教職員評語上寫滿嚴厲的訓誡；每個學生在結束與指導教授會談後都是哭著離開教室。在馬丁．路德．金恩紀念日[53]那週，宿舍的清潔工終於受不了我們每次都不把浴室裡的頭髮清乾淨而導致排水孔阻塞——同樣的情況已經發生不下數十次了——她一氣之下決定把浴室鎖上不讓我們使用，湯普森小姐得用髮夾才能把鎖打開。學生的行徑也越來越誇張。一天晚上在餐廳裡，迪雅娜和露西兩人因為一雙鞋子不見而大吵一架，她們對彼此狂吼尖叫，露西還緊抓著迪雅娜的頭

[53] Martin Luther King Jr. Day，為美國聯邦法定假日，紀念民權運動領袖馬丁．路德．金恩牧師的生日，日期定為1月的第三個禮拜一。

髮，說什麼都不肯放開。

舍監們密切關注學生是否有憂鬱傾向。四年前的冬天，有一位就讀十年級的男學生在自己的房間裡上吊自殺。湯普森小姐為了要幫助我們擊退這些負面情緒，因此規劃了很多主題活動，像是遊戲夜、手工藝之夜、烘焙派對以及電影欣賞之夜。她會把活動相關訊息寫在顏色繽紛的傳單上，再塞進我們的房間門縫裡。她也說若我們開始出現季節性憂鬱的情況[54]，很歡迎我們去她的房間使用治療燈盒[55]來振作情緒。

雖然學校有大大小小的事情，我卻感覺身處於平行時空。我的思緒彷彿被切成兩半，一部分的我和所有人一樣跟著學校的生活步調，而另一部分的我卻陷在自己的世界裡，總是想著和史特蘭之間的事。自從和史特蘭發生關係後，我再也無法回到過去的自己，每一個我寫的作品似乎都失去了靈魂；我不再主動提議幫湯普森小姐遛狗，每次上課的時候我都覺得格格不入，彷彿自己不是班上的一份子，而是從遠方觀察一切的人。美國文學課堂上，我注意到珍妮換位置坐到漢娜．列為斯克旁邊，漢娜用充滿崇拜的眼神望著珍妮，去年一整年我大概也像她這個樣子。一股困惑的感覺在我心中蔓延開來，彷彿我正在觀賞一部前後劇情不連貫的電影。老實說，我覺得一切都像在模擬情境那般的脫離現實，我只能被迫表現出我跟過去並無兩樣，但實際上我跟其他人中間像是隔了一道峽谷，將我區隔開來。我不確定是在我跟史特蘭開始有了性關係之後才讓我變得截然不同，還是一直以來我其實都很特別，只是史特蘭幫助我察覺了這件事。史特蘭跟我說是後者。他說他第一眼看到我的那瞬間，就已經察覺我與眾不同的特質。

「妳從來不會覺得自己格格不入、沒辦法融入群體嗎？」他問我。「我敢打賭自從妳有記憶以來，肯定常常有人說妳比同齡人還要成熟，對吧？」

他的這番話讓我想到小學三年級時，我把學期成績單帶回家，老師在下方評語的欄位寫到：凡妮莎非常超齡，她雖然現在才八歲，但表現得已經像是個三十歲的大人。也許孩童時期的我在心智和思想上都比一般的小孩還要成熟。

查房前的二十分鐘，我提著沐浴籃和浴巾走進淋浴間，碰巧看到珍妮站在洗臉臺邊洗臉，她的臉上滿是泡沫。我們住在同一棟宿舍裡，所以難免會遇到彼此，但我盡量將這個頻率降到最低；像是為了不要經過她的房間，我會選擇走後門的樓梯進出宿舍，洗澡也會刻意挑晚一點的時段。雖然我們在美國文學課得要見到彼此，但整個課堂上我的注意力總是集中在史特蘭身上，根本不會特別注意到珍妮，至於其他修同一堂課的人我則是一點也沒放在心上。

因此當我在浴室看到珍妮穿著夾腳拖和一件從去年穿到現在、已經開始泛黃的浴袍時，我嚇了

---

54 Seasonal Affective Disorder (SAD)，也叫做「冬季憂鬱症」。這是一種會週期性發作的憂鬱症，通常好發於秋季或冬季。因緯度較高的區域冬天日照時間很短，人們較容易產生憂鬱的情況，嚴重者甚至會自殺。

55 模擬自然光線的燈具，用於治療如季節性憂鬱症、睡眠問題和皮膚問題等病症。

一大跳，反射性地往後退了幾步想往回走，但她叫住了我。

「妳沒必要逃跑。」她意興闌珊地對我說，彷彿這件事完全引不起她的興趣。「除非妳真的有那麼痛恨我。」

她將臉上的洗面乳推開，接著用手指按摩臉頰。她今年初剪的短髮已經留長，她將頭髮隨意盤成一個圓形髮髻，纖長的脖子尾端可以看到一些散落的髮絲。她以前總是會過度在意她纖細的脖子，抱怨說這讓她的頭看起來像是插在一根吸管上的圓球或是莖上的花朵。對於她那纖細的手指還有尺寸六號的腳，她也常常會這樣感到不自在，忍不住一直發牢騷，但這些身體特徵都是我非常羨慕的。現在我還會羨慕她嗎？有時在課堂上我會注意到史特蘭在打量她；他的眼神從珍妮的背脊緩緩向上，一路到她那頭淺棕色短髮。我還記得史特蘭曾經說過她長得很像埃及豔后。「妳的脖子很完美，珍妮。」我之前總會那樣告訴她。「妳知道它很完美。」她的確知道；她肯定一直以來都知道。她只是想聽到我親口稱讚她。

「我並不恨妳。」我對珍妮說

她用懷疑的眼神朝鏡子裡的我看了一眼。「最好是。」

我好奇若我跟珍妮說我其實已經完全不在意有關她的任何事了，她是否會感到難過。我記不起來為什麼當初她跟我絕交時，我會覺得世界好像分崩離析，也不明白為什麼我們過去的感情可以那麼地深刻，彷彿再也無法找到任何人取代彼此。現在的我一想到過去和珍妮之間的事只會覺得很困窘，我們之間變了味的友情就像是人生必經的階段。我想起她一開始跟湯姆約會時，我是多麼傷心欲絕，他們總是如影隨形，密不可分——每次吃飯他都會跟我們坐在一起，連代數課下課他也會在教室門口等著珍妮，只為了走到下一堂課的教室前能跟她相聚短短的兩分鐘。儘管我不願承認我內心的嫉妒，但其實我很羨慕他們兩人，渴望他們擁有的一切——我希望能有一個很愛我的男友以及一個要好的閨蜜，我們對彼此的感情十分堅定，沒有任何人能夠挑撥我們。這樣的渴求過於強烈，我已無法控制。我明白我不該有這樣的感受，更不要說表現出來讓珍妮發現，但在一個週六的早晨我還是忍不住爆發了。我在市區烘焙坊裡對珍妮大吼，像個幼稚的孩子一般鬧脾氣。我會這樣是因為她之前答應我，那天見面只會有我們兩人而已，這樣我們就可以重溫她還單身時、只有我們的時光；但才不到一小時，湯姆就出現在店裡，他直接拉著椅子坐到珍妮旁邊，臉頰還緊緊挨著她的脖子。我再也按耐不住我的怒氣，於是對她大發雷霆。

這件事發生在四月底，但其實我內心早已積怨許久。珍妮看到我終於惱羞成怒的樣子似乎一點也不意外，她的反應感覺像是早就在等待我內心憤怒的洪水洩洪。那天一回到宿舍後她就對我說：「湯姆覺得妳太黏人了。」我問她所謂的「太黏人」是什麼意思，但她卻一副滿不在乎的樣子。「湯姆就是這麼說的。」我根本一點都不在意湯姆說什麼，他只不過是一個幾乎不太開口講話的男生，全身上下唯一能讓人覺得有趣的地方就是他身上穿的樂團T恤。但讓我難過的是珍妮居然認真看待他講的話，還刻意在我面前再強調一次：「太黏人了。」他說我太黏珍妮，可能在暗示我有同性戀傾向，一想到這就讓我火冒三丈。「才不是這樣。」我試著向珍妮解釋，但她卻回應我一個跟現在一樣的懷疑眼神。好吧，凡妮莎，妳說了算。我當時不願再繼續跟她爭吵，而是把自己封閉起來，拒絕跟她說話；自此之後我們兩人便一直陷在這樣沉默的僵局裡。但內心深處我其實明白珍妮當時講的沒錯，我的確對她投入過多感情，完全無法想像有一天我會停止對她的愛。但才不過短短的一年不到，我現在對她已經毫不在乎了。

珍妮俯身靠近洗臉臺，她先將臉上的泡沫洗去，接著一邊用毛巾擦臉一邊對我說：「我可以問妳一個問題嗎？我聽到一些有關妳的傳言。」

我訝異地眨眼，從回憶的漩渦中迅速抽回到現實。「妳聽到了什麼？」

「這很難以啟齒。這真的……我知道這不可能是真的。」

她的雙唇緊閉，在腦海裡思考要用哪個字眼。過了一會兒她低聲說道：「有人說妳跟史特蘭先生搞師生戀。」

「快點告訴我。」

珍妮等待著我做出回應，她預期我會否認到底，但我卻覺得自己好遙遠，完全說不出話來。眼前的一切變得好模糊——她依然將毛巾壓在臉上，脖子微微泛紅。最後我終於回過神對她說：「那不是真的。」

珍妮聽到後點點頭。「我也是這麼想的。」她轉身回洗臉臺，將毛巾放下，接著拿起牙刷，打開水龍頭。流水的聲音在我耳裡變成了滾滾的浪濤，浴室裡的一切都被水氣薰得模糊不清，連貼滿磁磚的牆壁看起來似乎都在波動起伏著。珍妮漱了口，把水吐在水槽裡，接著關上水龍頭。她用充滿期待的眼神看著我。「對吧？」

她剛剛有在跟我說話嗎？是在刷牙的時候嗎？我搖搖頭，嘴巴不自覺地微微張開。珍妮仔細觀察我的表情，似乎看出了什麼端倪。

「我只是覺得，每次下課後妳都會留在他的教室裡，這件事有點奇怪。」她說。

史特蘭開始變得無所不在，彷彿是為了要監視我的一舉一動。他會在餐廳裡出現，然後在教職員用餐區吃飯時一直盯著我看；他也會在學生自習時段出現在圖書館裡，刻意走到我正前方的書架假裝瀏覽書籍；上法文課時，我會看到他經過教室外面，每次經過時他都會透過敞開的門偷偷朝我瞄一眼。我知道他在監視我，但我也有種被他追求的感覺。雖然他這麼做很緊迫盯人，但這樣的關注同時讓我感到很甜蜜。

一個週六的夜晚我獨自躺在床上，剛沖完澡的頭髮還濕漉漉的，我將回家作業攤開放在眼前。宿舍裡空無一人、一片寂靜；今晚校內有一場田徑比賽，而籃球校隊則是去別的學校打比賽了，另外今天在修格羅夫山[56]也有一場滑雪賽。我本來躺在床上睡著了，但突然聽到有一聲敲門聲，我立刻驚醒跳下床，身上的書還掉到地板上。我用力甩開門，本來期待眼前站著的會是史特蘭，我希望他握著我的手，帶我到他的車上，然後把我載回他家，到他的床上。但當我開門後，映入眼簾的只

[56] Sugarloaf Mountain，位於緬因州卡拉巴塞特山谷的滑雪山。

有亮著燈的長廊和一扇扇緊閉的房門，左右兩側都空無一人。

一天下午史特蘭問我午餐時間跑去了哪裡。那時是下午五點，我們在他教室後方的辦公室裡；此時的人文大樓已經人去樓空，黑壓壓一片。他的辦公室跟一個衣櫃差不多大，僅能擺得下一張桌子、一張椅子，還有一個扶手處已經磨破的花呢沙發。這裡之前擺滿一箱箱陳舊的教科書和畢業多年的學生寫的報告，但他特別把環境清理好，讓我來找他時能有活動的空間。辦公室兩側通向走廊的門都有上鎖，所以非常隱密，很適合我們藏身。

我把腳抬到沙發上盤腿坐著。「我回宿舍寫生物作業。」

「我好像有看到妳跟別人偷偷溜出去。」他說。

「絕對不可能。」

他在沙發另一側坐了下來，把我的雙腳放到他腿上，接著從桌子上那疊待批改的報告中抽出一份。他安靜地坐在沙發上改報告，而我則是專心閱讀我的歷史作業，我們就這樣靜靜地做自己的事，過了一會兒他說：「我只是想確認，妳還記得我們兩人當初的承諾。」

我看著他，不確定他到底想講什麼。

「我可以理解妳會有衝動想跟朋友透露我們的事。」

「我根本沒有朋友。」

他將手中的筆和報告放回桌上，然後將我的雙腳放進他手裡。一開始他先輕揉我的腳底，接著用雙手握住我的腳踝。「我相信妳，真的，但我們必須要保守這個祕密。妳知道這件事有多重要嗎？」

「不然呢？」

「我希望妳能認真看待這件事。」

「我很認真啊！」我試著把腳抽走，但他緊緊捏住我的腳踝，讓我動彈不得。

「我不知道妳是否有認真想過，若這件事曝光，我們得面對多大的衝擊和後果。」我正準備要說話，卻被他打斷。「我很有可能會被免職，沒錯，但妳也難逃一劫，鐵定會被退學。布魯維克絕不會想留著像妳這樣醜聞纏身的學生。」

我用懷疑的眼神看著他。「學校才不會要我退學，這不是我的錯。」但我擔心他誤會我的意思，馬上接著說：「我是說因為我還未成年。」

「這不重要。」他說。「學校高層才不會管妳有沒有成年。任何有問題的學生都會被他們踢出去，學校體系就是這樣。」

他仰著頭，面朝天花板繼續說：「如果我們夠幸運的話，這件事不會傳出去。但如果執法單位聽到風聲，我鐵定會去坐牢，而妳則會被送到寄養家庭。」

「最好是。」我對他講的話不以為意。「我不可能會被送到寄養家庭。」

「先不要把話說太滿。」

「你別忘了，我的父母都還活著。」

「這我知道，但政府對放任小孩跟變態在一起的家長沒有好感。沒錯，他們會這麼稱呼我，用性變態這樣的名稱將我汙名化。政府逮捕我後，接下來就是要把妳交給國家監護。妳會被送到安置機構，那裡簡直跟地獄一樣恐怖，裡面住著很多剛從少年管護所放出來的不良少年，誰知道他們會對妳做出什麼可怕的事。妳的未來將毀於一旦。如果事情演變成這樣的話，妳也別想念大學了，甚至可能連高中都畢不了業。光聽我這樣講妳可能不會相信，凡妮莎，但妳不明白這個體系有多殘酷，只要我們一不小心，學校和政府鐵定會處心積慮地毀掉我們的人生……」

史特蘭滔滔不絕地說，我完全無法跟上他講的內容。雖然聽起來他似乎在誇大其辭，但這些話已經讓我驚慌失措，不知道自己究竟該相信什麼。任何震驚駭人的事在他嘴裡好像都變得有可能。

「我明白了。」我對他說。「只要我活著的一天，我就不可能跟別人透露我們的事，我死都不會說。這樣可以嗎？死都不會說。我們可以不要再講這件事了嗎？」

聽到我這麼說，他突然閉起嘴巴，用力眨了眨眼，彷彿剛從睡夢中驚醒。他向我伸出雙臂，我朝他爬過去，讓他將我擁入懷中。他不斷地對我說「對不起。」一直重複一樣的話，這幾個字似乎已經喪失原有的含義。

「我不是故意要嚇妳的。」他說。「但我們要承受的風險實在太大了。」

「我知道我們這麼做很危險。我並不傻。」

「我知道妳不傻，我知道。」

週末時，法文老師帶我們去魁北克市[57]進行校外教學。我們一早就搭車出發，遊覽車上的座椅是絨布做的，還附有迷你電視螢幕。我在後面一個靠窗的位置坐了下來，接著從包包裡拿出ＣＤ播放器，放了一片ＣＤ進去，裝作一點都不在意全車只有我是自己一個人坐。

在路程的前兩個小時裡，我一直凝視窗外，看著綿延的山丘和農場。當車子開過加拿大邊境時，外頭景色其實並無變化，但原來寫著英文的路標變成了法文。這時坐在前面的法文老師羅倫太太突然從位置上站了起來，她用法文要我們注意「看！」她一邊指著窗外的法文路牌，一邊要我們跟著她大聲唸出上面的字：「西邊、停下……」。

我們的遊覽車停在魁北克郊區的 Tim Hurtons 速食店，讓大家上廁所、休息。速食店門口有一座電話亭，我身上有兩張史特蘭給我的電話預付卡，他說若我感到寂寞，就可以用公共電話打給他。我一手拿著話筒，另一隻手開始撥號，這時我看到傑西．賴從店裡走了出來，他穿著一件黑色大衣，衣服在他身後隨風飄盪，看起來就像一件披風。麥克和喬伊．羅素這對雙胞胎兄弟跟在傑西身後，他們輕推彼此的手肘，露出得意的竊笑，接著開始大聲取笑傑西。「大家快看，暗黑王子大駕光臨。」他們高呼。「是風衣黑手黨！」他們不敢直接說傑西是同性戀，怕這樣做會太過火，但感覺他們要嘲諷的其實就是他的性向，只是用大衣當作藉口。傑西的下巴微微向後傾，從那咬牙切

[57] Quebec City，位於加拿大魁北克省南部的城市。魁北克市是加拿大魁北克省省會，也是第二大城市，僅次於第一大城市蒙特婁，官方語言為法語，為北美洲歷史最悠久的歐洲古城之一。

齒的模樣，看得出來他聽得一清二楚，但自尊不容許他低頭反擊。我匆忙將話筒掛上，然後朝傑西跑去。

「嘿！」我裝出一副跟傑西很熟的樣子和他打招呼。這時原本跟在傑西身後的羅素兄弟兩人突然停止大笑，但這是因為他們看到站在遊覽車旁邊的瑪歌·愛哲頓把身上的運動衫脫掉，裡面的T恤跟著被往上拉，露出一截腹部的肌膚。即便如此，我還是覺得自己做了一件好事。我們接著走回車上，然後在各自的位置上坐了下來，傑西一直不發一語，但在車子準備出發的時候，他把原本位置上的東西收拾好，起身走到我旁邊。

「我可以坐這裡嗎？」他指著我旁邊的空位問。我拿下耳機，點點頭，把放在旁邊位置上的包包移開。傑西坐了下來，他嘆了一口氣，把頭向後仰。他一直維持這個姿勢，直到司機發動引擎，車子駛出停車場，我們回到了高速公路上。

「那群男生都是白癡。」我對傑西說。

他突然睜開眼睛，猛力地吸了一口氣。「他們也沒那麼壞。」接著他翻開小說，將身體微微轉向另一側。

「可是他們對你那麼惡劣。」我一副覺得他還沒認清事實的樣子。

「真的不要緊。」他依然低頭繼續看書，手指緊抓書頁，指甲上的黑色指甲油已經斑駁剝落。

我們終於抵達魁北克市。羅倫夫人一邊帶我們在鋪著鵝卵石的街道上行進，一邊向我們介紹許多具有歷史意義的建築，像是魁北克聖母聖殿主教座堂[58]和芳堤娜城堡[59]。我和傑西兩人走在隊伍後面，一起看著在花崗岩平臺上演出的默劇、搭乘在上城區和下城區之間往返的纜車，彼此幾乎沒什麼交談。傑西在街上跟一位老婦人買了些廉價紀念品：一幅芳堤娜城堡的水彩畫，還有一個背面刻有冬季嘉年華圖案的湯匙；他把那個湯匙送給我。我們就這樣四處走走，一小時後才跟上校外教學的隊伍。我原本以為我們會被老師懲罰，但根本沒有人注意到我們剛剛脫隊了。接下來那天下午，我們再次溜到舊城區，靜靜地在街道上漫步，一路上都沒有跟對方說什麼話，只有偶爾看到好笑或是奇怪的東西時，才會輕推一下彼此的手肘，指給對方看。

校外教學來到第二天，我試著用公共電話打給史特蘭，但他沒接，我也不敢留語音訊息。傑西沒有問我在打電話給誰，他其實不需要開口問，心裡也明白。

「他可能還在學校。」傑西說。「今晚在學校圖書館有一個咖啡廳的即興表演，學校規定所有人文學院的教師都得出席。」

我把電話卡放回口袋裡，兩眼盯著他看。

---

[58] Notre-Dame Quebec Cathedral，為羅馬天主教的宗座聖殿。它是北美洲最古老的本堂區聖堂，也是北美洲第一座升格為宗座聖殿的教堂，目前被列為世界遺產。

[59] Château Frontenac，也稱芳堤娜古堡酒店，座落於加拿大魁北克市聖勞倫斯河北岸，是加拿大太平洋鐵路公司建於十九世紀末的一系列古堡大飯店之一。

「妳不用擔心。」他說。「我不會跟別人說的。」

「你怎麼會知道？」

他用奇怪的眼神看著我，好似在說妳在開玩笑嗎？「你們倆無時無刻都在一起，任誰都看得出來你們是什麼關係。再說，我也曾親眼目睹你們之間的互動。」

我想起之前史特蘭對我說過、關於寄養家庭還有坐牢的那番話。我不確定剛剛跟傑西的這段對話算不算洩密，但保險起見，我對他說：「那不是真的。」這句話聽起來實在是自欺欺人，傑西再次用奇怪的眼神看著我，像是在說少來了。

我們在星期天早上踏上歸途，車子大約開了一小時後，傑西嘆一口氣，放下手上的小說。他看著我，示意要我拿下耳機。

「妳知道妳這樣做很傻，對吧？」他說。「是真的愚蠢到令人不可置信。」

「你在說什麼？」

他意味深長地看著我。「妳和妳的老師男友。」

我緊張地迅速看向四周，但每個人似乎都全神貫注地做自己的事，不是在睡覺、看書，就是戴著耳機聽音樂。

他繼續說：「我不覺得這件事在道德上有什麼問題，只是擔心妳的人生會毀在他手上。」

他這番話就像鋒利的刀片一樣深深地刺進我的內心，但我裝作不在意，還跟他說這件事值得我冒一切風險。我暗忖他聽到我這樣說會有什麼想法；他是否覺得我在癡心妄想，還是覺得我奮不顧身，也許兩者皆是。傑西對我搖搖頭。

「怎麼了？」

「妳真的太傻了。」他說。「我要說的就是這樣而已。」

「哇！真是謝囉。」

「我那樣說不是要侮辱妳，其實我自己也很傻。」

傑西說我很傻的這件事，讓我想起史特蘭曾經對我說的話。他說我是個崇尚暗黑的浪漫主義者——他們兩人似乎都暗示我常做出不理智的決定。前幾天史特蘭還說我很抑鬱寡歡，我去查了這個字，字典上是這麼解釋的：憂愁不樂，帶有憂鬱傾向的人。

諾倫比加迎來了一場大風雪，早上醒來時，窗外的積雪已經達到將近兩公分，皚皚白雪覆蓋整座校園，銀光耀眼。樹枝因積雪的重量而垂向地面，地上的雪厚到連穿靴子走在上面，雪層都不會破裂。一個週六午後，我和史特蘭在他辦公室的沙發上做愛，我們從來沒有在白天做愛過；結束之後，我不想看他赤裸的身體，所以刻意將頭轉向另一側，專注地看著飄揚在微弱冬日陽光中的塵埃微粒，在海棠玻璃窗戶的照映之下透出綠色光芒。他的手沿著我身上青綠色的微血管游移。他對我說我總是讓他慾火難耐，倘若可以的話，他想將我吞噬。這時我默默舉起我的手臂。來吧。但他只是在我的手臂上輕輕吻了一下，即便如此，我知道我甘願被他撕裂，任他對我予取予求。

二月到來，我變得更擅長掩藏我們之間的關係，但又常常克制不住自己。每週日和爸媽通電話時，我不再主動提起史特蘭，但比起以前，我更常待在他的辦公室，彷彿已經長期駐紮在那裡。當有別的學生來找他、詢問作業的問題時，我也總會坐在長桌邊，裝出全神貫注在寫作業的樣子；但其實我在偷聽史特蘭和學生的對話，專注到連自己的耳朵都發燙變紅了。

一天午後，辦公室裡只有我和史特蘭，他從公事包裡拿出一臺拍立得相機，問我可不可以拍一張我坐在長桌邊的照片。「我想記住妳坐在那裡的模樣。」他這麼說。我緊張地笑了出來，接著摸了一下臉頰、拉了拉頭髮。其實我很討厭拍照。「妳可以拒絕。」他說，但我可以察覺他眼神中透露出的渴望，這件事對他來說一定意義非凡。倘若我拒絕他的要求，他肯定會非常傷心，所以我答應讓他拍幾張照片。他要我坐在長桌邊還有他的辦公桌位置上，以及盤腿坐在沙發上，腿上放著我的筆記本。他一邊等待底片顯影，一邊滿懷感激地看著我笑。他說他永遠都會好好珍藏這些照片。

另一天午後，他帶了一本新的書要給我看——弗拉基米爾·納博科夫所寫的《微暗的火》[60]。我一拿到書就快速打開翻閱，但這本書不像一般的小說，反倒像一首長詩，旁邊還附上很多註解。

「這本書很艱澀。」史特蘭向我解釋。「它沒有像《蘿莉塔》那樣容易理解。作者的目的就是希望讀者屏除一切傳統觀念，重點不是把整本書弄懂，而是要用心體會其中的意涵，這就是所謂的後現代主義……」他沒有把話講完，因為他注意到我一臉失望的神情。我原本期待看到另一本跟《蘿莉塔》相似的書。

「我讓妳看看其中一段。」史特蘭將我手中的書拿過去，翻到某一頁，用手指著當中的一段詩節。「妳看，這段描述的人不就是妳嗎？」

來吧，讓我盡情崇拜妳；來吧，讓我輕輕愛撫妳，
妳是專屬於我的暗黑凡妮莎。
帶著一頭深紅色秀髮的妳是多麼可愛，
好似一隻惹人憐愛的蝴蝶。
請向我解釋，在長滿紫丁香的憂鬱小徑中，
妳怎能任由情緒激動的約翰·雪德在妳的臉頰、耳邊，還有肩上恣意地哭泣呢？

看完這段話，我驚訝地屏住呼吸，雙頰忍不住發燙。

「很令人驚奇，對吧？」史特蘭面帶微笑，低頭看著那一頁。「專屬於我的暗黑凡妮莎，被盡情崇拜還有輕輕愛撫。」他用手摸著我的頭髮，舉起一縷髮絲繞在手指上。書中形容的女生帶有一頭深紅色的秀髮，而史特蘭曾說過我的紅髮有如楓葉一般。我想起之前他給我看強納森·史威夫特那首詩的時候，我曾經說我們之間的緣分就像命中註定一樣。當時的我並不是真心那麼覺得，只是想讓他知道，我是多麼快樂、多麼想和他在一起。但當我看到自己的名字出現在這本書上時，我的

[60] *Pale Fire*，作家弗拉基米爾·納博科夫於 1962 年出版的小說，此部小說以 999 行詩的形式呈現。

身體彷彿自由落體般無法控制地急遽下墜。就在那一刻，我突然明白了一件事：也許我跟他的緣分早已註定會緊緊綁在一起。

我們兩人站在那本書旁邊，身體緊緊相依，史特蘭將手放在我的背上。這時年老禿頭的諾伊先生突然走進教室裡，我們隨即往反方向彈開；我趕緊走回長桌邊，史特蘭則是回到他的辦公桌，兩人都是一臉做錯事被抓到的表情。但諾伊先生似乎不以為意，他笑著對史特蘭說：「看來有學生很喜歡你。」彷彿覺得我們這樣沒什麼大不了。看到諾伊先生的反應，我不禁覺得我們好像不需要那麼害怕被別人看到。就算學校裡有人發現我們的關係，也許後果並不會那麼嚴重，可能頂多只會輕懲史特蘭，並要他等到我畢業、滿十八歲了再跟我交往。

等到諾伊先生離開辦公室後，我開口問史特蘭：「有其他學生跟老師做過這樣的事嗎？」

「什麼事？」

「這件事。」

他抬起頭來看著我。「曾經發生過。」

他繼續低頭看書。我很想繼續往下問，但內心掙扎是否該這麼做。在我決定開口問他之前，我低頭看著我的手，因為我害怕他的表情會直接透露出答案，而我並不想知道。

「那你呢？你曾經跟其他學生發展過戀情嗎？」

「妳覺得我有嗎？」史特蘭問我。

我抬起頭看他。這突如其來的問題讓我驚慌失措，我根本不清楚自己的想法。我知道我想相信的版本是什麼，也知道那是我必須相信的，然而我卻無法肯定這和早我幾年之前的事是一致的。畢竟，我活到目前為止的人生也長不過他的教師生涯。

史特蘭看著我費勁地尋找貼切的字眼，臉上閃過一抹微笑。最後他終於說：「答案是沒有。即便我曾有過渴望的瞬間，但似乎從來沒有人值得我鋌而走險，直到妳在我眼前出現的那一刻。」

我想用翻白眼來掩飾我心中的狂喜，但他這番話徹底粉碎我的心防，讓我陷入了無助的漩渦中。我再也無法抵抗他，只能任由他全然占據我、對我予取予求。我不斷告訴自己：「我在他心中獨一無二。獨一無二。獨一無二。」

晚上湯普森小姐來敲門查房時，我剛好在看史特蘭給我的《微暗的火》。她站在門口探頭往裡面看；她已經卸了妝，頭髮用髮圈盤起來。看到我在房間裡，她便在名單上把我的名字劃掉。接著她走進我的房間對我說：「嗨，凡妮莎，這週五回家前別忘記簽退喔！聖誕假期妳離開宿舍前忘記簽退了。」

她又往前走了一步，我將正在看的那一頁折了一角，接著把書闔起來。我剛剛在書裡又看到更多和我十分吻合的細節：書中主角住的城鎮叫做「新懷[61]」。這種興奮的感覺讓我有點頭暈目眩。

[61] 女主角的全名叫做凡妮莎・懷。

「作業寫得還好嗎？」湯普森小姐問我。

我從來沒向史特蘭問過湯普森小姐的事。自從那場萬聖節舞會後，我就沒看過他們兩個走在一起了。我一直記得史特蘭和我第一次發生關係的那天，他說他已經好一陣子沒跟女生有過「親密關係」了。如果他們從沒上過床，那就只是一般的朋友而已，我沒必要心生妒忌。這些我都明白，但每次只要湯普森小姐在我身邊，我便彷彿著了魔似地，忍不住想對她使壞。我想讓她知道我和史特蘭之間非比尋常的關係，還有我具有可以讓史特蘭為之傾倒的魅力。

我刻意將手中的《微暗的火》放下，好讓湯普森小姐看到書的封面。「這不是作業，但應該也可以算是吧，是史特蘭先生要我看的。」

湯普森小姐聽到之後對我露出一個十分親切的微笑，這讓我覺得很惱火。「妳的英國文學課修的是史特蘭先生的嗎？」她問我。

「對呀。」我抬頭看她，觀察她臉上的表情。「他從來沒跟妳提過我嗎？」

湯普森小姐的眉頭皺了一下，只有短短一秒，倘若我沒有非常仔細地看著她，可能就會忽略這細微的變化。「我沒聽他提起過妳。」她說。

「那還真奇怪，我們兩個滿親近的。」我對她說。

我看到她臉上露出了懷疑的表情，似乎察覺到有事情出了差錯。

隔天下午史特蘭去參加一場教職員會議，我趁著他不在辦公室時坐在他的位置上；如果他在的話我是不敢這麼做的。辦公室門是闔上的，所以不會有人看到我在裡面。我開始翻閱他那一大疊尚未批改的作業和教案，接著打開辦公桌中間細長的抽屜，發現裡面放了一大堆奇奇怪怪的東西：一袋已經開封的水果軟糖、一個鍊子已經壞掉的聖克里斯多佛[62]垂飾，還有一罐止瀉藥。我滿臉厭惡地把它塞到抽屜最後方。

他通常只會用辦公室裡的那臺電腦存放教學相關資料，偶爾會用學校的電子郵件收發信，所以他的電腦裡也沒什麼東西好看，但當我按掉螢幕保護程式時，我看到螢幕上跳出一個信件通知：您收到一則梅莉莎·湯普森寄來的郵件。好奇心使然，我把它點開來看，發現這是一封回信，前後共有三封。

收件人：雅各·史特蘭
寄件人：梅莉莎·湯普森
主旨：有關學生的擔憂

[62] Saint Christopher，天主教的聖人，傳說曾經幫助耶穌假扮的小孩子過河。此外，他也以旅行者或遊子的主保聖人聞名。

嗨，雅各……其實我想當面跟你講這件事，但想想還是用寄信的好了……也許用文字留下紀錄會比較好。前幾天晚上我跟凡妮莎・懷聊到你，她表現的樣子有點奇怪。當時她正在寫你的課堂作業，她說你們兩人「很親近」——她是這麼形容的……我覺得她的語氣中透露出些許憤怒……甚至有點占有慾的感覺？我很確定她暗戀你……你要特別留意。我記得你說她常常會待在你的辦公室裡，只是想提醒你要小心一點 :)

梅莉莎

收件人：梅莉莎・湯普森
寄件人：雅各・史特蘭
主旨：回覆：有關學生的擔憂

梅莉莎：

感謝妳的提醒，我會多加留意的。

JS

收件人：雅各・史特蘭
寄件人：梅莉莎・湯普森
主旨：回覆：回覆：有關學生的擔憂

不客氣……希望你不會覺得我踰越分際……我只是覺得她的表現有點可疑。也許短時間內我們不會見到面，祝你有個愉快的假期:)

梅莉莎

我點了一下滑鼠，跳出這一連串往返的信件頁面，並把湯普森小姐最新的來信標記為未讀。他們兩人信裡透露出的口氣和態度簡直有天壤之別：史特蘭的回信非常簡短；反觀湯普森小姐的信，字裡行間流露出她非常忐忑不安。她還刻意用了笑臉以及刪節號來串連很多不完整的句子，這讓我忍不住想放聲大笑。我突然想到，也許她並不是一個絕頂聰明的人，至少沒有比我聰明，以前的我從未對任何老師有過如此看法。

史特蘭結束教職員會議、回到辦公室時一臉不滿，他把黃色便條簿丟在桌上，發出一個既像歎氣又像哀嚎的聲音。「這所學校的未來真是岌岌可危。」他喃喃自語。他瞇起眼睛看了看電腦螢幕，接著問我：「你剛剛有動我的電腦嗎？」我搖搖頭。「嗯。」他握住滑鼠點了一下螢幕。「也許我得加上密碼才行。」

當他收拾東西準備下班時，我用一個一點都不像自己的語調，裝作毫不在意地對他說：「你知道湯普森小姐是我那棟宿舍的舍監對吧？」

我假裝忙著穿上大衣，刻意不看他的臉。他有充裕的時間可以思考該怎麼回答這個問題。

「我知道。」他說。

我將外套拉鍊拉到領口，問他：「所以你和她是朋友關係嗎？」

「當然。」

「我記得之前萬聖節舞會的時候，有看到你們兩個走在一起。」我偷看史特蘭一眼，他將臉上的眼鏡摘下來，用領帶擦拭鏡片，然後再戴回去。

「所以妳剛剛偷看了我的信。」他說，我悶不吭聲。史特蘭雙手交叉放在胸前，擺出老師的架勢盯著我看，好似在對我說廢話少說。

「你們有超越友誼的關係嗎？」我問他。

「凡妮莎。」

「我只是問你一個簡單的問題而已。」

「我知道。」他說。「但這個問題絕對不如表面上看起來那麼簡單。」

我反覆將拉鍊拉上拉下。「我不在意答案是什麼，我只是想知道而已。」

「妳為什麼想要知道？」

「因為如果湯普森小姐察覺到我和你之間的關係非比尋常的話，該怎麼辦？她可能會心生妒忌然後……」

「然後怎樣？」

「我不知道，也許她會想要報復？」

「這簡直太荒謬了。」

「她都寫那些信給你了。」

史特蘭將身體往後仰。「我認為這件事最好的解決方式，就是妳不要再偷看我的信了。」

我翻了一個白眼。他避而不答的態度，代表問題的答案並不是我想聽到的版本；他們可能不僅只是朋友而已，也許他們上過床。

我將背包甩到肩膀一側，接著說：「你知道嗎？我看過她素顏的樣子，她其實沒那麼漂亮。喔，對了，她還有點胖。」

「別這樣，這太超過了。」他斥責我。

我怒視著他。我當然知道這樣過分，我是故意那麼說的。「我先走了，一週後見。」

在我開門走出去之前，他對我說：「其實妳不需要吃醋。」

「我沒有吃醋。」

「妳明明有。」

「我沒有。」

史特蘭站起身、繞過書桌，穿過教室朝我的方向走過來。他把手伸到我肩膀後方將燈關掉，接著用雙手捧起我的臉，親吻我的額頭。「好。」他輕聲對我說。「好，妳沒有吃醋。」

我讓他將我擁入懷中，臉頰靠在他的胸膛上。他心臟撲通撲通跳動的聲音在我耳裡迴盪著。

「我也不會在意妳過往曾跟別人逢場作戲。」他對我說。

逢場作戲。我用口型默念這幾個字，暗忖他之所以會用這個詞，是否代表即便他和湯普森小姐曾有過不尋常的關係，現在都已經結束了，而且他們之間絕對沒有我和他來得那樣真實與深刻。

「我沒有辦法改變自己遇見妳之前曾經做過的事。」他說。「妳也一樣。」

我在遇到他之前的人生一片空白，沒有任何類似的經驗，但我知道這對他來說一點也不重要。重點在於他需要從我這裡得到某樣東西；說原諒也許沒那麼貼切，比較像是寬恕，或者說是淡漠比較適合。他希望我不要那麼在意他過往的情事。

「好。」我回答。「我不會再吃醋了。」說出這句話讓我覺得自己十分寬宏大量，猶如我為他做了許多犧牲。我以前從未感受到自己如此成熟懂事。

去年夏天是我人生中最低潮的時候，當時的我還在為了珍妮的事每天悶悶不樂，媽為了讓我提振精神，特別跟我說了一番關於與異性相處的話來鼓勵我。她並不清楚我和珍妮之間是為了什麼事情鬧翻，她以為是因為我暗戀湯姆，而湯姆卻選擇了珍妮，或是其他諸如此類的老掉牙原因。媽對我說男生需要花較多時間才能看清一個人所具備的內涵，接著她用一段寓言來闡述這件事：她說男生選擇異性就如同撿起樹上掉下來的蘋果，一開始他們會選擇距離最近的蘋果，但漸漸地，他們會瞭解其實品質最好的蘋果需要多花時間和努力才能得到。我對她講的這一大段話根本興致缺缺。

「妳的意思是，女生的存在就只為了讓男生撿起來吃？聽起來根本是性別歧視。」我反駁她。

「不是。」她立刻否認。「我才不是那個意思。」

「妳就是把我形容成一顆爛蘋果。」

「不是那樣。」她說。「其他女生才是爛蘋果。」

「為什麼女生就一定要當爛蘋果？為什麼女生非得要當蘋果不可？」

媽用力地深吸一口氣，接著將手掌壓在額頭上。「天啊，妳真的很難搞。我只是要跟妳說，男生要等到長大才會變得成熟懂事。我不希望妳為此感到挫折。」

我知道她是為了讓我安心才這麼說，但我很快就抓到她邏輯的瑕疵：因為男生從來不會注意到我，所以這意味著我長得不漂亮；既然我不漂亮，我就得要等久一點才會被人注意到。因為男生得要長大才會變得成熟懂事，而在此之前，我唯一能做的就只有耐心等待。就像坐在籃球場外看比賽，或是坐在沙發上看著男生玩電動的那些女生，我只能被動地一直等待，什麼事都不能做。

一想到媽對於這件事情的觀點錯得有多離譜，我就覺得好笑。那些有勇氣接受挑戰的女生其實還有另一個選擇：跳過同年齡層的男孩，直接選擇年紀稍長的成熟男人。這些男人不會讓女生痴痴等待，他們非常渴望得到年輕女孩的注意。只要給他們一點關注，他們就會對妳感激不盡，直接拜倒在妳的石榴裙下，對妳愛得如癡如狂。

二月放寒假回家的時候，我跟媽一起去雜貨店採買日用品。我出於好奇心做了一個實驗：我一直盯著店內的單身男子看，還特地鎖定那些長得其貌不揚的男生，誰知道距離他們上次受到年輕女孩的關注是多久以前的事了。我為他們感到悲哀，他們一定非常孤單與憂傷。當這些男人注意到我盯著他們看的時候，他們會露出十分困惑的表情，緊皺著眉頭，想知道我到底在打什麼主意。只有少數男人看出我的意圖。當他們注意到我凝視著他們的眼神，他們的表情會變得非常冷酷嚴厲。

史特蘭說他沒辦法忍受一週聽不見我的聲音，所以我趁著爸媽入睡後，把無線話筒拿到我的房間，還特地用枕頭塞住門縫來隔絕聲音。撥電話時我的內心忐忑不安，當我聽到他用昏沉的聲音接起電話時，我沒有說話，腦海裡卻忍不住浮現他翻身接起電話的樣子。我突然間覺得他就像個老態龍鍾的男人，這讓我感到困窘無比。

「喂？」他的口氣顯得不耐煩。「有人嗎？」

我忍不住心軟了。「是我。」

他嘆了一口氣，嘴裡呢喃著我的名字，當他講莎這個音的時候，我聽到從他嘴裡發出的嗖嗖聲。他說他很想念我，要我跟他分享寒假過得如何，他想知道所有的事。我向他娓娓道來我的寒假生活——牽著貝比去散步、到市中心購物、在落日餘輝照映的結冰湖面上溜冰，但我跟他講這些事情的時候，都盡量避免提到爸媽，好似我是獨自一人做這些事的。

「妳現在在做什麼？」他問我。

「在房間裡。」我等著他繼續問我下一個問題，但他卻沒有出聲。我以為他睡著了。「那你現在在做什麼？」

「在想事情。」

「想什麼？」

「我在想妳，還有之前妳躺在我床上的模樣。妳還記得那個感覺嗎？」

我回答說我記得，但我內心明白，在床上時我們兩人的感受完全不同。倘若我現在閉上雙眼，我可以清楚感受到他床上舖的那件法蘭絨床單的觸感，還有羽絨被壓在身上那沉甸甸的感覺。我記得他緊握著我的手腕，引導我慢慢向下滑。

「妳現在身上穿什麼衣服？」他問我。

我快速看向門口，屏住氣息仔細聽爸媽的房間有沒有動靜。「睡衣。」

「是像我之前買給妳的那種睡衣嗎？」

我說不是，一想到在爸媽面前穿那種睡衣的樣子，我忍不住笑了出來。

「形容給我聽，那是什麼樣的睡衣。」他說。

我低頭看著身上穿的這件充滿小狗的臉、消防栓，還有狗骨頭的睡衣。

「這件睡衣很愚蠢，不是你會喜歡的那種款式。」

「把睡衣脫掉。」他對我說。

「太冷了。」我一派輕鬆地回答，裝作不知道他在講什麼，但其實我內心明白他要我做的事。

「把睡衣脫掉。」

他在電話的另一端等待我照他的話去做，但我沒有移動身體。他接著問我：「妳脫掉了嗎？」

我決定說謊。

接下來發生的事大致如此：他跟我說他渴望我做的事，雖然我沒有照著他的指令，但我讓他以為我聽話照做了。整個過程我都保持十分抽離的狀態，甚至還覺得有點煩，直到我聽到他說：「妳是個寶貝，一個小女孩。」這時我內心起了漣漪。雖然我沒有愛撫自己的身體，但我閉上雙眼，腦海裡想像他正在床上做的事。一想到他自慰時滿腦子都是我的畫面，我的心就忍不住怦怦跳。

「妳願意為我做一件事嗎？」他問我。「我希望妳講一些話，只要幾個字就好，可以嗎？妳可以為了我說幾個字嗎？」

我睜開雙眼。「好吧。」

「好嗎？好，很好。」接著他的聲音像是被悶住了一樣，我感覺到他把話筒移到另一側。「我要妳說『我愛你，爹地』。」

聽到的那一刻我笑了出來。這實在太荒謬了。爹地。我根本不會這樣叫我爸，甚至想不起來過去有沒有這樣叫過他。但當我笑出來的那一瞬間，我覺得自己像被掏空了一樣，我再也不覺得這件事很好笑。我感受不到任何情緒，只覺得好空虛，像是失了魂一般。

「說呀。我愛妳，爹地。」

我依舊沉默不語，眼睛緊盯著房門。

「一次就好。」他的聲音顯得既疲憊又沙啞。

我感覺到自己的嘴巴在緩緩移動著，大腦似乎被靜電干擾似的，白色電波發出的聲音過於吵雜，我已經聽不清楚自己嘴巴發出的聲音，也無法辨別史特蘭到底說了什麼，只聽到他大聲地喘息和呻吟。他要我一次又一次地說給他聽。雖然我的嘴巴講出了那幾個字，但那只是我的身體照著他的指令，我沒辦法控制自己。

我彷彿身在一個遙遠的國度，飄浮在空中自由自在地飛翔，如同他第一次觸碰我身體的那天。那時的我有如一個拖著深紅色尾翼的彗星，興奮地在校園裡翱翔；此刻的我似乎已經飛出窗外、邁向夜空，我穿越整片松樹林，飛越結冰的湖泊，湖水在結凍的表層下流動著，發出有如呢喃低語的聲音。他再度要求我講那句話給他聽。這時我彷彿可以看見戴著耳罩的自己，穿著白色的溜冰鞋在冰上翩然起舞，厚厚一層的冰磚底下有個影子如影隨形地跟著我——那是史特蘭。他在混濁的湖水地下跟著我游動，從他嘴裡發出的吶喊隔著一層冰，只剩下低沉的呻吟。

他吃力的喘息聲停了下來，我的思緒跟著被拉回房間裡。他做完了，結束了。我試著想像當他自慰達到高潮時是什麼情況，他會射在他的手上、毛巾上，還是直接射在床單上？即便對男生來說應該也會覺得這樣一團亂很噁心。我腦海裡不禁浮現你真是該死的好噁心這個念頭。

史特蘭清了一下喉嚨。「好了，我差不多該放妳回去睡覺了。」他說。

他掛掉電話之後，我把話筒往旁邊一丟，結果話筒裂開了，裡面的電池滾到地上。我一動也不動地在床上躺了好久。我的大腦很清醒，心裡面一直想著剛剛那個在湖面下的藍色影子；我的心一片寂靜，猶如結了一層冰的湖水那般光亮透明，任由他人在我身上翱翔滑冰。

媽一直等到開車載我回學校的路上，才跟我坦承她聽到我晚上在房間講電話。當她跟我說這件事的時候，我的手緊抓著車門把手，彷彿隨時都會打開車門、跳進水溝裡。

「妳聽起來像是在跟男生說話，對嗎？」媽問我。

我的眼睛緊盯著前方。雖然那天晚上講話的人幾乎都是史特蘭，但她也有可能聽出了什麼端倪，然後偷聽我們講話。爸媽的房間沒有裝電話，那晚我用的是家裡唯一一支無線電話。或許她走下樓但我沒聽見？

「如果妳真的是在跟男生講電話也沒關係。」她補充說道。「我們不介意妳交男朋友，妳不需要瞞著我們。」

「妳聽到了什麼？」

「沒什麼，真的。」

我用眼角餘光偷偷觀察她的表情，但我看不出她是否在說實話。如果她真的沒聽到我講什麼，怎麼會覺得我是在跟男生講電話？我的思緒不停轉動，彷彿跟車子一樣拼命向前奔馳，我試圖釐清這一切。她一定聽到了什麼，只是聽到的內容不足以讓她察覺有異狀。如果那晚她聽到了史特蘭那無疑是成年男性才會有的低沉嗓音，她絕對會非常震驚，鐵定當下就會衝進我房間並把我手上的話筒搶過去，不可能刻意等到我們在車上獨處時，才那麼小心翼翼地跟我說這件事。

我緩緩地吐了一口氣，鬆開原本緊握車門的手。「不要跟爸說。」

「我不會說的。」她的語氣顯得十分喜悅，似乎很開心我願意向她傾吐心事、分享祕密，又或者看到我交男友讓她鬆了一口氣，這代表我有聽她的勸導走出去交朋友、融入人群。

「但我希望能聽妳跟我說一點有關他的事。」她對我說。

她問我那男生的名字，當下我的腦袋一片空白；我從來不曾直接叫他的名字。我可以隨意亂編一個，我知道我不該用他的真名，但實在無法抗拒這個誘惑，於是我告訴她：「雅各。」

「噢，我喜歡這個名字。他長得帥嗎？」

我聳聳肩，不知道要怎麼回答。

「沒關係。」她說。「外表不代表一切。我只在乎他有沒有好好善待妳，那才是最重要的。」

「他對我很好。」

「那就好，這才是我唯一在意的事。」

我向後仰，靠在頭墊上、閉上雙眼。剛剛這場對話對我來說別具意義。聽到媽說史特蘭善待我是最重要的事，甚至比外表還要重要，這感覺就像搔到了癢處一般讓我如釋重負。倘若媽真心這麼覺得，那麼我和他的年齡差距與身分肯定也無關緊要了。

媽接著問我更多有關他的問題——他現在幾年級、住在哪裡、我們一起修了哪些課——頓時間我感到呼吸急促，我搖搖頭，忍不住對她厲聲叫道：「我不想再聊這件事了。」

我們沉默了一會兒，媽接著問我：「你們有發生性行為嗎？」

「媽！」

「如果有的話，妳應該要吃避孕藥，我先幫妳跟診所預約時間。」她安靜了一會兒，又彷彿喃喃自語地說：「不對，妳才十五歲，還太小了。」她轉過來看著我，我發現她的眉頭深鎖。「學校會監督你們的行為，學生不敢胡作非為的。」

我安靜地坐著，一動也不動，連眼睛都沒有眨，不確定她是否希望我可以打消她的疑慮。沒錯，學校老師對我們嚴加看管，我們的一舉一動都被監控著。突然之間，這個對談讓我感到很難受；我怎麼可以這樣欺騙她，把這一切都當作是兒戲？

難道我已經喪失人性了嗎？我問自己。我一定是失去理智了，不然怎麼能狠下心這樣欺騙她。

「我需要幫妳跟診所約時間嗎？」她問我。

我腦海裡浮現史特蘭壓住我的臀部，將我的身體固定的畫面。當時他跟我說，他動過輸精管切除術，於是我搖搖頭，媽看到之後如釋重負地嘆了一口氣。

「我只想要看到妳快快樂樂的。」她說。「身邊圍繞著願意對妳好的人。」

「我很快樂。」窗外的森林呼嘯而過，我鼓起勇氣告訴媽：「他說我很完美。」

媽緊閉雙唇，努力壓抑感動的笑容。「初戀總是特別美好，令人難以忘懷。」

返校的第一堂課，史特蘭看起來鬱鬱寡歡，他幾乎不看我，還刻意忽略我在課堂上舉手發言。那堂課我們討論的作品是海明威[63]的《戰地春夢》，當史特蘭聽到漢娜．列維斯克說這本小說很無趣的時候，他大動肝火，憤怒地對她說海明威也會覺得她這個人乏味至極。他看到湯姆．哈德森沒有將運動衫的拉鍊拉上，還露出穿在裡面的幽浮一族樂團T恤，便威脅說要記他服儀不整。下課鐘聲響起時，我迫不及待地想跟其他同學一起快速離開教室；這是我第一次有這種不想在教室逗留的感覺。但在我還沒走出教室之前，史特蘭就叫住了我，我停下腳步，其他人猶如湍急的水流一般快步從我身邊走過。湯姆緊繃下顎，看起來還在為剛剛的事感到憤怒；漢娜則是一臉受傷的表情，而珍妮的雙眼緊盯著我不放，一副有話要對我說的樣子。

等到教室都空無一人，史特蘭闔上門並把燈都關了，他帶我走進他的辦公室，裡面的暖氣溫度

[63] 歐內斯特．米勒．海明威（Ernest Miller Hemingway），1899—1961，美國、古巴記者和作家，二十世紀最著名的小說家之一。以《老人與海》一書獲得普立茲獎以及諾貝爾文學獎。

調得很高，海棠玻璃因為熱氣起了一層霧。他沒有像之前一樣坐在我旁邊的雙人沙發上，而是倚著桌子，似乎刻意這麼做，好像在暗示我什麼。接著他打開電熱水壺燒水，在等待水沸騰的期間，他都不發一語；等到水燒開之後，他幫自己泡了一杯茶，但卻沒有給我一杯。

等到他終於開口講話時，他的語調顯得生硬急促，似乎想刻意呈現一種專業的距離感。他手中那杯茶還在冒著煙。他對我說：「我知道妳對於之前我在電話裡要求妳做的事感到生氣。」但其實我根本已經忘了那件事，也不記得他當時要我講了什麼。儘管我現在努力回想，我還是記不起來，那段回憶像是被一股我無法控制的力量推出腦海。

「我沒有生氣。」我對他說。

「很顯然妳就是在生氣。」

我皺起眉頭，他似乎在套我的話。不開心的人明明是他，不是我。「我們沒有必要聊那件事。」

「不。我們需要好好談一下。」

接下來史特蘭開始滔滔不絕。他說這個假期讓他有了時間好好靜下來思考，發現我對他來說始終如謎團般難以摸透。他說他一點都不瞭解我，這不禁讓他開始懷疑，這一切是否都只是他將自己的感覺投射在我身上，讓他誤以為我們對彼此產生了情愫，但到頭來或許只是他自作多情而已。

「我甚至開始懷疑，妳是否真的享受跟我做愛的感覺，還是妳只是為了我裝出來的。」

「我是真的喜歡那種感覺。」我說。

他嘆了一口氣。「我很想相信妳，我真的很想。」

他不停地在辦公室裡的狹小空間來回踱步。「我被妳深深吸引，無法自拔。有時我甚至擔憂這會讓我瞬間倒地不起。我對妳的感覺比任何過去遇到的女生都還要強烈，這是我未曾有過的感受。」他停下腳步看著我。「聽到像我這樣的男人如此形容，會不會讓妳嚇到？」

像我這樣的男人。我搖搖頭。

「妳聽到我這樣講有什麼感覺？」

我抬頭看著天花板，努力思考該怎麼回答。「覺得自己的力量很強大？」

聽到我這麼說，他放鬆了不少，想到他有能力使我覺得力量強大，讓他感覺安心自在。他說十五歲是一個不可思議的年紀，多數人在十五歲時常常會感到矛盾與掙扎。人體大腦的發育讓這個階段的人有了可塑性和傲氣的完美結合，也因此讓十五歲的人充滿無比的勇氣。

史特蘭說：「雖然妳現在才十五歲，但妳可能覺得自己比十八歲或是二十歲的時候更加成熟。」他笑著在我眼前蹲了下來，輕捏我的手。「我的天，想想妳二十歲的時候。」他將一小搓我的頭髮撥到耳後。

「你那時也是這樣覺得嗎？」我問他。「當你……」我本來要說當你在我這個年紀的時候，但這樣的說法過於幼稚，不過他明白我要表達的意思。

「沒有，但對男生來說這是不一樣的。男生在十五歲這個年紀會覺得自己微不足道，要到成年後才會變得比較成熟；反觀女生在十四到十六歲時就已經很聰慧，開始用不一樣的眼光來看這世界，能夠在旁邊親眼見證這樣的轉變是一件十分美妙的事。」

十四到十六歲。他就像《蘿莉塔》書中的韓伯特一樣，認為特定年紀的女生帶有一股難以形容的魅力。「你確定你不是要講九到十四歲嗎？」我用開玩笑的語氣問他，猜想他一定會知道我在意指《蘿莉塔》這本書，但他卻一臉好像我指控他犯下滔天大罪的表情看著我。

「九歲？」他猛然將頭向後仰。「我絕對辦不到。天啊，九歲。」

「我是開玩笑的。」我說。「你不也知道，《蘿莉塔》的韓伯特眼中清純又性感的小妖精少女都是這個年紀。」

「妳是這樣看我的嗎？妳覺得我有戀童癖？」

當我沉默不語，他站起身開始來回踱步。

「妳太認真看待那本書裡的情節了。我跟韓伯特一點都不像，我們不是書中的角色。」

聽到他這樣指責我，我的臉頰跟著發燙。這一點都不公平；是他拿《蘿莉塔》給我看的，我會有這樣的聯想難道讓他很意外嗎？

「小女生對我一點吸引力都沒有。」史特蘭繼續說。「我的意思是，看看妳，妳的外表根本一點都不像個小女孩。」

我瞇起眼睛看著他。「這句話是什麼意思？」

他停下腳步，突然間好像沒那麼氣憤了，我覺得自己又再度占了上風。「嗯，我的意思是……妳看起來……」

「我看起來怎麼樣？」我坐在沙發上，看著他緊張地思索適當的字眼。

「我是要說妳身材勻稱，比起一般女孩，反倒比較像是個女人。」

「所以你是在說我很胖。」

「不是，天啊，不是。我不是這個意思，當然不是。看看我，我才胖呢。」他用力拍了一下他的肚子，試著要逗我笑，一部分的我其實也有點想笑出來。我知道他不是那個意思，但看到他一臉愧疚的樣子讓我很滿足。他在我旁邊坐了下來，雙手捧著我的臉。「妳很完美。」他說。「妳很完美，完美無瑕。」

我們沉默了一會兒，我不開心地繃著臉、盯著天花板看，而史特蘭則凝視著我，我不想那麼快就失去剛剛得到的優勢。我用眼角餘光望向他，看到一滴汗珠從他的臉頰上流了下來；我自己其實也在流汗，腋下和胸前都已經濕了一片。

史特蘭目不轉睛地看著我的眼睛。「我在電話上要妳講的那句話，只是我自己的幻想而已。我不會真的對小女孩那麼做的，我不是那樣的人。」

我默不作聲，繼續抬頭看著天花板。

「妳相信我嗎？」他問。

「不知道，應該吧。」

他伸手將我拉到他的大腿上，雙手環繞著我的身體，將我緊緊抱住。我的臉頰緊貼在他的胸膛上。有時我會覺得像這樣不看著對方跟彼此講話，似乎比較沒有負擔。

「我知道我的思想和行為有點黑暗。」他說。「但我真的無法控制自己。我一直都是如此，這樣活著很孤獨，但我也習慣了這樣的寂寞，直到遇見了妳。」他輕輕撫摸我的頭髮。他剛剛說直到遇見了妳。「一開始妳說要給我看妳寫的詩，然後對我變得很主動，那時我心想，好吧，這個女生大概暗戀我。沒什麼大不了的。我就讓她跟我眉來眼去，下課後讓她在教室裡多逗留一會兒，但就僅止於此。沒想到跟妳相處一陣子之後，我開始發現，天啊，妳跟我是多麼地相似。我們和別人不同，性格都藏有黑暗的一面。我這樣說沒錯吧？難道不是嗎？妳是這樣的對吧？」

他等著我回答，想聽到我肯定的答案，聽到我親口說出自己就如同他所描述的那個樣子。但他所形容的我，卻跟我對自己一直以來的瞭解完全不同。而且他說是我對他很主動，這似乎也不符合實際發生的情況——是他先介紹書給我，我才開始把我寫的詩給他看；也是他先跟我說他想親吻我、向我道晚安，並說我的紅髮猶如楓葉一般。早在我意識到自己和他的關係非比尋常之前，他就已經先對我做了這一切。我想到他之前曾堅持說，在這段關係裡握有主導權的人是我，還說他並不在意我過去的逢場作戲。他得堅持相信某些事情，才能不帶愧疚地和我繼續發展。假使我認為他在說謊，那麼我就真的是一個冷血無情的人。

「妳還記得我第一次碰妳身體那時候，妳當下的反應嗎？」他說。「換做是班上其他女生，一定都會非常恐懼和震驚，但妳那時一點都不害怕。」

他抓起我的一小搓髮絲，將我的頭微微向後傾並看著我的臉。他用的力道不會過度，但也稱不上溫柔。

「當我們在一起時，我可以感覺到內心那黑暗的一面逐漸浮現，和妳的陰暗靈魂交融在一起。」他用顫抖的聲音激動地對我說。他雙眼的目光澄澈、充滿愛意；他仔細凝視著我的臉，我知道他在尋找什麼——認可與理解，他想要確定我也有相同的感受。

我回想起那時我坐在他旁邊，他的膝蓋緊貼著我，一隻手輕撫我的膝蓋。我並不介意他沒有先徵求我的同意，也不在意他是我的老師，或是當下教室裡還有另外九位學生。自從他第一次摸我的那一刻起，我內心便不斷渴望他可以再次觸碰我。正常的女生不可能會有這種反應的，我內心想必一直都有這樣陰暗的一面在蠢蠢欲動著。

我回應他說沒錯，我就如同他一樣，兩人的內心都潛藏著黑暗的靈魂。他一聽到我這麼說，馬上用充滿感激與愛慕的眼神望著我，原本緊抓著我頭髮的手又握得更緊了。隔著一層鏡片，我看到他的瞳孔因渴望而放大，我可以感受到他全身充滿了慾望。有時當他壓在我身上、跟我做愛時，他的雙眼緊閉，嘴裡不斷呻吟；被慾望吞噬的他完全不會察覺我究竟感到興奮、難過還是乏味，他似乎只是渴望將身體的一部分留存在我體內。他想占據我的身體——他並不想讓我懷孕，而是嚮往一種更永恆的境界。他想確定無論發生什麼事，我的身體永遠都會保有他的一部分。他想在我身體的每一吋肌膚、每一塊肌肉和骨頭，都留下他探索過的足跡。

這時他開始用力地朝我體內挺進。他用沙發的扶手頂著雙腳，並在我耳邊呻吟。一想到未來每當我回憶起自己的十五歲時，都會想到這件事，那感覺真的好不可思議。

2017

我上班的飯店正舉行慕尼黑啤酒節[64]活動，中庭擺放了許多木製酒桶還有塑膠啤酒瓶，幾對中年夫妻在大啖德式香腸。我坐在禮賓接待櫃檯裡，用手指剝著德國結麵包、小口小口地吃；客人們喝得酩酊大醉，暫時不會需要我提供什麼服務。

多數飯店員工也都喝醉了，我來上班的時候看到經理差點站不穩跌倒，他現在躲在後勤辦公室裡猛灌黑咖啡，試著讓自己在晚餐尖峰時段開始前清醒過來。代客泊車的服務生幫客人停車時一副四肢無力、兩眼無神的樣子。就連飯店老闆年僅十七歲的女兒都躲在櫃檯後面偷偷啜飲幾口高球調酒。我自己則是喝了兩杯賽澤瑞克雞尾酒，剛好給我一點微醺的興奮感，但又不會太醉。

我漫不經心地用滑鼠在電腦螢幕上隨意亂點，在信箱—推特—臉書—信箱—推特—臉書這幾個網頁間無限循環。之前和我聯絡的記者又寄了一封信給我，儘管她在信裡的語氣很客氣，卻顯得有點咄咄逼人——嗨，凡妮莎，我想再試著跟妳聯繫一次，並且重申，我承諾會將妳的真實遭遇公諸於世。——她以為我一心只想報復，所以每個用字都很斟酌，小心翼翼地迎合我的渴望。

我眼角餘光瞄到一個喝醉的賓客搖搖晃晃地走進大廳。我假裝專注地盯著電腦螢幕看，拱著肩膀、蹙著眉頭，我知道假如讓自己看起來像是個醜陋的老太婆，他就不太可能會來煩我。我聽到那個人說：「嘿，妳好啊，親愛的。」我的心一沉，但發現原來他眼睛盯著的人是坐在櫃檯的十七歲女接待員伊內茲。我將頭轉回來，繼續看著螢幕上那名記者寄給我的郵件。將妳的真實遭遇公諸於世。我的真實遭遇，我根本連那究竟是什麼都不知道。

坐在櫃檯後方的伊內茲試圖將酒杯藏起來，但那個男人已經看到了。「妳手上拿的是什麼？」他往櫃檯裡瞥了一眼。「妳趁著工作時間偷喝酒嗎？真是個壞女孩。」

我看到滑鼠的游標在螢幕上移動著，卻感覺那不是自己的手。彷彿有另一個人在將滑鼠移到畫面右上角，然後按下「轉寄」。

我聽到伊內茲的笑聲，那聲音既尖銳又顯得焦慮不安。那個男人誤以為她是在對他表示好感，於是將雙手放在櫃檯上，俯身靠近伊內茲。他瞇起眼睛看著她胸前掛著的名牌。「伊內茲，這名字真美。」

「嗯，謝謝。」

「妳今年幾歲？」

「二十一歲。」

---

64 Oktoberfest，每年9月末到10月初在德國的慕尼黑舉行，持續兩週，是慕尼黑一年中最盛大的活動。許多城市也效法慕尼黑舉辦「啤酒節」。

那男人聽到之後搖搖頭、晃了晃手指說：「妳怎麼可能已經二十一歲了，我覺得光是看著妳，我可能都會被警察逮捕。」

我的手指在鍵盤上來回移動，一邊在收件者欄位輸入史特蘭的學校信箱，一邊看著那個酒醉的男人跟伊內茲說她有多麼美麗。他說他真希望自己可以年輕個三十歲。伊內茲的臉上浮現一抹尷尬的微笑，她在大廳內四處張望，希望可以找到人來解救她。她看了看我，我將滑鼠的游標移到螢幕上「送出」的位置，喀嗒一聲按了下去。

我看著那封信寄了出去，郵件寄出這幾個字的確認通知在螢幕上方閃爍著，然後——什麼事都沒發生。我不確定自己究竟期待那封信寄出之後會發生什麼事，也許警報器會被觸發，接著鈴聲大作，但大廳內毫無動靜。那個酒醉的男人還在用色瞇瞇的眼光打量伊內茲，而她依然用求救的眼神看著我。我凝視著她，心想：妳希望我怎麼做？妳真的需要我來解救妳嗎？這根本沒什麼，妳不會有事的。他站在櫃檯的另一側，不可能真的對妳做出什麼事。如果妳真的很害怕，那就躲到後勤辦公室，或是直截了當地叫他離開。妳應該知道如何處理這個情況才對。

這時我身後的電梯門打開了，一個實習生推著一臺裝滿一箱箱紅酒的推車走出來，準備要把它們拿去啤酒節的活動。伊內茲看到時機不容錯過，馬上從櫃檯後面飛奔出來。

「需要幫忙嗎，阿布戴爾？」她問。那個實習生搖搖頭，但伊內茲不管，直接用手緊握著推車的一端。那個一直騷擾伊內茲的酒醉男人只能眼睜睜地看著她消失在走廊底端，雙手無力地垂在兩側。伊內茲離開後，他回過頭看了看大廳，這才發現我也坐在那。

「有什麼好看的？」說完他就拖著沉重的步伐慢慢走回中庭。

我鬆了一口氣，回頭繼續盯著電腦螢幕，又開始反覆看著信箱－推特－臉書這幾個網頁。這時我的手機開始震動，是史特蘭打來的電話。我看著手機在桌上不斷震動，直到電話轉進語音信箱；他一通接著一通不停撥打，我一通都沒接。我感到全身充滿能量——那是一種洋洋得意、覺得自己獲勝的喜悅感。也許那個記者說的沒錯，也許我體內潛藏的報復因子一直在蠢蠢欲動著。

下班後我去了一家酒吧。我穿著公司制服坐在櫃檯的高腳椅上，用吸管喝著威士忌加水。我滑著手機通訊錄，發了一堆簡訊，看有誰願意在週一晚上十一點十五分出來和我喝一杯。伊拉裝作沒看到我的訊息，連幾週前和我共度一夜的男人也沒回覆我——那晚他一發現在他底下的我完全沒有反應，還將身體蜷縮成一團，雙手摀著臉，便立刻逃離我的公寓。只有一個人回覆我的訊息：一個離過婚的五十一歲男子。幾個月前我曾經和他共度春宵，我並不喜歡他跟我講話的方式，也不喜歡他將我們的年齡差距當作色情片一樣看待；他會說自己是爹地，還會問我想不想要他打我的屁股。我試著叫他冷靜下來，表現得自然一點，但他根本聽不進去，只是一味地用手牢牢摀住我的嘴，然後不停地說：妳喜歡我對妳這樣，妳很喜歡，妳知道妳很享受這種感覺。

我：我現在一個人在喝酒。

他：年輕女孩不該自己一個人喝酒。

我：喔？

他：嗯，妳應該聽我的建議，我知道什麼對妳最好。

在跟他傳簡訊的過程中，我又看到史特蘭打電話來——從我把那個記者的信轉寄給他之後，這已經是他打來的第七通了。我按了手機上的略過鍵，接著把酒吧的地址傳給那個男人，十五分鐘不到，我和他就已經在酒吧後巷輪流抽著同一根菸。我問他最近過得怎麼樣，他則問我最近是不是很調皮。

我抽了一口菸，然後盯著他看，不確定他是否認真在問我這個問題。他希望我回覆他嗎？

「我會這樣問，是因為妳最近感覺不太乖。」他說。

我沉默不語，低頭看我的手機。史特蘭傳來一則訊息：我不知道妳寄這封信給我，是想要傳達什麼。我還在看這則訊息，他又傳了另一則：我沒有耐心跟妳玩遊戲，凡妮莎，請妳至少表現得像個大人一樣成熟。那個離過婚的男人朝我的方向移動，將我的背靠在酒吧的磚牆上，我們站的位置剛好可以被大型垃圾箱遮住。他將身體緊貼在我身上，試圖用手穿過我的褲頭鬆緊帶，然後伸進去碰我的下體。一開始我只是一邊笑著，一邊扭動閃躲，但他並沒有因此停下來。我用手推開他的身體，他住手了，但依然站得離我很近。他用力地大口喘氣，肩膀跟著上下起伏。我熄掉手中的菸，菸灰飄落在他的鞋子上。

「放輕鬆，冷靜一點好嗎？」我說。這時我的手機響了，也許是因為那個男人剛好在我旁邊，也許是因為我已經成功讓史特蘭變得焦慮難安——我一直以來都渴望這麼做——又或者是我因為喝多了所以變得很愚蠢，我居然接起了電話。「你想怎麼樣？」

「我才要問妳到底想怎麼樣？」史特蘭說。「妳想這樣玩是嗎？」

我把才抽到一半的菸丟到地上，用腳踩熄，但又馬上在包包裡尋找一根新的菸。那個離過婚的男人想用打火機幫我點菸，我揮揮手跟他說不用了。

「好吧。」那個男人說。「我就不煩妳了，我看得懂妳的暗示。」

電話另一端的史特蘭問：「那是誰？妳旁邊有人嗎？」

「沒什麼。」我說。「不是什麼重要的人。」

那個男人聽到之後發出輕蔑的笑聲，接著轉身準備回到酒吧裡。他還刻意回頭看了一眼，以為我會把他攔住。

「妳為什麼要把那封信轉寄給我？」史特蘭問。「妳在盤算什麼？」

「我沒有在盤算任何事情，我只是希望你能看到那封信。」

這時，電話另一端的史特蘭和那個離過婚的男人都一陣靜默。那男人拉著門、等我挽留他，他身上的穿著跟我們之前一起過夜那天一樣：黑色牛仔褲、黑色T恤、黑色皮衣還有黑色軍靴——我最近似乎總是跟喜歡這樣打扮的熟齡龐克族出去約會。雖然他們聲稱有力量的女人才會吸引他們的目光，但他們卻只能駕馭個性和外表像小女孩一樣的人。

「我知道加入最近新聞報導的狂熱風潮看起來也許很誘人。」史特蘭的一字一句都仔細斟酌。「我也明白妳可以輕易將我們之間的事形容成違反常理、帶有暴力傾向，隨妳怎麼說都好。我知道妳能夠將我形塑成任何妳想要的模樣，這是無庸置疑的……」他的聲音越變越小，接著他深吸一口氣。「但我的天啊，凡妮莎，妳真的希望一輩子被這件事糾纏嗎？假使妳真的那麼做，倘若妳出面說出真相，那麼妳永遠不可能擺脫這件事——」

「你聽好，我沒有打算要做什麼。」我說。「我不會回信給她，也不會揭露我們的事，好嗎？我不會那麼做的。我只是希望你知道這件事情對我造成的影響，你應該明白這整件事不是只有波及到你一個人而已。」

隔著電話，我可以感覺到現在占上風的人似乎變成史特蘭了。他的情緒變得有點激動，他突然苦澀地笑了出來，語帶怨恨地對我說：「說到底就是因為這個？妳想要得到關注和同情？現在一切風波都還沒有平息，妳卻挑在這個時候，表現出一副身心受創的樣子？」

我開始向他道歉，但他直接打斷我。

「妳把我得面對的這場風暴跟妳收到的幾封信相提並論？」他幾乎已經用吼的對我說：「妳是他媽的瘋了嗎？」

他說以現在的情況而言，我已經算是很幸運了，難道我不明白自己掌握多大的權力嗎？如果我們之間的事被爆出來，沒有人會怪罪我，我不會受到一分一毫的指責，所有責任都得由他來扛。

「我必須要一個人承擔這一切。」他說。「我現在只求妳不要火上加油，讓這件事越演越烈。」

我將額頭靠在小巷的磚牆上，開始哭了起來。「很抱歉，我不知道我為什麼會這個樣子，對不起。你說的沒錯，你才是對的。」他也跟著哭了，他說自己和我一樣害怕，一切似乎都變得對他非常不利。雖然他現在已經回到教書崗位，但班上有一半的學生退選了他的課程；原本指導的學生也被強行轉給其他人，沒有人願意正眼看他。他說學校正伺機而動，準備開除他。

「我需要妳的支持，凡妮莎。我需要妳。」

我回到酒吧裡，一臉羞愧地坐在位置上，那個離過婚的男人走過來摸了我的肩膀。那晚我帶他回到我家，讓他看到我凌亂不堪的房間，任他對我予取予求。我已經毫不在意。早上醒來後他抽了一口我的大麻，我假裝還在熟睡，就連他離開的時候我也沒有睜開眼睛。我就這樣躺在床上一動也不動，一直待到值班前的十分鐘才爬起來。

我是等到上班後、坐在禮賓接待櫃檯時，才看到那篇文章。它被刊登在《波特蘭日報》頭版：「長年在私校任教的教師因性侵指控而被停職。」報導指出目前已經有五位學生出面指控，除了泰勒·柏契之外還有其他四人：其中兩人是剛畢業的學生，另外兩人為在學學生。這幾名學生在聲稱遭到性侵的當下都還未成年。

看完那篇報導後，我依舊正常上班，在無意識的狀態下完成熟悉的例行工作——幫客人打電話預約餐廳、和客人確認訂房資訊、替客人把景點的路線寫在便條紙上、祝所有人度過一個愉快的夜晚。大廳另一端，負責代客泊車的服務生推著堆滿袋子的行李推車，坐在前檯的伊內茲用她那尖銳但甜美的聲音接起電話：「感謝您來電舊港飯店。」我坐在位於大廳一角的禮賓接待櫃檯，全身僵硬、眼神呆滯地盯著前方發呆。飯店老闆剛好經過，他注意到我看起來十分專業，他很喜歡我擺出來的架式，說我的眼神中透露出一種沉著冷靜的感覺。

那篇報導說史特蘭誘騙這些受害的女學生。誘騙。我不停在心裡覆誦這兩個字，試著理解它所代表的意思，但我滿腦子想到的只有他輕撫我的髮絲時，我內心湧現那既愉快又溫暖的感覺。

2001

「凡妮莎，妳得更清楚地說明妳的解題步驟。」那週的輔導課程，安東諾瓦太太一邊對我說，一邊將我那已經被壓皺的幾何學報告攤平。「否則我要如何知道妳是怎麼解出答案的呢？」

我喃喃自語地說，既然都解得出來，過程有什麼差別。安東諾瓦太太隔著眼鏡盯著我看。我應該要明白解題步驟的重要性，她之前已經跟我說過不下數十次了。

「下週五的考試妳準備得如何？」她問我。

「每個考試不都一樣。」

「凡妮莎！妳這是什麼態度？這樣真的很不像妳。請妳背打直坐正，展現尊重。」她往前傾，拿著一支筆在我還未打開的筆記本上拍打著。我嘆了一口氣，勉強將背脊挺直坐好，接著打開我的筆記本。

「我們要再複習一次畢氏定理嗎？」她開口問我。

「如果妳覺得我有需要的話。」

她摘下眼鏡，將它放在那有如棉花糖般的頭髮上。「這堂課的重點是妳需要什麼，不是由我來叫妳做什麼。妳有任何不懂的地方，我就幫妳加強，好嗎？但我需要妳……」她舉起一隻手在空中比劃。「好好配合我。」

輔導課結束後，我匆忙地收拾東西，因為我想儘快穿越校園，在史特蘭去參加教職員會議之前趕到人文大樓的辦公室見他，但安東諾瓦太太卻在此時攔住了我。

「凡妮莎，我有事想問妳。」

她收拾著教科書、資料夾和托特包。等待她的同時，我緊張地咬住臉頰內側。

「妳修的其他課程還好嗎？」她拿起掛在椅背上的羊毛圍巾，把它繞在肩膀上，用手將邊緣的流蘇平整撥齊。她似乎刻意放慢腳步。

「還可以。」

她打開教室的門並幫我扶著。「英文成績如何？」

我緊抓著手上的課本。「還好。」

我們一起走向大門，我假裝沒注意到她看我的眼神。「我會這樣問是因為我聽說妳常常待在史特蘭先生的辦公室，這是真的嗎？」

我用力嚥下口水，在心裡數著步伐。「大概吧。」

「我知道妳是創意寫作社的成員，但你們只有在秋季學期才需要集合上課對吧？而且英文是妳擅長的科目，所以我想妳待在史特蘭先生的辦公室裡不可能是要問問題。」

我聳聳肩，裝出不以為意的樣子。「我們是朋友。」

安東諾瓦太太觀察我臉上的表情，她那仔細描繪的眉毛緊皺在一起。「朋友。」她重複一次我說的話。「他是這麼跟妳說的嗎？說你們是朋友的關係？」

我們轉了個彎，出口就在不遠處。「很抱歉，安東諾瓦太太，我還有很多作業要做。」我小跑步往門口的方向跑過去，接著打開大門，兩階併一階地往下跑。我回頭謝謝她的幫忙。

我沒有把安東諾瓦太太問我的事跟史特蘭說，因為我擔心他聽到之後會說我們應該要更加小心謹慎，但我們早已計劃好在新生參觀日那天去他家過夜。週六那天會有許多單純的國三學生和家長成群結隊地在校園裡四處參觀，史特蘭說這樣的夜晚很適合密會，因為特別活動難免會產生一些混亂的情況，所以如果有不尋常的事情發生，也比較不容易被發現。

那天晚上十點，我進行跟上次一樣的程序：先跟湯普森小姐報備道晚安，再用那座警鈴壞掉的後門階梯溜出宿舍。當我奔跑穿越校園的時候，我聽到用餐大廳那側傳出聲響——貨運卡車的引擎聲，接著是金屬扣上以及男人說話的聲音飄盪在夜晚的空氣中。史特蘭跟以往一樣，將車頭燈關掉，停在人文大樓旁的停車場。他在車內等待我的樣子看起來好脆弱，彷彿被困在牢籠裡。我敲敲玻璃窗，他被嚇了一跳，用一隻手壓住胸口。我站在那看著他，心想：*他剛剛可能差點心臟病發，搞不好就突然這樣猝死了。*

到他家之後，他進廚房烤吐司和炒蛋，我坐在廚房裡用腳跟拍打著椅子。我很確定他唯一會做的料理就是炒蛋。

「你覺得有人會察覺我們之間有什麼嗎？」我開口問他。

他驚訝地看著我。「妳怎麼會突然這麼問？」

我聳聳肩說：「不知道。」

烤吐司機發出叮的一聲，吐司跳了起來，顏色太深，很明顯已經烤焦了。但我沒多說什麼。他用湯匙將炒蛋放在烤吐司上，接著把盤子放到我面前。

「我不覺得有人察覺到我們之間有異狀。」他從冰箱拿出一瓶啤酒，一邊喝一邊看著我吃東西。「妳希望有人懷疑我們嗎？」

我咬了一大口吐司炒蛋，藉機爭取一點時間思考要怎麼回答這個問題。有時他問我的問題很普通，然而有時像是在測試我。這個問題感覺就是如此。我將嘴裡的食物吞下去，接著說：「我希望別人知道我在你心中地位特殊。」

他笑了出來，伸手在我的盤子上拿起一塊炒蛋丟進嘴巴裡。「相信我，大家都看得出來。」

晚餐後他做了一件讓我訝異的事——他準備了《蘿莉塔》的電影要跟我一起看，是史丹利．庫柏力克導的版本。他這麼做似乎是要為之前說我太認真看待小說內容這番話道歉。在我們看電影的時候，他讓我喝了一罐啤酒，看完電影後，我又再次穿上他為我準備的草莓圖案睡衣。酒精讓我感到全身輕飄飄，因此當他要我四肢趴著讓他從後面進入的時候，我一點都不會感到羞赧，而是對他百依百順。我們做愛結束後，他起身走進客廳，回來時手上拿了一臺拍立得相機。

「先不要穿上衣服。」他對我說。

我用雙手遮住胸部，對他搖頭，我的雙眼睜得好大。

他對我輕輕一笑，跟我保證說拍出來的照片只是給他自己看的。「我想要記住現在這個時刻。」他說。「還有妳現在的模樣。」

他拍了幾張我的照片。結束之後我用被單裹住身體，史特蘭將照片攤在床上，我們一起看著底片顯影。照片裡可以看到他的床和我的身體慢慢浮現。「我的天啊，看看妳的模樣。」史特蘭看著照片驚呼，非常陶醉入迷。我盯著那些照片，想明白他為何如此癡狂，我看起來好怪——照片中的我坐在未鋪好的床上，臉色發白、兩眼無神，頭髮因做愛而凌亂不整。他問我喜不喜歡這些照片，我說：「他們讓我想到費歐娜·艾波的音樂錄影帶。」

他繼續低頭看著照片。「哪個費歐娜？」

「艾波。那個我最愛的歌手，你不記得了嗎？我之前有放過她的歌給你聽啊。」幾個禮拜前我曾經將艾波的歌詞寫在紙條上並摺起來，在離開教室時留在他的辦公桌上。那時我們正為了我即將畢業去念大學而爭吵——我跟他說我不想離開，但他卻說我不應該讓任何事耽擱原定的計畫，即便為了他也不行。我聽到他這麼說便潸然淚下，接著他說我都用哭的方式來操弄他。所以那時我才想透過艾波的歌詞讓他瞭解我內心的感受，但事後他再也沒有跟我提到這件事。現在想想，也許他當時根本沒看我寫的字條。

「喔，我想起來了。」他把那些照片收整好。「最好把它們藏到安全的地方比較保險。」

他離開房間走下樓，我突然間對他感到厭惡至極，怒火在我的胸口、臉頰、四肢燃燒。我將羽絨被往上拉蓋住頭，用力吸著那悶熱的空氣。我想到幾週前對他說到小甜甜布蘭妮時，他居然完全不知道那是誰。「她是流行歌手嗎？我不知道妳居然都聽這些邪門歪道的音樂。」他表現出一副我很愚蠢的樣子，但誇張的是他連小甜甜布蘭妮都沒聽過。

春假結束後我就滿十六歲了。我們把貝比送到獸醫診所進行卵巢切除手術，回到家時牠還因為打了麻藥而昏沉想睡。牠肚子上的毛被刮得很乾淨，還可以看到手術的縫線。我把史特蘭推薦我的幾個大學名單拿給爸媽看，我們趁春假這段期間開車去緬因州南部幾個學校參觀。我們在校園裡四處走走，學校的建築物讓爸看得目瞪口呆，媽則是一邊用手機查學校資料，一邊唸出來給我們聽：鮑登學院有四成學生選擇出國留學，四分之一的學生會繼續念研究所深造。「這裡的學費多少？」爸問她。「妳印出來的資料有寫到嗎？」

史特蘭趁我爸媽白天去上班時來家裡找我，他把車子停在一條已經雜草蔓生的小徑，再徒步穿越森林到我家。我在客廳裡焦急地等他到來，時不時往廚房的方向望去，想知道什麼時候可以看到他的身影。當他終於出現在窗外時，我突然間叫了出來，像是被嚇著似的，但其實我並不會害怕——我怎麼可能會畏懼他呢？他穿著一件卡其外套，臉上戴著一副夾式太陽眼鏡，看起來就像某人的父親那樣平凡無奇，一個不起眼又溫吞的中年男子。

他在門廊的窗戶外用手圍成一個圈往客廳裡看。我抓著貝比的項圈，興奮地打開門。史特蘭一進到室內，貝比就掙脫項圈往他身上撲過去，他臉上露出猙獰的表情。貝比的粉紅色舌頭垂在嘴巴旁邊，我跟史特蘭說只要對貝比說「不」，牠就會乖乖坐好，但史特蘭卻用力推開牠，貝比整個翻身往後跌在地上。牠翻了白眼，悶悶不樂地回到狗籠裡。那個當下，我對史特蘭充滿了厭惡。

他在我家四處看看，雙手緊扣、放在背後，好似很害怕會不小心碰到什麼東西。我突然明白我家和他家多麼不同：他的住處一塵不染，我家卻髒亂不堪；地毯上有很多狗毛，沙發也已經非常老舊，抱枕還可以看出陷進去的痕跡。參觀一樓時，他看到窗臺上放著許多木頭小房子，便停下了腳步。那是媽的收藏品，每年聖誕節我都會送她一個當作聖誕禮物。史特蘭盯著這些小房子，他內心一定覺得收集這樣醜陋的玩意兒很愚蠢。我想到他書架上放的那些小裝飾品，每個都是他從國外帶回來的，背後都有特別的故事。我還想到他在親師座談會後如何形容我爸媽：他說他們很「正直」，是「善良誠實」的人。我記得之前他也曾經這麼形容一個就讀高四、有修他的大學先修課的學生。這個學生拿到了衛斯理學院的獎學金，但因為學費過於高昂，最後決定放棄這個機會。史特蘭說他為她感到惋惜，但也無從幫起。那可憐的女孩出身貧寒。他說。

「樓下很無聊。」我抓住他的手。「我們上樓吧。」

走進我房間的時候，他得要低下頭才能不撞到門緣。史特蘭在我的房間裡顯得特別高大，他的頭差點就要頂到斜頂天花板。他凝視著我貼滿海報的牆壁和凌亂不整的床。

「噢。」他吸了一口氣。「保存得真好，太完美了。」

我很早就離家去念布羅維克，所以我在家裡的房間看起來彷彿時光靜止了一般，整體擺設停留在我十三歲的樣子。我原本擔心他會覺得這樣看起來太幼稚，但史特蘭似乎並不在意。他仔細觀察我的書櫃，上面擺滿我在中學時看過的書；梳妝臺上堆滿一瓶瓶已經乾掉的指甲油和布滿灰塵的芭比娃娃。他打開我的音樂珠寶盒，裡面的芭蕾舞伶跳出來，開始隨著音樂轉圈，他不禁會心一笑。接著他打開一個束口袋，裡面是牛皮紙做的娃娃，他將它們倒出來、放在掌心上。他小心翼翼地觸碰我房間內的東西，深怕把它們用壞。

在我們做愛前，他要我先假裝入睡，這樣他才能緩緩爬進被窩，愛撫我並讓我慢慢甦醒過來。當他往我體內挺進時，他用一隻手摀住我的嘴巴說：「我們得要安靜一點。」好似家裡還有其他人在一樣。隨後他瘋狂地在我體內迅速來回抽插，我感覺腦袋來回震動，四肢無力地垂在一旁，靈魂好似已經飛出身體，退到了一樓。貝比還在牠的狗籠裡嗚嗚叫，不明白自己做錯了什麼。結束之後，史特蘭再次拿出拍立得，拍我躺在床上的樣子。他先調整我的姿勢，刻意讓頭髮垂墜在胸前，還打開窗戶的簾幕，讓陽光灑落在我身上。

稍晚他開車載我兜風，我們開上一條蜿蜒在東邊森林的高速公路。他打開他那側的窗戶，一隻手垂在車窗外。今天溫度有攝氏二十一度，對於四月來說是暖和的天氣。樹上的花含苞待放，路邊的野草也開始慢慢長出來了。

「等妳放暑假的時候，我也會來找妳，就像今天這樣。」他說。「我會開車來接妳，載妳去兜風。」

「就像蘿莉塔和韓伯特那樣。」我沒想太多就說了這句話，內心很害怕他會不會像上次一樣對我的比喻感到氣惱，但他聽到後只回了我一抹微笑。

「妳這樣說也滿貼切的。」他轉頭看我，一隻手在我的大腿上來回游移。「妳喜歡這種比喻方式，對吧？也許未來真的有某一天，我會開車帶妳逃到天涯海角，把妳偷走，不讓妳回家。」

當我們慢慢駛向海灘，路上的車輛變得越來越多，但史特蘭看起來毫無畏懼，所以我也一點都不擔心。我們就像一對作風大膽的亡命鴛鴦，正駕車要逃到位在最東邊的海角漁村；即便我們停下來買汽水或是在海灘上偷偷牽手，那邊的居民也不會對我們投以異樣眼光。

「真不敢相信妳已經十六歲了。」他驚呼著對我說。「幾乎已經算是一個女人了。」

我們設定拍立得的定時器，把它放在車頂上用欄杆固定住。照片顯影後，畫面看起來有點過度曝光——史特蘭一手抱著我，背景是碧藍的海水。這是我們倆唯一一張合照。我想開口問他我可不可以留著這張照片，但猜想他應該會拒絕，所以我趁他把車停下來去加油的時候打開置物櫃，偷偷把照片塞進我的包包裡。我把我躺在床上拍的那張照片留給他，反正他真正想要的是這張照片。

在回家的路上，他說他想要有多一點時間親吻我，所以他將車子開下高速公路，轉進一個泥濘的伐木小徑。車子在石子路上顛簸搖晃，泥土濺到擋風玻璃上。我們在茂密的森林裡開了幾哩路，樹木漸漸變得稀疏，最後消失不見，露出綿延起伏、長滿野生藍莓的瘠地，上面雜草叢生，布滿了一塊塊白色鵝卵石。他停好車後關掉引擎、解開安全帶，接著伸手過來解開我的安全帶。

「過來我這。」他對我說。

當我要轉身爬過中間的扶手，準備跨坐在他身上時，我的背不小心壓到方向盤，喇叭跟著作響，我看見成群的烏鴉在荒地另一端衝上雲霄。他用雙手環抱我的臀部，將我的洋裝裙襬往背上掀到腰際。窗外傳來嗡嗡的聲音，我看到距離約六十公尺的地方有一戶養蜂場，成群的蜜蜂在上面盤旋。現在的我們與世隔絕，可以在杳無人煙的地方盡情做我們想做的事，這讓我感到既安全又危險。對我來說，這兩種矛盾的感覺已經密不可分了。

他將我的內褲褪去，指尖探入我的身體裡；我的私處還因為稍早做愛而濕濕黏黏的，大腿內側開始起了紅疹。我將額頭倚在他的脖子上，他試著讓我達到高潮，我興奮得全身發熱，不斷朝他的鎖骨呼出熱氣。他說如果我高潮了，他可以感覺得出來，還說有些女人會對此說謊，但身體的反應騙不了人。他說我常常很快就高潮，速度之快超乎他的想像。這會讓他一次又一次地想跟我做愛，因為他想知道我究竟可以連續承受幾次。不過我不喜歡這種感覺，這讓做愛變得像是只有他參與其中的遊戲一樣。

達到高潮的那一刻我要他馬上停下來，他一聽到我這麼說便很快地將手指抽離我的私處，彷彿我全身著火似的。我轉身回到副駕駛座上，不停喘息，雙腿間沾滿了濕滑的黏液。他把剛剛放進我體內的那隻手放在臉上，用力地吸了一大口氣。我暗忖他究竟讓我高潮過幾次。恭喜你，我想對他說，你又再次成功了。我將頭向後仰，看著成群的蜜蜂在空中盤旋，遠方的針葉隨風飄盪。

「我不知道要怎麼熬過今年夏天沒有你的日子。」我對史特蘭說。我根本不知道我是否真心這樣覺得，之前學校放假、沒見到他的日子我也都好好的，是他先跟我說他無法忍受不能跟我講話或是見不到我的日子。這感覺像是在做愛完後，當你變得很脆弱時，才會脫口而出的話。但史特蘭會把這句話當真。如果我表現得太黏人，他會很在意，他不希望對我的人生造成長遠的影響。

「妳會常常見到我的。」他說。「等到七月時，妳就會厭倦我了。」

開車回家的路上他又再次對我說了一樣的話。「妳一定會對我感到厭煩的。」他接著說：「妳才是那個會讓我心碎的人，我的心已經完全被妳擄獲了。」

我能讓他心碎嗎？我試著想像將他握在手心上，對他予取予求；但即便他的心跳和脈搏在我手中強而有力地跳動著，他依然是握有主導權的那一方。我讓他任意蹂躪，呼之即來、揮之即去，緊緊地抓住他而不願放開。

「也許讓我傷心難過的人會是你。」我對他說

「不可能。」

「為什麼不可能？」

「因為故事通常不是這樣的結局。」他說。

「誰說一定要有結局？」

他轉過頭來看我，接著回過頭繼續開車。他的眉頭深鎖，似乎有點擔憂。「凡妮莎，當我們要分別時，妳不會感到痛苦，反而會很開心終於可以離開我。美好的未來等著妳去發掘，妳會迫不及待地踏上探索的旅程。」

我什麼話都沒說，只是靜靜看著窗外。我知道如果開口說話或是移動身體，我的眼淚便會瞬間

潰堤。

「妳的人生充滿無限潛能。」他說。「妳將會有非凡的成就。不但會出版書籍，還會環遊世界。」

他繼續預言我的未來，說我不到二十歲就會有許多人為我神魂顛倒。當我二十五歲時，我尚未結婚生子，看起來依然青春動人。等到我三十歲時，我會褪去嬰兒肥，變得成熟美麗，眼周出現微小的細紋，但魅力不減。他還說那時我將已經嫁做人妻了。

「我才不會結婚。」我說。「就像你一樣，記得我這樣說過嗎？」

「妳不是真心想要那樣。」

「我是認真的。」

「別再說了。」他用老師的權威語氣斷然地否決了我。「妳不會想要變成跟我一樣的人。」

「我不想繼續談這件事了。」

「不要生氣。」

「我沒有生氣。」

「明明就有。看看妳，妳都哭了。」

我拱起靠近他那一側的肩膀，將頭靠在窗戶上。

「我們的關係終究會結束的。」他說。「我們不會永遠像現在這樣適合彼此。」

「拜託不要再說了。」

他繼續往前開了幾哩路。我可以聽到外面的半掛式卡車轟隆轟隆作響，路旁是微微隆起的蛇行丘，下方是一片濕軟的湖泊。遠方一團棕黑色的東西看起來像一隻麋鹿，但也可能什麼都不是。

他說：「凡妮莎，未來當妳回憶起我的時候，妳只會記得我是一個愛過妳的人，而妳會有許多愛人。我向妳保證，將來妳的人生一定會比我精彩許多。」

我顫抖地吐了一口氣。他說的可能沒錯，也許我能毫髮無傷，不帶眷戀地結束這段戀情。這段關係真的可以讓我變成一個有智慧、善於處世，並且有許多人生故事的女人嗎？將來若有人問我：「妳的初戀對象是誰？」這問題的答案將會讓我變得與眾不同。我的初戀不是隨便一個平凡的同齡男生，而是一個年長的男性，是我的老師。他奮不顧身地愛著我，這樣熱切的愛讓我幾近窒息，我只能忍痛跟他分手。雖然很遺憾，但我沒有別的選擇，這個世界就是如此。

史特蘭一邊開著車，一邊伸手過來撫摸我的膝蓋。他頻頻轉過頭看我，想知道我是否喜歡他這麼做。這樣舒服嗎？有讓我感到開心嗎？他放在我大腿上的手慢慢往上滑動，我很興奮，眼皮不禁開始顫動。他生來就是要取悅我。即便我們終究會分開，但現在這個時刻，他非常崇拜我——我是他的暗黑凡妮莎。我應該要為此感到心滿意足，能被這樣愛著，我已經很幸運了。

春假結束後，大家開始返回校園，外出活動也變多了。天氣變得較為暖和，一些課程改在室外進行，許多人週末也會到藍山州立公園郊遊。黃色水仙花盛開，諾倫比加的溪流因雨水而暴漲，導致市中心的街道淹水。創意寫作社團又開始定期集會。影印店已經印刷好新一期的文學期刊，正當我和傑西在整理紙箱，思考要把印出來的期刊放到哪裡時，史特蘭把我叫進他的辦公室，給了我一個炙熱的吻。我感覺到他的舌頭塞滿我的嘴巴，他這樣的行為過於輕率，同時也讓我非常困惑；畢竟傑西就在外面，門甚至沒有完全闔上。當我回到教室時，我的嘴唇因為剛剛的激吻而發麻灼熱，我的臉頰脹紅，傑西假裝沒注意到，但下次社團聚會時他並沒有出現。

「傑西在哪？」我問史特蘭。

「他退社了。」史特蘭笑著回答，一臉開心的樣子。

在英文課上，我們把知名畫作比喻成這學期看過的作品。有人將雷諾瓦的〈划船人的午宴〉比喻成《大亨小傳》，因為這兩個作品都描繪出人們慵懶喝醉的樣子；也有人將畢卡索的〈格爾尼卡〉比喻成海明威的《戰地春夢》，兩者都用看似不連貫、扭曲的樣態呈現戰爭的殘酷。當史特蘭向大家介紹安德魯．魏斯[65]的畫作〈克里斯蒂娜的世界〉[66]時，全班同學都同意畫中呈現的孤寂和矗立在遠方的房子與《伊坦．弗洛美》最為相似。下課後，我跟史特蘭說我也覺得在〈克里斯蒂娜的世界〉裡看到《蘿莉塔》的影子。我試著跟他解釋原因——畫中腳踝纖細的女生看起來飽經風霜，她和那房子間似乎有著不可跨越的距離，這些都讓我想到《蘿莉塔》的最後結局：臉頰蒼白且身懷六甲的蘿莉塔一步步邁向死亡。史特蘭聽到之後直搖頭，他已經跟我講過不下幾百次我不該過度解讀那本小說。「我得再幫妳找其他本書，讓妳好好品味。」他說。

史特蘭帶班上的學生去安德魯・魏斯曾住過的城市進行校外教學。我們搭遊覽車沿著海岸線行駛，車內的空間非常寬敞，沒有人注意到我坐在史特蘭旁邊。能跟他一起離開學校到戶外走走讓我很興奮，即便全班同學都坐在身後也難以澆熄我的雀躍之情。他們對我們之間的情事一無所知，倘若我們突然起意要一起私奔呢？我們可以悄悄溜走，把其他人丟在休息站。珍妮只能眼睜睜看著我們離去的身影，髮絲在她臉上拍打著。

但這次校外教學的時間點很不巧，我們剛好為了是否要在放暑假前去他家住一晚而爭執。他說我們應該先緩緩、不要冒險，反正暑假期間我也會常常見到他。但當我問他到底什麼時候可以見面時，他卻說我不該成天繞著他打轉。所以在這次校外教學的路上，我刻意做一些會惹惱他的事，像是亂轉收音機或是把腳放到儀表板上。他試著忽略我的行為，但我注意到他咬牙切齒的模樣，還有緊握著方向盤的雙手。他說我這樣的舉止就像小孩一樣幼稚、不可理喻。

抵達庫欣這座城鎮後，我們參觀了〈克里斯蒂娜的世界〉裡出現在山丘上的農舍——奧爾森別墅。裡面擺放了滿是灰塵的老舊家具，牆上掛著鑲框的安德魯・魏斯畫作，但導遊跟我們說這些畫

---

65 安德魯・魏斯（Andrew Nowell Wyeth），1917—2009，美國當代重要的新寫實主義畫家，以水彩畫和蛋彩畫為主，並以貼近平民生活的主題畫聞名。

66 *Christina's World*，1948 年美國畫家安德魯・魏斯繪製的現實主義蛋彩畫。描繪一位側身臥在褐色荒原上、望向背景裡灰房子的年輕女子。

都不是真跡，只是仿製品而已。之所以不能放真的作品，是因為海風裡的高濃度鹽分會侵蝕畫布。

那天溫度有十九度，天空晴朗暖和，很適合在戶外吃午餐。史特蘭在山腳下找了一個地方，鋪了野餐墊，從這個位置抬頭看那座農舍跟〈克里斯蒂娜的世界〉裡的女人所看的角度相同。吃完午餐後，史特蘭要我們進行創意寫作。他在我們周圍走動巡視，雙手交叉放在身後。我依然對他感到憤怒，所以不願意配合他交代的任務。我沒有動筆，也沒有打開筆記本，只是躺在地上仰望天空。

「凡妮莎。」史特蘭叫我。「坐起來，開始寫妳的作業。」

他會對任何不守規矩的學生這麼說，但他對我講話的語調顯得特別微弱，好似在求我配合他，其他人一定也有發現他的語氣不一樣。*凡妮莎，拜託不要這樣對我。*但我卻一動也不動。

當大家都上車準備回學校時，他把我拉到車子後面。「不准妳再這樣亂來。」

「放開我。」我試圖掙脫，但他把我抓得好緊。

「就算妳這樣亂來，也不會讓妳得到想要的東西。」他用力扯我的手臂，我差點跌倒。

我抬頭看著遊覽車的後窗，感覺自己被撕裂成兩半；一半的我跟史特蘭站在車後，另一半的我已經跟其他人一樣進到車內，繫上安全帶並把包包放到椅子下。如果這時有任何人看向窗外，便會目睹史特蘭的手緊緊掐住我的手臂；那個人一定會起疑心。頓時，一個念頭閃過我的腦海，讓我隱隱作痛：也許他就是想要被別人看到。我開始明白當一個人一直做壞事，但都沒有被發現，他便會變得越來越輕率魯莽，彷彿渴望被抓到一樣。

那天晚上珍妮敲我的房門，問我可不可以聊聊。我躺在床上，她走進房間，轉身將門關上。她看著我凌亂的房間，衣服四散在地上，桌上堆滿了紙張，沒喝完的茶杯已經開始發霉。

「沒錯，我還是跟以前一樣髒亂。」我對珍妮說。

她搖搖頭。「我沒有那麼說。」

「但妳內心的確是這麼想的。」

「我沒有。」她將我的書桌椅拉出來、準備要坐下，但上面堆滿了一週前洗好的衣物，我一直沒把它們收起來。我跟她說把衣服推到地上就好，她把椅子斜傾，上面的衣服滑落到地上。

「我要跟妳說的是一件很嚴肅的事，希望妳不要對我生氣。」她說。

「我為什麼要生氣？」

「妳總是對我發脾氣，我真的不明白妳為什麼要這樣對我。」她低頭看著她的手。「我們以前曾經是那麼好的朋友。」

我猛然抬起頭，正打算要為此跟她爭論，但這時珍妮吸了一口氣說：「今天校外教學的時候，我看到史特蘭先生摸了妳。」

一開始我並不明白她這句話的意思。我看到史特蘭先生摸了妳。這句話聽起來似乎跟性有關。但校外教學的時候他明明就沒有那樣摸我；一路上我們兩人都在生彼此的氣。但我突然想到史特蘭的確有把我拉到車子後面並掐住我的手腕。

「喔。」我說。「那不是……」

珍妮仔細盯著我的臉看。

「那沒有什麼。」我說。

「他為什麼要那樣抓著妳？」珍妮問我。

我搖搖頭。「我不記得了。」

「他之前有這樣對妳嗎？」

我不知道要怎麼回答這個問題，因為我不太確定珍妮這句話的意思。難道這表示她現在相信我和史特蘭有師生戀的傳言了嗎？她露出痛苦的表情，好似我是個可憐無助的人。以前每當她講到音樂、電影，或是一些基本常識，但覺得我聽不懂的時候，她也會做出類似的表情。「我察覺到一些事情。」她對我說。

「什麼事情？」

「妳不需要感到愧疚，這不是妳的錯。」

「妳到底在講什麼？」

「我知道他在虐待妳。」她說。

我震驚地往後倒抽一口氣。「虐待我？」

「凡妮莎——」

「誰跟這樣妳說的？」

「沒有人跟我說。我有聽過別人謠傳妳為了報告得到高分而跟史特蘭上床，但我並不相信。即便在跟妳講這件事之前，我也不相信這謠言是真的。妳不是那樣的人……妳不會那麼做的。但我今天親眼看到他那樣抓著妳的手不放，當下我就明白事情的真相了。」

當我聽著珍妮說這些話的時候，我不斷搖頭。「事情不是妳說的那樣。」

「聽我說，凡妮莎。」她說。「史特蘭真的是一個很恐怖的人。我姊以前曾對我說過他是個變態，他會騷擾穿裙子的女學生，但我當時不知道他會做出那麼恐怖的事。」她將身體向前傾，眼神堅定地看著我。「我們可以讓他被革職。我爸是今年董事會的成員，如果我們跟他講這件事的話，史特蘭就完蛋了。」

珍妮的這些話讓我震驚地不停眨眼——革職、變態、騷擾女學生。聽到她直呼史特蘭的名字真的讓我很訝異。「我為什麼會希望他被革職？」

「為什麼不要呢？」珍妮看起來困惑不已。過了一會兒，她的表情逐漸緩和下來，原本噘起的嘴唇和上揚的眉毛也漸漸放鬆。「我知道妳可能會害怕，但不需要害怕。他再也不能傷害妳了。」

她滿懷同情地盯著我看。我不禁納悶我以前怎麼會對她付出那麼多感情，即便我們睡在同一個小房間裡，彼此只距離一公尺，我依然渴望能跟她更貼近。我想到她掛在門後的那件海軍藍浴袍，還有那擺在書桌架子上、用盒子裝的葡萄乾。她習慣在晚上時，在腿上抹帶有紫丁香味道的乳液；我還記得她洗完澡後，溼透的頭髮在T恤上留下的痕跡。有時她會帶著罪惡感大啖微波披薩。我以前會注意到她的每件小事，但我不禁納悶為何會如此？她哪裡值得我這麼做？她是如此平凡無奇。

目光狹隘的她，絕不可能明白我和史特蘭之間的特殊情感。

「妳為什麼要這麼在意這件事？」我問她。「這跟妳毫無關聯。」

「這當然跟我有關啊！他根本不該待在這間學校，也不該出現在我們周遭。他根本是個色魔。」

一聽到色魔這兩個字，我忍不住笑了出來。「別開玩笑了。」

「聽好了，我是真的關心學校的名聲，我想讓這裡成為一所更好的學校。這有什麼好笑的？」

「所以妳的意思是我不在意布羅維克囉？」

珍妮遲疑了一會兒。「我不是那個意思，但對妳來說情況並不一樣。妳的家族裡沒有其他人也念布羅維克。對妳來說，妳就只是來這裡念書然後畢業，往後妳的人生再也不會想到這所學校，也不會對這裡有所貢獻。」

「貢獻？妳指的是捐錢嗎？」

「不是。」她很快地否認。「我不是那個意思。」

我對她搖頭。「妳真的很勢利。」

珍妮試圖挽回剛剛說的話，但我已經戴起了耳機。我其實並沒有插電、播放音樂，電線只是垂在床邊而已，但這樣的舉止已經足以讓她住口，不再繼續往下說。我看著珍妮起身，她一把抱起地上的乾淨衣物放回椅子上。我明白她這麼做是好意，但此刻這樣的行為卻惹怒了我，我用力扯下耳機問她：「妳和漢娜一切順利嗎？」

她停下腳步。「什麼意思？」

「妳們倆現在不是好閨密嗎？」

珍妮訝異地眨著眼睛。「妳的態度不需要那麼惡劣。」

「對她惡劣的人分明就是妳。」我說。「妳以前甚至會在她面前嘲笑她的長相。」

「好吧，我以前真的是大錯特錯。」她厲聲說道。「漢娜很好，妳才真的是有問題的那個人。」

珍妮打開門，準備往外走。這時我補充說：「我和史特蘭之間什麼都沒有，妳聽到的只是謠言。」

「我不是聽到謠言，我親眼看到他摸妳。」

「妳根本什麼都沒看到。」

她瞇起眼睛盯著我看，一隻手緊握著門把。「我確實看到了。」她說。「看得一清二楚。」

我跟史特蘭說了珍妮的事，他要我一字一句地把我跟珍妮之間的對話重述一遍。當他聽到珍妮說他是一個變態的時候，他的眼睛睜得好大，不敢置信有人會這樣指控他。他說珍妮是一個「自以為是的小婊子」，聽到他這樣講，我的心涼了一截，我以前從未聽過他用這樣的字眼。

「沒事的。」他要我放心。「只要我們否認所有事情，一切就不會有問題。要有證據才能證明謠言是真的。」

我試著跟史特蘭澄清，說這不是謠言，珍妮是親眼看到他抓著我的手，但他卻不以為意。

「那也不能證明什麼。」史特蘭說。

隔天的英文課中，他問班上同學有關《玻璃動物園》的幾個問題。他特別點名珍妮回答，儘管她其實並沒有舉手。珍妮驚慌失措地低頭盯著課本。看得出來她剛剛沒有專心上課，可能根本沒聽到問題是什麼。她結結巴巴地說了幾個嗯，但史特蘭並沒有繼續抽問下一個人，反而將雙手交叉向後坐，一副可以等她一整天的樣子。

湯姆準備要幫忙回答，但史特蘭卻舉起手阻止他。「我想聽聽珍妮的想法。」

我們其他人只好繼續痛苦地坐在位置上等待。又過了難熬的十秒鐘後，珍妮終於開口：「我不知道。」史特蘭挑起眉毛點點頭，好似在說我想也是。

下課的時候，我看到珍妮和漢娜竊竊私語地走出教室，漢娜還回頭對我怒目而視。史特蘭正在擦黑板，我朝他走過去，接著對他說：「你不該對珍妮那樣。」

「我還以為妳會喜歡我那樣做。」

「讓她當眾出糗只會讓情況更糟。」

他眨了眨眼，察覺到我語帶指責。「是嗎？我已經教過像她這樣的小孩十三年了，我知道怎麼處理這個情況。」他將板擦丟回板溝，接著將手上的粉筆灰拍掉。「我也希望妳不要批評我的教學方式。」

我向他道歉，但他知道我並不是真心的。我跟他說我還有作業要趕、得先離開，他也沒有要留我的意思。

回到房間後，我趴在床上、將臉埋進枕頭裡，努力抑制對史特蘭的怒火。我真的對他感到憤怒不已。我不喜歡他對我發脾氣，每當他對我發怒的時候，我一直壓抑的情緒就會湧現。我會感到羞愧難堪，全身不寒而慄，我的腦中會響起一股聲音，要我趕緊逃離這段關係。

接下來的短短一週內，事情起了劇烈變化，一切要從週三的法文課說起。當時史特蘭打開教室的門，問羅倫夫人可否讓我出去一下。「帶著妳的書包。」他對我低聲說道。我們穿越校園往行政大樓的方向走，史特蘭邊走邊向我解釋情況，但我已經大概明白是怎麼回事了。最近兩堂英文課珍妮都缺席，但我有在其他時間看到她出現在校園裡，所以我知道她並不是因為生病而沒有來。前一天晚餐時，我看到她跟漢娜低頭竊竊私語；當她們抬頭時，兩人不約而同地朝我的方向望過來。

史特蘭說珍妮的爸爸寄了一封信給學校，但那都只是謠言而已；在沒有證據的情況下，學校也不可能做什麼。他說我們只要依照之前同意的做法否認一切就好。只要我們都不承認，學校就不能拿我們怎麼樣。他的話在我耳裡有如震耳欲聾的海水；雖然他繼續跟我說話，我卻覺得他的聲音越來越遙遠。

「我已經跟蓋爾斯太太澄清這些傳聞都不是真的，但妳也得同步否認。」他邊走邊看著我。

「妳能做到嗎？」

我點點頭。要走到行政大樓的門口得先爬五十個階梯，也許不到。

「妳似乎很冷靜。」他仔細觀察我的臉部表情，想確認我是否有崩潰的可能。當我們在他家第一次做愛後，他在載我回宿舍的車上也是用同樣的表情看我。他打開門，接著對我說：「我們會安然度過的。」

蓋爾斯太太說她很想相信我們，不願相信信裡面說的是真的——她是真的這麼對我們說。我和史特蘭像兩個做錯事被懲罰的小孩一樣，坐在蓋爾斯太太對面的木椅上。

「老實說，我真的很難想像信裡所說的是真的。」蓋爾斯太太拿起一張紙，我想應該就是珍妮爸爸寄的那封信。她的眼睛掃視信裡的文字。「裡面寫道『持續的性行為』。如果是真的，怎麼可能會沒有人注意到呢？。」

我不明白她這句話的意思。顯然已經有人注意到我們的事了，不然珍妮的爸爸怎麼會寄這封信給學校——一定是有人發現了。

坐在我旁邊的史特蘭說：「這個指控真的很荒謬。」

蓋爾斯太太說她很清楚這是怎麼一回事。每隔一陣子學校就會出現類似的傳言，校內的老師、學生還有家長只要聽到一點點風聲就會把謠言當真，不論傳聞有多誇張。

「每個人都愛聽八卦。」她和史特蘭交換了一個意有所指的微笑。

她說會有這樣的傳聞，通常都是因為出於嫉妒或是學生誤解了老師對他們的偏愛。她說一位教師的職業生涯中會遇到很多學生，而大部分的學生都（恕她直說）不具重要性。其中很多學生也許天資聰穎或成就非凡，但這並不代表他們會跟老師特別契合。然而，每隔一段時間，老師可能會遇到一位令他覺得特別投緣的學生。

「畢竟老師跟學生一樣都是凡人。」蓋爾斯太太說道。「老實說，妳對每一位老師也不會都等同地喜歡，對吧？凡妮莎。」我搖頭表示不會。「當然囉。妳對於某些老師會覺得特別喜歡，老師對於學生也是一樣的，他們可能會覺得某些學生很特別。」

蓋爾斯太太將身子向後傾，雙手交叉放在胸前。「我認為事情是這樣的：珍妮．墨菲對於史特蘭先生給妳的特別關注心生妒忌。」

「凡妮莎之前曾和我分享過一件事。」史特蘭說。「也許和這件事有關。去年她們倆同住一間宿舍，但彼此合不來。」他看著我。「沒錯吧？」

我緩緩地點頭。

蓋爾斯太太雙手一攤。「看吧，我就說沒什麼。這件事到此結束。」

她遞給我一張紙——那是珍妮爸爸寫的信。「妳現在看看這封信，然後在這張紙上簽名。」她遞給我另一張紙，上面只有簡短的一行字：在此簽名之當事人否認任何派翠克．墨菲於二〇〇一年五月二號信件裡陳述的內容。下方有兩個簽名處，分別是給我和史特蘭簽名的地方。我快速掃視那封信，但完全無法聚精會神。我在上面簽了名之後便交給史特蘭，他也簽上他的名字。這件事就此結案了。

蓋爾斯太太露出微笑。「這樣就沒問題了，這種事越快解決越好。」

我鬆了一口氣，但卻全身顫抖，感覺像快要吐出來。我起身想去洗手間，但蓋爾斯太太卻把我叫住。「凡妮莎，我得要告知妳父母這件事。妳今天晚上先打電話給他們好嗎？」

我感覺到膽汁在喉嚨裡翻攪。我之前完全沒想到這件事。校方當然得要通知我父母，我不知道蓋爾斯太太會打到家裡、在答錄機上留下語音訊息，還是打電話到我爸媽工作的地方——爸可能會在醫院接到電話，媽則是在工作的保險公司辦公室裡聽到這個消息。

我離開蓋爾斯太太辦公室的時候聽到她跟史特蘭說：「這樣應該就沒問題了，如果還有需要其他東西的話，我會再跟你連絡。」

當天晚上我打了電話回家，跟爸媽解釋了很久，都是一些陳腔濫調的內容：一切都很好，什麼事都沒發生，那些都是荒謬又愚蠢的謠言，當然不是真的。爸媽用不同電話和我講話，他們同時開口說。

「妳首先要做的事，就是不要再跟那些老師一起消磨時間了。」媽說。

那些老師？難道她覺得不只有一位老師嗎？但後來我想到之前感恩節的時候我對她說的謊，我說稱讚我的頭髮猶如楓葉一般的，是我的政治學老師。

爸問我：「妳要我現在去學校接妳嗎？」

「我要妳一五一十地跟我說，這到底是怎麼一回事。」媽接著說。

「不用。」我說。「我很好，什麼事都沒發生，一切都很好。」

「如果有人傷害妳的話，妳會跟我們說的，對吧？」他們倆都安靜地等待我回答。會的，我打算這麼說。

「我當然會跟你們說。但情況真的不是那樣，什麼事都沒發生。這間學校管理那麼嚴格，怎麼可能會讓這種事發生呢？這只是珍妮．墨菲編織出來的謊言，你們還記得珍妮以前對我多壞嗎？」

「但她為什麼要撒這種謊？還讓她爸爸也牽扯進來？」媽問我。

爸接著說：「我也覺得不太對。」

「珍妮也很討厭史特蘭，一心想報復他。她為所欲為的心態就跟那些權貴人士一樣，只要有人不接受她拍馬屁，她就下定決心要毀了那個人的一生。」

「這件事讓我很不安，凡妮莎。」爸對我說。

「沒事的。如果有任何狀況的話，我會跟你們說。」

我和爸都沒有發出聲音，等著媽開口說話。

「都快學期末了。」她說。「現在把妳接回家似乎也沒什麼意義。但是凡妮莎，妳一定要遠離那位老師，好嗎？假如他想跟妳講話，馬上去通知校長。」

「他是我的老師，總得要跟我講話啊！」

「妳知道我的意思，下課後馬上離開教室。」媽對我說。

「有問題的根本不是那個老師。」

「凡妮莎！」爸對我怒吼。「聽妳媽的話。」

「我要妳每天晚上六點半打電話回家報平安，我會等妳的電話，明白了嗎？」媽說。

我坐在交誼廳裡，望著對面的電視靜音播放著ＭＴＶ節目，畫面上是梳著直挺油頭、塗著黑色指甲油的主持人卡森．達利[67]。我對話筒咕噥道：「是的，夫人。」媽嘆了一口氣，她不喜歡我那樣稱呼她。

史特蘭說我們現在得要低調一點，要小心周遭的目光和閒言閒語。不能在傍晚時待在他的辦公室裡，也要避免長時間獨處。「連現在這樣都很有風險。」他說。他指的是我不吃午餐、跑到他辦公室這個行為，儘管我們現在已經不會把門關上。我們必須十分謹慎，至少暫時先維持這樣；即便這樣會讓他非常痛苦，他還是得先跟我保持距離。

他肯定這場風波很快就會平息。他不斷重複這個字眼：「平息」，彷彿這只是一場壞天氣，夏天很快就會到來，到時我們就可以開著他的車兜風，透過敞開的窗戶感受鹹鹹的海風迎面吹來。他要我相信他，他說等到秋季開學的時候，大家就會逐漸淡忘這件事。我不確定自己是否相信他的話。幾天過去了，一切似乎沒什麼問題，不過每當我看到珍妮的時候，她總會對我怒目而視。史特蘭說珍妮退選了他的課程，這代表她已經放棄了，但我知道她依然對我懷恨在心。

學校的公布欄張貼了高四學生申請上的大學榜單。晚餐時間我在三明治領餐區排隊，我注意到珍妮和漢娜井然有序地在餐廳裡來回穿梭；珍妮手裡拿著一支筆和一本筆記本。她們走近每一桌的時候，漢娜會先對坐在那桌的人說些話，等他們回覆，接著珍妮便會在本子上寫下一些東西。我注意到那些人都會朝我的方向看過來，但又立刻別過頭，不希望被我發現。

我離開排隊的隊伍。當我經過他們身邊時，我聽到漢娜說：「你們之中有人聽聞凡妮莎・懷和史特蘭先生的情事嗎？」

坐在那一桌的都是高四的學生。我認出其中一個男生叫做布蘭登・馬克連——我有在公布欄上看到他申請上達特茅斯學院——他開口問：「誰是凡妮莎・懷？」

這時坐在他旁邊的一個女生——她申請上威廉斯學院，名叫做亞莉克斯・卡維特——用手指著我。「是她嗎？」整桌的人頓時轉頭看我，漢娜和珍妮也是。我瞄到珍妮的筆記本上面列了一串名字，但她很快地把筆記本放到胸前遮住。

二十六。原來珍妮的筆記本上面列出的人名有那麼多。此刻我坐在蓋爾斯太太的辦公室裡，這

㊷ 卡森・達利（Carson Jones Daly），1973－，美國電視節目主持人。他曾是ＭＴＶ節目互動全方位（*Total Request Live*）的主持人，也曾是廣播電台ＤＪ。

一次只有我們兩人，秘書和史特蘭都不在。蓋爾斯太太遞給我一份名單影本，我看了上面的名字，大多都是高二的學生、和我修過同一門課的同學，還有跟我在宿舍住同一層的人。我從來沒有跟名單上的任何人提起過史特蘭，但最後一個名字抓住了我的視線——傑西·賴。

「如果妳有任何事情想告訴我的話，現在是最好的時機。」蓋爾斯太太對我說。

我不確定她這句話意味著什麼，她是否依然相信謠言是空穴來風，又或者這份名單已經讓她改變原先的看法，而現在的她對於我之前說謊感到很生氣。我感覺得出來她對某件事很憤怒。

我抬起頭看著她。「我不確定妳要我說什麼。」

「我希望妳對我說實話。」

我不希望下錯任何一步棋，所以我選擇保持緘默。

「如果我跟妳說，我跟名單上其中一位學生面談過，而他說妳曾經明確地告訴他，妳和史特蘭在交往呢？」

我過了幾秒鐘才明白她所謂的「明確」指的並不是有關性的方面，而是說我曾經直接跟這個人坦承這件事。我又再次沉默不語，無法確定她是否在說謊。她那句話聽起來，就像電視節目裡的警察為了逼當事人坦承犯罪所用的計謀。這時聰明的做法就是保持沉默，等待律師到達現場——但我不知道在這個情況裡，扮演律師角色的人究竟是誰。是史特蘭嗎？還是我的父母呢？

蓋爾斯太太深吸一口氣，將雙手放在太陽穴兩側。我看得出來她一點都不想處理這個燙手山芋，說實在我也不想涉入其中。我們就不要再追究這件事了——我想這麼對她說。但我知道這是不可能的，尤其因為主導大局的是珍妮，而且她爸爸還是董事會成員。這件事完全突顯了布羅維克的權力結構，學校體制毫不忌諱地顯露出有些人的權利與價值勝過於他人。雖然我以前就有如此感受，但直至此刻我才切身體會到。

「我們必須把這件事情調查清楚。」蓋爾斯太太對我說。

「沒有什麼好調查的。」我說。「一切指控和謠言都是不實的。」

「所以如果我把這位學生找來和妳對質，妳依然不會改變說詞嗎？」她問我。

我眨眼看著她。現在我才明白她是想拆穿我的謊言，跟上次的態度並不一樣。「那不是真的。」我回答她。

「好吧。」蓋爾斯太太起身走出辦公室，離開時沒有把門關上。

她的秘書探頭進來張望，看到我時給了我一個微笑。「加油，撐著點。」她對我說。

她這點小小的善意讓我忍不住哽咽。上一次會談時我、史特蘭還有蓋爾斯太太坐在辦公室裡，她坐在一旁把我們的對話一字不漏地寫在黃色便箋本上，我暗自猜想她是否相信我說的話。

幾分鐘後，蓋爾斯太太回到辦公室裡，傑西．賴走在她身後。傑西在我旁邊的位置坐下。他的臉頰、脖子和耳朵都漲得通紅，我可以看到他的胸口隨著每一次呼吸而上下起伏。

蓋爾斯太太說：「傑西，我現在要問你的問題跟之前一樣。凡妮莎有跟你說過她和史特蘭先生在交往嗎？」

傑西猛搖頭。「沒有，她從來沒有那樣告訴我。」

他的音調極高，像是要發狂似的，如同一個堅決不透露實情的人才會有的語調。他已經不在乎自己聽起來是否在說謊了。

蓋爾斯太太再次把手指放在太陽穴上。「五分鐘前你不是這麼跟我說的。」

傑西還是不斷地搖頭。沒有，沒有，沒有。他那焦慮不安的樣子令人同情。我想像自己俯身靠近他，握住他的手對他說，沒關係的，你可以告訴她實話。但我只是默默坐著，暗自思考我是否該為他現在遭受的痛苦負責。和他比起來，我才是要承擔較多風險的人，但這樣有差別嗎？

「你對她說了什麼？」我默默地問他。

傑西猛然回過神看著我，不斷地搖頭。「我不知道事情會演變成這樣，她只是問我——」

「傑西。」蓋爾斯太太打斷他。「凡妮莎是否曾經跟你說過，她和史特蘭先生在交往？」

傑西看著我，再看向蓋爾斯太太，眼神不斷在我們兩人之間游移。最後他只是低頭看著地板，我已經明白接下來他會說出什麼。我閉上雙眼，聽到傑西承認蓋爾斯太太說的話。

倘若我生性怯弱，那麼這件事便會就此劃下句點。我自己矛盾的說詞必定會讓我陷入困境。我看見蓋爾斯太太低著頭看我的神情，她以為事情會就此告一段落，我會崩潰並且坦承一切。但我知道事情還沒結束，我可以看到隧道口透出一絲微弱的光線，我只要不斷地挖掘，便會找到出路。

「當時是我說謊。」我說。「我跟傑西說的、有關史特蘭的一切都是謊言。」——我更正剛剛的稱呼——「史特蘭先生，我說的一切都不是真的。」

「妳說了謊。」蓋爾斯太太重複我說的話。「妳為什麼要這麼做？」

我直視著她的雙眼，開始跟她解釋原因：因為我感到孤單寂寞，因為我暗戀史特蘭先生，還有因為我很愛胡思亂想。我越解釋越感到全身充滿自信。我把所有過錯都攬到自己身上，免除史特蘭的責任。這真是一個絕佳的藉口，完美地解釋了我之前對傑西說的話，同時還可以合理化名單上其他二十五人聽到的謠言。早知道我應該一開始就這麼說才對。

「我知道我不該說謊。」我看看傑西，再看看蓋爾斯太太。「對此我深感抱歉，但這真的是實話，一切就只是如此而已。」

這些話讓我感到莫名興奮，甚至有點暈眩，就像將壓在臉上的毯子拉開後，肺部又再度充滿新鮮的空氣。我是如此聰明又堅強——遠遠超乎任何人的想像。

我沒吃午餐，直接去史特蘭辦公室敲他的門。他沒有回應，但我可以從窗戶看到裡面的燈亮著。我試著告訴自己他會這麼做，是因為他依然擔心別人的眼光，但當我走進英文課的教室時，我發現來上課的是諾伊先生而不是史特蘭。他一看到我就跟我說，我得去行政大樓一趟。

「發生什麼事了？」我問他。

他雙手一攤。「我只是轉告訊息的人。」但他看我的眼神充滿警戒心，一副不想靠近我的樣子，顯然他知道發生了什麼事。我穿越校園走向行政大樓，不確定我該加快腳步還是放慢步伐。走到行政大樓前的階梯時，我抬頭看向大門前的廊柱和門上的校徽，此時爸的卡車緩緩駛進學校正門，我舉起手擋住刺眼的陽光。爸、媽都在車上，爸在開車、媽坐在副駕駛座，她的手緊緊摀著嘴巴。他們將車子轉進停車場，接著走下車。

我急忙跑下階梯對他們大喊：「你們跑來這裡做什麼？」

媽一聽到我的聲音便猛然回頭，她用手指著她的腳；當貝比調皮搗蛋的時候她也會比這個手勢，妳給我過來。我跟貝比一樣在十五呎外停下腳步，不願再朝她的方向走過去。

「你們跑來學校做什麼？」我又再問了一次。

「天啊，凡妮莎！妳覺得呢？」媽對我生氣大喊。

「蓋爾斯太太打電話跟你們說了對不對？你們根本不需要為這件事跑一趟。」

爸還穿著工作服，灰色寬鬆長褲、藍色條紋襯衫，口袋前繡著他的名字菲爾。儘管氣氛已經很緊繃了，但看到爸穿著工作服來學校，還是讓我忍不住滿腔怒火。他難道不能換了衣服再來嗎？

爸用力關上車門，邁開步伐向我走來。「妳還好嗎？」

「我很好。一切都很好。」

他抓住我的手。「告訴我到底發生了什麼事。」

「什麼事都沒有。」

他的雙眼凝視著我，哀求我說實話，但我依然沒有透露任何事，連下唇都沒有絲毫顫抖。

媽對他說：「菲爾，我們走吧。」

我跟著他們走進大樓，爬上樓梯到蓋爾斯太太的辦公室。我們走進辦公室外的小房間，我看到她的秘書，我現在對她已經有股熟悉的感覺。我看著她，以為她會給我一個微笑，但她卻假裝沒看見我，只是揮手要我們走進去。史特蘭也在裡面，他站在蓋爾斯太太桌旁，雙手插著口袋，肩膀微微向後挺。我因為太想衝進他的懷裡而感到胸口隱隱作痛。如果情況允許的話，我會緊緊抱著他，讓他將我擁入懷中。

蓋爾斯太太跟我爸媽握了手，史特蘭也同樣伸出手，但只有爸回應他，媽選擇忽略，當作沒看到他直接坐了下來。

「我想也許凡妮莎不要參與這一場會談比較好。」蓋爾斯太太看了看史特蘭，他點點頭。「妳可以先回到等候室等我們。」

她指向門口，但我只是盯著史特蘭看。他穿著一件毛呢西裝外套，打了領帶，頭髮依然因為淋浴而濕漉漉的。他會跟他們坦承一切，我心想，他準備好要自首了。

「不要這麼做。」我的聲音很微弱。

「凡妮莎。」媽叫了我一聲。「妳先去外面等。」

他們在裡面談了半個小時。我會知道時間是因為那個秘書打開了收音機，大概是為了防止我聽到裡面的談話。廣播裡的ＤＪ說：「現在是兩點半，喝咖啡休息的時間。接下來半小時將會為您播放流行情歌。」秘書隨著旋律哼著歌，而我心裡想的是我永遠不會忘記這些歌曲。因為當史特蘭坦承他的行為、為了我犧牲自己的時候，我聽到的就是這些曲子。

會談結束後，他們全部一起走了出來。蓋爾斯太太和我爸媽在等候室停下腳步，而史特蘭卻逕自往前走，看都不看我一眼就離開了。我看得出來媽很憤怒，她張大鼻孔，兩隻眼睛直直地瞪著我；爸的嘴巴緊閉成一直線，他的表情看起來就像之前他跟我說，家裡養的那隻老狗死掉了一樣。

「走吧。」爸牽起我的手。

我們在戶外的長椅坐了下來，媽低頭看著地板，雙手交叉，由爸負責跟我說話。從他嘴裡說出來的內容跟我預期的實在差距太大，我過了好一陣子才回過神開始認真聽。他並沒有對我說：我們知道發生什麼事了，這並不是妳的錯；他跟我說布羅維克有明訂的道德紀律，學生必須遵守，但我打破了這個紀律，因為我撒謊，還讓老師的名聲受損。

「校方認為這件事很嚴重。」他說。

「所以這並不是……」我看著爸的臉，再看看媽。「他並沒有……」

媽聽到我這麼說，突然抬起頭。「他沒有怎麼樣？」

我用力嚥下口水，接著搖頭。「沒什麼。」

他們繼續向我解釋。他們說我得要提早結束這個學期回家，反正再幾個禮拜學期就結束了。他們今晚會住在鎮上的旅館，早上的時候我得要「將事情導正」，爸是這麼對我說的。蓋爾斯太太說我得向珍妮．墨菲名單上的所有人澄清，有關史特蘭和我之間的傳聞都是謊言，而且一切都是從我開始的。

「你是說我得一個一個跟他們解釋嗎？」我問爸。

他搖搖頭。「聽起來他們全部人會集合在一起，妳只要解釋一次就好了。」

「妳不需要真的這麼做。」媽對我說。「我們可以今晚就將妳房間收拾乾淨，離開這裡。」

「如果蓋爾斯太太希望我這麼做，那我就得做。」我說。「畢竟她是校長。」

媽緊閉雙唇，似乎還想說些什麼。

「我明年還是會回學校上課的，對吧？」

「別急，我們一步一步來。」爸對我說。

晚餐時爸媽帶我去市中心吃披薩，我們三個人加起來甚至連一個披薩都吃不完。沒人有食慾。

媽不斷用紙巾吸表面的油，他們兩人都不願意正眼看我。

晚餐後他們說要開車載我回學校，但我拒絕了。我說今晚的天氣很好，將近黃昏還依舊暖和，我想散步走回學校。

「回去面對一切之前，我想要一個人靜一靜。」我說。

我以為他們會說這樣不好，但他們似乎已經疲憊不堪，沒有力氣繼續跟我爭辯，於是同意讓我自己走回去。他們在餐廳外跟我擁抱，爸在我耳邊輕聲說：「我愛妳，凡妮莎。」道別後他們左轉往旅館的方向走，我右轉走向學校和公共圖書館。我打算去找史特蘭。

史特蘭開門時，我對他說：「我知道這麼做很愚蠢，但我需要見你一面。」

他朝我後方的街道和人行道望去。「凡妮莎，妳不該出現在這裡。」

「讓我進去，五分鐘就好。」

「妳得馬上離開。」

我對他的反應感到心灰意冷，開始放聲吶喊並用雙手使力推他，但他卻堅持不讓我進去，反而走出來將門關上，把我推到門廊另一側、遠離街道的隱密位置。當我確定沒有人會看到我們的時候，我張開雙手緊緊環抱著他。

「我爸媽明天就要帶我離開學校了。」

他往後退一步，鬆開我的手，不發一語。我看著他的臉，以為他會透露出一些情緒——憤怒也好、焦慮也罷，或是對於事情演變至此而深感遺憾——但他卻毫無表情。他將雙手放進口袋裡，堅持不看我，而是抬頭看著房子，在我面前的他好似一個陌生人。

「他們要我在一群人面前講話。」我說。「我必須跟他們說我撒了謊。」

「我知道。」他皺著眉頭，但依然不願意正眼看我。

「是嗎？我不確定自己是否能做到。」聽到我這樣說，他馬上將目光轉向我。我內心暗自竊喜，決定要乘勝追擊。「也許我該說出實情。」

他清了清喉嚨，但沒有顯露出害怕的神情。「就我所知，妳已經差不多都講出來了。妳跟妳媽說了我們的事，還告訴她我是妳的男朋友。」

一開始我想不起來他說的這件事，後來我突然想到，在二月春假結束開車回學校的路上，她跟我說半夜聽到我在講電話。他叫什麼名字？她問我的當時，窗外的田野布滿了雪，枯萎的枝枒在風中擺盪著。我誠實回答她——雅各。但那只不過是一個常見的名字，不代表我向她坦承了我和他的事。她不可能只透過一個名字便得知實情。如果她早已察覺到有異狀，她不會讓史特蘭安穩無事地離開蓋爾斯太太的辦公室，也不會答應讓我跟那些學生道歉。

史特蘭對我說：「如果妳下定決心要徹底毀了我，我無法阻止妳，但我希望妳明白這麼做的後果。」

我試圖跟他解釋，我不是真的打算這麼做，想讓他明白我是不可能跟別人說的，但他的聲音壓過了我。

「報紙上會刊登妳的名字和照片，新聞會不間斷地播報這件事。」他用緩慢且非常謹慎的語調對我說，似乎要確定我明白這件事的嚴重性。「這個醜聞會永遠跟著妳，揮之不去。妳將一輩子蒙上汙名。」

我想對他說，太遲了，我早已無時無刻覺得身上烙下了他的印記，但也許這樣說對他不公平。他之前不是一直努力想拯救我嗎？他要我承諾會離家去別的城市念大學，並堅持說我將來的人生一定會比他更精采圓滿。他希望我的未來會是一條康莊大道，而不是狹隘受限的人生，但前提是我不能公開我們的關係；一旦我們的事情被揭發，他將成為一道陰影，如影隨形地籠罩著我的未來，其他的一切將不再重要。忽然之間，一個夢境般的模糊記憶在我腦海裡浮現。我看到一個女生，是我和湯普森小姐的綜合體——又或者我可能聯想到了莫妮卡．陸文斯基[68]的新聞片段——一個淚流滿面的年輕女生對著鏡頭說話，她努力抬起頭回答一連串令人難堪的問題：告訴我們他究竟對妳做了

[68] 莫妮卡．陸文斯基（Monica Samille Lewinsky），1973—，前白宮實習生。在1995年和1996年於白宮工作時，美國總統比爾．柯林頓承認與她存在所謂的「不正當關係」。此事件成為著名的陸文斯基醜聞。

什麼事。我可以清楚預見倘若我決定說出實話，我的人生將會變得支離破碎。

「如果要我承受這些恥辱，我寧願現在就自我了結。」史特蘭說。他低頭看著我，雙手依然放在褲子口袋裡。即便他的眼神透露出絕望，他看起來依然一派輕鬆。「不過也許妳比我堅強。」

聽到他這麼說，我開始哭了起來，是真的放聲痛哭，我從來沒有在他面前這樣——我的臉頰扭曲、不斷啜泣，鼻涕還流了下來。這個情緒來得太突然，我來不及反應，只能低頭靠著廊柱，將雙手放在大腿上，試著調節呼吸，但我依然沒辦法停止哭泣。我蹲坐在地板上，雙手環抱著腰，奮力地用後腦勺撞擊木板，彷彿要將這股情緒敲出我的腦袋一樣。史特蘭跪在我面前，他將手放在我的頭後方，阻止我繼續撞擊。我停止反抗，緩緩地睜開雙眼。

「就是這樣。」他說。他深吸一口氣，再慢慢吐出來，我的胸口跟著他的呼吸節奏上下起伏。他的手依然枕在我的後腦勺，臉頰離我好近，近到可以直接親吻我。眼淚在我臉上慢慢乾涸，我感覺到臉頰變得緊繃。他用拇指輕輕揉著我的耳後，說他對我滿懷感激，因為我為了他願意犧牲自己；要自行承擔責任需要很大的勇氣，我這麼做是愛的證明。他說也許從來沒有人像我這樣愛他。

我向他保證：「我絕不會說出實話。我不想那麼做，我永遠都不會說的。」

「我知道。」他說。「我知道妳不會那麼做。」

我們一起討論明天要如何在大家面前解釋。我會說這些謠言都要怪在我頭上，我很抱歉說了謊，同時也會澄清史特蘭絕對沒有做錯任何事。他說雖然我被迫要面對這件事真的很不公平，但唯有幫他洗刷冤屈，我們倆才能安然度過這場風波。他親吻我的額頭和眼角，如同我們第一次在教室裡、躲在他的桌子後面擁吻一樣。

在離開他家之前，我回頭瞥見他站在深綠色的草地上，客廳窗戶透出的燈光照亮他的剪影。他對我充滿無盡感激，我也可以感覺到自己對他深刻的愛戀。我心想這大概就是所謂無私的表現吧。原來我一直都有能夠拯救他的能力，我怎麼還會覺得自己很無助呢？

隔天早上，珍妮名單上的那二十六個人全都在薛爾登先生的教室集合。因為桌子數量不夠，有些學生只能站在教室後面靠著牆。我看不清楚教室裡到底有誰，只看到一堆臉龐好似水面上的浮標在我眼前晃來晃去。蓋爾斯太太要我跟她一樣站在教室前方，並且唸出我和史特蘭前一晚想出來的道歉信。

「任何你所聽到有關史特蘭先生和我的傳聞都是虛構的，那些都是我自己編織的謊言，他只是一個受害者。我很抱歉，我不該說謊。」

台下的人對我投以懷疑的眼神。

「有人有問題想問凡妮莎嗎？」蓋爾斯太太問。我看到一隻手迅速舉起。是迪雅娜．帕金斯。

「我真的不懂妳為什麼要撒這個謊，這一點都不合理。」迪雅娜說。

「嗯。」我朝蓋爾斯太太看了一眼，但她只是沉默地看著我。教室裡的所有人都在盯著我。

「這不算是一個問題。」

迪雅娜對我翻了一個白眼。「我只是想問妳為什麼要這麼做。」

「我也不知道。」我說。

接著另一個人問我，為什麼總是待在史特蘭的辦公室裡，我回答說：「我從來沒去過他的辦公室。」這個謊言實在騙不了人，不少人直接笑了出來。還有人問我是不是哪裡有毛病，「好比說精神方面之類的。」我說：「不知道，也許吧。」其他人繼續問我問題，這時我才恍然大悟：經過這件事之後，下學期我不可能再回到這間學校了。

「好了，就問到這裡。」蓋爾斯太太對大家說。

接著教室裡的每個人都拿到一張紙，上面總共有三個問題。第一個問題：你是從誰那裡聽到這個傳聞的？第二個問題：你是什麼時候聽到傳聞的？第三個問題：你跟父母說過這件事了嗎？當我離開教室時，二十六個人都低著頭填寫問卷，但珍妮除外。她雙手交叉坐在位置上，兩眼緊盯著桌子看。

我回到宿舍後，發現爸媽已經把我房間裡的東西都打包好了，連床單都收起來、衣櫃也清空了。媽隨手把她視線範圍內的垃圾、紙張和任何地上的東西全都塞進一個大袋子裡。

「還順利嗎？」爸問我。

「什麼事？」

「就是那個，妳知道的……」他不知道該怎麼稱呼那件事，聲音變得越來越微弱。「那個面談。」

我沒有回答，因為我自己也不知道究竟算不算順利，我的大腦根本無法消化當時的情況。我對媽說：「妳丟掉的東西都很重要。」

「這些都是垃圾。」

「才不是，妳丟到袋子裡的都是學校的資料，我需要這些東西。」

媽往後退，讓我翻找袋子裡的東西。我找到一份寫著史特蘭評語的期末報告，還有他發下來的艾蜜莉．狄金生講義。我把這些東西緊抓在胸前，不想讓爸媽看到我從袋子裡拿出了什麼東西。

爸將裝滿我衣服的行李箱拉上。「我先把這些拿到樓下。」他提著箱子往走廊上走。

「我們現在就要離開了嗎？」我轉過頭問媽。

「來吧，跟我一起把房間清理乾淨。」她拉開我桌子最底層的抽屜，接著倒抽了一口氣。裡面塞滿各種垃圾：皺成一團的報告、食物包裝紙、用過的衛生紙，還有一條已經發黑的香蕉皮。幾週前的一次房間抽檢，我情急之下把這些東西都塞進抽屜裡，事後卻忘了要清理。「凡妮莎，我的老天啊！」

「我會自己清乾淨，不要再吼我了。」我將她手中的垃圾袋搶過來。

「妳為什麼不直接把這些東西丟掉就好了？」她問我。「天啊，凡妮莎，這些都是垃圾。沒用的垃圾。哪有人會把垃圾藏在抽屜裡？」

我把抽屜裡的垃圾丟進袋子裡，試著讓自己專注在呼吸上，不要動怒。

「這樣一點都不衛生，正常人哪會這樣。有時候妳的行為真的讓我很訝異，妳知道嗎？妳做的事情常常不合常理，凡妮莎。」

「好了。」我把抽屜闔上。「都清乾淨了。」

「我們應該要消毒。」

「媽，真的不用了。」

她環顧四周。房間看起來還是一片凌亂，但已經無法分辨究竟是本來的環境髒亂，還是因為打包的關係。

「如果我們現在就要離開，我得先做一件事。」我說。

「妳要去哪裡？」

「十分鐘就好。」

她搖搖頭。「妳哪都不准去，就待在這裡，和我們一起把房間收拾乾淨。」

「我要跟朋友道別。」

「妳要跟誰道別，凡妮莎？妳根本就沒什麼朋友。」

她看著我的眼眶開始泛淚，但她一點都沒有感到愧疚，似乎在等著看我下一步要怎麼做。周遭的人這禮拜也都用這種眼神看我——像是在等著我崩潰。她轉頭繼續清理髒亂的房間。她拉開衣櫃最上層的抽屜，抽出一大把衣服，這時有個東西滾落，剛好掉在我們中間的地板上：那是我和史特蘭在碼頭邊拍的拍立得。我和她都一臉震驚地盯著那張照片看。

「什麼……」媽蹲下來，伸手要拿那張照片。「這是——」

我很快地抓住那張照片，並將它面朝內緊握在胸前。「這沒什麼。」

「那是什麼？」她伸手要拿照片。我往後退。

「真的沒什麼。」

「凡妮莎，把照片給我。」她將手平放在我面前，以為我會像小孩一樣輕易放棄。我再次跟她說那真的沒什麼，一點都不重要。我一遍又一遍地重複聲明，聲音極度惶恐不安，甚至開始尖叫哭喊。媽忍不住向後退了幾步，那刺耳的聲音在房間裡迴盪許久。

「那個人是他。」她說。「是妳和他。」

我盯著地板，身體因為剛才的尖叫而顫抖。「不是。」我低聲說道。

「凡妮莎，我親眼看到照片了！」

我緊抓著手中的拍立得。如果史特蘭在這裡的話，他一定有辦法讓媽冷靜下來。*沒事的，*他會這樣對她說。他溫柔的話語總能安撫人心。*妳以為妳看到了驚人的事情，但事實不然。*如同說服我一樣，他絕對有辦法讓媽相信他。他會讓她在椅子上慢慢坐下，幫她泡杯茶，再趁她不注意的時候，神不知鬼不覺地把照片放進褲子口袋裡。

「妳為什麼還要保護他？」她呼吸急促，心急地在我臉上尋找答案。她並沒有語帶憤怒，而是真的不明白。我的所作所為讓她感到困惑。「他傷害了妳呀。」她說。

我搖搖頭，告訴她真相。「他並沒有傷害我。」

這時爸滿頭大汗地回到房間，將一大袋裝滿書的袋子背到肩上。當他環顧四周，確認還要拿哪些行李的時候，他注意到我和媽之間緊張的氣氛。我依然將那張照片緊握在胸前。「一切還好嗎？」他開口問媽。

我們陷入一陣沉默，早上的宿舍除了我們家以外空無一人。媽將眼神從我身上移開。「沒事。」她回答。

我們將房間裡的東西清理乾淨，一共搬了四趟才將房間清空。上車前，我突然有股想要奔跑的衝動——我想穿越校園，跑下山坡到市中心，衝到史特蘭家。我想像自己闖進他家，躲到他房間的床上，用棉被蓋住自己。昨晚離開他家之前，我跟他說我們大可以逃走。「我們可以現在就開著你的車，逃到沒人認識我們的地方。」但他拒絕了，他說這方法不可能會成功。「要度過這場風波，最好的方法就是承擔後果，努力咬牙撐過難關。」

當爸把最後一袋行李抬進卡車的後車廂時，媽輕輕碰了我的肩膀。「現在還有機會可以跟學校說，我們現在就進去告訴——」

爸打開駕駛座的門爬上車。「妳們準備好出發了嗎？」

我把她放在我肩上的手甩開，她看著我爬進車內。

回家的路上，我平躺在後面的座位，看著窗外的樹木、銀灰色的針葉、電網線還有州際公路的路標。後車箱用來遮蓋行李的防水油布隨風擺動。爸媽的雙眼直視著前方；他們的憤怒與悲傷全寫在臉上，我彷彿可以嚐到那痛苦的滋味。我張開雙唇，將他們的情緒一口嚥下。然而吞入口中後，原本的憤怒與悲傷卻變成了指責。

2017

我剛從雜貨店採買完，準備走路回家，揹在肩上的袋子沉甸甸的，裡頭裝了好幾桶家庭號冰淇淋和幾瓶紅酒。我突然接到媽打來的電話。「妳想回家過感恩節嗎？」她問我。她的語氣聽起來很氣憤，好似她已經問過我很多次同樣的問題了，但實際上我們根本還沒聊過感恩節假期的事。

「我以為妳會希望我回家過節。」我說。

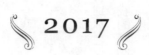

「由妳決定，都可以。」

「還是妳不希望我回家？」

「不是，我當然希望妳回來。」

「那到底是怎麼回事？」

她沉默了許久，接著說：「我不想下廚煮飯。」

「妳不一定要下廚啊。」

「但感恩節不自己煮感覺很奇怪。」

「媽，妳真的不需要自己煮。」我調整揹在肩膀上的購物袋，暗自祈禱她不會聽到裡面發出的酒瓶碰撞聲。「妳知道我們感恩節那天可以吃什麼嗎？我們可以把冷凍庫裡那個用藍色盒子裝的炸雞拿出來吃，吃那個就行了呀！妳還記得以前我們常常在週五晚上這樣吃嗎？」
我聽到她笑了。「我已經好多年沒吃那個東西了。」
我在議會街上繼續向前走，路上經過公車總站，朗費羅的雕像低頭注視著每位行經的路人。我可以聽到電話另一頭傳出的新聞播報聲：一個權威專家正在發表言論，緊接著川普的聲音出現了。媽發出一陣咕噥抱怨聲，背景雜音就消失了。「每次只要看到川普在電視上講話，我就會開靜音。」
「我真的不能理解，妳怎能忍受每天看這種新聞。」
「好啦，我知道了。」
我住的公寓就在前方。當我正準備要說再見時，她突然說：「妳知道嗎？前幾天我在電視新聞上看到妳之前念的那所高中。」
我的雙腳繼續往前走，大腦卻一片空白。我眼神呆滯地望著前方。抵達公寓時我並沒有停下腳步，而是過了下一條街，然後繼續向前走。我緊張地屏氣凝神，看她是否會往下講。她剛剛只說了妳之前念的那所高中，並沒有說那個男人。
她嘆了一口氣，接著說：「好吧，總之呢，那地方真是糟透了。」
在其他女孩出面指控他的那篇報導被刊登出來之後，布羅維克將史特蘭留職停薪，並對他展開另一輪調查。這次甚至連州警都介入了，至少據我所知是如此。我都是從泰勒的臉書貼文和留言得知這些訊息，除了少數看似經過證實的消息之外，多數留言都是謠言和謾罵，也有人表達了他們的絕望憂慮。有些人嘶聲怒喊：要杜絕這種事再簡單不過了，將所有戀童癖者都閹割就好了；另外也有些人用較為含蓄的口吻，表達願意先暫且相信被指控的人：我們難道不該相信，在證明有罪之前，所有人都是無辜的嗎？我們應該讓司法伸張正義，不能總是盲目地相信這些控訴，尤其當這些話是從年紀輕輕的女孩嘴裡說出來的時候。她們總是很愛在腦海裡幻想各種天馬行空的事情，情緒也常常起伏不定。諸如此類的留言一大堆，讓我看得頭暈目眩。我其實不知道現在的狀況到底如何，史特蘭並沒有跟我說，他已經好幾天沒跟我聯絡了。

我努力抑制想跟他連絡的衝動。我在手機上打好要傳給他的訊息，但接著又把訊息刪掉，再重寫一封。我還草擬了電子郵件要寄給他，甚至在手機上找到他的電話號碼，手指就放在螢幕上準備按下去，但我阻止自己這麼做。這麼多年來我一直拒絕面對現實，允許他向我灌輸何謂真相、何謂胡言亂語和彌天大謊；儘管如此，我依然明白實際上究竟發生了什麼事。我還沒有被他情感操弄到失去判斷現實的理智。我知道我應該要對他的行為感到怒不可遏，但這種憤怒的感覺卻似乎遙不可及，我只能盡力裝出氣憤的樣子。我對一切保持沉默，靜靜地看著泰勒不停在臉書上分享那則文章。她還特地在說明文字的地方用了緊握拳頭的符號，語氣堅決、憤怒，有如被活埋的人使勁用指甲刮著棺材努力爬出來：你大可以躲起來，但遲早會真相大白。

他終於主動連絡我了。一大清早他就打電話給我，我聽到被壓在枕頭底下的手機發出鈴聲，床墊跟著不斷震動。那頻率在我的夢境裡聽起來好似一臺馬達在湖面上發出的轟鳴聲，讓我想到我在水裡游泳時，有一艘快艇疾駛而過，發出既刺耳又像被悶住的嗡嗡聲。我接起電話，但依然陶醉在夢境裡：夢裡的我徜徉在湖中，舌尖彷彿可以嚐到鹹鹹的湖水；我看著灑落的陽光照射在湖面上，穿透底下的一片黑暗，直達湖底，照亮了沉積於底下的腐蝕落葉和掉落的樹枝，放眼望去是一片無盡的黑色泥淖。

電話另一頭的史特蘭吐出一口氣，他的氣息顯得顫抖又疲憊，像是剛剛才哭過一樣。「一切都結束了。」他說。「但要記得我曾經愛過妳，即便我對妳做了很殘忍、過分的事，但我當時真的愛妳。」他正在外面，我可以聽到電話另一頭傳來風聲，背景雜音太多導致我聽不清楚他說的話。

我在床上坐起來，朝窗外看去。尚未破曉的天空呈現一片由黑轉紫的漸層色彩。「我一直在等你打電話給我。」

「我知道。」

「你為什麼不告訴我？我看報紙才知道的，你大可以先跟我說。」

「我根本不知道會發生這件事。」他說。「完全沒預料到。」

「那些女生是誰。」

「我不知道，就是一般的女生而已。她們一點也不重要。凡妮莎，我不明白這一切，我根本就不知道自己做了什麼。」

「文章裡說你曾經性侵她們。」

他陷入一陣沉默，也許聽到我口中說出這幾個字讓他大感震驚，畢竟一直以來我對他總是百依百順。

「告訴我那不是真的。」我說。「向我發誓。」我聽到電話另一頭的風聲。

「妳覺得那有可能是真的。」他並不是在問我，而是領悟到我對他的懷疑；猶如他向後退了一步，終於看清楚，我對他一直以來展現的絕對忠誠已經漸漸動搖。

「你對她們做了什麼事？」我問他。

「妳是怎麼想的？妳覺得我能夠做出什麼惡行？」

「但你肯定是做了什麼，否則她們怎麼可能那樣指控你？」

「這就像瘟疫在全世界蔓延開來，毫無邏輯可言。」他說。

「但她們都還只是年紀輕輕的女孩而已。」我的聲音哽咽，忍不住開始啜泣。我覺得自己的身體像是被另一個女人占據，我只能從遠方看著哭泣的自己。我想起當我告訴大學室友布莉姬有關我跟史特蘭的這段過往時，她說，妳的人生就跟電影一樣精采；但她不明白看著自己的身體，被迫做出理智不贊同的事，是一種多麼令人恐懼的感受。我知道她那樣說是想要讚美我，不是所有女孩都渴望得到這樣的稱讚嗎？青少年時期的女生總是覺得生活乏味至極，渴求得到別人的關注。

史特蘭跟我說不要去試著理解這件事，這麼做只會讓自己陷入瘋狂而已。「你指的是什麼？這件事是什麼？」我問他。我需要他告訴我具體的細節，我才能夠想像那個畫面：他和那些女生在教室的哪個地方親熱？是坐在他的辦公桌，還是在長桌旁邊？當時窗外天色如何？他是伸出哪一隻手來摸那些女生的？但我卻忍不住放聲大哭。他在電話另一頭求我冷靜下來，好好聽他說。

他告訴我：「妳在我心裡跟她們完全不一樣，妳明白嗎？我從來沒有對她們產生像對妳那樣強烈的感覺。我愛妳，凡妮莎，我當時真的深深愛著妳。」

他掛掉電話後，我馬上明白接下來會發生什麼事。之前伊拉對於我不將史特蘭做的事公諸於世而感到火冒三丈時，他說他會自行舉報史特蘭。「伊拉，假使你這麼做。」我用冷漠但堅定的語氣威脅他。「倘若你把他的事告訴任何人的話，那麼你再也見不到我，我會消失在這個世界上。」

我盯著手機發愣，試圖說服自己那股想打電話報警的衝動一點都不理智。我根本不需要擔憂，但說到底我其實十分害怕。我不知道要如何解釋這件事——我是誰，他的身分又是什麼——若要這麼做的話，我勢必得揭露整個來龍去脈。我告訴自己就算報警也沒用，因為我根本不知道他現在身在何處，只知道他在外面一個風很強勁的地方，但這樣的線索根本沒有幫助。這時我看到他傳來的訊息，那是他在打電話給我之前發出來的。*妳可以順著妳的心做任何妳想做的事。倘若妳想公諸於世，那妳就該這麼做。*

我開始輸入回覆他的訊息，手指飛快地在螢幕上移動。*我並不想那麼做。我永遠都不會告訴任何人的。*我看著訊息發送出去，但卻一直呈現尚未讀取的狀態。

我昏沉沉地睡去，一開始是半夢半醒，但後來便睡得很熟。我一直睡到早上十一點十五分才醒來，那時警方已經開始在河裡打撈他的屍體；下午五點，波特蘭的報紙刊登了一則報導。

長年任教於布羅維克的教師陳屍於諾倫比加河

（諾倫比加新聞）

現年五十九歲，長年任教於布羅維克的諾倫比加居民雅各．史特蘭於星期六早晨死亡。

諾倫比加警局發布的聲明表示，史特蘭的屍體於今晨在諾倫比加河裡靠近吊橋一處被尋獲。

「這位男士從橋上跳河自盡，警方於今晨尋獲了他的屍體。」警局發言人表示。「本局今晨六點〇五分接獲民眾報案，指出橋上疑似有人想跳河輕生，接著這位報案民眾就目擊站在橋上的男士一躍而下、跳進河裡。沒有任何證據顯示為他殺。」

史特蘭出生於蒙大拿州的比尤特，他在諾倫比加境內一所私立學校擔任英美文學教師長達三十餘年，深受校內師生喜愛。上週四本報刊登了一篇報導，五名布羅維克的學生出面指控於二〇〇六至二〇一六十年間曾陸續遭受史特蘭性侵，史特蘭本人也因此深陷調查風波。

警局發布的聲明強調，即便史特蘭的死亡已判定為自殺，對於他本人的性侵調查案件並不會因此中斷。

這則報導旁邊還附上一張史特蘭近期於學校拍照日拍攝的照片，照片中的他坐在藍色背景布幕前，脖子上打了一條藍色、帶有小鑽石刺繡花樣的領帶。我不僅認得這條領帶，還清楚記得它摸起來的觸感。他的模樣比起之前蒼老許多，頭髮已經變得灰白稀疏；臉上的鬍子刮得非常乾淨，但膚色蠟黃，看起來氣色很差；他脖子上的肉變得鬆弛，眼皮也半垂著，像睜不開一樣。他整個人看起來變得好小，不是像小男孩那樣的嬌小可愛，而是如同上了年紀的人一樣，身體皺縮了不少，全身變得脆弱易碎，一臉精疲力盡的憔悴模樣。他的眼神並沒有直視前方的相機鏡頭，而是帶著迷惑的表情，朝著左邊的遠方望過去，嘴巴微微張開。他看起來很困惑，似乎不明白發生了什麼事，也不瞭解他究竟做了什麼。

隔天我在信箱看到一個郵寄來的箱子，上面蓋的郵戳日期是他跳河自盡的前一天。箱子裡放了幾張拍立得、信件、卡片，還有我為他的課程所寫的作業影本，最底層是一套已經泛黃的棉質衣物——那是我們第一次一起過夜那晚，他為我準備的草莓圖案睡衣。箱子裡面沒有附上說明紙條，但其實我不需要任何解釋。他留下的這些物品已經足以說明一切，每一樣東西都證明，他一直以來都緊握著與我之間的回憶。

史特蘭自殺的消息傳遍了整個緬因州，地方電視台還為此做了一個特輯。畫面中可以看到布羅維克的校園剪影，學生走在松樹遮蔭的幽美小徑上，外層鋪著白色斜面牆板的宿舍，以及以雄偉石柱作為建築物門面的行政大樓。畫面停在人文大樓定格了幾秒鐘，接著史特蘭的照片出現在螢幕上，和報紙上刊登的那張照片一樣。螢幕下方顯示出他的名字，但卻錯植成：雅各·史德蘭。

我不斷滑手機，看著網路上各種社群媒體的留言，包括臉書和推特，完全沒有注意到時間一點一滴地流逝。我還特地設定了提醒通知，只要他的名字一出現在網頁上，我的手機就會響鈴通知我。結果我的手機不停傳出「叮」的聲響。我在筆電上一共開了十五個分頁，反覆流連在不同網站上。當我看完所有留言後，便接著打開電視新聞。第一次看新聞播報時，我還跑去廁所吐了出來，但後來我逼自己把報導看完，還反覆看了很多次，現在我已經麻木了。當我看到史特蘭的照片出現在電視上時，已經不會有任何反應。當我聽到新聞播報員說「五名學生指控他性侵」，也絲毫不會感到畏懼退縮。

大約二十四小時過後，連南部各州都開始播報這則新聞。波士頓和紐約的報社刊登了相關報導，各種評論文章開始如雨後春筍般出現。這些評論員試圖將當今社會盛行的性騷擾指控熱潮帶往更加複雜的層面，於是他們對文章下了諸如此類的標題：「這樣的算帳是否太過火？」、「控訴足以致死」、「人民該好好檢視未經證實的指控所潛藏的危機了」。這些評論文章在探討究竟是什麼原因導致史特蘭走上不歸路時，都不約而同地提到了泰勒；他們把她塑造為過於狂熱的指控者，聲稱她是一個新世代的正義魔人，為了達到目的在所不惜，完全沒有考慮她的行為所產生的嚴重後果。儘管也有另一群人在社群媒體上幫泰勒辯護，但絕大多數都是詆毀她的聲浪。這些人說她自私無情，甚至主張她是一個殺人犯——正是她的行為才把史特蘭逼向死亡，這一切都要算在她頭上。一個致力於宣揚男性權利的播客節目主持人還特地為此做了一整集的專題特輯，他主張史特蘭是女權主義暴權下的受害者，而他的節目聽眾隨即開始對泰勒展開攻擊。他們搜尋到她的電話號碼、住家及公司地址。泰勒在臉書上張貼她收到的簡訊和電子郵件截圖，上面可以看到許多匿名男子對她發出的各種威脅，揚言要強暴她、殺掉她，甚至將她的屍體大卸八塊。短短幾小時後，泰勒便銷聲匿跡了。她關閉個人臉書，裡面的公開貼文全都不見了。這一切發生得太快，讓人措手不及。

這段期間我持續打電話向公司請假，每天都待在家裡看相關報導。房間的床頭櫃上堆滿各種吃完的食物包裝袋和空酒瓶。我不停地喝酒、抽菸，眼睛一直盯著史特蘭寄給我的那些照片。照片中的我看起來還只是個娃娃臉、四肢纖細的少女，散發出令人不可置信的青春活力。在其中一張照片裡，我赤裸著上身、開心地咧著嘴笑，對鏡頭伸出我的雙手；另一張照片裡，我無精打采地坐在他的車子副駕駛座上，帶著兇狠神情瞪著相機鏡頭；又一張照片裡，我面朝下躺在他的床上，棉被蓋住我腰際以下的身體。我還記得他拍了這張照片之後，我拿起來仔細看了好一會兒。他覺得我這個姿勢很性感，雖然我覺得他那麼想很怪異，但也試著換不同的角度來想，並且說服自己，這看起來就像是音樂錄影帶裡才會出現的畫面。

我打開筆電，在瀏覽器上搜尋費歐娜．艾波的歌曲〈罪人〉，開始播放這首歌的音樂錄影帶。畫面中還是一位青少女的費歐娜看起來陰鬱叛逆，身體柔韌優雅。她唱著關於一個叛逆女孩的故事，我想到之前那個離過婚的男人在酒吧後面的巷子問我：妳最近是不是很調皮？妳看起來感覺最近不太乖。這讓我回憶起史特蘭曾經說過，我讓他成了一個罪人。當時聽到他這麼說，我覺得充滿力量。我大可以揭露他的惡行，將他繩之以法。老實說，在我心情極度惡劣的時候，我曾經幻想過那個畫面——史特蘭孤零零地待在狹小的監獄牢房裡，什麼事都不能做，只能在腦海裡想著我。

音樂錄影帶播完後，我將攤開的照片全部收好，丟回盒子裡。那真是一個該死的盒子。一般正常的女孩會用鞋盒收藏男生送給她們的情書，還有參加舞會時別在胸前的乾燥花飾，而我的盒子裡卻是一疊疊的兒童色情照片。假如我夠聰明，就應該要把盒子裡的東西全都燒掉，尤其是那些照片；因為我知道如果正常人看到的話會產生什麼想法，那些照片看起來就像從性走私集團沒收的東西，血淋淋的犯罪證據——但我卻沒辦法狠下心這麼做。燒掉這些照片，就像是點火將我自己燃燒殆盡一樣，我真的下不了手。

我好奇留著自己這樣的照片，是否會有犯罪的嫌疑。假如我說當我接近年輕女孩時會感到異常興奮，是否代表我自己也成了一個罪犯。我想到多數施虐者在童年時期也曾經遭受暴力，每個人都說這是一個惡性循環，可是只要願意努力，就有改善的機會。但我太懶惰了，一點都不想將這些痛苦回憶清乾淨丟掉，我根本不想振作起來。不，這些說法在我身上都不適用。我根本沒有受到性侵，完全不是那麼一回事。

別再想了。好好讓自己哀悼吧——但連他的訃聞和喪禮都沒有，唯一有的只是那些陌生人寫的文章，這樣我要如何緬懷他呢？我不知道會由誰來處理他的後事，也許是他那位住在愛達荷州的姊姊？但即便舉行了他的喪禮，又有誰會願意出席呢？我肯定是沒辦法參加的。假使別人看到我出現，他們一定會猜到我們之間的關係。告訴我發生了什麼事。他們會問我。他對妳做了什麼？

越是這樣想，我的大腦思緒就變得越加混亂。房間像是被閃光燈照亮一樣閃爍不停，所以我吃了一顆鎮定劑、抽了一點大麻，然後讓自己在床上躺平。每當這樣的時候，我都會先耐心等待鎮定劑發揮效用，如果沒有感覺到效果，我才會進行第二輪。我總是小心翼翼，從來不會讓自己用藥過度，所以我才能夠確定我的問題一點也不嚴重。再說，也許我根本就沒有什麼問題。

我告訴自己沒關係。這些日子裡我不停喝酒、抽大麻，還吞了好幾顆鎮定劑，就連想起史特蘭也覺得沒關係——我很好。這些根本不算什麼，都是再正常不過的事。所有風趣的女性在年輕時都曾跟年紀稍長的男人交往過，這就像成年禮一樣。在此之前，這些女孩都不過是不諳世事的少女。雖然這樣的人生經驗不能馬上讓她們蛻變成女人，但至少讓她們更加瞭解自己真實的一面和潛在的力量。自我覺察是件好事；明白自己在這世上的定位，可以讓我們更有自信、也更有魅力。他幫助我洞悉自己不同的一面，這是同齡男生絕對做不到的事。假使我跟學校裡的其他女生一樣，用嘴巴和手服務他們，無止境地為這些男生犧牲奉獻，最終獲得的下場可能就只是被當做蕩婦，然後被大家唾棄。倘若當初沒有跟史特蘭在一起，我的下場並不會比較好。至少他曾經深愛過我，至少我體驗過被人崇拜是什麼樣的美好滋味。在我們初次接吻之前，他就已經被我深深地迷住了。

我又讓自己陷入另一輪惡性循環——喝酒、抽菸、吞鎮定劑。我想讓自己的身體沉得好深好深，這樣我就可以滑到水面下，一直在水裡憋住氣，永遠不要浮出水面。他是唯一一個瞭解我這般渴望的人：我並不是試著了結自己的生命，而是想要一直沉溺於這種瀕死狀態。我記得我曾試著跟伊拉解釋這樣的感受，但我才透露了一點，就讓他感到憂心忡忡，而擔憂永遠不可能會帶來好結果，反而會讓人開始干涉妳的生活。每當聽到有人對我說：「凡妮莎，我很擔心妳。」我的人生就會開始變得四分五裂。

我繼續每天喝威士忌、抽大麻，但暫時先不吃鎮定劑了。我清楚自己身體的極限。儘管發生這麼多糟糕的事，我依然保持我的理智和判斷力。我可以照顧好自己。看看我——我很好，一點問題都沒有。

我伸手把筆電拿過來，接著打開螢幕，繼續播放費歐娜．艾波的音樂錄影帶。影片中僅穿著貼身內衣褲的年輕少女們不停扭動自己的身軀，幾個沒有露出臉龐的男子引導著這些女生，將她們的頭和手往身體滑下去。費歐娜．艾波曾在十二歲時遭到強暴，我記得十二歲的我在電視上看到她的受訪影片。她對這件事侃侃而談、毫不避諱，講到「強暴」這個字眼時，她神態自若，彷彿這兩個字對她來說不具有特殊意義。她是在她家公寓外面被強暴的，整個過程中，她都可以清晰聽見她家養的狗不間斷地吠叫。我記得當我聽她陳述這段過往時，我的雙手緊緊抱著家裡當時養的那隻牧羊犬，哭得淚流滿面，炙熱的淚水緩緩流進牠的長毛裡。當時的我完全不需要為強暴這件事感到擔憂——我是一個幸運的女孩，一直被父母小心翼翼地呵護著——但親耳聽聞她遭遇的憾事，依然讓我的內心極為震撼。那時的我彷彿已經察覺往後可能降臨在我身上的事。但老實說，哪個女孩不會為此感到憂心忡忡呢？這樣的危險與暴力在角落伺機而動，隨時都有可能朝妳撲來。現今社會的女性不斷被灌輸這種觀念，導致這似乎成了一個不可避免的情況。每個女孩都為此惶恐不安，每天過得心驚膽戰，不知道這樣的危險什麼時候會降臨在自己身上。

我在網路上搜尋「費歐娜．艾波受訪紀錄」，然後開始看一連串的報導文章，直到視線變得模糊不清。《*SPIN*》雜誌在一九九七年的一篇文章探討了我一直在看的那個音樂錄影帶，裡面寫到：「看這個音樂錄影帶，會讓人感覺自己就像韓伯特一樣有心理病態。」看到這句話時，我忍不住發出一個既像笑又像哭的抽噎聲。若我一不小心陷進回憶漩渦中，《蘿莉塔》的小說內容便會開始湧現在我腦海。那篇文章接近結尾的地方，費歐娜詢問訪問她的記者一些問題，都是有關於強暴她的那個人，還有她受到的創傷：「傷害一個小女孩需要多大的力量？要讓一個小女孩從創傷的陰影中走出來又需要多大力量？你認為施暴者和受害者誰比較堅強？」這些問題在我心中揮之不去，答案再明顯不過——她才是比較堅強的那一方。我也很堅強，任何人都絕對想不到我有這樣的能耐。

我這樣說並不代表我是強暴的受害者，我沒有真的遭受過所謂的「強暴」。史特蘭曾經傷害過我，但都不是那種情況。我知道，如果我向外界宣稱他強暴了我，所有人都會相信我說的話。我也可以加入這股女權抬頭的運動，跟所有女生一樣訴說我曾經歷過的慘痛經驗，但我不會為了讓自己融入潮流而撒謊。我拒絕稱呼自己為受害者。像泰勒那樣的女性覺得被當成受害者可以讓她感到慰藉，她們要那麼做也沒什麼問題，但當史特蘭受苦、瀕臨崩潰的時候，他打電話聯絡的對象是我。他曾經這麼說過——跟我在一起時的感受，是他從未體驗過的。他當時深愛著我，他是真的愛我。

當我走進露比的辦公室時，她才看了我一眼，便對我說：「妳看起來不太好。」

我試著抬頭和她四目相接，但我做不到，只能盯著她那披在肩膀上的橘色山羊絨圍巾。

「發生什麼事了？」

我舔了舔嘴唇。「我失去一個對我很重要的人，現在依然很哀痛。」

她訝異地將手舉到胸前。「別跟我說是妳的母親。」

「不是，是別人。」

她等著我主動跟她解釋究竟是誰。時間一秒一秒地過去，她的眉頭皺得越來越緊。我通常都很坦率直白，每當走進她的辦公室時，我都已經準備好想要跟她聊的話題，她從來不用主動向我打聽任何事。

我深吸一口氣。「如果我跟妳講的這件事情是觸法的，妳會告知有關當局嗎？」

她被這突如其來的問題嚇到，緩緩地開口對我說：「視情況而定。如果妳告訴我說妳殺了人，那麼我就有義務要報警。」

「我沒有殺人。」

「我也不覺得妳會那麼做。」

她要我跟她詳細說明發生了什麼事，這時我突然變得很彆扭、含糊其辭，我覺得這樣的自己很可笑。

「我現在會感到傷痛的原因跟暴力有關。」我說。「又或者是在別人眼裡，會被視為是暴力的行為，但我自己並不這麼認為。我只是想先確認，如果我不希望妳說出去的話，妳會幫我保密。」

「我們現在講的暴力是妳所遭遇的事嗎？」

我點頭，眼睛直直盯著她身後的那扇窗戶。

「倘若沒有得到妳明確同意，我不能把妳跟我講的事情洩露出去。」

「如果事發當時我還未成年呢？」

她迅速地眨眼，眼皮不停顫動。「這不會有影響，妳現在已經是成年人了。」

我把手機從包包裡拿出來遞給她，螢幕上是那篇有關史特蘭的報導。露比神情凝重地滑動手機，看著文章內容。「這件事跟妳有關嗎？」

「他就是那位老師，那個……」我的聲音開始顫抖，我試著解釋，卻發不出聲音。「我曾經跟妳提過他一次，不知道妳還記不記得。」

那已經是幾個月前的事了。當時我和露比還在熟悉彼此的階段，每次看診快要結束時，她都會問我一些比較輕鬆的問題，就像是在做完激烈運動後，會做一些小跑步讓自己放鬆冷靜下來——我在哪裡長大、平常喜歡從事什麼活動——諸如此類的無聊問題。有一天她問到有關寫作的事。她問我在大學修寫作課的過程，還有我是從什麼時候開始愛上寫作的。「妳當時有受到任何老師的鼓勵和肯定嗎？」她問我。這是一個非常單純的問題，但卻讓我的臉開始扭曲抽動。我會這樣並不是因為放聲哭泣，而是因為興奮而感到頭暈目眩——我開始像個少女一樣，一邊喘氣、一邊咯咯笑。我用雙手遮住自己的臉，然後透過指縫偷偷朝外面望，露比則是滿臉訝異地看著我。

最後我終於冷靜下來對她說：「當時有一位老師特別鼓勵我，但這件事情講起來很複雜。」當我說出這句話時，我感覺到辦公室裡的空氣瞬間凝結，氣氛變得很沉重。史特蘭彷彿透過我的身體，揭露了他自己以及他的所作所為。

「你們之間的關係似乎不單純。」露比說道。

我侷促不安地點頭。

她低聲問我：「妳當時愛上他了嗎？」我不記得我是怎麼回答這個問題了，但我想必是說了對或是類似的答案，接著我們便繼續聊其他事，但這個問題在那時對我造成很大的衝擊，至今依然如此。這暗示我也主動參與其中──我當時有愛上他嗎？我不記得任何我曾經傾吐這件事的人有問過我這個問題。他們只會問我是否和他發生性關係，還有我們是怎麼開始、如何結束的，從來不曾問我是否愛他。後來那天的看診時間到了，我和露比再也沒有提起那件事。

坐在我對面的露比驚訝地張開嘴。「他就是妳當時跟我說的那個人嗎？」

「很抱歉。」我說。「我知道向妳傾吐這件事會給妳帶來很大的壓力和困擾。」

「不用抱歉。」她又再看了一會兒那篇文章，接著把手機螢幕朝下，放在我們倆中間的桌子上，雙眼直視著我。她問我想從哪裡開始說起。

我開始向她娓娓道來，一點一滴地吐露心聲，整個過程中她都十分有耐心地聆聽。我盡我所能簡述大致發生的事──我們是如何開始的，以及後續發生了什麼事情。我沒有談到自己的感受，也沒有告訴她這件事對我造成的傷害，但光是聽到我陳述的那些事實，就足以讓她備感震驚。要不是因為我很擅長解讀她的表情，否則我可能沒辦法看出她的驚恐。她通常只會透過眼睛展現情緒。

看診結束時，她說我願意相信她，並且向她傾吐這個祕密，是非常勇敢的行為。「妳選擇和我分享這件事情，讓我深感榮幸。」她對我說。

當我離開她的辦公室時，我內心暗忖，我究竟是何時決定要將這個祕密講出來的；是我下了決心要這麼做，還是那根本不是我能掌控的。

走回家的路上，我還因為那壓抑已久、終於說出口的自白而激動不已，猶如卸下肩頭重擔、全身輕飄飄的感覺。我側身避開迎面而來的一大群遊客，我聽到其中一人對著另一人說：「我從來沒看過任何地方有那麼多菸蒂，我以為這是一座美麗的城市。」我想到剛剛和露比的整個談話過程，她彷彿把我當作是一隻容易受驚嚇的小動物，隨時可能會跳起來、飛奔逃走。她那小心翼翼的舉止讓我想起史特蘭，他一直都很謹慎。一開始他先用膝蓋側面貼近我的大腿，這個舉動很容易被認為是不小心誤觸；接著他將手放到我的膝蓋上，輕輕地拍了一下，就像人們彼此之間會用來表達善意的舉動。輕拍一下、兩下、三下。我曾經見過老師擁抱學生，所以他那樣輕拍我的膝蓋也沒什麼大不了的。一旦他發現我並不介意他這麼做之後，情況開始越演越烈——他總是會先問我願不願意，這不就是「許可」的意思嗎？我希望他親我嗎？我想要他摸我嗎？我想要他上我嗎？我讓他慢慢地引導我，讓我享受那股慾望在體內燃燒的興奮感——為什麼沒有人願意承認，那樣的愉悅感有多麼美好？被他一步一步誘引，讓我像是受到百般疼愛，彷彿是個嬌嫩的珍寶，被他緊緊擁在懷中，細心呵護。

然而，當我回到我住的公寓，聞到那股瀰漫在空氣中的霉味、看到髒亂的房間後，之前那股狂熱的興奮感瞬間消失無蹤。我的床鋪依舊凌亂，廚房洗碗槽中堆滿吃完的食物包裝紙，冰箱上貼著露比幾個月前叫我做的日曆。她要我將繁瑣到令人尷尬的日常事務都標註上去——洗衣服、倒垃圾、買生活用品、繳房租——這些項目在一般人眼裡都是再平凡不過的小事，但若我沒有看到這些任務在我眼前明列出來，並且逐項去完成的話，我肯定會渾渾噩噩地過日子。每天穿著髒衣服走來走去，吃轉角雜貨店買來的洋芋片度日。

他寄給我的拍立得照片四散在客廳地板，那一套草莓圖案的睡衣垂掛在暖氣機上。我暗忖自己究竟陷入了何種程度的瘋狂，我還可以將自己逼到怎樣的地步；我似乎已經快要變成用木板將窗戶封死、堅持沉溺在過去的骯髒淫穢裡，那種不願面對現實的女人。我告訴露比，其實我早已想像過這件事——他是如何走向死亡，以及我對此會有什麼感受。他比我年長二十七歲；我之前就已經有心理準備。但我原本想像他會漸漸衰老死去，躺在病床上用無助的眼神望著我。我以為他會留給我一些東西：他的房子、車子，或是一些錢。就像《蘿莉塔》的故事最後，韓伯特給了蘿莉塔一個裝滿現金的信封袋，試圖要用這樣有形體的金錢，彌補他過去帶給她的傷害。

在看診過程中，露比說我的內心似乎埋藏了太多祕密，好似快要爆炸一般。她用「火力全開」來形容我想將祕密傾瀉而出的決心和渴望。

「我們得十分謹慎。」她說。「一步一步慢慢來，不要太心急。」

但當我回到家、站在客廳裡，我開始想像，假如我不顧後果地魯莽行事，會是什麼樣的感覺。我幻想將所有證據淋上汽油——包含從我此刻三十二歲到當時才十五歲的所有東西——接著丟下一根火柴，讓這些東西全部燃燒殆盡。想到我那麼做會留下的殘骸以及導致的後果，我的鼻息就忍不住哽住，彷彿快窒息一般。

2001

現在是六月初，已經連續下了兩週的雨，今天終於放晴了。黑蠅慢慢消散，但到處都是蚊子。我和爸拖著游泳圈穿越院子往湖泊方向走，成群的蚊子在四周飛舞。我們分別坐在游泳圈兩側，手上各自拿著一支槳划著，慢慢從布滿鵝卵石的淺水區划到深水處。爸把游泳圈繫在錨上，接著拿掉浮標，我們就這樣靜靜地坐在游泳圈上一陣子。爸將一隻腳放在水裡晃來晃去，我則是把兩隻膝蓋彎起來緊靠在胸前；這麼做是為了遮住我身上那件鬆垮的舊泳衣，上面的鬆緊帶已經乾腐。為了避免肩帶從肩膀上滑落，我還將抽繩打了個結。我們將貝比的繩子繫在一顆松樹的樹幹上，牠在岸上不停踱步，看起來氣喘吁吁。我和爸都不急著跳進湖裡游回岸上，最近幾天的氣溫都不高，湖水依然很冰冷。

我望著眼前的一潭湖水，耀眼的陽光灑落在湖面上，穿透湖水直達到底部。一百年前，這座湖和四周的森林都還歸一座伐木場所有，當時被丟棄到湖裡、沉到底部的木材清晰可見。靠近岸邊的地方可以看見翻車魚在守護用來產卵的魚巢，那是牠們費力用尾鰭圍出的沙堆，形狀呈現完美的圓形。好幾隻蜻蜓迅速飛過湖面，牠們的身體彼此交融，正在尋找一個可以交配的安全地降落。其中兩隻停在我的前臂上，我靜靜凝視牠們那明亮電光藍的身體以及清澈透明的翅膀。

「妳最近看起來似乎好多了。」爸對我說。

每當爸媽提到史特蘭、布羅維克，還有之前發生的一切，他們就會用這種隱晦的方式來指稱，沒有人願意直接說出來。爸對我講完這句話之後，眼睛緊盯著岸上的貝比，並沒有轉過頭看我有什麼反應。我察覺到爸最近和我說話時，常常像這樣迴避我的眼神；儘管我內心明白是學校那件事導致的，但我說服自己是因為我離家住校了兩年，已經慢慢長大。況且有哪個爸爸會想要看自己十幾歲的女兒穿著鬆垮的泳衣。

我沒有回答他，只是低頭凝視停在我手臂上的那兩隻蜻蜓。我現在的確覺得有好一點，至少比一個月前、剛剛離開布羅維克時好了些。然而，直接承認這件事似乎代表我已經釋懷了。

「倒不如趕快了結這苦差事。」他站起來，縱身一躍跳進湖裡。從湖面上探出頭的瞬間，他高呼了一聲。「我的天啊！這水也太冰了吧。」他看著我。「妳要下來嗎？」

「我等幾分鐘再下去。」

「隨便妳。」

我看著爸獨自游回岸邊，貝比在岸上等他，準備把他小腿上沾附的水珠舔掉。我闔上雙眼，聽著湖水拍打著游泳圈，四周傳來山雀迪迪迪的聲音，還有畫眉鳥和哀鴿發出的鳴叫聲。小時候，爸媽常常說我講話的聲音跟哀鴿很像，總是鬱鬱寡歡、悶悶不樂。

當我跳進湖裡時，湖水的冰冷刺骨讓我措手不及。剎那間我全身僵硬、動彈不得，身體像是失去了方向感，朝著黑綠色的湖底快速墜落。但接著，突然有一股溫柔的力量漸漸將我拉回去，我轉身面向湖面，朝著陽光的方向游了上去。

我穿過院子往家裡的方向走，看到媽的車子停在車道上時，我心頭一沉。她剛下班，回家路上買了一盒披薩當晚餐。「拿一個盤子來裝。」爸對我說，接著將手中的那片披薩對折成一半，用力地咬下一大口。

媽把她的手提包順手丟在流理臺上、踢掉腳上的鞋子。她看到我穿著泳衣站在那，頭髮還濕漉漉的，隨即對我說：「凡妮莎，老天啊，拿一條毛巾擦乾頭髮，妳身上的水都滴滿地了。」我沒有理她，只顧著看她帶回家的那盒披薩，上面灑滿了肉腸和起司。其實我已經餓到手都在發抖了，但我還是故意做了一個鬼臉。「好噁，上面的油也太多了吧，真倒胃口。」

「好啊。」媽對我說。「那妳就不要吃。」

爸察覺到我和媽之間的空氣凝結，似乎準備要大吵一架，便拿著手上的披薩走出廚房，躲進客廳看電視。

「那我要吃什麼？家裡的食物全都難以下嚥。」

她用兩隻手指扶著額頭。「凡妮莎，拜託妳，我現在沒有心情跟妳吵架。」

我用力甩開櫥櫃的門，拿出一個罐子。「這罐粗鹽醃漬牛肉炒馬鈴薯已經——」我檢查了一下有效日期，「過期兩年了。真驚人。一定還很可口。」

媽一把將我手中的罐子抓過去，丟進垃圾桶裡，接著轉身走向浴室，砰地一聲大力將門關上。

那天晚上我拿著筆記本躺在床上，用文字記錄腦海中那些不斷浮現的畫面——史特蘭在辦公桌後第一次觸碰我的那天、我們在他家度過的夜晚、一起待在他辦公室裡的午後時光——這時媽帶了兩片披薩走進我的房間，她將裝著披薩的盤子放在床頭櫃，在床緣坐了下來。

「我在想，這個週末我們也許可以一起去海邊走走。」她說。

「去那邊要幹嘛？」我嘴裡咕噥道。我沒有抬起頭看她，但可以感覺到這樣的冷漠態度已經刺傷了她。她很努力地試著讓我回到過去還是一個小女孩時、那無憂無慮的日子。從前的我們從來不需要特別規劃任何事情，總是很自在、隨興，上了車就可以去任何地方，光是兩人世界就讓我們感到心滿意足。

她低下頭看我的筆記本，側頭想看我在上面寫了什麼。教室和辦公桌還有史特蘭這幾個字不斷出現。

我快速將那一頁翻過去。「可以不要偷看嗎？」

「凡妮莎。」她嘆了口氣。

我們凝視著彼此，她的眼神在我臉上來回掃視，彷彿在找尋我已經變了一個人的徵兆，或者我是否還是她從前熟悉的那個人。她知道發生了什麼事。每當我看到她，在我腦海裡浮現的念頭就是——她肯定知道。一開始我很擔心她會不會聯絡布羅維克或是警方，至少會跟爸說這件事。有好幾週，每當家裡的電話鈴聲響起時，我內心都做了最壞的打算，想著不可避免的餘波總會到來。然而，這個擔憂始終沒有成真。她守住了我的祕密。

「如果真的沒有發生什麼事的話，妳得想辦法讓自己學會放下。」她說。

她站起身時輕輕拍了我的手，我馬上把手抽開，但她卻裝作若無其事。她走出房間時刻意讓門半敞開著，我下床把門用力關上。

讓自己學會放下。當我發現她沒有打算要向別人揭露我埋藏在心中的祕密時，我還感到如釋重負，但現在卻漸漸對她失望不已。這場交易似乎變成——如果妳希望我幫妳守密，那麼我們就得要假裝這一切從沒發生過——但我做不到。我下定決心要將這件事牢牢刻在心底；我會任由這段回憶繼續纏繞著我，直到可以再次見到他的那一天。

炙熱的暑假尚未結束。晚上我會躺在床上，聽著湖面上的白嘴淺鳥發出刺耳尖銳的叫聲。白天爸媽出門上班的時候，我會沿著沙土路摘採野生的覆盆子，拿回家做成鬆餅，並在上面淋上滿滿的楓糖漿，一口接著一口吃下肚，直到我開始覺得不舒服。我會待在庭院裡，面朝下躺在草地上，聽著貝比在湖裡大步跳躍、到處抓魚。牠上岸時會走到我旁邊，將自己的身體用力甩乾，水珠灑落在我的背上；接著牠會用鼻子輕輕頂著我的脖子後側，好似在問我還好嗎。

我說服自己，這段期間只是我故事的中場，好似短暫的放逐，目的是為了測試我對他是否忠心耿耿。而最終，這樣的試煉會讓我變得更加強壯。我已經漸漸接受不能聯絡史特蘭的事實，至少在風波平息前還不能這麼做。即便爸媽不會刻意檢查電話上的來電顯示或是看電話帳單核對身分，但我幻想有人會監聽家裡的電話，連我的電子信箱都被管控；只要我撥出一通電話給史特蘭，他就很有可能會被學校開除，隨後警察就會出現在他家門前。很難想像我是一個那麼危險的人物，但看看已經發生的那些事——我根本沒開口向別人吐露任何事情，結果我們依然陷入了難以抽身的險境。

我所能做的就只有默默承受這樣的懲罰。每天我會划著獨木舟到湖中央，讓水流緩緩將我帶回岸邊，或是看著已經不下幾百次的《蘿莉塔》，檢視史特蘭寫下的、那已經褪色的註解。我低頭看著第一百四十頁，那是韓伯特和蘿莉塔兩人第一次發生關係的隔天早晨，他們坐在車裡。其中有一句話下方標記的底線似乎是後來才劃上去的：「這是一種令人難以形容的感覺：彷彿我剛才謀殺了一個小女孩，而她的鬼魂現在就坐在我的身旁。我感到極度壓抑和醜惡，令我險些喘不過氣。」這句話讓我想起，當我和史特蘭第一次在他家發生關係的隔天早晨，他開車載我回學校宿舍。路程中他問我還好嗎，我依然記得當時的他是多麼仔細地端詳我的表情。我在筆記本上草草寫下，「紅顏禍水」這個詞代表充滿性吸引力的年輕女孩，光是觸碰男人一下，就會誘導他們犯下罪刑。

我很畏懼八月的到來，因為一旦布羅維克的宿舍入住日過了之後，我就再也沒辦法假裝這一切還有轉圜餘地。我不能再繼續幻想當我醒來時，會看到所有東西都已經裝上卡車，聽到爸媽對我驚喜地大喊：「想不到吧！事情都順利解決了。現在妳要回學校囉！」我在宿舍入住日的那天早晨醒來，家裡空無一人，爸媽都去上班了。廚房流理臺上留了一張紙條，交代我要用吸塵器把地板吸乾淨、洗碗、幫貝比把毛梳整齊，還有幫忙把家裡種的番茄和櫛瓜植栽澆水。我身上還穿著前一晚的睡褲和T恤，快速套上運動鞋後，我就出門去森林裡跑步。我直接往懸崖的方向跑去，林下灌木叢不斷摩擦我的小腿。當我終於到達山頂那一刻，我一邊大口喘氣，一邊俯視著底下那片湖泊，看著遠方那狹長低矮的鯨背山延展開來。放眼望去是一片無盡的森林，只有一條高速公路從中間穿插而過，行駛在上面的大型貨車從山頂上看下去，就像在軌道上滑行的玩具車一樣。我在腦海裡幻想走進布羅維克一間空的宿舍房間裡，陽光灑落在空無一人的床鋪上，但接著卻發現窗框上已經刻了一個陌生人的姓名縮寫。我想像一個新班級的第一堂課，史特蘭看著學生一一在長桌邊找位置坐下，腦海裡浮現的卻是我的身影。

我後來就讀的那所高中是只有一層樓的狹長建築，是為了因應六〇年代的戰後嬰兒潮，倉促之下蓋的學校，從建立之初到現在，校舍都沒有整修過。學校和旁邊的購物商場共用一個停車場，商場裡有各式各樣的商店，包括減價雜貨店、洗衣店、電信行，電信行裡會有業務員在推銷信用卡，另外還有一間依舊允許用餐顧客在室內抽菸的小餐館。

這間學校無論在任何面向都跟布羅維克大異其趣。教室地板鋪著地毯，各種活動前固定會舉行誓師大會，學生上學都穿著T恤和牛仔褲。此外，這間學校還提供技職教育課程。學生餐廳供應的午餐是雞塊和切片披薩，教室空間擁擠到連要再塞進一張桌子都有困難。那天一早，媽開車載我去上學，路上她對我說，展開新學年的第一天是件很棒的事，還說我一定可以很快融入群體。但當我走在學校走廊上時，已經可以明顯感受到其他人對我投以異樣眼光。曾在國中跟我念同一間學校的學生刻意迴避他們的眼神，其他學生則是明目張膽地盯著我看。我修了一堂進階法文四的課程，但課本上的內容我都已經學過了。坐在我旁邊那一排的兩個男生在低頭竊竊私語；他們在討論一個轉學過來的高三女生，大家都謠傳她是個蕩婦，還跟老師上過床。

一開始我只能眨眨眼，兩眼呆滯地低頭看著課本。「上床？」

但接著我感到一陣怒火在心中爆發，這兩個男生顯然不知道自己正在談論的女生現在就坐在他們旁邊。這個情況下，我似乎只有兩種選擇──乖乖坐在位置上保持沉默，或是當場大吵大鬧。但這樣的話，全校都會知道那個女生就是我。那兩個男生有可能以為我跟他們一樣，都是今年高四的學生，但更有可能的情況是，他們根本沒想過我恰巧就是他們口中說的那位轉學生。從外表看起來我就跟其他平凡的女學生一樣，一臉素顏，穿著中間尺碼的燈芯絨褲。他們如果知道那個女生是我的話，鐵定會用懷疑的語氣問，就是妳？畢竟我的樣子一點都不符合他們腦海裡想像的蕩婦模樣。

到新學校上課的第四天，我正要走去學生餐廳吃午餐，突然有兩個女生走到我旁邊。我認得其中一個女生：潔德·雷諾斯，她國中跟我念同一間學校。她將原本的棕色頭髮染上一層黃銅橘色，以前她常常穿牛仔闊腿褲，脖子上總是戴著一條槓鈴垂飾的項鍊；現在她已經換了全新的穿衣風格，不過眼睛上依舊畫著很厚重的煙燻妝。另一個女生叫作卡莉，我跟她修同一堂化學課，她的身材很高，身上總是散發著濃濃的菸味，她將頭髮漂成將近全白的顏色。她有著一個鷹勾鼻，這讓她的眼睛看起來有點鬥雞眼，像是暹羅貓的眼睛一樣。

潔德一邊走在我旁邊，一邊笑著看我。那笑容似乎不懷好意，像是要挖掘什麼祕密一樣。

「嗨，凡妮莎。」她用爽朗的聲音對我說，唸出我名字時還刻意拉長聲音。「妳想跟我們一起吃午餐嗎？」

我察覺到這是一個陷阱，因此本能地縮起了肩膀，對她搖頭。「沒關係。」

潔德低頭看著我。「妳確定嗎？」她繼續用那個詭譎的笑容注視著我，好像要從我的表情中找到什麼線索一樣。

「別這樣嘛。」卡莉用她沙啞的聲音跟我說。「一個人吃飯多孤單。」

她們兩人一進餐廳就直接朝一個位在角落的桌子走去。我才正要坐下時，坐在另一側的潔德就將身子湊過來，她那雙棕色眼睛睜得好大看著我。

「所以，妳為什麼要轉學過來？」

「我不喜歡那裡。」我說。「念私校太貴了。」

潔德和卡莉交換了一個眼神。

「我們聽說妳跟老師發生關係。」潔德說。

某種層面來說，聽到有人這麼直截了當地問我這個問題，讓我感到如釋重負。想到這件事在緬因州內依然持續蔓延、拒絕被大家遺忘，我內心寬慰了不少。我爸媽可以假裝這件事從來沒發生過，但這是真的，確確實實發生過。

「那個老師性感嗎？」卡莉問我。「如果他很性感的話，我也願意跟他做愛。」

她們盯著我看，我內心掙扎著要如何回答。我明白她們腦海裡幻想的畫面就跟開學第一天坐在我旁邊的兩個男生一樣，都跟真實情況相差甚遠——她們腦中想像的是一位像電影明星那樣年輕帥氣的男老師。如果她們看見史特蘭的真實模樣——挺著啤酒肚、戴著一副有框眼鏡——我很好奇她們對我會有什麼想法。

「所以妳真的有跟老師發生關係嗎？」潔德語帶懷疑地問我，她並不相信有關我的那些謠言。我微微聳肩，不願直接證實，但也不明確否認，卡莉像是瞭解我的意思般點點頭。

她們兩人分吃一袋潔德從包包拿出來的花生醬夾心餅乾。她們都先把兩片餅乾打開，再用牙齒舔掉中間的花生醬夾心。有一位老師在餐廳裡巡邏，她們的眼神緊緊盯著他看，當他低頭朝著對面另一桌學生說話時，潔德和卡莉迅速站起身。

「快點。」卡莉對我說。「帶著妳的背包。」

她們火速離開餐廳往走廊底端走，轉了個彎來到校園另一側，接著打開門，走向通往臨時教室的通道，最後彎下身穿越通道的欄杆、跳到下方的草地上。

卡莉看我一臉猶豫的樣子，便伸手用力地往我腳踝拍了一下。「快點跳下來，不然會被看到。」

我們奔跑穿越草地，來到停車場和商場，許多人推著裝滿購物袋的推車從商場裡走出來。一個男人靠在空的計程車上，一邊抽著手裡的菸，一邊看著我們。

卡莉拉著我的衣袖，帶我走進雜貨店裡。我任由她們拉著我，就這樣跟著她們在各個走道間穿梭。雜貨店店員一直盯著我們看，任何人都可以很明顯地看出我們是就讀旁邊那所高中的學生，我們身後的背包就露了餡。卡莉和潔德先在幾個走道間徘徊閒逛，最後走到化妝品專區。

「我喜歡這支。」潔德一邊說一邊檢視唇膏的底蓋。她把那支唇膏拿給卡莉，卡莉接過去之後把唇膏翻過來，唸著蓋子上標記的顏色名稱：「百搭紅酒色。」

潔德把那支唇膏遞給我。「很好看。」我說，接著便將唇膏還給她。

「不對。」她低聲對我說。「放進妳的口袋裡。」

我緊握著那支唇膏，這才恍然大悟她們在做什麼。

卡莉非常流暢地將三罐指甲油塞進包包，潔德則將兩支唇膏和一支眼線筆放進口袋。

「先這樣就夠了。」卡莉說。

我跟著她們往店門口的方向走，當我們經過無人的收銀通道時，我將她們剛剛塞給我的唇膏放在櫃子上的棒棒糖區。

我在腦海裡想像另一個平行時空，在那個時空裡，我依然還就讀於布羅維克。我在宿舍裡住的是一間單人房，房間比之前的還要寬敞，自然採光也比較充足。我並沒有像過往一樣修習化學、美國史或是幾何學這些科目，而是修了天文學、搖滾樂社會學，還有數學的藝術這些課程。我和史特蘭有一個固定的共讀時間，每天午後我們會在他的辦公室裡，討論他要我閱讀的書籍。他腦中的思緒流進我的大腦裡，我們的身體和思想都完美地交融在一起。

我在衣櫃裡四處翻找，終於找到那本用亮光紙印刷的布羅維克招生手冊。那是我在八年級時聽到招生宣傳後帶回家的，當時的我覺得自己的未來充滿無限希望。我將手冊內頁剪下來、貼在我的筆記本封面上——用餐大廳的桌子為了親師日特別擺設，還鋪上美麗的桌布；學生在圖書館裡聚精會神念書的模樣、金黃色陽光灑滿秋意盎然的校園、楓樹艷紅的落葉點綴其中。我收到戶外品牌L.L.Bean寄來的型錄，我也把其中的內頁剪了下來。型錄裡的男模特兒裝扮讓我想起史特蘭：毛呢西裝外套、法蘭絨襯衫、登山靴，手裡握著一杯還在冒煙的黑咖啡。我非常思念他，常常想他想到筋疲力盡。每天我都拖著沉重的身軀去上課，一堂接著一堂，為了讓自己能夠繼續撐下去，我得把時間拆解成不同的小單位；如果一小時對我來說還是太痛苦的話，我就用分鐘來計算。假使我想到未來還有那麼多日子得要面對的話，就又會再度陷入對過往的執迷不悟，像是也許死亡未必是件壞事、也許了結生命並沒有那麼恐怖。我知道我不該那麼做，但我沒辦法控制自己。

新學期進入第三週的時候，九一一恐怖攻擊[69]發生了，雙子星大樓坍塌，學校裡的每一個人整

[69] 九一一恐怖攻擊事件（September 11 Attacks）是2001年9月11日發生在美國本土的一系列自殺式恐怖襲擊事件，蓋達組織承認其發動此次襲擊。當天早晨，十九名蓋達組織恐怖分子劫持四架民航客機。劫持者將兩架飛機分別衝撞紐約世界貿易中心雙塔，造成飛機上的所有人和在建築物中的多人死亡；兩座建築均在兩小時內倒塌，並導致臨近的其他建築被摧毀或損壞。

天都緊盯著電視上的新聞轉播。小型美國國旗開始在許多地方出現，人們會掛在車子上、別在衣服上，就連便利商店的收銀機旁也放上了國旗。學生餐廳的電視會播出福斯電視網的新聞，每天晚上回家時，爸媽也會連看好幾小時的CNN轉播。一樣的畫面在螢幕上反覆出現：濃煙從高塔上冒出，小布希總統拿著擴音器、站在毀於恐怖攻擊的世貿場樓災區現場，親自跟救難人民打氣，專家學者紛紛猜測那些含有炭疽的信[70]到底是從哪邊寄出來的。新學校的英文老師將一幅哭泣的白頭海雕[71]插圖掛在她的辦公桌前面，還在教室白板的角落寫了這幾個字——銘記在心。儘管國家發生這樣的憾事，我滿腦子想的卻還是史特蘭，那是我心中永遠的遺憾。我在筆記本上寫下：我的祖國遭受恐怖攻擊，這是一個悲痛的日子。寫完這句話後我將本子闔上，接著又翻開筆記本，加上這幾個字：但我卻只想到自己，我真是自私又邪惡。我默默希望寫下的這些字可以讓我感到羞愧，但我的內心卻沒有激起任何漣漪。

午餐時間我、卡莉還有潔德三人偷溜出學校，在購物商場後面抽菸。我們的兩側剛好被堆滿紙箱的大型垃圾桶擋住，所以不會有人看到我們。潔德希望卡莉蹺掉化學課、陪她去一個地方——大概是賣場吧？我不知道，我沒有仔細在聽她們講話。潔德希望卡莉蹺課的真正原因是因為她嫉妒我和卡莉有一門共同的課，但她卻不在那個班上，這代表有整整五十分鐘的時間，她完全無法參與我們兩人的世界。

「我沒辦法蹺課。」卡莉一邊說，一邊將手中那根菸的菸灰輕輕彈掉。她的中指上有一個小型的愛心刺青，她說那是點刺[72]，是她媽媽的男友幫她用的。「我們今天上課要小考。對吧，凡妮莎？」

我做了一個既不像搖頭也不像點頭的動作。我根本不知道有這件事。

潔德怒視著前方的雜貨店卸貨區。工作人員在一輛車尾朝內的半掛式卡車來回遞送食物。「我早就猜到妳會這麼說。」她喃喃自語道。

「天啊。放輕鬆點。」卡莉笑著說。「放學後我們再一起去。我的老天，妳也真是他媽的太緊繃了吧。」

潔德嘴裡吐出一團煙霧，鼻孔因憤怒而撐大。

化學課的時候，卡莉低聲對我說她一想到威爾．卡維洛就性慾高漲，她甚至願意用嘴巴為他服務，還強調自己從來沒有幫任何一個男生這麼做過。我其實根本沒在專心聽她說話，因為我正專注

[70] 2001 年美國炭疽攻擊事件，為在美國發生的一起為期數週的生化恐怖襲擊。從 2001 年 9 月 18 日開始，有人把含有炭疽桿菌的信件寄給數個新聞媒體辦公室以及兩名民主黨參議員。這個事件導致五人死亡、十七人被感染。

[71] 白頭海鵰是美國的國鳥，也是代表美國的主要標誌之一。

[72] 刺青的一種，以無數細小而密集的點構成圖案或陰影的手法。

地看著我的筆記本封面頁內側。我憑著記憶在上面寫下了史特蘭的課表。現在這個時間他正在上高二的文學課，他會坐在長桌邊一樣的位置，但我的椅子上坐的卻是另一位學生。

「我這樣是不是很悲哀？」卡莉問我。「妳覺得我很可悲嗎？」

我繼續低頭看著筆記本。「我覺得妳可以自己決定和任何人做任何妳想做的事。」

我看著課表上史特蘭的下一節課——空堂。我想像他斜躺在辦公室裡的毛呢沙發上，大腿上放著一疊尚未批改的作業，他的思緒慢慢飄向我們過往的回憶。

「看吧，這就是為什麼我比較喜歡妳。」卡莉說。「妳總是那麼隨興，我們應該一起出來玩。我是說認真的那種，就像放學後出來逛街閒晃。」

我抬起頭看著她。

「禮拜五如何？妳可以跟我一起去保齡球館。」

「我不是很喜歡打保齡球。」

她朝我翻了一個白眼。「我們又不是真的在打保齡球。」

我問她那大家在保齡球館裡都在做什麼，但她只是對我咧嘴笑，接著朝瓦斯開關的方向低著頭、噘起嘴巴，作勢要打開瓦斯。我趕緊抓住她的手阻止她，她大聲笑了出來，聲音尖銳且刺耳。

週五晚上，卡莉大老遠開車到我家來載我，她下車走進我家，向爸媽介紹她自己。她將頭髮往後梳成一個整齊的馬尾，手上還戴了一個戒指，用來遮住刺青。

她告訴媽說她一年前就考到駕照了，她其實在說謊，但她講的時候神態自若，連我都差點被騙了。我看到爸媽交換了一個眼神，媽緊張地捏著自己的手，內心掙扎著該不該讓我出去玩。但我知道他們不想要阻止我，至少我交了新朋友，代表我開始融入新環境了。

我們走出大門、往車道的方向走，當卡莉確定不會有人聽見我們講話後，便隨即對我說：「我的天啊，妳真的住在一個鳥不生蛋的鄉下地方。」

「我知道，我恨透了這裡。」

「換做是我的話也會。妳知道嗎？去年我有跟一個住在這附近的男生出去約會過。」她告訴我那個男生的名字，但我不認識。「他的年紀比較大一點。」卡莉跟我解釋。

卡莉接著開出車道，車子發出一陣短促的嘎吱聲。媽聽到這個聲音一定會緊皺眉頭。「抱歉，車子的消音器有點問題。」卡莉說。一路上她開車的時候只有將一隻手放在方向盤上，另一隻手則夾著菸，她把車窗開了一個小縫隙讓煙散去。她手上戴了一副露指手套，身上穿的大衣沾滿貓毛。她在車上問了一些關於我的問題，像是我對學校裡形形色色的人有什麼看法，還有在布羅維克念書的生活是什麼樣子。她說她一直很渴望去念私校。

「那邊的生活是不是很瘋狂？」她問我。「一定是的。有很多有錢人家的小孩，對吧？」

「也不是每個人的家裡都很有錢。」

「那種地方是不是到處都是毒品？」

「不，不是妳形容的這樣，那裡……」我的腦海中浮現布羅維克的校園，充滿白色斜面牆板的建築隨處可見，秋天的橡樹葉子像是被染上一層金黃色繽紛閃亮，冬天的積雪堆得比我們的頭還高。學校的老師們穿著牛仔褲和法蘭絨襯衫──史特蘭坐在他的辦公桌後凝視著我，全身被一層黑影籠罩。我搖搖頭，試圖甩掉這個畫面。「這太難解釋了。」

卡莉將她手上的菸頭伸到窗外。「唉，雖然妳只在那邊待了兩年，但妳已經很幸運了。我媽是絕對無法辦到的。」

「學校有提供獎學金給我。」我很快地回答。

「是啊，但即便如此，我媽還是不可能答應讓我去那邊念書。她太愛我了。我的意思是，讓自己才剛升上高中的小孩離家那麼遠去念書？才十四歲而已？這實在太誇張了。她抽了一口菸，然後將嘴裡的煙吐出來。她接著補充道：「抱歉，我知道妳媽肯定也很愛妳。只是我和我媽跟大多數人不一樣，一直以來都是我們兩人相依為命，所以特別親近。」

我揮揮手跟她說沒關係，但她的話深深刺傷了我。也許我會覺得受傷是因為她講對了，也許我一直沒有從爸媽那裡得到足夠的關愛，而這份欠缺的愛形塑了史特蘭在我身上所看到的孤單。

「威爾今晚應該也會去保齡球館。」這個話題轉換得太突然，我還來不及反應，所以我問她講的是哪個威爾，但很快就想起她在化學課對我說的話。威爾．卡維洛好性感，我願意用嘴巴為他服務。看好了，我說到做到。我從幼稚園就知道威爾．卡維洛這個人，他大我一屆，現在念高四，住在一個豪華的宅邸，前院還有一座網球場；國中的時候女生都會叫他威廉王子。

我們抵達保齡球館時，潔德已經到了。她穿著一件絲綢細肩帶上衣，裡面沒有穿胸罩。保齡球館內的光線很昏暗，球道後方擺了幾張長桌，桌子旁邊坐了好幾個跟我們同校的學生。我認得他們的臉，但多數人的名字我都想不起來。球館旁邊緊連著一間運動酒吧，中間有一個連通道，所以酒吧內的點唱機音樂和啤酒味都會一起飄進來。

卡莉坐在潔德旁邊。「妳有看到威爾嗎？」潔德點點頭，手指著門的方向。卡莉看到後隨即起身朝那邊狂奔過去，還差點撞翻一張椅子。

只要卡莉不在旁邊，潔德就不會跟我說話。她故意朝我身後的方向看，但就是堅持不看我一眼。她用眼線在眼尾勾勒出細長尖銳的尾翼，我之前從沒看過她化這樣的眼妝。

幾個手裡拿著酒杯的男人從旁邊的運動酒吧晃進保齡球館裡，他們的眼睛快速掃視了昏暗的球館。一個身穿迷彩外套的男人看到我和潔德坐的這一桌，對旁邊的朋友做了一個手勢，接著對方搖了搖頭並把手舉起來，那模樣好似在說：我不想淌這場渾水。

那個穿迷彩外套的男人朝我們這邊走來，我注意到他一直色瞇瞇地盯著潔德，還有她身上那件讓她看起來很淫蕩的上衣。他拉了一張椅子，靠過來坐在她旁邊，接著把酒瓶放到桌上。「希望妳們不介意我坐這裡。」他講話帶有一股口音。「球館裡面真的太擁擠，除了這裡我找不到其他位置了。」

他是在開玩笑，旁邊明明就還有一大堆空位。潔德應該要捧場地笑出來，但她卻連看都不願意看他一眼。她直挺挺地坐在位置上，雙手交叉放在胸前，很小聲地說：「沒關係。」

那男人長得還不錯，但一雙手髒兮兮的。學校的男生以後大概都會變成像他這樣——講話帶著一股濃厚的緬因腔，開著一輛皮卡車。「你幾歲？」我講這句話的口氣不小心過於兇猛，聽起來像是在指責他，但他似乎沒有因此而失去興致。他轉過頭看著我，原本聚焦在潔德身上的注意力很快就轉移到我這邊。

他對我說：「我怎麼覺得應該是我要問妳這個問題才對。」

「是我先問你的。」

他洋洋自得地笑了一下。「我會跟妳說，但妳得先猜猜看。我是一九八三年從高中畢業的。」

我想了一下：史特蘭是一九七六年從高中畢業的。「你今年三十六歲。」

那男人揚起眉毛，啜飲了一口啤酒，接著對我說：「妳會覺得反感嗎？」

「我為什麼要覺得反感。」

「因為三十六歲已經算老了。」他笑了笑。「那妳幾歲？」

「你覺得我幾歲？」

他打量了我一番。「十八歲。」

「十六。」

他又笑了出來，然後搖搖頭。「天啊。」

「很糟嗎？」我心裡明白這是一個很愚蠢的問題。這樣當然很糟，從他的表情就可以看得出來。我快速地瞄了潔德一眼，她用一副完全不認得我是誰的神情看著我，她從沒看過我這個樣子。

坐在我們這桌另一邊的一個高年級女生將身子向前傾對我們說：「嘿，我可以喝一口你的啤酒嗎？」那男人做了一個奇怪的表情，刻意表現出他知道這樣做是不對的，但還是把手中的啤酒滑到桌子的另一邊。那個女生喝了一小口，接著開始大聲地咯咯笑，彷彿已經喝醉了一樣。

「好了，先這樣就夠了。」他伸手把酒拿回來。「我不想被趕出去。」

「你叫什麼名字？」我問他。

「克雷格。」他用手肘輕輕地把那杯酒推給我。「妳想嚐嚐看嗎？」

「這是什麼？」

「威士忌加可樂。」

我伸手把酒拿過來。「我愛威士忌。」

「那麼這位年僅十六歲、愛喝威士忌的女孩，妳叫什麼名字呢？」

我將臉上的髮絲甩到兩側。「凡妮莎。」講出我的名字時，我嘆了一口氣，好似我覺得無聊至極，但其實我可以感覺到我的內心飢渴難耐。我暗忖我這樣做算不算偷吃。如果史特蘭走進來看到我在跟這個男人調情，他肯定會大發雷霆。

卡莉走回我們這一桌，她的雙頰脹紅、頭髮亂成一團。她拿起潔德點的那罐汽水喝了一大口。

「怎麼了？」潔德問她。

卡莉揮了揮手；這表示她不想多說。「我們離開這裡吧，我只想回家大睡一場。」她看了我一眼，這才突然驚覺。「該死，我得載妳回家。」

克雷格在旁邊目不轉睛地看著我們。「妳需要人載妳一程嗎？」他問我。

我遲疑了一下，全身充滿既興奮又恐懼的感覺。

「你是誰？」卡莉問他。

「我叫克雷格。」他伸出手來要跟卡莉握手，但卡莉只是緊盯著他看。

「是喔。」她接著看著我。「妳不准跟他走，我會載妳回家。」

我朝克雷格露出一個窘迫的微笑，希望他不會察覺我其實鬆了一口氣。

「她常常這樣對妳發號施令嗎？」我搖頭，接著他傾身靠近我。「如果說我還想找機會跟妳聊聊呢？我要怎麼跟妳聯繫？」

他想要我的電話號碼，但我知道如果爸媽聽到他的聲音，肯定會馬上打電話報警。「你有即時通嗎？」

「妳說的是像AOL那種應用程式嗎？當然，我有那個程式。」

卡莉看著我從包包裡撈出一支筆，在那個男人的手掌上寫下我的用戶名稱。「妳是真的對年紀大的男人特別有興趣，對吧？」當我和卡莉走出保齡球館大門時，她對我說。「抱歉阻擋了妳有一夜情的機會，我不覺得妳是真心想要他載妳回家。」

「我的確不想，我只是喜歡受到關注的感覺而已。他看起來明顯是一副一事無成的樣子。」

她大笑了一聲，打開車門進到車裡，然後側身過來打開副駕駛座的門。「妳知道嗎？妳真是出乎我意料的糟糕。」

載我回家的路上，卡莉在車內重複播放同一首蜜西．艾莉特的饒舌歌曲，儀錶板的螢幕畫面可以看到她的音樂錄影帶：別感到羞恥，女孩們，只管做自己就好。一定要確保自己掌控全場。

星期一的時候，卡莉跟威爾的事已經在校內傳開了，但威爾現在拒絕跟卡莉說話，而潔德也從班．薩吉那邊聽說，威爾告訴別人卡莉是個白人垃圾。

「男人真是一團狗屎。」我們跟往常一樣躲在購物商場後方抽菸，兩側的大型垃圾桶是我們的掩護。潔德點頭表示同意卡莉的話，我也跟著點頭，但只是裝出來給她們看的。週六和週日晚上我都熬夜跟克雷格聊到深夜，他不斷稱讚我，那些讚美的話我依然記憶猶新。他說我很漂亮、很火辣，性感到令人不敢置信的地步。自從週五晚上初次見到我之後，他便無法克制地一直想起我，為了能夠再見到我一面，他什麼都願意做。

卡莉形容男人是狗屎，但其實她指的是同年齡層的男生。她努力在淚水滑落之前先把眼淚擦乾。我知道她內心為此感到憤恨不平，這件事肯定讓她痛徹心扉，但一部分的我不禁納悶：不然她預期那麼做會有什麼下場？

克雷格與史特蘭迥然不同。他以前曾經從軍、參加過沙漠風暴行動，現在從事建築工程業。他不喜歡閱讀、沒念過大學，當我跟他分享令我感興趣的事情時，他也不會發表任何意見。但我覺得最糟糕的地方是，他對槍枝非常熱衷——不僅只是打獵用的來福槍而已，他對手槍也很感興趣。我跟他說我覺得擁有槍枝是非常愚蠢的行為，他卻回我：假使有陌生人半夜闖進妳的臥房，這時妳就不會覺得在家裡放把槍是一件愚蠢的事了。

「誰會闖進我的臥房？」我馬上問他。「你嗎？」

「可能喔。」

我跟克雷格僅止於線上聊天，所以儘管他有時表現得像個變態，我也覺得無傷大雅。自從那晚在保齡球館後，我就沒有再跟他見過面；我並不急著這麼做，但他說他想見我，一天到晚都在跟我說，他想帶我去怎麼樣的約會行程。

我們能去哪？我裝笨問他。每當我們之間的對話開始讓我感到不自在時，我就會像這樣裝出無知的樣子。因為他太常暗示一些令人不舒服的內容，導致我常常得裝傻，以至於到後來他真的以為我是一個很愚蠢的女生。

什麼意思，去哪？克雷格在訊息上寫道。看電影、吃晚餐呀。妳有跟男生出來約會過嗎？

好吧，但我才十六歲而已。

妳看起來已經十八歲了。

他不明白我內心真實的渴望，我不想要看起來像十八歲，也不想要讓他帶我去看電影，那是同年齡的男生帶女生約會做的事。

本來涼爽的天氣漸漸變得寒冷刺骨，天空總是一片灰暗。樹上的葉子慢慢轉變顏色，接著凋零、掉落到地面。因為葉子都掉光了，所以森林顯得很稀疏。我開始對自己有了進一步的瞭解：如果我限制自己一天只睡五小時的話，便可以讓自己筋疲力竭，不去管周遭發生的任何事；如果我一整天都餓肚子，等到晚餐時間才吃東西的話，那股飢餓帶來的疼痛感，便可以掩蓋住其他情緒。聖誕節來了又去，又過了一個新年，電視新聞上持續播報令人觸目驚心的炭疽桿菌和戰爭消息。學校裡有關我的謠言早已消散。現在爸媽也不會再像之前那樣，把無線電話鎖在他們房間裡。

我持續和克雷格傳訊息聊天，但他給我的讚美都是一些老掉牙的內容。我漸漸感到乏味，對他的感覺也不如初次見面那晚那麼強烈了。每當我跟他聊天的時候，我滿腦子想的都是史特蘭對他會有什麼想法；倘若他知道我每天晚上花那麼多時間和這個男人聊天，他又會怎麼看我。

克雷格 207：我可以跟妳坦承一件事嗎？我週六晚上跟別人發生了一夜情。

暗黑凡妮莎：你幹嘛跟我講這件事？

克雷格 207：因為我想讓妳知道，整個過程中我想的都是妳。

暗黑凡妮莎：嗯。

克雷格 207：我假裝她是妳。

克雷格 207：那麼，那個老師到現在都沒跟妳連絡嗎？

暗黑凡妮莎：如果我們聊天的話會很危險。
克雷格 207：妳也有跟我聊天啊，這兩者有什麼差別？
暗黑凡妮莎：我們倆之間什麼事都沒發生過，只是單純聊天而已。
克雷格 207：妳知道我想要的不只是聊天而已。
克雷格 207：他真的是妳這輩子唯一發生過關係的對象嗎？
克雷格 207：哈囉？妳還在嗎？

克雷格 207：聽著，我一直都對妳很有耐心，但我的忍耐已經到達極限了。我受夠了一直這樣無止境地聊下去。
克雷格 207：我什麼時候可以見到妳？
暗黑凡妮莎：嗯，我不確定，也許下星期？
克雷格 207：妳上次才跟我說下星期是寒假所以不行。
暗黑凡妮莎：喔，對呀。我不知道，這真的好難。
克雷格 207：不需要把這件事弄得那麼複雜，我們明天就可以見面。
克雷格 207：我工作的地方離妳的學校不到一公里，我可以開車去載妳。
暗黑凡妮莎：這行不通的。
克雷格 207：可以，我會證明給妳看。

暗黑凡妮莎：這句話是什麼意思？

克雷格207：妳到時候就會知道了。

暗黑凡妮莎：你到底是什麼意思？？？

克雷格207：妳是兩點放學對吧？通常那個時間學校外面都排了很多校車。

暗黑凡妮莎：你打算要做什麼，直接出現在學校嗎？

克雷格207：妳到時就會知道這有多容易了。

暗黑凡妮莎：拜託不要這麼做。

克雷格207：被妳玩弄於股掌間的男人終於要採取行動了，妳不喜歡嗎？

暗黑凡妮莎：我是認真的。

克雷格207：明天見。

我封鎖了他的即時通帳號，把我們之前的聊天紀錄和電子郵件全部刪除，隔天假裝生病沒去學校上課。我很慶幸至少我沒有讓他知道我家在哪，所以他不可能會到家裡來找我。再隔了一天，我回到學校上課，放學時從學校大門走到校車的路上，我刻意把家裡的鑰匙拿在手上，並在雙指間露出一截。我幻想他會從後方抓住我，將我強行押上車。天知道他會對我做出什麼事。大概是先強暴我，然後再把我殺了吧。也許他會帶著我的屍體一起去電影院看電影；他之前一直吵著要帶我去約會，這樣他終於有機會可以跟我來場愚蠢的約會了。一週過去了，什麼事都沒發生。我不再把鑰匙當作武器一樣緊握在手裡。我想看看他有沒有傳訊息給我，所以解除了在即時通上對他的封鎖。什麼訊息都沒有，他就這樣消失了。我告訴自己應該要為此鬆一口氣。

三月初的時候，我發現原本放在床頭櫃上的《蘿莉塔》不見了。我翻遍整個房間卻遍尋不著。一想到可能弄丟了它，就讓我焦慮到近乎抓狂。那不僅僅是我珍藏的小說而已，更是史特蘭送給我的——裡面有他在頁緣寫下的註記，處處都可以看到他留下的蹤跡。

我不相信是爸媽把小說拿走的，但我實在也想不到其他讓小說憑空消失的原因。我走下樓，看到媽獨自一人坐在廚房，餐桌上堆滿各式各樣的帳單，旁邊放著一臺計算機和一捲軸的紙。爸開車進城去買要製作楓糖漿的材料，從下週開始，我們會連續好幾週在火爐上燉煮楓樹的汁液，將其萃取成楓糖漿，屆時整間房子都會瀰漫著帶有甜味的蒸氣。

「妳有進去我房間嗎？」我問她。

她抬頭看我，表情十分平靜。

「我有東西不見了，是妳拿走的嗎？」

「是什麼東西不見了？」她問我。

我深吸一口氣。「一本書。」

她眨了眨眼，繼續低頭看著桌上的帳單。「哪一本書？」

我緊咬下顎，感覺到我的胃突然皺縮了一下。她似乎是想要測試看看，我到底會不會直接把那本書的書名講出來。我接著說：「是哪一本書不重要，那是我的東西，妳沒有權利把它拿走。」

「喔，我不知道妳在講什麼，我沒有從妳房間裡拿走任何東西。」

我的心不停地怦怦跳。我看著她翻動桌上的帳單，在紙上寫下一連串數字，接著在計算機上用力敲打。當她看到螢幕上跳出來的總數時，忍不住嘆了一口氣。

「妳以為妳這麼做是在保護我，但一切都已經太遲了。」我對她說。

她抬起頭來看我，眼神十分銳利，原本神態自若的神情透露出些許不安。

「也許我會變成這樣，妳要負一部分的責任。」我說。「妳有想過這件事嗎？」

「我現在不想跟妳吵這些事情。」

「大部分母親不會讓她們才十四歲的小孩搬去外面住，妳知道的，對吧？」

「妳又不是搬去外面住。」她語氣尖銳地對我說。「妳是離家去學校念書。」

「隨便妳怎麼說。但我所有朋友都覺得妳讓我搬出去外面住，是一件很怪異的事。幾乎所有母親都非常疼愛她們的孩子，根本捨不得讓小孩離開家，不過我想妳並不是那種母親。」

她臉色蒼白地注視著我，沒多久就變得面紅耳赤，鼻孔也因憤怒而撐大。我好像從沒看過她如此盛怒，有那麼一瞬間，我以為她會氣得從椅子上跳起來，朝我衝過來，用雙手緊掐著我的脖子。

「是妳苦苦哀求我和妳爸，要我們讓妳去讀那間學校的。」她努力想保持鎮定，但是說話的聲音不停顫抖。

「我並沒有求你們。」

「妳還該死地跟我們列點說明去那邊念書的優點。」

我搖搖頭。「妳根本在誇大其辭。」但我內心明白她講的沒錯，我的確列了一張表跟他們陳述，是我哀求他們讓我去念布羅維克的。

「妳不能這麼做。」她說。「妳不能為了要讓一切符合腦中的幻想而扭曲事實。」

「這句話是什麼意思？」

她深吸一口氣，我以為她要開口說話，但她只是將那口氣吐了出來便不再多說。她起身走進廚房——我知道她這樣做是為了要躲避我，但我跟著走了進去。我站在她身後問她：「那句話是什麼意思？媽，妳究竟想要表達什麼？」為了蓋過我講話的聲音，她故意把水龍頭開到最大，接著開始移動碗槽裡的碗盤，發出叮噹作響的聲音，但我並沒有就此停住。問題持續從我口中冒出來，我不斷嚴厲指責她，完全無法控制自己。

突然間她手中的碗盤滑落了，或者是她故意摔破的。無論如何，我聽到盤子碎裂的聲音——洗碗槽裡到處都是玻璃碎片。我閉上嘴巴安靜下來，雙手感覺到陣陣刺痛，彷彿我才是把碗盤摔破的那個人。

「妳騙了我，凡妮莎。」她將水龍頭關掉，她的雙手因熱水而發紅，上面沾滿了洗碗皀的泡沫。她將手緊握成一個拳頭，接著用力地重捶在胸口；她身上的襯衫因為沾到水而轉成一片深色。

「妳跟我說妳交了男朋友，妳就那樣坐在車子裡、眼睜睜地欺騙我，讓我以為……」

她的聲音變得越來越微弱。她用手緊緊捂住雙眼，彷彿沒辦法承受回想起那段記憶。我還記得當時她開車載我回布羅維克的路上對我說：我只在乎他有沒有好好善待妳。她那時問我有沒有發生性行為、需不需要吃避孕藥。初戀總是特別美好，令人難以忘懷。當時她是這麼對我說的。

「妳騙了我。」她又重複一次。

她等著我向她道歉，但我只是默不作聲。我覺得自己好赤裸，裡裡外外都像是被掏空一樣。然而我並不覺得懊悔，對於所有發生的事情絲毫不感到歉疚。

她說的沒錯，我的確是欺騙了她。我在車子裡跟她撒謊，讓她以為她心裡對我的期望終於成真了，而我卻毫無悔意。當時的我其實並不覺得自己在說謊，反而比較像是將事實形塑成她渴望聽到的內容；我從史特蘭那裡學到，真相是可以這樣被扭曲的——我變得非常擅長於此，能夠神不知鬼不覺地操弄事實，她完全沒有發現我究竟做了什麼事。也許事後我應該要為此懊悔不已，但我卻為自己感到驕傲，因為我說謊沒有被抓到，也因為我成功地保護了她、保護了史特蘭，還有我自己，以及所有人。

「我從來沒有想過妳會做出這樣的事。」她說。

我聳聳肩。我的聲音變得低沉又沙啞。「也許妳真的不瞭解我。」

她訝異地眨眼，內心已經明白我這句話所暗示的一切。「也許妳說的沒錯。」她說。「也許我根本就不瞭解妳。」

她把手擦乾，接著轉身離開，洗碗槽裡還堆滿用過的碗盤和破掉的碎片。當她正要走出廚房時，她回頭對我說：「妳知道嗎？有時當我想到妳是我的小孩，我會覺得很羞恥。」

我站在廚房中央，全身動彈不得。我可以聽到她走上樓梯時發出的嘎吱嘎吱聲，接著主臥室的房門被打開，然後闔上。她的腳步聲就從我的正上方傳出來，她爬上床準備就寢，金屬床架嘎嘎作響。這間房子當初是以低廉的價格建造，所以牆壁和地板都非常薄，只要仔細聽便可以聽到房子裡的所有聲音，任何祕密隨時都有被揭露的風險。

我將手直接伸到洗碗槽裡尋找破掉的盤子碎片，連看都不看，絲毫不在意自己是否會被割傷。我將沾滿了水和肥皂泡沫的碎片整齊排列在流理臺上。那天晚上我躺在床上，仔細檢視自己的手有沒有被玻璃碎片割到，內心忍不住在想——我做的事真的有那麼糟糕嗎？她對我說了那麼多難聽的話，我似乎不該受到這樣的傷害——這時我聽見她走進廚房，將那些碎片丟進垃圾桶裡，瓷器碰撞的噹啷聲連我在閣樓的房間都聽得一清二楚。隔天我看到《蘿莉塔》重新出現在我的書架上。

卡莉的媽媽在新罕布夏州找到一份工作，這已經是她們四年內搬的第三次家了。她來學校的最後一天先在後背包裡偷塞了幾瓶啤酒，中午時我們一起在商場後面暢飲她帶來的那些啤酒，嘴裡發出的打嗝聲在大型垃圾桶之間迴盪。放學後卡莉開車載我回家，她依然有點微醺，離開市區的路上闖了好幾個紅燈。我則是將頭靠在窗戶上，一直笑個不停，心裡想著：如果我的人生是用這種方式劃下句點，好像也沒那麼糟。

她將車子轉進通往湖泊的那條路，我開口對她說：「真希望妳沒有要離開，妳走了之後我就沒有朋友了。」

「還有潔德啊。」她專心看著眼前漆黑的道路，小心避開路上的坑洞。

「嗯，那就不用了，她真是他媽的糟透了。」講出如此直白粗魯的用字，連我也被自己嚇到了；我以前從未在卡莉面前說過潔德的壞話，但現在又有什麼差別呢？

卡莉露出一抹得意的微笑。「是啊，她有時候很讓人受不了，而且她也真的挺討厭妳的。」她把車子停在我家車道的前面。「我很樂意跟妳一起進去，但這樣的話，妳爸媽就會聞到我身上的酒味了，不過妳自己應該也是滿身酒味。」

「等一下。」我從背包裡掏出了一條牙膏。打從開始抽菸後我便會隨身攜帶牙膏，來去除身上的菸味。我用嘴巴吸了一小口，接著讓牙膏咻咻地快速在嘴裡來回移動。

「看看妳。」卡莉笑著對我說。「儘管人生過得一團糟，卻還是如此聰明過人，真是太出人意料了。」

我緊緊地擁抱她好久，頭依然因為早先的酒而感到暈眩。我突然有了想親她的念頭，但我克制住這股衝動，迅速爬下車。在關上車門之前，我低頭對卡莉說：「嘿，謝謝妳那天晚上在保齡球場堅持不讓那個男人載我回家。」

她皺起眉頭，試著回想我在講哪件事，接著她揚起眉毛說：「喔，妳講的是那天啊！小事一椿。很顯然他對妳意圖不軌。」

她一邊倒車一邊將車窗往下拉，接著對我大喊：「要保持聯絡喔！」我點點頭，對她喊道：「我會的。」但這其實一點意義也沒有，我沒有她家的住址或是她新的電話號碼，就連後來開始用臉書和推特之後，我也始終沒辦法聯絡上她。

卡莉離開後的那一陣子，我試著和潔德一起出去，我們會在午餐時肩並肩走到商場裡，試著說服彼此在店內偷東西，當她拒絕時，我便會感到惱怒。某天早晨我坐在學生餐廳裡，那是第一堂課開始之前，我正急急忙忙趕著寫幾何學功課，這時潔德闊步朝我走過來。

「對了，星期六的時候，我遇見之前在保齡球館裡那個叫克雷格的男人。」她說。

我抬頭看她。只見她一臉得意，笑得合不攏嘴，看起來一副有滿腹祕密想要傾吐出來的樣子。

「他要我跟妳說，妳真是個賤貨。」她瞪大眼睛等著看我會有什麼反應。我可以感覺到我的臉在發燙，我有股衝動想將手中的幾何學筆記本拿起來朝她的臉砸過去，然後衝過去把她撲倒在地，用力拉扯她那染成黃銅色的頭髮。

但我只是朝她翻了一個白眼，低聲咕噥說他是個擁槍的戀童癖者，就繼續低頭趕我的作業。那次之後，潔德開始和一群受歡迎的學生走在一起，那些人都是她國中時曾經很要好的朋友。她將頭髮染成棕褐色，還加入了網球隊。當我們兩人在學校走廊上相遇時，她的眼睛會直直盯著前方、假裝沒看到我。

卡莉和潔德紛紛離開我的生活後，我並沒有試著在學生餐廳裡找一個可以吃午餐的地方，而是完全放棄融入校園生活。我開始在午餐時間一個人坐在商場裡的那間小餐館，每天我都會點一杯咖啡和一個派，然後看書或是寫作業。我幻想自己這樣獨自一人坐在餐館的雅座區，讓我看起來既神祕又成熟。有時我會察覺到坐在吧檯區的男人在打量我，而我有時也會抬起頭和他們四目相交，但就僅止於此。

每天放學回到那荒無人煙、位於深山裡的家時，網路成了我唯一可以與外在世界聯繫的管道。我會在網路上不停地搜尋史特蘭和布羅維克的消息，還會將這兩個名字調換順序查詢關鍵字，時而加上引號、時而刪去，但找到的都只有他的學校教職員簡介，還有他曾經在一九九五年自願參加社區寫作與閱讀計畫服務的消息而已。三月中旬的時候，網路上出現一筆新的資料：他獲頒一個全國性的教學貢獻獎，還出席了在紐約舉行的頒獎典禮。網路上有一張他在台上領獎的照片，他的臉上掛著燦爛的笑容，黑色鬍子底下可以看到他那閃閃發亮的潔白牙齒，腳上穿著一雙我沒看過的鞋子，他將頭髮剪得比以前還要短。我突然想到也許他在台上領獎的那一刻根本沒有想到我，而我卻無時無刻都在想他，霎時間我感到極度窘迫難堪。

每天晚上我會熬夜用即時通找陌生男子聊天。我會在搜尋欄位輸入一樣的關鍵字——蘿莉塔、納博科夫、教師——接著主動傳訊息給所有符合搜尋條件的男人。倘若他們開始變得像克雷格那樣令人不寒而慄時，我就會立即下線。但我這麼做其實還有另一個原因：當我看到他們很享受我和史特蘭之間的故事時，我也會興奮不已。他們會傳訊息跟我說：妳能夠欣賞那年紀的男人對妳的愛，這代表妳是一位很特別的女孩。假使他們向我要照片時，我就會傳給他們克絲汀・鄧斯特在《死亡日記》[73]裡的劇照，但沒有任何一個人揭穿說那並不是我本人。我不禁懷疑他們是真的很愚蠢，還是單純不介意我說謊。如果這些男人把自己的照片傳給我看，我就會稱讚他們長得很帥；每個人都相信我說的話，就連那些明顯其貌不揚的人也不曾懷疑我。我把他們的照片都存在一個名為「數學作業」的資料夾裡，這樣爸媽就不會把它打開來檢查了。有時我會坐在電腦前，用滑鼠將這些照片一張一張點開來看，一邊看著這些可悲又醜陋的臉，一邊想著倘若在我認識史特蘭之前，他先傳了自己的照片給我，那麼他便完全符合這些男人的特徵。

冬天漸漸遠離，春天的腳步到來，黑蚊也開始冒出來。湖面上的結冰消融得很慢，先從雪白色變成了灰色，再從灰色慢慢轉變為藍色，最後全部溶解成一片清澈的湖水。家裡院子的結冰也融化了，但在森林深處，大型圓石四周被風吹起的雪堆依然尚未消融，松樹的針葉和雲杉木的錐形毬果散落在堅硬的雪堆表層上。在四月我即將要滿十七歲生日的前一週，媽突然問我想不想辦一個生日派對。

「要邀請誰來參加？」

「妳的朋友。」她說。

「哪來的朋友？」

「妳有朋友啊。」

「我怎麼都不知道。」

「妳明明就有朋友。」她非常堅持。

她以為我在學校的生活過得很開心，走在走廊上會有很多人對我微笑打招呼，午餐時旁邊會坐著一群品學兼優的女孩，但實際上在學校裡根本不會有人理我；走在走廊上時我都是低著頭看地板，每天午餐時間我是跟著一群退休老人坐在商場的餐館裡，一個人喝著黑咖啡。想到她腦海中幻想的、我的高中生活和實際情況有多麼天差地遠，我不禁覺得她很可悲。

後來在我生日那天，我們決定去外面的餐廳吃飯。我們合點了家庭分量的千層麵，最後上的甜點是提拉米蘇，中間還插了一根蠟燭。他們送我的生日禮物是一個為期八週的駕訓班課程，這也代

---

[73] *The Virgin Suicides*，是一部由蘇菲亞・柯波拉自編自導的1999年劇情片，改編自傑佛瑞・尤金尼德斯的同名小說。女演員克絲汀・鄧斯特飾演處於青春期煩惱的拉克斯・里斯本（Lux Lisbon）一角，她的演出被影評人讚賞「在純真和放蕩間取得了美麗的平衡」。

表我返回布羅維克上課的希望越來越渺茫了。

「如果妳順利拿到駕照的話，我們或許會給妳一輛車當作禮物。」爸對我說。

媽一聽到立即揚起眉毛。

爸試著澄清他剛剛講的話。「我是說遲早會給妳一輛車。」

我向他們道謝，一想到之後有了車，我就可以去任何想去的地方，我不禁感到非常興奮，但我努力不要將心中的雀躍表現得過於明顯。

那年暑假，爸幫我在當地的醫院找到一份文件歸檔的兼職工作——時薪是八美金，一週工作三天。我被分配到的是泌尿科的檔案，全部存放在一間狹長、沒有窗戶的房間裡，每面牆都設置了由地面建至天花板的書架，上面堆滿全國各地寄來的醫療檔案。每天早上我來上班時，桌上都已經放滿了一疊疊等著歸檔的資料，另外還有一串病人的名字，我得將這些人的病例拿出來；他們要不是近期有掛號約診，要不就是因為已經過世很多年，所以檔案可以銷毀了。

這間醫院的人手不足，所以一整天下來主要負責的檔案管理員也不會有空來查看我的工作進度。我知道我不該這麼做，但我還是常常整天都在閱讀病人的病歷資料。這裡真的有太多檔案了——即便我下半輩子都在這間醫院工作，還是不可能將這些檔案全部看完。在這麼多檔案裡面找到有趣的病例，就像一個猜謎遊戲一樣；我會用手指一一滑過這些貼滿不同顏色標籤的病例，然後隨機抽取其中一個檔案，內心默默期待會看到裡面敘述一個精采有趣的故事。你完全無從預測，究竟哪個檔案才是最引人入勝的。有些厚重的病例讀起來就像一本小說，資料夾裡充滿了各種藍色複寫紙，上面用來記錄不同症狀、手術以及併發症的墨水已經褪色了；然而，有時那些看起來很薄的檔案才敘述著最令人心碎的悲劇，病人僅有少數幾次的看診紀錄，而病例封面頁上蓋了一個大大的紅色印章標記：死亡。

幾乎所有泌尿科的病人都是男性，多數為中年或是老年人，共同的症狀有血尿、上小號有困難，有些人還長了腎結石或腫瘤。從他們的病例資料裡可以看到腎臟及膀胱的X光照片，注射過顯影劑、畫質不清的斷層掃描，另外還有陰莖的和睪丸的示意圖，圖片頁緣有著醫生潦草寫下的註記。在其中一個病例裡我看到一張照片，上面是一個戴著手套的手拿著從膀胱取出來的結石，那些結石看起來就像三個細小粗糙的砂石顆粒。病歷紀錄上呈現了當時醫生問病人的問題：你的血尿狀況持續多久了？病人回答：六天。

中午休息時間我會刻意帶著一本書坐在餐廳裡，這樣我就有藉口不跟爸坐在一起了。我覺得我們留一點空間給彼此會比較好，因為就某種程度上來說，爸在醫院的樣子跟在家裡有著天壤之別。他在醫院講話的口音比較重，有時別人跟他講一些不入流的笑話時，我還會聽到他開懷大笑；但如果媽在旁邊的話，那種笑話肯定會惹惱他。除此之外，他在醫院還有一大堆朋友，所有人看到他都會綻放笑容，我壓根不知道他在醫院裡是那麼受歡迎的人物。

我第一天去醫院上班的時候，爸帶著我介紹給每一個人認識，那時我問他：「為什麼每個人都認識你？」他只是笑了笑說：「因為衣服上有寫名字啊。」他指著胸前口袋上方繡的名字菲爾。但爸受歡迎的程度不僅止於此，連醫院裡的醫生看到他都會露出笑容。我印象中的醫生總是帶著很嚴肅的神情，有些醫生甚至已經知道一些關於我的事了，像是我今年幾歲，還有我很喜歡寫作等等。他們以為我還在就讀布羅維克。他們會這麼想也很合理，我當初收到錄取通知時，爸一定興奮地到處跟每個人講這個好消息，但他不可能會張揚我退學的事。

我和爸兩人之間沒有什麼話題可以聊，我也不介意。我們坐在車上的時候，他會把車子的收音機音量開得很大聲，所以我們根本也無法講話；回到家之後，他便會直接走進客廳裡坐下，接著將電視打開。爸喜歡趁著午後在電視上看一些他小時候看過的節目重播，像是《安迪．格里菲斯秀》還有《牧野風雲》。我會利用這個時間帶著貝比沿湖畔散步，接著慢慢往峭壁上走到那個之前常去的洞穴，那張被遺棄、已經腐蝕的行軍床依然在裡頭。我會盡量等到媽到家之後才回家，之所以這麼做並不是因為跟媽相處我感到比較自在，而是因為當他們兩人在一起時，就不會注意到我，所以我可以默默地上樓，溜回房間然後把門關上。

爸說我應該要開始為了上大學需要買的教科書存點錢，但我並沒有這麼做。我把在醫院兼職工作領到的前兩份薪水拿去買了一臺數位相機。在不用上班的日子裡，我會穿著有鮮豔印花的洋裝和一雙及膝長襪，帶著相機到森林裡拍下自己的照片。照片裡可以看到長得很高的蕨類植物輕拂我的大腿，灑落的陽光穿透髮絲照亮我的臉龐；我看起來宛若居於山林水澤的仙女，有如漫步於草地上採花的泊瑟芬[74]，等待著冥王黑帝斯從地縫中升起，將她擄到冥界。我草擬了一封要寄給史特蘭的電子郵件，並將這些照片檔當作附件夾在郵件裡，我的滑鼠游標在「發送」的按鈕上來回盤旋，內心掙扎該不該寄出去給他。然而，一想到這些照片可能會讓他身敗名裂，我便放棄了這個念頭。

日子一天天過去，轉眼間暑假已經過了一半。某天我在醫院歸檔的時候，看到他的名字出現在一份待歸檔的病歷上。這批資料是從緬因州西部運送過來的，檔案上面寫著：雅各．史特蘭。生於一九五七年十一月十日。裡面記載了他在一九九一年進行的輸精管切除術相關資料，初診紀錄上可以看到醫生親筆寫下的註記：病人三十三歲，未婚，但堅持不要小孩。檔案裡還有手術和後續回診的紀錄：建議病人每天冰敷一次陰囊，並穿戴陰囊護具至少兩週。我一看到「陰囊護具」這幾個字就立刻啪地一聲將病歷表闔上，儘管我並不清楚那究竟是什麼意思。

過沒多久，我又將他的病歷打開來繼續看。這次我仔細地將資料內容完整看完——裡面有他的脈搏、呼吸、體溫、血壓這些基本生命跡象的數據，另外還標註了他的身高體重：一百九十三公

[74] Persephone，希臘神話中主神宙斯和農業之神狄蜜特的女兒，冥界之神黑帝斯的妻子。某天泊瑟芬與其他仙女一起採花時，黑帝斯突然間從地縫中升起將她帶走。

分，一百二十七公斤。我觀察他在三處不同地方的簽名字跡，其中一處被陳年的墨水沾黏住，我將兩張紙慢慢拉開，同時在腦海裡想像他簽名時墨水沾到手上的樣子。我彷彿可以看到他的手指、上面的硬繭，和他那表層平坦但因長期咬嚙而邊緣不平整的指甲。我依然無法忘懷當他第一次摸我時，他的手掌放在我大腿上的畫面。

他的病歷表上呈現的並不是什麼高潮迭起的精彩故事，但看著裡面的資料依然讓我覺得十分不真實。檔案裡描述他在術後復原期間拿著冰敷袋冰敷胯下的地方，我試著在腦海裡想像那個畫面——他在七月進行輸精管切除術，盛夏的高溫肯定會讓冰敷袋裡的冰塊融化得很快，讓他的短褲上沾滿了水漬；他在旁邊的桌子上放了一杯冰涼的冷飲，杯子上布滿融化的小水珠；另外還有一個橘色罐裝的止痛藥，他一邊冰敷胯下，一邊喀嗒一聲將蓋子打開，輕輕地把止痛藥倒在手掌上。那一年我幾歲呢？我在腦海中計算著：我才六歲，還在就讀小學一年級。九年之後我和他發生了第一次性行為。我還記得那天在床上的畫面：他的手在我身上四處游移，我非常緊張不安，他不斷要我冷靜下來，對我說他曾進行過輸精管切除術，所以我不用擔心有懷孕的風險。

我很想將史特蘭的病例偷偷帶走，但一開始來這工作的時候，醫院就要求我簽一份保密協議，上面特別用粗體字標示：若是將裡面的病歷資料洩漏出去，將會面臨嚴重的法律後果。後來我想到一個折衷方式，就是在每天上班的時候，特別把他的病歷再拿出來重新閱讀一次。我會從櫃子底層將他的檔案抽出來，接著將裡面的資料抄寫在我的筆記本上。我特別在未婚，但堅持不要小孩這句話下面劃了底線標記。這讓我聯想到《蘿莉塔》中唯一讓我厭惡的劇情安排：韓伯特想像自己跟蘿莉塔生下好幾個女兒，接著再跟這些女兒生下許多孫女。這也讓我想到另一件事——史特蘭曾經要求我在電話上喊他爹地，他一邊在電話另一頭打手槍，一邊聽我這樣呼喚著他。

然而，這些過往的回憶片段對我來說，就像長期浸泡在水裡、已被磨得光滑平整的石頭。我會將它們撿起，並且用冷靜沉著的雙眼仔細端詳，接著再緩緩地讓它們從指尖滑落到水裡。醫院一片寂靜，來回旋轉的電扇將我的髮絲吹起，這些被挑起的回憶又慢慢地往腦海最深處沉去，最後消失在一片混濁的泥淖中。我回過神將史特蘭的病例闔上，拿起另一疊資料繼續歸檔。

2017

今天是週六夜晚，飯店的訂房都客滿了，其中一位櫃檯人員今天剛好請病假，櫃檯只剩下伊內茲一個人，我只好先暫時放下貴賓接待檯的工作去幫她。八年前、我剛進這間飯店工作時，就是先在櫃檯當接待員，所以我還記得這個工作的基本內容和流程，不過伊內茲得另外向我解釋如何用新的電腦系統幫客人預訂房間及辦理入住。她講話的音調越來越高；我不確定是因為我在旁邊讓她覺得緊張，或者她只是單純感到惱火。聽到我因為不小心操作錯誤而責怪自己時，她便會不斷地說：「沒事，沒關係，沒關係。」

儘管我的大腦因為要適應新的櫃檯工作而無法集中精神思考，但忙錄的週六夜晚時間過得飛快，工作總算告一個段落。酒吧服務生端了一杯雞尾酒給我，當我拿給伊內茲嚐一口時，她開心地露出了笑容，我們倆就這樣蹲在櫃檯後方輪流啜飲那杯雞尾酒。我已經好久沒有和別人搭檔工作，差點忘記和同事一起處理客戶問題時，那種並肩作戰的同袍情誼了。有一位客人不斷向我們抱怨她這次的房間號碼跟之前的不同，我和伊內茲都已經讓她親自走到櫃檯裡，看電腦上顯示的訂房紀錄——她入住的房間一直以來都是二三七房——但她還是不滿意；有一對夫妻不理會我們事先警告面朝街道的房間會比較吵，一小時後卻生氣地下樓，到大廳櫃檯表達對噪音的不滿。伊內茲十分擅長處理客人的抱怨，她會不斷眨眼睛，並將一隻手放在胸前說：「很抱歉，我真的感到非常抱歉。」她那充滿誠意的道歉姿態常常讓客人們措手不及；情況最後總是演變成客人跟她說沒關係、真的不要緊。當這些提出抱怨的客人轉身離開後，伊內茲便會開始低聲咕噥、罵些難聽的話。

我對她說：「我以為妳能得到這份工作，是因為妳是老闆的女兒，但沒想到妳是真的很擅長做這件事。」

她斜眼盯著我看，內心暗忖我這番話到底是在侮辱她還是讚美她。

我補充道：「妳比我還厲害，我沒辦法裝出同情的樣子。」聽到我的稱讚，她明顯感到很開心，原本疑惑、僵硬的臉龐綻放笑容。

「人們正值氣頭上的時候，一心只想挑起爭端、找人吵架。只要表現出謙卑溫順的樣子，他們的怒氣就會慢慢消散。」她說。

「是啊，我也是用這種策略來對付男人的。」我看了她一眼，想知道她是否會深有同感地露出得意的笑容，但她卻皺著眉頭，一臉困惑的樣子。

我看著她用滑鼠咔嗒咔嗒地操作電腦，螢幕透出的光照亮了她的臉龐。她雖然才十七歲，看起來卻比實際年齡成熟許多：她臉上的底妝十分輕透，一頭用離子夾拉直的秀髮於髮尾處完美切齊；她戴著一條珍珠項鍊，西裝外套下穿著一件白色絲綢罩衫。她將自己打扮得乾淨俐落，看起來比我更有女人味。

「妳很善於洞察人心。」我對她說。「似乎比同齡人還成熟不少。」

她斜眼瞥了我一眼，依然對我帶有戒心。「喔，謝謝。」接著她轉頭繼續看著電腦，刻意弓起肩膀，不讓我看到她的螢幕畫面。

辦理入住登記的尖峰時段結束後，大約九點半時，有一個男人出現在櫃檯——他看起來約莫四十多歲，長相英俊、個頭不高。他預訂的是一晚面朝中庭的豪華三溫暖套房。他在預訂時有提出特別的夜床服務[75]：房間的燈光調暗、床上要鋪滿玫瑰花瓣，另外還要準備用來泡澡的沐浴起泡劑和一瓶放在冰桶裡冰鎮的香檳。

幫他辦理入住手續時，我告訴他房間都已經按照他的要求準備好了。我環視大廳一圈，發現他似乎是獨自前來，於是我對他說：「假使您還有想要夜床服務的話。」

他對著伊內茲微笑。即便幫他辦理住房手續的人是我，但打從一走到櫃檯起，他便目不轉睛地盯著伊內茲看。「太好了。」他說。

他將房卡放進口袋裡，接著朝電梯的方向走過去。伊內茲將那個男人的入住資料登記到電腦裡。我看到他走到飯店大廳中央停下了腳步，然後伸出一隻手；這時一個女人從翼狀靠背扶手椅上站起身，轉過頭朝櫃檯看了一眼，剛好和我四目相交。那一刻我才發現，她根本不是一個女人，而是年僅十幾歲的少女。她腳上踩著一雙帆布鞋，身上穿著一件袖長超過手腕的寬鬆毛衣。當他們等電梯時，那男人用鼻子輕輕摩擦少女的脖子，我聽到她發出一陣咯咯的笑聲。

他們兩人一進電梯，我馬上開口問伊內茲：「妳有看到那男人帶著的女生嗎？她看起來不過十四歲而已。」

她搖搖頭說：「我沒看到。」接著繼續低頭看著預訂入住的房客名單。每個名字都已經用綠色螢光筆劃上標記；這表示每位訂房的客人都已經辦完入住手續，我們可以暫時喘口氣休息。「我要去吃飯了。」伊內茲說。

我腦海裡浮現那男人預訂的套房，一切都按照他提出的夜床服務準備妥當：床上鋪滿了玫瑰花瓣，浴缸的洗澡水因為放了起泡劑而充滿夢幻的泡泡；當男人將少女身上的寬鬆毛衣脫掉時，她開始不自在地傻笑。伊內茲往廚房的方向走，準備要去吃飯。我幻想自己拿了那間房的鑰匙，上樓到他們預訂的房間，大力地撞開門衝進去，使勁全力將男人從少女身上硬拉下來。但我這麼做有什麼意義呢？不過是大鬧一場，然後讓自己被公司開除而已。那男人又不是強行把她拖上樓的，她看起來很開心，似乎自己願意這麼做。我站在櫃檯後面，把酒杯裡最後一口酒一飲而盡。伊內茲端著一盤義大利麵從廚房走回來，一邊走一邊將盤子裡的義大利麵塞進嘴巴裡，紅色的醬汁滴落，沾到她的白色罩衫。

伊內茲還在後勤辦公室休息吃晚餐的時候，一個帶著酒糟鼻、眉毛十分濃密的男人走到櫃檯，說他有預訂今晚的房間。我在電腦系統裡搜尋訂房紀錄；他雙手交叉、站在櫃檯前面俯視著我。我

㊄ 高端酒店在傍晚提供的附加客房微整理服務，其目的主要是讓賓客獲得如家般的溫馨感受，同時也補充、置換客人使用過的備品，例如：將燈光調暗、鋪好棉被。有些高級飯店還會準備熱茶、點上香氛，營造出適合睡眠的環境。

聽到他大聲嘆了一口氣，似乎是刻意想讓我知道他等得有多不耐煩，還有我工作得多不稱職。但我心裡卻只是不斷想著：你知道樓上有個女生正被強暴嗎？難道我們什麼都不能做嗎？

「系統上沒有您的訂房紀錄。」我對那男人說。「您確定預訂的是這家飯店嗎？」

「我當然確定。」他從口袋裡拿出一張對折的紙。「妳看，沒錯吧？」

我看了一下他拿出來的那張紙，上面的訂房紀錄顯示他預訂的是一家位於俄勒岡州波特蘭的飯店，並不是緬因州的波特蘭。我指出這個錯誤，接著向他道歉，彷彿一切是我的錯。那男人目瞪口呆地盯著那張紙，接著抬頭看我，再看向坐在大廳等待的妻子。她的身旁放了幾袋行李。

「我們大老遠從佛羅里達州飛來這裡。」他喃喃自語地說。「現在該怎麼辦？」

市中心的每間飯店今晚都訂滿了，但我還是想辦法幫他們找到一間位在機場附近的飯店，那裡還有空房。那個男人依然為這場烏龍感到震驚不已，忘了跟我道謝就急忙帶著妻子走出飯店，向泊車服務生取了他們租來的車。他們開車離開後，我頹然地將身體靠在櫃檯，把臉埋進掌心，用力地深吸一口氣。

這時電話突然響起，我閉著眼睛接起電話，本能地覆誦了飯店的招呼語。

「嗨，妳好。」電話另一頭的人說。那是一個女生的聲音，語調感覺有點遲疑。「我要找凡妮莎·懷。」

我睜大眼睛，望向大廳的另一端。伊內茲從後勤休息室走了出來，一邊走向員工專用洗手間一邊對我比了一個手勢——等我一下。

「哈囉。」那聲音停頓了一會兒。「妳是凡妮莎嗎？」

我伸出手，準備按下電話鍵上的紅色按鈕，將電話掛斷。

「先別掛斷。」那個聲音說。「我叫做簡寧・貝莉，是*Femzine*雜誌的記者，妳記得嗎？我之前寄了幾封電子郵件給妳，試著和妳取得連繫，但始終沒有收到妳的回音，所以才孤注一擲地打電話到妳工作的地方試試看。」

我的手指還停留在「結束通話鍵」上方，但沒有用力按下去。我用沙啞的聲音對她說：「妳已經打過電話給我了，妳還有在語音信箱留言。」

「妳說的沒錯，我的確有那麼做。」她說。

「但現在妳再度打電話給我，而且還直接打到我工作的地方。」

「我知道。」她說。「我知道我這麼做太強人所難，但請讓我問妳一個問題：妳有在關注這則報導嗎？」

我不發一語，不確定她指的到底是什麼。

「泰勒・柏契——妳知道泰勒，對吧？過去幾週她真的過得很慘。妳有注意到現在大家如何威脅恐嚇她嗎？除了主張男權的激進分子外，還有推特酸民的各種攻擊，她甚至還收到死亡威脅——」

「我知道，我有看到那些報導。」

我聽到一個咔嗒聲，接著她講話的聲音變得比較大聲，距離好像也更近了。她似乎是把擴音關掉，直接拿起手機來講。「我坦白跟妳說好了，凡妮莎。我知道妳過去發生的事，雖然我不能逼妳出面揭露妳的經歷，但我想讓妳知道，若妳願意講出來的話，能給泰勒非常大的幫助。我是說，妳真的能對這波女性平權運動帶來很大的影響。」

「妳說妳知道我過去發生的事，這句話是什麼意思？」

她的音調突然升高。「嗯，泰勒有告訴我一些事情……有關她聽到的謠言，還有雅各・史特蘭過去幾年跟她分享過的一些細節。」

我震驚地猛然將頭往後仰——過去幾年？

「喔，還有……」簡寧笑了一聲。「泰勒傳給我一個部落格連結，她說那個部落格是妳的？我看了裡面的文章，完全停不下來。我簡直被迷住了，妳是一個很出色的作家。」

她這番話讓我目瞪口呆，我趕緊在電腦上輸入我的部落格網址。自從大學發生了那些事之後，我就把部落格的隱私設定變更為不公開，必須要有密碼才能夠進入。但現在看來，我的部落格又跳回系統預設的公開狀態，任何人都可以直接瀏覽上面的每篇文章。我想不起來上次去檢查它的隱私狀態是多久以前的事——很有可能我的部落格已經在網路上公開很多年了。我移動滑鼠將螢幕下滑，接著看到「S.」這個字散落在文章各處。那是我給史特蘭的代號。

「這不應該是公開的。」我一邊對著電話說、一邊打開登入畫面，努力回想已經多年沒有使用的密碼究竟是什麼。「我不知道為什麼會變成這樣。」

「我想在我的報導裡引述妳的部落格文章。」

「不行。」我說。「我是可以拒絕的，對吧？」

「我傾向徵得妳的同意。但老實說，妳的部落格是公開的。」

「是嗎，反正我現在要把裡面的內容全部刪掉。」

「妳可以那麼做，但我已經將畫面截圖存下來了。」

我盯著電腦螢幕看。我要去之前亞特蘭提卡大學的信箱收信才能重設密碼，但我已經很多年沒有使用那個信箱了。「妳這是什麼意思？」

「我傾向徵得妳的同意。」她又重複一次。「但我有義務要盡我所能，寫出最優秀的報導。我們可以一起努力，好嗎？妳可以先從比較不會讓妳感到不自在的地方說起，我們就從那裡開始。凡妮莎，妳願意這麼做嗎？」

我好想對她吶喊——不要再打電話，也不要再寄電子郵件給我了。不要裝得一副好像妳跟我很熟的樣子，講出我的名字——但我沒辦法用憤怒的語氣指責她，畢竟她都已經看到我部落格裡的文章，裡面充滿了我和史特蘭之間的一點一滴，全都出自我自己的手。

「也許吧，我不知道。我得思考一下。」我對她說。

簡寧朝著話筒吐出一口氣，她聽起來很著急的樣子。「凡妮莎，我真的希望妳同意站出來。我們同樣身為女性、需要盡全力幫助彼此，我們得共同面對這件事。」

我帶著憤怒的眼神望著大廳，強迫自己說出同意的話。「那是當然，妳說的沒錯。」

「相信我，我知道這有多麼困難。」接著簡寧壓低聲音對我說：「我也是倖存者。」

她刻意用「倖存者」這個詞來向我表達她能感同身受，但卻顯得假惺惺，一副高高在上的樣子。這個詞完全抹滅了我和史特蘭之間的愛情，不論她指的是什麼事情的倖存者，這個字眼都令我感到十分難堪——我已經忍無可忍。我咬牙切齒地對她說：「妳根本不知道我經歷過什麼事。」

我掛上電話，氣沖沖地跑到大廳另一頭的員工專用洗手間，在一間廁所裡吐了出來。我雙手抱著馬桶，等著那股噁心反胃的感覺慢慢消逝；我已經吐到沒有東西可以吐了，便開始嘔出膽汁。

我坐在地上一邊喘息、一邊檢查西裝外套有沒有沾到嘔吐物，這時廁所的門被推開，我聽到伊內茲呼喚我的聲音：「凡妮莎？妳還好嗎？」

我用手臂擦了擦嘴巴。「沒事，我還好。只是肚子不舒服而已。」我回答她。

她把門闔上，但我聽到門再度被推開的聲音。

「妳確定嗎？」她問我。

「我沒事。」

「如果妳需要找人代班的話我可以——」

「妳就不能他媽的給我一點空間嗎？」我將臉頰貼在廁所的金屬隔間上，聽著她匆忙離開廁所、走回前檯的腳步聲。接下來一整天她都眼眶濕潤，彷彿隨時會哭出來的樣子。

幾年前當我站在議會街上、準備過馬路的時候，我看到泰勒的臉龐出現在一個街燈的燈桿上——那是一張廣告傳單，宣傳在一個酒吧舉行的詩歌朗讀表演。我知道她會寫詩，還曾經出版過一些作品。我想盡辦法找出她的作品來看，不僅為此訂閱文學期刊，還會固定瀏覽她那鮮少更新的網站。我試著在她的作品裡找尋史特蘭的蹤影，但卻徒勞無功；她的作品描述的是被炙熱白光籠罩的月斑天蚕蛾，甚至用了六個詩節來冥想她的卵巢。這是我始終摸不透的地方：如果史特蘭真的對她做出那麼令人髮指的惡行，她怎麼有辦法完全不在作品裡提到他呢？

無論我多麼努力嘗試，始終無法真的瞭解泰勒這個人和有關她的一切。幾年前我找到她公司的所在地還有她居住的街區，透過她曾經在 Instagram 上貼出的一張從家中廚房望出去的照片，我可以判斷出她住的是哪一棟樓。我沒有跟蹤過她，不算是真的有，頂多在中午休息時間經過她的公司外頭，盯著來來往往的金髮女孩看。但仔細想想，難道我不是無時無刻都在人群中尋找她的身影嗎？不論我在餐廳、咖啡廳，或是在超市和轉角的商店裡，我都在尋覓她。有時我會幻想她就走在我的身後；一想到她在後面看著我，我便會興奮不已，猶如我想像史特蘭目不轉睛地凝視著我時，那種令人亢奮的感覺。

我去了那間酒吧，看她的詩歌朗讀表演。室內的光線很昏暗，我站在後方區塊，特地先將我的一頭紅髮綁起來，並塞進一個扁帽。一看到她走上台、準備開始講話，我就先離開了。她的臉上掛著燦爛的笑容，一邊講話，一邊拚命地比手勢。她過得很好——走回家的路上，我不斷這麼告訴自己。我的臉頰因嫉妒和寬慰交雜的情緒而漲得通紅。她看起來是那麼平凡、快樂，一點都不像曾經遭受侵害的樣子。那天晚上，我在以前的資料夾裡翻找，找到了大學時教授批改過的報告和高中創作的詩。其中一篇大學報告中，我寫的是關於莎士比亞的劇作《泰特斯・安特洛尼克斯》，報告主旨聚焦在劇中的強暴是如何被刻劃的，而亨利・普勞在底下寫了評語：凡妮莎，妳的寫作能力真是驚為天人。我還記得我當初對他給的高分感到嗤之以鼻，覺得這只不過是另一個老師為了誘騙我上鉤才給出的讚美，不須放在心上；但也許亨利是真心地讚揚我的寫作能力，也許史特蘭也是。他總是稱讚我，堅持說我作品裡觀看世界的角度是多麼令人嘆為觀止，也許他真的看到了我非凡的寫作能力。雖然他對我做了那些傷天害理的事情，但不可否認地，他是一位十分出色的教師，是他發掘了我潛在的天賦。

我在推特上輸入史特蘭的名字，跑出來的搜尋結果卻幾乎都跟泰勒有關：一堆夾帶著女性主義色彩的辯護言論和充滿性別歧視的攻擊言語。她的照片出現在其中一篇推特文章裡，照片中的泰勒才十四歲，她穿著冰上曲棍球的制服，身型極瘦的她戴著牙套、露出一抹微笑，照片下方是令人觸目驚心的文字：雅各・史特蘭侵犯泰勒・柏契時，她還如此年幼。我試著想像這句話出現在史特蘭在我十五歲時拍的拍立得下方，照片中的我帶著厚重的眼皮、腫著雙唇；或是十七歲時我為自己拍下的那些照片，當時我站在一片樺木樹前，將裙子微微掀起，眼睛盯著相機鏡頭看。我看起來有如蘿莉塔一樣既清純又帶有性感魅力。我明白自己內心的渴望，還有我那潛藏的黑暗性格。我不禁暗忖，倘若世人知道我所抱持的心態，是否還會把我當成一名受害者？

2002

新學年展開，我升上了高四。開學的第一週，我就帶著填好志願的大學申請表和我花了整個暑假草擬的入學申請論文，出現在學校升學顧問的辦公室。我在志願表上保留了當初史特蘭建議我就讀的那幾所學校，但顧問要我再多填幾間。她說我需要一些保守的選擇，或許可以考慮幾間州立大學。

學校旁邊那家商場裡的小餐館在暑假期間倒閉了，所以這學期的午餐時間，我會在學生餐廳裡跟英文課的兩位女同學——溫蒂和瑪莉亞——坐在一起吃飯。瑪莉亞是從智利來的交換生，溫蒂家則是她的寄宿家庭；她們兩人正是爸媽希望我交的那種朋友——勤學不倦、個性甜美、沒有男朋友。午餐期間我們會一邊吃著低脂優格和蘋果切片，配上兩湯匙花生醬，一邊拿字卡抽考對方，或是比較我們寫的課堂作業。我們都為了大學的入學申請感到焦慮不安；溫蒂想就讀佛蒙特大學，瑪莉亞則希望可以繼續待在美國，波士頓境內任何一所大學都是她的夢幻選擇。

生活仍在繼續。我順利拿到了汽車駕照，但爸媽並沒有送我一輛車。某天貝比回家的時候，鼻子上插滿好多豪豬的刺，我和媽得把牠壓在地上，讓爸用鉗子將牠鼻子上的刺一根根拔出來。爸當選了醫院的工會代表，媽則在社區大學的歷史課拿到優等成績。隨著季節轉換，樹上的葉子也變了色。我在大學入學考試拿到不錯的成績，還將之前暑假草擬的入學申請論文又修改了一次。學校英文課教到羅伯特·弗羅斯特的作品，但這位老師與史特蘭不同，完全沒有提及其中關於性愛的影射。午餐時間瑪莉亞和溫蒂會合吃一個貝果，她們用手指剝著小塊麵包、放入嘴裡。跟我上同一堂物理課的男生問我願不願意跟他一起參加學校的小型舞會，我出於好奇答應了，但他講話時嘴巴會散發出洋蔥的味道；一想到他碰我的身體就讓我生不如死。我們在昏暗的體育館裡隨音樂跳著慢舞，當他俯身準備親我的時候，我脫口而出，說我已經有男朋友了。

「什麼時候的事？」他揚起眉毛問我。

我心想：一直都有，你根本一點都不瞭解我。

我說：「他的年紀比較大，你不會知道他是誰的。對不起，我應該早點讓你知道。」

接下來的整場舞會，那個男生都沒有再跟我說話。舞會結束時他說我家住得太遠，而且他也很累了，所以沒辦法開車送我回家，最後我只好打電話請爸來載我。回家路上他問我怎麼了、發生了什麼事、那個男生是不是打算對我做什麼、他有沒有傷害我？我回答說：「什麼事都沒發生，沒事。」但內心默默祈禱，希望他不會察覺我們這一來一往的問答有多麼似曾相識。當時他也對我提出一樣的疑問，而我跟現在一樣矢口否認。

我開始陸續收到大學寄來的通知信，裡面都只有薄薄一張紙，內容要不表示我在候補名單上，要不就是直接拒絕我的申請。終於，到了三月的時候，我收到一封亞特蘭提卡大學寄來的信，這間大學是學校的升學顧問建議我放進申請志願表的。這封信特別厚，我迅速撕開信封，爸媽站在旁邊，帶著驕傲的笑容看我。恭喜，我們帶著喜悅的心情，通知妳錄取本校。一份份宣傳手冊和要填寫的表單從信封袋裡灑落出來、掉到地上；學校想調查我是否有意願住校、有沒有偏好哪個類型的宿舍，以及我想要哪種餐券方案等等。除此之外，裡面還附上新生餐會的邀請函，以及一張由我未來的指導教授親筆寫的字條。她是一位專門研究詩的教授，出版過不少詩集。妳的詩作十分出色，我非常期待未來能有機會指導妳。我用顫抖的手翻閱信封袋裡所有資料，儘管亞特蘭提卡大學只是一所州立大學、不算什麼名校，但收到錄取通知還是非常振奮人心，讓我不禁回想起，多年前收到布羅維克錄取通知信的那一刻。

那天晚上趁著爸媽入睡後，我拿著無線電話走到外面。院子裡積滿了雪，遠方結冰的湖水在月光照耀下閃閃發亮。

史特蘭沒有接電話，我一點也不意外。電話轉進答錄機的時候，我很想把電話掛斷，然後再打一次，心想如果我不斷嘗試，也許最後他會受不了、怒氣沖沖地接起電話。就算他對我怒吼、叫我不要一直打給他也沒關係，至少我還可以聽見他的聲音。我想像他看著電話上的來電顯示，螢幕上閃爍著菲爾與珍．懷這幾個字，肯定會以為是我爸媽打給他，跟他說他們已經知道事情的始末，準備要讓他付出代價。我內心默默希望他會感到震驚與害怕，就算只有短短一秒鐘也好。雖然我還愛著他，但當我想到那張他去紐約接受新英格蘭私校協會頒發的傑出教學貢獻獎照片時，腦海裡卻浮現想傷害他的念頭。

電話答錄機傳出他預錄的內容——「您所撥打的是雅各．史特蘭的電話……」——我彷彿可以看到光著腳、穿著T恤的史特蘭站在客廳裡，凸起的肚子垂在睡褲外，雙眼緊盯著電話答錄機。電話另一頭傳出嗶嗶聲，那刺耳的聲音在我耳裡迴盪著。我凝視結冰的湖面，在藍黑色天空的映襯之下，遠方的山脈呈現一片夢幻的紫色。

「是我。」我對著電話說。「我知道你不能跟我說話，我只是想告訴你我錄取了亞特蘭提卡大學。學期從八月二十一日開始，我就會去那邊念書。那個時候我就已經滿十八歲了，所以……」

我停頓了一下，話筒裡傳出電話答錄機錄音帶捲軸的轉動聲。我想像我的留言被當作法庭上的證據，而史特蘭滿臉羞愧地坐在一張桌子後方，旁邊陪同出席的是一位律師。

「我希望你有在等我。」我說。「因為我一直在等你。」

天氣開始暖和起來。拿到亞特蘭提卡大學錄取通知後，我的心情不再像之前那樣緊繃了。在被放逐的這段苦悶日子裡，我受盡了侮辱和責難。這個好消息大大提振了我的士氣，彷彿在黑暗隧道盡頭看到一道充滿希望的光；儘管老師們警告說，這些大學錄取通知有可能會毫無理由地被撤回，但我已無心繼續鑽研學業。我的成績一落千丈，勉強維持在過關的邊緣。我開始在下午時蹺課，每週大約一到兩次。我會趁這段時間跑去學校和州際公路間的森林裡漫步，讓運動鞋沾滿泥土。我常常站在光禿的樹木中間，一邊看著來往的行駛車輛，一邊抽菸；那些菸是跟我同一堂數學課的男生幫我買的。一天下午，我看到一隻鹿突然衝到公路上，轉眼間，一連五輛車全部追撞在一起，現場滿是殘骸。這一切只不過發生在短短幾秒鐘內。

時節來到四月，再過兩天就是我的生日。我在檢查電子郵件時，看到畫面跳出一則通知：珍妮9876要求要跟妳聊天——妳願意接受嗎？我咔嗒地一聲按下「接受」，不小心按得太大力，連滑鼠都從手中滑落。

珍妮9876：嗨，凡妮莎，我是珍妮。

珍妮9876：哈囉？

珍妮9876：如果妳有看到的話，請回我訊息好嗎？

我看著訊息不停地跳出來，聊天室的視窗下方閃爍著這幾個字：珍妮9876正在輸入訊息⋯接著就突然停住了。我試著想像她的模樣，她那纖細的頸部線條，還有閃閃發亮的棕色秀髮。現在正值布羅維克放春假的時節，所以她一定是在波士頓家中。我的手指在鍵盤上盤旋，想等到做好心理準備後再開始打字，不希望讓她看到我正在輸入訊息、突然停下，然後又開始打字，這樣會不小心透露出我內心的掙扎。

暗黑凡妮莎：怎麼了？

珍妮9876：嘿！

珍妮9876：看到妳出現太開心了！

珍妮9876：妳過得好嗎？

暗黑凡妮莎：妳為什麼要傳訊息給我？

她說她知道我一定還對當年在布羅維克發生的事耿耿於懷、對她心懷怨恨，她知道那已經是很久以前的事了，也許我根本早已沒放在心上，但她依然很愧疚。我們很快就要從高中畢業、進入大學，她最近時常想起我。對於我當時被布羅維克退學，而史特蘭卻可以繼續在學校教書，她感到憤恨不平。

珍妮9876：我想讓妳知道，當年我一開始去找蓋爾斯太太的時候，完全沒有想到接下來會發生那樣的事。

珍妮9876：也許這聽起來過於天真，但我那時真的覺得史特蘭會因為這件事情被學校開除。

珍妮9876：我當初會那麼做，真的只是因為我很擔心妳。

她跟我說她很抱歉，但我心裡想著的人卻是史特蘭。當她跟我道歉的時候，我試著在螢幕上輸入心中的疑問；我已經不在意她會看到我不斷打字、然後又刪掉那種語無倫次的樣子。講完當初的布羅維克事件後，珍妮開始跟我分享大學的事。她要去念布朗大學，她聽說亞特蘭提卡大學是一所不錯的學校；但我根本不想跟她聊這個，只想問她有關史特蘭的事——他的頭髮留得多長了？是不是已經因為太長而變得凌亂不整？他的衣著打扮會不會很邋遢？——這是我知道可以用來判斷他精神狀態的唯一方法。珍妮不可能主動告訴我那些我真的想聽到的事情：他有感到鬱鬱寡歡嗎？他是否有想念我？最後我只是簡單地問珍妮一句：妳常看到他嗎？從她的回覆，我可以感受到她對史特蘭依然恨之入骨。那樣的憎惡光是透過打字，就可以十分明顯地感受出來。

珍妮9876：有啊，我常看到他。真希望可以不要，我無法忍受看到他。他常常帶著頹廢、沮喪的神情走在學校裡，一副失了魂的樣子，但妳明明才是受苦的那個人。

暗黑凡妮莎：什麼意思？妳是說他看起來很傷心嗎？

珍妮9876：是很悲慘的樣子。明明是他拿妳來當代罪羔羊，竟然還有臉裝出這個樣子，真是可笑至極。

暗黑凡妮莎：這是什麼意思？

[珍妮9876正在輸入訊息⋯]

珍妮9876：也許妳並不知道。

暗黑凡妮莎：不知道什麼？

珍妮9876：當初將妳趕出學校是他的主意，是他逼迫蓋爾斯太太那麼做的。

珍妮9876：也許我不該把這件事講出來。

珍妮9876：我根本不該知道的。

暗黑凡妮莎：？？？

［珍妮9876正在輸入訊息⋯］

珍妮9876：好吧，事情是這樣的。去年我和其他人成立了一個新的社團，名稱叫做「擁護社會正義聯盟」。我們其中一個重要訴求，就是要學校清楚列出防治性騷擾的相關政策。布羅維克原先根本沒有這樣的法規（這樣真的很不負責任，而且根本是違法的）。因為學校的行政端拒絕給予我們任何協助，所以去年冬天我和蓋爾斯太太為了這件事進行一次會談。當我見到她的時候，我拿發生在妳身上的情況為例，目的是要表明我們希望能夠阻止類似的情況再次發生。

珍妮9876：儘管當時妳在大家面前說做錯事的人是妳、妳要負起全部責任，但所有人心裡都明白究竟發生了什麼事。大家都知道妳是受害者。

珍妮9876：總之，當我和蓋爾斯太太會談的時候，她跟我說是我誤會了。她說學校並沒有對妳不公，他們處理這件事的方式並沒有錯。她把史特蘭記載的一些關於妳的備忘錄拿給我看，他在裡面聲稱所有事情都是妳自己捏造的。

珍妮9876：看到他這樣亂講真的讓人既灰心又氣憤，我知道妳根本沒有捏造那些事。雖然我不清楚你們兩人之間究竟發生過什麼，但我確實親眼看到他抓著妳的手。

暗黑凡妮莎：備忘錄？

珍妮9876：是啊，他總共寫了兩份，其中一份寫到妳毀了他的聲望，還說布羅維克絕不能容許讓這樣說謊成性的學生就讀。我記得他在裡面形容妳是一位「聰明過人但情緒不穩的女生」。他說妳違反了學校的倫理準則，理當要被開除學籍。

珍妮9876：另一份備忘錄記錄的時間比較早，也許是在二〇〇一年一月？他在裡面說妳暗戀他，常常流連在他的辦公室裡。他在備忘錄裡要求學校將這件事以紙本的方式記錄在案，以防未來妳做出一些無法預測的事。他會這麼做根本是為了防止將來自己做壞事被抓到，所以試圖先掩蓋行蹤。

讀完珍妮的訊息，我的大腦陷入一片空白，思緒彷彿懸浮在空氣中、飄進偌大的森林裡，感覺離我好遙遠。我試圖理解她講的這些內容。二〇〇一年一月，那是他第一次開車來學校宿舍、載我到他家過夜的時候，心急的他一路上還闖了好幾個黃燈。那天他將特地為我準備的草莓圖案睡衣親手遞給我——原來那個時候，他就已經向學校謊稱有關我的事了。當時的我為了他給予我的特別關注而欣喜若狂，還試著釐清我們兩人之間是什麼關係，沒想到他早已謀劃好一切，為將來可能發生的情況預留後路。而當一切一發不可收拾的時候，他說服我站在那間擠滿人的教室前面，要我告訴現場所有人我是個騙子。他當時是怎麼跟我說的？「凡妮莎，學校做出的決定是妳得要離開，他們不可能會改變這個決議的，這件事沒有轉圜餘地。」當時我以為史特蘭嘴裡說的「他們」指的是校長蓋爾斯太太、行政高層，以及布羅維克學校本身，我天真地以為我和他兩人攜手在跟學校抗爭。

珍妮下線離開聊天室前，問了我當時究竟發生什麼事情。我用顫抖的手在鍵盤上打下這幾個字：他利用完我，就將我一腳踹開。但仔細斟酌之後，我決定將這句話刪掉。一想到我這麼說可能會導致史特蘭被學校開除、害他被警察逮捕，最後鋃鐺入獄，這些畫面依然讓我感到不寒而慄。

暗黑凡妮莎：什麼事都沒發生。

我生日的隔一天，我告訴爸媽我得去市中心的圖書館，為一個報告找資料，其實根本就沒有這個報告。這是我第一次要求自己開車出去。當時他們正在庭院清理花圃，準備要栽種一年生的植物，雙手和手肘沾滿泥土。媽聽到我這麼說遲疑了一會兒，但爸只是對我揮了揮手說：去吧。

「妳遲早得試著自己開車出去。」他說。

當我手裡拿著鑰匙、朝著車子走過去時，媽突然叫住我。我的心漏跳了一拍，內心默默希望她會阻止我。

「妳出去的時候，可以順道幫我買些牛奶嗎？」她問。

我在開車的一路上，腦海中的思緒轉個不停。在被放逐的這段期間，我不斷說服自己他依然在等我；然而，珍妮說的那些話，卻讓我所深信的一切瀕臨瓦解。我究竟是多麼絕望，才會傻傻地相信他一直在等我滿十八歲、跟我恢復聯絡；他其實從未明確承諾過會等我，就連我們最後一次談話時，他也完全沒有提及這件事，只是向我保證一切都會好轉。沒想到我以為的「好轉」，其實跟他心裡想的完全是兩回事。他指的「好轉」可能單純是說他毫髮無傷、沒有被學校開除、不需要為此坐牢。我握著方向盤的雙手流了好多汗。我終於明白，原來要誘導一個人去憑空捏造一件莫須有的事情，是多麼輕而易舉。

開進城裡之後，我轉上一條往西通向諾倫比加的高速公路。一路上我不停回想，試著在回憶中找尋一些什麼，來證明整件事情不只是自己的幻想而已。想到我曾經向同學透露自己偷偷交了一個年紀比我大的男友，我不禁感到難堪不已。我明白我說的並不完全是真的，但我們之間的曖昧確實存在。即便他的身分並不真的算是我男朋友，但我知道他一直在等我成年。然而，事實證明，我根本只是活在自己的幻想而已；他利用完我，就將我甩開，一點都不想再跟我扯上任何關係。也許他早已經將我放下，並展開新的生活，和別的女人談戀愛、發生關係。也許對象是另一位女學生。

一想到這，我的大腦像是突然短路一般——一道亮光從我眼前一閃即逝，我的心隱隱作痛。車子突然轉向路肩。我趕緊讓自己清醒過來，將車子開回道路中央。

諾倫比加的市鎮樣貌一點都沒變——河流兩側綠樹成蔭，市中心依然可以看到跟當年一樣的商店、書局、專賣大麻菸草的小店、披薩餐館、烘焙坊，位在山丘上的布羅維克校園閃閃發亮。我將車子停在史特蘭家的車道上，前面停的是那輛休旅車。之前他就是用這輛車載我從學校宿舍到他家，之後還曾經開著它載我開往東邊的樹林裡。我依然記得那時他的手安穩地放在我的大腿中間。雖然那已經是好久以前的事了，但此刻我的感覺跟兩年前依舊相同；我身上穿著和當時一樣的衣服、看起來跟以前沒有不同，但也許我沒有察覺自己臉上顯露出的歲月痕跡。他會不會已經認不得我了呢？我還記得當時我滿十六歲的時候，他臉上露出一股失望的神情。幾乎已經算是一個女人了。也許過去這些年真的讓我變得成熟老練，我的確覺得現在的我比過去更堅強。但這是為什麼呢？我並不算真的經歷了什麼大風大浪，只不過是曾在公路邊的樹林裡，親眼目睹車子連環追撞的意外；會半夜和陌生男子在網路上聊天，差點被一個擁護槍枝且一事無成的奇怪男人綁架；學校午休時間經常獨自坐在小餐館裡，一邊吃著派、一邊寫作業。也許經歷了這些事情，讓我的智慧增長許多。我暗忖，如果史特蘭是我現在的老師，我是否還會落入他設下的圈套中。

我像是警察找上門般，用力拍打他家大門，目的是要讓他心生恐懼。然而，一部分的我卻希望他不要來應門。我想像他站在客廳裡屏息凝神、一動也不動地等我自己放棄，然後掉頭離開。也許他根本不想再看到我。當初他會要求學校將我開除學籍，可能就是因為這個原因：我的存在會嚴重威脅到他。他的人生很有可能因我而瞬間毀於一旦，所以他想將我從生命中徹底拔除。

然而並不是如此——他很快就打開門，彷彿早已在另一邊駐足等待。出現在門另一端的他看起來似乎比以前更加蒼老，卻又同時讓人感覺年輕了不少。他的鬍子灰白、頭髮留得比之前還要長；他的手臂曬黑了，身上穿著T恤和短褲，腳上踩著一雙帆船鞋，裡面沒有穿襪子，蒼白的小腿上長滿深色腿毛。

「我的天啊。」他驚呼了一聲。「看看妳。」

他將手放在我的背上，引領我往他家裡面走。熟悉的氣味向我襲來，我從未想過自己會懷念這個味道。我舉起雙手放在鼻子上，試著阻止那個味道進入我腦中，牽動過往的回憶。他問我要不要喝點什麼，接著指向客廳，要我坐下來。他打開冰箱拿出兩瓶啤酒。現在時間才剛過中午而已。

「生日快樂。」他將啤酒遞給我時，對我說道。

我沒有收下他的啤酒。「我知道你做了什麼事。」我對他說，努力將心中那股累積已久的憤怒彰顯出來。但我講出這幾個字時，聽起來卻變成短促緊張的尖銳吱吱聲，就像一隻淚水正要潰堤的小老鼠一般。他伸手摸我的臉，試圖安撫我的情緒，但我將臉別向另一側。這時我腦海裡忽然浮現《蘿莉塔》中的一句話。那是在分別多年後、韓伯特再度看到蘿莉塔時，蘿莉塔對他說：「倘若你碰我的話，我就死給你看。」

「是你要學校把我趕出去的。」我說。

我原本以為他聽到我這麼說，會像做壞事被抓到的人一樣臉色發白，但他卻絲毫沒有露出畏縮的神情，只是不斷地眨眼，似乎想釐清令我憤怒的真實原因。當他找到之後，便露出一抹微笑。

「妳覺得不開心。」他對我說。

「我是很憤怒。」

「好吧。」

「原來把我踢出學校的人是你。你利用完我就拋棄我。」

「我並沒有拋棄妳。」他輕柔地對我說。

「但你把我趕走。」

「會有這樣的結果是我們兩人共同決定的。」他緊皺眉頭對我微笑，一臉疑惑不解的樣子，好似我在無理取鬧。「難道妳不記得了嗎？」

他試著喚醒我過去的記憶。他說當時是我告訴他我會將一切處理好，我下定決心要承擔後果，那堅決的神情他依然歷歷在目。「即便我想，我也沒辦法阻止妳。」他說。

「我不記得我有那樣說。」

「好吧，但無論如何，妳真的有。我記得一清二楚。」他喝了一口啤酒，用手腕擦了擦嘴巴，接著對我說：「妳當時真是勇氣十足。」

我試著回想在離開布羅維克前，我和他最後的對話——當時我們站在他家後院，周遭一片漆黑。我記得自己焦慮得幾近瘋狂，一直哀求他向我保證一切都會沒事，希望他跟我說我並沒有毀掉一切。然而，整個對話令我印象最深刻的卻是他臉上錯愕的表情。我在他眼前崩潰痛哭、鼻涕直流，無法克制地哽咽啜泣，他卻只是用厭惡的表情冷冷地看著我。我不記得當時自己有說會將一切處理好；我只記得他說我們會沒事。

「我當時根本不知道我會被學校開除，你從來沒跟我說事情會演變成那樣。」

他聳了聳肩。好吧，是我的錯。「就算我沒有明講，但這是再明顯不過的吧。唯有那麼做，我們兩人才能從那場地獄般、不斷威脅我們的風波中全身而退。」

「你要說的是，唯有那麼做，你才可以不用面臨牢獄之災吧。」

「是啊，沒錯。」他同意我說的話。「我的確是那麼想的，那是唯一的方法。」

「那我怎麼辦？」

「什麼意思？看看妳，難道妳過得不好嗎？毫無疑問，妳看起來過得很好，依然美麗動人。」即便我百般抗拒，我的身體卻不由自主地對他的讚美產生反應。我猛然吸了一口氣，感覺到空氣從我的齒縫間呼嘯而過。

他對我說：「聽著，我可以理解妳會感到憤怒、覺得很受傷，但我已經盡最大的努力了。妳知道嗎？我當時也很恐懼，所以我做出了本能的直覺反應。理所當然地，我會想要保護自己，但我也一直替妳著想，讓妳離開布羅維克等於是救了妳。倘若妳得接受調查，妳勢必會被折磨殆盡。妳的名字會出現在各種報章雜誌上，這個臭名會一輩子籠罩妳的人生，揮之不去。妳不會想要走到這個地步，妳不可能熬得過這樣的苦難。」他的眼神在我臉上游移。「過去這段時間，我一直以為妳能夠理解我這麼做的原因，我甚至以為妳已經原諒我了，看來那只是我自己一廂情願而已。我以為妳有足夠的智慧能夠理解，我有時候會不小心把妳當作大人。」

這一刻，彷彿有股冰冷的空氣從我的脊椎滑落，漸漸蔓延到全身——我感到羞愧至極，覺得無地自容。也許一直以來，我都把事情想得太簡單了，我怎麼會那麼愚鈍。

「拿著吧。」他把一瓶啤酒塞到我手裡。我依然感到全身麻木，跟他說我還未成年、不能喝酒，但他只是帶著笑容對我說：「妳早就成年了。」

我們坐在客廳沙發上的兩側，他家看起來跟以前沒有太大差別——本來他習慣把垃圾郵件堆放在廚房的流理臺上，現在改放到客廳的小茶几；門邊有一雙隨意擺放的鞋子，那是一雙新的登山靴。除此之外，一切都跟以前一模一樣——家具、牆上的壁紙圖案、書架上的書籍擺放順序，甚至連味道都沒變。我始終無法忘懷他身上的氣味。

他對我說：「所以，妳很快就要去亞特蘭提卡大學念書了，那所學校會很適合妳的。」

「那是什麼意思？你是在說我不夠資格念一所優秀的學校嗎？」

「凡妮莎。」

「我沒有錄取當時你推薦我的任何一間學校。並不是每個人都能去念哈佛。」

他看著我喝下一大口啤酒，那股熟悉的氣泡嘶嘶聲從我的喉嚨慢慢滑下去。自從卡莉搬走後，我就沒有再喝過酒了。

「那妳這個暑假都在做什麼呢？」他問我。

「工作。」

「在哪裡工作？」

我聳聳肩。我原本兼差的那家醫院面臨預算刪減，所以我沒辦法繼續在那工作了。「我爸的朋友開了一間汽車零件工廠，他說我可以在那裡工作。」

他試圖隱藏內心的訝異，但我看到他的眉毛因震驚而揚起一角。「挺踏實的工作，沒什麼不好的。」

我又喝了一大口啤酒。

「妳好安靜。」他說。

「我不知道要說什麼。」

「妳可以對我說任何事。」

我搖搖頭。「我覺得自己已經不再瞭解你了。」

「妳永遠都會瞭解我的。」他說。「我一點都沒變，我已經太老了，不會有什麼改變。」

「我跟以前已經不一樣了。」

「我相信妳是。」

「我已經不再像你過去認識的那樣天真無知。」

他將頭歪向一邊。「我從來不覺得當時的妳很天真無知。」

我繼續啜飲手中的啤酒，這已經是第三瓶了，才兩口就被我一飲而盡。他也喝完了手中的啤酒，走去冰箱拿出新的一瓶，同時也拿了一瓶給我。

「妳打算繼續對我生氣多久？」他問我。

「你難道不覺得，我理當對你生氣嗎？」

「我希望妳可以向我解釋，為什麼妳會有這樣的感受。」

「因為我失去了對我來說非常重要的東西，而你卻什麼都沒有失去。」

「並不是如此。對許多人來說，我已經名譽盡失了。」

我對他說的話嗤之以鼻。「那根本沒什麼大不了。我也失去了名聲，但除此之外我還失去更多東西。」

「好比什麼？」

我將手中的啤酒夾在兩腿中間，開始用手指頭一一數給他聽。「我被布羅維克開除學籍、我爸媽不再信任我，我才剛到新的學校，關於我的留言就已經滿天飛，我根本沒有機會重新開始、當個平凡人。這整件事讓我痛苦萬分、飽受創傷。」

他聽到我說飽受創傷這幾個字時，露出了一個奇怪的表情。「聽起來妳有在做心理治療。」

「我只是想要讓你瞭解我所遭受的痛苦。」

「好吧。」

「因為這一點都不公平。」

「什麼不公平。」

「我經歷了那麼多磨難，而你卻毫髮無傷。」

「我明白讓妳受那麼多折磨真的很不合理，但就算我跟妳一起受苦，也不會比較公平。那只會為我們兩人帶來更多痛苦而已。」

「那所謂的司法正義何在？」

「司法正義。」他不以為意地笑了一聲，臉上的表情瞬間變得十分冷酷。「妳想要將我繩之以法嗎？親愛的，要這麼做的前提，是妳得要證明我在沒有正當理由的情況下傷害了妳，妳自己有辦法相信嗎？」

我的雙眼注視著茶几上那瓶尚未打開的啤酒，瓶身已經出現一些融化的小水滴。

他接著說：「假使妳真的覺得我當初傷害了妳，馬上跟我表明，我現在就去警局自首。倘若妳覺得我應該要被關進牢裡、失去我享有的自由，一輩子蒙上惡人的汙名，一切就只因為我當時愛上一個尚未成年的少女；那麼拜託妳，現在就說出來讓我知道。」

我並不是那麼想的，那不是我所謂的司法正義。我只是想知道他也過得跟我一樣悽慘、痛苦，如同珍妮跟我形容的一樣失了魂。因為現在我眼前的他，絲毫不像一個受盡折磨、變得頹廢沮喪的人，他看起來很快樂，那座教學貢獻獎的獎盃直挺挺地放在書架上。

「如果妳覺得那件事並沒有讓我遭受打擊，那妳就錯了。」他彷彿可以解讀我內心的想法。也許他的確具有這個能力，他一直以來都知道我在想什麼。「我的內心一直備受煎熬。」

「我不相信你。」我對他說。

他朝我俯身過來，輕摸我的膝蓋。「我給妳看樣東西。」他站起身往樓上走，客廳的天花板發出嘎吱嘎吱的聲響。我聽到他走向位於走廊盡頭的房間，回來的時候他手裡拿了兩個信封，其中一封是要寄給我的信，上面標註的日期是二〇〇一年七月。才看到開頭的第一句話，我的內心就如同海嘯般翻騰、激動不已：凡妮莎，不知道妳是否還記得我。去年十一月的時候，我將頭枕在妳那柔軟又溫暖的大腿上，當時我對妳低語道：「我擔心我會毀了妳。」現在我想問妳，我是不是真的那麼做了？妳是否覺得我摧毀了妳的人生？要將這封信安全送到妳手中是不可能的，但我內心長久以來被愧疚感折磨，日復一日地糾結。我願意賭上一切將這封信寄給妳，我需要知道妳一切都好。另一個信封裡面裝的是一張生日卡片，他在卡片裡署名：無盡的愛，並簽上他的姓名縮寫。

他說：「我本來就打算鼓起勇氣、在這週把卡片寄去給妳。我計劃開車到奧古斯塔，將卡片放進那裡的郵筒，這樣妳爸媽就不會看到信封上有諾倫比加的郵戳，因此起疑心了。」

我擺出一臉不以為然的樣子，將那兩個信封丟在茶几上，還強迫自己翻了一個白眼。他這樣做還不夠，我需要他拿出更多證據，來證明他是真的飽受煎熬——我要看到他寫下一頁頁的懺悔文。

他在我旁邊坐下，開口對我說：「凡妮莎，妳仔細想想看。離開布羅維克讓妳有機會可以逃過那場風波，而我卻必須待在一個會讓我不斷想起妳的地方。每天我都得在和妳初識的那間教室裡上課，眼睜睜地看著其他學生坐在妳坐過的位置上。我甚至已經不再使用我原來那間辦公室了。」

「真的嗎？」

他搖搖頭。「自從妳離開之後，那裡面的東西對我已經不具任何意義。」

我無法不理會他講的這件事。他將辦公室閒置不用，似乎證明了他無法擺脫我們的過往，我在他的記憶裡依然陰魂不散。再者，他說的並沒有錯。離開布羅維克確實讓我有機會可以將一切拋諸腦後；公立學校的走廊和教室氛圍完全不會讓我想到他。過去的我曾經覺得這是一件令人傷心的事，但也許被放逐到一個完全陌生的環境，對我來說是一種解脫。也許我經歷的遭遇跟他所需要承受的苦痛比起來，根本不算什麼。

我喝完第二瓶啤酒，他又拿了一瓶放到茶几上要給我喝。我表達抗議，告訴他我還得開車回家，但依然克制不住將酒瓶打開喝了一大口。我對於自己的酒量判斷常常出錯；才喝了兩瓶就已經雙頰漲紅、眼神渙散。隨著越多啤酒下肚，我感覺當初來找他時，我所夾帶的那股怨氣似乎被沖得越來越淡。我彷彿背朝下、漂浮在水面上，湖水在我耳邊拍打著；我的身體隨著水流漂向深水處，而我對他的那股盛怒則被遺留在岸上，離我越來越遠。

他問我過去這兩年都在做什麼，我很驚訝聽到自己跟他坦承所有的一切，包含克雷格、深夜上網跟陌生男人聊天，還有那個男生邀我去參加舞會的事。「他們都令我覺得噁心。」我說。

他聽到後臉上露出燦爛的笑容，沒有半點嫉妒的感覺；看到我嘗試跟別的男生約會卻不成功，似乎讓他覺得心滿意足。

「那你呢？」我用很大的音量、結結巴巴地問他。

他沒有回答，只是滿臉笑容地閃避我的問題。「妳知道我都在忙什麼。」他說。「我一直都在這裡做一樣的事。」

「但我是要問你和誰一起做那件事。」我舉起酒瓶痛飲了一大口啤酒。「湯普森小姐還繼續待在布羅維克嗎？」

他用他那既溫柔又自命不凡的表情看著我，好似在說我這個樣子很迷人；堅持要他回答問題的樣子十分討人喜歡。「我喜歡妳身上的洋裝，我好像有看過它。」他對我說。

「我是為了你特別穿它的。」我痛恨自己這麼說，我根本不需要對他那麼坦白，但我卻無法克制自己。我告訴他我有跟珍妮聊過，她說他在學校看起來的樣子非常頹廢沮喪。「就是她告訴我，把我踢出學校的元凶是你。她知道所有事情，還看過你寫給蓋爾斯太太的信。你在裡面形容我『情緒不穩』。」我邊講邊用手指在空中比出引號，刻意強調這幾個字。

他盯著我看。「妳說她看過什麼？」

我忍不住露出微笑，我總算找到一件令他坐立難安的事了。

「她怎麼會看到那個文件？」他說。我聽到他講出「文件」這兩個字時，忍不住笑了出來。

「她說是蓋爾斯太太拿給她看的。」

「這真是太誇張了，讓人完全無法接受。」

「是嗎？我倒覺得這樣很好。」我說。「因為這樣我才明白原來你是一個多麼狡詐的人。」

他專注地凝視著我，試圖摸清楚我到底知道多少。他想知道我現在的態度究竟有多認真。

「你在那封信裡面說我『情緒不穩』，對吧？你說我像瘋子一樣，只不過是一個愚蠢的女孩。

我知道你為什麼要那麼做，你是為了要保全自己，對吧？年輕女孩常常會做出一些瘋狂的舉動，這是大家都知道的事。」

「妳喝醉了。」他說。

我用手背擦了擦嘴巴。「你知道我還聽說了什麼嗎？」

他再次盯著我看，從他緊咬的下顎，我看得出他的耐心已經到達極限。倘若我繼續咄咄逼人，他可能會直接打斷我、把我手中的啤酒瓶拿走，然後把我趕出他家。

「我知道你還寫了另一封信。早在我們兩人之間的一切開始之前，你就寫下那封信。你在裡面聲稱我瘋狂暗戀你，還說為免我之後做出不合宜的行為、讓事情變得一發不可收拾，所以你想要先留下書面資料當作證據。你那時根本還沒跟我上床，卻早就開始策劃如何掩蓋足跡、為自己留後路了。」

聽到我這番話，他也許已經臉色發白，但我卻突然覺得眼睛像是失焦一樣，視線一片模糊。

「不過我想我可以瞭解你那麼做的原因。」我說。「對你來說，我充其量不過是個用完就丟的東西——」

「並不是這樣。」

「我就像垃圾一樣。」

「不對。」

我以為他會繼續跟我解釋，但他卻只說了兩個字。不對。我站起身，朝門口的方向走了幾步，但他攔住我。

「讓我走。」很明顯我只是在做做樣子，我甚至連鞋子都還沒穿上。

「寶貝，妳已經醉了。」

「那又怎樣。」

「妳得要躺下才行。」他帶著我往樓上走，經過走廊，然後走進他的臥房——他的床上鋪著當初的卡其色羽絨被和方格花紋的床單。

「你不該在夏天還用法蘭絨材質的床單。」我撲通一聲，背朝下倒在他的床上。這時我再次感覺自己像是漂浮在湖面上，床隨著波浪前後搖擺。「不要碰我！」當他試圖將我的洋裝肩帶往下拉到肩膀的時候，我對他怒吼道：「如果你敢碰我，我就以死了結。」

我轉身側躺、面向牆壁，他站起身，我聽到他開始不斷地嘆氣，然後低語對自己呢喃：「該死。」接著我聽到地板發出嘎吱嘎吱的聲音，他走回了客廳裡。

不，我心想，回來。

我想要他在旁邊守護著我，替我保持警覺。我幻想自己站起身，假裝暈厥過去、倒在地上，他會朝我衝過來，將我抱進懷裡，輕輕摸著我的臉頰，讓我逐漸甦醒過來。或者我可以讓自己哭出聲，我知道他若是聽到我啜泣的聲音，勢必會拔腿向我奔來；看到我哭泣的樣子，會讓他變得十分溫柔，儘管我明白，過沒多久他就會性慾高漲，接著會用那充血的巨大猛力地往我的大腿中間挺進。然而，我一直以來渴望的，其實是在性愛之前的那些溫柔片刻。我希望他能夠好好地呵護我。

但我現在實在太睏倦、昏昏欲睡；我的四肢好沉重，什麼事都沒辦法做，只能任由自己緩緩睡去。

我感覺到他躺上床。半夢半醒間，我的眼皮迅速睜開，發現牆上的光影已經移到另一側。當他察覺到我在睡夢中動了一下，他馬上停止動作；但當我的眼皮慢慢闔上，不再有任何動作後，他便繼續緩慢地移動到床上。我就這樣緊閉著雙眼，感覺他就躺在我身旁，清楚聽到他的呼吸。

當我再次醒過來時，我背朝下躺在床上，身上穿的那件洋裝裙襬被往上拉到腰際，內褲已經被褪去。我看到他跪在地上，將頭放在我的雙腿之間，他的臉埋進我的私密處，雙手緊扣著我的大腿，讓我動彈不得。他抬起頭盯著我看，我們的眼神交會。我全身無力、昏昏欲睡，只能任由他繼續占有我。

我彷彿可以從空中俯視自己。我的身體宛如螞蟻一樣渺小、四肢蒼白。我飄浮在湖面上，湖水拍打著我的臉頰，高度已經淹過我的耳朵，幾乎要逼近嘴巴；我覺得自己像是快被淹沒一樣。我可以感覺到水面下有各種怪物游動著：水蛭、鰻魚、長滿尖牙的魚，還有下巴強韌到可以咬斷腳踝的烏龜都在蠢蠢欲動，準備發動攻擊。他依然在舔我，渴望我達到高潮。他的慾望是如此強烈，導致他用力過度，我感覺到下體因摩擦而紅腫疼痛。我的腦海中開始浮現一些畫面，像是一連串影像投射在我的眼皮上：一條條麵團從溫暖的廚房流理臺上升起，裝載著家用食品雜貨的運輸帶緩緩移動著，媽手裡拿著支票本在旁邊觀看；接著是一個縮時攝影，我看見植物的根莖延伸進土壤裡，爸媽把手臂上沾到的泥土沖洗掉，他們抬起頭看時鐘，但兩人都沒有開口問：「凡妮莎跑去哪了？」因為一旦承認我出門太久、還沒有回家，他們就得面臨內心的恐懼。

我感覺到史特蘭爬上床，準備朝我的體內推進。這時原本在我腦中播放的畫面突然停止，我快速地睜開雙眼。「不要。」

他停止不動。「妳想要我停下來嗎？」

我將頭後仰躺在枕頭上。他等了幾秒鐘，接著開始緩慢地在我的體內一進一出。

我感覺到海浪又把我推離岸邊更遠。他那穩定進出的節奏讓我的腦中再次浮現剛剛那些畫面。他以前的身體有那麼沉重、動作有如此緩慢嗎？一滴滴汗珠從他的肩膀掉落在我的臉頰上。我不記得以前是這樣的感覺。

我閉上雙眼，再次看到一條條麵包緩緩升起，輸送帶上裝載著無止境的糖包、盒裝麥片、花椰菜還有罐裝牛奶，它們朝著前方移動，接著消失在遠方的地平線上。出去的時候順便幫忙買些牛奶好嗎？我才第一次獨自開車出門，媽就要我幫忙買東西，她就是喜歡這樣。也許這麼做可以讓她對於允許我開車出去感到心安一點。一切都會沒事的，我會平安無事地回到家。我必須平安無事地回到家；我只不過是出門買個牛奶而已。

史特蘭發出一陣呻吟。他剛剛是用雙手將身體撐起來，現在他整個人壓在我的身上，手腕繞過我肩膀底下環抱著我。我感覺到他在我耳邊喘息。

他一邊大口吐氣，一邊對我說：「我想要看妳高潮的樣子。」

而我心裡想的卻是：我想要你停下來。但我沒有大聲說出口——我做不到。我根本無法說話，眼前一片黑暗。就算努力睜開雙眼，我也什麼都看不清楚。我的頭輕飄飄的，雙唇好沉重。我覺得好渴，全身不舒服。我感覺自己好渺小，什麼都不是。他依然沒有停下來，速度越來越快，這代表他快要高潮了，大概只剩一分鐘或甚至不到。這時突然有一個念頭在我的腦海中一閃而過——這算是強暴嗎？他在強暴我嗎？

他達到高潮的那一刻，嘴裡不斷唸著我的名字。他從我體內抽出來，接著轉過身、背朝下躺在床上。他身體的每一吋肌膚都因為沾滿汗水而變得濕滑，連手臂前側和雙腳都是。

「真是不可思議。」他說。「我沒有預想到今天會有如此美妙的結尾。」

這時我突然翻過身，開始朝地上猛吐，嘔吐物噴在硬木地板上、濺得到處都是。我吐出來的東西都是啤酒和膽汁；今天一整天我都很焦慮，根本吃不下任何食物。

史特蘭用手肘撐著身體坐起來，他愣愣地看著地上那灘嘔吐物。「我的天啊，凡妮莎。」

「對不起。」

「沒關係，沒事的。」他走下床穿上睡褲，繞過地上的嘔吐物，接著走進浴室裡，出來的時候手裡拿了一個噴瓶和一條舊抹布。他跪在地上開始清理地板，房間充滿了氨水和松樹清潔劑的味道。我緊閉雙眼，胃依然還在翻騰攪動，底下的那張床似乎不斷隨著波浪來回起伏擺動。

當他重新爬上床的時候，他壓回我身上，儘管我剛剛才吐過而已。他的手聞起來都是清潔劑的味道。「妳會沒事的。」他對我說。「妳只是喝醉了，今晚待在這裡好好睡一覺。」接著他開始親吻我的全身，雙手不斷撫摸著我，似乎想看看現在的我跟以前比起來是否有所變化。他輕捏了一下我那已經變得柔軟的腹部，一段破碎的記憶突然在我腦海裡湧現，不過也許這只是一個夢境而已——我們兩人在他教室後方的辦公室裡，我全身赤裸地躺在雙人沙發座上；他的衣衫完整，猶如一位客觀、公正的科學家，正專注地檢視我的身體。他輕捏我的腹部，手指順著微血管在我身上四處滑動。當時我的身體所感受到的疼痛，至今依然沒有改變。他的四肢壓在我身上，我幾乎快要喘不過氣，有如砂紙一般粗糙的雙手在我身上恣意游移，接著他用一邊的膝蓋將我的雙腿打開。他怎麼能夠這麼快就恢復體力？我想到之前看到他在浴室櫥櫃裡放的那罐威而鋼。我的頭髮還沾著剛才的結塊嘔吐物。他再次壓在我身上，那巨大的身體一不小心便可以輕而易舉地讓我窒息。但他總是小心翼翼。他是一個那麼好的人，他深愛著我，而我自己也渴望這一切。當他開始向我體內挺進的瞬間，那股痛楚依然讓我覺得自己彷彿被撕裂成兩半。也許我永遠都會感受到這樣撕心裂肺的疼痛，但這是我所渴望的。我必須承受這一切。

我直到十一點四十五分才回到家。走進廚房的時候我看到媽在等我，她猛力地把我手裡的車鑰匙抽走。

「妳再也不准開車出門了。」她對我說。

我站在她面前，雙手癱軟地垂在兩側，頭髮蓬亂、紅著眼眶。「妳不打算問我剛剛去哪嗎？」

她凝視著我，彷彿可以透視我的內心。她知道一直以來發生的事。她說：「如果我問妳，妳會跟我說實話嗎？」

畢業典禮那天，我和所有人一樣哭了，但我之所以會流淚，是因為我終於撐過這場苦難，讓我如釋重負。學校的畢業典禮辦在體育館裡，會場的螢光燈讓大家的臉看起來都像得了黃疸一般。校長禁止台下的人為上台領獎的畢業生拍手鼓掌，她說這樣會讓典禮時間拖得太長，而且她也認為，有些學生得到較大的歡呼聲，而有些人卻半點掌聲都沒有，這是一件極度不公平的事。布羅維克剛好也在同一個星期六下午舉行畢業典禮。在我參加整場典禮的過程中，我都在腦海裡幻想布羅維克的場景：餐廳外的草坪上可以看到一排排椅子整齊擺放著，校長和全校教職員站在北美喬松的草地上，教堂鐘聲從遠方傳來。我走過寂靜的舞台，領取我的畢業證書。我閉上雙眼、感受溫暖的陽光灑落在臉上，想像身上穿的是布羅維克的厚重白色畢業生禮袍，上面有深紅色的飾帶。校長軟弱無力地握了我的手，向我重複他跟所有人講的那句話：「做得好。」這一切彷彿毫無意義，但又有什麼關係呢？反正我不是真的待在這個悶熱的體育館裡、聽著折疊椅發出嘎吱嘎吱的聲響，還有不間斷的清喉嚨聲；因高溫而流汗的觀禮者，拿著典禮流程表、朝著沾滿汗珠的臉搧風。我正走在布滿橘色針葉的草地上，布羅維克的教師們一一擁抱我，就連蓋爾斯太太也是。在我的幻想裡，她從未將我趕出學校，也沒有任何理由對我有不好的評價。史特蘭將畢業證書遞給我，兩年半前他就站在同一棵樹下，當時，他告訴我他想哄我上床睡覺，並且親吻我、向我道晚安。他將證書交到我手裡的瞬間，輕輕地摸了我的手指，那個動作十分細微，沒有人會察覺，但那觸碰所帶給我的刺激感，再次讓我彷彿飛到空中。我覺得好渺小，不知自己身在何處，有如他第一次摸我那天，我帶著炙熱的祕密走出他的教室，內心興奮無比。

我的思緒又回到學校體育館裡。我握著手中的畢業證書，拖著步伐走回位置上。台上的校長對著那些少數敢拍手鼓掌的家長投以憤怒的眼神。

典禮結束後，所有人都走到停車場，準備拍照留念。為了不讓後方的購物商場入鏡，大家都刻意先喬好相機的角度。爸要我笑一下，但我實在沒辦法硬擠出笑容。

「別這樣嘛，至少擺出開心的樣子。」他說。

我張開雙唇、咧著嘴對鏡頭笑，最後看起來卻像是一隻隨時準備攻擊人的動物。

整個暑假我都在汽車零件工廠打工，忙著填寫發動機和支桿的訂單，聽著廣播上的經典搖滾樂電台，大聲刺耳的搖滾樂蓋過工廠輸送帶發出的嗡嗡聲響。每兩週會有一天，史特蘭會在停車場等我下班。上他的車子之前，我會先將指甲內的髒污清乾淨；他喜歡看到我腳上穿著硬頭工地靴，還有我手臂上長出的肌肉，他說做一整個夏天的體力活對我很有幫助，會讓我更珍惜大學生活。

每隔一陣子，我對他的怒氣便會再度湧現，但我告訴自己木已成舟——不論是布羅維克，還是他將我趕出學校的那件事——一切都已經過去了。當我想起他曾說要幫我申請在波士頓實習的機會，還有當我看到他那從畢典結束後就掛在衣櫃門上的哈佛禮袍，我努力克制自己不要對他感到憤恨不平。亞特蘭提卡大學是個不錯的選擇，他是那麼說的，我不需要為此難堪。

一個週五午後，我在工廠裡工作，當時我正準備將一批車子底盤裝載到木頭貨板上，廣播播放的是傑克遜．布朗的歌曲〈The Load Out / Stay〉。一名工人正在旁邊另一區，一邊填寫訂單資料，一邊隨著音樂高聲歌唱。我拿出小刀將外層的塑膠包裝割開，但手不小心滑了一下，刀子在我的前臂上劃出一道長達十五公分的傷口。在鮮血大量湧出之前，我只看見被割傷的肌膚微微裂開，尚未感到劇烈疼痛。在旁邊工作的男人往我這邊瞧，看見我將手緊緊壓在傷口上，鮮血不斷從我的指縫中湧出、滴到水泥地板上。

「該死。」他朝我衝過來，一邊急忙將身上的襯衫鈕釦解開，脫下衣服綁在我受傷的手臂上。

「我割到自己了。」我說。

「還用妳說？」那男人看著我一臉無助的樣子直搖頭，將衣服打的結拉得更緊。他的手指關節沾滿了工廠裡的煤灰。「妳打算一直呆站在那不出聲嗎？」

史特蘭開車來接我下班的那些日子裡，我們會像十幾歲的青少年那樣，漫無目的地開車到處亂晃，他載我回家時，會把車停在泥巴路前、放我下來。當媽問我去了哪裡，我會告訴她：「跟瑪莉亞和溫蒂出去。」我在高中時會跟這兩個女生一起吃午餐，但畢業後就再也沒聯絡了。

「我不知道妳跟她們兩個感情那麼好。」她大可以繼續追問，問我為什麼她們載我回家的時候都不進來坐一會兒、為什麼她從來沒見過她們。如果媽真的那麼問我，我會告訴她，我已經滿十八歲，而且八月底就要搬去亞特蘭提卡念大學了。但她從來沒有這樣問過我，只會說「好吧！」便不再追究。她讓我享有的自由反而讓我更加焦慮，我不確定她到底知道多少實情、是否對我起了疑心。當她姊姊打電話來、和她提及小時候發生的事情，她總會說：「我不想再舊事重提了。」她在心中築起一道牆，讓人無法猜透她的心思；而我也築起一道自己的牆，封閉了內心。

史特蘭問我是否還在生他的氣。我們滿身是汗地躺在他的床上，身上的汗水浸濕了他的法蘭絨床單。他的房間窗戶敞開，我凝視著窗外，聽著來來往往的車子和行人的聲音，房子裡一片寂靜。我受夠了他總是問我一樣的問題。他那貪得無厭、想得到我安慰的渴望令我覺得厭煩。沒有，我沒有生氣。對，我原諒你。沒錯，我也渴望如此。不，我不認為你是個禽獸般的惡人。

「假如我不想要這樣，又怎麼還會出現在這裡？」我問他，好似答案再明顯不過。我刻意忽視自己內心真實的情緒：憤恨不平、難堪受辱、痛心刻骨。這些無法用言語形容的感受，似乎才是真正令我畏懼的夢魘。

2017

我又去找露比進行諮商。坐下來前我就急忙開口，問她是否有人跟她聯絡、想打探關於我的事情。我昨晚也打給伊拉，問他同樣的事。我聽到他的新女友在電話另一端低聲問他：「那是她嗎？為什麼她要打電話給你？伊拉，把電話掛掉。」

「誰會想打探關於妳的事？」露比問我。

「記者之類的。」

她一臉疑惑地盯著我看。我把手機從包包裡拿出來，接著打開電子信箱裡的那幾封郵件給她看。「我不是在胡思亂想，好嗎？這是真的，妳看。」

她把手機接過去，開始閱讀那幾封信。「我不明白——」

我用力把手機從她手裡拿回來。「妳也許覺得這看起來沒什麼，但她不是只寄信給我而已，還不斷打電話騷擾我。」

「凡妮莎，深呼吸。」

「妳不相信我說的話嗎？」

「我相信，但妳得要冷靜下來，慢慢跟我解釋到底發生了什麼事。」

我坐在位置上，用手掌緊緊壓住雙眼，努力試著向露比解釋那個記者寄給我的電子郵件和那通電話。我告訴她，多年來我一直以為我已將部落格隱藏起來，卻被她找到了，雖然我已經刪除裡面的文章，不過那名記者已經將畫面截圖留存。我惶恐不安、思緒混亂，甚至沒辦法好好講出完整的句子。然而，露比依然聽懂了我大致想表達的事情，用充滿同情的眼神望著我。

「那個記者這麼做真的太侵犯隱私了。」她說。「一點職業道德都沒有。」她建議我寫信給簡寧的老闆，或是直接報警。一聽到她說出「警察」兩個字，我立刻抓住椅子的扶手大吼：「不行！」有短短的一秒鐘，我在露比臉上看到了驚恐的神情。

「很抱歉，我太驚慌失措了，一點都不像平常的我。」

「沒關係。」她說。「我可以理解妳的反應，這是一直以來最令妳害怕的惡夢。」

「妳知道嗎？我之前有看到她，就站在飯店外面。」

「那個記者嗎？」

「不是，是另一個人。她叫泰勒，就是那個指控史特蘭的女人。她也在騷擾我。我應該直接去她工作的地方找她，看她喜不喜歡這樣被騷擾的感覺。」

我開始跟露比描述昨天傍晚發生的事。當時我站在飯店櫃檯朝窗外望，看到泰勒站在對街、看著飯店。她的眼睛透過大廳落地窗直直地盯著我看，風將她的一頭金髮吹起，拍打著她的臉龐。我在敘述這件事的時候，露比帶著痛苦的眼神看著我，彷彿她試著相信我說的話，但卻辦不到。

「我不知道。」我說。「也許那是我的幻覺，我有時候會那樣。」

「妳有時會有幻覺嗎？」

我聳聳肩。「感覺就像我的大腦會硬生生地把陌生人的臉龐看成那些我想看到的人。」她說我這樣勢必很難受，我又聳了肩膀。她接著問我每隔多久會產生這樣的幻覺，我回答說不一定。有時幾個月下來都沒有任何幻覺，有時卻每天都會看到，而且連續好幾個月都是如此。這感覺就像是做惡夢一樣——有時這些夢魘會突然被不明原因觸發，接著排山倒海地向我襲來。我避免去看一些以寄宿學校為場景的書籍和電影，但有時看似沒有直接相關的描述，卻會出奇不意地襲擊我，讓我毫無防備之力。像是對楓樹的描繪，還有法蘭絨在身體肌膚上的觸感。

「我聽起來像是發瘋了一樣。」我說。

「不，妳沒有發瘋。」露比說。「妳是遭受到很大的創傷。」

我想到可以向露比坦承，我為了讓自己熬過這場難關所做的事：我日以繼夜地喝酒、抽菸，有時我會喝得太醉，連在自己的公寓裡都迷失了方向，找不到通往房間的路，最後只能睡在浴室地板上。我知道如何輕而易舉地將我這些令人感到羞恥的行為描述成疾病的症狀；我常常整晚不睡，熬夜看有關創傷症候群的書籍，我會一邊看著書裡的內容，一邊在內心確認自己是否有書上描寫的症狀。然而，想到這麼多年來讓我備受煎熬的苦痛，可以那麼輕易地被歸類成一種疾病，我內心不禁感到一股難以形容的失落感。接下來我要面對什麼呢——治療、服藥、放下一切重新開始嗎？也許有些人會認為這是一個快樂的結局，但對我來說，這麼做並沒有任何幫助。我彷彿一直站在懸崖邊緣，看著底下翻騰攪動的水，不斷在我內心掀起波瀾。

「妳覺得我應該讓那名記者報導我的事情嗎？」我問露比。

「這個決定只能由妳自己來做。」

「顯然是如此。我早就決定了，我不可能同意她那麼做的，我只是想知道，妳是否覺得我應該要答應。」

「我認為如果這麼做的話，妳會承受更多壓力。」露比說。「我擔心妳剛剛描述的那些症狀會變得更加嚴重，甚至可能讓妳失去正常生活的能力。」

「但我講的是就道德層面來說，即便我承受很大壓力，不也是值得的嗎？每個人都一直這麼強調：不論代價如何，我們都應該要坦承說出自己所遭遇的事。」

「不。」露比語氣堅定地對我說。「這麼做是錯的。讓內心已經遭受創傷的人再承受這樣巨大的壓力，是一件很危險的事。」

「那為什麼大家要一直那麼說呢？不只是那個記者而已，每個站出來坦承的女性都那樣強調。倘若有人拒絕出面、告訴全世界自己究竟經歷了什麼事情，她就活該被當成一個既軟弱又自私的人嗎？」我雙手一攤，接著揮揮手。「這些都是鬼扯一通，我真是該死的恨透了這種說法。」

「我看得出來妳很生氣，我以前好像從沒看過妳如此氣憤。」

我眨眨眼睛，深吸一口氣。我告訴她我對這整件事有點防備，她要我描述內心的感受。

我說：「我覺得自己像被逼到了牆角。突然之間，如果不想揭露我所遭遇的事，就代表我默許這些強暴犯的惡行。但在我身上發生的事，根本跟那些女生不一樣！我沒有像她們聲稱的那樣被性侵。」

「妳知道可能會有其他跟妳有類似遭遇的女性，認為自己是遭受性侵嗎？」

「我當然知道。」我說。「我並沒有被洗腦。我知道為什麼青少女不該跟中年男子談戀愛。」

「那妳認為原因是什麼呢？」

我翻了翻白眼，列出一連串原因：「權力不平等、青少年大腦尚未發育完全之類的。隨便怎麼講，反正都是胡扯一通。」

「那為什麼這些原因不適用在妳身上呢？」

我斜眼看著露比，我想讓她知道，我明白她想讓我理解的事。我說：「聽著，我說的都是實話，好嗎？史特蘭真的對我很好。他總是很小心翼翼，溫柔又和善，但很顯然不是所有男人都跟他一樣。有些男人對女性虎視眈眈，等著朝她們伸出魔爪，對少女尤其如此。儘管他是那麼善良的人，當時還那麼年輕的我，要跟他在一起依然是件十分困難的事。」

「為什麼會很困難呢？」

「因為全世界的人都聯合起來對抗我們！我們得不斷說謊、四處躲藏，才能隱瞞這段關係。即便如此，他還是沒辦法保護我不受一些事情的傷害。」

「像是什麼事？」

「就像我被開除那時候。」

露比聽到我這麼說，馬上瞇起眼睛，眉頭深鎖地看著我。「被什麼開除？」

我想起我還沒跟她提過這件事。我知道「開除」這個用詞聽起來好像很嚴重，會讓人產生誤會。這感覺像是我在那個情況裡並沒有決定權，彷彿我做了壞事被抓到，然後不得已得收拾行李走人。但我當初是可以選擇的；我選擇向所有人說謊。

所以我告訴露比這一切很複雜，很難用三言兩語解釋清楚。也許我不該用「開除」這兩個字來描述當時的情況。我接著跟她娓娓道來：包括當時的流言蜚語、那些跟校長、我爸媽以及史特蘭的會談、珍妮的名單，還有所有相關人士擠在一間教室裡的那天早上，我獨自站在教室前方、面對台下所有人。我從來沒有那麼詳盡地向別人敘述過這件事的細節，也不知道自己可以這樣思考整件事——按照事件發生的順序來回想，我發現其實是一件事導致另一件事，如同連鎖效應一般。這整段回憶在我腦海裡通常都像碎玻璃般的不完整。

在我敘述的過程中，露比的反應幾度打斷了我。「他們做了什麼？」她問我。「什麼？」她對我描述的一些事情感到十分震驚，像是把我從課堂中叫出去跟蓋爾斯太太進行會談的人，居然是史特蘭本人，還有學校竟然沒有跟政府通報這件事。我過去從來沒有注意到，這些事有什麼不對勁的地方。

「要向誰通報？兒童保護協會嗎？」我問。「拜託，情況根本不是那樣。」

「任何時刻，若有教師懷疑學生遭受侵犯時，他們都有義務通報有關當局。」

「我當初剛搬到波特蘭的時候，曾在兒童保護協會工作。」我說。「會流落到那個體系裡的小孩是真的遭遇過很恐怖的虐待。非常駭人聽聞，那跟我身上發生的事完全不一樣。」我將身體向後傾，雙手交叉放在胸前。「這就是為什麼我很痛恨談論這件事。每次講到最後，聽起來都會比當時的實際情況還要糟糕太多了。」

露比皺著眉頭，仔細端詳著我。「凡妮莎，我很瞭解妳。比起誇大其辭，妳反而比較可能會輕描淡寫。」

接下來，她開始用一副帶有權威的口吻跟我說話，那是我從未聽她用過的語氣，幾乎像是在責罵我。她說布羅維克逼我做出的事情非常可恥，還說先不論我遭遇了什麼事，光是要我在同儕面前貶低自己的尊嚴，就已經足夠引發創傷後壓力症候群了。

「被某人逼迫、讓自己陷入無助的深淵已經夠可怕了。」她說。「何況妳還得站在一群人面前受到羞辱……我不願意說這麼做更糟糕，這是兩件不同的事。這麼做完全泯滅人性，對一個孩童來說更是如此。」

當我糾正她不該用「孩童」這個字眼來形容我的時候，她修正了剛剛的說法：「對一個大腦尚未發育完全的人來說。」接著她凝視著我，想看我會不會對於早先自己的用字提出異議。她看到我沒有要繼續爭辯，便問我在那場風波過後，史特蘭是否還繼續待在布羅維克教書、是否知道我在那場集會當中受盡侮辱。

「他知道。是他幫我一起想出要對大家說的話，這是唯一能幫助他恢復名聲的方式。」

「他知道妳會被學校開除學籍嗎？」

我弓著肩膀，既不願意說謊，也不想承認這件事——他的確知道，他正希望如此。

露比接著說：「妳知道嗎？剛剛妳在描述這件事的時候，妳說他沒辦法保護妳不受到傷害，但聽起來他正是讓妳被學校開除的原因。」

那一瞬間我像是窒息般喘不過氣，但我很快讓自己恢復正常，裝作不以為意的樣子聳聳肩。「當時的情況很複雜，他已經盡他所能做到最好了。」

「他有對此感到愧疚嗎？」

「妳是說對於我被學校開除的事嗎？」

「那件事也是，還有要妳說謊，以及要妳自己承擔一切責任。」

「我認為他覺得這是一件令人遺憾的事，但他也束手無策。不然還有其他什麼辦法？難道要他去坐牢嗎？」

「沒錯。」露比語氣堅定地說。「這的確是一個辦法。他對妳做的事是違法行為，唯有那麼做，他才會得到應有的懲罰。」

「倘若他去坐牢，我們兩人都無法承受這樣的結果。」

露比專注地看著我。我可以透過她的眼神，察覺到她似乎對這件事有了新的看法，並在內心做了註記。她的動作不像在電視節目上、心理治療師常在筆記本上做紀錄那樣明顯，她的神情轉變得很微妙，但我依然可以察覺到。她仔細地觀察我的表情，並且聆聽我說的話，她將我所描述的、當時的一言一行，放在更大的框架下來解讀。這讓我聯想到史特蘭——我怎麼可能不想到他呢？他總會在課堂上目不轉睛地注視著我，彷彿無時無刻都在盤算什麼事情。露比常跟我說，我是她最喜歡的病患，因為我總是包覆著一層層面紗，不斷有新的事情可以挖掘，讓她難以摸透。聽到她這樣說，就如同聽到妳是我最優秀的學生一樣令我興奮不已。這讓我想到史特蘭曾經說過我就像罕見的珍寶；亨利．普勞也曾形容我猶如一道謎一般難以捉摸。

接著露比開口問了我一句話，那是我認為她一直在等待時機問出口的問題。「妳相信那些出面指控他的女孩嗎？」

我毫不猶豫地說「不」，接著快速看向露比。她露出極為訝異的神情，眼睛眨個不停。

「妳覺得她們在說謊？」

「不完全是那樣，但我覺得她們太得意忘形了。」

「什麼意思？」

我說：「最近全世界都在瘋狂關注女性平權的議題，不斷有女性出面指控，這似乎變成一波潮流運動，對吧？大家都是這麼稱呼的。當妳看到這波運動掀起如此狂熱的浪潮，很自然地會想成為其中一分子。但要能夠加入的前提，是妳過去必須遭受很可怕的經歷才行，這不免會讓很多人對於她們的遭遇誇大其辭。再說，那些女生對於事情的描述也很含糊。她們用的詞彙都是很容易被操弄的，很多情況都可以被說成是侵犯；他有可能只是摸了一下她們的腿而已。」

「但假使他真的是無辜的，該如何解釋他了結自己生命這件事呢？」她問。

「他之前總是說，他寧願面對死亡，也不要一輩子蒙受戀童癖的汙名。當那些女生開始出面指控他的時候，他就明白所有人都會假設他是有罪的。」

「妳會對他感到生氣嗎？」

「對於他自殺的事嗎？不會，我可以理解他為什麼那麼做，我也知道自己該為此負些責任。」

露比開始跟我說不對，我不該這麼想，但我打斷她的話。

「我知道，我知道——這不是我的錯，我懂妳的意思。但他起初會被這樣的流言蜚語纏身，都是因為我。如果他之前沒有被謠傳曾跟學生發生關係的話，我不覺得泰勒會對他提出任何指控；要是泰勒沒有出面，其他女生也不會跟著那麼做的。一旦一位老師受到那樣的指控，所有人都會開始對他的言行投以異樣眼光，最後連最單純無害的行為，都會被解讀成陰險邪惡的事。」我就這樣滔滔不絕地重複史特蘭之前說給我聽的辯解，感覺到他在我體內殘留的那一部分開始慢慢地甦醒過來，再次充滿生命的能量。

我接著說：「妳想想看，假如一個正常的男人輕拍一個女生的膝蓋，這似乎沒什麼大不了的；但要是一個曾經被指控有戀童癖的人這麼做的話，情況還會相同嗎？大家絕對會小題大作。所以我不恨他，我恨的是其他人。我痛恨這個世界把他視為禽獸。他只不過是運氣不好，愛上了當時還未成年的我而已。他是無辜的。」

露比雙手交叉，低頭看著她的大腿，似乎努力讓自己冷靜下來。

「我知道我這麼說很誇張，妳一定覺得我很糟糕。」我說。

「我不認為妳很糟糕。」她冷靜地對我說，依然低頭看向她的大腿。

「那妳是怎麼想的呢？」

她深吸一口氣，接著和我四目相接。「老實說，凡妮莎，聽完這一切，我覺得他是一個非常軟弱的男人。即便妳當時只是個小女孩，就已經明白其實妳比他還要堅強。妳知道他沒辦法承受被揭發的後果，所以才會願意承擔一切責任，直到現在妳都還在試圖保護他。」

我好想將自己的身體向內扭曲，緊緊地蜷縮起來，直到我的骨頭都被折斷。但我不允許自己那麼做，只好用力緊咬臉頰內側的肉。「我不想再繼續討論有關他的事了。」

「好吧。」

「我依然很傷心，妳知道嗎？儘管發生那麼多事，失去他依然讓我感到悲痛。」

「這對妳來說一定很難受。」

「沒錯，真的很痛苦。」頓時間，我有種想吐的感覺，但我嚥下那股不適感。「是我讓他走向死亡的。妳應該要知道這件事，以免妳開始為我感到悲哀。他在自殺前曾打給我，當時我就明白他即將要做的事，然而我卻沒有阻止他。」

「那不是妳的錯。」露比對我說。

「是啊，妳不停地這麼跟我說，彷彿這一切都不是我的錯。」

露比一言不發，只是用一樣的痛苦神情望著我。我知道她在想什麼，她認為我這樣堅持要讓自己走向毀滅，是一件非常可悲的事。

「是我讓他受盡折磨。」我說。「我不認為妳能夠瞭解我到底為他帶來多大的痛苦。都是因為我，他的人生才會瓦解，一輩子過得生不如死。」

「他已經是成年人了，而妳當時才十五歲而已。」她說。「妳究竟能夠做出什麼事情來折磨他？」

一瞬間我啞口無言，想不出任何答案，腦中想到的只有這幾句話：我走進他的教室裡。我存在。我誕生於這世上。

我將頭向後仰，接著開口對露比說：「他是如此地深愛我。在我離開教室後，他甚至會坐在我的位置，將他的臉枕在桌面上，試著吸入我殘留下的氣味。」這套說詞我曾在腦海裡重複多次，想試著用來證明他對我無法克制的愛戀。但聽到自己真的這麼說出口，我的感受就像露比以及所有聽到我這麼說的人一樣——我顯然已經精神錯亂，一直在自欺欺人。

露比溫柔地對我說：「凡妮莎，這一切都不是妳引起的。妳只不過是去學校上課而已。」

我遙望她身後的窗戶，看向遠方的港口和成群的海鷗。天空灰濛濛的，連海水也是。但浮現在腦海裡的，卻是還未滿十六歲的我，淚眼汪汪地站在擠滿人的教室前方。我聽見自己向所有人說我是個騙子、是一個壞女孩，應當受到懲罰。露比問我的思緒飄去哪兒了。她的聲音好遙遠，但她心裡明白，讓我膽戰心驚的原因是我終於恍然大悟，那全然殘酷的事實讓我無處可躲。

2006

現在是九月初，我升上了大四，新的學期即將展開。我正在清理我的公寓。我將窗戶敞開，下方的街道傳來各式各樣象徵季節轉變的聲音：電車觀光之旅的擴音喇叭聲夾雜著行進中的小貨車剎車聲；許多遊客趕在溫暖的天氣劃下句點前，趁著飯店房價較低的時候進城觀光。淡季時節整個城鎮的中心會轉向大學校園，直到五月前，亞特蘭提卡都不會有什麼遊客。我的室友布莉姬回她在羅德島的家中過暑假，預計明天才會回來，後天就是學校的開學日。我一整個暑假都待在這裡、沒有回家，白天我在飯店當清潔人員賺點現金，晚上則是待在家裡抽大麻，還有上網聊天打發時間——只有少數史特蘭來找我的那幾天除外。他說車程太遠、不方便，但其實他只是嫌棄我住的公寓太陰暗骯髒。他第一次來的時候，環視了這裡一圈，便對我說：「凡妮莎，住在這種地方只會讓人鬱悶到想自殺。」現在的他四十八歲，而我則是二十一歲，除此之外，幾乎一切都跟六年前一樣。之前最令我們擔憂害怕的危機已經解除了——沒有人需要為此冒著坐牢或是丟掉工作的風險——但我依然沒有跟父母坦承有關他的事情。我的朋友當中，唯一知道史特蘭存在的人是布莉姬。當我們要一起過夜時，要不是在他家，要不就是在我的公寓。我都會刻意把門簾拉下來。他有時會帶我到公眾場合，但我們只會去那些不太可能被認出來的地方——曾經必要的遮掩、保密，現在彷彿成了一種由恥辱衍伸出來的附屬品。

我在浴室裡刷洗淋浴間的側邊，只有在他要來的那幾天我才會這麼做。清洗到一半的時候，我的手機開始震動，螢幕上顯示：雅各．史特蘭來電。

我按下「接通」，手指因為沾滿了清潔劑而變得又乾又皺。「嘿，你要——？」

「我今晚沒辦法過去了，有太多事要處理。」他說。

我一邊走進客廳，一邊聽他在電話上說他被重新選派為系主任，隨之而來的工作堆積如山。

「系上現在一團亂。」他說。「有老師請產假，那個新聘老師根本還沒進入狀況；除此之外，學校現在還打算實施一個全校性的諮商輔導方案，特別雇用了一個年紀沒比妳大多少的女生，來指導我們要如何處理學生的各種情緒。這實在是太侮辱人，我都已經教書二十年了。」

我開始在客廳來回踱步，跟著立扇的旋轉範圍移動步伐。我和布莉姬合租的公寓裡僅有的家具是一個塑膠綁帶製的月亮座椅、一個實為牛奶塑膠籃的小茶几，還有從我爸媽家拿來的舊電視櫃。我們很快就會有一個沙發了——布莉姬說她知道有人準備丟掉舊沙發，所以我們可以免費拿來用。

「但今天是我們可以相處的最後機會了。」

「妳有要去什麼我不知道的海外長期旅遊嗎？」

「我室友明天就要回來了。」

「喔。」他彈了一下舌頭。「好吧，但妳有自己的房間啊，我們把門關起來就好了。」

我嘆了一口氣。

「拜託不要生悶氣。」他說。

「我才沒有。」但我的確為此悶悶不樂。我的雙腿好沉重，兩手無力地垂在兩側，下唇向上噘起。我整個早上都在清理房間裡堆積如山的空酒瓶和喝完的咖啡杯、清洗碗槽裡的髒碗盤、擦掉浴缸裡的頭髮。但真正讓我感到失望的原因，是我想跟他在一起。我已經兩個禮拜沒見到他了。

我對著話筒低聲咕噥道：「我需要你。」這是我所能說出、最接近內心真實感受的話了。我並沒有在對他性暗示，因為我內心的渴望跟性完全無關；我想要他用愛慕的眼神看著我，讓我認清自己真實的一面，滿足我內心的渴望。唯有如此，我才能度過假裝自己跟其他人並無不同、那樣單調乏味的日子。

我聽到他笑了一聲——那是一個快速的吐氣，從他喉嚨後方發出的微弱聲音。*我需要你*。他喜歡我這麼說。「我會儘快趕過去。」他說。

布莉姬在隔天下午回到我們合租的公寓，她把行李放在客廳正中央的地板上，雙眼閃閃發亮地問我：「他在這裡嗎？」她很想見見史特蘭本人，我猜她並不相信史特蘭真的存在。去年春天我們簽完租約後一起去了酒吧，我在裡頭跟她簡單敘述了我和史特蘭之間的事。她跟我一樣都是主修英文系的學生，過去三年間，我們修過一些共同課程，但彼此並不熟悉。我們之所以會住在一起，單純是為了方便：她找到一間兩房公寓，而我則需要一個住的地方。那晚在酒吧裡，我本來只跟她提到我曾在布羅維克就讀「大約一年」的時間——通常我跟別人說這件事的時候，頂多也只會講到這裡而已——但喝了五杯酒之後，我竟然開始語無倫次地跟她敘述這整件事情的始末。我跟布莉姬說史特蘭在眾人之中選中了我，並且瘋狂地愛上我，而我因為不願意背叛他，所以被學校開除學籍。但經過這麼多波折，現在我們又在一起了。即便我們的年齡差距如此懸殊，儘管過去發生那麼多風風雨雨，我們始終離不開彼此。她真的是一個很完美的聆聽者，當她聽到最讓人緊張的故事情節時，她會瞪大眼睛；當我講到傷心難過的地方，她又會用充滿同理的神情看著我。整個過程中她都沒有對我批評指責，在此之後，也從來不曾在我面前主動提起史特蘭，只有當我講到他的時候才會聊起。她之所以問我「他在這裡嗎？」也是因為昨天我先傳了一封帶有道歉意味的簡訊提醒她：妳明天回來的時候，如果看到家裡有一位中年男子，希望妳不會尷尬。那是我首次嘗試拿史特蘭來開玩笑，沒想到結果卻讓我意外地開心。

他在這裡嗎？我搖搖頭，但沒有多做解釋，布莉姬也沒有繼續問下去。

我們倆一起把她的行李搬進公寓：一袋袋裝滿衣服、床單和枕頭的黑色塑膠袋，一個塞滿鞋子的垃圾桶，還有一個裡頭放了許多ＤＶＤ的慢燉鍋。我們一起出門，把那個別人不要的沙發帶回公寓——真的是用自己的雙手抬回家——我們走過四個街區，路上經過的車子都對我們按喇叭。抬到半路的時候，我們停下來休息，直接把沙發放在人行道上，然後癱坐在上面，一邊伸展雙腿，一邊閉上眼睛擋住刺眼的陽光。回到公寓後，我們把沙發抬上樓、放在客廳的一面牆前。那天下午，我們都在客廳裡喝甜酒、看著電視上播出的《比佛利拜金女》。我們手裡各自拿著一瓶酒，直接對著瓶子大口暢飲，用手背把嘴巴擦乾淨，跟著電視上播放的主題曲一起哼唱，一集接著一集地看。

窗外的天色漸漸暗下來，家裡的酒也喝完了，我們走去轉角的小商店，買了更多酒回來，接著開始梳化，準備出門去酒吧。布莉姬在她那位於公寓另一側的房間裡，大聲播放 Rilo Kiley[76]的音樂，聲音震耳欲聾；我在自己的房間裡，用電棒將頭髮拉直，並畫上眼線。布莉姬突然拿著一把文具剪刀出現在我的房門口。

「我想幫妳剪瀏海。」她對我說。

我坐在浴缸邊緣，讓她用剪刀幫我剪瀏海。她把電腦打開放在一旁，螢幕上放了一張珍妮·路易斯[77]的照片當作範例。「真是完美。」她站到一旁，好讓我看到鏡子裡的我。我看起來就像個小女孩，在厚厚一層、剪得整齊的瀏海下方睜著一雙大眼，凝視鏡中的自己。

「妳看起來真美。」布莉姬對我說。

我將頭向左右兩側轉來轉去，暗自納悶史特蘭看到我的新髮型會有什麼想法。

在酒吧裡的時候，我獨自一人坐在吧檯區的位置大口喝著啤酒，布莉姬被一些男孩轉移了注意力；他們故意將她擁入懷中，但真實目的是要趁機偷摸她。布莉姬長得很漂亮，有著高聳的顴骨和宛如蜂蜜般的棕色長髮，她的前排門牙中間有一個小縫隙。我曾經看過一些男人會斜眼偷偷盯著她的嘴巴縫隙看。反觀我自己，我長得不差，但也稱不上漂亮，聰明有學識，但個性並不特別有魅

[76] 來自於加州洛杉磯的美國獨立搖滾樂隊，成立於 1998 年。
[77] 珍妮·路易斯（Jenny Lweis），美國創作歌手，音樂家和演員，同時為獨立搖滾樂隊 Rilo Kiley 的主唱。

力。我講話常常太過辛辣、尖酸，讓人覺得很難相處。之前布莉姬的未婚夫見到我時，他曾經說光是在我旁邊，就讓他覺得好像有人在狠狠地訓誡他一樣。

早晨的亞特蘭提卡大學校園總是被迷霧環繞，空氣中瀰漫著一股鹹鹹的海水味，常常可以見到成群的海豹攤著牠們布滿斑點的身體，躺在花崗岩海灘上做日光浴。學校教室是由早期的兩層木造式捕鯨船屋改建而成，學生餐廳裡還掛著一座龐大的座頭鯨頭骨。學校的吉祥物是馬蹄蟹鱟，所有學生都注意到這是一件多荒謬的事。校園附近的書局會擺滿背面寫著「GOT CRABS?」[78]字樣的衣服來販售。亞特蘭提卡大學並沒有任何運動代表隊，學生們都直接稱呼校長的名字，教授上課時，腳上穿著運動涼鞋，上身則是簡單的T恤；他們還會把家裡養的狗帶到學校來上課。我很喜歡這間學校，完全不想畢業，一點都不想離開這裡。

史特蘭提醒我要好好面對不想長大這件事，他說我這個年紀的人很喜歡把自己當成受害者。「年輕女孩尤其難以抗拒這種心態。」他說。「她們總是認為全世界的人都在與她們為敵，故意要讓她們陷入無助的深淵。」他認為當今社會盛行一股風氣，許多人都傾向把受害者當成小孩看待，因此當成年女性選擇讓自己成為受害者的那一刻起，便被這個社會解除了所有個人應盡的義務，也使得其他人必須擔負照顧她的責任；這也是為什麼當女性一旦有了受害者的經驗後，便會無法克制地沉迷於這種狀態，不斷選擇當一個受害者來逃避現實。

直到現在，我依然覺得自己與眾不同。我可以感受到心中那股黑暗又邪惡的渴望在蠢蠢欲動，如同我十五歲那時一樣；但現在的我會試著瞭解其中的原因。我對藝術作品呈現的年齡差距和形象安排變得非常專精；我閱讀大量書籍、觀賞許多電影，只要內容有關成年男子和少女之間的愛戀，我無一不看。我不斷在這些作品裡找尋自己的身影，但不論怎麼努力，我都找不到任何可以用來精確描述我自身經歷的故事。這些作品裡的女孩都被刻劃成受害者，但我根本不是——這跟史特蘭在我年幼時對我做的事並無關聯。我之所以不能算是一個受害者，是因為我從來都不想當一個受害者。倘若我無意成為受害者，那我就不可能是。這件事就是如此，被強暴和發生性行為的差別，在於當事人自己的心態。假使妳自己也有意願，那這就不算是強暴，對吧？幾年前，當我試圖阻止喝得爛醉的大一室友跟她在派對上遇見的男人一起離開時，她這麼告訴我。兩情相悅就不算是強暴。這玩笑聽起來很可怕，卻也不無道理。

即便史特蘭傷害過我，但哪個女生沒受過傷呢？我剛來到亞特蘭提卡大學時，住在一個跟布羅維克十分相似的女生宿舍裡，只是這裡充滿更多問題，隨處都可以取得酒精和大麻，幾乎沒有老師

78 馬蹄蟹鱟的英文為 Horseshoe crab，而陰蝨的英文同樣為 crabs。

在監督學生的行為。走道兩側的房間門總是敞開，女學生常常在深夜串門子，向同學掏心掏肺地傾吐心事。幾個我才認識沒幾個小時的女生，在我的床上一邊流淚、一邊向我滔滔不絕地訴說自己的故事：跟母親關係疏遠、父親刻薄壞心、被男友劈腿的慘痛經歷，她們對這個世界感到很絕望。儘管她們之中沒有任何一個人，曾經跟比她們年長的男人交往過，她們的人生依舊過得一團糟。我暗忖，倘若我過去沒有遇見史特蘭，也許現在的我也不會過得多好。我可能會被同齡的男生利用、被視為理所當然、為他們傷心難過。至少遇見史特蘭，讓我有機會講出比這些女生更精采動人的人生故事。

有時我會覺得，如果把我和他之間的事當作一個故事來看的話，我的內心會好受一點。上個秋季學期我修了一門小說寫作課，整學期下來，我寫的作品都圍繞著史特蘭打轉。當全班同學在課堂上輪流對我的作品發表評論時，我會將每個人講的話抄寫下來，就連那些愚蠢至極以及尖酸刻薄的評語，我都一字不漏地記錄起來。當我聽到有人說「我認為那女生明顯就是個蕩婦，誰會跟老師發生關係？怎麼可能有人做得出這樣的事？」我會將這些問題寫在筆記本上，然後在旁邊加上自己的註記：我為什麼要這麼做？因為我是個蕩婦嗎？

走出教室時，我覺得自己備受打擊、遍體鱗傷，但我認為這麼做似乎是在贖罪，遭受這樣的羞辱是我應得的懲罰。也許在課堂上靜靜聽著自己的作品飽受嚴酷的批評，就如同多年前我站在布羅維克的教室前方，聽著台下的人猛力地質疑我一樣；但我試著不讓自己沉溺在這種負面思緒。我保持低調、不讓自己惹上麻煩，繼續一天天地過著日子。

開設我修的那堂總整文學研討課的老師，是一位新來的教授，名叫亨利．普勞。前兩天我去找我的指導教授時，注意到他辦公室旁的名牌寫著這個名字，他的辦公室門半開、裡面放了一張桌子和兩張椅子。第一堂課我坐在教室最後方的位置，正因為前晚喝的酒而感到宿醉頭痛，也許我根本還在酒醉狀態，全身上下的肌膚和頭髮都散發著啤酒的臭味。

我看著其他學生陸續走進教室，每一張臉都如此熟悉。這時我的大腦突然一陣劇烈抽痛，眼前閃過一道光芒，周遭出現好多雜音，我感到頭痛欲裂，只好將手指用力壓在眼睛上，希望可以緩解疼痛。當我睜開眼睛時，我看見珍妮．墨菲出現在眼前——就是我之前的室友，曾經跟我有過短暫的友情，就是她毀了我的人生。她在長桌邊坐了下來，用手撐著下巴，她那一頭齊耳的棕色短髮和修長的下巴線條依舊沒變。難道她轉學過來了嗎？我全身顫抖著、等她轉過頭注意到我。有趣的是，我們兩人的外貌都沒有改變；我看起來跟當年十五歲時一樣，還是一位臉頰長滿雀斑、留著一頭紅色長髮的女孩。

我目不轉睛地看著珍妮，沒注意到亨利．普勞走進教室。他手裡拿著課本，肩膀上斜揹著一個皮革製的背包。我把視線從珍妮身上移開，仔細觀察眼前這位新來的教授。乍看之下，他跟史特蘭極為神似：留著一臉鬍子，同樣都戴著眼鏡，有著寬闊的肩膀，走起路來會發出沉重的腳步聲。但再更仔細端詳就可以發現他們兩人的差異：亨利．普勞的身高沒有像史特蘭那麼醒目，大約是平均男生的高度；他的鬍子和頭髮都是金色而不是黑色；他有一雙棕色的眼睛，史特蘭的眼睛則是灰色的；他臉上戴的那副眼鏡是木製邊框，不是金屬邊框；他的身形比較瘦，個頭也比較小，看起來比史特蘭還要年輕——這是我最後才注意到的部分。他還沒有長出灰頭髮，鬍子底下的皮膚十分光滑，看起來約莫三十幾歲而已。他就像是還在成長階段的史特蘭，沒有像他一樣那麼僵硬嚴肅。

亨利．普勞鬆開了手，結果原本手中的課本掉在桌上，發出一陣重擊聲，嚇到現場的所有人。

「抱歉，我不是故意的。」

他把課本撿起來，握在手中一陣子，不確定下一步該怎麼做，接著小心翼翼地把書放回桌上。

「既然我的尷尬登場已經結束了。」他說。「那我想我們可以開始上課了。」

打從一開始，他的神態舉止就跟史特蘭迴然不同——他的態度很和善，常會開自己玩笑；他的樣子一點都不會讓人聯想到史特蘭在第一堂課時、那令人畏懼的模樣。當時他在黑板上寫下一首詩的註解，所有人都嚇得不敢承認自己根本沒讀過那首詩。即便如此，當亨利．普勞照著名單點名、眼神仔細端詳圍坐在長桌邊的學生臉龐時，我彷彿再度回到史特蘭的教室裡，感覺到當時他那專注看著我的神情。一股微風從敞開的窗戶吹進教室，空氣中瀰漫著鹹鹹的海水味，我卻似乎聞到史特蘭辦公室裡那臺暖氣散發出的灰燼氣味；窗外海鷗發出的刺耳叫聲，在我耳裡卻變成諾倫比加教堂敲響的半刻鐘聲。

坐在桌子另一側的珍妮終於轉頭看向我這邊，我們的雙眼交會，這時我才發現她根本不是珍妮，只是一個圓臉、留著一頭棕髮的女生。我曾經跟她修過幾門相同的課程。

亨利．普勞差不多點到最後幾位，一如往常，我永遠都是名單上的最後一個人。「凡妮莎．懷？」在新學期的第一天，這句話的語氣聽起來好似在哀求我。凡妮莎，為什麼呢？

我因為太緊張沒辦法舉起整隻手臂，只好舉起兩隻手指應答。坐在桌子另一端、那個我誤以為是珍妮的女生將手中的筆蓋打開，這時原本我內心湧現那股如同暴風雨般翻騰攪動的感覺慢慢消退，留下的只有毫無價值的垃圾，還有一堆纏繞在一起、已經腐壞的海草。一股熟悉的恐懼感向我襲來；也許我已經失去理智，成天都在妄想，陶醉在自己的世界裡。我彷彿是一個深陷在大腦錯覺中、無處可逃的人，總是把不知情的旁觀者看成自己渴望見到的臉孔。

亨利．普勞像是在努力記住我的臉龐一般仔細看著我，接著在點名簿上我的名字旁邊做了一個記號。

接下來的整堂課我都弓著背坐在椅子上，不敢太明目張膽地看他，只敢用偷瞄的。我的大腦思緒不斷穿越窗戶飄到教室外；我不確定這是因為我想要逃離這一切，還是因為我的內心渴望看到更遼闊的景色。下課後我沿著一條海邊小徑走回家，海水的霧氣讓我的頭髮變得鬈曲毛躁。今晚的夜空沒有月亮、一片漆黑，我戴著耳機聽音樂，將音量調到最大。如果這時有人從後面抓住我，我絕對沒有任何反抗機會——這真是十分不理智而且非常愚蠢的行為。雖然我從來沒有向別人坦承過這件事，但一想到有壞人站在我的身後、朝我的頸部吹氣，我便不由自主地感到興奮不已。這就是為什麼一直以來我會像飛蛾撲火一般，朝著危險步步逼進。

那週的星期五晚上，史特蘭開車來找我。我刻意到公寓樓下，坐在那家每天早上會讓整間公寓充滿酵母和咖啡香氣的貝果店門廊上，等著他的到來。今晚的天氣很暖和，路上可以看到穿著夏季連身洋裝的女生們朝酒吧的方向走。一個跟我修同一門詩歌課程的男生邊喝著啤酒，一邊溜著滑板從我眼前經過。我看到史特蘭的休旅車出現，他將車子轉進旁邊的巷弄裡，停在那邊會比直接停在街上還不容易被人看見。儘管沒有任何一個從布羅維克畢業的學生就讀我現在念的亞特蘭提卡大學，他依然疑神疑鬼。

大約一分鐘後，他從陰暗的巷子裡走了出來，街燈透出來的光照亮他臉上的笑容。他伸出雙臂對我說：「快過來我這裡。」

他穿了一條水洗牛仔褲，腳上是一雙白色的網球鞋，這身裝扮讓他看起來就像一位人父。每當我們隔了好幾個禮拜才見面的時候，我常常會在看到他的那一霎那感到震驚，只好將臉埋進他的胸膛裡。如此一來，我才不用看到他那發紅的鼻頭、漸漸灰白的鬍子，還有越來越大，快要從褲頭掉出來的啤酒肚。

他走在我前面，帶我經過漆黑的樓梯往樓上爬，彷彿住在這裡的人是他、不是我。「妳有沙發了。」他踏進公寓時對我說。「這是很大的進步。」

他洋洋得意地轉過身，但當他仔細看著我的時候，表情瞬間變得柔和許多。剛剛在幽暗的街道上他看不清楚我的臉龐，進到室內他才發現，我看起來是多麼美麗：我穿著一件無袖洋裝、頂著新剪的瀏海，眼尾的眼線向上勾勒，唇上擦著玫瑰色調的唇膏。

「看看妳，妳看起來就像從一九六五年的法國穿越到現在的美麗女孩。」他說。

光是聽到他對我的讚美，就足以讓我感到頭暈目眩，我的腿差點沒辦法站直。這時他原本那一身醜陋的打扮，似乎也變得沒那麼難看了，或者說至少我沒那麼在意了。我明白他的年紀只會越來越大，這是必定的，唯有如此，我才可以在他眼裡保持年輕美麗。

打開臥室房門前，我先提醒他：「我還來不及整理房間，所以不要對我要求太高。」

我打開燈，他仔細檢視我那亂成一團的房間：成堆疊放的衣服、喝完的咖啡杯和空酒瓶散落在床旁邊的地板上，眼影粉從裂開的眼影盤上撒落，沾滿了地毯。

「我永遠都沒辦法理解，為什麼妳可以住在這樣髒亂的房間裡。」他說。

「我就是喜歡這樣。」我一邊說，一邊用雙手將堆在床上的衣服拿起來，隨意往旁邊放。我並不是真的喜歡髒亂，只是不想聽到他開始講什麼大道理，說髒亂的環境反映出混亂的心理狀態。

我們在床上躺下，他背朝下平躺著，我則側著身體、緊靠在他和牆壁中間。他問我新學期的課程如何，我一一跟他敘述課表上的每一堂課。講到亨利．普勞時，我猶豫了一下。「我還有修一門總整文學研討課。」

「開課的教授是誰？」

「亨利．普勞，他是新來的。」

「他是在哪個學校念博士班的？」

「我不知道，老師們又不會把這個資訊放在課程大綱上給學生看。」

史特蘭似乎有點不太贊同地蹙著眉頭。「妳開始思考之後的計畫了嗎？」

他說的計畫，指的是畢業之後的打算。我爸媽希望我搬到南邊的城市工作，像是波特蘭、波士頓，或者是更南邊的城市。爸總是開玩笑地對我說：「這裡沒什麼好的工作機會，只有養老院和戒毒所，因為位於奧古斯塔北方的人不是高齡老人，就是吸毒成癮的人。」史特蘭也希望我離開這裡，他說我應該去看看這個世界、開闊視野，但他又總會對我說：「沒有妳我真不知道要怎麼辦才好，我有可能會染上一些壞習慣。」

我搖搖頭，含糊其詞地說：「呃，我有稍微想了一下。嘿，要不要抽大麻？」接著我趴在他身上，伸手去拿我放大麻的珠寶盒。他看著我將大麻菸草放進吸食器裡加熱，我注意到他眉頭緊鎖，但當我把煙管遞給他的時候，他也跟著吸了一大口。

「我從沒想過交了一個二十一歲的女友，會讓我在中年染上濫用藥物的惡習。」他吐出一口菸，用微弱的語氣對我說。「但我想我早該預料到會有這樣的事。」

我用力吸了一大口菸，喉嚨有一股灼熱燃燒的感覺。我痛恨自己因為聽到他稱呼我為女友而感到異常興奮。

我們就這樣，一邊抽大麻，一邊喝著我之前留在床旁邊的地板上、幾乎沒喝過的紅酒。我打開房間裡那臺小電視，和他一起看著電視上播出的真人實境秀，裡面演的是一些男人因為跟在聊天室認識的年輕女孩見面約會而被逮捕；那些女孩其實是警察假扮的。雖然只看了短短五分鐘，這依然令我們覺得不太舒服。我將電視關掉，決定改播電影。我收藏的電影都是讓我特別有感觸的作品——兩個不同版本的《蘿莉塔》、《漂亮寶貝》、《美國心玫瑰情》、《愛情不用翻譯》等等——

至少這些電影都把重點放在愛情的美麗，將老少配的戀情包裝成動人深刻的愛情故事。

當史特蘭把我身上的洋裝褪去，將我翻過身、背朝下躺在床上的時候，我感到興奮無比，眼前一片模糊，自己彷彿成了一團旋轉不停的煙霧。但當他開始把臉埋進我的雙腿間舔我時，那股興奮感頓時消失無蹤，一切又變得異常清晰。我用力地將雙腿夾緊闔上。「我不想要那樣。」

「別這樣，凡妮莎。」他將臉靠在我夾緊的大腿上，抬頭凝視著我。「讓我舔妳。」

我望著天花板搖搖頭。我已經一年沒讓他舔了，甚至更久。我並不會因為答應他的要求而痛不欲生，但假使我這麼做的話，似乎就承認了自己的失敗。

他繼續對我說：「妳現在是在拒絕難得可以得到快感的機會。」

我繃緊全身上下的每一條肌肉，感覺自己輕如鴻毛，卻又猶如一塊木板般僵硬。

「妳是在懲罰自己嗎？」

這時我的思緒像是跌進蟲洞裡，沿著滑順的邊緣，轉過了好幾個平緩的彎，向下越跌越深。在我眼前的是一片漆黑的大海，洶湧的浪花拍打著花崗岩海岸。史特蘭就站在一處礁岩上，他將雙手捧成圓形、放在嘴前朝我吶喊：讓我舔妳，讓我為妳帶來歡愉的感受。他不斷向我呼喊，聲音卻始終無法傳到我耳裡。我幻化為一隻全身布滿斑點、在碎浪中奮力向前行的海豹，同時也是天空中那隻有著強健羽翼、可以連續飛行好幾公里的海鳥。我猶如一彎新月，安然地躲藏在雲層後方，不論是他還是任何人都無法找到我。

「妳真是太固執了。」他一邊對我說，一邊移動到我身上，接著用膝蓋把我的雙腿打開。「固執到近乎愚蠢。」

他試著向我體內用力推進，卻不斷軟掉，所以得伸手向下撫摸自己。我可以幫助他、讓他再度硬挺，但我依然覺得自己的身體輕如鴻毛，僵硬地猶如一塊木板。況且問題也不出在我身上。如果四十八歲的男人跟二十一歲的女孩做愛也沒辦法勃起的話，還有什麼可以讓他感到性奮呢？如果是跟一個十五歲女孩的話，也許他就沒這問題。有時當我們去他位於諾倫比加的家中時，我們會假裝那是我們初次發生關係。妳得放輕鬆，親愛的。妳一直那麼緊繃，我就會放不進去。深呼吸。

他開始在我體內來回抽動。我閉上雙眼，在腦海裡重複播放同樣的畫面：一條條麵包緩緩升起，家用食品雜貨在輸送帶上向前移動；接著是一段縮時攝影，我看見白色植物的根在鬆軟的土壤裡緩緩向下延伸。我越是看著這些畫面，全身越是感到不寒而慄、汗毛直豎。我開始大口喘氣，胸膛跟著上下起伏。即便我睜開雙眼，看到的依然是一樣的畫面。我知道他將身體壓在我身上，毫無忌憚地在我體內來回移動，但我卻無法看到他。這樣的情況已經出現過好幾次，上一次我試著向他解釋，但他卻只是跟我說這聽起來就像癔病性視盲[79]而已。冷靜下來就好。妳得放輕鬆，親愛的。

我抓住自己的喉嚨。我需要他讓我有窒息的感覺，唯有如此，才能將我拉回現實。「抓緊一點。」我對他說。「用盡全力。」只有在我苦苦哀求他的時候，他才願意這麼做；我會不斷地喘著氣、對他說「求求你」，直到他妥協。他會不情願地將手壓在我的喉嚨上，雖然他沒有使盡全力，但已經足以讓我腦中的畫面消失，眼前再度浮現我的公寓，還有他那盤旋在我上方、揮之不去的臉龐，汗珠從他的臉頰上緩緩落下。

結束之後，他對我說：「我不喜歡那麼做，凡妮莎。」

我坐起身、快速下床，將地上的洋裝撿起來。我急著想上廁所，而且我不喜歡一絲不掛地在他面前走來走去，也擔心布莉姬隨時會回來。

他繼續說：「妳的要求令我擔憂。」

「擔憂什麼？」我將洋裝穿過頭套在身上。

「妳想要我對妳施予暴力的那股渴望，真的是……」他做了一個奇怪扭曲的表情。「即便是對我而言，這還是太黑暗了。」

後來我們關了燈，將電視調到靜音模式，播放電影《漂亮寶貝》。在我們睡著之前，布莉姬從酒吧回來了。我們躺在床上，聽著她在客廳走動的腳步聲。她跌跌撞撞地走進浴室，雖然她把水龍頭開到最大，但依然無法蓋過她嘔吐的聲音。

「我們要去幫她嗎？」史特蘭低聲問。

「她沒事的。」但其實如果史特蘭不在這裡的話，我會起身去確認布莉姬的情況。我不確定我會這樣是因為不希望史特蘭接近布莉姬，還是恰恰相反。

過沒多久，她走進廚房，我聽到櫥櫃門打開的聲音，接著是她伸手去拿盒裝穀片發出的沙沙聲

---

[79] 又稱癔病性黑矇，是功能性視覺缺乏，並不是眼球、視覺傳導路或視覺中樞損傷所致，其發病原因與精神、心理因素有關。

響。通常這樣的夜晚我們兩人會一起待在客廳沙發上，一邊喝酒、一邊看電視上播出的深夜資訊型廣告，直到我們都喝醉睡著。

毯子底下，史特蘭的手在我的大腿上四處游移。

他低聲對我說：「她知道我在這裡嗎？」他將手游移到我的大腿中間，不斷愛撫我、想讓我高潮，一邊聽著布莉姬在房間外走動的腳步聲。

早上醒來的時候，床上只有我一個人，我以為史特蘭已經離開了，但我聽到客廳有人走動，接著浴室的門被打開了，布莉姬驚訝地大喊：「噢，真抱歉！」然後史特蘭急急忙忙地說：「不會，不會，沒關係。我正準備要離開。」

我在房間裡聽著他們介紹彼此。史特蘭一派輕鬆地說他叫「雅各」，表現得一副很正常的樣子，好似我們這段關係完全沒有違背常理；而我則躺在床上，嚇得全身僵硬、動彈不得，就像是在恐怖片裡，看到怪物的爪子從衣櫥底下伸出來的小女生一樣。史特蘭回到我房間的時候，我假裝還在沉睡，就連他輕碰我的肩膀並呼喚我的名字，我都沒有睜開眼睛。

「我知道妳已經醒了。」他說。「我剛剛遇到妳的室友，看起來是個很乖的女孩。我喜歡她微笑時露出的牙縫。」

我將臉往棉被裡埋得更深。

「我要離開了，可以跟妳親吻道別嗎？」

我將手從被子底下伸出來，舉起手做出要跟他在空中擊掌的手勢，但他裝作沒看到，接著踩著沉重的步伐往門外走。當我聽到他跟布莉姬說再見的時候，我用雙手捂住我的臉。

我睜開眼睛時，看到布莉姬站在我的房門口，她將雙手交叉放在胸前，對我說：「一聞就知道你們有做愛。」

我坐起身，用被子遮住赤裸的身體。「我知道他很噁心。」

「我不覺得他很噁心。」

「但他年紀很大了，真的很老。」

她笑了一聲，將頭髮往後甩。「我是認真的，他沒有妳形容的那麼糟。」

我下床穿好衣服，跟布莉姬一起去樓下的那間貝果店。我們都點了培根蛋貝果堡和黑咖啡，接著在靠窗的位置坐了下來。窗外有一對情侶在遛狗，那是一隻留著捲毛的大型犬；牠看起來氣喘吁吁，粉紅色的舌頭垂在嘴巴外。

布莉姬對我說：「所以妳從十五歲就跟他在一起了嗎？」

我正好啜飲著手上的熱咖啡，不小心燙傷了舌頭。她通常不會這樣探問；我們從不過問彼此的感情生活。我看著她趁未婚夫回到羅德島的空檔跟其他男生約會，但不會多說什麼，而她也從不曾過問我和史特蘭撲朔迷離的關係。我們會開玩笑地說這是「非批判區」。

「斷斷續續。」

「他是妳第一個發生關係的對象嗎？」

我點點頭，眼睛依然盯著窗外那對情侶，和他們在遛的那隻留著厚長捲毛的狗。「第一個，也是唯一一個。」

她馬上瞪大雙眼。「等等，妳說真的？妳從來沒跟其他人發生關係過？」

我聳聳肩，接著喝下一大口咖啡，熱騰騰的咖啡下肚，在我的喉嚨產生一股灼熱感。當我看到別人聽聞我的故事後感到訝異、對我敬佩不已的那瞬間，我會覺得非常滿足，但仔細一看才發現他們臉上展現的並不是敬佩的神情，而是目瞪口呆。

「我沒辦法想像那樣的人生會是什麼感覺。」布莉姬說。

我努力遮掩自己泛淚的眼眶。我不應該為此感到難過的，她這麼說並沒有別的意思，只是覺得好奇罷了。朋友之間不都會聊這些事情嗎？向彼此分享遇過的男生和年輕時的瘋狂韻事。

「妳當時會害怕嗎？」

我搖搖頭，小口吃著手中的貝果，一點食慾也沒有。我為什麼要害怕呢？他對我總是小心翼翼。我回想之前在那所公立高中發生的事：在卡莉用嘴替威爾．卡維洛服務之後，威爾卻罵卡莉是白人垃圾，然後再也不跟她說話。當時威爾走回保齡球場時，一臉得意自滿的神情，我還記憶猶新。卡莉所遭受的恥辱才讓人感到害怕，史特蘭一點都不會令我畏懼。他願意跪在我面前，將頭枕在我的膝上，並且對我說我是他一輩子的摯愛。

我看向布莉姬，試著用我的目光壓倒她。「他十分崇拜我，我很幸運。」

秋天突然降臨，所有飯店都關閉停業，負責處理簽證的員工也都因為沒有遊客所以返家了。九月才進入第二週，樹上的葉子已經開始轉變顏色，在陰沉灰暗天空的映照下，一簇簇的橘黃楓葉顯得特別鮮明。早晨的溫度十分寒冷，空氣中瀰漫的霧氣讓所有東西都變得極為潮濕，早上起床時，我會發現腳邊的床單已經濕了一片。

時節進入九月底，我坐在教室裡等著亨利．普勞的總整文學研討課開始。這時一個從大一起就跟我修同一門寫作課的女生在長桌邊坐了下來，並將手中的一疊書放在桌上。她總是穿著一雙西部牛仔靴配短裙，有時她會將作品投稿到文學期刊，我的指導教授曾經形容她「很適合愛荷華州的生活」。她帶來的那一疊書中最上層的是弗拉基米爾．納博科夫的《微暗之火》，我看到的瞬間全身僵住。「來吧，讓我盡情地崇拜妳；來吧，讓我輕輕地愛撫妳。妳是我的暗黑凡妮莎。」

亨利指著那本書說：「選得真好，這是我最喜歡的書之一。」

得到這樣的關注，讓那女生的雙頰漲得通紅。「這是二十世紀文學課要用的，我要寫一篇以這本書為主題的報告。這本書真的非常令人——」她睜大雙眼——「膽戰心驚。」

她旁邊的男生問她這本書在講什麼，那女生試著解釋，我感覺心怦怦跳得好快，全身都在發燙。她一邊顫抖、一邊結巴，亨利正準備要說話，但我用更大的音量打斷那女生。

「這本書其實並沒有一個明確的故事架構。」我說。「或至少說那並不是作者的用意。這本小說其實是一篇充滿許多註解的長詩，讀者需要透過註解來瞭解整個故事，但寫下註解的角色卻是一個不可靠的敘事者，因此讀者也不能全然相信他講的話。這本小說拒絕被明確定義，讀者需要交出掌控權才能夠……」

我講話的聲音越來越微弱。每當我這樣滔滔不絕的時候，都會有一股焦慮感向我襲來，彷彿史特蘭正透過我的身體在闡述他的意見。聽到他發表自己對文學作品的評論時，都會讓人不由得對他肅然起敬；但當這些話從我口中說出來時，卻似乎讓我變成一個傲慢、無禮又尖酸刻薄的壞女孩。

那女生接著說：「反正我最喜歡的納博科夫作品也不是這本。我看過他的另一本作品，叫做《塞巴斯蒂安．奈特的實際生活》，我更喜歡那本。」

我小聲地糾正她：「是『真實生活』。」

那女生朝我翻了一個白眼，接著便轉過頭。其他學生陸陸續續走進教室裡坐下，但我注意到坐在教室前方的亨利帶著一抹淡淡的微笑看著我，一臉沉思。

下課回到家後，我自己做了晚餐來吃，吃完晚餐我便開始看下週的指定閱讀範圍——《泰特斯．安特洛尼克斯》，接下來的課程會進入莎士比亞的系列作品探討。這是一齣極為血腥暴力的劇本，裡面出現了像是將人軀幹割斷、放在肉餅裡讓人吃下肚的殘忍情節。主角泰特斯將軍的女兒拉維妮亞被輪暴後，還被強暴她的人割下身體的一部分。那些男人怕她講出他們的身分，因此把她的舌頭割掉，還將她的雙手斬去，讓她不能夠拿筆寫字。然而，這依然阻止不了拉維妮亞說出實情的決心；她學會用嘴巴含著木條，在地上一筆一劃地寫出傷害她的人。

當我看到這段情節的時候，我將劇本放了下來，接著起身去拿書架上、史特蘭之前給我的《蘿莉塔》。我不斷翻著書頁，尋找心中想的那段描述，接著在第一百六十五頁找到了：蘿莉塔在報紙上看到一個專欄內容笑了出來，上面建議孩童，若有陌生人主動贈與糖果，應該要拒絕，並且將他的車牌號碼刻在路邊。我在邊緣處用鉛筆寫下拉維妮亞？並把這一頁的邊角反摺起來。我試著再次開始閱讀《泰特斯・安特洛尼克斯》，卻沒辦法集中思緒。

我將筆電打開，開始瀏覽我在三年前設立的部落格。嚴格來說，這個部落格是公開的，但我並沒有透露我的身分——我用的是假名。每隔幾週我就會在網路上搜尋自己的名字，仔細檢查它會不會出現在螢幕上的搜尋結果。持續使用這個部落格，就像是戴著耳機、獨自漫步在漆黑的夜晚，或是像去酒吧喝酒，一心一意只想將自己灌醉，醉到連走路都站不穩。我記得在之前修過的心理學入門課中，這樣的舉止被定義成「危險行為」。

2006年9月28日

他今天提到了納博科夫。我想如此意義重大的一件事，我應該要記錄下來。

我不知道該如何描述這件事。老實說，「這件事」其實很微不足道，只不過是我那道德墮落的大腦裡產生的幻想罷了——但我怎麼能夠不聯想到那熟悉的故事呢？所有的人物、場景，還有種種細節都和多年前的一切不謀而合。（在教室上課時，那位教授的眼神常會飄向坐在桌子尾端、那位紅髮的女生，每當她被抽點要朗讀作品時，聲音總是微微發顫。）

我會有這般幻想真的很荒謬，實在太可笑了，我怎麼會對一位幾乎一無所知的男人產生這樣的幻想呢？我對他的瞭解只侷限於他站在黑板前的模樣，以及任何人在網路上隨意搜尋都可以查到的結果。我覺得自己這麼做，彷彿將他在教室裡原有的樣子硬生生地從他身上拔除，如同S.對我做的事一樣。但在這個情境裡，扮演S.角色的人不該是那位教授才對嗎？

在接下來的日子裡，假使我知道那天會見到他的話，便會刻意將自己打扮成十五歲的模樣——穿著可愛的洋裝、腳上踩著帆布鞋、將頭髮編成辮子——彷彿讓他看到我用盡全力將自己打扮成早熟少女的模樣。如此，他便會明白我潛藏的真實性格，以及我願意為他做的事情。換句話說……我根本已經失去理智了。

他今天說《微暗之火》是他「最喜歡的書之一。」（不是《蘿莉塔》，但你能想像如果他這麼形容《蘿莉塔》的話會有多瘋狂嗎？）。也許這根本沒什麼大不了，他只不過是單純地發表心中的看法罷了，所有英文系的老師都很喜歡那本書。但我聽到他確確實實地說了出來，他喜歡的書就是在我心中具有特殊地位的那本書。這件事對我來說別具意義。

當我聽到他說《微暗之火》這幾個字時，我馬上想到S.將他自己收藏的那本書給我，要我翻到第三十七頁。我永遠忘不了，看到我的名字出現在書中那個當下的感覺：我的暗黑凡妮莎。

那一瞬間，所有角色又再被重新串連起來，同樣的故事被賦予了一層新的意涵。我常常能夠像這樣將自己的故事帶進很多作品裡，有時這真的像是個揮之不去的詛咒般纏繞著我。

亞特蘭提卡鎮上總共有三家酒吧：學生通常會去的那家酒吧販賣多款現榨的微釀啤酒，環境整潔乾淨；另一家小酒館裡擺設了幾張撞球桌，還會銷售罐裝的醋醃雞蛋；第三家是位在碼頭邊、販售生蠔的小餐館，常常會有漁夫在裡面喝醉酒後揮舞著刀子打架。通常布莉姬和我只會光顧學生常去的乾淨酒吧，但她聽說另一家小酒館在週六夜晚可以跳舞。

「在那裡我們不會遇到認識的人。」她說。「我們可以自由自在、隨心所欲。」

她說的沒錯。我們是那家小酒館裡唯一的大學生，裡面的人看起來都比我們大了十歲以上，但室內的燈光太昏暗，所以也說不準。我們在吧檯邊喝了好幾杯龍舌蘭酒，接著拿著啤酒瓶走進舞池，一邊暢飲、一邊隨著肯伊．威斯特、碧昂絲、夏奇拉的音樂大跳性感熱舞。酒精和音樂讓我們興奮得飄飄然，站都站不穩，我們抓著彼此，跟著音樂節奏用力地甩頭跳舞。我的紅髮和布莉姬那頭蜂蜜棕長髮散落在我們的臉頰上和酒瓶裡。有個男人問我們是不是做每件事都形影不離，我們倆都沉浸在酒吧的氣氛裡、感到快樂無比，聽到他這樣問甚至不覺得被冒犯了，只是笑著對他說：「也許吧！」當ＤＪ開始播放電子舞曲時，我們走下舞池喘口氣，側著身子走到吧檯，準備點酒來喝。這時我們看到吧檯桌上已經擺了一整排烈酒，是一位戴著紅襪隊棒球帽、穿著迷彩夾克的男人要請我們喝的。

「我喜歡妳們兩個律動的樣子。」那男人對我們說。一瞬間我以為他是克雷格——那個我高中時在保齡球館遇到的變態男人——頓時我感到不寒而慄；但我眨了眨眼，再仔細看一次，發現他只是一個滿臉痘疤、有著口臭的陌生人。他不斷在我們身邊徘徊，試圖搭訕我們，為了閃躲他，我們只好繼續回到舞池跳舞。那晚我們要回家之前，布莉姬去了一趟洗手間，我則是靠在吧檯邊；今晚我喝了太多龍舌蘭酒，醉到視線都模糊不清了。就在此時，剛剛那個男人又出現了。我看不清楚他的臉，但我可以聞到他身上的氣味——一股啤酒夾雜香菸和一種難以形容的味道。他伸手滑過我的臀部時，一股腐敗的氣味猛然向我襲來。「妳的朋友長得比較漂亮。」他對我說。「但妳看起來比較會找樂子。」

我在心裡默數一秒、兩秒、三秒，我似乎失去了知覺，就跟我在十歲那年、手指不小心被車門夾到時的反應一模一樣，我並沒有痛得直叫，而是靜靜地站著不說話，心裡想著：*不知道我可以忍耐多久？*接著我用力拍開他的手，叫他離我遠一點；他罵我是個賤女人。這時布莉姬從廁所走了出來，她從包包拿出一串鑰匙，並且把上面掛著的那罐防狼噴霧弄得叮噹作響；那男人罵她是個瘋婆子。從酒吧走回家的路上我們都心驚膽戰，一路牽著手，時不時轉頭望向後方，想確認那個男人沒有尾隨我們。

回到公寓後，布莉姬很快地在客廳沙發上昏睡過去，手上還抱著一碗沒吃完的奶油通心粉。我走進浴室、關起門，打電話給史特蘭，但轉進了語音信箱，我不停地撥電話，直到他終於接起來。他的聲音帶著濃濃的睡意。

「我知道已經很晚了。」我說。

「妳喝醉了嗎？」

「怎樣算喝醉？」

他嘆了一口氣。「妳真的醉了。」

「有人摸了我。」

「什麼？」

「是一個男人。我們在酒吧裡頭，他抓了我的屁股。」

電話的另一頭一陣靜默，他似乎在等我講出重點。

「他沒有先徵求我的同意，就直接伸手摸了我。」

史特蘭說：「妳不需要每件事都向我坦承。妳還年輕，有資格盡情玩樂。」

他問我現在是不是已經安全回到家了，還要我早上起床之後打電話給他。他就像父母一樣照顧我，甚至比我的親生爸媽更瞭解我。雖然每週日晚上我都會跟爸媽講二十分鐘的電話，但我們聊的都是一些很籠統的內容。

我躺在浴室的瓷磚地板上，頭上放了一塊毛巾。我對他咕噥說：「很抱歉，我真是一團糟。」

「沒關係。」他說。但我想要聽到他告訴我其實我一點都不糟，我希望他說我很美麗，十分稀有珍貴。

「你知道嗎？這一切都是你的錯。」我對他說。

他沉默了一會兒。「好吧。」

「我所有的缺陷都要歸咎於你。」

「拜託不要這樣。」

「是你讓我的人生變得一團糟的。」

「寶貝，先去睡一覺。」

「難道我說錯了嗎？」我問他。「告訴我是我錯了。」我抬頭看著天花板上的一大塊水漬。

最後他終於開口：「我知道妳是那樣告訴自己的。」

我們正在上莎士比亞的《暴風雨》，亨利要全班同學分成兩兩一組進行討論。短短幾秒鐘內，所有人都用令人難以察覺的手勢和眼神迅速找好了組員；他們將椅子拉到彼此身旁開始討論，而我依然站著，看看四周有沒有人跟我一樣落單。我環顧教室時，發現亨利正在看著我，他臉上的神情透出無比的溫柔。

艾美．杜西特朝我揮了揮手。「凡妮莎，這裡。」當我坐下的時候，她側身對我低語道：「我沒有看指定的範圍，妳有嗎？」

我聳了個肩，然後輕輕地點頭。我騙她說：「只有大略看一下而已。」事實上我看了兩次，還特地打電話給史特蘭、詢問他的意見。他說倘若我想讓教授留下深刻印象的話，我應該要提及劇本中隱含的後殖民主義，或是開玩笑說這齣劇本其實是法蘭西斯・培根寫的。我問他法蘭西斯・培根是誰，但他不願意告訴我。「我才不要幫妳把工作都做完。」他說。「自己去查資料。」

我一邊跟艾美解釋《暴風雨》的故事大綱，一邊用眼角餘光偷瞄亨利，他正在教室裡四處走動，輪流看每一組學生討論。當他接近我們這組的時候，我的音調突然變得異常高亢：「但反正這個劇本在講什麼一點也不重要，因為作者根本並不是莎士比亞，法蘭西斯・培根才是作者！」

這時亨利突然大聲笑了出來——是一種發自內心的開懷大笑。

課程結束後，我正準備離開教室，這時亨利把我叫住；他將我的報告還給我，那是我針對《泰特斯・安特洛尼克斯》劇本中、拉維妮亞這個角色所寫的報告。我將主旨聚焦在輪暴拉維妮亞的人為了讓她保持沉默而割斷她的舌頭和雙手這殘忍的劇情，突顯當女性在面對強暴時，連語言也失去了效用。

「報告寫得很好。」他說。「還有我很喜歡妳開的玩笑，我是指課堂上講的那個，不是報告裡的。」他的臉頰脹紅，接著繼續說：「我沒有看到妳在報告裡開玩笑，但也許是我漏掉了。」

「沒有，我沒有在報告裡開任何玩笑。」

「那就好。」現在他連脖子都漲得通紅。

在他身旁，讓我感到好緊張，內心浮現一股衝動，想馬上離開教室。我將他給我的報告塞進外套口袋裡，接著把後背包揹在肩膀一側準備離開，但他又叫住了我，然後開口問：「妳今年大四對吧？有考慮申請研究所嗎？」

這個問題讓我措手不及，我訝異地笑了一聲。「我不知道，目前還沒有這樣的規畫。」

「妳應該要好好考慮一下。」亨利說。「根據妳寫的那篇報告——」他指著那個被我塞進口袋裡的報告——「妳申請上的機率很高。」

走回家的路上，我仔細地看了那篇報告。先將亨利在頁緣寫下的評語檢視一次，再看他有做評語的那些句子，試著在裡面找出暗藏的蛛絲馬跡。這篇報告我寫得很快，光是第一段裡面我就有三個地方打字錯誤，結尾的論點也過於薄弱、站不住腳。假使是由史特蘭來評分的話，他頂多只會給我B而已。

現在是十一月第一週，史特蘭預訂了一家濱海且價格不斐的餐廳，還另外訂了一間飯店房間。他交代我那天要特別打扮，所以我穿了一件細肩帶的黑色絲綢洋裝，這是我唯一一件漂亮衣服。他說他預訂的餐廳榮登米其林排行榜，我假裝聽得懂那是什麼意思。那間餐廳位在一個重新裝潢過的穀倉裡，裡面的牆面是風化木，樑柱裸露在外，每張桌子都鋪了潔白的桌布，旁邊擺放著棕色的牛皮椅。菜單上的盡是一些干貝佐蘆筍派、里肌肉佐鵝肝醬之類的菜餚；沒有任何餐點標註價格。

「我根本看不懂菜單上在寫什麼。」我其實是在跟他鬧脾氣，他卻以為這是缺乏安全感的表現。當服務生來我們這桌點餐的時候，史特蘭也幫我一起點——煙燻帕馬火腿捲兔腰肉、香煎鮭魚佐石榴醬，甜點的部分他點了香檳奶酪。每道餐點送來的時候都放在一個巨大的白色盤子上，擺放在中間的佳餚宛如藝術品一般，幾乎無法辨別那其實是食物。

「妳覺得好吃嗎？」

「好吃啊，應該吧。」

「應該吧？」

他看了我一眼，似乎覺得我一點都不懂得感激，但其實我真的很謝謝他，只是沒辦法裝成一個從鄉下來的天真少女，一瞥見奢華世界便嘆為觀止。之前我生日的時候，他也帶我去了一家波特蘭的高級餐廳，那家餐廳跟這裡很類似；當時我展露出十分滿足的樣子，不停讚嘆著桌上的餐點，還對坐在對面的他低語說：這裡真的好奢華喔！但現在的我卻不為所動，自顧自地用湯匙戳著盤子裡的奶酪。因為我只穿了一件輕薄的無袖洋裝，所以冷得直打哆嗦，整隻手臂都起了雞皮疙瘩。

他在我們兩人的酒杯裡又倒了一些酒。「妳有好好思考一下畢業後的打算嗎？」

「這個問題爛透了。」

「妳會這樣想就是因為妳還毫無頭緒。」

我把湯匙從嘴裡抽了出來。「我需要更多時間摸索。」

「妳還有七個月的時間。」

「不，我是說再一年。也許我應該故意讓所有科目都被當掉，這樣我就有更多時間可以來思考了。」

他再度用一樣的眼神看著我。

「我在想。」我緩緩地開口對他說，手裡拿著湯匙不停攪動，盤子裡的奶酪都變得糊爛了。「倘若我還沒想好之後要做什麼，我可以跟你待在一起嗎？只是個暫時的緩衝計畫而已。」

「不行。」

「你連想都沒想。」

「我根本不需要想，這想法實在太荒謬了。」

我將身體往後靠，雙手交叉放在胸前。

他傾身向前，低頭對我小聲地說：「妳不可以搬來跟我一起住。」

「我又沒有說我要搬過去。」

「妳父母知道的話會作何感想？」

我聳聳肩。「他們不需要知道這件事。」

「他們不需要知道這件事。」史特蘭一邊搖頭，一邊重複我剛剛說的話。「但住在諾倫比加的人絕對會注意到。如果他們看到妳跟我住在一起會有什麼想法？我還在試著從那場風波中振作起來，一點都不想再陷入另一場醜聞。」

「好吧，算了。」我說。

「妳不會有事的。妳根本不需要我。」

「我說算了。當我沒提過這件事。」

我可以察覺到他語氣中顯露出的不耐煩。他很訝異我會有這樣的念頭，甚至還開口問他，這讓他很生氣，而我也很氣自己——我居然還像個小孩一樣對他死心塌地。多年前他曾經預測我到二十歲時會有眾多追求者，而他只不過是我生命中的其中一個男人；但現在的我跟他當時的預想簡直天差地遠。我今年已經二十一歲了，他依然是我此生唯一的男人。

服務生送來帳單時，我一把抓住、拿過來看，想知道總金額是多少：三百一十七元美金。一想到光是吃一頓飯就要花那麼多錢，我忍不住覺得反胃；但我沒有多說什麼，只是默默地將帳單滑到桌子另一頭給他。

吃完晚餐後，我們前往一家位於飯店轉角的雞尾酒吧。那間酒吧的窗戶是暗色玻璃，門口有兩扇沉重的木門，室內的燈光很昏暗。我們在角落的一個小桌子坐了下來，進來的時候服務生盯著我的身分證看了好久，史特蘭對此很不悅，最後他忍不住說：「好了，這樣應該夠了。」我們旁邊那一桌坐了兩對中年夫妻，他們聊著出國旅行的經驗，過程中提到斯堪地那維亞島、波羅的海三小國、聖彼得堡等地方。其中一個男人不停地對另一個男人說：「你一定要去那裡看看，跟這裡完全不一樣，這裡真是爛透了。你一定得去那裡看看。」我無法判定他覺得爛透的地方是指哪裡——緬因州、美國，或者是這間雞尾酒吧。

史特蘭和我坐得很近，兩人的膝蓋緊貼著彼此。當我們聽著那兩對夫妻講話時，他將手慢慢地滑到我的大腿上。「妳覺得酒好喝嗎？」他幫我們兩人各點了一杯賽澤瑞克雞尾酒，我覺得嚐起來就跟威士忌一樣。

他將手向上游移，放到我的雙腿中間，接著用拇指隔著內褲來回輕輕摩擦我的私密處。他變硬了，從他轉換坐姿的樣子還有清喉嚨的聲音，我可以感覺出來。我知道他很享受坐在跟他年紀相仿的男人以及他們上了年紀的妻子旁邊，偷偷愛撫我的身體，這會讓他感到很興奮。

我喝了第二杯雞尾酒，一杯接一杯不停地喝。史特蘭的手始終沒有離開我的大腿。

「妳全身都起雞皮疙瘩了。」他對我呢喃道。「什麼樣的女生才會在十一月這麼冷的天氣，不在洋裝底下加一件絲襪？」

我正要糾正他說你講的是緊身內搭褲——已經沒有人會說「絲襪」了，現在又不是一九五〇年代，但我還沒來得及說出口，他就回答了自己的問題。

「一個壞女孩才會做這種事。」

回到飯店大廳後，他去櫃檯辦理入住手續。我猶豫不定，環視著空無一人的貴賓接待檯，不小心把一疊簡介弄掉到地上。我們搭電梯上樓的時候，史特蘭對我說：「我覺得剛剛在櫃檯的那個男人在對我眨眼。」電梯抵達我們那層樓，發出叮的一聲，這時他親了我一下，似乎是刻意想讓出現在另一側的人看到。但當電梯門打開時，走廊上空無一人。

「我快吐出來了。」我抓住一間房門的把手，用力往下壓，想將門打開。「快點打開啊。」

「那不是我們的房間。妳為什麼要讓自己喝得那麼醉？」他帶我走向位於走廊底端的房間，一進門我就快步衝向廁所，接著跌坐在地上，雙手環抱著馬桶猛吐。史特蘭站在門口看著我。

「價值一百五十美金的晚餐就這樣白白浪費了。」

我已經醉到不省人事，根本沒辦法跟他做愛，但他依然堅持要那麼做。我全身無力地躺在床上，他將我的雙腿打開。在我昏睡前，我記得的最後一件事是要求他不要舔我；他一定是把我的話聽進去了，因為我醒來時發現內褲還穿在身上。

早上他開車載我回亞特蘭提卡，車上的廣播電台播放著布魯斯．史普林斯汀[80]的歌曲〈紅髮女郎〉。史特蘭悄悄地偷看了我幾眼，他一邊聽著歌詞，一邊露出詭異的笑容，試著想讓我跟他一起會心一笑。

聽好了，你這個風流的男人
你到目前為止的人生都白活了
直到你在一個紅髮女郎面前雙膝跪下
品嚐她身上的美妙滋味

我將身子往前傾，關掉音樂。「這首歌真噁心。」

我們沉默了一會兒，接著他說：「我忘了告訴妳，那個布羅維克新來的諮商師，她先生在妳的學校教書。」

[80] 布魯斯．史普林斯汀（Bruce Springsteen），1949—，暱稱「The Boss」，美國搖滾歌手、歌曲創作者與吉他手。他善於表達中下階層民眾的生活，他的歌曲不僅展現內心的誠懇，更有著悅耳動聽的旋律以及辛辣直截的批判。

我依然還因為宿醉而頭疼，根本沒把他講的話放在心上。「真令人興奮。」我低聲咕噥。我將臉頰靠在冰涼的窗戶上，看著窗外飛逝而過的海岸線。

亨利的辦公室位於校園中最大那棟建築裡的四樓；那是一棟以粗獷主義風格建造的鋼筋混水泥大樓，是整個亞特蘭提卡最醜陋、礙眼的建築物。學校大部分的教授辦公室都在這棟樓裡，而四樓整層都是英文系教授的辦公室，透過敞開的門可以看到裡頭擺放著桌子、扶手椅，還有滿是書籍的櫃子。每間辦公室都不禁讓我想起史特蘭——我的腦海浮現他辦公室裡那張坐著會讓人皮膚搔癢的沙發和窗戶上的海棠玻璃。每當我走在這個長廊上，時間彷彿靜止不動，猶如一張平坦的紙，反覆摺疊最後成了一隻紙鶴。

亨利辦公室的門微微敞開，透過縫隙可以看到他正坐在辦公桌看著他的電腦螢幕。我輕輕地敲了一下門，他猛然起身，迅速按下鍵盤上的空白鍵將影片暫停。

「凡妮莎。」他走過來將門打開。從他的聲音可以聽得出來，他似乎很開心見到站在門口的人是我而不是其他人。他的辦公室依然空蕩蕩的，沒什麼擺設，和我在學期尚未開始前瞥見的樣子差不多。地上還沒有鋪地毯，牆上也尚未掛上任何東西，但裡頭看起來已經有點雜亂了。書桌上可以看到紙張四處散落，書櫃的書也擺放得很隨意，櫃子上掛著一個布滿灰塵的黑色後背包。

「你在忙嗎？」我問他。「我可以再找其他時間過來。」

「沒有，我沒有在忙。只是試著要把一些工作做完而已。」我們兩人都盯著他電腦螢幕上定格的影片，畫面中是一個拿著吉他、正在彈奏的男人。「我強調『試著』這兩個字。」他補充，接著指向旁邊的椅子。在我坐下之前，我在內心估算著椅子和他的桌子之間隔了多遠——距離很近，但還是有一小段距離，他沒辦法直接從位置上俯身向前摸到我。

「關於期末報告，我有一個想法。」我說。「但這代表我會探討到一個課堂上沒念過的文本。」

「是哪一本書呢？」

「嗯，納博科夫？我想探究《蘿莉塔》和莎士比亞劇本中的關聯性。」

我讀大一時，有一堂課在討論小說當中不可靠的敘事者，那時我說《蘿莉塔》是一個愛情故事，但我話沒講完就被教授打斷，她說：「會認為《蘿莉塔》是一個愛情故事，就代表妳完全誤解了這本書的意涵。」她甚至不讓我多做解釋。自此之後，我就再也不敢在任何課堂中提到這本書。

但亨利聽到之後只是雙手交叉放在胸前，他將身體向後傾，接著問我在《蘿莉塔》和其他課堂中讀過的莎士比亞劇本間看到了怎麼樣的關聯性。於是我開始向他解釋我所觀察到的相似處：《泰特斯·安特洛尼克斯》裡的拉維妮亞嘴裡咬著木棍，將強暴她的人一筆一劃寫在地上；而在《蘿莉塔》一書中，被強暴且失去雙親的蘿莉塔看到報紙上寫到，若有陌生人主動贈與糖果時，也應該要這麼做，但她卻是對這樣的建議嗤之以鼻；《亨利四世》裡的法斯塔夫誘使哈爾王子和他的皇室家庭疏遠，他的手法就猶如戀童癖者魅惑一個任性倔強的小孩；在《奧賽羅》這齣劇中，主角奧賽羅送給她的妻子苔絲狄蒙娜一條繡著草莓樣式的手帕，而韓伯特也給了蘿莉塔一套有著草莓圖案的睡衣，兩者都象徵著男性內心潛藏的處女情節。

當我講到最後一點的時候，亨利皺了眉頭。「我不記得書裡面有寫到那個草莓圖案睡衣的情節。」

我停了下來，在心裡快速回想那個場景是出現在書中的何處；究竟是在蘿莉塔的媽媽過世之前，還是在她和韓伯特第一次公路之旅時，在飯店發生的事。這時我的心猛地一跳，我想起史特蘭將那套草莓圖案睡衣從櫃子中拿出來給我的畫面，睡衣在我指尖上的觸感至今依然記憶猶新；我在他的浴室裡試穿，裡面的燈光很刺眼，腳上的地板磁磚十分冰冷。我彷彿在回想一部多年前曾經看過的電影，安全地從遙遠的距離回顧這些片段。

我眨了眨眼。亨利坐在他的位置上，帶著溫柔的眼神看我，嘴巴微微張開。

「妳還好嗎？」他問我。

「關於那點，我也許記錯了。」我說。

他告訴我不要緊，他說我剛剛講的內容聽起來很精彩，是目前為止他所聽到最出色的報告主題，而他幾乎已經聽過所有人要寫的內容了。

他說：「妳知道嗎？《蘿莉塔》裡我最喜歡的地方是描述蒲公英的那段。」

我想了一會兒，試著找出那段話到底出現在哪裡……蒲公英，蒲公英。我慢慢想起來了，那是小說的開端，當時蘿莉塔還跟她的母親一起住在羅姆斯戴爾。「大多數的蒲公英已經從太陽轉變成了月亮。

「月亮。」

亨利點點頭。「從太陽轉變成了月亮。」我說。

那一瞬間我們兩人的思緒似乎被緊緊串聯起來，彷彿有一條線從我的大腦裡蜿蜒伸展出來，接著在他的大腦裡落地生根；我們兩人的腦海都浮現了一樣的畫面。我很訝異在如此汙穢、不入流的小說裡，他最喜歡的一句話居然是如此純潔的描述。書中對於蘿莉塔柔韌輕盈的體態描繪，或是韓伯特試圖為自己病態行為的辯解都無法引起他的興趣，反而是在蘿莉塔家前院出現的野草、那令人出乎意料的美麗景象，才令他感到印象深刻。

亨利搖了搖頭，原本連結我們兩人的那條線瞬間斷裂，剛剛那短暫的曖昧片刻就這樣結束了。

他說：「嗯，總之，我很喜歡那句話。」

2006年11月17日

我剛剛和那位教授聊了半個小時的《蘿莉塔》，他跟我分享書中他最喜歡的句子（「大多數的蒲公英已經從太陽轉變成了月亮。」第七十三頁）。聊到一半的時候他提到了「寧芙」這個詞，聽到他說出口的那瞬間，我對他充滿了慾望，有股衝動想要將他吞噬並全然占有他。

他注意到我對這部小說有著異常深入的瞭解。當我提到裡面一處細節——韓伯特之所以會受到第一任妻子的吸引，是因為她穿著黑色絲綢拖鞋的那雙腳令他著迷得無法自拔——那位教授問我：「妳會看這本書是因為它是其他課的指定讀物嗎？」但他其實是在問我，怎麼會對這本書如此熟悉？我說是我自己想看的。我和這本書特別投緣。

我對他說：「你是否曾經感到和某些書產生特別的共鳴？」他點點頭，彷彿完全能夠理解我的意思。

我很確信他是一位為人正直的老師。對他來說我只是一位聰明並且對文學作品富有洞察力的學生而已，但有時又會有像這樣的情況發生：在離開他的辦公室前，我先將大衣穿上，他靜靜地在旁邊看著我，我一時間找不到外套的袖口將手穿進去，摸了好一陣子還是找不到。這時他做了一個很細微的動作，像是想過來幫我，但又克制住衝動。然而，他看著我的眼神散發出無盡的溫柔。S.是唯一一個曾經這樣看著我的人。

我是否太貪得無厭了？還是這一切都是我在自欺欺人？我要再次和另一位老師談一場禁忌之戀嗎？饒了我吧。閃電也不可能擊中同一個人兩次。但如果真的發生了，在別人眼裡會認為這跟我之前那段關係是一樣的嗎？我們兩人的年齡差距不像之前那樣令人難以接受：我現在已經二十一歲了，不再是當年十五歲的小女孩；而他則是三十六歲，不像當年的S.是四十二歲。我們兩人都已經是合法的成年人，這樣的關係會被認定為是不可告人的醜聞，還是正常男女之間的戀愛，誰能說得準呢？

顯然是我自己想太多了，但我十分清楚自己真實的一面，我瞭解我所暗藏的性格和潛能。

我在一家專門出版詩集的出版社找到一份實習工作，有一位知名詩人即將來城裡進行新書發表會，我和其他人正為此做準備。我和名叫吉姆的實習生花了兩週時間設計新書的素材，並拿給我們的上司和助理編輯審閱，接著又拿回去重新設計，就這樣不停地一來一往。當有人問我們是否願意開車去波特蘭機場接機時，我毫不猶豫地答應了。我仔細思考了那天要穿的服裝，還列出開車回學校的路上可以和他聊的話題。我甚至幻想他可能會對我產生興趣，所以特地將我覺得自己寫得最出色的作品先印出來；但這一切似乎只是我自己一廂情願的假想而已。

在那位詩人搭機抵達的前一天，出版社總編輯艾琳在茶水間遇到我，我正在把水加進水壺裡。

「嗨，凡妮莎。」她刻意拉長我的名字，好似在為了某件悲劇向我哀悼致意。我根本不知道原來她記得我的名字，自從去年春天來公司面試之後，我們就再也沒有機會交談了。

「羅伯明天就會搭機抵達了。」她說。「我知道妳說妳會去機場接機，但他有點，妳知道的……」她看著我的神情彷彿希望我能懂她的意思，但我只是一臉疑惑地望著她。接著她壓低音量對我說：「他對女生會比較主動直接，妳知道的——上下其手。」

我訝異地眨眼，手中依然握著水壺。「喔，我知道了。」

「上次我們幫他舉辦活動的時候發生了一些插曲，不過用『插曲』兩個字來形容好像有點太小題大作了，其實也不是什麼大事。但為了安全起見，妳最好不要跟他走得太近。妳明白我的意思嗎？」

我感覺到臉頰發燙。我大力地點頭，水壺裡的熱水跟著嘩啦作響。艾琳的臉頰也跟我一樣漲紅；要開口跟我講這件事似乎讓她十分尷尬。

我接著問她：「所以我不該去機場接他嗎？」我以為她會說不，別傻了，我當然還是得去，但艾琳只是做了一個怪異的表情，好似她不得不說對才行。

「我想這樣會比較好。我問問詹姆斯看他願不願意去接機。」

我差點問詹姆斯是誰？但後來發現她指的是吉姆。

「謝謝妳能夠理解，凡妮莎。」艾琳說。「這對我們來說意義非凡。」

接下來的整個下午我都在審閱投稿作品，反覆閱讀，但並沒有找到值得出版的素材。我的心臟跳得好快，牙齒不停打顫。想到艾琳對我說「妳最好不要跟他走得太近」時用的語氣，就讓我全身汗毛直豎。這句話在我的腦海中揮之不去。她還特別強調「妳」，彷彿我是個累贅一樣。

接下來的整個學期，我不再讓自己沉溺於吸大麻和喝酒的惡習裡。這並我不是刻意規劃的——我無意間發現自己已經超過一個禮拜滴酒未沾。我開始按時將用過的碗盤洗乾淨、清理浴室，甚至定期洗衣服，不再讓自己陷入沒有內褲可穿、只能穿泳褲的窘境。

我常常會在校園裡遇見亨利．普勞。一週有三天我們會在學生中心擦身而過；當我在圖書館打工、整理書櫃時，會看到他轉過一個彎，差點撞到書車；當我在公寓樓下那家咖啡廳排隊時，他就站在隊伍前面，我們中間只隔了三個人，一想到他出現在距離我每晚睡覺那麼近的地方，就讓我的胃緊張得翻騰攪動。有時當我們經過彼此身旁時，我會突然跑到他旁邊，開口問他有關課程的問題，但其實我早就知道那些問題的答案了。有天我走經他旁邊，伸出手開玩笑地朝他的手臂猛擊了一拳，他似乎非常驚喜地對我露齒一笑。但有時我擔心自己表現得過於渴望，便會刻意忽略他。如果他主動向我打招呼，我會瞇起雙眼，假裝不認識他。

我將亨利那堂課的期末報告留到最後才寫，在學期最後一週的週五下午才把報告完成。我手裡拿著才剛印出來、還溫熱的報告，迅速穿越校園趕去他的辦公室。停車場已經變得空蕩蕩，大樓的燈也都熄了。當我抵達四樓時，所有英文系教授辦公室的門都已經關上，亨利的門也是，但我知道他還在裡面。走進大樓前我有先抬頭確認，他的窗戶還亮著。

我沒有直接敲門，而是悄悄地把我的報告從門縫塞進去，默默希望他會注意到。假使他看到上面寫著我的名字，他可能會快步衝過來將門打開。我屏息以待，接著看到門把轉動，下一秒門便打開了。

「凡妮莎。」他用驚奇不已的語氣喊出我名字，然後把地上的報告撿起來。「寫得如何？我一直迫不及待想看看妳的報告。」

我聳聳肩。「不要抱持太高的期望。」

他翻了翻報告的前幾頁。「我的期望當然很高啊！妳繳交的每一篇報告都很出色。」我在門口徘徊，不確定接下來該怎麼做。既然我已經交了期末報告，這學期的課程也劃下句點，代表我之後就沒有任何藉口可以跟他講話了。他坐回位置上看著我，身體微微向前傾，好似希望我可以留下的樣子。我需要聽到他親口說出來。這時我們的眼神交會。

「妳可以坐下來。」他說。他是在邀請我，但我依然可以自己決定要不要接受。

我決定坐下來、和他待在辦公室裡。我們沉默了一會兒，接著我露出笑容——一個燦爛的笑容，我想應該算吧——然後指向他辦公桌上那已經塞滿一堆書的架子。「你的辦公室真是一團亂。」

聽到我開口講話，他似乎放鬆不少。「的確很亂。」

「我不該批評你。」我說。「我也常把環境弄得亂糟糟的。」

他看著桌上那厚厚一疊快要倒下的資料夾，桌子邊放了一臺尚未安裝的印表機，旁邊還有亂成一團的電線。「我說服自己比較喜歡這種凌亂的感覺，但那大概只是在自欺欺人而已。」

我咬著下唇，回想起過去我曾對史特蘭說過一模一樣的話。我快速掃視他的辦公室，眼神落在最高的那個書架，上面擺了兩罐未開封的啤酒。「你偷偷把酒藏在辦公室裡。」

他看向我手指的地方。「如果真的是要偷藏酒的話，那我做得可真差勁。」他站起身把酒瓶轉過來讓我看，瓶身上面寫著：莎士比亞黑啤酒。

「喔。」我說。「專門給書呆子喝的啤酒。」

他開心地露齒一笑。「我想聲明，這是別人送我的禮物。」

「你想把它們留到什麼特別的日子再喝嗎？」

「我似乎沒有這個打算。」

他好像已經可以明顯猜到我接下來會說的話。他屏息以待，等著我把那句話說出口：

「要不要現在打開來喝呢？」

我是用開玩笑的語氣對他說，他應該可以毫不費力地回答我：凡妮莎，我覺得這樣做不太妥當。倘若是其他學生向他這麼提議的話，他可能會輕易地拒絕，但他絲毫沒有裝出慎重考慮的樣子，而是直接舉起雙手，好似是我扭著他的手臂，讓他毫無反抗餘地。

「為何不呢？」他說。

我拿出我的鑰匙串，上面有一個開瓶器鑰匙圈，我們手裡拿著常溫的啤酒瓶碰杯，接著喝了一口，我感覺到氣泡往鼻子衝上來的那股快感。看著他喝酒讓我得以一窺他在校園以外的生活，我彷彿可以在腦海裡想像他的各種樣貌——不論是在酒吧還是在家裡，坐在沙發還是躺在床上。我暗忖他是否會在深夜裡批改作業。他會把我的報告放在最底層，刻意留到最後再好好品味嗎？

不可能——他不是那樣的人。他為人清白、正直，單純靦腆得像個男孩。他對我露出一抹害羞的微笑，接著仰頭喝了一口酒。我才是動機不單純的那一位。帶他走向墮落，引誘他走入陷阱的人是我。我差點脫口而出要他放聰明點，不要那麼輕易地相信別人。亨利，你不該在辦公室裡和學生單獨喝酒。你明白這是一件多麼愚蠢的事嗎？這會讓你自己惹上大麻煩的。

他問我下學期會不會修他開設的哥德文學專題課程，我回答說還不確定、目前還沒報名任何一門課。

他說：「妳該開始了，報名時間就快截止了。」

「我每次都等到最後一刻。我常常把事情搞砸。」我將頭後仰，喝了一大口酒。我常常把事情搞砸。我喜歡在總是稱讚我聰明才智的亨利面前這樣形容自己。

「抱歉，我講話很粗俗。」我說。

「沒關係。」我觀察到他的表情起了微妙的變化，似乎有點擔憂。

他關心我在其他課的修課情況，以及我對於未來的規畫。他問我我是否有在仔細考慮申請研究所這件事？現在要申請秋季入學已經太遲了，但我還是可以提早準備申請明年入學。

「我不知道。我爸媽都沒有念大學。」我不確定這兩件事究竟有什麼關聯，但亨利似乎可以理解地點了點頭。

「我爸媽也是。」

倘若我決定要申請研究所的話，他說他可以指引我，給我一點方向。當我聽到他說「指引」這兩個字時，我似乎明白了他的暗示。我彷彿可以看到一張地圖在桌上延展開來，我們兩人的頭緊緊依偎在一起。我們會想出辦法的，凡妮莎。妳和我一起。

「我還記得當初要申請研究所的時候，一切看起來多麼令人怯步。」亨利對我說。「感覺就像是要出發去探索全然未知的領域。妳知道嗎？在到這裡教書之前，我曾經在一所預科學校教過一年。那是一種很怪異、難以形容的教學經驗。那裡的學生似乎打從出生開始，就認為自己擁有特權。」

「我曾經念過那樣的學校，但只有短短兩年而已。」

他問我是哪一間學校，當他聽到我說布羅維克時，似乎很震驚，整個人變得侷促不安。

他將手中的酒瓶放到桌上，十指緊扣。「妳說的那間布羅維克是位在諾倫比加嗎？」

「你有聽過那間學校？」

他點頭。「奇怪的巧合。我，嗯……」

我等著他繼續說，同時細細品嚐嘴裡的啤酒。我突然覺得喉嚨變得好緊，沒辦法吞嚥。「我有個朋友在那裡工作。」他說。

頓時有股噁心反胃的感覺湧上我的喉嚨，我的雙手不停顫抖。我試著將手中的酒瓶放下來，卻不小心把瓶子打翻。雖然酒瓶差不多已經空了，但還是有幾滴酒灑到了地上。

「噢，我的天，真抱歉。」我試著把酒瓶翻正，結果又不小心把它用倒了。我直接放棄，把酒瓶丟進垃圾桶裡。

「嘿，沒事的。」

「都打翻了。」

「沒關係。」他笑了出來，似乎覺得我這麼在意的模樣很傻。但當我把臉頰上的頭髮往後撥時，他看見我在哭——我並沒有哭出聲音，只有淚水滑落臉頰。每當我像這樣哭的時候，我常常沒有注意到眼淚從眼眶裡流了出來；這些眼淚比較像是被擠出來，就像吸滿水的海棉被擰乾一樣。

「這樣真尷尬。」我用手背擦了擦鼻子。「我真是個白癡。」

他搖搖頭，臉上露出困惑的表情。「別這樣說。妳沒事的。」

「你那位朋友是做什麼工作呢？他是老師嗎？」

「不，她是——」

「那位朋友是女生嗎？」

他點點頭，看起來十分擔憂。我覺得無論我此時向他坦承任何事情，他都會願意聆聽；雖然我還未透露任何細節，但我已經可以感受到他的和善了。

「你還有認識其他在那裡工作的人嗎？」

「沒有。凡妮莎，發生什麼事了？」

「我曾經被一位在那間學校教書的老師強暴，當時我才十五歲。」我很震驚自己居然可以毫不費力地說出這樣的謊話，儘管我不確定我究竟是在撒謊，還是只是沒有完全吐露實情而已。我接著說：「他依然在那裡教書。所以當你剛剛說你認識那間學校的人，這真的……我突然慌了。」

亨利用雙手摀著臉，接著將手摀住嘴巴。他拿起酒瓶，但又放了下來。最後他開口說：「這太令我震驚了。」

我張開嘴巴打算要澄清，想跟他解釋我剛剛那麼說其實有點誇大其辭，我根本不該用那兩個字，但他先開口說話了。

「我有一位妹妹。」他說。「她也經歷過類似的事情。」

他看著我，那雙大大的眼睛看起來十分悲傷。他臉上的五官都讓我想起史特蘭，但亨利的臉龐透露出更多溫柔。我可以輕易地想像他跪在我面前，俯身將頭枕在我的大腿上，然而從他嘴裡低喃說出口的話並不是為了終究會將我摧毀而深感惋惜，而是要哀悼另一個男人已經這麼做了。

「我很遺憾，凡妮莎。」他說。「儘管這麼說可能毫無意義，但我真的感到很遺憾。」

我們沉默了一會兒。他的身體微微前傾，似乎想要安撫我——我覺得自己好像泡在浴缸裡，他展現的和藹、善良有如乳白色的溫水包覆我全身，輕輕拍打著我的肩膀。我不配擁有這樣的溫柔。我的眼神緊緊盯著地板，對他說：「拜託不要把這件事告訴你的朋友。」

亨利搖搖頭。「我絕對不會跟她說的。」

聖誕節隔天我開車去找史特蘭，一路上我在車子裡播放費歐娜．艾波的歌曲，音樂聲震耳欲聾，我也跟著聲嘶力竭地高歌，唱到喉嚨都沙啞了。當車子駛近諾倫比加的市中心時，我已經全身無力。我將車子停在他家對面的公共圖書館停車場，接著快速地跑到他家門前，我刻意拉起連帽衣的帽子、遮住我那引人注目的一頭紅髮——這是史特蘭規定我要採取的預防措施，多年來我都一直遵守著這個規定，現在我連想都不用想，就會直覺地將帽子拉起來。

一進到他家，我的行為舉止就變得非常不自然，似乎在隱瞞著什麼。我不願意讓他碰我，也不敢直視他的雙眼。我擔心他已經知道我對亨利說的話。亨利有可能跟他的朋友吐露了這件事，然後他的朋友又告訴其他也在布羅維克工作的人。不用多久時間，這個謠言一定會傳到史特蘭耳裡。還有另外一件事——我知道不可能，但依然感到半信半疑——就是我認為史特蘭知道我的一言一行，他具有洞析我內心想法的能力。

當他拿出聖誕禮物、要給我驚喜的時候，一開始我拒絕收下，擔心這可能是個陷阱，也許打開之後我會看到裡面有一張字條寫著：我知道妳做了什麼事。畢竟他以前從來沒有送過我聖誕禮物。

「快打開呀！」他一邊笑著對我說，一邊用手肘輕推著我懷裡的禮物。

我低頭看著它。那是一個用來裝衣服大小的盒子，外面包了一層厚厚的金色包裝紙，上面繫著紅色緞帶，看得出來是商店店員包裝的。「但我沒有準備禮物給你。」

「我也沒有期待妳這麼做啊。」

我將包裝紙拆開，盒子裡面是一件深藍色的厚毛衣，領口有費爾島[81]式的雜色圖樣。「哇！」我將毛衣從盒子裡舉起來。「我愛死了。」

「妳聽起來很訝異。」

我將毛衣從頭上套下去。「我不知道原來你有在注意我喜歡穿什麼樣的衣服。」這麼說真是愚蠢。他當然有注意到。關於我的所有事情，他都一清二楚。不論是我原有的樣子，還是暗藏的黑暗面，他都再瞭解不過。

他為我們下廚做了紅醬義大利麵——難得不是炒蛋配土司。他將餐盤擺放在吧檯桌上，特地將刀叉整齊排列在兩側，另外還準備了摺疊好的餐巾紙，彷彿今晚是一場正式的晚餐約會。他問我下學期打算修什麼課。當我向他敘述課程大綱還有指定的閱讀書籍時，他並沒有像往常一樣大肆批評。我接著跟他分享我寫的期末報告，當我講到亨利的課堂時，他打斷我的話。

「就是這個教授。」他說。「專長是英國文學。他是從德州來的對嗎？他的妻子就是布羅維克這學期新來的那位諮商師。」

我用力地咬了我的舌頭。「妻子？」

「她叫做潘妮洛普，剛剛從研究所畢業。她是在林奇堡城市大學拿到學位的——反正就是一個社工領域相關的學位。」

我覺得自己像是快窒息一樣，沒辦法呼吸。

史特蘭用他的叉子輕輕敲了我的盤子邊緣。「妳還好嗎？」

我點點頭，逼自己把嘴裡的食物吞下去。*我有一個朋友在那裡工作。朋友。*他是這麼對我說的。還是我記錯了呢？但他為什麼要說謊？也許他對我所遭遇的事感到很難過，所以不忍心在我面

---

[81] 費爾島（Fair Isle）是座落在蘇格蘭北部、謝德蘭群島（Shetland）的小島。費爾島毛衣以多彩的花紋圖騰為特色。

前提及另一個女人。但他卻向我提到他的妹妹——再說，在我提到自己被強暴之前，我們就已經講到他有朋友在布羅維克工作的事了。那他到底為什麼要撒謊呢？

我問史特蘭亨利的妻子是個怎麼樣的人，雖然我知道這個問題十分平淡無奇，但最令我感到好奇的事我卻問不出口——她長得如何？聰明嗎？她的穿著打扮是哪種風格？她會向別人提起亨利嗎？——然而，儘管我努力壓抑自己內心的情緒波動，史特蘭依然察覺到不對勁。我豎起耳朵、仔細聆聽的神情和頸背豎起的汗毛洩漏了真相。

「凡妮莎，離他遠一點。」他說

我皺起臉龐，裝出憤怒的樣子。「我不知道你在講什麼。」

「當個乖女孩。妳知道妳有誘導男人走向陷阱的能力。」

吃完晚餐後，我們將盤子放進水槽裡，正當我準備上樓去他的房間時，他將我攔住。

「我有件事得告訴妳，跟我來。」

當我跟著他走進客廳時，我心裡想：就是這個時候了，他終於要攤牌、跟我說他已經知道我告訴亨利的事。這也就是為什麼剛剛史特蘭要向我提起亨利——他故意慢慢來、一步一步誘使我走進他的圈套中。當他讓我在沙發上坐下後，他警告我他即將要講的事情聽起來似乎很嚴重，但實際上根本不是如此，一切都只是場不幸的誤會而已。

他說的話跟我原本預期的實在相差太遠，一時之間我甚至沒辦法反應過來。我打斷他，問他：

「等一下，所以這跟我做的事情完全無關嗎？」

「當然無關，凡妮莎，不是整個世界都一直繞著妳打轉的。」他嘆了一口氣，將手指輕輕拂過頭上的髮絲。他接著說：「對不起，我太緊張了，我也不知道自己為什麼會這樣。倘若有任何人可以理解我的感受的話，那個人非妳莫屬。」

他說他在布羅維克發生了一件事。那是在去年的十月，當時是上班時間，他單獨跟一位女學生在教室裡面談，那位學生想請教他有關報告的事。他說那位學生總是很愛問各種問題；一開始他以為她只是很擔心自己的成績而已，但後來她開始常常在他的教室裡逗留，那時他才恍然大悟，原來那位女學生暗戀他。他向我坦承說那女生的一舉一動都讓他想到了我——那總是侷促不安的神態，還有對他毫無保留的愛慕之情。

在那個十月的午後，他們兩人待在他的辦公室裡，肩並肩坐著。他正在看那女學生寫的報告初稿。她非常焦慮難安，全身上下都在顫抖——可能是在擔心成績，也有可能是因為他們兩人靠得很近——因此他就伸手輕拍了那女生的膝蓋。他這麼做的目的是想要安撫她，那只是個善意的表現，但那女學生居然把這樣的舉動扭曲成一件極度醜陋的事。她開始到處跟朋友說他勾引她、對她毛手毛腳，還說他暗示要跟她發生性關係，甚至對她性騷擾。

我舉起手，打斷他的話。「你用的是哪一隻手？」

他訝異地眨眼。

「你摸她的時候是用哪一隻手？」

「這有什麼差別嗎？」

「示範給我看。」我說。「我想確切知道你當時是怎麼做的。」

我要他坐在沙發上，演示當時的情況給我看。我朝沙發的另一側移過去，和他中間隔出適當的距離，接著將我的兩隻腳併攏、腰竿挺直——我的身體依然記得這熟悉的坐姿。剛開始曖昧時，每當我坐在他旁邊總會呈現這樣緊張的姿勢。我看著他將手往下伸、輕拍了我的膝蓋，那似曾相似的感覺依然讓我作嘔。

「那真的不代表什麼。」他說。

我將他的手推開。「怎麼可能不代表什麼。你跟我之間就是這樣開始的，當時你也是這樣先摸了我。」

「才不是這樣。」

「是，就是這樣。」

「不是。早在我伸手碰妳之前，我們就已經互相有感覺了。」

他講這句話的語氣非常強烈，我可以看得出來，他已經對自己重複過很多次相同的話了。但倘若他輕拍我的膝蓋並不是一切的開端，那究竟是從哪個時刻開始的呢？是在萬聖節舞會那天，他喝醉之後告訴我他想哄我上床睡覺，並且親吻我道晚安嗎？還是我在下課後找藉口跟他講話，只為了能跟他獨處、享受他注視我的目光，是從那個時候開始的嗎？也有可能是從他在我創作的詩旁邊寫下這句話開始：凡妮莎，這首詩讓我感到有點害怕。或是在開學第一天，我看到他汗如雨下地在朝會的台上演講，是那個時候嗎？也許一切的開端根本無法定下一個明確的時間點。也許是宇宙無形的力量將我們兩人緊緊牽引在一起；我們無力反抗，也不應該為此受到責難。

「這兩件事根本不能拿來比較。」史特蘭試圖爭辯。「那個學生對我來說什麼都不是。我雖然跟她有肢體接觸，但那沒有任何意義，只不過是短短幾秒鐘而已。我的人生不該因為這件小事毀於旦夕。」

「為什麼這件事會毀了你的人生？」

他嘆了一口氣，接著將身體向後傾。「學校的行政部門聽到了風聲，他們說得為此展開調查。就只因為我拍了學生的膝蓋？這根本是清教徒式的狂熱，我們簡直跟住在塞勒姆[82]沒什麼兩樣。」

我的目光緊緊地盯著他，看他是否會顯露出畏懼，但他卻只是一臉無辜——眉頭緊鎖、看起來十分擔憂，臉上的眼鏡鏡片讓他的眼睛變得異常大。然而，我依然感到憤怒。儘管他說他那樣做並沒有特別的意思，但我十分清楚，那種肢體接觸可以藏有多少暗示。

「你為什麼要告訴我這些事？」我問他。「你希望我跟你說沒關係嗎？你想聽到我說我原諒你？我並沒有原諒你。」

「不。」他說。「我並沒有要妳原諒我，根本就沒有什麼好原諒的。我之所以會跟妳說，是因為我要妳知道，我還在因為當初愛上了妳而持續付出慘痛代價。」

---

[82] 塞勒姆（Salem），位於美國麻薩諸塞州北岸波士頓近郊一座歷史悠久的沿海都市。塞勒姆被視為新英格蘭歷史的基石，是美國清教徒歷史上最重要的海港之一。

那一瞬間我忍不住翻了白眼。雖然我很快地停下來，但還是被他看到了。

他說：「隨便妳怎麼嘲笑我都行，但在我跟妳的事被謠傳之前，從來不會有人妄下這種定論。不可能會有人相信那女生說的話，然後懷疑我的說詞。我都已經跟這些同事一起工作二十年了。然而，一旦我的名譽染上這樣的汙點，我過去的清白全都不算數了，所有人都開始覺得我天性敗壞。現在每個人都在觀察我的一舉一動，無時無刻地監視我。這樣一樁小事居然可以引起軒然大波！我的天啊，輕拍膝蓋是一個友善的舉動，我很常這麼做，根本沒有多想，但現在卻被拿來證明我是一個道德敗壞的人。」

你到底伸手摸過幾個女生？這問題在我的嘴巴呼之欲出，但我忍住衝動，沒有問他。我把這問題跟口水一起嚥了下去，感覺到它滑過喉嚨時那炙熱的灼燒感，隨著其他尚未燃燒完畢的餘燼一起沉到胃中深處。

他接著說：「愛上妳，讓我蒙上汙名。在別人眼裡，我成了行為偏差的人，所有關於我的一切就此被抹滅。僅僅一次的道德踰矩徹底毀了我的一生。」

我們兩人一言不發地坐著，彼此間的沉默放大了房子裡的聲音——冰箱嗡嗡作響，牆上的暖氣機發出一陣陣的嘶嘶聲。

我跟他說對不起。其實我並不想向他道歉，但又覺得好像非得這麼做不可。我可以感覺到他想聽我懺悔的迫切感，如同在拔牙一樣，硬生生地將這些字從我的嘴裡拉扯出來。我很遺憾你永遠沒辦法擺脫我為你帶來的陰影。很抱歉我們倆之間曾做過的事情是那麼可怕，讓你永無翻身之地。

他原諒了我，跟我說沒關係，接著伸出手輕拍我的膝蓋。但很快地，他就發現自己不由自主的行為，馬上停止動作，並將手握緊成一個拳頭。

回到他的房間時，我們衣衫完整地躺到他那鋪著法蘭絨床單的床上。我在腦海裡想著他伸手觸摸的那個女生，但她的身體和臉龐好模糊。她對史特蘭的指控讓我感到恐懼，而她的存在也捎來一個我早該明白的訊息：我不再是當年那個少女；每天都會有比我更年輕的女孩誕生在這個世上，而未來的某一天，她們可能會出現在史特蘭的教室裡。我想像這些年輕女孩——留著一頭亮麗秀髮，穿著無袖上衣露出纖細的手臂——我不停想著她們，直到筋疲力竭。然而，當我腦海中的執念慢慢消退時，我又會開始想起史特蘭說的、有關亨利和他妻子的事，這時我又陷入另一個回憶漩渦，好似被困在永遠走不出去的迷宮裡。我想到我向亨利坦承史特蘭的事，還用了「強暴」這個字眼，他那晚回家後一定馬上將這一切告訴他的妻子。雖然我要他承諾絕不會跟任何人透露這件事，但他的承諾只不過是另一個謊言而已。他當然會告訴他的妻子，他必須那麼做——他的妻子又會向誰透露這件事呢？如果她是一位諮商師，是否有義務要通報這件事？——想到如此一來，多年前那場風波又會再度被掀起，我頓時緊張得口乾舌燥。我根本無處可逃。我居然以為我可以在不危及史特蘭的情況下透露過往的事情，這樣想真的太天真了。

大約在半夜時，我們聽到外面傳來警鈴聲，一開始聲音很微弱，似乎距離很遠，但接著聲音越來越近，聽起來似乎就在史特蘭家的門外。那一瞬間我以為警察要來抓我們，他們就等在門外準備破門而入。史特蘭起身下床、走到窗邊，望向漆黑的窗外。

「我什麼都看不見。」他隨手抓了一件毛衣套上，然後走出臥室，接著下樓走到前門。他打開門的那瞬間，一陣煙霧跟著冰冷的空氣飄了進來，那味道非常刺鼻，室內頓時煙霧瀰漫。

他朝著樓上的我大喊：「街區底端有大樓失火了，火勢很大。」過沒幾分鐘，他穿著一身鋪毛的防寒大衣和靴子走回房間。「走吧，我們去那邊看看。」

我們穿上厚重的衣物，把自己包得很緊，全身上下只露出眼睛而已。走在積雪的人行道上的路人沒人能認得出我們是誰，我們就跟一般人一樣平凡無奇。我們跟著警鈴聲和煙霧的方向一直向前走，直到過了轉角的彎才看到熊熊燃燒的火勢；五層樓高的共濟會教堂已被大火吞噬，外層牆壁結了一層厚厚的冰柱。大樓外圍停了六輛消防車，每一輛消防車都將水柱的水壓開到最大，但夜晚的溫度實在太低了，從水柱噴出來的水一碰到建築物的石灰外牆馬上就結凍成冰，大樓裡的熊熊烈火卻持續燃燒著。消防員越是朝著建築物灑水滅火，外牆的冰層就越結越厚。

我們站在一旁，看著猛烈的大火吞噬建築物。史特蘭伸出手來緊緊握住我戴著手套的手。最後消防員終於放棄灑水，跟著其他人一起站在旁邊看著建築物燃燒。越來越多人聚集圍觀，一輛新聞轉播車抵達了現場。史特蘭和我在那邊待了好久。我們的雙手緊握、眼眶泛淚，不停地眨眼不讓眼淚流下來，寒冷的天氣讓淚水在睫毛上結成一顆顆小結晶。

回家後，我們躺在他的床上，身心靈都疲憊不堪。我開口問他：「你還有其他關於那女孩的事沒跟我說嗎？」他沉默不語，我直截了當地問他：「你有上她嗎？」

「我的天啊，凡妮莎。」

「如果有也沒關係。」我說。「我原諒你，我只是想要知道而已。」

他轉身面向我，雙手捧著我的臉。「我只有摸了她一下，就只有這樣。」

我閉上雙眼，他一邊撫摸我的髮絲，一邊在我耳邊咒罵那個女生：她是一個騙子，臭女人，根本精神有問題。我暗忖假使他知道這些年來我在心裡對他的怨念，還有我告訴亨利的事情，他又會說出怎樣難聽的話，但我默不作聲。一直以來我都是這般保持沉默，他完全信任我。

我在凌晨三點醒了過來。我從他那厚重的臂膀下悄悄溜下床，光著腳走在冷冰冰的木頭地板上，接著走出他的房間、下樓到廚房裡。他的筆記型電腦放在廚房的流理臺上。我將電腦打開，一點開網頁就是他的學校電子郵件信箱，裡面大多都是每週簡報和教職員會議的紀錄——我將網頁向下滑動，直到看到一封信件的標題寫著「學生騷擾案件報告」。這時我突然聽到一些聲響，我全身僵住不動，一隻手懸浮在筆電的觸控面板上，另一隻手擺好姿勢，準備迅速將電腦闔上。當我確定沒有動靜後，我將那封信點開，仔細檢視裡面的內容。那是學校董事會寄來的信，用字非常艱澀難懂，但反正我對細節也沒興趣；我只想找到那個女學生的名字。我不斷上下滑動頁面，眼睛左右來回掃視那封信的內容，終於在第二行看到了：提出指控的學生名叫泰勒．柏契。我將電子郵件信箱的頁面關掉，然後闔上電腦，躡手躡腳地回到樓上的臥室，接著爬上床，回到他的臂彎裡。

2017

泰勒工作的地方和我上班的飯店隔了五個街區，那是一棟以玻璃和鋼鐵為主要建材的新大樓，在周遭的石灰和磚瓦房子中顯得格外醒目。我聽過她公司的名稱，叫做「創意空間」。我知道那是一個共享的創意工作場所，但完全不瞭解裡面的人做的是什麼工作。這間公司的自然採光很充足，裡面擺放著皮革沙發，每一張桌子都有寬敞的空間，所有人都坐在位置上使用筆電工作。這間公司裡的人要不是很年輕、臉上帶著滿滿的笑容，要不就是散發出一股獨特的自信光采，讓他們看起來比實際年齡還年輕——時髦的髮型、風格特殊的眼鏡、極簡的服裝穿搭。我一直緊抓著手中的包包，站在門口不敢進去，後來有一個戴著金色圓框眼鏡的女孩問我：「妳在找人嗎？」

我快速掃視了辦公室一圈，但這裡的空間實在太大，裡面有好多人。我聽到自己的嘴巴說出她的名字。

「泰勒嗎？我看看喔。」那個女孩轉過身，仔細看著辦公室裡的人。「她在那裡。」

我朝她手指的方向看了過去：一個肩膀很窄、留著一頭淡金色頭髮的女生低頭專注地看著電腦。那女孩對她喊了一聲：「泰勒！」接著她抬起了頭，露出十分訝異的神情，我不由自主地向後退到門口。

「很抱歉。」我說。「我找錯人了。」

我馬上離開那棟大樓，走過一個街區後，我聽到她叫住我的聲音。我轉過身，看到泰勒站在人行道中間，她那頭淡金色的頭髮編成辮子垂在肩膀上。她穿著一件衣袖過長的套頭毛衣，身上沒有穿大衣。我們兩人仔細地端詳彼此，她一邊朝我的方向走過來，一邊將手指從毛衣袖口伸出來、拉了一下她的辮子。霎時間，我似乎可以看見當時她在史特蘭眼裡的模樣——一個年僅十四歲、對自己缺乏自信的少女，史特蘭從辦公桌後注視著她的神情，讓她緊張地不斷摸自己的頭髮。

「我不敢相信這真的是妳。」她對我說。

我在來找她之前，早已準備好跟她對質時要說出尖酸刻薄的話。我巴不得將她粉身碎骨。然而，此時我體內湧現大量的腎上腺素，只能用顫抖、尖銳的聲調跟她說，不要再來打擾我了。

「妳和那個記者都一樣。」我說。「她一直打電話騷擾我。」

「我明白了。她不該那麼做的。」泰勒說。

「我沒有什麼好跟她說的。」

「對不起，我真的很抱歉。我有提醒她不要強人所難。」

「跟她說我不想出現在她的文章裡，好嗎？還有告訴她不要提到我的部落格，我不想跟這件事扯上任何關係。」

泰勒盯著我看，微風將她的幾縷髮絲吹拂在臉頰上。

「我只想要靜靜地、不被打擾。」我用盡全身的力量講出這句話，但不知為何聽起來卻十分微弱，好似在懇求一樣。這一切不該是這樣的；我的語氣聽起來像是個脆弱無助的孩子。

我轉身掉頭、準備離開，但她又再次叫住我。

「我們可以好好聊聊嗎？」她問。

我們走去一家咖啡廳。三週前我跟史特蘭就是在這裡見面。我趁排隊時仔細觀察她：她的手指上戴了幾個銀質細戒，左眼下方有睫毛膏暈染的汙痕，衣服上散發出一股檀香木的氣味。她幫我付了咖啡的錢，我注意到她拿出信用卡結帳時，雙手不停地顫抖。

「妳不需要那麼做的。」我說。

「我堅持。」

櫃檯的咖啡師啟動義式濃縮咖啡機，機器傳出研磨咖啡豆的聲音，接著是加熱牛奶的蒸氣聲，不到一分鐘我們的咖啡就完成了。店員將兩杯咖啡端給我們，上面的奶泡有著相同的鬱金香拉花。我們在靠窗的地方坐下，周圍的位置都沒有人坐。

「妳在那間飯店工作，對吧？」她說。「一定很有趣。」

我輕蔑地笑了一聲，泰勒的臉頰頓時漲紅。

「很抱歉。」她趕緊說。「我那樣講真是太愚蠢了。」

她說她非常緊張，還說自己很笨拙、不太會說話。我發現她的雙手依然顫抖著，眼神不斷環視四周，卻一直不敢與我對視。我有股衝動想俯身向前，對她說不要緊張。

「那妳呢？」我問她。「那是一間怎麼樣的公司？」

她的臉上閃過一抹微笑，這簡單的問題讓她如釋重負。「那其實不是一間公司，是給藝術創作者們工作的共享空間。」

我點點頭，假裝聽懂那是什麼意思。「我不知道原來妳是一位藝術創作者。」

「嗯，我並不是視覺藝術家那類型的。我是一位詩人。」她拿起咖啡啜飲了一口，在杯緣留下一抹淡淡的粉紅色唇印。

「所以妳的工作就是寫詩嗎？」我問她。「我的意思是，妳可以用寫詩來賺錢？」

泰勒彷彿像是被燙到了舌頭一樣，將手舉到嘴邊。「喔，不，不是那樣的。我還有其他兼職工作，像是自由專欄寫作、網頁設計、諮商等等，各式各樣的工作。」她將手中的咖啡放到桌上，接著十指緊扣。「好吧，那我就開門見山地問了。妳和他是什麼時候結束的？」

她突如其來的一問讓我措手不及，這問題既一針見血又非常陳腐乏味。「我不知道。」我說。「很難用一個明確的時間來界定。」她的肩膀向下垂，難掩失望的神情。

「好吧。他跟我是在二〇〇七年一月結束的。」她說。「差不多就是在學校的謠言傳得甚囂塵上的時候。我一直很好奇你們是不是一樣，在那個時候斷絕往來。」

我一邊維持臉上的笑容、試著保持耐心，一邊在腦海裡回想她說的那一年。一月？我還記得他對我坦承這件事的當晚，我們目睹了那場大火，大樓的外牆結了一層厚厚的冰，裡面的熊熊火焰無情地將一切吞噬。

「我那時的情況顯然沒有妳之前那麼慘。」泰勒接著說：「他沒有將我趕出學校，但他逼我轉出他的課程，然後開始對我不理不睬。我覺得自己像是被拋棄一樣。那感覺很糟糕，令我痛苦萬分。」

我一邊聽她講話、一邊點頭，內心不知道該做何感想。我該相信她的話嗎？她為什麼會願意跟我傾吐這件事？我問她：「所以妳過去十年當中都沒有跟他聯絡嗎？」但我早已知道答案——她當然沒有——她做了一個扭曲的表情，然後說：「噢，天啊，當然沒有！」接著她問：「那妳呢？」這是我一直引頸期盼的一刻，我想抓住這個難得的機會回答說：對，我的確有跟史特蘭聯絡。我多麼渴望將自己跟她劃清界線，證明我在史特蘭心中具有不一樣的地位。

我告訴她：「我們直到最後那一刻都依然保持聯絡。他在自殺前打了電話給我，我很確定我是最後一個跟他講話的人。」

泰勒俯身向前，桌子發出嘎嘎的聲響。「他當時說了什麼？」

「他說他知道自己是一個喪失人性的惡人，但他深愛著我。」我等待她的臉上浮現恍然大悟的神情——她會明白一直以來她都錯了，不論是對史特蘭、對我，還是對於史特蘭曾經對她做出的事情。她會發現自己錯得離譜。沒想到她卻只是輕蔑地冷笑了一聲。

「是啊，這很像他會說的話。」她拿起手中的咖啡一飲而盡，再將杯子用力放回桌上，彷彿那是一杯烈酒。她擦了擦嘴巴，注意到我臉上的表情。「很抱歉，我不是故意嘲笑妳。這真是他典型的作風，妳知道嗎？他總會像這樣先斥責自己，好讓別人同情他。」

我突然感到一陣頭暈目眩。他的確如此，無時無刻都這麼做。我不確定我是否曾經為他的行為下過如此精闢的結論。

「我可以問妳另一個問題嗎？」泰勒說。

我根本聽不見她在講什麼。她剛剛說的話讓我心有餘悸，我還在努力釐清自己的思緒。那句話肯定只是她的個人推斷，是她從史特蘭在某些時刻跳脫老師身分、顯露自己真正性格時推斷出來的，那樣形容他一點深度也沒有。為了得到別人的同情而苛責自己——這不是每個人不時會做的事情嗎？

「當時妳知道多少關於我的事？」她問我。

她的聲音聽起來依然好遙遠。我回答她：「一無所知。」

「妳完全不知道嗎？」

我眨了眨眼，頓時間她的臉龐變得好清晰，臉上的五官鮮明到刺痛了我的雙眼。「我知道妳這個人的存在，但他說妳……」我差點講出什麼都不是。「他說妳只是一個謠言而已。」

她點點頭。「他一開始也是那樣形容妳的。」她收起下巴、壓低聲音模仿史特蘭的語氣：「那謠言就如同一團烏雲般，如影隨形地糾纏著我。」

我大感震驚，她居然可以將他模仿得如此唯妙唯肖；不只是語氣的抑揚頓挫，她還知道史特蘭會這麼形容我。他被無情大雨緊追不放的畫面一直深植我的腦海中。「所以妳知道我的存在？」

「當然知道。」她說。「每個人都知道妳的事，妳已經可以算是個都市傳說了。大家都謠傳妳跟他有過師生戀，但事情爆發後妳就消失得無影無蹤。沒有人清楚細節，大家都不知道真相為何。這也是為什麼當史特蘭一開始跟我說那件事並不是真的，我才會相信他。現在回想起來實在太令人難堪了，有關妳的那件事當然是真的，他以前肯定做過同樣的事，只是我當時……」她聳聳肩。「我當時真的太年輕無知了。」

她接著告訴我史特蘭最後是如何跟她坦承我的事情。不過他刻意等到她已經「做足準備」，才將實情告訴她。他說我是他這輩子最大的祕密，他深愛著我，然而隨著年紀增長，我已經不像過去跟他那般契合了。

她說：「他在講這件事的時候，看起來似乎是真的傷心欲絕。這件事聽起來很糟，不過他一開始就要求我看《蘿莉塔》。妳當時也讀了那本書，對吧？他形容妳的方式讓我想起書中韓伯特的第一個愛人，就是那個早夭並且造就了他後來戀童癖的那個女生。當時在我的眼裡，一個男人這般受盡愛情的折磨是一件非常浪漫的事。但現在回想起來，我才驚覺這一切根本有違常理。」

我試著拿起咖啡，但我的手不停地顫抖，杯子噹啷一聲又跌回桌上，濺出來的咖啡噴得我滿手都是。泰勒馬上站起來，拿起紙巾一邊擦拭桌面，一邊接續剛剛說的話。她向我解釋她最後是怎麼開始懷疑史特蘭依然在和我偷偷見面——她偷看了他的手機，發現一連串的電話紀錄和簡訊，才終於明白真相。

「當我知道他要去找妳的時候，我都會醋意大發。」她微微彎下腰，用已經濕透的紙巾繼續來回不停地擦拭桌面。她的辮子輕拂過我的手臂。

「妳有跟他發生關係嗎？」我問她。

她低頭、直直地盯著我看。

「我的意思是他有跟妳發生關係嗎？他有沒有強迫妳……或者……？」我搖搖頭。「我不知道應該如何稱呼那件事。」

她將紙巾丟進垃圾桶裡，接著坐了下來。「沒有。」她說。「他沒有跟我發生關係。」

「那其他女生呢？」

她搖頭表示沒有。

我大聲嘆了一口氣，內心感到如釋重負。「那他究竟對妳做了什麼事？」

「他侵犯了我。」

「但是……」我轉頭環視咖啡廳裡的人，彷彿坐在其他桌的人可以給我一點幫助。「那到底是什麼意思？他親了妳嗎？還是……」

「我不想著墨於細節。」泰勒說。「那樣一點幫助也沒有。」

「要對什麼有幫助？」

「最終的目標。」

「什麼目標？」

泰勒將頭歪向一邊、斜眼看著我。過去每當我講話張惶失措時，史特蘭也會用相同的表情看著我。那一瞬間我以為她又再次模仿史特蘭的表情。「追究他的責任。」

「但他已經死了。妳打算怎麼做？拖著他的屍體遊街示眾嗎？」

她瞪大了雙眼。

「很抱歉，我不是那個意思。」

她閉上眼睛，用力吸了一口氣，停頓一會兒，接著吐氣。「沒關係。談論這件事本來就不容易，我們都盡力了。」

她開始跟我說那篇報導能夠揭露這個體系是如何辜負我們的。她說：「他們都知道發生了什麼事，卻沒有半個人出面阻止他。」我想她指的是布羅維克這間學校還有行政高層，但我沒有多問。她講話的速度好快，我得很努力才能跟上。她說那篇報導的另一個目標是要找出其他倖存者，希望她們也能夠站出來。

「妳是指所有人嗎？」

「不。是那些被他侵犯過的人。」

「還有其他人？」

「肯定有。妳想想看，他已經教書長達三十年了。」她的雙手握著已經喝完的咖啡杯，噘起雙唇對我說：「我知道妳不想出現在那篇報導裡。」我張開嘴巴準備要開口，但她卻沒有停下。「妳可以隱藏妳的名字，沒有人會知道那個人就是妳。我知道這聽起來很恐怖，但仔細想想這可以幫助到多少人。凡妮莎，妳所遭遇的事情……」她低下頭、直直地看著我。「凡妮莎，若妳願意講出妳的遭遇，絕對可以矯正人們長期以來的錯誤觀念。」

她接著說：「我知道這麼做聽起來很嚇人，一開始我也很恐懼。」

我搖搖頭。「我做不到。」

「不，不是那樣的。」

她的眼睛來回掃視我的臉龐，等著我向她解釋。

「我並不認為自己被他侵犯了。」我說。「至少我經歷的事跟妳們其他人是不同的。」

她那淡金色的眉毛震驚地向上揚起。「妳不覺得他侵犯了妳？」

霎時間我感到難以呼吸，周遭的聲音被放得好大，原本咖啡廳裡的鮮明色彩瞬間變得黯淡。我繼續向她解釋：「我不認為自己是受害者。我明白自己當時在做什麼，我心裡也有相同的渴望。」

「妳當時才十五歲而已。」

「即便才十五歲，我就已經很清楚了。」

我繼續為自己的行為辯解。從我口中說出來的這些話，根本和當時史特蘭告訴我的內容一模一樣。他和我都潛藏著黑暗的性格、渴望相同的事物；雖然我們的關係並不被這個社會認同，但他從來沒有對我暴力相向。泰勒的臉部表情越驚恐，我便說得越發起勁。當我向她形容我們倆的關係就有如偉大文學作品裡會出現的愛情故事時，她伸出手摀著嘴巴，好似快吐了出來。

我接著說：「如果要我老實說的話，我覺得妳和那個記者正在做的事情真的是糟透了。」

她的五官扭曲成一團，不敢相信她所聽到的話。「妳說真的？」

「那些內容聽起來並不真實，我知道妳講的、有些關於他的事情並不符合真相。」

「妳覺得我在說謊嗎？」

「我覺得妳是企圖詆毀他的人格，千方百計想把他形塑成比他真實樣貌更惡劣的人。」

「妳明明知道他對我做了什麼事，怎麼還能夠說出這麼誇張的話？」

「但我根本不知道他對妳做了什麼，妳並不願意告訴我。」

她閉起雙眼，眼皮不停顫抖。她的兩隻手用力壓在桌子上，似乎努力讓自己冷靜下來。接著她緩緩地開口對我說：「妳知道他有戀童癖。」

「不，他並沒有。」我說。

「妳那時才十五歲，我才十四歲而已。」

「那不算是戀童癖。」她急切地凝視著我。我清了清喉嚨，小心翼翼地說：「正確的用詞應該是戀青少年。」

這句話說出口的那瞬間，我和泰勒好不容易建立起來的情感連結頓時斷裂。她將手舉到空中，好似在表達：我受夠了。她說她要先回去上班，接著便急忙拿起喝完的咖啡杯和手機，始終不願意看我一眼。

我跟著她走出咖啡廳，跨過門檻時我差點跌倒。我突然有股衝動想伸出手求救，我想緊緊抓住她的辮子、不讓她離開。外面的人行道上空無一人，只有一個雙手插在大衣口袋裡的男人；他低頭盯著地上，一邊用口哨吹著相同的曲調，一邊朝我們走過來。泰勒怒不可遏地看著那男人。我以為她會對他厲聲大喊、要他閉嘴，但當那個男人走經我們身旁時，泰勒突然轉過身來用手指著我。

「過去當他在侵犯我的時候，我常常會想起妳。我以為妳是唯一能夠理解我內心掙扎的人，我以為……」她深吸一口氣，然後放下她的手。「又有誰會在意我怎麼想。我錯了，真是錯得離譜。」她準備掉頭離開，但又停下腳步，接著對我說：「在我站出來坦承那件事之後，我還收到了死亡威脅，妳知道這件事嗎？有人把我家的住址公開放在網路上，這些人說要先強暴我，再把我殺了。」

「我知道。」我說。

「妳這麼做很自私。看到我們這些受害者所講的話不被大眾採信，卻拒絕幫助我們；倘若妳願意出面，絕對不會有人對妳遭遇的情況視若無睹。他們肯定會相信妳，這樣他們也會相信我們說的是真的。」

「但我不明白妳這麼做有什麼意義。他都已經死了，不會向妳道歉，也絕對不可能會承認他做錯了任何事。」

「重點並不是他。」泰勒說。「假使妳出面的話，那麼布羅維克就得承認學校對於這件事是知情的，如此一來他們就會被追究責任。我們可以改變學校體系對於這種事情的處理方式。」

她用充滿期待的眼神看著我。但我只是聳起肩膀、沒有作聲，她沮喪地嘆了一口氣。

「妳實在太可悲了。」她說。

她正要轉身離開時我伸出了手，手指輕拂過她的背脊。「告訴我他到底對妳做了什麼。不要只是跟我說他侵犯了妳，我想知道確切發生的事。」

她轉過身，雙眼瞪得好大。

「他有親妳嗎？他有沒有帶妳進他的辦公室？」

「辦公室？」她重複我說的話。看到她一臉困惑的樣子，我如釋重負地閉上雙眼。「為什麼這對妳來說那麼重要？」她問我。

我張開雙唇，許多的「因為」在我的嘴巴呼之欲出——因為不論妳遭遇了什麼事，都不可能真的那麼糟糕；因為承受最大痛苦的人根本是我，而妳居然還敢對我提出這種要求，實在可笑至極。我才是要一輩子承受創傷、和陰影糾纏的那個人。

「他伸手摸了我，這樣可以嗎？」她說。「當時我們在他的教室裡，坐在他的辦公桌後面。」

我吐出一口氣，全身變得癱軟無力，站都站不穩。我想起萬聖節舞會那天，史特蘭站在雲杉木下對我說——妳知道我想對妳做什麼嗎？在那之前他也只有伸手摸我而已——他在辦公桌的掩護下偷偷輕撫了我的腿。

「但他的確在很多層面都侵犯了我。並不是只有肢體接觸才能算是侵犯。」她說。

「那其他女生呢？」我問她。

「他也對她們毛手毛腳。」

「就只有這樣嗎？」

她感到嗤之以鼻。「是啊，我想就只有這樣吧。」

所以他伸手摸了那些女孩。他自始至終的確都是這麼跟我坦承的。從那晚在他家，他用雙手捧著我的臉對我說：我摸了她一下，就只有這樣而已。當時我聽到他那麼說的時候鬆了一口氣，現在的我等待著那同樣如釋重負的心情湧現，卻什麼都沒有，甚至連憤怒和震驚的情緒都感覺不到。這是因為聽到她這麼說並沒有改變任何事，我早就知道了。

「我知道妳覺得你們之間有著特殊的情感，但他一開始也是用相同的方式引誘妳上鉤，對吧？他把妳叫到他的辦公桌旁邊；妳在妳的部落格上是這麼寫的。打從我第一次看到那個部落格之後，我就再也無法忘懷了。閱讀妳的文章就如同看著我自身經歷的一切。」

「妳當時就看過我的部落格了？」

她點頭。「我發現他在電腦上把妳的部落格加入書籤。我之前曾經在上面匿名留言，我不敢用我真實的名字。」

我跟她說我對此完全不知情——我不知道那些匿名留言是她寫的，也不知道她當時就看過我的部落格了。

「好吧，那妳知道些什麼呢？」她問我。「妳當時對我的事真的完全不知情嗎？」剛剛在咖啡廳裡她已經問過我一樣的問題，而我也已經回答她了，但現在這個問題卻有了一層不同的意涵。她想問的是，我是否知道史特蘭對她做的事。

我決定告訴她實話。「我知道。」他向我坦承他的確摸了她，但他說那並不代表什麼，而我沒有跟他爭論。我原諒了他。我當時以為他對那些女生做出更可怕的事，但我依然原諒了他。不過其實他根本沒有犯下那些罪刑，他只不過是伸手摸了她們的腿而已，這跟他對我做過的那些事完全無法相提並論。當時我覺得他那樣的舉動無傷大雅，就連她現在站在我的面前，我也很難想像那究竟能對她造成什麼傷害。他對妳做的事真的有那麼糟嗎？值得妳這麼疲於奔波，只為了揭發他嗎？

「也許他那樣的行為對妳來說微不足道。」泰勒對我說。「但那已經足以毀了我的人生。」

她轉身大步離開，留我一個人站在人行道上。她的辮子隨著步伐在身後左右搖擺。我穿越廣場往公寓方向走，廣場上擺設的大型聖誕樹已經掛上節慶的彩燈，路上隨處可見趁著午餐時間在校外閒晃的高中生；男生戴著連衣帽的帽子、女生穿著牛仔外套，腳上踩著鞋底已經磨損的運動鞋。我忍不住注意到她們手指上那剝落的指甲油，她們紮著乾淨俐落的馬尾，臉上綻放燦爛的笑容——我用力緊閉雙眼，感覺眼前一片昏暗。他依然停留在我的腦海裡，揮之不去，無時無刻都要我透過他的目光來觀察一切。仔細看著坐在長桌邊的那些無名少女；他迫切地想要提醒我，這些女生對他來說微不足道，他完全分不清她們誰是誰。對他來說，這些人根本無關緊要。在他心裡，我才是最重要的那個人。

我愛妳。他說。妳是屬於我的暗黑凡妮莎。

我正在露比的辦公室裡。我問她：「妳覺得我那樣做很自私嗎？」

現在已經很晚了，並不是我們通常看診的時間。我剛剛傳了簡訊給她：我遇到緊急狀況。她以前總跟我說，若我有急事的話可以聯絡她，但我從沒想過有一天會真的有需要。

露比回答：「我認為妳有其他辦法可以協助她們，卻又不會讓妳在大眾面前曝光身分。那些會是更好的方式。」

她坐在她的扶手椅上看著我，耐心地等我回答。窗外的天空灑滿各式各樣漸層的藍色，從天空藍轉向寶藍，一路到黑夜藍。我將頭向後仰，頭髮滑落到臉頰兩側。我對著天花板說：「妳並沒有回答我的問題。」

「不，我不覺得妳那樣做很自私。」

我將頭打直。「妳錯了。長久以來我都知道史特蘭對那個女生做了什麼。十一年前他就跟我坦承自己伸手摸了她。他沒有說謊，沒有試著隱瞞我。是我自己對這件事不以為意。」

露比臉上的表情沒有任何變化；但從她不停顫動的睫毛，我可以看得出剛剛那番話令她感到很震驚。

我接著說：「我也知道其他女生的事。我知道史特蘭一直在對她們上下其手。過去幾年來，他都會在半夜打電話給我，然後我們——我們會聊起以前我還在念高中時、我們所做的事，都是一些和性愛有關的內容。但他也會聊起其他女生，那些在他班上的女學生。他會跟我形容他是如何把這些女生叫到他的辦公桌旁邊，然後跟我分享他對她們做的那些事。但我絲毫沒放在心上。」

露比的臉龐依然沒有露出畏懼的神情。

「我大可以阻止他。」我說。「我知道他沒辦法控制自己內心的慾望。假使我當初沒有繼續糾纏他的話，也許他就能停止他對那些女孩做的事。他並不想那麼做，是我逼他再次重演和我的那段過往。」

「他對妳和那些女孩做出的事，並不是妳的錯。」

「但我知道他一直都很軟弱。妳記得嗎？妳自己也那樣形容過他。妳說的沒錯，我的確知道他生性怯弱，他說他沒辦法跟我繼續在一起，是因為我會引出他內心深處極為黑暗的一面。是我自己不斷地糾纏他、不願放過他。」

「凡妮莎，聽聽妳自己究竟在說什麼。」

「我當初大可以阻止他的。」

「好吧。」她說。「即便妳能夠阻止他，那也不是妳的責任。況且那也不能夠改變妳所遭遇的事。就算妳阻止他對其他女生做出惡行，但他的確侵犯了妳，這是不會改變的。」

「我並沒有被侵犯。」

「凡妮莎——」

「不，妳仔細聽好。不要擺出一副我不明白自己在做什麼的樣子。他從來沒有逼迫我，好嗎？在做每件事之前他都會先確保我親口答應，尤其是當年我還小的時候。他總是那麼小心翼翼、心地善良。他深愛著我。」我不斷重複一樣的話，但這些文字已經失去原有的意涵。他愛過我，他一直深愛著我。

我用雙手捧著頭。我聽見露比要我冷靜下來、深呼吸，但傳進我耳裡的卻是史特蘭的聲音。他要我用力深呼吸，這樣他才能往我的體內推進。就是這樣，他說，這樣很舒服。

「我真是該死的厭倦了這一切。」我低聲說。

露比在我面前蹲下。她將兩手放在我的肩膀上，這是她第一次碰我。「妳對什麼感到很厭倦呢？」她問我。

「我不想要一直聽見他的聲音、看到他的身影。他掌控了我做的每一件事。」

我們沉默了一會兒。等到我的呼吸逐漸平穩後，露比放下原本放在我肩上的手，接著站起身。她輕柔地對我說：「假使妳回想最初——」

「不，我做不到。」我將頭向後仰，用力讓自己的身體緊緊壓在靠枕上。「我沒辦法回到那個時候。」

「妳不需要真的回到那個時候。」露比說。「妳可以安全地待在這個房間裡，只需要在腦海裡回想某一個時刻就好。當妳回憶起你們倆之間第一次親密接觸，妳記得是誰先主動的嗎？是妳還是他？」

她靜靜地等我回答，但我無法將答案說出口。是他。是他把我叫到他的辦公桌旁，趁著全班同學都埋首於報告時伸手摸了我。我一語不發地坐在他旁邊、雙眼凝視著窗外，任由他對我恣意妄為。當時的我不明白他究竟在做什麼；並不是我主動要求他那麼做的。

我吐出一口氣，一臉羞愧的神情。「我說不出口。」

「沒關係，慢慢來就好。」露比對我說。

「我只是覺得……」我用雙手手掌用力壓住大腿。「我不能失去我長久以來一直深信不疑的東西。妳明白那種感覺嗎？」我痛苦萬分地說出這句話，臉上的五官扭曲成一團。「我必須相信我們兩人之間的關係是一則美麗的愛情故事，妳懂嗎？我是真的、真的必須那樣相信。」

「我明白。」她說。

「如果不是那樣的話，那我們之間又算什麼呢？」

我看著她充滿淚水的雙眼。她似乎能對我的經歷感同身受。

「那是我的人生，我一輩子都和他緊緊交織在一起。」

露比起身站到我身旁，我不停地說我真的好難過、好傷心。現在的我只能講出這些簡短的文字，像個孩子一般緊抓著自己的胸口，用手指著那讓我痛到撕心裂肺的地方。

2007

春季學期開學後，我又開始喝酒了，臥房的小茶几上總是堆滿空酒瓶。除了去學校上課之外，其他時間我都待在房間裡，整天吹著電扇、躺在床上用電腦，常常到了深夜還沒睡。我在網路上搜尋少女偶像小甜甜布蘭妮一連串脫序行為的照片——她歷經多次精神錯亂，不僅當眾剃光頭髮，還拿雨傘攻擊狗仔。照片中的她眼神猶如被囚禁的動物，迫切地想逃離枷鎖。當時的八卦網站反覆張貼一樣的脫序照片來攻擊她，並寫下類似「前青少年偶像徹底崩壞」的標題，照片下方可以看到許多人留下各種興災樂禍的留言：

她真是一場大災難！

看到這些偶像走紅後，最後都如此脫序崩壞，真令人傷心。

我打賭她在這個月底前就會了結自己的生命。

每晚我都會把手機放在床邊的窗臺上，一早醒來我做的第一件事就是拿起手機，看有幾通史特蘭的來電。當我跟布莉姬一起在酒吧喝酒時，若是感覺到手機震動，我便會把手機從包包裡拿出來舉到她面前，史特蘭的名字在螢幕上不停閃爍。「我感到很愧疚。」

我告訴布莉姬。「但我現在還沒辦法面對他。」我告訴布莉姬學校在調查史特蘭的事，並且引用他說的話，稱這是一場「獵巫行動」。我特別向她強調史特蘭並沒有真的做出什麼傷天害理的事，但我依然對他感到憤恨不平。我難道沒有權利生氣嗎？「妳當然有權利生氣。」布莉姬回答。

我開始會每天上網去看泰勒．柏契的臉書個人頁面，不停地點開她的每張公開照片來觀察她。她戴著牙套，留著一頭淡金色的細長直髮；看到她那平凡無奇的模樣讓我既厭惡又滿足。只有一張照片讓我的心跳暫時停了一拍：照片中的她身穿一件曲棍球制服，臉上露出燦爛的笑容，蘇格蘭裙底下露出一截曬成古銅色的大腿。她的胸部平坦，胸前的衣服上印著深紅色的布羅維克字樣。泰勒這張照片讓我回想起史特蘭曾經是怎麼形容我那十五歲的身體：他說我的胴體比多數已經成年的女性還要豐腴曼妙。接著我想到湯普森小姐那成年女性的軀體。也許我不該那麼快就將她貼上惡人的標籤。

雖然我需要的學分都已經拿到了，但我依然修了亨利開設的哥德文學專題課。上課時，他如果問了一個問題，但其他學生都不願發表想法、教室陷入一片靜默時，他便會快速環視教室一圈，將眼神落在我身上。「凡妮莎？」他帶著鼓勵的語氣叫我的名字。「有任何想法嗎？」每當課堂上討論的作品出現過分癡迷的女性和生性殘暴的男性時，他總是能仰賴我發表意見。

每堂課結束後，他會想出各種理由，要我跟他回到他的辦公室——他有本書想要借我看、有一個系上的獎項想要提名我，或是他想跟我討論明年會開缺的助理工作。他說我可以一邊準備申請研究所，一邊做這個工作——但當我們獨處時，便會結束原本正經的話題，開始聊天說笑。是真的盡情地開懷大笑！我跟亨利在一起時總會開心地笑，反觀我跟史特蘭卻從未如此。我依然不理會史特蘭的來電，他現在開始每晚打給我，總是在語音信箱留言、哀求我回電。但我一點都不想聽他抱怨自己現在的處境有多麼岌岌可危，我渴望的是跟亨利共處的時間；我喜歡和他坐在辦公室裡聊天，指著他唯一一張掛在牆上的明信片，要他跟我分享背後的故事。他告訴我那是他在德國買的明信片，當時他去那裡參加研討會，但不小心弄丟了行李，只能穿著寬鬆的運動長褲在城裡漫步。我渴望聽到他稱讚我、說我幽默風趣、魅力十足、絕頂聰明，是他所教過的學生中最優秀的；我想聽到他告訴我，他可以看到我身上有絕佳的潛力，未來會有出色的發展。「等妳去念研究所的時候，」他說，「妳絕對會是一個又酷又時髦，還會在咖啡廳辦公的那種教學助理。」這樣的稱讚也許聽起來微不足道，卻足以讓我興奮得喘不過氣。我彷彿可以想像未來的我站在教室前方，跟自己的學生推薦書籍以及講述要寫的報告內容。也許這才是我內心長久以來所渴望的——我想要的並不是這些男老師的關注或肯定，而是成為跟他們一樣的人，站在台前向學生傳授知識。

我會把亨利跟我講的所有事情都記錄在我的部落格裡，包括他的每個神情和笑容。我執迷不悟地想釐清他對我的一言一行究竟代表什麼，因此將每個細節都詳實記錄下來，彷彿這麼做便可以得到答案。我們會在學生中心共進午餐，他會在半夜一點回覆我的電子郵件，還會用機智幽默的話語回應我開的玩笑，並在郵件下方署名「亨利」；但他在回給其他學生的郵件都是署名「H.普勞」。我在我的部落格寫下：也許這沒有任何意義，但我想他一定是在向我暗示什麼。我重複輸入這句話，直到整個螢幕都被一樣的文字占據。亨利告訴我，他在十歲時看到了路易斯．卡羅寫的《無聊的廢話》，他覺得這首詩十分有趣，便把裡面的字句記得滾瓜爛熟。聽到他這麼說，我可以想像他還是個小男孩的模樣，但我卻從來沒辦法透過這樣的視角來看史特蘭。亨利有時就像個大男孩，但他並不會幼稚、不懂事。當我開他玩笑的時候，他會開心地咧嘴笑，臉頰因為害羞而漲得通紅。他還會在電子郵件裡提到《辛普森家庭》裡出現過的笑話。有時他也會跟我聊他念研究所時的當紅流行樂。「妳沒聽過貝兒與賽巴斯汀樂團？」他十分震驚地問我。他特地燒錄了一張CD給我，當我在歌詞的字裡行間搜尋他要給我的線索時，我開始可以感受到，我在他心裡的模樣漸漸浮現出來。

然而，他從來沒有碰過我。就連握手這樣簡單的肢體接觸都從未發生過。我們有的只是不間斷地眼神接觸——在他的辦公室裡還有課堂上。只要我在上課時發表想法，他的表情就會瞬間變得非常溫柔，對於我講的任何內容都讚不絕口。情況已經明顯到讓其他學生惱怒，他們會彼此交換眼神，像是在說：又來了。一切是那麼似曾相識，這件事的走向令我記憶猶新。當我們獨處時，我得努力克制自己，才不會衝動地朝他狂奔、用力撲到他身上。我試著說服自己，一切都只是我的憑空想像，所有老師對於表現優異的學生都會給予特別關注，我根本不須為此失魂。是我自己墮落腐敗；我的道德良知已被史特蘭扭曲到脫離常軌，因此才會把亨利對我的偏愛誤解成性暗示。但我又不禁納悶——他為什麼會特地燒錄一張CD給我？還在每次下課後把我叫去他的辦公室？這樣一點都不符合常理，連我的身體都可以察覺到。即便有時我會感到困惑、失去理智，但我的身體十分清楚那是什麼感覺。有時我會覺得他是在等我主動靠近，然而現在的我已經不像十五歲那樣無所畏懼，我害怕被拒絕；況且，他也沒有給我足夠的暗示，不像史特蘭當初那樣輕摸我的膝蓋，還拿起落葉靠近我的髮絲。我對他做過最大膽的舉動，便是在絲綢細肩帶上衣底下不穿內衣；但當他盯著我看的時候，又會有一股厭惡感在我心裡油然而生——那我想要的到底是什麼呢？我不知道，我真的不知道。

有時在深夜裡，當我已經醉到無法克制自己的時候，我會打開筆電並搜尋布羅維克，接著找出教職員的簡介。潘妮洛普．馬丁尼茲於二〇〇四年在德州大學取得學士學位；這代表她今年二十四歲。當年湯普森小姐在跟史特蘭曖昧的時候也是這個年紀。為什麼當時沒有人覺得一個二十四歲的女孩和四十二歲的男人交往是不對的？我會用「女孩」這個詞來稱呼她，是因為她當時真的像是一位女孩——她常常用彈性束髮帶綁頭髮，還會穿連帽的寬鬆運動衫。潘妮洛普看起來也像是個年輕女孩——她有一頭烏黑亮麗的秀髮、小巧的鼻子，以及削瘦的肩膀。她全身散發出青春動人的光彩，完全是史特蘭偏好的類型。我在腦海中想像史特蘭跟她並肩走在校園裡，他將雙手交叉放在身後和她談天說笑。我好奇假使史特蘭伸手摸了她，她會有什麼反應。當亨利第一次和她有身體接觸的時候，她又做了什麼呢？我不知道亨利和她是什麼時候開始交往的，但無論是何時，亨利的年紀少說都比潘妮洛普大了一輪。我在腦海中想像他那寬闊又笨拙的雙手，還有從嘴巴吐出的熱氣。

一天下午，我和亨利在他的辦公室裡聊天，這時他的電話突然響了。他一接起電話我就知道是潘妮洛普打來的。他將身子轉向另一側，對於她的問題都回答得很簡短，語氣顯得有些緊張。我覺得自己似乎打擾了他，於是起身準備離開，但他馬上舉起手，用嘴型對我默示道：等一下。

「我得掛電話了。」他惱火地說。「有學生在我旁邊。」他沒有說再見就將電話掛斷，我內心像是獲得勝利般興奮不已。

他從來沒有對我坦承那個人不僅只是一個「朋友」，而是他的妻子；他根本從未向我提過她——他為何要向我提起他的妻子呢？但他又為什麼不跟我說呢？從亨利身上完全看不到任何潘妮洛普的影子；他的手上沒戴婚戒、辦公室裡也沒有任何一張她的照片。也許她對他很惡毒，也許她是一個極為枯燥乏味的人，又或許他的婚姻生活並不快樂。也許打從亨利見到我的那一刻開始，他的內心便時不時會浮現這樣的念頭：我不該那麼早結婚的。我逼自己站在他妻子的立場來看待這件事，因為這麼做似乎才符合道德常規，然而對我來說，她卻只是站在邊緣遊走的一團模糊身影。潘妮洛普。我好奇亨利是否會這樣稱呼她，或者他是用暱稱來叫她。我又再次到布羅維克的網站搜尋她的教職員照，並在腦海裡想像當我跟亨利對話的同時，她也正在和史特蘭說話。史特蘭依然不停地打電話給我；他說他很需要我，還說我這樣對他不理不睬是一件很殘忍的事，根本沒有必要這麼做。也許正是因為我最近一直無視他、讓他感到很孤單，他才會開始和那位年輕美麗的諮商師調情。我打賭她一定是個平易近人的女生，比我還要好相處。我想像她肯定是個完美的聆聽者，總是很有耐心地帶著笑容聽史特蘭抱怨嘮叨。他絕對很喜歡那樣。我不斷在腦海中想像這些畫面，幾乎忘記這一切並不是真的：史特蘭將潘妮洛普逗笑的同時，我也讓亨利開懷大笑；深夜裡，亨利坐在客廳寫電子郵件給我，而潘妮洛普也同時在臥房裡寫信給史特蘭。

但無論我怎麼想像，終究得面對一個殘酷的現實：亨利肯定知道我願意跟他有進一步接觸，但他卻從未採取行動。這個小細節的重要性超越了一切，讓我所有的想像幻化為泡影。

2007年2月13日

距離我上次跟S.講話已經過了六週，當時他告訴我很多人都想要毀掉他的名聲，還說其中一人也許會試著連絡我。我向他保證我永遠不會背叛他，絕對會對他不離不棄。（難道我還有其他選擇嗎？把他交給警方？我難以想像這麼做的結果。）但自從那晚在他家，他跟我講了那件事之後，我再也無法忍受了。他留了一堆語音訊息給我，說他想帶我去吃晚餐、想知道我過得如何，還說他很想見到我、渴望我。他留下的每一則訊息我都會打開來聽，但只聽了前面短短幾秒鐘，我就會把手機丟到一旁。這麼多年來，這是我首度覺得換成他在努力追求我。不過這一點也不讓人感到意外，畢竟他才向我坦承自己做出的壞事。

我沒辦法用文字表達他所做的事情，即便我明白，閃爍其詞反而會讓他的行為看起來更加駭人。他又不是犯下了殺人罪，他根本沒有傷害任何人。儘管是否受到「傷害」是取決於個人的主觀判斷。想想我們無意間加諸於別人身上的苦痛，像是假使有人看到手臂上停著一隻蚊子的話，絕對會毫不猶豫、啪地一聲將牠打死。

下課後，亨利說他要問我一件事。他說：「我本來打算透過電子郵件問妳的，但仔細想想還是當面問妳比較好。」

我們一進到他的辦公室，他便關上門。我看著他用手搓了搓臉頰，接著深吸一口氣。

「這讓我覺得好尷尬。」他說。

「我應該要感到緊張嗎？」我問他。

「不。」他很快地說。「其實我也不知道。只是我聽到一些謠言，是有關於妳之前念的那所高中，傳聞有一位英文老師和學生過從甚密。我是從別人那邊聽到的，所以不知道是不是真的，但我想……老實說，我不知道該怎麼想。」

我用力地吞了吞口水。「是你朋友跟你說的嗎？在那間學校工作的朋友？」

他點點頭。「沒錯，是她告訴我的。」

我刻意保持沉默，等待他是否會跟我坦誠那位朋友的真實身分。

「我想我也得負些責任。」他說。「畢竟妳之前曾經跟我說過這件事。」

「但那跟你無關。」他聽到後訝異地看著我。我補充道：「我這麼說沒有惡意。你不需要擔心這件事，這並不是你的問題。」

我試著擠出笑容，但卻哽咽地說不出話，覺得自己像是窒息般喘不過氣。我想像泰勒·柏契在沙發上哭泣，她對充滿同情心的諮商師潘妮洛普坦承一切——史特蘭先生摸了我的身體，他為什麼要那麼做？他又為什麼不再摸我了呢？——但我的思緒卻越飄越遠，最後回到史特蘭的辦公室裡。我彷彿可以聽見暖氣發出的嘶嘶聲，還看見他辦公室窗戶上的那片海棠玻璃。

「聽著。」我說。「布羅維克是一所私立學校，類似的謠言屢見不鮮。假使你的朋友才剛剛到那裡工作沒多久，她可能還分不清楚什麼事該嚴肅看待，而什麼事可以直接忽略。她慢慢會知道的。」

「但我聽起來覺得那件事很嚴重。」亨利說。

「但你說你是從別人那邊聽來的。我知道實際情況，好嗎？他有跟我說了。他告訴我他只有摸了她的腿，就這樣而已。」

「噢！」亨利一臉訝異的表情。「我不知道——我是說，我並不曉得——妳還有繼續跟他聯絡嗎？」

我明白我犯下的失誤，頓時覺得口乾舌燥。一個值得同情的受害者是不會繼續跟強暴她的人保持聯繫的。假使亨利發現我和史特蘭仍有聯絡，他肯定會開始懷疑我之前說過的話。「這件事很複雜。」我說。

「當然，肯定是如此。」

「他並沒有真的強暴我。」

「妳不需要向我解釋。」他說。

我們之間一陣靜默，他一直凝視著我，我則低頭盯著地板。

「你真的不需要擔心，那女生遭遇的事和我全然不同。」

他說他明白了，還說他相信我。自此之後我們便不再談論這件事。

三月的第一週，我在信箱裡看到一個署名給我的牛皮信封袋，我認出那短小緊實的字跡是史特蘭的。信封袋裡有一封信，總共三頁，另外還有一疊裝訂成冊的文件：一份聲明的影本——那是我們的關係被揭發那天，他和我兩人親筆簽名的聲明，上面標註的日期是二〇〇一年五月三日；好幾份他和蓋爾斯太太還有我爸媽會談的手寫紀錄；一首我想不起來自己曾經寫過的詩，內容是關於一隻美人魚以及遭遇船難、被困在孤島上的水手們；一份休學申請表的影本，下方還有我的簽名；一封署名給蓋爾斯太太的信，裡面寫到有關我和史特蘭不倫戀的傳聞。一開始我認不出上面的字跡，直到看到下方的名字我才恍然大悟——派翠克．墨菲，那是珍妮的爸爸，就是因為這封信，一切才會急轉直下，變得一發不可收拾。

我將所有文件一一攤開放在床上。在那封署名給我的信當中，史特蘭寫道：

凡妮莎：

我過得很慘。我不知道該如何解讀妳對我的沉默，妳是否想透過這樣的靜默來向我傳達什麼訊息，還是妳在生我的氣，又或者妳是在懲罰我？妳應該要知道我已經十分苛責自己了。

那起性騷擾風波依然尚未平息，但我有信心這件事很快就會解決。不過在事情好轉之前，我可能得再經歷更多的磨難。還是可能會有人試圖跟妳取得聯繫，他們的目的是要利用妳來對付我。我希望我依然能夠仰賴妳的支持。

也許我用文字把這些事寫下來十分愚蠢，畢竟我的人生全然掌控在妳的手裡。妳將自己偽裝成一位平凡的大學生，每天繼續過日子，然而內心卻明白，只要一通電話，妳就能讓一個男人的一生毀於旦夕。我好奇那究竟是什麼樣的感受。但我依然相信妳，否則我就不會將這封會讓自己受牽連的信寄給妳了。

看看我放在信封袋裡的文件，那些都是六年前那場風波遺留下的殘骸。當時妳是多麼地勇往直前、無所畏懼，一點都不像懵懂的女孩，反而像是一位名副其實的戰士。妳是我心目中的聖女貞德。儘管炙熱的火焰已經燒痛妳的雙腳，妳依然拒絕屈服。妳心中依然保有當時那股奮不顧身的勇氣嗎？仔細看看這些文件，每一份都足以證明妳當時對我深刻的愛。妳還記得當時的自己嗎？

我將這封信一字一句抄寫下來、放到我的部落格上，我沒有說明事情的原委，也沒有多做解釋，只有在文章的最下方用不同字體寫下：你能想像在信箱裡看到這封信，會是什麼樣的感受嗎？這個問題並沒有指定要給誰，但也許我希望讓所有人看到。鮮少會有人在我張貼的文章下留言，我的部落格也沒有固定的讀者，但隔天早上醒來時，我看到那篇文章的下方出現了一個匿名留言，留言的時間是凌晨兩點二十一分：將他從妳的生活中徹底切除，凡妮莎。妳不該受到這樣的對待。

我將那篇文章刪除，但越來越多留言開始在我的部落格上出現。留言的時間總是在半夜，好似在等著我隔天一早醒來看到。某次我張貼了一首我創作的詩，隔天在留言處看到逐行的評論；我的自拍照下方也出現了留言：真漂亮。我回覆留言問道：你是誰？但從未得到回覆。自此之後，那些留言就再也沒出現了。

布莉姬站在我的臥房門口問我：「妳要一起去嗎？」

今天是春季園遊會的第一天，這週所有學生都會在白天盡情喝酒然後蹺課。下午在碼頭邊有一場派對。

我抬起頭。「嘿，妳看這個。」我把筆電轉向布莉姬，螢幕上是一張泰勒·柏契最新上傳的照片：那是一張近距離自拍，照片中她的嘴角往下垂、眼睛四周塗滿了黑色眼線。我看到布莉姬沒有反應，便接著說：「她就是那個出面指控他的女生。」

「所以呢？」

「真是太可笑了。」我笑出聲來。「看看她的表情！我想留言跟她說要開心一點。」

布莉姬用一個意味深長的眼神看著我，雙唇緊閉。最後終於開口對我說：「凡妮莎，她只是個孩子而已。」

我將電腦轉回來，關掉她的臉書頁面。我感覺到我的臉頰在發燙。

「妳真的不應該那麼頻繁地查看她的臉書，這麼做只會讓自己不開心而已。」她對我說。

我用力闔上電腦。

「而且妳剛剛那樣嘲笑她真的有點過分。」

「是喔，我知道了。多謝說明。」

她看著我走下床。我怒氣沖沖地在房間裡走來走去，翻找地上成堆的衣服。「那妳要一起去嗎？」她問。

現在戶外的溫度只有十八度，但以緬因州的四月來說，這個溫度已經可以算是夏天了。碼頭上堆了許多箱藍帶啤酒，燒烤架上的熱狗在滋滋作響。穿著比基尼的女孩們在太陽下曬著日光浴，三個穿著衝浪褲的男生爬過岩岸、在冰冷的海水裡蹚水而行。布莉姬看到一個擺滿果凍酒的碟子，我們一口氣喝了三杯，喝完後用力地吸吮齒間殘留的烈酒。有人問我畢業後有什麼打算，我告訴他們：「我會準備申請研究所，同時擔任亨利．普勞的助理。」說出這樣的答覆讓我感到十分滿足。一聽到我講出亨利．普勞的名字，有個女生馬上回頭輕拍了我的肩膀——那是艾美．杜希特，跟我一起修總整文學專題課的女生。

「妳講的是亨利．普勞嗎？」我看得出來她已經喝醉了，眼神很迷茫。「喔，天啊，他真的很性感。當然不是指他的外表，我是說他很聰明。我想把他的頭用力敲開，然後大口吸吮他的腦袋，妳懂嗎？」她笑了一下，然後拍拍我的手臂。「凡妮莎懂的。」

我問她：「那是什麼意思？」但她已經轉身離開了。旁邊有人正把一個巨大多汁的西瓜敲開，吸引了她的注意力，那動作就如同她剛剛形容想敲開亨利．普勞的頭顱一樣。「這西瓜已經吸了滿滿兩瓶伏特加。」有人說道。現場沒有人有水果刀和盤子，所以大家都直接用手一把抓起西瓜來吃，吸滿伏特加的西瓜汁滴得碼頭到處都是。

我大口喝著一瓶常溫啤酒，低頭看著木棧地板縫隙間的浪花。布莉姫走到我旁邊，兩手各拿了一支熱狗，她將其中一支遞給我。我搖搖頭，跟她說我要先離開了，她聽到後失落地垂下肩膀。「為什麼妳就不能好好享樂一次？」她講完之後看到我臉上受傷的神情，馬上明白這句話說得太過頭了。我轉身離開，她在我身後大喊：「我開玩笑的！凡妮莎，不要生氣嘛！」

一開始我朝著家裡的方向走，但當我想到整個下午又要醉醺醺地躺在床上，我馬上轉了個彎，朝向亨利辦公室所在的那棟大樓走去。我知道週一下午他都會待在學校裡，我已經把他所有行程都牢牢烙印在腦海裡：他何時會在學校、什麼時候有課、什麼時間會待在辦公室裡。通常在辦公室時，他都是獨自一人。

他辦公室的門微開，裡面沒有人，桌上放著一疊報告，筆電螢幕是開著的。我幻想自己重重一聲坐到他的椅子上，接著打開他的抽屜，仔細檢查裡面放了什麼。

他回到辦公室時看到我站在他的桌子旁邊。「凡妮莎。」

我轉過身，他的雙手捧著厚厚一疊筆記本，那是英文寫作課學生繳交的作業。他最討厭改的作業就是這個了。我對他真的無所不知，一個學生對老師那麼瞭解似乎並不符合常理。

他把那疊作業放到辦公桌上。我在另一張椅子上坐下，雙手捧著頭。

「妳發生了什麼事嗎？」他問我。

「沒事，我只是喝醉了。」我將頭向後仰，看到他臉上露出了開心的笑容。

「妳喝醉之後的第一個反應是跑來找我？我真是受寵若驚。」

我用手掌壓著眼睛，發出一聲痛苦的呻吟。「你不該對我那麼好的。我這樣的行為很不恰當。」

我看到他臉上閃過受傷的表情。我剛剛不該那樣說的，我比任何人都還要清楚，明確點出我們之間的曖昧會毀了這一切。

我將手伸進口袋裡拿出手機，接著將手機舉到他的眼前，一邊滑動螢幕給他看史特蘭的未接來電、一邊說：「你看見了嗎？他打了這麼多通電話給我。他根本不願意放過我，我真的快要瘋了。」

我沒有向亨利解釋我說的「他」指的是誰，我根本不需要那麼做。我相信每當亨利看著我的時候，他的腦海裡肯定總是想到史特蘭。我好奇他們是否見過彼此，我曾經幻想他們兩人握手，那一瞬間，我在史特蘭身上殘留下的痕跡便會轉移到亨利手上——這便成了我唯一能夠跟亨利有身體接觸的方式。

亨利盯著我的手機看，接著對我說：「他這麼做是在騷擾妳，妳可以封鎖他的電話號碼嗎？」

我搖搖頭，儘管我並不知道這是否可行。也許我真的可以封鎖他的號碼，但我內心卻渴望看到他持續打電話給我；這就有如他對著我的頸後吹氣，讓我感到一股莫名的興奮刺激。然而我也明白，我得讓亨利看到我做出正確的行為來保護自己，否則他便不會像現在這般同情我的處境。

「這怎麼能算是騷擾？」我說。「幾個禮拜前他才寄了一疊文件給我，裡面都是當初我被布羅維克退學的時候——」

「什麼？」亨利震驚地倒抽一口氣。「我不知道妳當初是被學校退學的。」

我這樣算是說謊嗎？嚴格來說我是自己休學的——他寄給我的那個信封袋裡甚至還有我的休學申請書影本——但說我是被學校退學似乎才符合當時的實際情況。儘管我的確做錯了事，但要離開學校並不是我自己的決定。

我開始向亨利娓娓道來我跟史特蘭之間發生的一切：我告訴他因為我不希望史特蘭去坐牢，所以我扛下所有責任；我還跟他說我和校長還有史特蘭之間的那些面談，以及史特蘭說服我站在教室前方、對著台下所有人說我是個騙子，那就像一場記者會，我無助地回答所有人犀利苛刻的提問。亨利聽著我訴說的同時，他的嘴巴震驚地張開，臉龐顯露出對我無盡的同情。他越是對我的遭遇感到惋惜與不捨，我便越想要向他傾吐一切。一股義憤填膺的感覺突然在我心裡湧現，彷彿這一刻我才深刻體會到，過去我所經歷的遭遇是多麼令人髮指，如此殘酷的災禍讓我的人生從此天崩地裂。而現在，我意識到我從這場災難中倖存下來，強烈地渴望要訴說一切。倘若我想將我遭遇的事向別人傾吐，難道我沒有資格這麼做嗎？即便我操弄了事實並刻意模糊焦點，難道我不值得看到當別人聽到史特蘭對我做的事情後，臉上展現出對我的憐憫嗎？

「為什麼他要那麼做？」亨利問我。「是不是最近發生了什麼事，所以他才會寄那些東西給妳？」

「因為這陣子的那場風波，所以我一直刻意不理他。」我說。

「妳是說有人出面控訴他的那件事嗎？」

我點點頭。「他擔心我會出面揭露他之前做的事。」

「妳有想過那麼做嗎？」亨利問我。

我沒有說話，這表明了我不願意那麼做。我不停轉動手裡的手機，接著對他說：「你一定覺得我是個很糟糕的人。」

「我沒有那樣覺得。」

「我跟他之間的關係真的很複雜。」

「妳不需要向我解釋。」

「但我不希望你覺得我是一個很自私的人。」

「我一點都不覺得妳是個自私的人。在我的眼裡妳很堅強，知道嗎？妳是如此無所畏懼、堅強無比。」

亨利說史特蘭完全是活在自己的幻想世界裡。他說他企圖掌控我，依然把我當作從前那個十五歲的小女孩，還說他過去對我做的事以及現在持續的騷擾行為實在令人厭惡至極。當亨利說這些話的時候，我的腦海浮現一片純白的天空，底下是一望無際的焦土，隔著一層煙霧似乎可以看到一個男人的剪影。史特蘭的手指在我蒼白的肌膚上游移，微小的塵埃懸浮在被冬日微光照映的空氣中。

「不論他做出多麼糟糕的事，」我說，「我永遠都不可能背叛他。」

亨利的表情變得好溫柔，但同時也顯露出一股憂傷的氣息。我心想若我朝他的方向靠過去，他會同意讓我對他做任何事，他不會拒絕我。我們坐得很近，他的膝蓋朝向我，彷彿在等待我主動跨出第一步。我想像他向我張開雙臂並將我擁入懷中，我的嘴唇離他的脖子僅隔著幾公分的距離；當我親吻他的那一刻，可以感覺到他全身在微微顫抖。他會允許我這麼做，任我對他予取予求。

但我始終沒有移動身體。他嘆了一口氣。

「凡妮莎，我很擔心妳。」他說。

放春假前的週五，布莉姬帶回一隻裹著布的小貓咪。那是一隻有著綠色眼珠的玳瑁貓，牠的尾巴彎彎的，腹部滿是跳蚤。「我在樓下那家貝果店的垃圾桶旁邊的巷子裡找到牠。」布莉姬說。

我用手指逗弄著小貓咪的鼻子，讓牠輕咬我的大拇指。「牠全身都是魚腥味。」

「牠當時正低頭吃著一罐鮭魚罐頭。」

我們幫牠洗了澡，將牠取名為米努。傍晚時，我們開車去艾斯沃的賣場買了一個貓沙盆和一些貓食。我們不敢把牠獨自留在家，所以決定把牠放進一個托特包裡。布莉姬把那個包包側揹在一邊的肩上，就這樣帶著牠一起進去賣場。開車回家的路上，我把米努放在我的大腿上，牠不斷發出喵喵叫的聲音，這時我的手機開始響個不停——是史特蘭打來的。

我按下「略過」鍵。到了第四通的時候，布莉姬笑了出來。「妳真的好壞心。」她說。「我都開始同情他了。」

這時手機震動了一下，提醒我有一封語音信箱的留言。布莉姬諷刺地裝出震驚的模樣，猛地倒抽一口氣。此時的我們都因為這隻意外到來的小貓咪而開心得飄飄然，好似對所有話題都百無禁忌；我們彷彿可以肆無忌憚地開彼此的玩笑，不用擔心對方會因而生氣。

「妳不聽一下留言嗎？他有可能遇到了緊急狀況。」布莉姬說。

「絕對不可能，相信我。」

「妳又不能確定！妳應該要聽聽看。」

為了向布莉姬證明我說的沒有錯，我把史特蘭的語音留言用擴音放了出來。原本我以為會聽到他用低沉沙啞的聲音哀求我回電給他，一直沒聽到我的回應讓他感到沮喪不已——我究竟有沒有收到他寄的那封包裹呢？然而，從電話另一端傳來的卻是含糊不清的聲音，強勁的風聲及雜音和他講話的聲音交雜在一起。我聽到他十分憤怒地說：「凡妮莎，我正要去妳的公寓找妳，快接起妳那該死的電話。」接著喀答一聲，留言結束了。

布莉姬小心翼翼地說：「情況聽起來很緊急。」

我撥了電話給他，才響不到一聲他就接起來了。「妳在家嗎？我再過半小時就會到妳那邊了。」

「對。」我回答。「喔，不對，我正在外面。我們發現了一隻小貓咪，所以去幫牠買貓砂盆。」

「什麼？」

我搖搖頭。「沒事，當我沒說。你為什麼要過來找我？」

他像是咆哮似地大聲笑了出來。「我想妳明白原因。」

布莉姬一邊盯著眼前的路，一邊不停地轉頭看我。透過儀表板上的燈光，我看到她用嘴型對我說：一切還好嗎？

「我不明白。」我說。「我不知道發生了什麼事，但你不能就這樣說來就來——」

「他已經告訴妳發生什麼事了嗎？」

我直視著前面的擋風玻璃，車頭大燈在漆黑的高速公路上形成一條光道。史特蘭帶著唾棄的語氣厲聲說出「他」這個字的時候，我感到一股興奮的刺激感，彷彿有人在我的頸背吹氣一般。

「誰？」

史特蘭又發出一陣笑聲，我似乎可以看見他那眼神冷酷、咬牙切齒的憤怒模樣。他從來沒有對我那麼勃然大怒過，我感覺原本腳下柔軟的泥土彷彿漸漸崩解；我隨時都有可能向下墜落。

「別跟我裝傻。」他說。「我再過十分鐘就到了。」

我正打算點出幾分鐘前他才說還要半小時，但他已經把電話掛斷了，手機螢幕上閃爍著通話結束。坐在旁邊的布莉姬問我：「妳還好嗎？」

「他等下要到公寓來。」

「為什麼？」

「我不知道。」

「發生了什麼事嗎？」

「我不知道，布莉姬。」我怒氣沖沖地說。「我相信妳剛剛有聽到那該死的整段對話，他並不是很願意跟我透露細節。」

接下來的一路上我們都沒有再開口說話，剛剛車內的歡樂氣氛像是瞬間蒸發。趴在我大腿上的米努發出了幾聲喵叫聲，想必只有極端殘忍的人，才可能會被那麼惹人憐惜的聲音激怒——但我就是如此殘酷的人，因為現在我腦海裡唯一的念頭，就是用雙手緊緊捂住牠的臉，然後放聲尖叫；對牠、對布莉姬，還有對所有人瘋狂吶喊。我希望他們全都閉上嘴巴，安靜下來讓我思考。

布莉姬說她晚上會出去，這樣我就可以和史特蘭在公寓裡獨處，好好談談，但我知道她其實只是想要遠離這一切。不論是我自己、我那怪異的年長男友，還是籠罩在我身上那總是擔憂焦慮的氛圍。我聽到她對前幾週帶回家過夜的男生說：喔，凡妮莎常常一副緊張不安的樣子，她總是喜歡把事情搞得很戲劇化。

布莉姬離開後，我一個人坐在沙發上，米努躺在我的腿上休息。我把筆電打開放在茶几上，每隔幾分鐘我就會將身體往前傾，刷新電子郵件的頁面，彷彿這麼做我便會看到能夠幫助我釐清一切的郵件出現在信箱裡。我聽到樓下的公寓大門打開的聲音，接著是沉重、帶著怒氣的步伐聲，大踏步走上樓，我趕緊把米努從腿上移開，然後抓起我的手機。他猛力地拍打著門，米努嚇得躲在沙發後面不敢出來，我的姆指敲打著手機鍵盤——撥打一一九的念頭就跟我剛剛期待會收到亨利寄來的信件一樣不切實際。報警並不真的能解決任何事。打電話求救代表我得回答接線員問的、那些根本無法回答的問題，要求我說明連我自己都沒辦法解釋的情況：在敲打妳家大門的那個男人是誰？妳是怎麼認識他的？妳和他是什麼關係？我需要妳告訴我完整的來龍去脈，女士。我只有兩個選擇：痛苦地向一個抱持懷疑態度的外人解釋過去七年發生的複雜情況，將我的命運交給一個也許根本不相信我的人；或者將門打開，暗自期許情況不會演變得太惡劣。

我開門讓他進來的時候，他上氣不接下氣地彎腰站在門邊，雙手放在大腿上氣喘吁吁。我擔心他會突然倒地不起，所以朝他的方向靠進了一步。他卻舉起一隻手。

「不要靠近我。」他說。

他站直身體，將外套丟在圓形懶人椅上，用眼神環視了客廳一圈，看到散落在浴室門口的幾條髒毛巾還有茶几上那碗已經乾掉、結塊的奶油通心粉。接著他走進廚房，然後打開櫥櫃。

「妳沒有乾淨的玻璃杯嗎？」他問我。「連一個都沒有？」

我指著流理臺上擺著的一碟免洗塑膠杯，他看到後狠狠地瞪了我一眼——*真是懶惰又浪費*——

他拿起一個塑膠杯，打開水龍頭在裡面裝滿了水。我看著他喝水的同時也在內心默數，繃緊神經等著他將怒氣宣洩在我身上，但當他把杯子裡的水喝光之後，他卻只是靠著流理臺站著，一副洩了氣的模樣。

「妳真的不知道我為什麼要來找妳嗎？」他問我。

我搖搖頭，他盯著我看。我上次見到他已經是聖誕節的時候了，當時他向我坦承有關泰勒．柏契的事。才不過幾個月，他的臉龐似乎變得有些不同。我仔細地看了幾秒鐘後才發現是哪裡不一樣了：他的眼鏡。他原先戴的是一副有框眼鏡，現在這副眼鏡的鏡框細得幾乎看不見。他做了這麼重要的改變卻沒有讓我知道，一想到這件事，我的心彷彿被針狠狠扎了一下。

「我剛剛在參加一個布羅維克的教職員活動，我是直接從那邊過來妳這的，應該說那是一場募款餐會才對。該死，我根本不知道那算什麼活動，我本來沒有打算要去參加。妳知道我有多厭惡這種場合。但倘若我繼續關在家裡的話，我可能會殺了自己。」他嘆了一口氣，接著揉揉雙眼。「我已經受夠被大家這樣厭惡排斥了。」

「發生了什麼事？」

他垂下他的手。「當時我跟其他同事坐在一起，同桌的還有潘妮洛普。」這時他朝我瞄了一眼，想看我的表情是否會起什麼變化。他注意到我深吸了一口氣。「看吧，妳分明知道我要講什麼。別跟我裝傻，不要……」他砰地一聲用力拍了流理臺，然後朝我衝過來，伸出雙手好似要抓住我的肩膀，但他突然停下腳步，雙手握緊拳頭。

我注意到廚房的窗簾是敞開的，這時有股想要保護我們兩人的衝動在我內心湧現，霎時間完全占據了我的腦海——任何從外面經過的人只要抬起頭都可以清楚看到房子裡面的我們。我移動腳步準備去將窗簾拉上，這時史特蘭抓住我的手。

「妳告訴了她的先生。」他說。「妳的那個教授。妳跟他說我強暴了妳。」

他放開我的那瞬間用力地推了我一下，雖然沒有很大力，但我還是往後踉蹌了幾步，撞到原本應該要放在水槽下方的垃圾桶。天知道它已經被放在廚房中央多久了。我跌坐在地上，瓦斯爐上面的排油煙機被震得嘎吱作響，遇到風很大的日子它也會發出類似的聲音。我奮力從地上爬起來，史特蘭沒有過來幫我，只是開口問有沒有弄傷我。

我搖搖頭。「我沒事。」但我覺得尾椎的地方似乎瘀青了。我再度朝窗外望去，幻想著一片漆黑的外頭有觀眾正全神貫注地看著我們。「為什麼她會跟你提到我？我是指他的妻子，潘妮洛普。」

「她根本沒提到妳。是他的先生，他對我怒目而視了一個半小時，然後跟著我走到洗手間。」這時我累積已久的情緒到達了臨界點，內心彷彿被重重撞擊。「亨利也在那裡？你見過他了？」

史特蘭突然停了下來，聽到我說出另一個男人的名字令他感到措手不及。我唸出亨利名字那呼氣的模樣有如做愛結束後的輕喘聲。一瞬間，他臉上原本憤怒的表情似乎動搖了。

「他說了什麼？」我急著問他。

這時他的臉龐又被原先的憤怒占據，他的眉頭緊皺，眼神散發出猛烈的怒氣。「不對。」他斷然地說。「在問問題的人是我。是妳要告訴我妳為什麼要這麼做，為什麼妳覺得妳非得跟一個妻子與我共事的男人說我強暴了妳。」他講到「強暴」這個詞的時候，聲音哽咽了一下，彷彿這兩個字令他厭惡到想作嘔。「告訴我妳為什麼要這麼做。」

「我當時是想跟他解釋我為什麼會離開布羅維克。我也不知道，我就這樣說出來了。」

「妳為什麼會需要跟他解釋那件事？」

「他跟我說他以前曾經在一間私校教過書，我說我之前也念過私校，然後他告訴我他有個朋友在布羅維克工作。一切是自然而然發生的，好嗎？我並不是刻意要跟他提的。」

「所以當有人跟妳提到布羅維克的時候，妳的直覺反應就是開始胡言亂語，說妳被強暴過？我的天啊，凡妮莎。妳是怎麼一回事？」

他繼續對我咆哮怒罵，我將身體蜷縮起來——難道我不瞭解那樣的指控會對他造成多大傷害嗎？我這麼做是誹謗、是觸法的行為，這樣惡意的控訴足以毀掉任何男人的一生，更不用說像他這樣已經命懸一線的人了。倘若心懷惡意的人聽到這樣的謠言，他的人生就毀了，他肯定會被關進監獄，在牢中度過下半輩子。

「但妳明明就清楚這麼做的後果，這才是讓我沒辦法理解的地方。妳清楚知道這樣的指控會把我害得多慘，但妳卻……」他雙手一攤。「我實在不能明白，妳怎麼可以如此殘忍地編織出這樣的瞞天大謊。」

我試著為自己辯護，但他說的一切似乎都沒有錯。即便一開始那兩個字是我不小心說出口的，但我始終沒有試著修正，只是繼續一步一步地編織謊言，甚至還把史特蘭打給我的多通未接來電拿給亨利看，聽他說史特蘭是「活在自己的幻想世界裡」，還有他對我做的事「令人髮指」。這一切都是因為我想要被亨利視為一個遍體鱗傷而且需要他關懷的脆弱女生。但這時我不禁想到史特蘭之前寫下的、那些用來掩蓋自己行為的紀錄。當時的我還不知情，從未懷疑過他，總是跟著他的指令行事，但他對於把我栽贓成一個情緒不穩而且暗戀他的女生，似乎沒有感到絲毫愧疚，而他明明知道這會對我造成多大的傷害，卻依然狠下心這麼做。如果他說我是一個愛說謊又殘忍的人，那麼他也跟我並無二致。

我問他：「你為什麼等了好幾個月之後，才跟我說你和那個女生之間的事？」

「不對。妳別想把話題轉到我身上，然後怪罪我。」

「但那才是重點，不是嗎？你之所以會大發雷霆，就是因為你現在已經因為對另一個女生上下其手所以身陷風波了——」

「上下其手？天啊！妳怎麼會這樣形容。」

「伸手摸未成年少女就是這麼一回事。」

他一把抓起旁邊的塑膠杯，接著打開水龍頭裝水。「妳真是不可理喻，一股腦地只想把我描繪成十惡不赦的壞人。完全無法跟妳溝通。」

「抱歉。」我說。「要不這麼做也很難。」

他喝了一口水，用手背擦了擦嘴巴。「妳說的沒錯，要把我形容成一個壞人的確是件輕而易舉的事，簡直是全世界最簡單的事。但妳也跟我一樣有責任。除非妳真的有辦法說服自己是我強暴了妳。」他把還半滿的杯子丟進水槽裡，接著靠向流理臺，雙手交叉放在胸前。「妳高潮的時候還會興奮地扭動全身，這怎麼可能會是強暴？少跟我開玩笑了。」

我握緊拳頭，感覺到指甲深深陷進手掌裡。我努力讓自己保持理智。「為什麼你不想要有小孩？」

他轉過頭。「什麼？」

「你做輸精管切除術的時候才三十幾歲，那時動手術還太年輕了。」

他眨了眼睛，試著回想他是否曾經跟我說過他是幾歲動手術的；如果他沒有跟我講過的話，我又是如何得知這個訊息？

「我看過你的病例檔案。」我說。「之前還在念高中的時候我有去一家醫院兼職，我是在檔案室裡看到的。」

他開始朝我走過來。

「醫生在病歷上面註明你很堅決表示不想要有小孩。」

他離我越來越近，把我逼得向後一步一步退到我的房間裡。「妳為什麼要問我這個？妳到底在暗示什麼？」

我感覺小腿頂到了床角。我不想將心裡的想法說出口，根本不知道要如何表達才好。我內心的疑問不是只有一個簡單的問題就可以解決的，那是一團無法用言語解釋的迷霧：我不明白假使他沒有對其他女生抱持著對我一樣的慾望，那為什麼他又要像當初摸我那樣、伸手摸了其他女生呢？為什麼多年前，當他將那套印有草莓圖案的睡衣遞給我的時候，雙手會緊張地不停顫抖呢？為什麼我會覺得他給我睡衣的同時，也揭露了他那一輩子努力想掩藏的慾望？當他要求我在電話的另一端喊他爹地的時候，我感覺那像是他給我的考驗。我之所以會照他的話做，是因為我不想要表現不及格、不想讓他覺得我是一個保守古板的人而對我反感；那天的電話性愛結束之後，他很快就掛斷電話，似乎覺得不小心揭露太多自己真實的一面。那一晚，我可以察覺到他對自己的所作所為感到羞愧無比，那無地自容的恥辱感彷彿穿越了空間限制，讓電話另一端的我也明顯感受到。

「別想把我塑造成一個惡人，妳根本是想幫自己找理由脫罪。妳知道我不是那樣的人。」史特蘭對我說。

「我已經不知道該相信什麼了。」

他提醒我過去曾經做過的事。他說我這樣假裝自己無罪是一件很不公平的事。隔了整整兩年不見，然後出現在他家門口的人明明是我，我大可以忘了他，開始新的生活。

「如果我真的傷害了妳，妳為什麼要回來找我？」他問我。

「因為我並不覺得我們之間真的結束了，我依然對你無法忘懷。」

「但我並沒有慫恿妳主動來找我，就連妳打電話來的時候我都沒有接起來，妳還記得嗎？我聽到妳那微弱的聲音從電話答錄機裡傳出來，而我只是靜靜地站著不動，因為我不允許自己屈服於慾望。」

這時他開始哭泣，彷彿是刻意安排好的一樣，他那充滿血絲的雙眼沾滿了淚水。

「難道我那時沒有仔細呵護妳嗎？我不是一直關心妳、問妳會不會不舒服？」

「沒錯，你的確很小心翼翼。」

「當時我內心一直在天人交戰，妳不會明白我有多麼掙扎。然而妳一直很清楚自己內心的渴望，妳記得嗎？是妳主動要我親吻妳的，我還試著要先確認妳是否真的希望我那麼做，儘管我知道這會讓妳有點不開心，但我依然堅持要先徵得妳的同意。」

淚水不斷從他的臉頰滑落，接著消失在他的鬍子裡。看見他哭泣的模樣，我忍不住心軟，我努力試著平復自己的情緒。

「妳當時也同意了。」他說

我點點頭。「我知道。」

「那我究竟什麼時候強暴妳了？告訴我，因為我一直——」他猛地倒抽了一口氣，全身不停顫抖，接著用掌心用力地搓揉雙眼。「因為我一直試著理解妳這麼做的原因，但我真的不明白……」

我帶他躺到床上，他將臉頰埋進我的胸口裡。我感覺到他那潮濕沙啞的喘息聲，他原先憤怒愧疚的情緒漸漸消退，隨之而來的是另一股強烈的慾望。他將嘴唇往上移動，開始親吻我的脖子，同時伸手掀起我的洋裝裙襬。

我讓他對我恣意妄為——他褪去我身上的衣服，並將一絲不掛的我翻過身、讓我平躺在床上──然而我卻感覺被他觸碰的每一吋肌膚都在隱隱作痛。他將我的雙腿打開，開始舔我。這一刻，眼淚不自覺滑落，浸濕了我的臉頰。再過兩天就是我二十二歲的生日，從我遇見他到現在已經過了整整七年；當我回首過往，只有這件事會烙印在我的人生當中，其他則是一片空白。

這時我聽到樓下的大門被打開，接著是兩個人踩著沉重步伐走上樓的腳步聲。布莉姬的笑聲從樓梯傳了上來，突然一陣踉蹌聲。「妳還好嗎？」公寓門被打開的同時，我聽到一個男生的聲音問她。「需要我扶著妳嗎？」

「我醉得一塌糊塗。」布莉姬說。她的笑聲在客廳裡迴盪著。「我醉了、我醉了，真的醉了！」

我聽到鑰匙掉到地上發出噹啷的聲響，那男生跟著她走進房間裡，接著房門砰地一聲關上。我試著將思緒集中在布莉姬的笑聲當中，但她把音樂打開而且把音量調到最大，不論現在的我多麼奮力地嘶吼吶喊，她都不可能聽見。

史特蘭持續著。一部分的我脫離了自己的身體並飄進廚房，他剛剛用來喝水的那個塑膠杯還倒放在水槽裡，水龍頭滴答滴答流出小水滴，冰箱發出嗡嗡的聲響。小貓咪從客廳裡緩緩地走進廚房，牠渴望被我抱起來並擁在懷中。站在窗邊那不完整的我蹲了下來，接著用雙手將牠抱進懷裡，望著樓下寂靜無聲的街道。外面開始颳起暴風雨，一盞街燈透出的橘色光芒照亮了傾盆而下的滂沱大雨，我那破碎的靈魂一邊看著雨水墜落到地面上，一邊輕聲哼唱，試著蓋過房間裡傳出來的聲音。每隔一會兒她就會屏息聆聽，仔細確認裡面是不是已經結束了，但接著她又會聽到房裡傳來金屬床架摩擦的尖銳刺耳聲，還有皮膚用力撞擊的拍打聲。此刻她只能將懷中的小貓咪擁得更緊，然後轉過身繼續看著窗外的傾盆大雨。

早上史特蘭去樓下的貝果店買了咖啡回來。我手裡拿著冒著熱騰騰霧氣的咖啡坐在床上，望著前方發呆，聽他仔細跟我描述前一天在布羅維克的那場活動——所有人，包含家長、校友、教職員，都在禮堂裡喝著紅酒搭配餐前小點。他注意到亨利對他投以憤怒的眼神，一開始他沒有放在心上，直到他去上完廁所、正要走回會場的時候，他看到亨利站在走廊上等著他出來。他說亨利看起來就像在酒吧喝醉酒，想找人打架惹事的樣子。

「他跟我說我們教過同一位學生。」史特蘭說。「接著他講出了妳的名字。他說他知道我一直在騷擾妳，甚至還用力把我推到牆上。他聲稱自己知道我對妳做了什麼事，還說我是一個強暴犯。」一說出那兩個字，史特蘭緊閉著雙唇，接著深吸一口氣。

我舉起咖啡拿到嘴邊，在腦海裡想像亨利失控發怒的模樣。

「妳真的應該要跟他澄清事實。」

「我會的。」

「假使他將這件事告訴他的妻子——」

「我知道，我會清楚地告訴他真相。」

他點點頭，啜飲一口咖啡。「我也應該告訴妳，其實我知道妳在寫的那個部落格。」

我眨了眨眼，一開始還不明白他在講什麼。他告訴我他是在我的電腦上看到的。我環顧了房間四周，沒看見我的電腦，這時我才想起，我的電腦還放在客廳的茶几上。我問他是昨天半夜起來看到的嗎？不，他跟我解釋早在幾年前他就看過了，這麼多年來他始終都知道那個部落格的存在。

「我知道妳一直很想向別人坦承我們之間的事。」他說。「透過寫部落格的這種方式來滿足妳內心的渴望似乎無傷大雅。之前每隔一陣子我就會看一下妳的部落格，為的只是要確保妳沒有將我的名字寫出來，但老實說，後來我就漸漸遺忘了，直到最近我才想起來。我早該在去年十二月那個子虛烏有的性騷擾指控出現的一開始，就要妳把它先關起來的。」

我不可置信地對他搖頭。「我真不敢相信你一直以來都知道卻默不作聲。」

他誤以為我是在向他道歉。他說：「沒關係，我沒有生氣。」但他依舊希望我可以將部落格網頁整個刪除。「我想我提出的請求應該很合理吧。」

喝完咖啡後我們走進客廳裡，我感覺自己的靈魂彷彿被掏空，幾乎快要失去理智。布莉姬的房門依然緊閉著；現在時間還很早，要再過好幾個小時她才會起床。史特蘭指著蜷縮在沙發上的小貓咪說：「那是哪來的？」

「在巷子裡的垃圾桶旁邊找到的。」

「是喔。」他拉上大衣拉鍊，雙手插進口袋裡。「妳知道嗎？說句公道話，妳可能不小心觸碰到了那個教授很在意的敏感議題。我想某種程度上他之所以會對這件事做出那麼大的反應，是因為他自己的婚姻，畢竟他們兩人過去的關係有待爭議。」

「那是什麼意思？」

「潘妮洛普曾經是他的學生。他們是在大學認識的，不是高中，但依然是師生戀。潘妮洛普才沒大妳幾歲而已，而他已經——多少？差不多也快四十歲了，對吧？我記得她說他們在一起的時候她才十九歲。假使我那天晚上反應夠靈敏的話，我就會在他面前指出這件事，讓他知道自己有多虛偽。他聽到應該就會閉嘴了。」

倘若他剛剛沒有跟我坦承早在幾年前他就已經知道我寫的部落格，又或者前一晚他對我做的事沒有讓我感到厭惡作嘔、遍體鱗傷，那我肯定會因為他現在講的這番話而震驚不已。但現在我已經身心俱疲。我靠在牆上笑了出來，我用盡全身力氣大笑，差點喘不過氣。想當然爾，她肯定曾是他的學生，我早該想到的。

史特蘭揚起眉毛看著我。「這很好笑嗎？」

我搖搖頭，一邊大笑一邊對他說：「不，這一點都不好笑。」

我跟他下樓走到公寓門口，在他離開之前，我問他是不是還在生我的氣——因為我口無遮攔地跟別人說他強暴了我。我原本以為他聽到我這麼說會輕彈一下舌頭，然後親吻我的額頭。我當然已經不生氣了。沒想到他卻沉思了一會兒，接著對我說：「與其說是生氣，倒不如說我很傷心。」

「為什麼？」

「因為妳變了。」

我用手掌將大門撐著。「我沒有變。」

「妳當然有，現在的妳已經變得比我還厲害了。」

「才不是這樣。」

「凡妮莎。」他用雙手捧著我的臉。「我們必須結束這段關係，至少先暫時不要聯絡，好嗎？現在這樣對我們倆都沒有幫助。」

他說的話讓我太震驚，我只能一動也不動地站在那。

「妳得創造屬於自己的人生。」他說。「不要讓妳的世界始終圍繞著我打轉。」

「你剛剛才說你沒有生氣。」

「我沒有生氣。看著我，我真的沒有生氣。」他說的沒錯——他的神情沒有透露出半點怒氣，那隔著無框眼鏡的雙眼看起來十分沉著冷靜。

接下來整整兩個星期，我都待在公寓裡足不出戶，每天坐在電視機前。米努蜷縮著身體躺在我的懷裡。我將《雙峰》[83]的ＤＶＤ從頭到尾看完一遍，又回過頭反覆觀看其中幾集。有時候布莉姬會坐下跟我一起看，但當我開始不斷將畫面倒回充滿暴力以及尖叫的鏡頭時——就是當本性良善的男主角屈服於內心潛藏的性虐待狂人格，開始姦殺青少女的橋段——布莉姬便會走回房間，砰地一聲大力關上門。

那幾星期電視上不停播報一則新聞：一名住在奧瑞岡、名叫卡翠娜的十四歲少女失蹤了。她是一名白人女孩，長得十分標緻漂亮。各家電視台都在持續追蹤這則新聞，我的大腦已經無法分辨報導和影集裡的內容。「是誰擄走了卡翠娜？」、「是誰殺了蘿拉．帕瑪？」這兩個女孩在消失前最後被看到的身影都是驚慌地逃進一片松樹林。卡翠娜失蹤案的最大嫌疑人就是她那位感情疏遠的父親，他有精神方面的疾病，而且已經好幾週都杳無音訊。電視新聞在播這則報導時，都會放上許多卡翠娜的照片，反觀她的父親卻從頭到尾只有出現過一張：那是因酒駕被逮捕所拍攝的大頭照，照片中的他頭髮凌亂不整。最後警方在北卡羅萊納州找到他們父女倆。他們住在森林的一個小木屋裡，過著無水無電的生活。報導指出那位父親被警方逮捕的時候，他開口說：「我很慶幸這一切終於落幕了。」後續報導揭露了更多細節——在他們逃亡的這段期間，卡翠娜的身體變得極為虛弱；住在小木屋時，因為沒有食物，所以她只能吃森林裡的野花來充飢。我獨自坐在漆黑的客廳裡、看著電視上這則新聞，唯一的光線是螢幕透出的藍光，我對著自己喃喃自語、說了一些不堪入耳的話——我敢肯定她內心有一部分一定很喜歡那樣的生活，甚至暗自祈禱警方永遠不會找到他們。

布莉姬冒險從房間裡走了出來，看到我神智恍惚地坐在沙發上，淚流滿面、啜泣不止。她餵了貓咪，撿起我喝完的啤酒罐，並將電費帳單放在茶几上，她把自己要付的那一半電費放在旁邊，另

---

83 *Twin Peaks*，是一齣於1990年首播的美國電視劇。它講述了FBI探員戴爾．庫柏調查返校日皇后蘿拉．帕瑪謀殺案的故事。

外還放了一個寫好地址、貼好郵票的信封。她知道史特蘭來找我的那晚發生了不好的事，但她給我空間、讓我一個人好好消化，並沒有開口問我究竟是什麼事，也根本不想知道。

收件人：凡妮莎．懷
寄件人：亨利．普勞
信件主旨：課堂缺席

凡妮莎，妳還好嗎？今天的課堂上沒看到妳出席。

亨利

收件人：凡妮莎．懷
寄件人：亨利．普勞
信件主旨：極為擔憂

我開始為妳感到十分憂心。發生什麼事了？如果妳覺得打字不方便的話，我們可以講電話，或者在學校外面找個地方見面。我很擔心妳。

亨利

收件人：凡妮莎・懷

寄件人：亨利・普勞

信件主旨：情況嚴重

凡妮莎，假使妳下一堂課依然缺席的話，我只好在期末把妳當掉，或是在成績單上標註妳尚未完成課程。我很樂意採取後者。我們可以一起討論要如何補救妳之前應該完成的進度，但妳得來一趟我的辦公室、填寫一些文件。妳明天可以來嗎？我沒有生氣，只是很擔心妳而已。請讓我知道妳的決定。

亨利

當亨利看到我出現在他的辦公室門口時，臉上立即綻放笑容。「妳終於出現了，我一直很擔心妳。發生什麼事了？」

我將身子倚在門邊、仔細盯著他看。原本我以為他看到我的時候會不停向我道歉，我不明白他為什麼到現在還沒有將事情串連在一起。布羅維克舉行的那場活動不過是三週前的事，還沒有久到讓人完全遺忘。

我把課程退選的申請表遞給他。「你可以在這上面簽名嗎？」

他看到後猛然抬起頭，一臉震驚的表情。「我們應該先好好談一下。」

「你說我可能會被當掉。」

「那是因為妳一直缺席。」他說。「我得想辦法引起妳的注意。」

「所以你就操縱我？了不起。做得真好。」

「凡妮莎，別這樣。」他笑了笑，似乎覺得我這樣的反應很可笑。「發生什麼事了？」

「你為什麼要那麼做？」

「我做了什麼？」他坐在辦公椅上前後搖晃，裝作一副不明白我在說什麼的樣子。這樣的他看起來就像一個說謊被抓到的小孩。

「你攻擊了他。」

他停止搖晃椅子。

「你在洗手間外面等他，然後還一把抓住他——」

這時他從椅子上跳起來衝到門邊，接著砰地一聲把門用力關上。他伸出雙手試著要安撫我的情緒。他說：「聽著，很抱歉，顯然我不該那麼做。我的行為的確不可原諒，但我根本沒有攻擊他。」

「他說你把他推到牆上。」

「我怎麼可能有能力辦得到？他那麼高大。」

「但他說——」

「凡妮莎，我根本沒有碰他。」

聽到他那麼說的瞬間我頓時語塞。我根本沒有碰他。我只有伸手摸了她，就這樣而已。這兩件事說到底都是我反應過度，一心一意只想把這些男人描繪成作奸犯科的惡人。

我開口問亨利：「為什麼你從來沒有跟我提過你的妻子？你一定早就知道，我已經猜到之前你說在布羅維克工作的那個朋友就是她。」

我突然提到他妻子這號關鍵人物，讓他顯得手足無措，眼睛不停地眨呀眨。「我是一個很重視隱私的人，不喜歡把我的私事透露給學生知道。」

他這麼說並不正確。我知道許多有關他個人的事，這些細節都是他自己告訴我的——他在哪裡長大、他的父母一直沒有結婚、他的妹妹曾經跟我有過一樣的遭遇，我們都曾被較為年長的男人性侵。除此之外，我還知道他在高中時期以及現在最喜歡的樂團是哪些。他在念大學的時候很喜歡蹺課和抽大麻，最高紀錄曾經一學期把十二學分的課都蹺光了。我知道從他家開車到學校需要多久，還有他在改作業的時候會刻意把我的作業先抽出來放到旁邊，等他已經改到很疲累、需要好好放鬆的時候，才會把我的作品拿出來細細咀嚼。我知道那麼多關於他個人的事，卻唯獨對他的妻子一無所知。

「你知道嗎？」我說。「娶了你自己的學生是一件很糟糕的事。」

他滿臉羞愧，接著深吸一口氣。他知道我遲早會發現這件事。「我們當時的情況跟妳的遭遇完全不同。」

「你當時也一樣是她的老師。」

「但我當時是在大學教書。」

「根本沒什麼不同。」

「完全不一樣。」他說。「妳自己心裡也明白。」

我想把我跟史特蘭講的話一字不漏地跟他說：我不知道該相信什麼。幾個月前我還在部落格上寫到我和亨利的這段關係跟過去迥然不同，這一次我不會再像之前被史特蘭利用那樣了。但現在我卻無法分辨這兩段關係的相異之處。我需要有人指出年齡差距分別為二十七歲和十三歲的兩段師生戀究竟有何不同。高中老師和大學教授這兩個身分有差別嗎？為什麼史特蘭和我之間是屬於違法行為，而亨利和他妻子的關係就能被社會大眾接受？也許我現在根本已經不需要在意這些了，早在幾年前我就已經滿十八歲，是一個法定成年人，這代表我可以決定自己的性行為。

「我應該向校方舉報你對他做的事，這間學校應該要知道他們雇用了怎麼樣的人來教書。」

從他的表情變化，我看得出來這句話撼動了他。他的臉頰漲得通紅，用近乎吶喊的聲音對我說：「我？你要舉報我？」一瞬間，我彷彿可以看見他宣洩在史特蘭身上的那股怒氣。但這時他突然驚覺剛剛那些話可能會透過緊閉的門傳到外頭，因此降低音量、低聲說：「凡妮莎，妳明明知道他對另一個女孩做了什麼，但當我為妳感到擔憂的時候，妳卻讓我覺得自己像個傻瓜一樣。後來妳又跑到我的辦公室跟我說他一直在騷擾妳、讓妳很痛苦。難道妳以為我聽到之後，不會去找他對質嗎？」

「他又沒有真的對那個女生做了什麼。」我說。「他只不過是碰了她的膝蓋而已，沒什麼大不了的。」

亨利目不轉睛地看著我，剛剛那股怨憤已漸漸消退。接著他用十分輕柔、像是在對小孩說話的語氣告訴我，他聽到的消息不只於此，史特蘭不只是摸了那女生的膝蓋而已。他沒有繼續跟我解釋，我也沒有追問他。問了又有什麼用呢？這一切不可能用三言兩語解釋清楚，倘若試著解釋，別人只會覺得我跟瘋子沒兩樣；前一秒才跟別人說我被強暴了，下一秒就開始澄清事情並非如此：嗯，他並沒有真的強暴我。這麼做只會讓事情變得更撲朔迷離。

「我要走了。」亨利本來打算伸手拉住我，但接著馬上將手放下。突然間他變得侷促不安——也許他很擔憂我會真的會向學校舉發他。我真的希望他在我的課程退選申請表上簽名嗎？我應該直接來學校上課的，離學期末只剩下幾週而已，也許他不會跟我計較最近的缺課情形。

「我只希望妳沒事就好。」他說。

但我過得一點都不好。接下來那幾天，不論我走到哪裡都覺得神情恍惚，始終無法釋懷我過去曾被人侵犯的這件事。在跟指導教授的會談中，她問我過得如何，原本她以為我會維持一貫冷淡的態度，但我卻開始跟她傾吐發生在我身上的事。我不想讓史特蘭受到牽連，所以我盡量避免將事情描述地過於詳細，但也因此從我口中說出來的故事像是胡亂拼湊起來的，前後完全不連貫。我聽起來就像是個胡言亂語的瘋子。

「妳說的人是亨利嗎？」我的指導教授用非常微弱的聲音問我（辦公室的隔音很差）。「亨利．普勞？」雖然亨利才來這間學校教書不過一年的時間，但他為人正直的優點早已聲名遠播。她緊握著雙手，用緩慢且沉重的語氣對我說：「凡妮莎，過去這幾年從妳寫的報告裡，我可以察覺到妳在高中似乎遭遇了什麼事。妳覺得妳現在會那麼生氣，是否可能是因為過去的事呢？」她等待著我回答，挑動眉毛的樣子好似在鼓勵我同意她說的話。這一刻我才驚覺，也許這就是據實以告得承擔的後果；即便我是用虛構的故事來敘述在我身上發生的真實事件——一旦我向別人說了這件事，再也不會有人在意有關我的其他事情。無論我是否願意，這件事會如影隨形地跟著我一輩子。

我的指導教授對我露出微笑，接著將手伸過來、在我膝蓋上輕拍了一下。「撐著點。」當我準備要離開她的辦公室時，我問她：「妳知道他的妻子過去曾經是他的學生嗎？」一開始我以為這個消息會讓她震驚不已，但她卻只是點了點頭。沒錯，她知道。她舉起雙手，一副十分無奈的樣子。「這種情況難免會發生。」她說。

我跟亨利說我原諒了他，儘管他並沒有正式向我道歉。他希望這件事不會影響接下來那學期我們兩人之間的相處。上課時，他跟以前一樣會抽點我回答問題、期待我發表獨到的見解，但我卻無話可說；當我們一起在他的辦公室時，他不斷嘗試各種方法，試著讓我們回到過去的樣子，但我總是坐立難安、閃爍其詞。他跟我說，我是他教過的學生裡表現最優秀的（比你太太還優秀嗎？我內心不禁暗忖），還說他之所以會對史特蘭大發雷霆，是因為他非常關心我。他已經幫我寫好了申請研究所的推薦信並拿給我看；他用單行間距寫了整整兩頁半，裡面滿滿都是對我的讚美，敘述我是多麼獨特出眾。學期末的最後一堂課下課後，他要我跟他去辦公室一趟。我們一進到辦公室後，他隨即將門闔上，接著對我說他得向我坦承一件事：他曾經上網看我寫的部落格。在我關閉部落格之前，他已經看了好幾個月。

「當我發現部落格被關閉，然後突然之間妳不再來學校上課的時候，我真的好擔心。」他說。「我的內心千頭萬緒，現在依然如此。」

我問他究竟是怎麼發現我的部落格的，他說他想不起來了。也許他在網路上搜尋我的電子信箱，或是輸入了一些關鍵字，他也不確定。我在腦海想像深夜裡他趁妻子在隔壁房間熟睡時，一個人弓背低頭坐在筆電前上網搜尋我的名字，他不停地找尋我，直到成功為止。過去一年裡我不斷幻想這件事，這證明我已經成功進入了他的私生活，然而當我親耳聽見他證實，我的胃卻不停地翻攪；我覺得噁心想吐。

他說他看那個部落格的原因是想要確認我過得好不好，他說他很擔心我。「再加上妳似乎產生了愛慕之情，我也想特別注意這件事。」

「對什麼的愛慕之情？」

亨利揚起一邊的眉毛，好似在對我說：妳知道我在說什麼。當他看到我只是呆望著他，便接著說：「對我呀。」

我沉默不語，他開始變得很有防衛心。

「難道我這樣想錯了嗎？妳一直對我很主動，常讓我不知該如何是好。」

他這番話讓我感到震驚不已。一開始我很困惑——他不也跟我一樣，在眾人當中選中彼此嗎？——但漸漸地，這股疑惑轉變成羞愧，我驚覺也許我真的如同他所描述的那樣，畢竟我過去曾經做過一樣的事。

「所以你對暗戀你的學生都會像這樣在網路上跟蹤她們嗎？」我問他。

「我根本沒有跟蹤妳，妳的部落格是公開的。」

「你以為我會對你做什麼？衝進你的辦公室然後對你霸王硬上弓嗎？」

「我真的不知道。」他說。「在妳跟我說了妳和那位老師之間的事情後，我開始納悶妳的意圖究竟為何。」

「你不需要叫他『那位老師』，你顯然知道他的名字。」

亨利緊閉著雙唇，將椅子轉向面對窗戶的那一側。接下來好長一段時間他都不發一語，只是凝視著窗外、看著樓下的中庭。我以為他已經結束了這場對話，但當我走向門口時，他突然開口說：

「我告訴妳這件事並不是為了讓妳感到羞愧。」

我停下腳步，手放在門把上靜止不動。

「我以為這麼做可以讓妳對我敞開心扉，彼此坦誠相待，因為我感覺妳有事情想告訴我。」他將椅子轉向我。「我想讓妳知道，我願意聆聽妳說的任何一件事。」

我搖搖頭。「我不明白你在說什麼。」

「根據我在妳的部落格上所看到的內容，我認為妳有些事想跟我說。」

我想到我曾在部落格寫的那些文章，裡面敘述著我對他無盡的渴望，甚至強烈到讓我全身隱隱作痛，還有那些會在半夜出現的留言——那是他嗎？我用力嚥下口水，感覺到自己的手腳不停顫抖，連大腦似乎都要炸裂了。

「如果你已經看過那些文章，那為何還需要我親自說出口？」我問他。

他沉默不語，但我內心明白原因。他需要知道我願意跟他更進一步，就如同史特蘭當年要我將內心的渴望說出口，如此一來，他才不須承擔罪責。凡妮莎，唯有將妳內心的渴望說出來，我才能夠不為此感到愧疚。倘若妳當時不願意的話，我是絕不可能逼迫妳的。

亨利說：「妳彷彿就像一道謎團，我始終猜不透妳心裡的想法。」

此刻我再次覺得他會同意讓我對他予取予求。假使我伸出手摸他，他便會奮力朝我撲上來，猶如一隻被困在牢籠裡、剛被釋放出來的野獸。終於，他會對我說，打從我見到妳的那一刻起，這樣的渴望就一直在我心裡蠢蠢欲動。我開始想像未來一年的情況：我擔任他的助理，我們兩人常常在他的辦公室裡獨處，這段關係最後無可避免地變成一段冗長又乏味的戀情。直到現在，我依然從未和史特蘭以外的男人發生過關係，但我可以輕易地想像和亨利在床上的模樣；他那沉重的身軀、吃力的喘息聲，嘴巴微張、不停地發出呻吟。

但這幻想的畫面漸漸消散，我恢復了理智，頓時覺得眼前的他令人憎惡。他就這樣安穩地坐在椅子上，千方百計想聽到我嘴裡說出自白。*你已經有妻子了*。我想對他說。*你到底有什麼問題？*

我跟他說，反正我下學年也不會繼續待在亞特蘭提卡了。「你應該找別人當你的助裡。」

他震驚地不停眨眼，接著問我：「那研究所呢？妳還有要申請嗎？」

我想像著未來的研究所生活，一切是那麼清晰可見——另一間教室，另一個坐在長桌旁的男老師看著名單、唸出我的名字，他的眼神飢渴地看著我。一想到這我就感到身心俱疲，腦海裡唯一的念頭是：*我寧死也不要再經歷這一切了*。

畢業典禮的前一天，亨利說要跟我好好道別，所以他帶我去外面吃飯。他給了我一本勃朗特[84]的小說，我們之前曾經開過關於這本書的玩笑，他還在書上題詞，並且署名H.。在我離開亞特蘭提卡之後，每隔大約半年，我都會在電子郵件信箱裡收到他的來信。看到他名字的那瞬間，我的胃都會不停地翻攪。後來我們在臉書上互相加了好友，我終於可以一窺他那總是僅存於我幻想裡的人生——他的臉書上放了許多潘妮洛普和他們女兒的照片，照片中的亨利頭髮逐漸灰白，臉頰也愈顯蒼老。一年一年過去，我覺得他與史特蘭長得愈趨神似。但隨著時間流逝，我也開始變得憤世嫉俗，對許多事情執迷不悟。我強迫自己不要繼續活在幻想世界裡，試著說服自己我和亨利相遇的當時他已逐漸邁入中年、對人生感到百無聊賴，而我是一位正值青春年華的少女，對他愛慕不已。他不過是一個需要透過年輕女孩來增加自信的年長男人而已——倘若不去看我們之間那些微妙的浪漫情愫，我和他不過就是另一段老掉牙的曖昧關係。

有一年我生日的時候，他寄了電子郵件給我，寄信時間是凌晨兩點。他在信裡說：妳在我心中，是我所教過最優秀的學生，我會一直記得的。我開始草擬回覆給他的信：亨利，那代表什麼意思？但我阻止了自己。我把那封信刪掉，然後設立了一個過濾功能，往後他寄給我的信便會直接跑到垃圾信箱裡。

妳在我心中，是我所教過最優秀的學生。聽到一個娶了自己學生當妻子的男老師這麼稱讚別的女學生，感覺真怪異。

---

[84] 勃朗特三姊妹（The Brontë Sisters）是三位英國著名文學女作家，並且是親生三姊妹。姓名與代表作分別為：夏綠蒂・勃朗特《簡・愛》、艾蜜莉・勃朗特《咆哮山庄》、安妮・勃朗特《荒野莊園的房客》。其中，《簡・愛》及《咆哮山庄》更是至今流傳甚廣的文學經典名著。

畢業典禮之後，布莉姬搬回了羅德島，她把那隻貓咪也一起帶回去了。我應徵了波特蘭境內所有秘書、接待員還有助裡工作，唯一有回電要我去上班的是隸屬於州政府的一個兒童保護機構，職缺是歸檔員，時薪十美金，但其實扣掉工會會費之後只剩下大約九美金。當我面試這個工作的時候，有一個女人問我要如何面對每天閱讀受虐孩童的案件描述。

我說：「這對我來說不成問題。我沒有任何受虐經驗。」

我在半島上租了一間簡易套房。躺在床上時，我可以看見窗外的大型油輪和渡輪在港灣間穿梭行進。這份工作十分枯燥乏味，為了負擔房租，一整天下來我只能吃一餐，但我試著說服自己，我只會做這工作一年而已，頂多兩年，等到振作起來後我就會離職。

上班的時候，我會一邊戴著耳機聽音樂，一邊整理檔案，彷彿回到之前在醫院檔案室兼職的那段時光。這兩個地方都有一樣的金屬櫃子，檔案上面也都貼著有顏色的貼紙標籤。在閱讀資料的時候，我可以感覺到我的頭髮被冷氣的風吹動著。然而，這些檔案裡面的故事遠比癌症更恐怖，甚至比死亡還令人傷痛——有些小孩被人發現躺在床上時，全身覆蓋在已經結塊的排泄物裡；還有些嬰兒因為被泡在漂白水裡洗澡而傷痕累累。我試著不要一直流連在這些檔案中——雖然沒有人特別叮囑我不要那麼做——但比起看著男人性功能障礙的敘述，相較之下，肆無忌憚地看著這些孩童檔案的細節，更讓人覺得侵犯隱私。有些孩童光是一個人的檔案就占據好幾個資料夾，裡面裝著厚厚一疊文件——法院聽證會、社會局調查員的筆述、證實遭受家暴的醫院手寫檢查報告。

我無意間看見一個女孩的案例，她的檔案總共有十個資料夾，全部都用橡皮筋捆起來，裡面的文件塞得滿滿的。幾張已經褪色的紫色圖畫紙和著色本的內頁從其中一個資料夾露出一角，裡面都是小孩的東西。其中一張是家族表，明顯是出於孩童之手；另一張圖畫紙上寫的東西看起來像是小女孩在描繪她理想的家庭模樣——我想要：一個媽媽和一個爸爸、一隻狗，還有一個小弟弟。在那張紙的最下方寫著幾個大大的字：拜託不要再那麼虛偽了。

我看到一封寫在純白紙張上的手寫信塞在那張紙的後方，上面的字很小，看起來是成年女性的字跡。我忍不住閱讀裡面的內容。寫信的人是那個小女孩的媽媽，整整三頁都是在向她道歉的文字。她在信裡提到幾個不同男人的名字，向她的女兒解釋哪些男人已經離開了她，以及她現在跟哪個男人在一起。但從我看信的角度，我只看得到一半的內容——因為我不想要讓別人發現我那麼仔細地查看這些資料，所以我是站在櫃子前方，偷偷摸摸地窺探檔案。

那位母親在信裡寫到：假如當時我發現妳遭受虐待，甚至還被性侵，我是絕對不可能——我看不到剩下的另一半句子。她在信的最後一頁署名：我對妳的愛如海洋一般深，愛妳的媽媽。那個小女孩在如海洋一般深這句話的下方畫了一個女孩哭泣的臉龐；她的眼淚幻化為一灘水，並用一個箭頭指向「海洋」兩個字。

自從我搬來波特蘭之後，史特蘭只有來找過我一次。那次他本來就要到城裡參加一個發展成長的研討會，我對於他的到來非常緊張，不敢開口問他要不要留下來過夜。我帶他參觀了我的新公寓，內心渴望他會稱讚我將房子維持得很整潔：碗盤都洗乾淨而且收整好，地板也用吸塵器吸得一塵不染。他說我的公寓很溫馨、舒適，他尤其喜歡浴室裡的四腳浴缸。當我們走回同時作為客廳的臥房時，我對他做了很愚蠢又大膽的暗示：「這張床看起來是不是很誘人？」我已經將近一年沒有跟任何人發生關係了，我渴望被溫柔愛撫，被深情款款地注視著。我在洋裝底下什麼都沒有穿，連緊身褲襪都沒有，全身肌膚柔軟光滑。他早該明白我的暗示。過去幾天我不停在腦海裡幻想，當他聽到我沒有穿內衣褲時，他不自覺從喉嚨發出的那股充滿慾望的聲音。

但他卻只說我們得準備出門了。他預訂了一間位於舊港的海鮮餐廳，他為我們點了漁夫海鮮湯、龍蝦義大利麵，還有一瓶白酒。自從上次回家看我爸媽之後，我就再也沒吃過這麼豐盛的一餐了。史特蘭皺著眉頭，看我狼吞虎嚥吃著眼前的食物。

「那份工作怎麼樣？」他問我。

「爛死了。」我說。「但反正只是暫時的。」

「那妳的長期規畫是什麼？」

我咬牙切齒地回答他：「研究所。我已經跟你說過了。」我的語氣十分不耐煩。

「妳有申請今年的秋季入學嗎？學校差不多這時候就會寄出錄取通知信了。」

我一邊搖頭一邊揮手。「我明年才要申請。我得先打起精神、振作起來，還要賺錢籌學費。」

他皺起眉頭，拿起酒杯啜飲了一口白酒。他心裡明白我根本在胡扯一通，我對未來完全沒有任何規畫。「妳的成就不該僅止於此。」我察覺到他語氣中透露的愧疚。他擔心我這樣枉費才華都要歸咎於他。他這樣想也許是對的，但假使他對我感到虧欠的話，就不會想再跟我發生關係了。

「你知道我的個性，我做事情都是依照自己的步調。」我對他露出一個生氣蓬勃的笑容，想向他保證這是我自己的問題，他不需要為此煩惱。

吃完晚餐後，他開車送我回家，但當我邀他和我一起進門時，他拒絕了。那瞬間就像有一把利刃直接在我胸口上劃過，我的五臟六腑噴了出來，灑在他車內的乘客座上、到處都是。當下我腦海裡唯一浮現的念頭，就是再過一個月我就要滿二十三歲了，不久的將來我即將來到三十三歲、四十三歲，那樣的年紀對我來說是如此深不可測，令我無法理解，就如同死亡一樣。

「現在的我對你來說已經太老了嗎？」我問他。

一開始他以為我這樣問是想要讓他落入圈套，所以憤怒地瞪了我一眼。但接著他注意到我臉上那天真坦率的神情。

「我是認真地問你。」我對他說。這是他今晚第一次認真注視著我，也許是自從他上次氣沖沖地跑去我在亞特蘭提卡租的公寓之後，第一次真正地看著我。當時他跟我說亨利去找他對質的事。那天晚上他似乎強暴了我；我到現在依然不確定那算不算是強暴。

「凡妮莎，我很努力要成為一個正直的好人。」他說。

「但你並不需要那麼做，至少跟我在一起的時候不用。」

「我知道，這才是問題所在。」

直到這一刻，我才恍然大悟他在暗示什麼。一直以來都是我允許他對我予取予求，讓他發洩內心最黑暗的渴望，將我的身體全然交付給他，准許他放縱自己來滿足慾望，但在他的內心深處，他並不是一個邪惡的人。他是一個努力循規蹈矩的好人，而我跟所有人都一樣明白，要這麼做最簡單的方式，就是將我這個會引誘出他邪惡黑暗面的人完全切割乾淨。

下車前我問是否很快就能再見到他，他說會，語氣與神情都異常溫柔，我明白他已經將我漸漸地放下了。他看著我的眼神閃爍，彷彿我的存在證實了他過去曾犯下的滔天大罪，他迫切地想將我從腦海裡拭去。

接下那幾年，我都沒有再聽到他的消息。爸歷經了第一次的心臟病發作；媽終於拿到她的學位證書。有一年夏天我回家看爸媽，其中一天下午，貝比在院子裡跑來跑去，牠的動脈瘤突然破裂，那倒地猝死的模樣彷彿被開槍射中；我和爸著急地想將牠救活，把牠當成人類一樣、替牠做人工呼吸，還在牠的胸膛上不斷按壓，卻依然回天乏術，牠的身體漸漸變得冰冷，腳掌還因為早先跑到湖邊玩、沾到湖水而溼答答的。我辭掉在兒童保護協會的工作，陸續換了許多不同工作，但都是行政助理的職務。我一直很憎惡這樣的工作內容；那白淨無菌的辦公室環境，夾著許多迴紋針和便利貼的文件資料，還有地上鋪著的手工編織地毯都讓我十分反感。當我發現自己竟然上網搜尋「如果現在的工作會讓你想自殺的話怎麼辦」，便立刻下定決心要振作起來，我明白要是再繼續這樣渾渾噩噩過日子的話，我遲早會自我了結，所以我辭掉原本的行政工作，在一家高檔飯店找到了櫃檯接待的職務，雖然薪水很低，但至少可以暫時緩解我原本已經瀕臨崩潰的情緒。

這段期間我曾跟不同男人有過短暫的戀情，但都不是穩定的男女朋友關係。這些人得以一窺我試圖想掩飾的混亂人生——不論是實際上還是抽象層面上都是一團糟：從房間到浴室的狹長走廊上到處都是散落的衣服和垃圾；我依然每天喝酒喝個不停；做愛做到一半的時候我常常短暫暈眩昏迷，半夜甚至還會做惡夢。他們一開始會開玩笑地對我說：「妳的人生真是一團亂。」這樣的態度好似在說以短暫戀情來講，這樣似乎也挺好玩的。但當我開始在喝醉酒後含糊不清地跟他們訴說我過去經歷的事——我曾在十五歲跟老師發生關係，而我很喜歡那樣的感覺，也很懷念那一切——他們便再也無法忍受我了。「妳的腦袋真的有問題。」他們走出我的公寓時會這麼對我說。

我開始學會，只要閉上嘴巴不談過去，把自己單純當成一個讓男人洩慾的工具，一切就會變得簡單許多。我在交友軟體上認識了一名二十幾、將近三十歲的男人，我們見面的時候他穿著一件針織衫和燈芯絨褲，額頭上的髮際線已經開始後退，胸前的毛髮十分茂密，甚至從襯衫的領口探了出來。他的模樣跟史特蘭非常神似。和他第一次約會的時候我可以感覺到全身的血液沸騰，我緊張地一直緊握著手中的紙巾。我們點的酒才喝到一半時，我就開口問他：「我們可以不要再講廢話、直接上床嗎？」他被嘴裡的啤酒嗆到，看著我的神情好似認為我瘋了一樣，但接著他說當然好啊，如果妳想這麼做，當然沒問題。

第二次約會的時候，我們一起去看了場電影，電影主題是關於幾位有戀童癖情結的牧師。在電影放映的那兩小時當中，我的手因為汗水而變得黏糊，有幾度還無法克制地發出抽泣聲，但他完全沒有發現。通常我習慣在看電影前先上網查資料，以免我會因為出奇不意的情節而感到驚愕失色，但在看這部電影之前，我完全沒有任何心理準備。看完電影後我們走在議會街上、準備回我的住處，他對我說：「有那種戀童傾向的男人都知道如何挑選對的目標下手，妳知道嗎？他們是名副其實的色魔，非常清楚如何在人群裡挑選弱者，然後對他們伸出魔爪。」

當他在講這些話的時候，我的腦海浮現了過去還是年輕少女的自己；那時的我年僅十五歲，天真無邪，父母不在身邊，我獨自一人在苔原上驚慌地奔跑著，而史特蘭在我身後奔馳，追上我後便迅速地一把抱住我，將我緊緊擄在懷裡。這時彷彿有洶湧的浪濤在我耳裡不斷怒吼，我聽不見那男人對電影的看法，我心裡想著：也許一切就如同他所說的。我很明顯就是可以輕易得手的目標。他之所以會選中我，並不是因為我有多麼特別出眾，而是因為他很飢渴，再加上要讓我步入他所設下的陷阱是一件輕而易舉的事。回到公寓後，我們在床上做愛。我感覺自己的靈魂再度抽離身體——我已經好多年沒有這種感覺了，雖然我的身體和那個男人留在房間裡，但我的靈魂卻在公寓裡飄盪遊走。結束後，我蜷縮著身體坐在沙發上，凝視著空白的電視螢幕。

那晚之後我不再回覆他的訊息，也沒再跟他見過面。我說服自己他講的並不是真的。雖然我當時年僅十五歲，但我一點都不怯懦。我很聰明，堅強不屈。

事情發生在我二十五歲那年。當時我正在走路去上班的途中，我穿著一身黑色套裝還有一雙同色系的平底鞋，正準備穿越議會街的時候，我看見了他。他跟一群十幾歲的青少年一起站在美術館前方，那些青少年看起來像是學生，大多數都是女生。我站在遠方遙望他們，雙手緊握著揹在側邊的手提包。他帶領學生走進美術館裡——這肯定是校外教學，也許是要去參觀安德魯・魏斯的畫展——他用手撐著大門讓學生陸續走進去，一個接著一個的女學生往裡頭走。正當他要走進門、消失在我的視線範圍時，他轉過頭瞥了一眼，正好看到站在馬路對面的我。我穿著一身過時、不起眼的員工制服，年紀漸長的我已不復過往的年輕美麗。這麼多年來，我是多麼渴望能夠再見到他一面，但歲月已經在我臉上留下痕跡，我為自己現在這般模樣感到難為情，不敢走上前去跟他說話。

他走進美術館裡，大門在他身後闔上，我接著往飯店的方向走。工作時我坐在貴賓接待檯，腦海想著他在美術館裡各個展覽室穿梭的身影；他會刻意尾隨那些留著金髮的女學生。在我的幻想裡，我緊緊跟在他身後，絕不讓他離開我的視線。我想也許我的下半輩子註定會一直反覆地做這件事：不停在他身後追趕，乞求他滿足我內心的渴望。有這樣的癡心妄想是我的錯，我早該讓自己清醒了，畢竟他從來沒有承諾過要愛我一輩子。

隔天晚上他打電話給我，當時已經很晚了，我剛下班、正在走回家的路上，市區街上唯一還沒有打烊的店只剩下酒吧和披薩小舖。當我看到手機螢幕上閃爍著他的名字時，我的雙腿瞬間癱軟，得靠著牆才有辦法讓自己冷靜下來、接起電話。

聽到他的聲音，我彷彿窒息般喘不過氣。「我看到的那個人是妳嗎？還是那只是一個鬼魂？」

那次之後，他開始每週都會打電話來，而且總是在深夜。我們會聊聊我當時的生活——在飯店的工作、持續不間斷的短暫戀情、我媽因我而感受到的心灰意冷、我爸的糖尿病和心臟問題——但大多數時間，我們都在回想我還是清純高中少女時的模樣。我們會一起在腦海裡回憶過去親密接觸的畫面：在他教室後方那狹小的辦公室裡、在他家裡，還有那一次，他開著休旅車載我兜風，後來把車停在一個舊伐木道路旁，緊鄰一塊生長著野生藍莓的脊地。在車子裡，我爬到他身上和他做愛，山雀的鳥鳴聲還有養蜂場的陣陣嗡嗡聲透過敞開的車窗傳進車內。我和他對於這些時刻的記憶完美交融，一起在腦海重現了當時的每一個畫面。我們對於那段記憶的描述是如此清晰、畫面如此鮮明，我彷彿又再度陷入回憶的漩渦。

「我不允許自己再度想起跟妳的過往是有原因的。」他說。「我不能再讓自己失控、做出踰矩的行為。」

我彷彿可以看到他坐在教室的辦公桌，專注地看著長桌邊的女學生們，其中一個女孩抬起了頭，注意到他在凝視她的眼神，對他露出一抹微笑。

「我們可以就此打住。」我說。

「不，這就是問題所在。我不認為我有辦法停下來。」

接著他不再繼續回憶過去的我，開始跟我訴說他班上那些女學生。我讓自己的思緒進入他的敘述當中。他向我描繪那些女生舉起手時，手臂下方露出的肌膚是多麼白皙，還有當她們紮起馬尾時，額頭旁及耳邊自然散落的些許髮絲。當他告訴那些女孩她們是多麼珍貴時，她們的頸部會立即羞澀地漲紅。他說這些少女全身上下散發著性感、成熟的魅力，讓他難以克制心中燃燒的慾望。他告訴我，他會將這些女孩叫到他的辦公桌旁，接著伸手放在她們的腿上。「我把她們當成是妳。」一聽到他這麼說，我的嘴巴忍不住開始分泌唾液。我彷彿聽見了一陣鈴聲，喚醒我體內深埋已久的慾望。我轉身讓身體朝下，接著將一個枕頭塞在我的兩腿中間。

「繼續講，不要停下來。」

2017

感恩節前一週，簡寧的報導刊登了出來，但內容跟史特蘭毫無相關。文章最前面的一小段話提及了泰勒的名字，還有她在網路上遭受的騷擾，但報導內容主要聚焦在一位長年任職於一間位在新罕布夏州的私立學校的男性教師，他在長達四十年的教書生涯當中長期侵犯女學生。文章裡面簡要列出了八位受害者，她們的真實姓名都出現在文章裡。除此之外，這八位女學生現在和過去的照片也被刊登了出來，還有她們在少女時期寫的日記，以及那位老師寫給她們的情書。這麼多年來，那位老師寫給不同女學生的情書內容都千篇一律，連對她們的暱稱也如出一轍。妳是唯一能夠懂我的人，小寶貝。簡寧在文章標題便直接指出了那間私校的名字——那是一間眾所皆知、極富聲譽的學校，這樣做肯定會為那篇文章帶來很高的點閱率。我不禁開始懷疑也許這整篇報導的最終目的，不過是為了衝高點閱率而已。

有關之前布羅維克的學生對史特蘭提出的性侵指控，學校公布了內部的調查結果，裡面的用字十分艱深隱晦，彷彿是刻意用來遮掩真相：「根據調查結果顯示，儘管此教師可能曾與學生發生過不正當的性行為，然而並沒有證據指出有性侵的情況發生。」校方還特地發布一個正式聲明稿，再次重申學校致力於培育優秀學子，承諾打造一個孕育學術涵養並保障學生安全的學習環境。除此之外，學校還願意加強校內教職員的性騷擾防治訓練。若有家長仍為此感到擔憂，請隨時撥打電話與校方聯繫。

在閱讀報導的同時，我在腦海裡想像史特蘭接受性騷擾防治訓練的畫面，他肯定對於要坐著聽完全部課程感到非常惱怒——這些訓練的內容對他毫無遏止力，就如同那些曾經目睹我跟史特蘭過從甚密的老師一樣；包括看見我們在辦公室裡相擁、說我是史特蘭的寵兒的那位老師，還有湯普森小姐和安東諾瓦太太，她們都曾察覺到我和史特蘭之間的曖昧情愫，也聽聞過當時的傳言，但當史特蘭說一切都是因為我情緒不穩、精神有問題的時候，她們卻沒有人出面為我反駁。我想像當這些人聽著訓練課程時，一邊點頭表示同意，一邊說他們理解這真的是一件很重要的事，他們需要守護孩子們的權益；但當他們真的遇到可以做出改變的情況時，他們又做了什麼呢？他們明明知道有一位歷史老師每年都會帶學生去露營，還有指導教授會和學生在家中聚會，但他們有提出異議嗎？這樣的性騷擾防治訓練感覺只是做做表面功夫而已。我曾親眼見證這種訓練課程如何結束，總是會有人很快地舉起手說：這種情況難免會發生，或者，假如他真的做了什麼事，情況也不可能真的那麼糟糕，又或者，難道我有辦法阻止這件事嗎？我們替那些惡人想到的脫罪理由真是不勝枚舉，令人難以容忍，但比起我們為自己找的藉口，那些都還顯得相形見絀、微不足道。

我跟露比說，我似乎已經不再為史特蘭感到傷心難過了，現在的我是在為自己哀悼，猶如我已經死亡一樣。

她說：「妳身體的一部分也跟著他逝去了，所以有這樣的感受是很正常的。」

「不，不是只有一部分而已。」我說。「是全部的我。我人生中的所有一切都跟他糾纏在一起。倘若我將他遺留在我身上的那塊毒瘤切掉，那我便所剩無幾了。」

她不允許我這麼形容自己，因為那顯然不是真的。她說：「我敢肯定，假如我在妳五歲時就認識了妳，當時妳一定就已經是個心思細膩的小女孩了。妳還記得自己五歲時的模樣嗎？」我搖搖頭。「那麼八歲呢？十歲？」她繼續問。

「我已經想不起來遇到他之前，任何有關我自己的事情了。」我笑了出來，接著用雙手搓揉臉頰。「這實在是太悲慘了。」

「我知道這很難讓人接受。」露比同意我說的話。「但這並不代表那些年的回憶就這樣消失了，妳只是暫時想不起來而已。妳會慢慢找回那段記憶的。」

「就像找回童心嗎？天啊，我真的被妳打敗了。」

「儘管翻白眼吧，但這是值得嘗試的。難道妳有想到其他替代方案嗎？」

我聳聳肩。「繼續渾渾噩噩地虛度人生，感覺自己像是被掏空一樣，用喝酒來忘卻一切煩惱和痛苦，全然地放逐自我。」

「當然。」露比說。「妳大可以那麼做，但我不認為那件事會就此在妳心中劃下句點。」

感恩節假期那一週，我回了家裡一趟，發現媽剪了一頭俐落的齊耳短髮。「我知道這髮型很醜，但反正也不會有人注意我。」她摸了摸後頸。她用電動理髮器把那邊的頭髮剃掉了。

「一點都不醜。」我說。「這髮型很適合妳。我是說真的。」

她不以為意地笑了一聲，對我揮了揮手。她之前會為了將臉上的皺紋遮掩起來而上妝，但現在的她一臉素顏，反而讓臉上的紋路與她本身自然地融為一體。她的嘴唇上方雖然可以見到一些沒有用蜜蠟除掉的小汗毛，但也十分適合她。她看起來似乎很放鬆，我以前從來沒見過她這般從容，現在的她在講每一句話之前都會先停頓好一陣子才說出口。唯一令我感到擔憂的是她變得太消瘦了，我擁抱她的時候，可以感覺到她非常虛弱。

「妳有好好吃飯嗎？」我問她。

她似乎沒聽到我說的話，眼睛依然直視我身後，一隻手摸著她的後頸。沒過多久，她起身將冷凍庫的門打開，接著從裡面拿出了一個裝著炸雞的藍色盒子。

我們坐在電視機前吃炸雞和從雜貨店買的甜派，配著咖啡白蘭地加牛奶來喝。電視上並沒有特別放映感恩節主題的電影，也沒有其他感動人心的節目，所以我們決定觀看大自然紀錄片，還有那個她之前傳簡訊跟我提過的英國烹飪節目。當我們坐在沙發上看電視時，我同意她把腳伸過來放在我身後。後來她睡著、開始打呼，我沒有像以前那樣用腳踢她、讓她醒過來。

我們家那棟房子的裡裡外外都變得凌亂不堪、無人打理，媽心裡明白，但她已經不再為此向我道歉。牆壁下方的護墊板上累積了許多灰塵，浴室裡待洗的髒衣物早已堆滿，連門都被堵住了。房子前面的草坪已經枯萎，呈現一片死氣沉沉的棕色，我知道她從夏天開始就已經沒有在除草了。媽認為這麼做是「回歸大自然」，並且主張這樣對蜜蜂很有助益。

我準備開車回波特蘭的早晨，我們兩人站在廚房裡喝著咖啡，小口吃著裝在鋁箔派模裡的藍莓派。媽看向窗外，外頭已經開始飄雪了，路邊停放的車子積了大約兩公分的雪。

「妳可以再住一晚。」她說。「打電話向公司請假，跟他們說路況不好，妳沒辦法開車回去。」

「我的車子有加雪鏈，不會有事的。」

「妳上次把車子送到車廠換機油是多久以前的事？」

「那輛車沒問題。」

「妳得多注意才行。」

「媽。」

她舉起雙手。知道了，我不說了。我用手剝下一塊派皮，接著將它捏成小碎屑。

「我打算養一隻狗。」

「妳住的公寓根本沒有院子。」

「我會帶牠去外面散步。」

「妳的公寓空間太狹小了。」

「狗又不需要有自己的房間。」

她挖了一口藍莓派放進嘴裡，接著將叉子從緊閉的雙唇間緩緩抽出來。「妳跟妳爸一模一樣，總是喜歡跟狗玩在一起，非要全身沾滿狗毛才開心。」

我們兩人凝視著窗外飄落的雪。

「我最近一直在想。」她說。

我的眼睛依然盯著窗外。「想什麼？」

「喔，妳知道的。」她嘆了一口氣。「一些遺憾。」

我沉默不語，將叉子放進洗碗槽裡，接著擦了擦嘴巴。「我該整理行李、準備出發了。」

她說：「我一直有在注意那則新聞報導。就是有關那個男人的事。」

我的身體開始不自覺地顫抖，但這次我試著保持理智。我彷彿可以聽見露比要我在心中默數，然後調整呼吸——深呼吸，然後慢慢吐氣。

「我知道妳不喜歡談論這件事。」她說。

「妳之前也不願意跟我談。」我說。

她將手中的叉子插進派模上那所剩無幾的藍莓派裡。「我知道。」她輕柔地說。「我知道我當初應該做得更好，我應該讓妳覺得可以敞開心房和我好好談談。」

「我們不需要討論這件事，真的沒關係。」我說。

「讓我把話說完就好。」她閉上眼睛，整理思緒。深吸一口氣後，她接著說：「我希望他受盡折磨。」

「媽。」

「他對妳做出了那些事，我希望他在地獄裡受盡苦痛。」

「他也傷害了其他女生。」

媽瞬間睜大雙眼。「是嗎？但其他的女生我不管，我只在乎妳。他對妳做出了那些事。」

她這番話令我感到十分羞愧。她說他對我做出了那些事，這句話是什麼意思？我和史特蘭之間有許多事情是她不可能會知道的：我們陸陸續續糾纏了幾年、我究竟說了多少謊言，還有我是如何允許他對我予取予求。但她至少明白一些事情——她曾經坐在布羅維克的校長辦公室裡，聽著史特蘭指控我精神有問題、是個瑕疵品，甚至曾在我的宿舍裡看到我和史特蘭的合照掉落到地上，那就是血淋淋的證據——光是這樣已經足以讓她一輩子被歉疚感纏身。現在我們兩人的角色似乎對調了，這是我人生中第一次想跟她說：就此放下吧！

「妳爸和我之前有時會談論到那所學校對妳的不公不義。」她繼續說。「最讓我們兩人感到懊悔的，莫過於我們居然允許學校對妳做出那樣的事。」

「不是你們允許學校那麼做的。」我說。「那並不是你們能掌控的結果。」

「當時的我不想讓妳經歷更糟糕的事情，所以把妳接回家之後，我心裡想，好吧，不論過去發生了什麼事，一切都已經結束了。但我並不知道——」

「媽，別說了。」

「我早該把那個男人關進監獄裡，那地方對他再適合不過了。」

「但我不想那麼做。」

「有時我以為自己是在為妳著想。要是讓警察和律師介入，法庭審判肯定會讓妳的生活分崩離析，我不想走到那一步。但也許我只是太害怕了。」她的聲音哽咽，接著舉起一隻手捂著嘴巴。

我看著她擦拭臉頰，但其實她的臉上並沒有淚水，她不允許自己哭出來。我有看過她哭泣嗎？

「我希望妳能原諒我。」她說。

我內心有點想笑出來，但我將她擁入懷中、緊緊地抱著她。要原諒什麼呢？沒關係的，媽。看看我——這一切都已經結束了。沒事的。聽著媽向我坦承她的過錯，讓我想起露比，當她坐在我對面、聽我不斷地怪罪自己時，那是一種多麼令人沮喪的感覺。過一陣子之後，她便不再重複用一樣的話來安慰我；她終於明白那些話對我來說一點都不重要，因為我需要的並不是救贖或赦免，我渴望的是在另一個人面前坦承自己應該承擔的責任。因此當媽要我原諒她的時候，我說：「我當然原諒妳。」我沒有再次向她強調那並不是她的錯、她也沒辦法阻止事情發生，不需要為此感到歉疚。我將這些話往心裡吞。也許在我內心深處的某個地方，這些話會慢慢發酵，我也會漸漸開始相信那是真的。

降雪持續不停。我奮力把車子旁的積雪鏟除，接著把車子開上碎石路，準備出發回到波特蘭。但當我發動引擎、要往山坡上爬行，然後開上高速公路時，車子輪胎突然打滑。我決定掉頭回家裡再住一晚。我和媽在客廳裡看電視，螢幕上正播放冬季奧運的廣告，自由式滑雪選手奮力地向前滑行，片片雪花在身後揚起，閃閃發亮的雪橇在雪道上直直向下俯衝；花式滑冰選手起跳後在空中轉圈，她的雙眼緊閉，雙臂交叉放在胸前。

「妳記得妳以前也會溜冰嗎？」媽問我。

我試著回想：我依稀記得那雙表面已經出現裂痕的白色冰刀鞋，腳踝因為連續一小時穿著它維持平衡而感到的痛楚依然記憶猶新。

她接著說：「有好一陣子妳一心一意只想著溜冰，不論我們怎麼勸，妳都不願意進來家裡，但我也不放心把妳一個人留在結冰的湖面上溜冰，擔心妳會一不小心就掉進湖裡，後來妳爸就拿水管把前院注滿了水。妳還記得這些事情嗎？」

雖然記憶十分模糊，但我還記得——當時我常常會在入夜後繼續在院子裡溜冰，不斷地繞著從冰層中突出來的樹幹旋轉，做出各種姿勢，試著鼓起勇氣奮力一跳，在空中轉圈。

「那時的妳不害怕任何事。」媽對我說。「我知道每個人都覺得自己的小孩很勇敢，但妳是真的無所畏懼。」

我們看著電視上的溜冰選手優雅輕盈地在滑冰場上跳躍旋轉。她的腳尖一頂，突然向後滑行，接著伸出雙臂，頭上的馬尾咻地一聲晃過臉頰。迅速地轉了一個方向後，她立起一隻腳，開始旋轉身體。她延展手臂放在頭上，隨著旋轉速度越來越快，她的身體似乎也跟著變得越來越長。

早晨起床時，窗外的天空一片湛藍，地上的積雪閃閃發亮，讓人無法直視。我們在路上撒了貓砂和石鹽，車輪才終於可以抓住地面不打滑。我將車子開到山坡上的時候停了下來，回頭看媽拖著緩慢的步伐往家裡走，身後拖著一個雪橇，上面擺滿一袋袋貓砂和石鹽。

我走經一排排狗籠，空氣中瀰漫著強烈的尿騷味，水泥地板是灰色和在醫院常見的那種綠色。這時一隻狗開始吠叫，其他狗也跟著狂叫，此起彼落的嗥叫聲在煤渣磚之間迴盪。我還小的時候，爸和我都會開玩笑說當狗在吠叫時，牠們其實只是在說：我是一隻狗！我是一隻狗！我是一隻狗！但這些狗的叫聲顯得更為急切和害怕，聽起來更像是在說：求求你，拜託，求求你。

我在一個關著一隻混種狗的籠子前停下腳步。這隻狗的頭很方正，身上的毛是淺灰色的。籠子上面的告示牌顯示牠的品種為「牛頭犬、威瑪、？？？」我將手放在籠子上，牠那豎起的耳朵往前傾，接著牠聞了聞我的手，並輕舔了我兩下。牠的尾巴左右搖擺，似乎很小心翼翼。

帶牠回家的第一晚，我發現當我播放桃莉·巴頓一首名為〈喬琳〉的歌時，牠會將頭向後擺，然後跟著旋律嗥叫，因此我決定將牠取名為喬琳。我會在早晨醒來還沒刷牙前，就先帶牠出門散步，我們沿著海岸線，從半島的一邊走到另一頭。當我們等著過馬路時，牠會緊貼著我的腿，並且喜不自禁地舔我的手，從牠嘴裡吐出的氣息在冰冷的空氣中變成一團白霧。

我牽著喬琳走在貿易街上，經過了碼頭廣場，這時我看見泰勒從一間烘焙坊走出來，她的手裡拿著一杯咖啡和一個裝著食物的紙袋。我過了一會兒才反應過來那真的是泰勒本人，而不是我自己的幻想。

她起先是注意到喬琳；一看見牠，泰勒臉上便綻放開心的笑容。喬琳的尾巴在我腿上一甩一甩，當她抬頭看見我的時候，她不可置信地再看了一眼，彷彿想要確認自己沒有看錯人。

「凡妮莎。」她跟我打招呼。「我不知道妳有養狗。」她蹲了下來，將手中的咖啡高舉過頭，喬琳大步往前，開始舔她的臉頰。

「我才剛開始養而已。」我說。「牠真讓人招架不住。」

泰勒笑著說：「噢，沒關係，我有時候也會那樣。」接著她用一個猶如在吟唱的聲音不斷地說：「沒關係的，不要緊。」喬琳聽到這聲音弓起了背，不停扭動全身。泰勒抬頭對我笑了一下，露出她那又小又直的牙齒。她的虎牙形狀跟我的一樣，都是尖尖的，好似小顆的獠牙。

「我知道我讓妳很失望。」我說。

正是因為這樣的巧遇，我才能這麼跟她說，她就這樣在我眼前突然出現，讓我毫無準備。泰勒皺了一下眉頭，但並沒有抬頭看我。她的眼睛繼續緊盯喬琳，用手抓著牠的耳朵後方、替牠搔癢。

有那麼一會兒我以為她是故意忽略我，假裝沒聽到我說的話。

「不。」她說。「妳並沒有讓我失望。如果真的有，那我也算是辜負了自己。我明明知道他傷害了其他女孩，卻過了好幾年才出面坦承這件事。」她抬起頭看我，湛藍的眼珠如同清澈的湖水。「我們又能夠做什麼來阻止他呢？我們那時都還只是小女孩而已。」

我明白她的意思——我們並不是自願感到無能為力的，是這世界迫使我們陷入無助的深淵。就算我們當時坦承真相，有誰會相信我們說的話？又有誰會在意這件事呢？

「我看到了那篇文章。」我說。「那真的很……」

「讓人大失所望？」泰勒站起身，調整了她的錢包位置。「但也許妳不認為如此。」

「我知道妳對那篇報導投注了很大的心力和時間。」

「是啊，沒錯。我以為這麼做會幫我獲得解脫，但現在的我卻比過去更加氣憤難平。」她皺起鼻子，用手撥弄咖啡杯的杯蓋。「老實說，她其實有點卑鄙，我早該看清她的為人。」

「妳是說那個記者嗎？」

泰勒點頭。「我不認為她是真的關心這件事。她只是想要藉著這股風潮獲取利益、打響自己的名號而已。其實我一開始就知道了，但我以為這麼做會讓我覺得自己獲得能力之類的，但我只覺得自己又再度被利用了。」她臉上露出不自然的笑容，一隻手依然摸著喬琳的耳朵後側、幫牠搔癢。「我一直在想要不要去做心理治療。我之前有嘗試過，但沒什麼成效，可是我得想辦法解決這件事。」

「心理治療對我幫助很大。」我說。「但那並不是萬靈丹——所以我才會養狗。」

泰勒低著頭對喬琳微笑。「也許我也該試著養一隻狗。」

現在的她看起來似乎比過去任何時刻都還要脆弱。我從來沒看過這樣的她，就連之前和她在咖啡廳見面，還有她在網路上的那些貼文裡，我都未曾察覺到她這一面。我現在終於明白自己一直以來都忽略了她有多麼惶恐不安，不斷地掙扎、試著想理解這一切——史特蘭、她自己、史特蘭對她做的事，以及為何在別人眼裡這麼微不足道的事，卻對她造成一輩子揮之不去的夢魘。我彷彿可以聽見史特蘭用不耐煩的語氣、毫無悔意地問她：妳到底什麼時候才能夠釋懷？我只不過摸了妳的腿而已。這問題肯定在她的心頭盤旋許久、縈繞不去。

泰勒看著我。「至少我們還在努力嘗試，對吧？」

這一刻我似乎應該要張開雙臂擁抱她，將她視為我的姊妹。假使我們所遭遇的事更為相似，假使我是一個更加良善的人，那麼這便是有可能的——儘管兩個女生之所以凝聚力量、珍惜彼此居然是因為曾被同一個男人伸出魔爪，似乎是一件很荒謬的事，但我深信遲早有一天，我們能不再被這個枷鎖束縛，不再讓他做的事如影隨形地跟著我們、決定我們的人生。

泰勒離開之前再次抓了抓喬琳的耳後，並對我尷尬地揮手。

我看著她漸漸走遠。這時的她對我來說已不再只是別人口中的謠言，而是一個血淋淋的存在，一個在少女時期曾經受過傷的女人。我也是如此真實。過去我有那麼坦率地看待自己嗎？這樣的恍然大悟是多麼微不足道。喬琳拉了一下我手中的繩子。這一刻我感覺自己脫離了他的枷鎖，不再讓自己的人生被他主宰，這是我未曾有過的感受。也許我會漸漸好起來。和煦的陽光灑落在我臉上，喬琳伴隨在我身旁，這時的我充滿力量。我相信我可以再次找回屬於自己的人生。

我下定決心要從現在開始振作起來。我手裡握著喬琳的繩子、邁開步伐向前走，聽著金屬釦發出的叮噹聲，以及喬琳踩在人行道的喀搭喀搭聲。露比說我要過一段時間才會明顯感覺到生活起了變化，她說我不該再讓自己受到他的影響，我需要透過自己的視角、放眼看這個世界。我已經可以慢慢感受到整個人煥然一新，周遭的人事物變得更清晰可見，長期壓在心頭的重擔卸下來後，我感到如釋重負。

我帶著喬琳走到海灘，現在是旅遊淡季，所以海灘上空無一人。牠低頭用鼻子聞著沙。

「妳有在海裡游泳過嗎？」我問喬琳。牠豎起耳朵、抬頭看著我。

我將繫在牠脖子上的繩子解開。一開始牠不明白這是什麼意思，但當我拍了拍牠的背，跟牠說：「去呀。」牠便開始在海灘上飛馳狂奔，朝大海的方向跑去，對著迎面而來的浪花嗥叫。我呼喚了一聲，但牠沒有理我——牠還不認得那是自己的名字。但當牠看到我坐在沙灘上時，便伸出舌頭、興奮地朝我跑來，一屁股坐在我的腳邊，氣喘吁吁地發出開心的嗚噎。

我們在灰白的冬日天空下走回家。一回到家喬琳便跑去檢查所有房間、審視每個角落，牠還在適應這樣的自由與空間。我躺在沙發上，牠盯著我腳邊空出的那塊位置看。「妳可以坐上來。」我對牠說。牠一聽到馬上跳上沙發，將自己的身體蜷縮成一圈，接著嘆了一口氣。

「你永遠沒機會見到他了。」我說。這是一個殘酷的事實，但我的內心卻同時感到憂傷和喜悅交雜的情緒。喬琳沒有抬起頭，但牠睜開雙眼凝視著我。牠常常會十分專注地看著我，仔細聆聽我說話的語調，注意所有關於我的細節。當牠發現我的思緒漸漸開始飄走的時候，牠會用尾巴用力拍打沙發上的靠墊，那聲音猶如陣陣鼓聲一般，伴隨著我的心跳聲，將我留下來。妳在這裡，妳在這裡，妳在這裡。

謝辭

首先，我要感謝我的經紀人希拉蕊．傑克森，以及編輯潔西卡．威廉斯，妳們對本書的推崇與熱愛大大激勵了我。

謝謝這本小說誕生過程中的所有功臣：哈潑柯林斯出版集團的成員——威廉．莫洛出版社全體、安娜．凱莉、第四權出版社全體，以及英國經紀公司蔻蒂斯．布朗的成員——卡蘿莉娜．薩頓、蘇菲．貝克、喬迪．法布里。

感謝史蒂芬．金在我創作初期的支持，特別是當我爸爸問他：「嘿，史蒂芬，你願意讀一下我女兒的小說嗎？」而他同意的這件事。

謝謝蘿拉．莫瑞亞提，妳不厭其煩地把每份草稿讀過一遍又一遍，是妳的慷慨和鼓勵，才讓這個曲折、晦澀的故事成為一本小說。

感謝緬因大學法明頓分校、印第安納大學及堪薩斯大學的創意寫作課程，讓我得以在其中學習與創作。我也誠心感激在這些課程遇到的朋友，謝謝你們願意閱讀並喜愛《凡妮莎》的草稿：查德．

安德森、凱蒂・歐唐納、哈莫妮・韓森、克里斯・強森、艾希莉・拉特。特別感謝我的大學指導教授派崔希雅・歐唐納，她在我二〇〇三年一篇關於少女與其導師的短篇作品中，給了我以下評價：「凱特，我覺得我讀了一本真正的小說。」這是我第一次被認真當成作家看待，而這個評論也改變了我的人生。

我的父母，謝謝你們從來沒有叫我放棄、去找份正當工作。父親在得知本書出版的消息後，告訴我：「我從來沒有質疑過妳的能力。」母親則是讓我在書香縈繞的家庭中成長。

謝謝塔盧拉，你給予我極大幫助，是我的救星。

謝謝奧斯汀。真不知道能對如此完美又支持自己的伴侶說什麼，謝謝你的一切。

謝謝我的網友們，創作《凡妮莎》的十八年多期間，你們始終是我的第一線讀者，很幸運能有你們的支持和鼓勵。有些人至今仍存在我的生命中，有些卻已遠離；但在那些迷失、脆弱的歲月裡，所有存在都讓我不勝感激。你們是我最棒、最摯愛的朋友。

在此也特別向伊娃・德拉・拉娜致謝，妳是一位極富才華的詩人、我的姊妹，以及頂尖作家。在這段友誼中，我能夠持續地獲得啟發和安定。我們在青少年時期相遇，並肩走過人生低谷。因為有彼此的陪伴，我們才不至於在黑暗中失去聲音、才智和心靈。伊娃，妳能相信這是多麼珍貴、多麼難得的事情嗎？

最後，致我這些年結識的、散發無窮魅力的人們——擁有和蘿莉塔相似的故事，將虐待視為愛情，並在朵拉芮絲・海茲身上看見自己的人們——這本書是為你們而寫的。

【導讀】在暴風雨中奮力生存的人生

——台北市立大同高中英文科教師、圖書館組長／李珮寧

故事開場於二〇一七年，三十二歲的凡妮莎是一位飯店禮賓接待員，趕著出門上班的她持續關注著社群媒體上，按讚數及分享次數不斷飆升的貼文；那是一篇受害者挺身而出的自敘文。小說的時代背景，恰好呼應現實生活中，反性侵及性騷運動「#MeToo」在美國好萊塢引爆、在全球延燒，最終演變為終止性別暴力運動的時間點——各界名人紛紛出面，勇敢訴說自己曾受性侵害、性騷擾的遭遇。接著，故事倒轉回到十七年前，十五歲的凡妮莎就讀於一所享譽盛名的私立寄宿學校。她對文學天賦異稟，對成人世界充滿好奇，高二剛開學不久旋即與極富魅力、善於觀察的四十二歲英文老師史特蘭陷入不倫戀。隨著劇情推進，讀者可以觀察到這段禁忌之戀對凡妮莎造成的嚴重傷害：曾經的文學才女已不復存在，取而代之的是充滿焦慮及自我厭惡的成年女性。所有角色的命運轉捩點，始於一篇控訴的貼文——發文者泰勒曾是史特蘭的學生，她聲稱自己在當時遭受侵犯，希望得到凡妮莎的協助與支持。大多數讀者都會預期，同樣身為受害者的凡妮莎站出來聲援，然而，她卻跟我們所認知的性侵受害者大相逕庭。她第一時間打電話關心史特蘭，堅信他的清白，並向他保證自己會站在他那邊。

對於某些讀者來說，史特蘭是一個標準的性掠食者。一開始，他先讚美凡妮莎的穿衣風格，並以指導為名製造肢體接觸。接著，他的言論及行為越發大膽；不僅將凡妮莎的頭髮比喻為楓葉，還化身啟蒙導師，介紹知名文學作品給她看，甚至用席薇亞．普拉絲的詩傳遞露骨的暗示。這些行為開始在凡妮莎的心裡產生漣漪：「我慢慢開始明白，他介紹這些書給我的用意並不是要我愛上它們，而是希望我能透過這些詩人的作品，用不同視角來看待自己。」除此之外，史特蘭不斷指出他們兩人間的相似特質：「我可以從妳的寫作風格中看出來，妳跟我一樣，是一個帶有黑暗色彩的浪漫主義者。妳也喜歡黑暗陰沉的事物。」最後，他利用自己的年長及教師身分，誘使凡妮莎與其發生性行為——這正是「權勢性侵」的一種模式。勵馨基金會執行長王玥好曾表示：「權勢性侵是一個慢慢馴服的狀態。一般性侵可能出現暴力脅迫、反抗，但是這種（權勢性侵）馴服的方式，很多時候不會留下證據，甚至被害人看似有同意跟配合的狀況。」史特蘭對凡妮莎類似追求的行為，正是馴服獵物的過程。凡妮莎在這段關係當中享受到有如男女交往的互動，即便產生認知失調，也拒絕懷疑加害者的真實意圖，反而變相自我催眠她跟加害者其實是男女朋友，他們擁有一段雋永難忘的愛情故事。

大眾對於性侵受害者往往有所謂「完美被害人」的迷思：被害人面對加害者時，應感到厭惡至極，甚至能夠大聲譴責。然而作者筆下的凡妮莎極為立體，具有豐富的層次及複雜的內心情緒。她深信史特蘭不可自拔地愛上她，並堅持自己也渴望這一切；她對於自身遭遇的扭曲解讀令人深感不安，甚至憤怒不已，而讀者只能無奈地看著她往謊言裡越鑽越深。偶爾，凡妮莎的理智會透出一絲曙光：當她第一次與史特蘭發生關係，即便她痛到哭出聲，史特蘭依然沒有停下動作；抑或是當他們的戀情被校方發現後，史特蘭為了自保而背叛凡妮莎。作者並非透過平鋪直敘的方式，呈現性侵受害者對於自身遭遇的理解及揭露——這正是本書精彩之處。當讀者以為凡妮莎終於看清加害者的真面目，並準備要逃離這段有毒關係時，她又再一次說服自己，試圖合理化加害者的行為，從眾多（在外人眼裡）再明顯不過的性侵事實抽絲剝繭，找尋他們愛過的證據，最後再度深陷泥淖，走進自我認知的迷宮之中。

凡妮莎與史特蘭發生性行為時，讀者可以觀察到凡妮莎並沒有享受整段過程，反而對他的身體感到厭惡。那麼，她又為何要隱忍呢？原因在於，這段關係顛覆了她以往對於自我的認知。凡妮莎內心渴望的，或許是在這段關係中能獲得的愛與認同。在遇到史特蘭之前，她只是一個平凡的高中生，性格早熟的她始終在同儕間格格不入，對於學業表現及人際關係時常感到焦慮不安，自我價值感低落；在史特蘭頻頻示好下，她的人生被賦予了特殊意義。他形容她的頭髮宛如楓葉，並帶領她進入詩人的世界；強烈的關注讓凡妮莎彷彿從微不足道的凡人，蛻變成值得擁有愛情的女人。她忽然領悟自己擁有的力量——她可以讓一個男人為她的魅力懾服。凡妮莎甚至將自己視為這場禁忌之戀的共犯，堅信她是自願與老師發生關係、全程參與一切。唯有如此，她才能感受到自我，這也是她僅存的力量。

在探討「性侵」這個複雜議題時，語言本身的侷限性也是此書一大重點。凡妮莎在課堂期末報告選擇了英國文豪莎士比亞的劇作《泰特斯．安特洛尼克斯》，故事講述羅馬將軍泰特斯征戰哥德後所引發的一連串仇殺事件。劇中有不少強姦、割舌、斬肢等可怕情節，因此被視為莎翁最血腥、暴力的作品。主角泰特斯將軍的女兒拉維妮亞被輪姦後，加害者擔心她會揭露他們的身分，殘忍地割掉她的舌頭、斬去她的雙手，讓她不能夠說話或提筆寫字。然而，這依然阻止不了拉維妮亞道出實情的決心。她學會用嘴巴含著木條，在地上一筆一劃地寫出傷害她的人。凡妮莎的報告聚焦於：女性面對強暴時，甚至無法用言語來防禦——這同時也呼應她自己的想法，即言語難以完整且明確地表達受害者內心極為複雜的感受。「這一切不可能用三言兩語解釋清楚，倘若試著解釋，別人只會覺得我跟瘋子沒兩樣；前一秒才跟別人說我被強暴了，下一秒就開始澄清事情並非如此：嗯，他並沒有真的強暴我。這麼做只會讓事情變得更撲朔迷離。」她認為「性侵」這個詞會吞噬一切，否決了她在這起事件中扮演的角色，以及她內心的真實渴望。

本書也探討了創傷的生理及心理層面；譴責性侵加害者的同時，帶領讀者以受害者的角度，檢視整起事件。凡妮莎拒絕用「受害者」稱呼自己，更認為其他人不該用「戀童癖」來形容史特蘭。成年後的她持續和史特蘭聯繫，即便在他受大眾抨擊時，她依然傳訊息主動關心對方，一次又一次地拒絕為受害者發聲。在性侵害或性騷擾事件中，多數從受害者視角出發的敘事都充滿憤怒，但凡妮莎顛覆了這個常規，帶領讀者思考，暴力與傷害關係或許並不是非黑即白。在凡妮莎的認知裡，史特蘭不僅僅是她的初戀，甚至是啟蒙她身體的重要存在。她的人生在遇見史特蘭之後徹底改變，因此，凡妮莎亟欲在這段外人眼中既邪惡又病態的關係中尋找愛的存在。正是這股渴望，模糊了她心中對於加害者與受害者的界線——這也是某些受害者會有的合理反應。

小說中呈現了網路及社群媒體的雙面刃。泰勒在網路上揭露自己的遭遇之後，大眾無不對她深表同情及憤慨。然而，後續泰勒與記者對於凡妮莎窮追不捨的探問，甚至要求她公開自身遭遇，這也讓我們思考，性侵受害者是否就該被迫違反個人意願、出面發聲。作者凱特・羅素在受訪時表示：「我認為大眾不該強迫受害者在網路上分享自身創傷的細節，這麼做會帶來更多探聽，而這只會令受害者更加痛苦。」她希望《凡妮莎》能讓社會大眾看到性侵以及創傷的複雜、多元面向；即便許多人講述的性暴力故事都有類似元素，但受害者的遭遇及內心感受絕不可能是普遍且一致的。

《凡妮莎》沒有華麗的詞藻，沒有過多結構複雜的語句，卻充滿優雅流暢、平實清新的文字。透過作者對主角內心的細膩描繪，讀者得以窺探青春期少女宛如迷宮般的心理及複雜情緒。藉由時空交錯的敘事手法，為故事編織豐富的背景與情緒流動，娓娓道來凡妮莎在暴風雨中奮力生存的人生旅程。

【專文推薦】

成為大人以後才明白，未成年的自己……已經遭遇了多少傷害。

——作家／少女老王

《凡妮莎》的書稿，我其實是在一天之內斷斷續續看完的。明明我是坐在熟悉的座位上，但每次中斷閱讀、從書稿裡抬起眼時，觸目所及盡是恍惚與陌生，甚至心裡泛起了恐懼。那一瞬間，我不知自己身在何處。我徹底陷進了《凡妮莎》的世界。

凡妮莎的年紀跟我一樣，我們之間除了國籍和成年後選擇的職業不同，有著許多相似之處。我們都在求學階段住校、都有人際關係的困擾，也都曾將青春少女的憂鬱，寄托在書本與文字創作裡。

對七、八年級的女生來說，《凡妮莎》道盡了從青春期起，一直深埋心底的「不能說的祕密」，以及成長路上、隨著女性意識抬頭後，面臨的種種掙扎。

不論是電視劇、又或是現實世界裡，每個爸爸對於女兒「交男朋友」這件事都不約而同地深惡痛絕，希望女兒永遠維持在最純真、最美好、最安全的時刻。

我們都知道這不可能，甚至大部分的女兒，早早就明白了「性」為何物。畢竟從小說、戲劇、新聞、社群等媒介，誰都可以從中讀取那些掌握話語權的人的主觀想法，再從中融會出自己的想法。

15歲，所有感官正逐漸變得細膩敏感，伴隨許多初開的情感，充滿色彩的幻想漫天飛舞，往稚嫩、光滑的皮膚染上深淺不一的紅暈。唯一笨拙的是那些我們自以為周到的藏匿，其實在大人眼裡全是破綻；畢竟每個大人，也都曾是孩子，何嘗不懂青春期專屬的湧動？

但不是每個大人，都能正確、正直、溫暖地守護這些年輕的心事。

《凡妮莎》這本書，絕對無法用簡單幾句話帶過；舉凡「師生戀」、「誘騙性行為」、「強暴未成年」、「蘿莉控」、「創傷症候群」……都不能完美詮釋它。《凡妮莎》是一個悲劇，源自一個壞大人，以及許多壞大人，讓凡妮莎成為了一個「壞掉的大人」。

但她真的是一個這麼糟糕的人嗎？誰又明白她每個選擇背後的原因呢？

《凡妮莎》透過不同時空的視角來回交錯，讓讀者得以窺見主角的心路歷程。我們會在凡妮莎15歲的遭遇裡，不斷看見15歲的自己——原來當初的我們，曾經是那麼岌岌可危，只因為沒遇到太多壞大人，才得以平安長大。

我比凡妮莎幸運很多。現在的我已然成年，也是個老師，已經看得出學生喜歡老師的心意有多明顯；但只要老師堅持自己的原則，一切以學生為重，就能避免《凡妮莎》的悲慘情事。

也是因為《凡妮莎》，我才正視起自己在15歲時，曾喜歡過男老師的心意。這份心意一直是個祕密，我從來沒有告訴過任何人，甚至在一年一年長大的途中，這段記憶已被竄改，變成「幸運遇見好老師」。

15歲那年，我住在學校裡，沒有什麼朋友、家人也不在身邊，孤單、敏感、脆弱的心，隨時都在找能棲息的角落。這時，來自異性老師的關懷與讚美，正好接住了我徬徨的心。在老師的肯定下，我才發現自己是獨特的、有才華的，我是可以綻放光芒的。

於是，我在老師的推薦下參加了研究比賽；為了繼續獲得老師的肯定與關心，週末回家不打電動、也不出去玩，而是全身心投入在研究中，只要有一點點進展，就會迫不及待地直奔他的辦公室分享。我甚至還去調查老師的課表，只為了在每次下課的10分鐘裡，假裝不經意地走到正確的走廊、跟他打聲招呼。每天只要看到老師，我就會覺得自己充滿力量，這樣的期待與喜歡，伴我度過一個又一個學期。

儘管我的心如此熾熱，仍有一個聲音，就像警示牌般存在，硬生生地橫在春心蕩漾的潮流之中。

「這是不對的。」

沒錯，就算再喜歡，我心裡也知道，他是老師、我是學生，無論如何，我們中間都有一條線，是絕對不可以跨越的。

我之所以說自己比凡妮莎幸運，是因為雖然不知道老師是否感受到我對他的在意，但他的欣賞、鼓勵，以及適時的傾聽與支持，讓我在不斷被否定的青春期裡，找到了能讓自己發光的地方。

於是這份喜歡，才變成了一段「幸運遇見好老師」的往事。

我剛看完《凡妮莎》時，內心難以平靜，打電話跟男友坦承，這本書讓我想起青少女時期喜歡男老師的祕密。我告訴他：「如果我今天跟凡妮莎一樣，遇見的是『史特蘭先生』，我想我會跟凡妮莎做出一樣的選擇、走上一樣的人生。」

「我覺得15歲的自己，無法拒絕喜歡的老師。」講完以後，我很震驚，男友也很震驚。

《凡妮莎》裡的「史特蘭先生」，發現獨來獨往的凡妮莎；她身上的陰鬱氣質和文學造詣吸引了他，但他並沒有引導她在課業上發光，而是藉著授課的名義，借給她充滿性暗示的詩集與小說，再搭配各種貌似不經意的肢體接觸和話語——同理凡妮莎孤單的遭遇，讓她覺得「我很特別」——慢慢侵蝕凡妮莎躁動的心靈。

儘管凡妮莎知道「這是不對的」、「這樣怪怪的」、「我不喜歡老師的生殖器」、「我覺得老師這樣很噁心」，但史特蘭彷彿洞悉一切般，總會在這樣的時機點上，讓凡妮莎陷入自責的混亂。

「我也知道跟妳發生關係不對，這都是因為妳很特別，才害我把持不住。」

「妳，也是願意的吧？」

「我們之間的主導權，一直都在妳手上啊。」

這些分明是狡猾的大人在推卸責任、情緒勒索的話語，到了情竇初開的15歲少女耳裡，卻讓她誤以為自己跟老師是同一條船上的人。事實上，她根本是被誘騙上船的人。

我曾在粉專跟書裡分享過，小時候的我非常愛看書，看到書架就會撲上去那種。我永遠忘不了表哥遞給我的「成人版」《藍鬍子》，裡頭藍鬍子對女主角的性虐待露骨又恐怖，在我懵懂無知的年紀裡，烙印下對性的錯誤認知。而表哥只是用充滿期待的臉，看著闔上書的我：

「表妹，這本書好不好看啊？」

小時候，我不知道這是一種性侵害；當我成為一個大人以後，便再也無法正視那個表哥。有多少大人無法抑制自己的慾望，甚至要在未成年的孩童身上試探？一時的刺激，留下的傷害會有多深遠？這絕對不是一時的推託跟逃避就能抹滅的。

上大學後的凡妮莎，遇見了H教授；他比她年長、也是名老師，而且非常欣賞她的才華。這讓凡妮莎陷入混亂。她主動發起各種試探，甚至是誘惑、暗示，只因凡妮莎認為，H教授對她那麼好，一定也是喜歡她吧？一定也是想親她吧？一定也是想上她吧？

我一開始也是這麼想——相信所有《凡妮莎》的讀者，看到這邊也會這麼想——這其實就是傷害的延續，我們下意識覺得H教授的各種示好，一定是對凡妮莎抱有不正當情感。

然而，直到最後都沒踰矩的H教授，為了幫助凡妮莎走出心魔，選擇捅破那層窗戶紙，向她坦言「我知道妳愛慕我」，並說明自己對她的擔心，保證不會因此疏遠她。他甚至在兩人分別很久以後寄信給凡妮莎，說她是自己教過最棒的學生。

我看到這邊的時候，眼淚已經不知不覺流下。那是一種傷口被人好好看見、好好照顧的感覺。

原來世界上有這樣溫暖的人，他不但願意去理解凡妮莎異常行為背後的原因，還不會因為擔心自己名譽受損，就用力推開凡妮莎、跟她保持距離。他將凡妮莎愛慕自己的心意小心捧起，並給予堅定的陪伴，還不忘提醒「一切都是史特蘭先生的錯，不是妳的問題」。

喜歡一個人的心有多珍貴，我們怎麼會忘記呢？但這並不代表我們可以利用「喜歡」來為所欲為，也不代表「喜歡」可以被隨意丟棄。「喜歡」可以變成各種美好的樣子，但只要有一方心懷不軌，這份情感，終將成為一道難以癒合的傷口，甚至需要深埋隱藏、不見天日。

書中我很喜歡的另一部分，是作者常常將一些檢討被害人的話、錯誤解讀女權主義的發言，透過立體的角色說出口。有趣的是，凡妮莎在這些認知上其實都有很正確的理解，但因為15歲時，有一個壞大人在她心裡留下了一道傷口，導致她一直覺得自己沒有資格去思考這些事情。如此細膩的心理轉折，全被作者寫了下來；跟著凡妮莎一起受傷的我們，也在這些過程裡，明白了不論什麼狀況，我們需要的都只是一份全然同理的心意。

沒有任何人的遭遇是完全相同的；可能會很類似，但絕不可能一模一樣，所以我們無法輕易斷定他人的選擇。

你準備好接住一顆受傷的心了嗎？

小心！接住的路上……可能會發現還在墜落的自己。

「我會接住你。」

國家圖書館出版品預行編目資料

凡妮莎／凱特．羅素 (Kate Elizabeth Russell) 作；
Valeria Lee 譯 . -- 臺北市：三采文化股份有限公司，
2022.06
面；　公分 . -- (iREAD；152)
譯自：My Dark Vanessa
ISBN 978-957-658-809-9(平裝)

874.57　　　　111004943

suncolor 三采文化集團

iREAD 152

凡妮莎

作者｜凱特．羅素（Kate Elizabeth Russell）　譯者｜Valeria Lee
主編｜喬郁珊　責任編輯｜吳佳錡　協力編輯｜郭慧
美術主編｜藍秀婷　封面設計｜高郁雯　美術編輯｜池婉珊
內頁排版｜菩薩蠻電腦科技有限公司　版權選書｜高嘉倖

發行人｜張輝明　總編輯長｜曾雅青　發行所｜三采文化股份有限公司
地址｜台北市內湖區瑞光路 513 巷 33 號 8 樓
傳訊｜TEL:8797-1234　FAX:8797-1688　網址｜www.suncolor.com.tw
郵政劃撥｜帳號：14319060　戶名：三采文化股份有限公司
本版發行｜2022 年 6 月 2 日　定價｜NT$450

suncolor